中国高校人文社会科学研究优秀成果奖二等奖

教育部人文社科重大项目结项优秀成果

北京市哲学社会科学优秀成果奖一等奖

入选国家新闻出版署首届"三个一百"原创著作

入选"北京市社科精品文库"

入选中文学术图书引文索引(CBKCI)

英美小说
叙事理论研究

申丹 韩加明 王丽亚 /著

图书在版编目（CIP）数据

英美小说叙事理论研究／申丹，韩加明，王丽亚著．—北京：北京大学出版社，2018.1

ISBN 978-7-301-29097-2

Ⅰ.①英… Ⅱ.①申…②韩…③王… Ⅲ.①小说研究—英国②小说研究—美国 Ⅳ.①I516.074 ②I712.074

中国版本图书馆 CIP 数据核字（2017）第 328876 号

北京市社会科学理论著作出版基金资助项目

书　　　名	英美小说叙事理论研究
	YING-MEI XIAOSHUO XUSHI LILUN YANJIU
著作责任者	申　丹　韩加明　王丽亚　著
责任编辑	张　冰
标准书号	ISBN 978-7-301-29097-2
出版发行	北京大学出版社
地　　　址	北京市海淀区成府路 205 号　100871
网　　　址	http：//www.pup.cn　新浪微博：@北京大学出版社
电子信箱	zbing@pup.pku.edu.cn
电　　　话	邮购部 62752015　发行部 62750672　编辑部 62754149
印　刷　者	三河市博文印刷有限公司
经　销　者	新华书店
	720 毫米 ×1020 毫米　16 开本　27.5 印张　415 千字
	2018 年 1 月第 1 版　2018 年 1 月第 1 次印刷
定　　　价	76.00 元

未经许可，不得以任何方式复制或抄袭本书之部分或全部内容。
版权所有，翻版必究
举报电话：010-62752024　电子信箱：fd@pup.pku.edu.cn
图书如有印装质量问题，请与出版部联系，电话：010-62756370

目 录
Contents

绪论 / 1

上篇　传统小说叙事理论

概述 / 9

第一章　18 世纪英国小说叙事理论 / 12
第一节　小说理论的发轫：贝恩和康格里夫 / 12
第二节　笛福与同时代的作家 / 15
第三节　第一个高峰：理查逊和菲尔丁 / 18
第四节　高峰过后：斯摩莱特、斯特恩及其他 / 31

第二章　司各特和奥斯丁论小说叙事 / 39
第一节　司各特对现实主义小说叙事传统的梳理 / 39
第二节　司各特论哥特小说的叙事特点 / 46
第三节　司各特论奥斯丁 / 49
第四节　奥斯丁论小说叙事 / 50

第三章　英国 19 世纪中期小说叙事理论 / 58
第一节　书信体与第一人称叙述 / 58
第二节　第三人称叙述与介入性评论 / 64
第三节　从"好故事"到"有机体" / 69
第四节　刘易斯论小说叙事 / 74

第四章　美国 19 世纪中期小说叙事理论 / 79
第一节　爱伦·坡与哥特小说的影响 / 80
第二节　霍桑与传奇叙事理论 / 84
第三节　梅尔维尔与深刻叙事 / 88

中篇　现代小说叙事理论

概述 / 99

第五章　现代小说理论的奠基人：亨利·詹姆斯 / 104

第一节　詹姆斯的宣言：《小说艺术》 / 107
一、小说——个人对生活的直接印象 / 108
二、关于形式与内容的总体思考 / 111

第二节　作者隐退与小说"戏剧化" / 115

第三节　人物视点与缩短线条法 / 122

第六章　詹姆斯之后：理论的系统化与多元化 / 128

第一节　戏剧化理论的阐释与确立——卢伯克 / 128
一、"图画法"与"戏剧法" / 130
二、小说视点 / 135

第二节　斯蒂文森的小说自足论 / 138
一、"小说艺术即叙事艺术" / 140
二、言语——文学模仿的对象 / 144

第三节　回归欧洲传统：沃顿论小说技巧 / 147
一、提倡欧洲传统 / 148
二、人物的"可视性" / 150
三、反对叙事成规 / 152

第四节　康拉德的印象主义与威尔斯的道德论 / 154
一、小说：比现实更为清晰 / 154
二、小说的"内部视点" / 155
三、小说的道德功能 / 159

第七章　福斯特论小说美学 / 164

第一节　故事与情节 / 165
第二节　小说人物 / 168
第三节　图式与节奏 / 172

第八章 其他现代小说家论叙事模式 / 178

第一节 缪尔论小说结构 / 178
一、"行动小说""人物小说"与"戏剧小说" / 179
二、情节结构中的时间与空间特征 / 184
三、编年史小说 / 187

第二节 诺里斯的"美国小说" / 189
一、文学真实性 / 190
二、小说情节结构 / 192
三、"美国小说" / 195

第三节 吴尔夫的心理现实主义 / 198
一、小说形式 / 199
二、小说中的时间问题 / 202
三、重视人物与淡化情节 / 204

下篇 后经典小说叙事理论

概述 / 209

第九章 经典叙事学究竟是否已经过时 / 213

第一节 "后结构主义叙事学"与"后经典叙事学" / 214
第二节 经典叙事学与读者和语境 / 216
第三节 "经典叙事学"与"后经典叙事学" / 220
第四节 经典叙事诗学下一步需注意的问题 / 225

第十章 修辞性叙事理论 / 230

第一节 布思从经典到后经典的小说修辞学 / 231
一、布思的经典小说修辞学 / 231
二、布思向后经典叙事理论的有限迈进 / 237

第二节 查特曼的叙事修辞学 / 240
一、修辞学与叙事学:等同还是区分 / 240
二、文本研究:在经典与后经典之间摇摆不定 / 242
三、隐含读者与真实读者 / 246
四、"隐含作者"之"修正" / 246

第三节 费伦的多维、进程、互动/ 249

一、学术背景/ 249

二、"三维度"人物观/ 250

三、"四维度"读者观/ 258

四、进程与互动/ 261

第四节 卡恩斯的语境、规约、话语/ 264

一、对语境的强调/ 264

二、虚构性，叙事性，叙事化/ 270

三、基本规约与言语行为理论/ 274

四、话语与"声音"/ 280

第十一章 女性主义叙事学/ 284

第一节 女性主义叙事学的发展过程/ 285

第二节 与女性主义文评之差异/ 287

一、女性主义叙事学家对女性主义学者的批评/ 288

二、女性主义与叙事学的"话语"与"声音"/ 291

三、研究对象上的差异/ 292

四、女性阅读与修辞效果/ 293

第三节 对结构主义叙事学之批评的正误/ 296

第四节 叙述结构与遣词造句/ 302

第五节 "话语"研究模式/ 306

一、叙述声音/ 306

二、叙述视角/ 309

三、自由间接引语/ 311

第十二章 认知叙事学/ 316

第一节 规约性"语境"与"读者"/ 316

第二节 不同研究模式/ 318

一、弗卢德尼克的普适认知模式/ 318

二、赫尔曼的"作为认知风格"的叙事/ 324

三、瑞安的认知地图与叙事空间的建构/ 325

四、博托卢西和狄克逊的"三种方法并用"/ 328

第三节 对接受语境之过度强调/330

第十三章 米勒的"反叙事学"/335

第一节 米勒的学术背景/336
第二节 解构亚里士多德的《诗学》/338
一、解构"情节的首要性"/339
二、解构叙事线条的开头/340
三、解构叙事线条的结尾/343
四、解构情节的逻辑性/347
第三节 叙事线条中部的非连贯性/348
第四节 (自由)间接引语与反讽/352
第五节 与叙事学家里蒙-凯南的对话/357

第十四章 经典概念的重新审视/370

第一节 再看"故事与话语"之分/370
一、对解构性挑战的反"解构"/371
二、非解构性的挑战/385
第二节 有关"隐含作者"的网上对话/399
一、对话的导火线/399
二、究竟是否需要隐含作者这一概念?/400
三、多个真实作者与一个隐含作者(或一个真实作者与多个隐含作者)/404
四、是否可以扩大隐含作者这一概念/405
五、不是择一,而是兼收/406

引用文献/410

人名索引/427

绪　　论

　　从古希腊亚里士多德在《诗学》中对情节的探索算起，西方叙事理论已走过了两千多年的发展历程。2000年美国《文体》杂志夏季刊登载了布赖恩·理查森（Brian Richardson）的如下判断："叙事理论正在达到一个更为高级和更为全面的层次。由于占主导地位的批评范式（paradigm）已经开始消退，而一个新的（至少是不同的）批评模式（model）正在奋力兴起，叙事理论很可能会在文学研究中处于越来越中心的地位。"[①] 理查森所说的"叙事理论"主要指涉从经典结构主义叙事学（也称叙述学）[②] 发展而来的后经典叙事理论，其研究范围包括各种媒介和生活中的叙事。我们知道，近20年来，在西方出现了一种将各种活动、各种领域均视为叙事的"泛叙事观"。这有利于拓展叙事研究的领域，丰富叙事研究的成果。然

　　[①] Brian Richardson, "Recent Concepts of Narrative and the Narratives of Narrative Theory," *Style* 34 (2000), p. 174.

　　[②] 国内将法文的"narratologie"（英文的"narratology"）译为"叙述学"或"叙事学"，但在我们看来，两者并非完全同义。"叙述"一词与"叙述者"紧密相连，宜指话语层次上的叙述技巧，而"叙事"一词更适合涵盖故事结构和话语技巧这两个层面。在《叙事学辞典》（University of Nebraska Press, 1987）中，普林斯（Gerald Prince）将"narratology"定义为：(1) 受结构主义影响而产生的有关叙事作品的理论。Narratology研究不同媒介的叙事作品的性质、形式和运作规律，以及叙事作品的生产者和接受者的叙事能力。探讨的层次包括"故事"与"叙述"和两者之间的关系。(2) 将叙事作品作为对故事事件的文字表达来研究（以热奈特为代表）。在这一有限的意义上，narratology无视故事本身，而聚焦于叙述话语。不难看出，第一个定义中的"narratology"应译为"叙事学"（即有关整个叙事作品的理论），而第二个定义中的"narratology"则应译为"叙述学"（即有关叙述话语的理论）。在难以"两全"的情况下，为了文内的一致性，本书姑且作为权宜之计统一采用"叙事学"一词。此外，用"叙事学"也可以和"叙事理论"更好地呼应。西方学界将20世纪60年代诞生于法国，70至80年代发展旺盛的结构主义叙事学视为"经典叙事学"，并将80年代中期诞生于北美，90年代以来发展旺盛的"语境主义叙事学"视为"后经典叙事学"。后者的特点是关注语境和读者，注重跨学科研究等（详见本书下篇）。

而，这种泛叙事研究往往流于浅显，真正取得了富有深度的研究成果的当首推小说叙事研究。

北京大学出版社1998年出版了申丹的《叙述学与小说文体学研究》一书，并于2001年、2004年、2007年三次再版。但该书聚焦于经典小说叙事学的基本模式和方法，没有涉及以下两个方面。一是经典叙事学之前的传统和现代小说叙事理论，二是20世纪90年代以来蓬勃发展的后经典小说叙事理论。这正是本书探讨的对象。本书分为上、中、下三篇。上篇探讨18世纪到19世纪的传统英美小说叙事理论，撰写这一部分的韩加明在美国康奈尔大学读博士时，主攻18世纪英国文学，此后也多年潜心于研究亨利·菲尔丁等传统小说家的创作和理论。中篇关注现代英美小说叙事理论，撰写这一部分的王丽亚在北京大学读博士时以亨利·詹姆斯的创作为研究中心，从博士后时期开始，集中对现代英美小说理论展开了探讨。下篇聚焦于20世纪90年代以来的后经典小说叙事理论，撰写这一部分的申丹近年来密切关注西方叙事理论的新发展，并应邀参与了西方叙事理论界核心圈子的一些研究项目。不难看出，以"英美小说叙事理论研究"为题的本书与《叙述学与小说文体学研究》一书构成一种互为补充的关系。

本书之所以基本绕过经典（结构主义）叙事学，从现代小说叙事理论一跃而至后经典小说叙事理论，不仅因为《叙述学与小说文体学研究》已对经典叙事学的基本概念和模式进行了较为全面和系统的探讨，而且还有另外一个十分重要的原因。我们知道，经典叙事学于20世纪60年代产生于结构主义发展势头强劲的法国，虽然很快就扩展到其他国家，成了一股国际性的文学研究潮流，但其主要模式和概念均源于法国。美国的经典叙事学研究在20世纪七八十年代发展势头较为旺盛，但也主要是对法国模式的阐发和应用，独创性的成分不多。从这一角度看，探讨美国的经典叙事学，本身余地不大，意义有限。英国小说家论小说创作的传统经久不衰，但经典叙事学的发展势头较为弱小。英国的后经典叙事学也未能得到长足发展，基本停留在阐发应用的层次，因此也没有留下多少探讨的空间。与此相对照，美国或北美的后经典叙事理论起到了引领国际潮流的作用。在后结构主义的强烈冲击下，法国的后经典叙事学未形成大的气候，20世纪90年代以来北美取代法国成了国际叙事理论的中心。2005年以伦敦为总部的Routledge出版社推出了《Routledge叙事理论百科全书》，牛津的Blackwell出版社也在2005年出版了《叙事理论指南》，但两家出版社都跨越大西洋，邀请美国学者担任主编，撰稿人员也以北美学者为主。鉴于这一情况，本书的下篇将聚焦于北美的后经典小说叙事理论。学界一般认为，后经典叙事学是经典叙事学的替代者，其实情况并非如此简单。为了更好地了解后经典叙事理论，本书的下篇将首先回答"经典叙事学究竟是否已经过时"这一问题，旨在廓清经典（结构主义）叙事学和后经典叙事学之间的实质关系，为把握后经典叙事理论提供一个重要参照。

后经典叙事理论尚未引起国内学界的重视。在经历了"文革"之后，国内学界在改革开放时期关注客观性和科学性，重视形式审美研究，为经典（结构主义）叙事学提供了理想的发展土壤。20世纪80年代末以来，国内的经典叙事学研究形成了高潮。一方面西方叙事学家70和80年代的重要著述被相继翻译出版，另一方面国内学者经典叙事学方面的论著也不断问世。但迄今为止，国内的研究有一个问题，颇值得引起重视：无论是译著还是与西方叙事学有关的论著，往往局限于20世纪80年代中期之前的西方经典叙事学，在很大程度上忽略了80年代中期以来的后经典叙事理论。正因为这一忽略，国内的研究偏重法国，对北美很少涉足。诚然，对于后经典叙事理论的研究应当以对经典叙事学的研究为基础。以前，在国内对经典叙事学尚未达到较好了解和把握的情况下，集中研究以法国为中心的西方经典叙事学无疑有其必要性和合理性。但从现在开始，应该拓展视野，对近20年来以北美为中心的西方后经典叙事理论展开研究。本书的下篇旨在帮助填补国内这一方面的空白。

本书的上篇和中篇则旨在引入历史发展的视角。我们知道，西方小说是从史诗——经过中世纪和文艺复兴时期的传奇作为过渡——发展而来的。在英国，严格意义上的小说诞生于18世纪初、中期，美国稍晚于此。而自小说诞生之日起，对小说创作的评论也就随之产生了。如果说20世纪以来小说叙事理论逐渐成为一门相对独立的学问，越来越多的叙事理论家仅以学者、研究者的身份出现，在20世纪之前，小说叙事理论则与创作密切相关，一般都是小说家自己对小说创作的评论。作为一种逐渐占据了主导地位的独特文学形式，小说有其自身的建构规律和结构技巧，古典文论在这一领域中暴露出诸多不足。若仔细考察，可发现早期的小说创作评论与后来的叙事理论之间的各种关联。就"传统小说叙事理论"部分而言，本书针对的问题是：以往对传统叙事理论的认识倾向于停留在笼统的现实主义范畴，缺乏将小说作为叙事作品来探讨其建构规律和叙述机制的研究。本书除重点分析现实主义小说家对叙事形式的不同观点之外，还将有意识地探讨传奇小说的叙事特点及其对小说发展的重要影响。就"现代小说叙事理论"部分而言,本书将重点阐明以詹姆斯为代表、视小说为"自足"体系的现代叙事理论给叙事方式、叙述技巧以及小说批评带来的革命。这一阶段的小说诗学和试验性的小说创作相辅相成,互为促进。值得注意的是,以往不少研究者都倾向于将现代小说叙事理论视作铁板一块,与传统小说叙事理论完全对立。但本书认为,不少现代叙事理论家实际上以各种方式体现了从传统到现代的过渡。这一部分的探讨也十分关注现代小说叙事理论与当代叙事学之间的关联。

　　本书针对不同历史阶段的特点,采用不同的方法进行研究。18、19世纪的英美小说叙事理论处于萌芽期或不成熟期。本书采取理论建构和批评分析并重的原则,用批评分析来检验和发展理论。在涉及的每一个时期,以代表性小说家和评论家为中心,以相关小说家和评论家为参照,从叙事传统发展演变、当时的理论思潮和社会文化环境的影响等方面展开研究。现代英美小说叙事理论取得了较大进展,但派别之间的界限尚不明了。本书着力于剖析相关理论,结合小说家的实践,廓清现代叙事理论的发展脉络。当代北美后经典小说叙事理论已形成界限较为分明的不同派别。本书旨在探讨这些派别各自的特点和相互之间的关联,廓清后经典叙事学和经典叙事学之间的关系,清理理论上的各种混乱。由于篇幅所限,本书难以面面俱到,而只能有选择、有重点地进行探讨。沿着英美小说叙事理论的发展轨迹,我们的聚焦镜头首先对准英国,然后转到英美,之后再转至北美。本书上、中、下三篇都特别关注小说的形式技巧。

　　无论是国内还是国外,小说形式技巧近年来引起了日益广泛的兴趣,越来越多的学术论著聚焦于小说叙事结构和叙述模式。将叙事理论运用于小说分析成了一种热门的解读方法,一种行之有效的创新途径。诚然,20世纪80年代末以来西方学者更为关注小说的结构技巧与意识形态的关联,而国内学者则更为关注结构技巧的审美效果。但这种"偏爱"的现象正在逐步得以纠正,两种关注在国内外均正在逐渐走向某种平衡。国内越来越多的大学开设了叙事理论方面的课程,在学生中培养了不少叙事理论的爱好者。此外,对小说叙事理论的关注也推动了小说创作的发展。不少小说家着力于在叙事结构和叙述模式上下功夫,取得了可喜可贺的成果。对于广大读者而言,增强对叙事理论的了解,也有助于提高阅读欣赏小说的水平。然而,如前所述,改革开放以来,国内学界聚焦于以法国为中心的经典结构主义叙事理论,对于英美叙事理论很少关注。鉴于这一情况,我们应对传统、现代和后经典英美小说叙事理论做进一步的探讨,填补有关空白，清理有关混乱，为小说批评、小说欣赏和小说创作铺路搭桥。

《英美小说叙事理论研究》为国家教育部"跨世纪优秀人才"入选者项目（属于教育部人文社会科学研究重大项目），并且得到"北京大学创建世界一流大学计划"的立项支持，本书的出版则得到北京市哲学社会科学理论著作出版基金的支持。在撰写过程中，不少同行和友人曾经鼎力相助，后经典叙事理论部分更是得益于与多位美国叙事理论家的直接交流。谨在此深表谢意。

本书2005年出版后，于2006年、2009年、2013年三次重印，并于2006年获得北京市第九届哲学社会科学优秀成果奖一等奖，2007年入选国家新闻出版总署"三个一百"原创图书出版工程，2009年获得高等学校科学研究优秀成果（人文社会科学）二等奖。

上 篇
传统小说叙事理论

概　　述

小说理论以亨利·詹姆斯（Henry James）为集大成者，当代叙事学理论则在20世纪60年代才形成规范。但是，自从有了小说，就有了小说理论，虽然有些小说家对其理论可能并不自觉；而现代小说理论是在继承前人观点的基础上发展起来的。自从伊恩·瓦特（Ian Watt）的名著《小说的兴起》1957年发表以后，现代小说兴起于18世纪的英国就成为批评界的共识。虽然迈克尔·麦基恩（Michael McKeon）的《英国小说之源，1600—1740》把源头往前推进了一个世纪，他的结论实际上进一步验证了瓦特的论点：1740年代以理查逊和菲尔丁为代表形成了英国小说史上的第一个高峰。[①] 19世纪前期出现了以文笔细腻著称的奥斯丁和历史小说创始人司各特，对后来的小说发展影响极大。紧接着19世纪中期出现了以狄更斯、萨克雷、乔治·艾略特为代表的英国现实主义小说发展的黄金时代。与此同时，在独立不久的美国出现了以爱伦·坡、霍桑和梅尔维尔为代表的传奇小说。这些小说家在从事小说创作的同时，也在小说叙事理论方面进行了各有特色的探索，提出了许多富有启发性的观点，为19世纪末现代小说理论的成熟做了铺垫。正是基于这种历史观点，本书上篇将追溯从17世纪末到19世纪中期英美传统小说叙事理论的发展。

上篇共分四章，我们在研究中依据的文本材料主要是各位作家在小说序言中对叙事艺术的看法，有时也借小说作品予以说明阐述。约瑟夫·F.巴托罗密欧（Joseph F. Bartolomeo）曾就序言的可信性问题写道："序言引人怀疑。作为力图直接传送信息和方法的清晰简明的指针，只有最天真的

[①] 伊恩·瓦特《小说的兴起》，高原、董红均译，北京：三联书店1992年版和Michael McKeon, *The Origins of the English Novel 1600—1740*, Baltimore: Johns Hopkins University Press, 1987。

读者才会信以为真……出现于正文之前,但创作于正文之后,在德里达看来,序言试图把阐释结构强加于著作,虽然正是著作本身的自由使序言成为可能……小说本质的虚构性可能——并且经常——也存在于序言中。"①但是,认识到序言的复杂性,并不等于否定序言的价值。序言的价值至少表现在两个方面:第一,序言几乎是关于早期小说创作理论探索的仅有资料;第二,虽然序言的广告作用不容忽视,小说家们在序言中也的确探讨了小说叙事的一些基本问题。因此,在认识到序言复杂性的前提下,谨慎地分析研究小说家的序言及其他相关材料,我们就能得出关于早期小说理论发展的有益认识。

本篇第一章讨论的小说家包括贝恩、康格里夫、笛福、理查逊、菲尔丁、斯摩莱特、斯特恩和伯尼等,主要关注两个问题:小说与传奇的区别和不同小说家在叙事手法方面的探索。关于前者,我们将看到,传奇与小说的区别是一个复杂的过程,等到哥特小说(也称传奇)出现以后,英国主流小说的现实主义特色才基本确定。关于后者,18世纪三大小说家笛福、理查逊、菲尔丁分别对第一人称叙述、书信体和第三人称叙述的探索奠定了后来小说叙事的基本规范,而斯特恩对叙事规范的颠覆则预示了现代意识流小说的某些特征。就叙事理论的建树而言,菲尔丁在18世纪小说家中贡献最为突出,他被誉为"英国第一位小说理论家"。② 在《约瑟夫·安德鲁斯的经历》序言及前三卷的序章和《汤姆·琼斯》各卷序章中,菲尔丁对小说的篇章结构、叙述的繁简、故事的完整性、人物性格的一致性与复杂性和艺术点缀的作用等都有精辟的论述。

英国小说在18世纪中期的第一个高潮之后,感伤小说和哥特传奇流行,成就不大,等到19世纪初期司各特和奥斯丁的出现才有了改观。本篇第二章探讨司各特和奥斯丁关于小说叙事的论述,但以司各特为主,因为他的《英国小说家传》对18世纪的重要小说家给予了恰当精彩的评价,从中既可以梳理出不同小说传统的特征,也可以鸟瞰英国小说叙事艺术的发展。司各特对当时十分流行但很有争议的哥特小说之艺术特征的总结归纳富有创见,他对奥斯丁小说的评论则体现了对截然不同叙事风格的由衷赞美。身为淑女的奥斯丁不事张扬,她对小说叙事的观点散见于书信和小说人物的谈话之中,虽然论述不多,但不乏精辟见解。尤其是她在《诺桑

---

① Joseph F. Bartolomeo, *A New Species of Criticism: Eighteenth-Century Discourse on the Novel*, Newark: University of Delaware Press, 1994, p.19.

② Walter Allen, *The English Novel: A Short Critical History*, New York: Dutton, 1954, p.46.

觉寺》中通过叙述者和小说人物之口对小说叙事发表的观点十分引人注目。

19世纪中期，即维多利亚时代前期，是英国小说创作的黄金时代，叙事理论也有了长足的发展，关于小说叙事的各种论述异彩纷呈，争奇斗艳。本篇第三章的探讨主要集中在三大小说叙事规范的变迁方面。[①] 书信体和第一人称叙述由于人物视点的局限，难以多方面反映越来越复杂的现代社会生活，因而出现了某种衰弱趋势，而可以全面描绘社会风貌、自由发表评论的第三人称叙述则有了进一步的发展，成为小说叙事形式的主流。本章同时关注小说家对叙事完整性的论述，并将专门探讨著名批评家G. H. 刘易斯对小说叙事的重要观点，以补小说家简短论述的不足。

就在英国维多利亚时期现实主义小说创作大放光彩的时候，美国小说创作中却出现了以爱伦·坡和霍桑为代表的传奇小说，紧随其后的梅尔维尔小说中传奇的成分也大于现实主义叙事。而且，很有趣的是爱伦·坡曾对霍桑的小说给予高度评价，后者又对梅尔维尔产生重要影响。他们三人都对小说叙事阐发过许多很有见地、相得益彰的观点，其中霍桑对传奇与小说之区别的论述和梅尔维尔对不同小说叙事形式及其特点的探索尤其引人注目。第四章将对这一方面进行探讨分析。

到了19世纪后期，在英国现实主义小说高度发达的基础上出现了以斯蒂文森为代表的传奇小说，在美国传奇小说取得巨大成就之后接着出现了以马克·吐温和豪威尔斯为代表的风格不同的现实主义小说。现实主义与传奇叙事两大传统的交叉融合从一个方面表明了小说发展的成熟。正是以丰富的小说创作经验为基础，兼有英美双重身份的小说家、批评家亨利·詹姆斯完成了为现代小说理论奠基这一伟大的历史使命。

[①] 关于这一时期英国小说叙事理论比较全面的论述，可参考殷企平、高奋、童燕萍《英国小说批评史》，上海：上海外语教育出版社2001年版，第二篇第一、二章。

第一章 18 世纪英国小说叙事理论

众所周知，在现代欧洲小说兴起之前，流行于世的散文叙事作品主要是骑士传奇，作为现代欧洲小说鼻祖的《堂吉诃德》就是对骑士传奇的讽喻之作。英国在伊丽莎白时代末期出现的散文作品以普通人为主角，也是对骑士传奇的反抗，但不久爆发的内战使这股反传奇潮流难以为继，而且当时仍流行骑士传奇。1660 年王政复辟之后，从法国流入的英雄传奇更是在宫廷和上流社会泛滥成灾，从而成为此后小说创作的众矢之的。最初的小说理论所涉及的主要问题就是怎样与传奇划清界限，但是直到 18 世纪末这种争议仍在继续。

第一节 小说理论的发轫：贝恩和康格里夫

阿芙拉·贝恩（Aphra Behn）是复辟时期（1660—1688）最重要的女作家，她的代表作是中篇小说《奥鲁诺克，或王奴：一段信史》（*Oroonoko, or The Royal Slave: A True History*，1688），描写非洲王子被绑架到美洲为奴，后来率领奴隶起义，失败以后被白人殖民者残酷处死。这部小说 1688 年首版封面上赫然写着：贝恩夫人著。如果考虑到笛福的小说全部为匿名发表，理查逊总是以编者身份出现，菲尔丁 1742 年发表第一部小说《约瑟夫·安德鲁斯的经历》也未署名，就不难体会贝恩是何等自信。虽然小说没有序言，但是因为贝恩自己是故事的叙述者，她在小说中的一些话语表达了有关小说叙事的观点。贝恩在小说开始就申明要讲述实际发生的事：奥鲁诺克的故事大部分是叙述者亲眼所见，而她未亲见部分则依据主人公的亲口所述。①这是一个十分重要的观点，因为它把叙事着眼点放在了讲述真实故事，而讲述真实故事是现实主义小说区别于传奇的一个基本特点。小说的基本内容融合了英雄悲剧、爱情传奇、历史和游记的特点，有明显的从传奇到小说的过渡特征。贝恩还在叙述视角方面做了大胆探索。叙述者通过奥鲁诺克的讲述而了解的故事，没有采用主人公的直接叙述，而是经过了叙述者加工的间接叙述，这似乎表明贝恩已经意识到叙述视角对于叙事效果的影响。叙述者亲历的部分故事属于第一人称叙述，但她主要是讲述奥鲁诺克的故事，因而近似于现代叙事学理论所说的"同故事叙述"。②

　　叙述者在小说中两次声明，由于结识奥鲁诺克的男性都已过世，由女性作者自己来讲述这个故事实在是主人公的不幸。但是，我们在阅读小说时却发现，女作者并没有因此而尽量隐去自己的存在，反而不断强调自己的地位和影响，并经常直接评说是非曲直。正如黄梅所指出的："叙述人似乎确有某种'僭越'倾向——她有意无意地流连于自己的活动和情感，使它们'超重'并几乎构成一个可与主人公的悲剧抗衡的有意味的'故事'。"③ 在小说结尾处，贝恩写道："这个伟人就这样死去了，他本应得到更好的命运，有比我更出色的文人来赞美。但是，希望我已经建立的文名，也可使他那光辉的名字永世长存，与他为伴的是勇敢、美丽而坚贞的伊默恩达。"④ 在这里，虽然前一句话仍为没有男性作者为奥鲁诺克立传而感到遗憾，后一句话则在张扬女作者所建立的作家声誉，并相信自己的笔力可以使主人公永垂不朽。因此，我们可以从反面读这些声明，把它们看作是贝恩强调女性视角的特点。贝恩在长篇小说《一个贵公子与妻妹之间的情书》(*Love Letters between a Nobleman and His Sister*, 1684) 中尝试了书信体，到小说的后半部改为第三人称叙述，似乎她当时就已察觉到书信体的内在矛盾，不得不改书信体为叙述体。可以说，贝恩在她为数并不多的小说创作中已经尝试了在18世纪流行的三种基本叙述形式，足以称得上英

---

① *Oroonoko*, in *Shorter Novels of the Seventeenth Century*, (ed.) Philip Henderson, London: Dent, 1930, p. 147.

② 詹姆斯·费伦《作为修辞的叙事》，陈永国译，北京：北京大学出版社2002年版，第171页。费伦区分了同故事叙述、自身故事叙述和故事外叙述。苏珊·S.兰瑟在《虚构的权威》(黄必康译，北京：北京大学出版社2002年版）中区分了作者的、个人的和集体的三种叙述声音模式（第17—24页），大致相当于传统的第一人称、第三人称和书信体三种叙述模式。为避免混乱，我们仍用传统的提法。

③ 黄梅《推敲"自我"：小说在18世纪的英国》，北京：三联书店2003年版，第28页。

④ *Oroonoko*, in *Shorter Novels of the Seventeenth Century*, p. 224.

国小说的先驱。

威廉·康格里夫（William Congreve）是复辟时期的著名剧作家，他的《以爱还爱》和《如此世道》是复辟时期风俗喜剧的代表作。但他在成为剧作家之前，曾于1692年创作中篇小说《匿名者》(*Incognita*)，副标题是"爱情与责任终得两全"，叙述两位青年学子各以假名调情恋爱的故事。与贝恩强调"信史"不同，康格里夫直接在封面上标明这是一部"小说"。他在序言中把他的小说与流行传奇做了清楚区分："传奇一般是描写王宫贵族或英雄人物坚贞的爱情和无比的勇气，运用高雅语言，奇妙故事和难以置信的行动来予以表现……小说则描写与常人较接近的人物，向我们表现生活中的争斗算计，用新奇的故事取悦读者，但这些故事并非异常或罕见……传奇让我们多感惊异，小说则给我们更多快乐。"① 康格里夫在这里做的区分在18世纪不断由理查逊、菲尔丁、斯摩莱特和约翰逊等人做进一步梳理，一直到19世纪初司各特为《不列颠百科全书》撰写条目定义，才大致终结。虽然在实际创作中这种区分往往不过是程度不同而已，就总体倾向而言，英国小说以有别于传奇的现实主义描写为主流，而传奇的影响则在美国小说中更明显。②

康格里夫在序言中还写道，他要"在情节的总体安排、细密结构和最后结局方面向戏剧学习。这是我在以往的小说中从未见到过的"。他指责过去的小说结构松散，情节缺乏联系；有时开头很吸引人，但后来的发展则让人失望。这就好比"领客人上楼看了餐厅，却又逼他到厨房里吃饭"。他说自己的小说总体布局一开始就很清楚，困难就在于怎样在两天时间里让两对恋人结为连理。他请读者观察，"是否每个障碍都在故事发展中起了促进而非阻碍作用"。③ 显然，他的小说观念深受戏剧理论影响，且在创作中颇具匠心，富有文人小说的特点。从这个方面来说，尽管《匿名者》是康格里夫在半个月时间内完成的急就之作，他已经在有意识地借鉴戏剧理论探索小说艺术结构问题。在小说叙事过程中，叙述者还不时站出来对人物和故事妙趣横生地加以评论。菲利普·亨德森就此指出："实际上，在康格里夫的小说中，我们几乎看到了菲尔丁的叙事风格，虽然较轻松随

---

① Congreve, "Preface" to *Incognita*, in *Shorter Novels of the Seventeenth Century*, p. 241.
② Richard Chase, *The American Novel and Its Tradition*, Garden City N. Y. : Doubleday, 1957, Introduction and Chapter 1.
③ Congreve, "Preface" to *Incognita*, p. 242.

意,但本质上并无区别。"①

第二节 笛福与同时代的作家

由于康格里夫很快转为职业剧作家,而贝恩已在1689年去世,英国小说史上本来可能出现的文人小说的进一步发展被延迟了半个世纪,而在此时期填补空白的除了大量流行传奇之外,则属笛福的小说。从1719年出版《鲁滨孙漂流记》开始,已届花甲之年的笛福(Daniel Defoe)先后发表五部小说,且全以第一人称回忆录形式叙述,故事的主角往往是窃贼、海盗或妓女之类,叙述模式是流行的清教徒皈依传记和罪囚传记。与贝恩和康格里夫注重叙事技巧和语言风格不同,笛福充分发挥他的无穷想象力,完全沉浸在人物的特殊情景中叙述。从第一人称回忆性叙述来看,笛福可以说是发展了贝恩的做法,专注于最具真实感的个人亲身经历,而作者自己则退为"编者"。从笛福小说的序言来看,有两点引人注目。一是真实性。笛福在每一篇序言中都强调叙事的真实性,以与流行传奇相区别。笛福在《鲁滨孙漂流记》(1719)序言中写道:"编者相信这本书完全是事实的记载,毫无半点捏造的痕迹。"② 二是道德教化,不管他讲的故事内容如何,他的目的都是为了教化读者。这两点几乎是所有18世纪小说的共同特点,也是现实主义小说传统的基本特征。③

就小说作为叙事艺术作品来看,值得注意的有以下两点。一是愉悦性。笛福毕竟是为生存而创作,不是为了传道,所以小说的愉悦性得到大力张扬,而他选择海盗、妓女和囚犯为主角显然也有取悦读者的考虑。小说之所以可以给读者带来愉悦,重要原因之一是内容丰富多彩。笛福在《鲁滨孙漂流记》的序言中写道:"编者认为这个人一生的离奇遭遇,实在是此前闻所未闻的;没有一个人的生活比他具有更大的变化。"④ 前所未闻又富于变化的离奇遭遇,当然会对读者具有很强的吸引力。二是语言的合适性。笛福在《摩尔·弗兰德斯》(1722)和《罗克珊纳》(1724)的序言中都指出,由于原叙述者是罪犯或妓女,其自身语言多有不妥之处,因此

---

① Philip Henderson, "Introduction," *Shorter Novels of the Seventeenth Century*, p. xiv.
② 《鲁滨孙漂流记》原序,徐霞村译,北京:人民文学出版社1959年版(1997年重印),第1页。
③ 关于英国18世纪现实主义小说理论的基本特征,参阅殷企平、高奋、童燕萍著《英国小说批评史》第一篇。
④ 《鲁滨孙漂流记》原序,第1页。

编者对小说语言进行了修改润色，以使其更适合大众读者。当然，在这里作者实际上是给读者开了个玩笑：小说本来是作者自己写的，却非要装作是由人物自己叙述，再由编者修饰润色的。就是借着编者的伪装，笛福在他的第一人称小说中创造出了独具特色的现实主义叙事手法，为后来的众多小说家所效仿。在《虚构的权威》一书中，兰瑟（Susan S. Lanser）从女性主义批评角度对笛福作为编者改写罗克珊纳和摩尔·弗兰德斯的故事进行了分析，认为其原因在于女性没有话语权。她指出："笛福小说中的'编辑者'没有删改鲁滨孙的文本，却大肆删改这些女主人公的文本，其窜改的手法明白无误地表明了当时禁止女性发出公众叙述声音的各种条条框框。"① 这当然不无道理。但我们认为更直接的不可忽视的原因，还是这两位小说主人公的特殊经历：作为一生与罪恶生活相连的人物，她们的叙述语言显然不太适合读者大众，所以不得不予以加工改造。

笛福的创造力和想象力是惊人的，他的小说极强的可读性早已为历史所证明，他的五部小说都有中文译本这一事实表明当代中国读者对他的青睐。现代批评家也肯定笛福在情节安排和背景描写等方面的开拓性贡献。身为作家和批评家的麦克斯·伯尔德（Max Byrd）就指出："事实上……笛福建立了所有重要原则。我在讲授小说兴起这门课的时候，让学生思考关于背景的两三个基本规则，这些规则都可以从笛福的小说中推导出来。"② 这三个规则是：区分与对比，逐渐展示背景，背景必须激发情感。但是，正如安德鲁·桑德斯（Andrew Sanders）所言："笛福或许给人一种完美的现实主义印象，但他绝没有意识到自己在初创一种新的艺术形式。他也不见得认为小说比他写的《彼得大帝纪》和《聋哑仆人邓肯·坎贝尔传》，在道德教化方面更高明或有什么本质区别。"③ 因此，笛福在叙事理论方面未留下太多贡献也就不足为奇了。虽然18世纪小说家都主要是实践者而不是理论家，这种实践者的特征在笛福创作生涯中表现得比其他小说家更为突出。

在《理查逊之前的四部小说》（1963）这部选集中，W. H. 麦克伯尼收录了在18世纪20年代发表的四部鲜为人知的小说，并同时发表了各部

---

① 兰瑟《虚构的权威》，第164页。
② Max Byrd, "Two or Three Things I Know about Setting," *Eighteenth-Century Fiction*, XII (2000: 2–3), p. 187.
③ 安德鲁·桑德斯《牛津简明英国文学史》，谷启楠、韩加明、高万隆译，北京：人民文学出版社2000年版，第444页。

小说的原序和献词，为我们了解早期小说创作提供了宝贵的资料。由于这些作者没有像笛福那样强调叙事真实，而是承认了自己作为作者的身份，所以他们在序言和献词中就小说叙事提出了一些很有价值的观点。署名W. P. 的作者在《牙买加女人》（*The Jamaica Lady, or, The Life of Bavia*, 1720）序言中强调人物描写的重要性，认为人物的语言"不仅要适合读者的阅读习惯，还要适合被表现的人物"。① 作者写道："如果书中有些语言显得粗俗刺耳，希望读者把它归于船长而不是作者。"② 这种观点与笛福着意改动原叙述者语言的观点显然是不同的，而且涉及了现实主义叙事理论的一个重要问题：是以教化读者为主，还是以真实表现人物为主，代表了两种不同的创作态度。有清教背景的笛福更强调教化功能，而 W. P. 在这里提出了以真实塑造人物为主的创作方法。在此后相当长的时间里，这两种方法的争论一直持续。

玛丽·戴威斯（Mary Davys）在《情场老手》（*The Accomplished Rake, or, Modern Fine Gentleman*, 1727）的序言中提出了这样的小说定义："叙述虚构的但可能发生的故事。"③ 与笛福强调个人讲述的真实故事相比，这可以说是相当激进的小说定义。它直言不讳地承认小说的虚构性，同时又以"可能发生的故事"与荒诞传奇划清了界线。她对当时的小说提出了尖锐批评，认为它们"或者平淡无味，或者有伤风化，或者不过是相同历险故事的不断重复"。她认为这类小说恰恰丧失了"创新的优势"，而正是"创新"使我们可以"有机会比命运更好地安排事件，以便影响读者的情感，有时使他处于恐惧与希望中，最后让他心满意足地离开。这就是我要在本书中所做的。我在每部小说中都有一个方案或情节，其他故事都是附带或相关的"。④ 短短几句话涉及小说叙事的两大问题：一是使读者处于恐惧与希望中，这是叙事得以发展并紧紧抓住读者的关键。二是统一的情节，其他故事都为这个情节服务。我们在理查逊和菲尔丁的论述中时常看到相似的观点，而这些观点戴威斯在 1727 年就如此清楚地提了出来，实在是难能可贵的。

---

①② W. P., "Preface" to *The Jamaica Lady, or, The Life of Bavia*, in *Four Before Richardson: Selected English Novels*, 1720—1727, (ed.) W. H. McBurney, Lincoln: University of Nebraska Press, p. 87.

③④ Mary Davys, "Preface" to *The Accomplished Rake, or, Modern Fine Gentleman*, in *Four Before Richardson: Selected English Novels*, 1720—1727, p. 235.

第三节　第一个高峰：　理查逊和菲尔丁

塞缪尔·理查逊（Samuel Richardson）在英国小说史上的地位，曾在相当长的时间里受到忽视。但是，自从伊恩·瓦特的批评名著《小说的兴起》1957 年问世以后，理查逊成了"形式现实主义"的典型代表，其对英国小说发展的贡献至少与菲尔丁并驾齐驱，甚至还有超过。瓦特根据对《帕美勒》（*Pamela*, *or*, *Virtue Rewarded*, 1740）的分析，提出理查逊小说区别于笛福小说的一个重要特点是把恋爱结婚作为小说的中心情节，从而开创英国爱情小说的先河，把传统叙事文学中很次要的内容改造成小说的中心。这既涉及小说内容，又涉及叙事形式。① 在理查逊的小说中，吸引人的不再是主角的冒险故事，而是恋爱婚姻的单一情节，其他内容都必须为此服务，使英国小说根本摆脱了欧洲流浪汉小说的影响，或者说至少是开拓了一条与流浪汉小说并行的新路。1804 年，安娜·巴包德（Anna Barbauld）在为《塞缪尔·理查逊书信集》所撰的"理查逊生平"中写道："理查逊的小说中没有可以与主题分离的片段……只有从容不迫、坚持不懈的努力才能完成预定计划，使每个部分为主题服务。"②

理查逊的叙事艺术经历了一个从简单到复杂的变化过程。《帕美勒》基本上是从女主人公个人的视角来叙述故事。理查逊以编者身份为小说所写的序言也很特别，几乎全是以"如果"开始的系列从句："如果不仅愉悦，而且同时教化男女青年的心灵；如果以自然合意的形式传播宗教和道德，使其既对年轻人有益有趣，又值得成熟多识的人关注……"整整十条，涉及道德教化的方方面面。最后一段写道："如果这一切——加上丰富多彩的有趣故事——表明任何作品值得推荐，下列以真实自然为基础的书信之编者斗胆申明：所有这一切美好目的都可以在这些书信中实现。"③ 如果说笛福的小说在生动故事中不忘提醒道德教化，理查逊则是不折不扣的道德家。但是，他也不忘小说的愉悦功能，虽然就序言本身来看，教化功能显然是他强调的重点。或许，也可以反过来说，正是小说本身可能存

---

① 伊恩·瓦特《小说的兴起》，第 5 章。
② Cited from Miriam Allott, (ed.) *Novelists on the Novel*, London: Routledge & Kegan Paul, 1959, p. 229.
③ Richardson, "The Editor's Preface" to *Pamela*, *or*, *Virtue Rewarded*, in *Pamela* by Richardson and *Shamela* by Fielding, (ed.) John M. Blitt, New York: Penguin Books, 1980, pp. 21—22.

在的道德模糊，促使以编者身份出现的理查逊反复强调他的道德观念。序言最后，理查逊说他没有必要再写长篇大论的序言，原因有二："第一，编者可以从自己在阅读中被深深打动的情感推及到每个读者的情感；第二，作为编者他能够以公正的态度对待此书而作者一般却不能做到。"① 在这里，冒充编者的理查逊为自己找到了一个理想的位置：他既是第一个读者，能够以自己深受感动的经历向其他读者推荐；又是公平的判官，以超脱的态度对小说大加赞扬。正因如此，尽管到发表《克拉丽莎》（*Clarissa, or The History of a Young Lady*, 1747—1748）和《格兰迪逊》（*Sir Charles Grandison*, 1753—1754）时，理查逊的作者身份已经是公开的秘密，他仍然紧紧抓住这种身份不放。

《帕美勒》出版之后大获成功，但也引来多种批评。身为女仆的帕美勒先抵御主人的引诱而最终成为女主人的经历变化太大，对于社会秩序有很强的颠覆作用。另外，帕美勒的独角叙述难以令人信服。她以天真无邪的少女姿态出现，但她的叙述许多方面有破绽，可以让人读出一个完全不同的、虚伪的帕美勒。菲尔丁在《沙美勒》（*Shamela*, 1741）中所做的正是在这两个方面对《帕美勒》进行解构，刻画了一个工于心计、不择手段往上爬的伪君子。面对种种批评，理查逊在《克拉丽莎》中把主人公从女仆升格为大家淑女，写信人也由一人为主增加为两对，克拉丽莎与好友安娜，洛夫莱斯与密友贝尔福德，这样一来许多故事就有了两种甚至四种不同的解释。从某种意义上来说，《克拉丽莎》中的四种视角已经接近风行于 20 世纪现代派小说的多视点叙述。这种写法避免了《帕美勒》的弱点，小说塑造的克拉丽莎和洛夫莱斯两个杰出的形象，深深感动了一代读者，不仅在英国，而且在欧洲大陆都产生了巨大影响。②

但是，这种繁复叙事又带来篇幅过长的问题，因此理查逊在《克拉丽莎》序言中，以相当大的篇幅为自己的小说形式辩护。这篇序言一开始就告诉读者，这部"历史"主要由两组书信组成，其中两位男写信人是生活放荡的纨绔子弟。紧接着，他又向读者说明，尽管两人生活放荡，他们的书信内容可鄙，但语言并非有伤风化，对读者没有危害。也就是说，虽然这两个人道德情趣不高，但言谈话语却不失正人君子的身份。序言面对的

---

① Richardson, "The Editor's Preface" to *Pamela, or, Virtue Rewarded*, in *Pamela* by Richardson and *Shamela* by Fielding, (ed.) John M. Blitt, New York: Penguin Books, 1980, pp. 22.

② 关于这部小说两个主人公的强大感染力，参看黄梅《推敲"自我"：小说在 18 世纪的英国》，第五章。

第二个关键问题是该书篇幅太长。理查逊写道:"篇幅长自然是不可避免的,除了上面提到的原因(两对写信人),还有下列原因:两方面的书信都是在写信人的心正在被所写的事困扰的时候写的,事态发展模糊不清——因此书信中不仅充满了危机情势,而且充满了即时的描写和反思,这些都会受到年轻读者的青睐;另外,还有感人的交谈,许多是用对话或戏剧性手法描写的。"① 这段话涉及了三方面的内容:多人写信自然篇幅长;人物处在事件中自然多各种思索反应;而动人的好故事长也无妨。

虽然这一大段话似乎已经为《克拉丽莎》冗长的篇幅找到了合适的理由,理查逊还是更进一步指出,他曾经就以何种形式出版征求友人的意见,不幸的是友人意见不一。有的人主张放弃书信形式,更多的人却坚持必须保留书信形式:"他们认为,在这类戏剧性作品中,故事或愉悦只不过是更为重要的教化的载体:书中的一些场面如果被削减就会索然无味,全书会因此失去其丰富性,而丰富性才是——感官或心灵——之盛宴的精髓。"② 于是编者决定先出版两卷作为试探,若成功就接着出版其他各卷,虽然全书都已准备就绪。《克拉丽莎》1747年出版前两卷,到1748年第8卷出齐。理查逊在序言中做出的无法决定叙述形式以缩减篇幅的表白,当然不过是作者自我推销的一种姿态,我们不必太当真。但是篇幅长是这部小说一大障碍却也是不容置疑的,它使《克拉丽莎》成为几乎无人问津的小说名著。③

实际上,就篇幅来说,《克拉丽莎》比《红楼梦》或托尔斯泰的名著长不了多少,更赶不上普鲁斯特的《追忆逝水年华》,但其现代读者却少得可怜,主要原因是在相当的篇幅中叙述的故事信息太少。④ 叙事学顾名思义是叙述故事的学问,这也是传统叙事学的基本观点。但当有的读者向

---

① Richardson, "Preface" to *Clarissa, or, The History of a Young Lady*, (ed.) Angus Ross, New York: Penguin Book, 1985, p. 35.

② Ibid., p. 36.

③ Christopher Hill writes in "Clarissa Harlowe and Her Times" that *Clarissa* is "one of the greatest unread novels", *Samuel Richardson: A Collection of Critical Essays*, (ed.) John Carroll, Englewood Cliffs, N. J.: Prentice-Hall, Inc., 1969, p. 102.

④ F. R. 利维斯在《伟大的传统》中就《克拉丽莎》之失去现代读者写道:"他固然不乏意趣可示人,但那意趣本身却狭隘至极,内容甚少翻新;读者欲窥其妙,相应——不,绝对——必备无尽的闲暇,结果是普遍望而却步(不过,很难说我不会宁读两遍《克拉丽莎》也不看一遍《追忆逝水年华》呢)。"他在括号中的插入语如果不是表现了英国批评家的偏爱,就是他本人对现代意识流小说的反感,因为就一般读者而言,《追忆逝水年华》显然比《克拉丽莎》更受欢迎。参看《伟大的传统》,袁伟译,北京:三联书店2002年版,第7页。

约翰逊博士抱怨说理查逊的小说冗长乏味时，他回答道："你如果为了故事而读理查逊，会着急得上吊自杀；你要为了情感而读他的小说，故事只是为情感而存在。"① 约翰逊指出了理查逊小说的一个重要特点，不仅叙事（或者主要不是叙事），而且述情，叙述小说人物的情感纠葛。为了与我国传统批评的言情小说区别，权且用述情。当然，叙事与述情实际上不能分割，只是有所侧重而已。但是，我们的确要承认，与笛福和菲尔丁的小说比较起来，理查逊的小说关注的主要不是故事情节，而是小说人物的感情世界，是表述她们怎样在无力把握的事态变化中经受情感熬煎的。

从叙事理论的角度来看，理查逊在《克拉丽莎》序言中的观点有两个方面值得重视。一是不同叙述者的不同视点：克拉丽莎、安娜、洛夫莱斯和贝尔福德既互相充当受述人，同时又是不同的叙述者、观察者；这既增强了小说叙事的复杂性，又调节了小说叙事的节奏和张力。刘意青指出："这两条线基本是背靠背地进行着，没有横向交错。这样，读者就可以通过两个不同的窥视角度来看同一事态的发展，其结果是双倍地，甚至四倍地增加了人物表现的层次和方面，而小说的重点也就从追求情节的曲折性转向了探讨不同人物对同一事件的各种反映。在这方面，《克拉丽莎》可以说是先于它的时代的，是近现代小说的先驱。"② 二是对戏剧性叙述的强调：我们似乎已经看到詹姆斯对讲述和展示之区别的论述。理查逊之所以坚持书信体，拒绝讲述体，其根本原因就是他认为只有这种形式可以保证戏剧性叙述的生动有效。当然，不可否认，每一封书信实际上也是某个叙述者的讲述，但是由于叙述者就是故事的参与者，对很多情况都不了解，在讲述时仍处在"模糊"情势下，这种叙述的戏剧性效果是显而易见的。正如高奋所指出的："虽然理查逊并没有直接使用'作者引退'和'戏剧化'这样的术语，但是……这两个术语隐含的重要小说思想在理查逊那里就已经开始发芽生长。"③

1753年开始出版的《查尔斯·格兰迪逊爵士》是理查逊的最后一部长篇小说，他在序言中写道："下列书信的编者借此机会申明，随着本书的出版，编者已经完成了与其说是期望（Hopes）莫如说是奢望（Wishes）

---

① 转引自 James Boswell, *Life of Samuel Johnson* (abridged ed.), Garden City, N. Y.: Doubleday, 1948, p. 244.

② 吴景荣、刘意青主编《英国十八世纪文学史》，北京：外语教学与研究出版社2000年版，第251页。

③ 《英国小说批评史》，第33页。第一篇三章为高奋所著。

中的出版计划。"① 大概是说,本来没有指望能完成此计划。序言第二段很有意思:"至于这些引人注目的私人书信何以落入编者之手,窃以为读者不必过于深究。"这无异于不打自招地供出了自己本为作者的真实身份。序言此后的两段分别简述了《帕美勒》和《克拉丽莎》两书的故事,并说编者原无意继续编辑,"但几个了解编者拥有材料的友人,坚持要求编者为公众提供一个可做表率的高尚男子形象"。查尔斯·格兰迪逊爵士是一个完美无缺的人:"恪守宗教和道德,举止文雅,品德高尚,生活幸福,与人为善。"②

在序言的最后一段,理查逊写道:"由于私人书信的本质是写到目前一刻——当心情仍然因不确定的事件而处于希望和担忧中——这类书信集篇幅颇长。简单的事件和人物当然可以用较短的篇幅描述,但能这样有趣吗?"③ 这是理查逊关于书信体小说特征最清楚明了的表述,虽然他在《克拉丽莎》序言中已经谈过类似的内容。现代批评家拉尔夫·雷德(Ralph Rader)认为,小说可以定义为"有情节的行动"(plotted action),促使情节发展的是小说人物的"希望与担忧",吸引读者注意力的也恰恰是与人物一起"希望与担忧"。④ 正是读者的"希望"变成现实,"担忧"完全解除,使最初的读者在读到帕美勒与 B 先生结婚时涌到教堂敲钟相庆;正是读者"希望"越来越渺茫,"担忧"越来越强烈,使得《克拉丽莎》对读者具有极强的悲剧吸引力。而具有反讽意味的是,《查尔斯·格兰迪逊爵士》之所以不如前两部小说那么成功,原因之一就是在这部以"完人"为主人公的小说里,人物和读者都没有经受"希望与担忧"的熬煎,只是静待完美结局的到来。

亨利·菲尔丁(Henry Fielding)开始小说创作与理查逊有很大关系。1740 年理查逊的书信体小说《帕美勒》发表以后,菲尔丁于次年发表了戏仿小说《沙美勒》,对理查逊的小说形式和主题观点进行了讽刺。1742 年菲尔丁又发表了《约瑟夫·安德鲁斯的经历》(*The Adventures of Joseph Andrews and his Friend, Mr Abraham Adams*),主人公帕美勒的弟弟抵御女雇主

---

① Richardson, "Preface" to *Sir Charles Grandison*, (ed.) Jocelyn Harris, New York: Oxford University Press, 1986, p. 2.
② Ibid., p. 3.
③ Ibid., p. 3.
④ Ralph W. Rader, "Defoe, Richardson, Joyce, and the Concept of Form in the Novel," in *Autobiography, Biography, and the Novel*, by William Matthews and Ralph W. Rader, Los Angeles: William Andrews Clark Memorial Library, 1973, p. 33.

的诱惑，其出发点仍在于讽刺理查逊的小说，但很快就随着亚当斯牧师的出现而发展成自有特色的喜剧（滑稽）小说。在该书的序言中，菲尔丁提出了"散文体喜剧史诗"的小说定义："一部滑稽的传奇是一部散文的喜剧史诗；它跟喜剧有所区别，正如严肃的史诗跟悲剧不同；它的情节比较广泛绵密；它包含的细节五花八门，介绍的人物形形色色。它跟严肃的传奇不同的地方在于结构和情节；一方面是庄重而严肃，另一方面轻松而可笑；它在人物上的区别是介绍了下层社会的角色，因而也介绍了下层社会的风习，反之，严肃的传奇给我们看到的都是最上等的人物。最后，在情操和措辞方面，它采取的不是高深的，而是戏谑取笑的方式。在措辞上，我认为有时候大可以运用游戏文章。"① 此后，"喜剧史诗"或"史诗"叙事等在英国小说评论中屡见不鲜。1931 年威斯康辛大学的博士埃塞尔·玛格丽特·索恩伯里（Ethel Margaret Thornbury）发表了专著《菲尔丁的散文史诗理论》，似乎最终确立了菲尔丁的定义。她指出："在菲尔丁的喜剧史诗概念中最重要的内容是赋予他的时代的事件以史诗的广度，把现代事件与希腊史诗的形式结合起来。"② 但是，1957 年瓦特在《小说的兴起》中却对史诗叙事理论给予了有力抨击，认为小说本质上是反史诗的，从笛福到理查逊都对古代史诗渲染暴力、无视道德伦理的倾向给予批评，而且小说是关于普通个人的生活经历，与史诗关注的英雄业绩迥然不同。菲尔丁虽然将小说定义为"散文体喜剧史诗"，但他并没有真正予以论述，而他的小说实践也与其理论差别极大。"像埃塞尔·索恩伯里在她就此问题所写的专著中所做的那样，把菲尔丁称为'英国散文史诗'的奠基者，无异于给他一个有类于不能生育的父亲的称号。"③ 瓦特的观点影响很大，而且也有一定的说服力，但是并不足以否定菲尔丁提出的"散文体喜剧史诗"定义在小说叙事理论史上的意义。

著名叙事理论家热奈特（Genette）在《广义文本之导论》中，谈到亚里士多德（Aristotle）对于史诗与戏剧的分类，提到亚氏是从题材（高级

---

① 菲尔丁《约瑟夫·安德鲁斯的经历》，王仲年译，上海：上海文艺出版社 1962 年版，第 2 页。菲尔丁的原文是 "a comic romance is a comic epic-poem in prose"，王仲年的译文中同一个词 "comic" 先是译为 "滑稽" 修饰 "传奇"，然后译为 "喜剧" 修饰 "史诗"，可谓用心良苦。在这个著名定义的汉译中，也有批评家译成 "散文体滑稽史诗"，侧重于强调题材或人物是滑稽可笑的。笔者认为 "滑稽" 的范围似太窄，而 "喜剧" 也自然包括滑稽之意，所以还是 "散文体喜剧史诗" 比较妥当。

② Ethel Margaret Thornbury, *Henry Fielding's Theory of the Prose Epic*, Madison: University of Wisconsin Press, 1933, p. 110.

③ 伊恩·瓦特《小说的兴起》，第 296 页。

或低级人物）和方式（叙述体或戏剧体）两方面来区分不同文类的，"然而本质上没有什么要求我们一定要把上述参数清单限制在'二'的范围上，即维持两个项目内容的表格原则"。① 在此他以菲尔丁的"散文体喜剧史诗"这一小说定义为例，指出还有第三条参数，这就是"形式"：是散文还是韵文。"也许恰巧由于人类精神的疲弱，体裁体系能够想到的主要参数限于题材、方式和形式这三类'常数'……"② 从这一角度来看，菲尔丁提出的定义不仅不是个怪胎，反而是周密考虑各种因素之后的严格定义。而且菲尔丁的定义也可以说是从他最推崇的《堂吉诃德》中继承而来的。在《堂吉诃德》第一部第四十七章，教长和神父讨论小说创作问题，得出这样的结论："如果文笔生动，思想新鲜，描摹逼真，那部著作一定是完美无疵的锦绣文章，正像我刚才说的那样，既有益，又有趣，达到了写作的最高目标。这种文体没有韵律的拘束，作者可以大显身手，用散文来写他的史诗、抒情诗、悲喜剧，而且具备美妙的诗法和修辞法所有的一切风格。史诗既可以用韵文写，也可以用散文写。"③ 正如杨绛先生在《译本序》中所指出的，教长在这里只是充当了作者的传声筒：他的观点就是作者的。④ 菲尔丁的"散文体喜剧史诗"这一小说定义既包括小说描述的范围有史诗的广度，也包括借鉴史诗的叙事形式，如具有权威性的叙述者、插入性故事和小说叙述的分卷分章体例等。

在《约瑟夫·安德鲁斯的经历》第 2 卷第 1 章，菲尔丁论述了分卷分章的问题。他指出："以我们作家的诀窍而论，我认为作品的分卷分章算是相当重要的法门。"⑤ 然后，他列举了分卷分章的三大优点："第一，章与章之间那些小小的空档可以当作客栈或休息的场所看待，他可以在那儿歇歇脚，随意喝上一盅或吃点东西……一册没有那种休息地方的书，好像是一片荒野或海洋，既耗目力，也损精神。""其次，每章开头的标题像是客栈大门口的招牌（仍用原来的比喻），告诉了读者，他能得到些什么消遣，他如果不喜欢，尽可以跳到下面一章去。""除了这些显而易见的利益之外，读者从这种分章的艺术中还能得到别的好处……现在只谈最浅显的一件，它可以防止一本书的美观由于折角而受到损害……"⑥ 这当然带有

---

① 热奈特《热奈特论文集》，史忠义译，天津：百花文艺出版社 2001 年版，第 60 页。
② 同上书，第 61 页。
③ 塞万提斯《堂吉诃德》，杨绛译，北京：人民文学出版社 1987 年版，第 441—442 页。
④ 杨绛《堂吉诃德》"译本序"，第 13 页。
⑤ 菲尔丁《约瑟夫·安德鲁斯的经历》，第 83 页。
⑥ 同上书，第 83、84 页。

调侃的意味，但分卷分章对于读者的便利也是显而易见的，如读了一段可以稍做休息，每章的标题可以提示内容。从叙事的角度方面来说，分卷分章凸显了小说家的作用：卷章结构是小说家刻意安排的。当然，菲尔丁也不忘从古人那里找佐证：他说，"这种卷章之分自古有之"，① 最典型的就是古代史诗。《约瑟夫·安德鲁斯的经历》毕竟是菲尔丁开创"散文体喜剧史诗"的实验性作品，他对小说叙事的观点也处在形成阶段。到了1749年发表《汤姆·琼斯》，菲尔丁的小说叙事艺术理论有了进一步的发展，并在该书各卷的序章中进行了全面阐述，为英国小说叙事理论的发展做出了突出的贡献。

《汤姆·琼斯》第1卷的序章题为"卷首引言，或宴上菜单"。菲尔丁以饭馆老板自比，开列一份菜单，先说明本书的主题是"人性"，并强调人性是复杂丰富的。然后笔锋一转，引著名诗人蒲柏的诗句，阐明本书的全部要点，在于表现作者的艺术手段。蒲柏在《论批评》中对真正的巧智（wit）或艺术下了这样的定义："真巧智把自然装点入化，人常思却未曾完美表达。"菲尔丁引用这两行诗句意在表明他的重心在于艺术表达，而不是如笛福和理查逊所言照自然原样叙述故事。菲尔丁指出："怡情悦性之优劣，少有赖于选题之当与不当，而多有赖于奏技之巧与不巧。"② 在本书中，像名厨先上普通菜，再上美味佳肴一样，"我们刚一开始，要把穷乡僻壤中所看到的平淡朴素一类人性献出，以飨胃口最强的读者，随后才把流行于皇宫王廷和通都大邑的那种法兰西和意大利浓烈作料——那也就是，矫性饰情和酒肉声色——全加进去，再快刀精切，文火慢煨。用这种方法，我们相信，就能使读者阅览起来，不忍释卷……"③

读者从第2章开始进入小说正文，先读到在索默塞特郡乡间发生的故事，然后跟着故事的男女主人公在从乡间到伦敦的路上奔波，最后是伦敦城里发生的故事。从乡间到都市，故事从简朴到复杂，人物从自然到矫饰，这种场景、故事和人物的变化，正是《汤姆·琼斯》引人入胜之处。以男主人公与三个女人的性关系为例，我们可以清楚地看到叙事艺术上的变化。汤姆与冒丽的关系是从最自然的青春男女的互相吸引开始的，绝少矫揉造作、虚情假意的成分。汤姆在去伦敦途中与洼特太太的关系始于汤姆解救面临危险的落难女子，洼特太太既感激汤姆相救之恩，又被他的翩

---

① 菲尔丁《约瑟夫·安德鲁斯的经历》，第84页。
② 菲尔丁《弃儿汤姆·琼斯史》，张谷若译，上海：上海译文出版社1993年版，第8页。
③ 同上书，第8—9页。

翩风度所吸引，于是有意裸露上身，并在饭桌上频抛媚眼，终于引汤姆上钩，导致一夜温情。而汤姆与白乐丝屯夫人的关系则纯粹是后者设了圈套让汤姆钻；为了独占汤姆，白乐丝屯夫人竟然唆使法勒莫勋爵去强暴苏菲娅；当汤姆中断了他们的苟且关系以后，白乐丝屯夫人又设下计谋要把汤姆绑架充军，以阻止他与苏菲娅的结合。而这一切她都是打着为了苏菲娅的幸福，为了威斯屯家族的声誉而做的，在她的生活和道德观念中没有一点自然真诚可言。《汤姆·琼斯》三部分的对称结构被范·甘特（Dorothy van Ghent）比喻为"帕拉第奥式"宫殿建筑；① 罗伯特·艾尔特（Robert Alter）也十分强调这种对称艺术，并进一步指出："最重要的是要看到，就菲尔丁对小说的发展所起作用而言，他是用真正建筑结构的眼光来看待小说的第一人。"② 这种整齐对称、结构复杂、小中见大、环环相扣的叙事结构与纷繁无序的实际生活形成鲜明对比，也恰恰体现了菲尔丁独具匠心的艺术追求。

菲尔丁指出，他的写作遵循有话则长、无话则短的原则，有时可能省略数月甚至数年。热奈特在《叙事话语》的《时距》一章中详细分析了省略的作用，并引菲尔丁为证："他略带夸张地自命为调节叙事节奏、删除无关时间的创始人，略过了汤姆·琼斯早年生活的12年，宣称'此间没有发生任何值得一写的事迹'。我们都知道斯丹达尔对这种轻慢举止是何等推崇并着力模仿。"③ 省略是菲尔丁小说艺术的一个重要方面。第一人称叙述或书信体叙述为了保持叙述的逼真效果，往往有文必录，不能随意省略，而第三人称小说中的叙述者则可以根据叙事结构需要而对故事进行裁减安排。《汤姆·琼斯》中的省略除了如第2卷与第3卷之间省略了12年这种情况之外，还有若干特殊情况。一是基于道德观念的省略，如对汤姆与白乐丝屯夫人的苟且关系，叙述者就一笔带过，因为当时的文坛常规不允许渲染这种关系，而现代小说和电影却往往大肆渲染，这是菲尔丁原著《汤姆·琼斯》与现代电影《汤姆·琼斯》的重要区别。二是对有些场面或人物避而不描写，让读者想象补充。如关于白蕊姞、派崔济太太和斯威克

---

① Dorothy van Ghent, *The English Novel: Form and Function*, New York: Harper & Row, 1953, p. 80. Palladian 指16世纪意大利建筑家帕拉第奥的建筑风格，特点是主楼突出，两翼对称，宏伟壮观，在18世纪英国很流行。

② Robert Alter, *Fielding and the Nature of the Novel*, Cambridge: Harvard University Press, 1968, p. 97.

③ Gerard Genette, *Narrative Discourse: An Essay in Method*, trans. Jane E. Lewin, Ithaca: Cornell University Press, 1980, p. 107.

姆的形象作者就没有描画，只是说他们分别像霍格斯画中的某个人物。①三是按照菲尔丁信奉的新古典主义艺术传统，有意避免描写人物的内心活动。例如第4卷第3章，关于卜利福表面没有对苏菲娅喜欢汤姆表示不快的原因，叙述者就没有深究。他是这样讲的："但是，既然他在外表上没有表示出这类嫌恶之意，那我们如果非要到这个小伙子内心的最深处不可，我们会帮了倒忙，也说不定；这就好像有些不惮物议的人，专好侦查他们的朋友最隐秘的私事，并且往外搜索到人家的幽房密室和碗橱盘架，结果只会把朋友的卑鄙猥贱和贫穷匮乏，暴露于世上。"② 四是有时不描写胜过描写。如第5卷第10章写汤姆因为养父奥维资先生病愈而欣喜若狂，喝醉了酒，在树林中像个疯子似的宣泄他对苏菲娅的一片痴情，就在这时候，他的旧情人冒丽出现了："跟着他们两个来了一场谈判，这番谈判，既然我认为没有叙说的必要，所以我就略而不谈。我只这样一说就够了：他们谈了整整一刻钟的工夫，谈完了，他们就往树林子最丛杂的地方走去。"③ 这种省略，没有直接描写反倒更富声色。

菲尔丁在《汤姆·琼斯》第4卷的序章讨论了艺术点缀的作用。他写道："我们在全书里，只要遇到机会，就点缀上一些譬喻比拟的词句、绘影绘声的描写，和一切诗情歌意的藻饰。这类藻饰，……一旦遇到睡魔要暗袭读者的时候，就用它们使读者的脑筋清醒一下；因为一部长篇巨制的读者，也和一部长篇巨制的作者一样，都是非常容易受到睡魔的明侵暗袭的。假使没有这类点缀穿插，那么，一部平铺直叙的故事书，即便顶娓娓动听，读起来也绝难使人免于为睡魔所困。"④ 紧接着，在第2章叙述者就使出浑身解数，为女主人公苏菲娅的登场大肆渲染。伊恩·瓦特对此很不以为然，抱怨说苏菲娅"从未完全从这样一种矫饰语言的运用中恢复过来，或者至少是从未从它所引起的讽刺态度中真正摆脱出来"。⑤ 这当然不无道理。但是，如果考虑到菲尔丁的叙事艺术宗旨不在机械地描摹现实，而是用喜剧艺术表现生活，我们就应全面考察艺术点缀的作用。作用之一恰如作者自己所言，是增加叙事的色彩，调节叙事的节奏。从这一点说来，菲尔丁的手法有些近似于我国古典小说中穿插其间的词赋诗文，可能

---

① 分别见菲尔丁《弃儿汤姆·琼斯史》，第59、86、167页。
② 同上书，第202页。
③ 同上书，第352页。
④ 同上书，第189页。
⑤ 伊恩·瓦特《小说的兴起》，第291页。

正是从这个方面考虑，张谷若先生在他的译文中常用古典词赋文法来翻译这类艺术点缀。作用之二在于展示作者的散文才华。笛福的第一人称小说和理查逊的书信体小说都限制了作者散文形式的选择，《帕美勒》中硬要女仆出身的主人公做诗论道让人觉得不伦不类。作为第三人称叙述者的菲尔丁则有充分自由施展其散文写作才华，而这也是他的小说区别于其他小说的重要标志。作用之三是在叙述语言与叙述故事之间制造一种张力，从而丰富小说内涵。这一方面最突出的例子就是用模仿史诗手法来描写乡间打斗场面。

菲尔丁在第 10 卷的序章中从两个方面谈到了整体艺术问题。他写道："首先，我们要举以相告者为：不要不假思索，动辄对这部历史中所写诸事指责非难，认为有乖于事理之常，无关于全体布局；因为你不能当前就了解到，这种事件如何能导致全体布局。"① 这是一个十分重要的观点。早期小说由于受流浪汉小说的影响，对于整体艺术重视不够，往往是用一个人物把一些互相没有多少关联的故事连接起来。《汤姆·琼斯》是一部结构宏大、人物众多的小说，初看起来有些人物和情节似乎与主要故事关系不大，属于可有可无的。但是，菲尔丁告诫批评家和读者不要妄下断语，因为有些看似无关的情节实际上在全书结构中是至关重要的。只有读完全书，细心领会才能理解小说的整体艺术，才会发现几乎任何一个微小的情节事件都对故事发展有不同影响。深受菲尔丁小说艺术影响的 19 世纪著名小说家萨克雷曾经评论道："不管这本书是道德还是不道德，任何人只要把它仅仅当作一件艺术品来考察，一定会感到这是人类的机巧的才能的惊人的产品。哪怕是最不重要的事件，都随着故事向前发展，都是由在先的事件发展出来的，而且与全部故事联合成一个整体。这种文学上的神力（假如我们能用这个字眼的话）是任何小说创作中所未见过的。"②

菲尔丁小说的整体艺术不仅体现在全书布局结构和情节安排上，而且也体现在人物性格塑造上。他关注优劣共存的人物，而不是塑造所谓完美无缺的人物，这一点在小说主人公汤姆的形象塑造方面尤其突出。菲尔丁告诫读者："不要因为一个角色并非十全十美，而就贬之为恶人。假使你一心所爱好的只有这类十全十美的模范人物，那坊间肆上有的是书，可使你称心如意。但是，我们在社会交往中，既然从来没有遇见过这样的人，

---

① 菲尔丁《弃儿汤姆·琼斯史》，第 753 页。
② 萨克雷《菲尔丁的作品》，刘若瑞译，载《英国作家论文学》，王春元、钱中文主编，北京：三联书店 1985 年版，第 161—162 页。

那我们就认为，还是不要让这样的人在这儿出场为妙。"① 他接着指出："事实是，如果一个人物有足够的善良，能使一个有向善之心的人生景仰之情、爱慕之感，那他即使有一些小小瑕疵……他在我们心里所引起的，也依然是同情，而不会是憎恶。"② 汤姆在与女人关系方面不检点，还有醉酒、打斗和所谓偷窃等"罪孽"，可以说是一个满是缺点的人物，但是综观全书，汤姆的性格中瑕不掩瑜，他仍然是一个深受广大读者喜爱的小说形象。

菲尔丁小说最有代表性的特色则是叙述者的形象和作用。韦恩·布思（Wayne Booth）在《小说修辞学》中指出："如果我们把汤姆的故事排除在外，把叙述者那些看似无关大局的表现从头到尾读下来，就会发现一种关于叙述者与读者之间不断加深的亲密关系的描述，它有自己的情节，有独立的结局。"③ 约·阿里森·帕克（Jo Alyson Parker）更进一步指出："正如汤姆的故事意在表明主人公的善良本质，序章则力图证明这个文本作为文学权威继承者的特质，而在这一证明过程中故事本身就是证据。"④ 实际上，小说的叙述者不仅在18篇序章中登场亮相，侃侃而谈，而且在小说故事过程中也不时出现，或为读者指点迷津，或与读者共同探讨人物性格。这种叙述者曾深为以詹姆斯为代表的现实主义小说家所诟病，因为他的介入打破了小说的现实幻觉。⑤ 但是，如果我们从菲尔丁所生活于其中的18世纪社会文化的实际来看，这种性格化了的叙述者却自有其特殊意义。首先，叙述者的不断出现建立起一种作者权威。"散文体喜剧史诗"是作者的独创，因而作者自己有权制定规则，发号施令。第二，从首卷序章中的饭馆老板到末卷序章中的旅伴，叙述者与读者的关系逐渐亲密，原因就是两者之间的密切交流。这种交流是智者之间的交流，是互相关照、互相补充的交流。第三，正是叙述者和读者之间的这种亲密交流大大丰富了小说的内涵。因为，较之一般小说中读者与人物的交流，在《汤姆·琼斯》中读者多是通过叙述者的评论来间接与人物交流，有时叙述者还与读者一起探讨关于某人某事的评价，分析某种行为的动机原因。也正是在这个意义

---

① 菲尔丁《弃儿汤姆·琼斯史》，第754—755页。
② 同上书，第755页。
③ Wayne Booth, *The Rhetoric of Fiction*, 2nd. ed. Chicago: University of Chicago Press, 1983, p. 216.
④ Jo Alyson Parker, *The Author's Inheritance: Henry Fielding, Jane Austen and the Establishment of the Novel*, Dekalb: Northern Illinois University Press, 1998, p. 74.
⑤ 伊恩·瓦特《小说的兴起》，第329—331页。

上，伊恩·瓦特称菲尔丁的现实主义为"评价的现实主义",以区别于笛福和理查逊为代表的"表现的现实主义",虽然就《小说的兴起》的整体框架来看,瓦特显然认为"表现的现实主义"才是最本质的现实主义传统。①

到了理查逊和菲尔丁的时代,英国小说发展可以说已经基本成熟,这也就是为何从伊恩·瓦特的《小说的兴起》到迈克尔·麦基恩的《英国小说之源,1600—1740》,两位批评家都不约而同地以理查逊和菲尔丁为结。从笛福的第一人称回忆性小说,到理查逊的书信体小说,再到菲尔丁的第三人称全知叙述,现代小说的三大叙述模式已经完备。对三种模式的长短,菲尔丁做出了自己的判断。他在为胞妹萨拉·菲尔丁(Sarah Fielding)的小说《大卫·辛普尔中主要人物之间的书信》(*Familiar Letters Between the Principal Characters in David Simple*, 1747)所写的序言中说:"我看不出在书信体和其他小说写作方法之间有任何本质区别,只不过书信体让作者省去了开头结尾的难处。"② 但是,从历代小说家的关注来看,开头结尾却并非小事,实为大难,正所谓"万事开头难";而大多数小说,包括菲尔丁自己的作品在内,在如何处理结局方面往往捉襟见肘。关于第一人称叙述,菲尔丁在《汤姆·琼斯》第 8 卷第 5 章描写汤姆向派崔济讲述自己经历时有所隐瞒,使自己显得完全是一个清白无辜的人。然后他评论说:"一个人,不管有多么诚实,他的行为,一经他自己亲口讲述,都要变得与己有利,这是由不得他自己的;因此他的罪恶,通过自己的唇舌,都要变得澄清明净,就像浊酒仔细滤过,把所有的浊物都留下一样。"③ 这也就是说,客观的第一人称主人公个人叙述是难以实现的。虽然有的作者可以利用这一特点增强人物刻画的复杂性和真实性,菲尔丁却从新古典主义传统立场指出其对事实难以避免的歪曲。正是由于认识到这两种流行叙述方法的内在缺陷,他才在借鉴史诗手法和史家叙事的基础上,以超脱的第三人称叙述为基本手段。迈克尔·麦基恩在《英国小说之源,1600—1740》一书中从不同的哲学观点区分笛福、理查逊和菲尔丁的创作艺术。笛福和理查逊的哲学观点被界定为"天真的经验主义",他们相信个人的表白,故用第一人称叙述(书信体也是第一人称叙述的一种形式);而菲尔丁的哲学观点则被界定为极端怀疑主义,他不相信人物自己的表白,所以用客

---

① 伊恩·瓦特《小说的兴起》,第 331 页。
② Ioan Williams, (ed.) *The Literary and Social Criticism of Henry Fielding*, London: Routledge & Kegan Paul, 1970, p.133.
③ 菲尔丁《弃儿汤姆·琼斯史》,第 602 页。

观的第三人称全知叙述。① 正是从菲尔丁开始,第三人称全知叙述手法逐渐成为小说叙事的主导方法,在整个 19 世纪更占绝对优势,直到现代主义文学兴起才受到严重挑战。莫洛亚在《狄更斯评传》中指出:"理查逊开了心理小说的先声,菲尔丁创了叙事体小说的先河。在菲尔丁之前,同时代的英国小说没有哪一部是用第三人称的形式恰如其分地叙述出来的。菲尔丁掌握了他的素材,创造了非常自由,非常直截了当的小说形式,从此以后,英国始终不渝地忠实于这种形式……"② 这是相当中肯的观点。

第四节　高峰过后: 斯摩莱特、斯特恩及其他

斯摩莱特(Tobias Smollett)的小说特征近似于菲尔丁的喜剧史诗,但他尝试了第一人称回忆、书信体和第三人称叙述等多种形式。斯摩莱特的第一部小说《蓝登传》(*The Adventures of Rodrick Random*)出版于 1747 年,采用第一人称回忆录形式,属于继承《吉尔·布拉斯》流浪汉小说传统的喜剧小说。此后在 50 年代和 60 年代发表的三部小说采取的是第三人称叙述,显然受菲尔丁小说影响;而他在 1771 年去世前不久发表的《亨弗利·克林克》(*The Expedition of Humphry Clinker*)则是书信体,是把喜剧小说与感伤小说相结合的尝试。从这一创作生涯来看,斯摩莱特似乎对自己的特长把握不准,一直在不断探索中。当然,也有一点不容忽视:笛福、理查逊和菲尔丁等三人的小说创作时间都只有十年左右,而斯摩莱特从 1747 年发表第一部小说到 1771 年发表最后一部小说,跨度长达二十多年,其间个人经历、文化市场、读者兴趣都发生了很大变化,斯摩莱特自己也从写小说到译小说和办杂志评小说,还写史书游记等。③ 由于他的小说创作前后变化较大,且深受三位较早的大小说家影响,他的创新贡献较少,因此在 18 世纪英国五大小说家中一般认为是较次要的一个。

但是,斯摩莱特对小说叙事仍提出了一些有见地的观点。在《蓝登传》序言的第一段,他指出:"在各种各样的讽刺中,最能引人入胜、最能普遍使人获得教益的,无过于在讲述一个情节处处生动有趣的故事时信

---

① Michael McKeon, *The Origins of the English Novel 1600—1740*, Chapters 9, 11, 12.
② 安·莫洛亚《狄更斯评传》,王人力译,上海: 上海译文出版社 1986 版,第 77 页。
③ 参阅 Frank Donoghue, *The Fame Machine: Book Reviewing and Eighteenth Century Literary Careers*, Stanford: Stanford University Press, 1996, 第 4 章对斯摩莱特创作生涯的评析。

手穿插进去的那种讽刺。"① 这虽然是菲尔丁在《大伟人江奈生·魏尔德传》和《约瑟夫·安德鲁斯的经历》中已经做过的，但在序言中郑重提出这种观点还是很引人注目的。在斯摩莱特的全部小说创作中，讽刺一直是个十分重要的因素，或许正因如此，他的小说人物多为粗线条的漫画式人物。他在序言中还批评了流行传奇，指出自己的创作是以《吉尔·布拉斯》为模本，但又批评《吉尔·布拉斯》的作者不重视同情怜悯之心："连他自己都讥笑自己做的事情。他从苦难过渡到幸福，或者，虽然算不得幸福，至少也算安适吧；但是他这变化来得太快了，读者要可怜他也来不及，连他自己也没有来得及和痛苦混熟呢。在我看来，这种写法不仅有所牵强，而且也不能激起读者对肮脏险恶的世道人心的充分愤慨。"在这里，他把缺少同情这一点与小说的真实性联系起来。他在序言的最后为小说语言中的粗俗不雅之处做了辩解："要揭露这种无聊的咒骂之荒唐可鄙，最有效的办法莫过于把这些咒骂连同当时的整个谈话，如实地、一字不漏地记录下来。"② 在此，除了真实地表现人物之外，他还强调了道德批判意义。

在 1753 年出版的《斐迪南伯爵》（*The Adventures of Ferdinand Count Fathom*）的献词中，斯摩莱特提出了这样的小说定义："小说是一幅复杂的大图画，包括安排在不同组群，表现不同态度的活生生的人物，目的是为一个统一计划和完整行动，每个人物都必须从属服务于此。但是，要使这种统一计划的执行得体、可信或成功，就不能缺少一个主要人物，他凭其重要性，吸引读者注意力，把事件连为一体，提供走出迷宫的线索，最后结束全书。"③ 这可以说是一个相当完备的小说定义，概括了小说场面广阔、人物众多的特点，又强调了统一计划和中心人物的重要性。18 世纪的几乎所有重要小说都是以主人公名字为书名，原因就在于主人公是统领全书故事的中心人物，至少是名义上的中心人物。

那么，这个主人公应该是个什么样的人物呢？传奇小说的主人公一般都是完美的典范性人物，理查逊的小说主人公也大致如此。菲尔丁提出要创造有缺点的人物，并在《汤姆·琼斯》中进行了实践。1750 年，约翰逊（Samuel Johnson）在《漫游者》评论中不指名地批评菲尔丁塑造的人物，提出由于读者多是缺少社会经验的年轻人，鉴别能力较低，因此应该以完美的主人公为他们树立楷模："在不受历史真实所限制的叙事作品中，我

---

① 斯摩莱特《蓝登传·序言》，杨周翰译，上海：上海译文出版社 1980 年版，第 3 页。
② 同上书，第 5、6 页。
③ Smollett, "Dedication," *The Adventures of Ferdinand Count of Fathom*, London: Hutchson, p. 7.

不明白为什么不表现最完美的德行：当然不是天使那样不可信的美德，因为不可信的东西我们不会去模仿，而是人类可以达到的最高贵、最纯洁的美德。这种经历各种变故考验的美德，通过战胜或忍受某些灾难，会教给我们什么是可以希望的，什么是可以做到的。"① 斯摩莱特在《斐迪南伯爵》中却塑造了一个彻头彻尾的恶棍形象。他申辩说，自己的目的是为了更清楚地揭示坏人的本质，使读者警惕。同时，他又写道，为了不让读者心灵感到厌倦，想象受到玷污，他也创造了一个正直善良的人物形象，并在好人与坏人的对比中表达他的道德观点。斯摩莱特的努力应该说是值得称道的，而且不同人物的对比也是小说叙事艺术的一个重要方面。笛福的摩尔·弗兰德斯和洛克珊纳虽是妓女窃贼，但她们的堕落有深刻社会原因；理查逊在《克拉丽莎》中塑造的洛夫莱斯虽然道德堕落，但他风度翩翩，举止文雅，颇受女读者青睐。而斐迪南伯爵则是无恶不作，恩将仇报，毫无道德观念的恶魔式人物，用这样的人物做小说主人公是前所未有的。从英国小说史来看，以恶魔做主人公的小说相当少见，这应该说是一个很值得探讨的问题。

《斐迪南伯爵》开卷第1章有些类似菲尔丁小说的序章，叙述者先引述德·雷兹红衣主教的观点说，由于历史学家在叙述中总有错漏，最好应由历史人物自己来写回忆录，只要他能诚实地叙述事实，而不隐瞒任何信息。但是，斯摩莱特接着写道："这个先决条件却很难实现。实际上，我倒认为，不管一个人意图如何高尚，他在写作过程中都可能被自己的幻觉所影响，按自己的偏见和感情来表现生活。"② 因此，斯摩莱特放弃了他在《蓝登传》所采用的第一人称叙述，而采用第三人称叙述。显然，作者在此表明的观点就是菲尔丁在《汤姆·琼斯》中阐述的观点。由于主人公斐迪南伯爵是个恶魔般的人物，作者写道："读者读完这本书的时候，一定会为冒险家自己没有叙述而庆幸。"③

如果说斯摩莱特在1753年发表的《菲迪南伯爵》献词中为英国小说提出了完整的定义，劳伦斯·斯特恩（Laurence Sterne）的《项狄传》（*The Life and Opinions of Tristram Shandy*, 1759—1767）则是对英国小说规范的全面颠覆。斯特恩打破小说形式的常规，把所谓"献词"放在第1卷第9

---

① Johnson, *The Rambler*, No. 4, Samuel Johnson: *Selected Poetry and Prose*, (ed.) Frank Brady and W. K. Wimsatt, Berkeley: University of California Press, 1977, pp. 158—159.

② Smollett, *The Adventures of Ferdinand Count of Fathom*, p. 13.

③ Ibid., p. 14.

章,"序言"则出现在第 3 卷第 20 章,而且内容也只是对传统序言的戏仿,并未提出真正的小说理论。小说虽然名为《特利斯特拉姆·项狄的生活和观点》,"但特利斯特拉姆在小说已过三分之一时才出生;又过了 50 页才起了名字;小说已经过半时他才五岁(几乎还没到有'观点'的年纪);小说过去三分之二了他才开始穿裤子;转眼间他以绅士身份到法国游历;小说最后以托比叔叔的(爱情)故事作为结束。"①

显然,虚构人物项狄的生平事迹不能构成《项狄传》的中心故事。那么,真正构成《项狄传》特殊的整一性是什么呢?是洛克(John Locke)在《人类理解论》(*An Essay Concerning Human Understanding*,1690)中提出的"观念联想"(association of ideas)。洛克举了许多例子来说明这一现象,最著名的是下面的故事:"据说某君学会了跳舞,且舞艺极高。他练舞的房间碰巧有一只箱子,箱子和舞艺就被莫名其妙地联系起来了。如果把箱子搬走,他就难以起舞,在其他地方跳舞时,也必须放上这么一只箱子,他才能舞姿翩翩。"② 在《项狄传》第 1 卷第 4 章,小说的叙述者项狄就提到了洛克的"观念联想",并把自己一生的不幸归结于此:原来项狄的父亲做事特别有规律,每月第一个星期日晚上要处理两件家务事,一是给钟上弦,二是与妻子同房。就在 1718 年 3 月的第一个星期日晚上,项狄父母同房之时,母亲突然问道:"亲爱的,你没忘了给钟上弦吧?"③ 这句问话打乱了父亲的注意力,而母亲恰恰在那一晚上受孕,结果注定了项狄的终生不幸。或许是受了母亲的影响,项狄本人在讲故事时也总产生观念联想。换言之,斯特恩提出并在《项狄传》中实践的小说叙事原则就是非理性的"观念联想"。在第 2 卷第 2 章叙述者与想象中的批评家进行了对话:"请问,先生,在您的阅读经历中,您读过洛克的《人类理解论》吗?……我用三个字告诉您那是本什么书。——是史书……先生,那是一本关于人的心理活动的史书(此说可能会使世人更想读)。"④

说洛克的哲学名著是"史书"或许有调侃之嫌,但《项狄传》却真可以定义为"一本关于人的心理活动的史书"。由于人的心理活动并不总是按照严格的逻辑进行,以这样的原则写出来的小说自然与传统小说大相径

---

① Dorothy Van Ghent, *The English Novel: Form and Function*, p. 84. "Uncle Toby's love affair" 发生在主人公出生前五年的 1713 年。

② John Locke, *An Essay Concerning Human Understanding*, Oxford: Clarendon Press, 1975, p. 399.

③ Sterne, *Tristram Shandy*, Vol. 1, Chap. 1, New York: The Modern Library, p. 2.

④ Ibid., p. 74.

庭。于是，在小说中项狄的出生就远不像一般小说人物的出生那么简单。多萝西·范·甘特曾作了这样的归纳：为了准备接生，"要找接生婆；从接生婆联想到接生婆的生平，又联想到使接生婆立业的约里克牧师，再联想到约里克牧师的马；从牧师的马又联想到弩骍难得——一位有怪癖的绅士（堂吉诃德）的坐骑，于是又联想到怪癖问题……"① 这种观念联想就是现代意识流小说的滥觞。

由于全书是主人公的"生活和观点"，观点中也自然包括了一些对小说形式的看法。首要的一条，小说叙事要有始有终，或者说按照亚里士多德的观点，有开始，有中部，有结尾。一般说来，小说多以主人公出生开始，《项狄传》则更进一步，引所谓贺拉斯（Horace）之言说"从卵开始"，即从母亲受孕开始。韦恩·布思认为《项狄传》继承了三方面的文学传统：喜剧小说、散文集和讽刺，尤其是散文集。② 如果说菲尔丁主要在《汤姆·琼斯》各卷序章中侃侃而谈，《项狄传》的叙述者则随时登场亮相，信口开河，游离于故事之外而可归于散文的内容几乎超过具体叙述故事的内容。这三种传统对菲尔丁的小说都有重要影响，但比较而言，菲尔丁的小说大致不脱喜剧小说模式，斯摩莱特的小说在喜剧小说与讽刺的结合上比菲尔丁走得更远，而到了《项狄传》则三种传统结合在一起，难分高下。或者可以说，非叙事性离题、散文所占分量的无限增大是《项狄传》区别于传统小说而成为所谓"元小说"（metafiction）的最主要原因。

如果说菲尔丁小说中的离题十分显眼，在以"观念联想"为原则的《项狄传》中离题则随处可见，以至于让人见怪不怪，离题成了正题。希利斯·米勒（J. Hillis Miller）指出："叙事线条的奇特之处在于无法区分相关的和不相关的事件，无法将离题成分与笔直狭窄的线条区分开来。"③ 这一观点对于以菲尔丁为代表的传统小说似乎有些言过其实，但却完全适合非传统的《项狄传》。由于《项狄传》充满各式各样的离题插曲；小说几乎处于一种停滞状态，于是在第 4 卷第 13 章，叙述者悲叹说尽管已写了一年，也快写完四卷，却还没有写完他生命第一天的故事。按照这个速度写下去，他写得越多就拉得越远。《项狄传》的故事由于离题插曲太多，从而出现了只见故事越来越长，而未讲的故事又越积越多的怪现象。可以说这种情况超过

---

① Dorothy Van Ghent, *The English Novel: Form and Function*, p. 90. 怪癖原文是"hobbyhorse"，所以产生从马到怪癖的联想。

② Booth, *The Rhetoric of Fiction*, pp. 224—229.

③ J. 希利斯·米勒《解读叙事》，申丹译，北京：北京大学出版社 2002 年版，第 66 页。

了传统小说的常规,但又不能说它不真实。试想乔伊斯的《尤利西斯》讲述的是 1904 年 6 月 16 日这一天发生在都柏林的故事,但作者写作花费的时间何止三年。好在他讲的只是一天的故事,不是三个人物一生的故事!

在《解读叙事》中,米勒集中分析了《项狄传》第 6 卷第 40 章。在这一章中,叙述者把第 1 至第 5 卷的叙事特征用不同的线条表示出来。这些线条似乎是随心所欲的,无任何规律可言;但是结合五卷书的具体内容,可以找到很好的注解。对正在写的第 6 卷,他说自己几乎没有跑题,有可能按一条完美的直线结束叙事,但完美的线条叙事却不是有趣的故事。在对这一悖论进行评论时,米勒写道:"它表明了线条的任意和比喻性质,并揭示出线条这一比喻的戏剧性无能:无法说明或者划分它意在表现的生活经验的方方面面。线条越直,越符合阿基米德的假定,它在表述人类经验方面的意义就越小……"① 这是很有见地的。阅读经验告诉我们,故事越曲折就越吸引人,平铺直叙的故事往往索然无味,正所谓"曲径通幽"。斯特恩把菲尔丁创立的小说常规推向极端,或者说颠覆了小说常规,产生了新的形式。虽然当时的读者欣赏的主要是小说所表现的滑稽生活众生相,后来的小说家对这种新形式也大多敬而远之,但这一形式在 20 世纪早期的意识流小说中得到大发展,成为一道突出景观。

1760 年 4 月,霍勒斯·沃波尔(Horace Walpole)在给友人的信中谈到出版不久的《项狄传》:"现在,人们最崇拜,最津津乐道的是一个在我看来极其冗长乏味的表演:这是一本叫作《项狄的生活和观点》的小说,其最大特点就是叙述总不断往后走。"② 显然,沃波尔不喜欢斯特恩的小说,但他自己却也同斯特恩一样要对刚刚建立的小说常规发难。如果说《项狄传》在叙述手法上用不断的离题插曲打乱了线性叙述规范,沃波尔 1764 年发表的《奥特朗托堡》(*The Castle of Otranto*)则通过发生在中世纪古堡的传奇故事开创了哥特小说的先河。他的叙事手法是把现实主义叙事与超现实情节、远古的故事背景结合起来,对于浪漫主义的兴起和司各特的历史小说都有一定影响。在《奥特朗托堡》第二版序言中,沃波尔除了强调自己的目的在于把古代传奇与现代小说结合起来之外,还谈到了把严肃叙事与滑稽叙事结合起来的问题。他说:"不管王子和主角们的情感是怎样严肃、重大甚至阴郁,这些情感对仆人来说并不产生同样的效果:至少仆

---

① J. 希利斯·米勒《解读叙事》,申丹译,北京:北京大学出版社 2002 年版,第 67 页。
② Miriam Allott, (ed.) *Novelists on the Novel*, p. 257.

人们不会，或者说不应该被描写成用同样高贵的语调来表达这些情感。以鄙人愚见，主角们的高贵与仆人们的天真之间的对比，正凸显了前者的悲愤情感。"① 他还进一步引莎士比亚作为证据，指出把严肃与滑稽、高雅与庸俗相对照是艺术创作的基本手法。在序言的最后，他模仿菲尔丁的口气写道，"我或许可以申辩说，既然我创造了一种新的传奇，也就有权立下我所赞同的写作规则"，但是他自觉独创性并不够，所以作罢。② 应该说沃波尔还是很有自知之明的。从今天的观点来看，虽然他创作第一部哥特小说的示范作用功不可没，但就叙事艺术来看，似乎也没有太大的贡献。

范妮·伯尼（Fanny Burney）是18世纪后半期的重要小说家，1778年匿名发表书信体小说《伊芙林娜》（*Evelina*），后来的几部小说改为第三人称叙述体，似乎表明即使对钟情于书信体的女作家，书信体的流行也已近于尾声。伯尼放弃了把小说题献给名人恩主的传统，把《伊芙林娜》题献给《每月评论》（*The Monthly Review*）和《批评评论》（*The Critical Review*）的作者们。弗兰克·多诺霍（Frank Donoghue）指出："伯尼是第一个把小说题献给《每月评论》和《批评评论》的编辑的作家。从一定意义上，她这样做使她成为第一个公开而严肃地认可评论杂志在文学领域合法权威地位的作家。"③ 在《伊芙林娜》序言中，伯尼列举了卢梭、约翰逊、马里奥、菲尔丁、理查逊和斯摩莱特等作家的名字，说他们使小说摆脱了低俗偏见。在这里她无疑在叙述小说发展史。她写道："从自然——尽管不是从实际生活——刻画人物，表现时代风俗，是下述信件的宗旨计划。"④ 把这一句话与贝恩和笛福的话语相比较，可以看出一个明显的区别：作者描写的不是实际存在的具体生活，而是符合自然（客观）规律的想象生活；反映的不是某个人的生活经历，而是时代风俗。这表明，经过大约一个世纪的发展，小说家在描写真实的问题上已经不再拘泥于"实际"生活。在序言的最后，伯尼表达了反对模仿前人的创作观点，因为模仿前人是没有出路的。虽然她紧接着就申明，"我所说的关于模仿的话应从总体上来理解，莫认为我要炫耀自己的独创性，因为我不是那么自负、愚蠢或盲目而抱此幻想"，但我们在字里行间还是觉察到作者意欲表现的

---

① Horace Walpole, "Preface: To the second Edition," *The Castle of Otranto*, *The Mysteries of Udolpho*, *Northanger Abbey*, (ed.) Andrew Wright, San Francisco: Rinehart Press, 1963, p. 10.
② Ibid., p. 14.
③ Donoghue, *The Fame Machine*, p. 170.
④ Fanny Burney, *Evelina*, New York: Oxford University Press, 1987, p. 7.

独创性。尤其具有反讽意味的是，在通篇以作者身份发言之后，伯尼在最后一段竟又模仿理查逊而退为编者："不管这些信件的命运如何，编者相信它们会得到公正的对待；编者把信件交给出版社，尽管无望得到赞美，却担心受到苛责。"[①] 最后一句话把年轻女作者忐忑不安的心态清楚地表现出来。伯尼的独创性体现在哪里，她似乎没有明确回答，但重读一遍"从自然——尽管不是从实际生活——刻画人物，表现时代风俗，是下述信件的宗旨计划"这句话，就不难发现其独创性恰在于表现时代风俗。《伊芙林娜》的意义并不在于描写了一个灰姑娘式的浪漫故事，而在于通过女主人公的视角，生动反映了时代风俗。如果说帕美勒时时关注的是自己，伊芙林娜则更像一个摄像机把形形色色的风俗人情展现在读者面前。也正是在这个意义上，伯尼在尝试把理查逊和菲尔丁的两种叙事方式结合起来，为奥斯丁的出现做了准备。

  本章探讨了18世纪英国小说家对于小说叙事的一些观点看法。这些内容虽然很难说形成一种叙事理论，但是总可以看到几个倾向性的观点。首先，小说是供人阅读的，所以作家们都很注意小说的趣味性，以吸引读者。小说要有引人入胜的故事，要给读者以娱乐享受。虽然18世纪小说家都不忘道德教诲，但娱乐性显然是第一位的，这也是反小说人士指责的重点。其次，小说要有中心人物，故事应该围绕中心人物展开或以中心人物的经历为主线。虽然《项狄传》对这一传统进行了颠覆，试图颠覆本身就是对传统的承认，而其颠覆传统的过程也有中心可辨。第三，小说语言是以表现人物为主，还是考虑道德教化为要，是许多小说家争论的问题，但从大趋势来看，一般主张以不伤风化为前提，尽量刻画人物。第四，关于小说叙事方式的争论。这一方面主要是以菲尔丁为代表的第三人称叙述与以理查逊为代表的书信体的争论。到18世纪末19世纪初，这一争论以第三人称叙述占主导而结束。这些观点的形成和发展对英国小说在19世纪中期的大繁荣打下了基础，也为小说叙事理论在19世纪后期的成熟和完善准备了条件。

[①] Fanny Burney, *Evelina*, New York: Oxford University Press, 1987, p. 8.

第二章　司各特和奥斯丁论小说叙事

在 18 世纪末到 19 世纪初期的英国，小说创作虽然很流行（哥特小说、感伤小说和社会风俗小说为主要种类），但大作家不多。直到 19 世纪的第二个十年出现了简·奥斯丁和沃尔特·司各特两大小说家，局面才有了改变。沃尔特·司各特（Walter Scott）在 1814 年发表了《威弗利》（*Waverley*），很快成为最流行的英国小说家，几乎独霸小说天地近二十年，他创立的历史小说影响了后来的许多欧美小说家。简·奥斯丁（Jane Austen）在 1811 年出版第一部小说《理智与情感》，并在随后几年又发表了五部小说。虽然她在当时的声名无法与司各特相比，但从 20 世纪早期开始她的名声大振，逐渐成为艺术小说的典型代表，而司各特的声誉则迅速下降，直到 20 世纪中期以后才又有所恢复。司各特不仅写了大量小说，而且还有大量批评作品；奥斯丁则在《诺桑觉寺》（1818）和书信中表达了一些关于小说叙事的重要观点。本章我们将分别介绍司各特和奥斯丁关于小说叙事的观点。

第一节　司各特对现实主义小说叙事传统的梳理

约欧恩·威廉斯（Ioan Williams）在《司各特论小说家与小说》导言中写道："作为一个实践批评家而不是理论家，司各特为批评术语下定义的唯一尝试出现在为《不列颠百科全书》撰写的'传奇'词条中。"然后，他引了司各特的定义："我们试图……把传奇描述为'用散文或韵文写作的，以表现奇妙非凡事件为宗旨的虚构的叙事作品'，从而与相关联的小说区别开来，后者约翰逊认为是'主要描写爱情的流畅故事'，但我们想定义为'因描写现代社会普通人生活故事而与传奇相区别的虚构的叙事作品'。"① 在此，司各特似乎为从17世纪末开始的有关传奇与小说定义的争论画上了一个句号，而他在对其他小说家的评论中也常以此为标准。但是，爱德华·瓦格南克纳（Edward Wagenknecht）在同样引述了上面这段话后马上指出："他知道这一区别是说起来容易做起来难，两者之间并没有一道用来成功阻止越境者的柏林墙。"② 实际情况也正是如此，因为司各特自己的历史小说就不是描写现代社会的。亚历山大·韦尔什（Alexander Welsh）也指出，司各特"一般把自己的作品称作'传奇'；但他给作品总集的题名却是人所共知的'威弗利小说'"。③ 而且即使是最典型的现实主义小说，有时也会描写"奇妙非凡"的事件。但是，小说与传奇之间的大致区别还是比较清楚的。除了这唯一的理论定义之外，司各特最大量的关于小说叙事的观点体现在他的《英国小说家传》中。

《英国小说家传》（Lives of the Novelists）本来是司各特应约为1820年以后开始出版的"巴兰坦小说家文库"撰写的作家生平。这个小说家文库计划虽然最后与约翰·巴兰坦策划的其他许多出版计划一样以失败告终，司各特撰写的作家生平则汇编为《英国小说家传》广为流传，其在文学史上的地位与约翰逊博士所作的《英国诗人传》相仿。《英国小说家传》开篇是《理查逊传》，这也是全书最长的一篇。司各特认真分析了约翰逊有关理查逊与菲尔丁小说的观点，即菲尔丁塑造的是风俗人物（characters of manners），而理查逊塑造的是自然人物（characters of nature）。两种人物之间的区别就像"一个通晓钟表制造原理的人与一个看钟表刻度读出时间的人"之间的区别那么大。④ 司各特认为，约翰逊的区分虽然有道理，但不应以此判定两个作家的优劣高下："理查逊造的钟表显示了表面之下复杂的内部构造，而菲尔丁造的钟表只给人提供了时间，因为那恰恰是大多数人想知道的。"⑤ 如果说菲尔丁的小说只展示了钟表的时间刻度，大多数读者需要的正是这种展示，而理查逊关于小说人物心理情感的冗长描述则有时让人望而生畏。司各特于是借用绘画艺术重新比较两人的创作："菲尔

---

① Ioan Williams, "Introduction" to *Sir Walter Scott on Novelists and Fiction*, New York: Barnes & Noble, Inc. 1968, p. 1.

② Edward Wagenknecht, *Sir Walter Scott*, New York: Continuum, 1991, p. 32.

③ Alexander Welsh, *The Hero of the Waverley Novels with New Essays on Scott*, Princeton, NJ: Princeton University Press, 1991, p. 9.

④ Walter Scott, *Lives of the Novelists*, London: J. M. Dent & Sons (N. D.), p. 39.

⑤ Ibid., p. 40.

丁和理查逊的创作之间的区别就像自由、潇洒又真实的素描与细致入微的油画之间的区别。后者的细腻描绘有时不免带着艺术精品常有的某种沉闷。"① 这一对比在司各特的原意并无明显高下之分，只是两种不同风格而已。如果借用中国绘画术语，他们之间的区别可以解释为洒脱的写意画与细致的工笔画之间的区别。这是两种不同的创作手法，各有千秋。司各特指出："若用简单的语言来表达这一争议，或许可以这么说，理查逊的小说更多教益，更感人，而菲尔丁的小说读来更有趣。"他还略带调侃地说："想与菲尔丁一起大笑的人可以随便打开《汤姆·琼斯》而不会失望，想同理查逊一起流泪的人则必须认真阅读，直到他的心灵已经适合于欣赏由一系列微小精致的细节所表现的悲伤场面。"② 艾伦·米基（Allen Michie）指出："司各特对理查逊和菲尔丁各自的评论大致平分秋色，但在一起比较时菲尔丁往往占上风。"③ 原因在于司各特自己的小说创作更接近菲尔丁的传统。

司各特还对书信体的长处和缺陷进行了评说。他认为，由于各个人物似乎自己写信，因此产生了不同的视点，有利于多角度地表现人物，讲述故事。小说人物自己讲述当时的故事，可以给读者一种身临其境的真实感受，这是其他叙事形式所望尘莫及的。但是，多人反复讲述同一故事，必然阻碍故事叙述的进展，形成故事的停滞。因此故事发展缓慢，小说篇幅冗长就成了理查逊小说的一个致命弱点。另外，书信体虽然标榜自然叙述，实际上却又最不自然。司各特写道："为了把叙事所要求的一切都写出来，人物必须经常写信，而不是更自然合理地做事情——必须经常写那些自然不应当写的事——必须永远不停地写，大量地写，远远超过常人的时间限制。"④ 这当然有些把书信体的写作常规绝对化了，但也确实说出了书信体的突出缺陷。尽管如此，司各特可能还是受到理查逊的影响，在大约同时创作的小说《雷德冈特利特》（Redgauntlet, 1824）中首次使用书信体，但很快就发现其局限是"很难提供读者阅读理解所需的全部信息"，⑤于是便改用第三人称叙述，间或采用日记体，结果使《雷德冈特利特》成为其小说中叙述形式最特殊的一部。戴维·戴希斯（David Daiches）指出，

---

① Walter Scott, *Lives of the Novelists*, London: J. M. Dent & Sons (N. D.), p. 40.
② Ibid., p. 40.
③ Allen Michie, *Richardson and Fielding: The Dynamics of a Critical Rivalry*, Lewisburg: Bucknell University Press, 1999, p. 102.
④ Scott, *Lives of the Novelists*, pp. 42—43.
⑤ Scott, *Redgauntlet*, (ed.) Kathryn Sutherland, Oxford: Oxford University Press, 1985, p. 140.

通过使用书信体和日记体，"司各特达到了他的目的，这就是用有力而直接的方式把读者带到故事中，现在他可以用较常规的方式继续讲述后来的故事"。① 此后，不仅司各特再未采用书信体创作，其他英国小说家也几乎全部放弃了书信体，半个世纪前菲尔丁与理查逊关于叙事形式的争执终于以菲尔丁的观点取胜而告终。② 但这并不是菲尔丁叙事手法的简单重复，因为从 19 世纪早期开始，在第三人称叙述中奥斯丁就在尝试以某一人物视点为中心的有限视角，对全知叙述模式进行了重要革新。

司各特对《帕美勒》评价不高，认为虽然自然简朴的叙述是这部小说的一个突出特点，但故事后半部帕美勒对 B 先生百依百顺，毫无独立人格的表现让人生厌，B 先生浪子回头式的转变也不可信。他对《克拉丽莎》评价最高，认为女主人公的表现具有崇高悲剧美，是小说中不可多得的人物形象。他尤其推崇理查逊不顾读者友人劝告，坚持小说的悲剧结局，认为只有在经受了蹂躏之后不向施暴者屈服，才能最充分展示女主人公的高贵品格，才是小说合理的结局；若让女主人公原谅洛夫莱斯，则是对人物性格的背叛。司各特充分肯定了理查逊小说在叙事结构上的完整美："理查逊躲开了传奇荒诞离奇的陷阱，直接诉诸人类心灵的真挚激情，在这方面他是虚构叙事作品创作中的第一人，并因而赢得不朽的赞誉。"③ 司各特认为理查逊的第三部小说《格兰迪逊》以完美无缺的男主人公为中心，没有吸引读者的冲突和悬念，因而不是成功的叙事文学作品。"小说的主人公本身具有各种难得的优点，又处于自在富裕的环境中，可以不受任何引诱干扰，读者不可能从这个人物的故事中得到什么深刻教益。"④ 在这里，司各特以对《格兰迪逊》的批评，清楚表达了一个重要的叙事理论观念：即冲突和悬念的作用。冲突和悬念吸引了读者的注意力，给了小说继续发展的内在动力；没有了冲突和悬念，小说就成了死水一潭，缺乏生机和活力。

在《菲尔丁传》中，司各特认为菲尔丁是最具英国特色的小说家，他

---

① David Daiches, "Scott's *Redgauntlet*," in *Walter Scott: Modern Judgments*, (ed.) D. D. Devlin, London: Aurora Publishers Inc., 1969, p. 152.
② 除了《雷德冈特利特》之外，玛丽·雪莱 1818 年发表的哥特（科幻）小说《弗兰肯斯坦》也用书信体框架介绍人物，但基本故事采用的是通常的第一人称叙述。奥斯丁早期曾尝试过书信体，但是她发表的主要小说都没有用书信体。这些都表明书信小说的黄金时期已经过去。
③ Scott, *Lives of the Novelists*, p. 39.
④ Ibid., p. 32.

的作品处处浸透了英国的社会文化特征，几乎不可能完全翻译成别国文字。① 司各特又指出，菲尔丁的《汤姆·琼斯》是第一部"以描述自然生活为宗旨的"英国小说，"理查逊的小说也只是比过去的传奇向前迈进了一步，比较接近于表现普通事件的发展变化，但仍然在描写不可能发生的事件，人物也超过了普通人的界限"。② 这似乎有些强词夺理，因为小说史家都充分肯定理查逊对英国小说的开创性贡献。但是，司各特的观点也有他的道理。如上所述，司各特对《帕美勒》和《格兰迪逊》评价不高，却十分推崇《克拉丽莎》，主要原因是小说具有的悲剧感染力和女主人公的超人意志。司各特的高明之处，就在于他对某小说或小说家的崇拜并不会使他忽视其弱点。虽然他充分认识《克拉丽莎》的悲剧价值，他也认识到这部小说在情节安排和人物塑造上偏离自然真实的一面：克拉丽莎和洛夫莱斯都不是普通自然的人物，而是像希腊悲剧和神话中描写的超凡人物。正是在这个意义上，他们是英国小说史上最动人的艺术形象，后来更伟大的小说家如奥斯丁和狄更斯笔下的人物也难以同他们相比，因为后来小说家的人物比他们更像真实自然的人物，这是继承菲尔丁小说传统而实现的。

　　司各特对菲尔丁小说中的序章表示充分理解，认为由于菲尔丁创立了新的小说形式，在序章中阐述其艺术观点无可非议。第一次阅读小说可能会觉得这些序章是障碍，重读小说时就会发现这些是最乐趣无穷的篇章。③ 虽然司各特自己没有尝试这一手法，他第一部小说《威弗利》的第一章和最后一章都有序章的特点；他为1829年开始出版的《著作总集》所写的导论和序言也多具有小说理论性质。从司各特自己的小说创作中，我们可以清楚看到菲尔丁的影响。像菲尔丁一样，司各特几乎所有小说都是采用第三人称叙述，而叙述者也常常以历史学家自比，很关注叙述者与读者之间的紧密关系。简·米尔盖特（Jane Millgate）在论述《威弗利》时指出："最初的几章建立起了叙述者、主人公和读者之间的基本关系，但这种关系也部分地被颠覆。喜剧反讽表明威弗利将不得不面对现实，以医治他年轻人的浪漫，把富有梦幻的青年变成理智的成人——也就是说，使他更接近叙述者和读者。"她把这种叙述风格称作"菲尔丁风格"。④ 哈里·E. 肖

---

① Scott, *Lives of the Novelists*, p. 46.
② Ibid., p. 63.
③ Ibid., p. 67.
④ Jane Millgate, *Walter Scott: The Making of the Novelist*, Edinburgh: Edinburgh University Press, 1984, p. 36.

(Harry E. Shaw)也注意到这种继承关系,但更强调司各特自身的特点:"在这里,司各特的叙述者也使人想起菲尔丁,只不过相对于较少历史感的汤姆·琼斯可能面对的绞刑,我们更容易在威弗利经过的历史进程与我们自己的历史可能性条件之间找到认同感。"①

司各特对《汤姆·琼斯》所表现的整体艺术推崇备至。他写道:"读者的注意力从未因不必要的离题故事而分心或受挫,也未受到突然转回到主题的影响。他引着故事顺流而下,就像在宽阔水面航行的小船,河流蜿蜒,以便让游人更好地欣赏岸上美景。"②只有"山中人"的故事是个例外。在为《尼格尔的命运》(The Fortunes of Nigel,1822)所写的对话体导论中,司各特又进一步指出:"菲尔丁对可视为由他创立的小说艺术的特性有很高的认识。他把小说与史诗相比拟……(他的小说)情节是完整一致的,每一步都逐渐接近最终结局。"③显然,司各特充分理解菲尔丁的整体艺术,并在与勒萨日和斯摩莱特的断续性流浪汉小说的比较中强调其艺术成就。而且,他在谈到自己小说的弱点时,更直言不讳地承认缺乏整体把握能力。他写道:"请相信,我还没有傻到忽略常规的地步。我曾一次次地把将要写的著作设计好,分成卷章,创作一个引人入胜而又逐渐发展的故事,最终达到戛然而止的结局。但我觉得,一开始写作就有个小鬼坐在我的笔尖,引我远离自己的设想。我笔下的人物变大了,事件变多了,故事变长了,素材更丰富了,但规划中的大厦变成了哥特古堡,故事结束时与我设想的目标差了十万八千里。"④

这段话可以说是作者坦白承认自己的创作局限,表露了一种无奈,好像司各特的小说就像浪漫主义诗歌一样源自"瞬间产生的强烈情感"。但从另一方面来说,这是一种更自然的有机创作方法:小说开始之后人物就具有了生命,可以自己发展或引导作者的创作。这种创作方法的一大优点就是创作速度快,能及时满足读者的阅读需要。正如司各特在此前一段所言:"作家应该趁热打铁,顺风扬帆。如果一个成功的作家不占据舞台,别人就会抢先占据。如果一个作家用了十年才写出第二本书,他早已被别人所取代;如果时代太缺才子而他尚未被取代,那么他自己的名誉就成了

---

① Harry E. Shaw, *Narrating Reality*: *Austen*, *Scott*, *Eliot*, Ithaca: Cornell University Press, 1999, p. 188.
② Scott, *Lives of the Novelists*, p. 63.
③ Ioan Williams, (ed.) *Sir Walter Scott on Novelists and Fiction*, p. 454.
④ Ibid., p. 457.

最大的障碍。读者会期待新书比前一本好上十倍，作者会期待新书比前一本流行十倍，而十有八九两方面都会失望。"① 不难看出，满足市场需要，保持作家地位是促使司各特不断推出新著的重要原因。在这种情况下，我们当然不能指望他写出《汤姆·琼斯》或《克拉丽莎》那种耗费几千小时或几年时光的作品，更不可能像曹雪芹创作《红楼梦》那样在"悼红轩"中"批阅十载，删繁五次"。因此，可以说司各特的叙事观是一种以读者为导向，以自由创作为特征的叙事观，与菲尔丁以展示作者艺术把握为特征的叙事方法和20世纪现代派小说家以新技巧探索和表现人物心理为宗旨的叙事理念都不相同。但是，正是他这种带有即兴特点，信笔所至的叙事技巧，由于其自身的流畅性或可读性而统治文坛，在某种程度上造就了小说创作大繁荣的维多利亚时代小说。

在《斯摩莱特传》中，司各特认为斯摩莱特可与菲尔丁相提并论，而且在反映生活的广泛性方面更在菲尔丁之上，这是历来受到批评家质疑的观点。约翰·劳伯（John Lauber）就指出："斯摩莱特被令人惊讶地与菲尔丁并列，部分原因是司各特不把小说形式方面的弱点看成是严重缺陷，但民族认同感也是不可否认的。"② 但是，司各特提出的一些见解仍值得注意。如他认为菲尔丁的小说中叙述者经常介入故事，虽然这些介入妙趣横生，"有时却太频繁，且总有一大缺陷，就是提醒我们读的是虚构作品"，从而打破了读者印象中的真实幻象，而斯摩莱特的小说就没有这方面的问题。他写道："斯摩莱特很少以作者自己的身份同读者交流。他指挥着自己的木偶表演，并没有从幕布后面露出头来……作解释。因此，我们对故事的注意力没有分散，而且我们也确信作者对自己的丰富材料充满信心，用不着把无关的东西摆出来。"③ 在反对作者过多介入叙事这一点上，司各特正是代表了菲尔丁之后小说家逐渐接受的观点。虽然在19世纪仍有像萨克雷这样的作家模仿菲尔丁，到世纪末詹姆斯提出的小说规范就把介入性叙述者给彻底清除了。④

作为一个倾向于现实主义传统，以讲故事为第一要务的小说家，司各特显然对斯特恩的反传统小说不太欣赏。他在《斯特恩传》中指出："如果我们认为斯特恩的声誉主要依赖于《项狄传》，他就难以避免两大严重

---

① Joan Williams, (ed.) *Sr Walter Scott on Novelists and Fiction*, p. 457.
② John Lauber, "Scott on the Art of Fiction," *Studies in English Literature*, 3 (1963), p. 552.
③ Scott, *Lives of the Novelists*, p. 110.
④ 关于这一点，参看殷企平等《英国小说批评史》，第75—78页。

责难,即粗鄙不雅,矫揉造作。"① 司各特承认斯特恩诙谐机智,但用的不是地方;他指责"《项狄传》不是叙述故事,而是一系列或幽默或造作的场景、对话和肖像的汇集,夹杂有诙谐机智以及独创或盗用的不少学问"。② 这也从反面清楚表明了司各特自己推崇的小说叙事规范。尽管如此,司各特对斯特恩表现的动人情感仍给予很高评价:"在拥有打动人内心感情的力量方面,他从未被超越过,或许从未被人赶上过;他可以说是最矫揉造作,又最朴实无华的作家——是英格兰产生的一个最大的剽窃者,最富独创性的天才。"③ 这种矛盾评价或许正展示了斯特恩卓尔不群的特性,也表露了司各特对他虽不倾心相与,却也不由自主地崇拜。

第二节 司各特论哥特小说的叙事特点

司各特从总体上看是继承了菲尔丁和斯摩莱特的现实主义小说传统,他在《英国小说家传》中对理查逊、菲尔丁、斯摩莱特和斯特恩四大小说家的比较批评对于梳理这一小说传统起了重要作用。但是,这还不是他的全部贡献。按照乔治·塞恩斯伯里(George Saintsbury)在《英国小说家传》导言中的观点,司各特对哥特小说三作家沃波尔、里夫和拉德克利夫的评价可能更具重要性:因为四大现实主义小说家的地位已经基本稳固,司各特主要是作为一个后来者对先人进行赞美评价;对哥特小说家他则需着力辩护,争取合法地位,并同时指出其弱点。司各特成功地完成了这一任务,拉德克利夫夫人的传记"可能是全书写得最精彩的"。④ 司各特在《拉德克利夫夫人传》中写道:"真正重要的问题是,作为一种独特的创作来看,拉德克利夫夫人的作品有无优点,是否给人愉悦;因为,如果承认了这两点,再去抱怨她的作品缺少与其截然不同的另一类作品所具有的长处,就如同抱怨桃树没有结葡萄,或葡萄架没有长桃子一样荒唐。"⑤ 正是这种对有别于传统小说的特殊创作的宽容态度使司各特摆脱了褊狭俗见,对受到非议的哥特小说家做出了恰如其分的评价。菲奥纳·罗伯特森(Fiona Robertson)指出:"如果说文学史总体上可以说是使曾经具有威胁性的

---

① Scott, *Lives of the Novelists*, p. 182.
② Ibid., p. 185.
③ Ibid., p. 187.
④ George Saintsbury, "Introduction" to *Lives of the Novelists*, p. 10.
⑤ Scott, *Lives of the Novelists*, p. 228.

形式合法化，近年来哥特小说比任何形式都更灵巧地获得了文学性。司各特就是这一过程的早期推动者，至少在支持恐怖小说作者方面，他崇拜他们是原创性作者，而不是拙劣的模仿者。"① 他对沃波尔开创的哥特小说传统的独到见解，有三点比较引人注目：一是对诗意描写的肯定，二是对强烈情感的重视，三是对超自然写法的包容。

诗人出身的司各特对小说家的诗人气质十分推崇。在《斯摩莱特传》中他就这样写道："任何一个成功的小说家都必须多少是个诗人，尽管他可能从未写过一行诗。"② 诗人气质中他最推崇的是想象力和强烈情感，并强调在这一方面斯摩莱特胜过菲尔丁。在《拉德克利夫夫人传》中，司各特专论拉德克利夫小说充满诗意的自然背景描写。他认为拉德克利夫是"把美妙新奇的自然描写和动人叙事引入小说的第一人，而这在以前仅属于诗歌……拉德克利夫夫人应该享有浪漫小说的第一位女诗人称号，如果韵律可以不被看作诗歌的本质要素的话"。③ 那崇山峻岭中的古堡，那与世隔绝的强徒弱女，那莫名其妙的烛光幻影都使读者产生无尽联想，具有震撼人心的情感力量。超常的想象力和强烈的情感无疑是哥特小说的两个重要特点；同时，司各特有关诗意的评论使我们联想到诗人小说家艾米莉·勃朗特、爱伦·坡和哈代小说中对诗意描写的应用。但小说叙事的"诗意"毕竟是一个说起来简单，细分析起来复杂的东西。罗伯特森就指出："这些推崇'诗意'的论述对司各特作为批评家的分析技巧没有多大帮助。幸运的是，他用更成熟的对文类和读者期待的理解予以补救。"④

作为一个特别关注读者反应的小说家，司各特很清楚读者要求的复杂多样性。他写道："有些人生性轻松活泼，欣赏不了理查逊美妙却又冗长表现的激情；有些人太迟钝，理解不了勒萨日的诙谐，或者说太忧郁，不能领略菲尔丁的自然精神。但是，这些人却会沉醉于《森林传奇》和《尤道夫的秘密》。因为好奇心和对神秘的偏爱，还有点迷信，是人类心灵的组成部分，在大众中广为流行，远远超过对喜剧的真正欣赏，或对悲剧的切实感受。"⑤ 哥特小说最吸引读者的首先就是其所表现的强烈情感。司各特认为拉德克利夫小说的"吸引力不是来自喜剧或悲剧；但是它却产生了

---

① Fiona Robertson, *Legitimating Histories: Scott, Gothic, and the Authorization of Fiction*, Oxford: Oxford University Press, 1994, p. 56.
② Scott, *Lives of the Novelists*, p. 110.
③ Ibid., pp. 213—214.
④ Robertson, *Legitimating Histories: Scott, Gothic, and the Authorization of Fiction*, p. 59.
⑤ Scott, *Lives of the Novelists*, p. 129.

独立于两者之外的深刻、确切和有力的效果——简言之,这是通过诉诸自然危险或迷信观念引起的恐惧感来实现的"①。他又写道:"在对自然或超自然恐惧感的表现过程中,拉德克利夫夫人大量使用模糊和悬念,这或许是崇高情感最丰富的来源。"② 司各特不仅指出了恐惧感在哥特小说叙事中的重要性,而且用拉德克利夫的例子说明了模糊和悬念作为强烈情感来源的作用。因为常识告诉我们,如果一切都在光天化日之下,可怕的东西就不显得太恐怖;而长期解不开的悬念更可以逐渐增加情感的强度。所以在哥特小说中故事往往发生在黑夜,地点是漆黑的古堡或暗道,小说中的人物,尤其是反面人物往往若隐若现,若即若离,让人捉摸不定,望而生畏。

在《霍勒斯·沃波尔传》中,司各特从历史主义观点分析了沃波尔对超自然手法的应用:"他的目的是描绘在封建时代可能确实存在的家庭生活习俗,并用当时人们坚信不疑的超自然手法来调节或加强故事。"③ 作为现代历史小说的创始人,司各特对不同时代生活和信仰的差异十分关注,对沃波尔所使用的超自然手法充分理解,并在自己的历史小说中偶尔使用超自然手法。在《拉德克利夫夫人传》中,他一方面肯定了女作家运用超自然手法在激起读者恐怖情感方面发挥的作用,同时对作者在小说后面部分的叙述中对超自然手法的理性解释予以批评,认为这无异于欺骗了读者。他指出:"她的女主人公往往经受长期恐惧的折磨,她的读者常常怀着急切的期待,但引起这些反应的事件一经解释,就显得很无足轻重;这一点我们实在不敢恭维。"④ 他又写道:"在这种情况下,读者的兴趣在第一次阅读之后就消失了,至少就强烈的激情而言,读第二遍时不会重现。构思严密叙述精巧的故事,应该在多次阅读之后仍魅力不减;因为,尽管急切的好奇兴趣已经消失,取而代之的是理性愉悦,它使人钦佩作者的艺术,追溯成千上万引向结局的段落,它们在第一次阅读时被忽略了。"⑤ 在这里,司各特似乎也说明了经久不衰的优秀小说与速生速灭的文化快餐式小说的区别:前者可以使读者常读常新,后者则使人即读即弃。

---

① Scott, *Lives of the Novelists*, p. 225.
② Ibid., p. 231.
③ Ibid., p. 197.
④⑤ Ibid., p. 235.

第三节　司各特论奥斯丁

虽然司各特自己以创作规模宏大的历史小说著称,但他对于写作主题和风格都与自己迥然不同的奥斯丁的小说却独具慧眼,在作者尚未成名的情况下就给予很高的评价。在对《爱玛》的书评中,司各特指出:"在最近15到20年内,就产生了一种小说,它那使人感兴趣的种种特征和以前的小说有所不同……(它)是按照普通阶层生活的真实面貌来描摹自然的艺术,它向读者提供的,不是灿烂辉煌的想象世界的画面,而是对于他周围日常发生的事情所做的正确而引人注目的描绘。"[①] 这种新小说的突出代表就是已经写出了《理智与情感》《傲慢与偏见》和《爱玛》的女作家奥斯丁,尽管当时她的芳名还不为公众所知晓。司各特写道:"《爱玛》的作者在完全依靠平凡事件和普通阶层人物的同时,创作出了如此充满生气和独特气质的素描,使我们一点也不觉得欠缺那种只有依靠叙述大大超乎我们自己之上的思想、习俗和情感所产生的异常事件才能得到的兴奋感……我们这种说法对于《爱玛》的作者绝不是什么微不足道的颂词。她在这类作家中几乎是独一无二的。"[②]

司各特在书评中简述了作者最先发表的《理智与情感》和《傲慢与偏见》的特点,说作者根据日常生活描绘出的人物肖像画,"以极其有力的观点表现了我们这位作家的才能"[③]。紧接着,司各特论述《爱玛》表现的,以主人公干预安排他人爱情关系为主的故事情节。他说:"所有这些纠葛,只不过引起一系列的误会和使人窘困的场面,以及在舞会和娱乐性集会上的种种对话,作者在这些对话中显示了她的幽默风趣和对人生的了解的特殊才能。整个情节纠葛是用极其单纯的手法解开的。"[④] 情节既不曲折,人物也不特殊,在这种平常情景下塑造出的生动人物更体现作者的功力:"作品的描绘对象常常并不高雅,而且从来也不庄严崇高;但它们总是十分逼真,并且具有使读者愉快的准确性。"作者的"优点主要在于叙述的简洁扼要、对话的沉着幽默,在对话里,对话者的性格极其戏剧性地显

---

① 沃尔特·司各特《一篇未署名的评论〈爱玛〉的文章》,文美惠译,载朱虹编选《奥斯丁研究》,北京:中国文联出版公司1985年版,第17页。
② 同上书,第18页。
③ 同上书,第19页。
④ 同上书,第22页。

示了出来"①。在这里，司各特相当准确地概括出了奥斯丁小说叙事的鲜明特点：用简洁幽默的对话戏剧性地展示人物形象。殷企平在《英国小说批评史》中指出："这里所说的'戏剧效果'其实跟刘易斯主张的'戏剧式呈现'并无二致。"② 司各特和刘易斯大致相同的观点后来在詹姆斯和卢伯克那里得到进一步发展，成为现代小说叙事理论的核心内容。

司各特不仅在书评中对奥斯丁的小说给予了充分赞美，他还曾多次在书信日记中表达对奥斯丁的赞美，为这样一位才女英年早逝而惋惜。他在1826年3月14日的日记中写道："又读了一遍奥斯丁女士非常出色的小说《傲慢与偏见》，这至少已经是第三遍了。这位年轻女士擅长描写平凡生活的各种纠葛、感受及人物，她这种才干我以为最是出色，为我前所未见。大喊大叫的笔调我本人也能为之，并不比现在的任何人差。但是那种细腻的笔触，由于描写真实，情趣也真实，把平平常常的凡人小事勾勒得津津有味，我就做不到。这样一位有才气的人去世得这样早，多么可惜啊！"③ 在1827年9月18日的日记中，他写道："阅读了奥斯丁女士的一部小说，消磨了整个晚上。她的作品里描绘的真实性总是使我感到愉快。的确，它们所描绘的并没有超出中产阶级社会，但是她在这方面确是无人能够企及的。"④ 作为当时最有影响的大小说家，司各特对奥斯丁小说的赞赏的确是真挚感人的。

第四节　奥斯丁论小说叙事

奥斯丁虽然对司各特的小说议论不多，但从有限的资料中也可以看到她对其小说颇为欣赏。1814年，司各特的第一部小说《威弗利》刚刚匿名出版不久，奥斯丁就在给亲友的信中这样写道："沃尔特·司各特没有理由写小说，特别是好小说。这不公平。——他作为诗人已经名利双收，不该来抢别人的饭碗。——我不喜欢他，也不想喜欢《威佛利》，若能控制住自己的话，——但恐怕控制不住。"⑤ 这段话听来带有相当的调侃意味，但

---

① 沃尔特·司各特《一篇未署名的评论〈爱玛〉的文章》，文美惠译，载朱虹编选《奥斯丁研究》，第23页。
② 殷企平等《英国小说批评史》，第76页。
③ 司各特《关于简·奥斯丁的书简》，文美惠译，载朱虹编选《奥斯丁研究》，第26页。
④ 同上书，第27页。
⑤ John Q. Hayden, (ed.) *Walter Scott: The Critical Heritage*, London: Routledge (1970) 1995, p. 74.

也表达了奥斯丁的矛盾心态。虽然奥斯丁早在 18 世纪末就开始创作小说，在小说出版方面却很不顺利，1811 年才出版了第一部小说《理智与感伤》。到 1814 年她刚刚出版了三部小说，有了一定名声，正要独步小说天地。而司各特已是享有盛誉的大诗人，突然闯进小说园地，且一鸣惊人。《威弗利》立刻成为畅销书，直接威胁到奥斯丁的前途，而她自己也不能避免诱惑，不读他的小说。① 在此后几年中，奥斯丁虽然又发表了三部小说，但就当时的流行程度和影响范围来说却很难与司各特的小说相抗衡。如果考虑到司各特匿名出版历史小说《威弗利》，尚未对任何人吐露真情，奥斯丁直截了当地指出司各特是《威弗利》的作者，就不能不令人为她敏锐的直觉所叹服。或许由于奥斯丁熟读司各特的诗歌，深知他对苏格兰生活风貌的描述，读了《威弗利》就立刻明白作者为何人。此后几年，奥斯丁和司各特的小说交相辉映，共同占据小说天地，而在奥斯丁去世之后，维多利亚时代到来之前，司各特更是在小说领域独领风骚。

相对于司各特的《英国小说家传》和《威弗利》系列小说导论和序言，奥斯丁对小说叙事的评论不多，主要见于《诺桑觉寺》和她写给正在进行小说创作的侄女安娜的书信，从中可以看出两个突出特点：一是对小说地位的高度评价，二是对叙事艺术的严肃追求。在《诺桑觉寺》中，她通过叙述者之口强烈抨击了对小说的歧视。谈到她的两位女主人公一起读小说时，她写道："是的，看小说，因为我不想采取小说家通常采取的那种卑鄙而愚蠢的行径，明明自己也在写小说，却以轻蔑的态度去诋毁小说。"她认为，"我们的作品比其他任何文学形式给人们提供了更广泛、更真挚的乐趣"，是"以天才、智慧和情趣见长的作品"。② 在列举了范妮·伯尼的小说《西西丽亚》（*Cecilia*, 1782）、《卡米拉》（*Camilla*, 1796）和玛丽亚·埃奇沃斯（Maria Edgeworth）的小说《贝林达》（*Belinda*, 1801）三部作品后，她写道："在这些作品中，智慧的威力得到了最充分的施展，因而，对人性的最透彻的理解、对其千姿百态的恰如其分的描述，四处洋溢的机智幽默，所有这一切都用最精湛的语言展现出来。"③ 这是对小说地位和意义的激进评论，在当时是很鲜见的。

---

① 从奥斯丁书信中可以看出，在父亲去世之后，她的经济状况不好。写小说对她来说虽不是主要谋生手段，至少是生活来源的重要补充。因此也就不难理解她为什么把司各特小说看成是抢自己的饭碗。

② 奥斯丁《诺桑觉寺》，孙致礼、唐慧心译，长沙：湖南人民出版社 1986 年版，第 27—28 页。

③ 同上书，第 28—29 页。

阿伦·德·麦基洛普（Alan D. McKillop）指出，奥斯丁在"这个问题上也只是半庄半谐。我们小说家们必须团结一致。辩词是严肃的，但我们仍可见到那种把小说写作及阅读都视作一种游戏的半开玩笑的设想，几乎现出作者早年习作的风采"。① 这当然是正确的。但在"半庄半谐"的风格里，我们也能清楚感受到作者对小说地位的高度认识。尤其值得注意的是，这段话出现在奥斯丁的早期作品中，虽然这部作品卖给出版商最早，却直到作者去世以后才得以出版。作者的一些观点太激进、太不合潮流或许是小说迟迟不得出版的一个原因。在《傲慢与偏见》中，有这么一段话：贝内特太太请柯林斯先生给大家朗诵，"柯林斯先生欣然答应，于是有人给他拿来一本书。柯林斯先生一见到那本书（看样子显然是从流通图书馆借来的），就吓得往后一缩，连忙声明他从来不读小说，只好请大家原谅。基蒂瞪着眼望着他，莉迪亚惊叫起来"。② 在这里，奥斯丁一方面通过愚蠢又自负的柯林斯蔑视读小说来反衬自己对小说的高度重视，另一方面又通过基蒂和莉迪亚的反应似乎暗示只有她们这种年幼无知的女孩才会沉醉其中。小说的女主人公伊丽莎白在宾利家陪姐姐养病时，曾经选择看书而不玩牌，但作者却没有写明看的是什么书。这都表明奥斯丁在后来的作品中谈到小说时表现得更加含蓄。

奥斯丁在《诺桑觉寺》中除对伯尼和埃奇沃斯等女作者表示钦佩之情外，还对理查逊和菲尔丁等18世纪男性作家进行了评价。奥斯丁最推崇的男性小说家是理查逊，尤其喜爱他的最后一部小说《查尔斯·格兰迪逊》，还曾经尝试把小说改编成剧本。与简·奥斯丁关系最亲密的长兄亨利在《奥斯丁传略》中写道："理查逊创造并保持人物性格的前后连贯性的能力，尤其是表现在《查尔斯·格兰迪逊爵士》里的这种能力，使她具有天然鉴别力的头脑得到了满足，同时，她的审美趣味又使得她避免了他所犯的风格冗长、结构庞杂的错误。她对于菲尔丁的任何一部作品，评价就不是那样高了。她毫不做作地避开一切粗鄙的东西。她认为，像这样低下的道德标准，即使写得真实、俏皮、幽默，也是无法补救的。"③ 从这段话来看，奥斯丁不喜欢菲尔丁主要是从道德考虑，因为菲尔丁塑造的汤姆·琼斯是个道德上污点很重的人物。在《诺桑觉寺》第6章中，通过受到嘲弄

---

① 阿伦·德·麦基洛普《〈诺桑觉寺〉中的批判现实主义》，黄梅译，载朱虹编选《奥斯丁研究》，第297页。
② 简·奥斯丁《傲慢与偏见》，孙致礼译，南京：译林出版社2000年版，第47页。
③ 亨利·奥斯丁《奥斯丁传略》，文美惠译，载朱虹编选《奥斯丁研究》，第8页。

的伊莎贝尔·索普贬低《查尔斯·格兰迪逊爵士》的谈话，奥斯丁从反面表达了对理查逊的青睐。

但是，奥斯丁个人的创作实践和艺术风格却与理查逊有着明显区别。在《诺桑觉寺》第 2 章，我们读到：凯瑟琳离家去巴思的时候，她的妹妹"既没有坚持让凯瑟琳每天都给她写封信，也没硬要她答应把每一个新朋友的人品来信描述描述，或者把巴思可能出现的每一趣谈详细报道一番。莫兰一家人冷静而适度地处理了与这次重要旅行有关的一切事项。这种态度倒是十分符合日常生活中的一般感情，但是并不符合那种优雅的多情善感，不符合一位女主角初次离家远行时，照理总应激起的那种缠绵柔情"①。这显然是对书信体，尤其是书信体感伤小说的嘲讽。在第 3 章，亨利·蒂尔尼在与凯瑟琳的谈话中戏谑地谈起女性写日记和长信的习惯："女人一般都以文笔流畅著称，这在很大程度上归功于记日记的良好习惯。众所公认，能写出令人赏心悦目的书信，这是女人的才具。天性固然起一定的作用，但是我敢断定，主要还是受益于多写日记。"只不过女性书信有三个缺陷："普遍空洞无物，完全忽视标点，经常不懂文法。"② 奥斯丁的第一部早期作品《苏珊夫人》(*Lady Susan*) 用的是书信体，但只写了几十页就因对这种常规感到厌倦而搁笔。在《诺桑觉寺》第 7 章中，奥斯丁又让纨绔子弟约翰·索普高度赞美菲尔丁的《汤姆·琼斯》，用反讽方式表示自己对菲尔丁的批评态度。伊瑟贝尔·格兰迪 (Isobel Grundy) 在《简·奥斯丁与文学传统》一文中指出："索普的赞美当然是沉重一击，我们从中可以看出奥斯丁喜欢理查逊，不喜欢菲尔丁。但是，她在这儿为贬菲尔丁而使用的手法——用无知者的高声赞美来达到抨击之目的——不正是最富有菲尔丁特色的手法吗？"③ 的确，奥斯丁在这里采用的恰恰是菲尔丁最擅长，用得最广的反讽手法，而这种手法也是奥斯丁小说的一个重要特点。我们甚至可以这样说，虽然奥斯丁小说的主题和道德观点显然与理查逊相近，她的喜剧反讽叙事手法更多得益于菲尔丁的小说创作。

在《诺桑觉寺》中，女叙述者常常像菲尔丁小说的叙述者那样介入故事中侃侃而谈，有时对小说创作发表议论（上面的引文可作例证），有时对小说人物进行调侃。比如，在第 4 章结尾，叙述者说道："我们对这家

---

① 奥斯丁《诺桑觉寺》，第 8 页。
② 同上书，第 16—17 页。
③ Isobel Grundy, "Jane Austen and Literary Traditions," *The Cambridge Companion to Jane Austen*, Cambridge: Cambridge University Press and Shanghai Foreign Language Education Press, 2001, p.198.

子人作个简要介绍,为的是不必让索普太太自己啰啰唆唆地说个没完没了。她过去的那些经历和遭遇,细说起来要占据三四章的篇幅,那样一来,势必要详尽叙说那些王公贵族及代理人的卑劣行径,详尽复述20年前的一些谈话内容。"① 在第11章结尾,关于已经坠入情网的凯瑟琳·莫兰夜不能寐的感受,叙述者说:"现在,我该打发我的女主角上床去辗转反侧,感伤垂泪了,因为真正的女主角大都命该如此。假如她能在三个月之内睡上一夜安稳觉,她便会觉得自己十分幸运了。"② 在奥斯丁后来的小说中,这种介入性叙述者就基本消失了。批评界一般把这种变化归于作者创作艺术的成熟。女性主义学者苏珊·兰瑟则认为,这可能是女作者为了迎合社会对女性作者的要求而不得不付出的代价。她指出:"如果当时出版商接受了《诺桑觉寺》后及时出版,那么奥斯丁文学生涯的开端很可能就会以类似的显露作者权威为标志。与这部早期作品相比,奥斯丁的第一部公开出版的小说《理智与情感》明显地表现出对作者型叙事行为的克制。"③

从这一角度来看,下面这段作者在《傲慢与偏见》出版之后写给姐姐卡珊德拉信中的话或许不仅仅是调侃,而是表明了某种牺牲或放弃:"比较起来,这部作品太轻松明快,太露光彩;要是可能的话,它需要添几笔阴影,需要理智的章节;若不然,可以有些与故事无关的严肃、华而不实的废话,一段论写作的散文,或对司各特的评论,或一段波拿巴王朝的历史或能形成对比的任何东西,使读者对于一般风格中的幽默和警句增添兴味。在这点上,我想你不会同意我的。我知道你的看法相当古板。"④ 但是她毕竟没有这么做,而是找到了不显山露水的表达思想的新方法,这就是她开始广泛使用的自由间接引语。兰瑟指出:"在《诺桑觉寺》以后的奥斯丁小说中,总括话语并未销声匿迹。奥斯丁利用一种'非确定的'自由间接话语形式将之变得机巧偶然,模糊不清。有了这种形式,叙述者就可行踪不定,参与到小说人物的思想活动之中。"⑤ 这种手法既适应了现实主义小说作者淡出的倾向,又适合淑女作者的身份。乔治·亨利·刘易斯(George Henry Lewes)就特别看重奥斯丁作品的笔调和观点中体现的女性特征:"它们是由一位女性、一位英国女性、一位名媛淑女写的小说,任

---

① 奥斯丁《诺桑觉寺》,第24页。
② 同上书,第86页。
③ 苏珊·S. 兰瑟《虚构的权威:女性作家与叙述声音》,第71页。
④ 奥斯丁《书简选》,冯仲璞译,载朱虹编选《奥斯丁研究》,第358页。
⑤ 兰瑟《虚构的权威:女性作家与叙述声音》,第81页。

何化名也无法掩盖这一事实,而且正因为她是那样坚定地(尽管是不自觉地)忠实于她自己的女性观点,她的作品才经得起时间的考验。"①

在《诺桑觉寺》中,奥斯丁一方面为小说受歧视的不公平地位鸣冤,同时也对流行的哥特小说和感伤小说进行了嘲讽,表现了开拓小说新天地的气概。她要开辟的小说新天地是什么呢?这就是她在给侄女安娜的信中所说的"描绘一个村镇上三、四家人正合适"的小天地。② 在这一点上,她与司各特关注重大事件的历史小说迥然不同。这一方面是她有限的生活经历所决定的。作为一个涉世不深的淑女,她的生活范围基本上局限在小村镇的活动,这是她最熟悉,感受最真切的生活。另一方面也与她对小说性质的独到认识有关:在她眼里,真正重要的不是事件本身,而是人在事件中的举止表现,平凡事件与重大事件一样可以生动地反映生活,塑造人物。奥斯丁发表了三部小说之后,为威尔士亲王管理藏书的克拉克曾劝她写教士生活,写有关重大历史题材的小说。奥斯丁在回信中写道,教士"这一人物的喜剧方面,也许我还可以,但是那善良、热心、博阅群书等方面我就不行了"。"你暗示要我写那种现在能使我出名的东西,真是仁慈极了,我充分理解一部以萨克斯·考博格宫为背景的历史传奇小说远比我现在写的乡村家庭生活的图景更会名利双收。但是我不会写传奇,正如不会写史诗一样。我不能正经地坐下写一部正经的传奇,除非为了救自己的命;如果必须继续写下去,不得嘲笑自己或他人,那么写不完一章我就得受绞刑了。我不写传奇。我必须保持自己的风格,继续走自己的路,虽然在这条路上我可能永不会再获成功。我却相信在别的路上我将彻底失败。"③ 从这些书信中,我们可以看到奥斯丁对自己的特长与局限的清醒认识。奥斯丁在信中提到"更会名利双收"是有重要意义的,因为对她而言金钱是很重要的。玛丽莲·巴特勒(Marilyn Butler)在《奥斯丁书信选》导言中写道:"简·奥斯丁在遗嘱中留下的大约400镑遗产基本上是她写作的全部所得。没有这笔钱,她在经济上就不独立。有了这笔钱,虽然是个女人,她也可以开始像她在海军的兄弟一样成为有职业的人。"④ 如有可能,她当然愿意写作可以挣钱的流行小说,但她深知自己的长处和局限,

---

① 乔·亨·刘易斯《关于奥斯丁》(片断),罗少丹译,载朱虹编选《奥斯丁研究》,第35—36页。
② 奥斯丁《书简选》,冯仲璞译,载朱虹编选《奥斯丁研究》,第361页。
③ 同上书,第363—364页。
④ Marilyn Butler, "Introduction" to *Jane Austen: Selected Letters 1796—1817*, (ed.) R. W. Chapman, Oxford: Oxford University Press, 1985, p. xxvi.

不愿为了钱而粗制滥造。

奥斯丁关于小说叙事的观点，最主要的是自然简洁的叙述，她对哥特小说和感伤小说的反感原因也正在于此。她在给侄女安娜的信中就她写的小说评价道："有几处，我们觉得可以更简洁些。我删去了这一段：陶先生摔断了手臂，就在当天，他和一些人一起到马厩去——虽然我知道你的爸爸确曾在接好断臂后立即出外走路——那太不寻常了，写在书里显得不自然。——而且似乎也没有什么必要非得陶先生和他们一起走。"① 这不仅涉及简洁的文体，而且关系到小说叙事的自然合理这一关键问题。虽然安娜确曾从父亲的经历中知道摔伤之后可以很快出门，但用在小说中就不仅应考虑是否可能，更应该考虑是否合适，是否有必要。在另一封信中她又写道："你描写了一个可爱的地方，但是你的描写常过于琐细，人们不会喜欢的。你对环境的细节写得过多了。"② 这又涉及一个重要的叙事策略：作家是为读者写小说，不能因自己喜爱某地就沉醉其中，描写过细，而要从读者的喜好出发考虑繁简取舍。她在给安娜·奥斯丁的一封信中还指出："我希望你在写了很多之后，不要吝啬删除一些过去写的东西。关于梅利希太太的一段我会去掉；很平淡而且与主要内容无关。"③ 这不禁使我们想起鲁迅先生在《答北斗杂志社问》中给青年作者提出的建议："写完后至少看两遍，竭力将可有可无的字、句、段删去，毫不可惜。宁可将可作小说的材料缩成 Sketch，决不将 Sketch 材料拉成小说。"④ 可以说奥斯丁的小说之所以引人入胜，风行全球，叙述简洁明快是一个重要原因。特别是在目前这个以快为特征的时代，卷帙浩繁的大部头著作往往令人望而生畏，而奥斯丁看似单薄的小说却让人爱不释手。

奥斯丁十分关注小说的整体性和人物性格的一致性。她在给安娜的信中坦率地提出了她对小说中一个情节处理的意见："在没有别的诱因的情况下，F 太太成为 T. H. 爵士这种人的房客和近邻，我们对此不够满意；她应该有朋友住在那附近，她才会愿意去。一个有两个成年女儿的妇女搬到一处，除了一个名声不大好的男子以外，谁也不认识，像 F 太太这样谨慎的妇女，不大像会落入这种境地的。记住，她很谨慎，——你一定不能

---

① 奥斯丁《书简选》，冯仲璞译，载朱虹编选《奥斯丁研究》，第 359 页。
② 同上书，第 361 页。
③ *Jane Austen: Selected Letters 1796—1817*，p. 171.
④ 鲁迅《答北斗杂志社问》，载《二心集》，北京：人民文学出版社 1973 年版，第 147 页。

让她的行动前后不一致。"① 一个行事谨慎的人不会做有悖常理的事，如果这样做了就违反了人物性格一致性的原则。在同一封信中，奥斯丁还直言不讳地谈到另一个人物的塑造问题："我很喜欢你写的苏珊，她是个甜蜜的姑娘，她那充满幻想的顽皮很可人。就像她现在这样，我喜欢她极了，可是她对乔治的态度使我不满。最初她依恋于他，很有感情，以后简直毫无情意；在舞会上她如此镇定自若，对莫根先生显然完全满意。她的个性似乎全变了。"② 这种近乎无缘无故的突然改变破坏了人物性格的一致性，是不合情理的，因此是小说叙事艺术所不能允许的。正是凭借着这种在人物塑造方面严肃认真的不懈追求，凭借着精雕细刻的艺术功力，奥斯丁创造出了一批真实可信、血肉丰满的人物形象，成为英国文学史上的艺术小说大师。虽然她对小说艺术没有留下太多的论述，她的英年早逝更使她的小说创作在盛年戛然而止，但她的六部小说凝结的创作实践却是人类的共同财富，从中可以发掘出许多关于小说创作的真知灼见。

---

① 奥斯丁《书简选》，冯仲璞译，载朱虹编选《奥斯丁研究》，第360—361页。
② 同上书，第361页。

第三章　英国19世纪中期小说叙事理论

英国小说自从18世纪兴起，到19世纪中后期，也就是通常所说的维多利亚时期，已经走过了一个多世纪的历程。维多利亚时期是英国小说发展的黄金时期，涌现出了以狄更斯、萨克雷、勃朗特姐妹、特罗洛普和乔治·艾略特为代表的一大批杰出小说家。这一时期的英国小说是在继承传统的基础上发展起来的，小说理论探讨也不例外，并"开始出现了严肃的小说批评"。但是，正如凯思林·蒂洛森（Kathleen Tillotson）所指出的："批评家很难与小说同步，因此也就不奇怪他们没有在建立批评标准方面有多少建树，毕竟批评传统还不长。"① 本章我们将集中探讨几位重要小说家有关小说叙事的观点，涉及书信体与第一人称叙述的衰弱、第三人称全知叙述的发展、小说家的关注重心等几个方面，并在最后一节介绍乔治·亨利·刘易斯有关小说叙事的批评观点。

第一节　书信体与第一人称叙述

理查逊和菲尔丁在18世纪关于书信体和叙述体形式的争论，在维多利亚时期仍然受到广泛关注，也是传统叙事理论的一个中心问题。由于理查逊的书信体小说取得了很大成功，引来大批效仿者，使书信体小说在18世纪中后期小说中占了相当大的比重。但是，到了18世纪末期，书信体的局限越来越明显，新的小说家多不追随是不争的事实，最清楚的例子就是19世纪前期最重要的两大小说家奥斯丁和司各特都没有以书信体作为自己的

---

① Kathleen Tillotson, *Novels of the Eighteen-Forties*, Oxford: Oxford University Press, 1954, p.16.

小说形式，而是主要采取了由菲尔丁所创的第三人称全知叙述，并在运用有限视角方面进行了新的探索。安娜·巴包德在《理查逊生平》中对书信体叙事的特点作了归纳，虽然她的主要目的是张扬理查逊小说取得的成就，但也同时指出了这种叙述方法的弱点："这种方法因缺少叙述者，带来了戏剧创作中人们熟知的很大不便；作者无计可施，只好找个很无趣的心腹来听叙述。它迫使一个人讲述他或许绝不会讲的事情；有时不得不重复谦逊美德本该掩饰的赞扬；为了复述长篇对话，只好假定某种超常的记忆力。"① 维多利亚时期的小说家很少有人尝试书信体，也少见对此的论述。例外的是哈代（Thomas Hardy）曾在早年对书信体作了这样的评述："用书信体讲故事的优点（姑且不论其弱点）是，听到一方的话之后，你会不断被引得去想象另一方会有何感受，并急于了解另一方是否像你所想象的那样感受。"② 这是从读者的角度分析书信体的特点。不过我们也可以说这种急于了解下文的心情，是阅读任何有趣的小说时读者所共有的，而由于信件往返的时间耽搁，对方的反应往往需要等相当长时间才能得到，反倒造成阅读中不必要的混乱。在我们当前所处的信息时代，电子信件往返瞬间实现，书信体小说或许有可能复兴。从哈代"姑且不论其弱点"的插入语来看，他对书信体的弱点也是很清楚的。

如果说书信体被大多数小说家所放弃，用艾洛特（Miriam Allott）的话说就是"几乎销声匿迹"，③ 第一人称叙述的处境又如何呢？在这一方面，特罗洛普（Anthony Trollope）1868年5月24日写给凯特·菲尔德的信中有一段虽是老生常谈，却颇有见地的话："从'我'的观点来写故事总是危险的。读者不自觉地认为作者会自夸，因而对自我吹嘘很反感。另一方面'我'可能会假作谦恭，也遭到读者反对。我觉得，讲故事的时候总该把人称代词掩饰起来。'从前'这种老套，稍加修饰就是讲故事最好的方法。"④ 维多利亚时期的小说用第一人称叙述的虽然不少，如《大卫·科波菲尔》、《远大前程》和《简·爱》等名著，但在整个维多利亚时期小说中所占的比例不大。考夫曼（Linda S. Kauffman）把《简·爱》与夏洛特·勃朗特（Charlotte Brontë）写给远在比利时的老师（恋人）赫格的信加以比较，认为前者是后者的表现形式："由于赫格在夏洛特的想象中是恋人和

---

① Miriam Allott, (ed.) *Novelists on the Novel*, p. 259.
② Ibid., p. 260. 编者注明此言出自于哈代1878年4月的笔记。
③ Ibid., p. 188.
④ Ibid., p. 260.

教师的合体,她把这部小说称作自传的一个原因是小说把她的情书变成了文学。她在绝望的时候开始写的小说重复了她对热恋的老师的单方面通信——但有个区别。"① 这个区别就是虽然她自己的单相思无果而终,简·爱却与恋人终成眷属。在小说的结尾部分,我们读到简·爱是丈夫的耳目,她把给丈夫读书讲故事看成是自己最大的快乐。考夫曼引了小说的这一段话:"他看大自然,他看书,都是通过我,而我也不知厌倦地替他细看,并且用言语来描摹田野、树木、城镇、河流、云彩、阳光,——描摹我们面前的景色,周围的天气,——还用声音向他的耳朵传达那光线已无法向他的眼睛传达的印象。我永不厌倦给他念书。"② 然后写道:"既然她在第一行就提到了书,我们不禁要问她为什么在最后一行又提到念书,除非她要在小说与其他作品——即眼前这部她总也念(或写)不烦的故事——之间做出区别。"③ 因此她推论故事是女主人公讲给自己的丈夫罗切斯特听的,可以看作是一封长信,虽然在小说中叙述者也不时直接向潜在读者发话。

盖斯凯尔夫人(Mrs. Elizabeth Gaskell)在《克兰福德镇》(*Cranford*,1853)中对第一人称叙述也进行了改革。传统的第一人称叙述几乎都是主人公讲自己的故事,但《克兰福德镇》的叙述者"我"却是与小镇故事若即若离的旁观者,只是到了小说快要结束时读者才知道她的名字叫"玛丽·史密斯"。④ "我"常来小镇,但不是镇上的居民,是"客人",所以"我"对镇上发生的事情既有切身感受,又比较超脱。另外值得注意的是小说也不是讲某个人物的故事,而是以小镇为核心讲在这里发生的一系列故事,虽然玛蒂显然是一个中心人物。从这一方面来看,小说第 5 章关于人皆有癖好的一段可被看成是作者叙事观点的比喻:"我得承认我自己也有这种毛病,我最舍不得的便是小绳子。我口袋里老是装满了线团,一有小段绳子就捡起来绕在上面备用,而实际上却是从来都没有用上。要是谁不肯耐着性儿一个结一个结地解开扎小包的带子,而是一剪子剪断它,我见到便觉得老大难受。"⑤ 虽然叙述者说她捡的小绳"从来都没有用上",

---

① Linda S. Kauffman, *Discourse of Desire: Gender, Genre, and Epistolary Fictions*, Ithaca: Cornell University Press, 1986, p. 178.
② 夏·勃朗特《简·爱》,吴均燮译,北京:人民文学出版社 1990 年版,第 588 页。
③ Kauffman, *Discourse of Desire: Gender, Genre, and Epistolary Fictions*, p. 201.
④ 盖斯凯尔夫人《克兰福镇》,刘凯芳、吴宣豪译,上海译文出版社 1984 年版,第 188 页。*Cranford* 在《中国大百科全书:外国文学卷》的译名是《克兰福德镇》。
⑤ 同上书,第 58—59 页。

我们倒可以说她的故事就像是一段段小绳连接起来的。希利斯·米勒写道："这本书就像是一系列短绳残线，被收集，解开，拉直，连接为一体，最终成为讲述单一故事的线条。"① 而她要求人们"耐着性儿一个结一个结地解开扎小包的带子"似乎在告诫我们，读她的小说不能性急，要耐心地解开一个个的结。

从叙事理论的角度来看，萨克雷（William Makepeace Thackeray）的历史小说《亨利·艾斯芒德的历史》（*The History of Henry Esmond*, 1852）是很值得研究的。小说的副标题直译是"安女王治下一位陆军上校"，中文译者加了"的自传"三个字；扉页上有引自贺拉斯《诗艺》的题词："让你的人物描写彻头彻尾地保持着前后一贯"，这也就是菲尔丁信奉的关于人物性格一致性的原则。而且虽然小说主要写的是1716年以前英国社会的风云故事，叙述者却特意提到1728年才初登文坛的菲尔丁，显然意在强调萨克雷对前辈的崇敬之情。在对斯威夫特、艾狄生、斯蒂尔和蒲柏等文坛名流指摘评述之后，叙述者写道："实际上，据我想，就我所见的这一类人物中，最出色的要算15年以后我最后一次到英国去时遇见的青年哈利·菲尔丁，讲到风趣和幽默，他似乎是压倒了一切人。"② 因此，他给小说主人公起名"亨利"（哈利）可能也是有意的，正如狄更斯曾为一个儿子起名"亨利·菲尔丁·狄更斯"一样。小说前面有萨克雷戏仿18世纪传统而写的致胥柏尔顿勋爵的"献词"，然后是艾斯芒德女儿写的序言，旨在进一步强化小说的真实性，类似于笛福和理查逊的做法，但读者一看便知这不过是一种姿态罢了。小说正文前还有"楔子"，叙述口气完全是作者的，他写道："我在想，历史将来会不会有一天脱去假发，不再作宫廷的奴隶；我们将来除了凡尔赛和温莎以外能否还看到法国和英国的一些事情呢？……总而言之，我喜欢一个熟悉亲切而不是高大英武的历史女神。我以为霍格斯和菲尔丁两位先生对于英国的风教习俗会给我们儿孙一个比较清楚的观念，比那些'邸钞'时报之类要好得多。"③ 在这里，作者清楚阐明了他要写普通人物历史的宗旨。这篇"楔子"很像菲尔丁小说中专门论述创作问题的序章。

"楔子"之后才是《亨利·艾斯芒德的历史》小说正文。与萨克雷其他

---

① J. 希利斯·米勒《解读叙事》，第179页。
② 萨克雷《亨利·艾斯芒德的历史》，陈逵、王培德译，北京：人民文学出版社1997版，第489页。
③ 同上书，第14—15页。

小说都是分期出版不同,《亨利·艾斯芒德的历史》是在全部完成之后三卷一起出版的。小说中还附有"作者""作者的妻子"和"作者的女儿"加的注释,有的用首字母署名,有的没有署名,使其成为"全家人"共同创作的小说,这在英国小说中是很罕见的。这种典型的回忆录式小说,萨克雷却没有采用"我",而是由老年的艾斯芒德用第三人称叙述自己在青少年时代的故事,近似于我国现代小说《高玉宝》,但萨克雷更侧重于表现老年与青少年艾斯芒德之间的区别。在这种情况下,叙事视角与叙事声音之间的区别就相当突出:叙事声音当然是艾斯芒德的,但叙事视角却在过去和现在之间转换交叉,形成相当的张力。① 尤其值得注意的是,在目录中,每章的标题提到艾斯芒德时都是用"我",在叙述过程中却主要是用第三人称"艾斯芒德",但第一人称"我"也时常交替出现。比如,第8章"好运去了恶运来"讲到艾斯芒德青年时期的一段恋情:"这时候,哈利·艾斯芒德是一个16岁的青年,不知道怎样,在他散步的时候,他时常见到南珊·席弗莱特那个美丽快乐的脸孔……可怜的南珊那时候穿着红紧身粗布裙子,她那双晒黑了的红颊丰满娇媚,我至今回忆到她,不觉羞惭满面。那时候我想了种种计策,安排下种种圈套,并且心里打算好种种说辞,可是一到了那位令人销魂的小家碧玉面前,却很少有勇气说得出口。"② 这是在同一段里的叙述,青年时代的艾斯芒德是"他",而老年的艾斯芒德是"我"。又比如在第2卷第12章"我在1706年战役中升为连长"中,有这么一段话:"哈利放开肚皮饱餐了一顿;他自从清早起来直到这时候有二十个小时,什么也没有尝过。读我这本书的孙少爷,你要寻找这场战斗和围攻的历史么?那么你去查有关的书吧;这本只是你祖父和他的家庭的故事。"③ 在这里叙述者从青年哈利(艾斯芒德),一下子转到本书的读者,似乎这本书是专门给子孙写的。而这种插话在书中可以说是俯拾即是。又如在第2卷第13章,艾斯芒德在战场上偶然遇见早年的朋友何尔特神父,两人打了招呼,走到一起:"艾斯芒德看见他这种狼狈的状况,微微一笑……他笑了——这时候,我们两人已经走到教堂的阶台上,从一群乞丐中穿过。"④ 在这里第三人称叙述又一下子变成了第一人称

---

① 关于叙述视角和叙述声音的区别,参看申丹《叙述学与小说文体学研究》第二版,北京:北京大学出版社2001年版,第187页。
② 萨克雷《亨利·艾斯芒德的历史》,第99页。
③ 同上书,第346页。
④ 同上书,第349页。

叙述。

但这种情况比较少见,大多数情况下第一人称叙述带有某种过来人对以前经历的反思评论的味道,近似于脂砚斋为《红楼梦》做的评注。比如第2卷第15章,艾斯芒德由于受到恋人碧爱崔丽克斯的冷遇,

> 他心中异常愤怒,想起当初他所做的牺牲,几乎大起反感。"如果我有赫赫的声名,"他想道,"她也就肯要我了。如果不是我当初答应了她父亲那句话,我满可以享有我的爵位,也可以得到我的意中人了。"
>
> 我猜想,一个人的虚荣心比他一切别的情绪都要强烈。直到今天,我回想起远隔多年的那一场羞辱,还是脸红,还有余痛,虽然当年热情受了挫折以后的高烧早已退去二十多年了。当作者的后裔读起本传时,我不知道他们是不是也经过了同样的挫折和羞辱。①

这是作者二十多年后的反思,不很像脂砚斋评书时的反思吗?年轻与年老的艾斯芒德之间的这种反差,显然具有反讽意味。中文版译者在《译后记》中写道:"艾斯芒德可算是一位真正的好人,他豪侠忠贞,近于作者的理想典型,然而却愚不可及,十余年间,牺牲一切为红颜,为了满足一个不值得爱的碧爱崔丽克斯的虚荣心,参加了詹姆士党的阴谋,直到山穷水尽,月落乌啼,方才恍然大悟,真不愧为痴儿。"② 这种评价是很有道理的,也是大多数读者的印象。

但是,我们也可以更进一步问,艾斯芒德最后真正恍然大悟了吗?希利斯·米勒的一段话很发人深思:"艾斯芒德的成长史是他发现没有任何女人——包括雷切尔和碧爱崔丽克斯——是圣洁的或值得他崇拜的。当他明白了这一点,他便把自己树立成神圣的父亲形象,最终与雷切尔结婚,并接受她的崇拜。"③ "他是一个不完整的俄狄浦斯,一个没有认识到自己罪孽的俄狄浦斯。正如萨克雷所言,他是个令人讨厌的自命不凡的人,这尤其表现在他那顽固而盲目的自我辩解的叙述上。"④ 那么,是否可以说艾斯芒德是萨克雷要致力于否定的形象呢?事情似乎也不那么简单。在致母亲的信中,萨克雷就曾直言不讳地宣称艾斯芒德就是他自己:《亨利·艾斯芒

---

① 萨克雷《亨利·艾斯芒德的历史》,第404页。
② 《译后记》,同上书,第607页。
③ J. Hills Miller, *The Form of Victorian Fiction* (University of Notre Dame Press, 1968), Ohio: Case Western Reserve University Arete Press, 1979, p. 101.
④ Ibid., p. 102.

德的历史》"主人公像查尔斯·格兰迪逊爵士一样傲慢……是您那个丑陋儿子的绝妙画像"。① 而且戈登·N. 雷（Gordon N. Ray）在现代文库版《亨利·艾斯芒德的历史》导言中鲜明指出，萨克雷在书中描写的艾斯芒德与雷切尔的爱情有他自己与布鲁克菲尔德夫人相恋的影子。② 从这一点来看，作者和小说主人公之间显然有某种程度上的认同，但又不是同一体。正是在这种同与不同的微妙关系中小说深刻揭示了人性的某些特点，而萨克雷在小说叙述手法方面的探索也显然体现了他的艺术观点，或许这是作者深爱本书的一个重要原因吧。

第二节　第三人称叙述与介入性评论

在《维多利亚小说形式》一书中，米勒把第三人称全知叙述称作"维多利亚时期小说的标准常规"："该常规对 19 世纪英国小说是如此关键，其涵义如此丰富，我们可以把它称作这时期小说的决定性原则。"③ 菲尔丁创立的小说常规占据了无可争议的主导地位，小说叙述技巧的进一步发展如有限视角、自由间接引语、叙述视角与叙述声音的区别等等多是在第三人称全知叙述基础上的调整探索。第三人称全知叙述之所以成为维多利亚时期小说叙述的常规，主要原因在于当时的小说家致力于创作深刻复杂而全面的现实主义小说，而要达到这种目的，书信体与第一人称叙述的局限是显而易见的。林达·M. 夏尔斯（Linda M. Shires）从意识形态批评方面对这种叙事常规进行了分析："通过一系列等级不同的话语，真理被传输给隐含作者、叙述者和读者，这都依赖于第三人称全知叙述。这种叙述倾向于消除小说的话语特性，推进有机和谐的形式感。""这种形式不仅把读者置于有利的认知和道德判断位置，从而使其主体性适合于维多利亚中产阶级规范，而且这样做是以建立遵从为目的。现实主义基本上接受中产阶级道德伦理。感情复杂的男女主人公被塑造成符合于资产阶级理想的理性男人或贞节女人。"④ 第三人称全知叙述给了作家充分的自由进行周密全面的

---

① 转引自 Miller, *The Form of Victorian Fiction*, p. 18.
② Gordon N. Ray, "Introduction" to *The History Henry Esmond Esquire*, by William Makepeace Thackerary, New York: The Modern Library, 1950, pp. 11—14.
③ Miller, *The Form of Victorian Fiction*, p. 86.
④ Linda M. Shires, "The Aesthetics of the Victorian Novel: Form, Subjectivity, Ideology," *The Cambridge Companion to the Victorian Novel*, (ed.) Deirdre David, Cambridge: Cambridge University Press, 2001, p. 65.

背景细节描写，并可以根据小说发展的要求调节叙事视角和叙事距离，从而使维多利亚时期小说呈现出异彩纷呈的繁荣局面。

维多利亚时期最伟大的小说家狄更斯（Charles Dickens）的全部小说除《大卫·科波菲尔》（1849—1850）和《远大前程》（1860—1861）外都是采用的第三人称叙述，但紧接着《大卫·科波菲尔》之后出版的《荒凉山庄》（1852—1853）的叙述手法则很特别，是第三人称全知叙述与小说人物埃丝特的第一人称回顾性叙述交叉进行。罗经国在《狄更斯的创作》中分析了第一人称与第三人称叙述的不同特点，指出狄更斯在《荒凉山庄》创作中实现的突破："这两种形式轮流交叉地采用。全书共 67 章，其中 34 章用无所不知的叙述人讲故事，其余 33 章是埃丝特·萨默森的自述……特别值得注意的是，狄更斯在叙述手法上用了英语语法上两种不同时态。在无所不知的叙述人讲故事时，用的是现在时；在埃丝特·萨默森在故事发生七年后回忆往事时，用的是过去时。这两种时态的交错使用，加强了小说的逼真感。"①《荒凉山庄》的叙事特点与几乎在同时出版的《亨利·艾斯芒德的历史》有异曲同工之妙，只是在萨克雷的小说中用第三人称讲述过去的故事，用第一人称表达现在的反思。赵炎秋指出："这不是两种叙事模式的简单地相加，而是对传统叙事模式的一种突破和革新。一加一大于二，这种新的组合至少在三个方面取得了突破。首先，它既发挥了两种模式的长处，又在一定程度上避免了两种模式的缺点……其次，小说建立了客观与主观双重视点，便于多侧面地刻画人物……第三，它增加了叙述的灵活度，使交换运用不同视角对同一事件进行描写成为可能。"②《荒凉山庄》被许多现代批评家看成是狄更斯的代表作与其特殊的叙事手法不无关系。

虽然菲尔丁创立的全知叙述成了维多利亚时期的小说常规，他常用的插入式离题故事则引起很多争议，"山中人"的故事更是成了小说家的众矢之的，最终插入故事被逐出小说常规。在维多利亚时期小说家中，只有狄更斯对菲尔丁的插入故事表示了某种宽容态度。他在致约翰·福斯特的一封信中说，"我毫不怀疑菲尔丁（也包括斯摩莱特）插入故事的理由主要在于，有时作者实在没有办法在书中完全表达其意义（而这却是应该表达的），除非假定读者几乎具有和作者一样的畅想自由。在维德小姐（的

---

① 罗经国《狄更斯的创作》，沈阳：辽宁大学出版社 2001 年版，第 101 页。
② 赵炎秋《狄更斯长篇小说研究》，北京：社会科学文献出版社 1996 年版，第 287 页。

塑造)中我有了一个新主意,就是使插入故事与小说主题不可分割地联系起来,从而保证全书血脉畅通。但从你的话来看,我只能说自己做得并不成功。"① 有鉴于此,除了他的第一部小说《匹克威克外传》(1836—1837),狄更斯自己在小说创作中一般不用插入故事。这种变化也可以说是小说发展的必然。在小说初创时期,由于小说家的创作艺术尚不成熟,又受流浪汉小说的影响,小说家往往靠插入故事调节气氛或表达不同的观点。菲尔丁的小说中插入故事在小说结构和主题意义方面也起着重要的作用。到了小说创作成熟的维多利亚时期,这种颇显笨拙的叙事手法就逐渐被摈弃了。

许多小说家也反对菲尔丁不时在小说叙述中侃侃而谈的做法,认为这样做会损害小说的真实性。乔治·艾略特(George Eliot)在《米德尔马契》(*Middlemarch*)第15章中甚至略带调侃地说现在时代变了,我们不能再像菲尔丁那样搬个凳子上台高谈阔论了。她写道,菲尔丁"的大量议论和插话光辉绝伦,构成了他的作品中最难以企及的部分;尤其是在他那部多卷本历史书的每卷首章,他好像搬了一张扶手椅,坐在舞台前部,用他那明快有力的英语,娓娓动听地跟我们闲谈。但是菲尔丁的时代,日子比较长(因为时间也像金钱一样,是根据我们的需要来衡量的),到了夏天,下午便闲得没事,至于冬天的夜晚,那更是在时钟慢悠悠的嘀嗒声中度过的。"② 但在她的第一部长篇小说《亚当·比德》(1859)中,艾略特却曾刻意模仿菲尔丁的手法,不仅常常插入议论,而且第17章(张毕来中译本第2卷第1章)就是典型的序章,标题是"本章里,故事略停"。艾略特在这一章阐述了自己关于现实主义小说叙事的一些观点,她关于按自然真实叙事而不塑造完美无缺的理想人物的观点正是菲尔丁观点的继承。她写道:"我只消把朴朴实实的故事说出,也就满足了。我不想把事物写得比它们真实的情况更好。"③ 她还模仿菲尔丁的做法让本来处于故事之外的作者型叙述者与小说人物直接交流:"这些,我从亚当·比德的口中得知。在亚当的晚年,我曾经跟他谈到这些事情。"④ 她甚至比菲尔丁走得更远,写了长达四页的叙述者与亚当的对话。但是,到出版《米德尔马契》时她的观点显然已经改变了。我们甚至可以设想促使她改变的原因之一是,在

---

① Allott, (ed.) *Novelists on the Novel*, p. 231.
② 艾略特《米德尔马契》,项星耀译,北京:人民文学出版社1987年版,第169页。
③ 艾略特《亚当·比德》,张毕来译,贵阳:贵州人民出版社1987年版,第212页。
④ 同上书,第216页。

早期作品中她的女性身份尚未被大众知晓，可以用男性作者的口吻侃侃而谈；到 1872 年她已成为广为人知的著名女作家，便不得不改变早期的做法，转而采取不太显山露水的叙述手法。哈里·肖指出："如果按照一些女性叙事学家的基本观点，我们必须把艾略特富有智慧、反讽而又超脱的叙事手法界定为男性的，那么我要指出的是，叙述者用多萝西亚的形象所体现的被小说意识（本身也不无商榷之处）认为是女性力量的特点，对这些（男性叙事）特征进行了补充。"① 换言之，在一定程度上可被看作叙述者代言人的多萝西亚，是对这种富有智慧而超脱的男性叙事方法的补充和超越。

在维多利亚小说家中，萨克雷是最明显效仿菲尔丁手法的一位。作者不仅在《开幕前的几句话》中把自己比作《名利场》（1847—1848）这部傀儡戏的领班经理，还在小说过程中不时介入叙述，评点是非曲直。如在第 6 章开始，叙述者说道："我很明白我说的故事平淡无奇，不过后面就有几章惊天动地的书跟着来了。"紧接着他又在第二段大谈不同的写作方法："这题材可以用各种不同的手法来处理。文章的风格可以典雅，可以诙谐，也可以带些浪漫色彩。"② 在举了浪漫色彩的例子之后，他写道："我的读者可不能指望看到这么离奇的情节，因为我的书里面只有家常的琐碎。请读者们别奢望，本章只讲游乐场里面的事，而且短得没有资格算一章正经书。可是话又得说回来，它的确是本书的一章，而且占着很重要的地位。人生一世，总有些片段当时看着无关紧要，而事实上却牵动了大局。"③ 在第 8 章，我们读到这么一段话："读者啊，我先以男子汉的身份，以兄弟的身份，求你准许，当每个角色露脸的时候，我非但一个个介绍，说不定还要走下讲坛，议论议论他们的短长，如果他们忠厚好心，我就爱他们，和他们拉手；如果他们做事糊涂，我就跟你背地里偷偷地笑。如果他们刁恶没有心肝，我就用最恶毒的话唾骂他们，只要骂得不伤体统就是了。"④ 在第 19 章，叙述者又借机对说教式小说进行了批评："病床旁边的说法和传道在小说书里发表是不相宜的，我不愿意像近来有些小说家那样，把读者哄上了手，就教训他们一顿。我这书是一本喜剧，而且人家出

---

① Harry E. Shaw, *Narrating Reality: Austen, Scott, Eliot*, p. 255. 关于女性主义批评家的观点，参看苏珊·S. 兰瑟，《虚构的权威：女性作家与叙述声音》，第 96—105 页。
② 萨克雷《名利场》，杨必译，北京：人民文学出版社 1957 年版，第 59 页。
③ 同上书，第 60 页。
④ 同上书，第 95 页。

了钱就为的要看戏。"① 第 26 章写到爱米丽亚结婚以后并不幸福,祷告上帝救助:"我们有权利偷听她的祷告吗?有权利把听来的话告诉别人吗?弟兄们,她心里的话是她的秘密,名利场上的人是不能知道的,所以也不在我这小说的范围里面。"② 这自然让我们想起菲尔丁尽量避免对人物内心世界进行描述的观点。蒂洛森指出,萨克雷这种夹叙夹议的叙述手法 现在"显然需要辩护;有几个方面的辩护是正当的"。③ 她先给了历史方面的原因,这就是菲尔丁的榜样;还有模仿斯特恩那种貌似随意的写法;再就是萨克雷致力于同读者建立密切关系的努力。但她接着指出,"真正的理由在于这种手法对他这种小说是合适的"。"缺了萨克雷自己的声音,他对名利场态度中的忧郁和同情可能不会引起我们的注意。正是他的评论缓和了可能令人痛苦难忍的场面。不仅是道德方面的痛苦,而且是精神方面的贫乏。小说中的人物,从最好的到最坏的,几乎没有什么观念;小说的智识氛围是由他的评论提供的。"④ 后来的批评家逐渐摆脱詹姆斯关于作者隐退观点的影响,往往从思想意识和人物刻画的深刻性方面支持萨克雷的做法,伊瑟尔(Iser)甚至把《名利场》作为现实主义小说的典型代表来分析小说阅读对读者的要求。但是,罗宾·R. 沃霍尔(Robyn R. Warhol)从女性主义批评的角度对萨克雷的叙述者进行了分析,认为他正代表了不严肃的反讽调侃的男性特征,是对现实主义小说的反诘或解构:"在我看来,《名利场》的介入性叙述是反现实主义的复杂表现,是对现实主义小说本身固有的不可能性的不断重组重述。尽管萨克雷的故事利用了许多现实主义小说常规——有时是破坏性的有时是正常的利用——这部小说的话语却一直是离开现实主义,接近元小说。"⑤ 申丹在《叙述学与小说文体学研究》中也分析了萨克雷介入性叙述的缺陷,同时客观地指出了它的作用:"尽管全知叙述者的议论不乏画龙点睛之处,但不再相信叙事权威的现当代读者都难以接受这种上帝般居高临下的议论。然而,我们认为,不应忽略在传统的全知叙述中,这些议论所起的种种作用。"⑥

比萨克雷稍晚,但深受其影响的特罗洛普也时常利用介入性叙述者的

---

① 萨克雷《名利场》,杨必译,北京:人民文学出版社 1957 年版,第 229 页。
② 同上书,第 321 页。
③ Tillotson, *Novels of the Eighteen-Forties*, p. 252.
④ Ibid. , p. 253.
⑤ Robyn R. Warhol, *Gendered Interventions*: *Narrative Discourse in the Victorian Novel*, New Brunswick: Rutgers University Press, 1989, p. 90. 关于对伊瑟尔的评论,参看第 85—87 页。
⑥ 申丹《叙述学与小说文体学研究》,第 208 页。

旁白评论,暴露故事是虚构的,这在《巴彻斯特大教堂》(*Barchester Towers*, 1857)中表现得尤其突出。比如在第 15 章,他写道:"但是,好心的读者,请您一点儿也不必发愁。爱莉娜命中注定既不会嫁给斯洛普先生,也不会嫁给伯蒂·斯坦霍普。或许在这儿可以允许小说家来说明一下,他对于讲故事这门艺术中很重要的一点见解。他很大胆地摈弃了一般常用的那种方式。那种方式对读者喜爱的人物的命运,到第三卷快要结束时还保持秘密,这样甚至破坏了作者与读者之间正常的信任。"① "我们的主张是,作者和读者应该彼此推心置腹地共同前进。"② 在第 51 章(中译本第 3 卷第 17 章)开始,叙述者(或者说作者)写道:"我们现在必须向斯洛普先生,还向主教和普劳迪夫人告别。小说里的这种告别和现实生活中的同样不很愉快,说真的,并没有那么伤心,因为它们缺乏悲伤的真实性,不过也同样令人迷惘,一般总不那么称心……有什么人能把他的情节、对话、人物和描写的段落安排好并衔接起来,使它们正好写进 439 页,而不使它们在他写完时不自然地压缩在一起或是矫揉造作地拖得过长呢?我自己不是也知道,我眼下就短少十几页,正煞费苦心,绞尽脑汁想写完这几页呢?"③ 对于这种有意暴露小说虚构性的做法,詹姆斯异常愤慨:"在一段题外话里,在一句插话或者一句旁白里,他向读者供认不讳,他和他的这位信任他的朋友只是在那儿'装模作样'一番而已。他承认,他所叙述的那些事情纯属子虚乌有,并且他大言不惭地说,他可以让他的故事按照读者所最喜欢的方式而产生改动变迁。我承认,这种对于一个神圣职业的背叛,在我看来不啻是一种极大的罪行。"④ 尽管现代批评家已经不像詹姆斯那么苛刻,而且从戏拟英雄史诗的角度对这种叙事方法做了辩护,但他们仍然认为这种旁白插话是特罗洛普小说的一个突出缺陷。

第三节 从"好故事"到"有机体"

由于到了维多利亚时期,小说作为虚构的叙事作品已经成为不争的常规,很少有人像笛福、理查逊等 18 世纪小说家那样强调小说是真人真事。

---

① 特罗洛普《巴彻斯特大教堂》,主万译,上海:上海译文出版社 1987 年版,第 172 页。
② 同上书,第 173 页。
③ 同上书,第 636—637 页。
④ 詹姆斯《亨利·詹姆斯文论选:小说的艺术》,朱雯等译,上海:上海译文出版社 2001 年版,第 6—7 页。

狄更斯在他的第一部小说《匹克威克外传》中充作编者："我们只是努力用正直的态度，履行我们作为编辑者的应尽之责；即或在别的情形之下我们也许会有什么野心，想自称是这些故事的著作者，然而对于真理的尊重阻止我们僭越地居功——我们只能说，我们的功劳只是把材料作了适当的处理和不偏不倚的叙述而已。"① 这种姿态在他后来的小说中很快就不见了，而对"好故事"的关注则得到空前的加强。许多小说家都把讲一个曲折有趣的好故事作为最基本的要求，没有好故事的小说就不是好小说，而故事引人入胜显然也是维多利亚时期小说大繁荣的一个重要原因。特罗洛普指出："我从一开始就确信，作家坐下来写小说是因为有故事要讲，而不是因为要讲故事。小说家的第一部小说一般都是这样产生的。一系列的事件，或人物的某种发展会在他的想象中自动出现，——这给了他十分强烈的感觉，使他觉得可以用有力且有趣的语言向别人描述出来。"② 这可以说是他创作第一部小说《养老院院长》（*The Warden*, 1855）的亲身体会：小说的起因是温切斯特圣十字养老院设立引起的争议。他的观点有点像我国传统文论所提倡的有感而发，不得不发，而不是强拉硬扯地编故事。

由于三卷一部的小说价格昂贵，主要提供给流通图书馆，维多利亚时期最流行的小说出版形式是分期出版，一般是一月一期，后来还出现了一周一期的出版方式，这更促进了对"好故事"的关注。因为如果小说故事不吸引人，读者不买账，小说家就不能继续写下去。要想讲好故事，就必须情节曲折，悬念迭出，而这正是维多利亚时期最伟大的小说家狄更斯小说的特征。在致正在刊登《巴纳比·卢奇》（*Barnaby Rudge*, 1841）的《汉弗莱先生的钟》（*Master Humphrey's Clock*）杂志读者的信中，狄更斯这样解释他为什么要结束每周一次的出版："简言之，我发现这种出版方法是最紧张、最麻烦、最困难的。我再也无法承受这种刚一开始就结束，刚一结束就又得开始的折磨。"③ 在给布鲁克菲尔德夫人论创作的信中，狄更斯指出她的小说原稿不适于每周一期的出版："篇章安排、人物介绍、兴趣发展、主要情节的出现都不合适。读者感觉好像故事总也见不着，几乎没有发展。"④ 他说每周一期的出版是"特别困难的出版方式"，并请布鲁克菲尔德夫人看一看每周一期出版的《双城记》和《远大前程》是怎样精心

---

① 狄更斯《匹克威克外传》，蒋天佐译，上海：上海译文出版社1979年版，第54页。
② Allott, (ed.) *Novelists on the Novel*, p. 241.
③ 引自 Tillotson, *Novels of the Eighteen-Forties*, 附录1，第314页。
④ Allott, (ed.) *Novelists on the Novel*, pp. 242—243.

安排每一片段，而最后又是怎样完整结合在一起的。根本的原因是只有这样做才能创作出动人心弦的小说吸引读者，使读者能迫不及待地阅读小说。特罗洛普也在《自传》中写道："任何小说如果不能引起读者对书中人物的同情（无论是喜剧性的或悲剧性的），这种小说便毫无价值。如果作者写出的故事扣人心弦，令人垂泪，他的作品才算写好了。"①

分期出版的方式给作者带来了极大的压力，蒂洛森曾经提到这样一则轶闻：一天，狄更斯走进一家文具杂品店，碰到一位读者索要最近一期的《大卫·科波菲尔》，店主告知说月底才出版；狄更斯知道自己尚未动笔，"这一次，我一生中只有这一次，我是——真给吓坏了！"② 这种出版方式给作者的压力如此之大，大多数作者，包括以写作迅速著称的特罗洛普，要等书稿大致完成，才敢开始出版。但这种出版方式也给作者提供了随时根据读者反应调整小说结构，改变小说发展的机会。每周一次的出版显然太过于频繁，只有在作者已经成竹在胸或写出相当篇幅的内容之后才可以采用。每月一期的方式则给了作者较充足的时间，虽然这仍然要求作者有很强的创作力可以应付每月催稿的编辑。但是，由于作者要不断设法应付读者的反应和要求，在小说创作上自然就又会出现另一方面的问题，这就是故事能否有机结合的问题。

针对分期出版造成的整体缺陷这个问题，哈代提出，"简言之，故事应是有机体"，③而在这方面完全成功的作品并不多见。他指出通常《汤姆·琼斯》被认为接近完美的代表，"虽然（哈代）自己并不认为它比一些名声小的小说在艺术形式上强很多"。他个人认为《拉马摩尔的新娘》和《名利场》都可算成功的代表。而且，哈代认为："或许只在这一点上理查逊可以声称与菲尔丁匹敌：他在作品的结构部分到处都表现了艺术神韵。"④我们认为他的观点很有见地。菲尔丁小说完美的艺术结构毕竟给读者以某种刻意安排的印象，而理查逊安排小说人物自己讲述的眼前的故事则更具有机体特征。虽然刻意建构和有机发展看似两种截然不同的小说叙事方法，任何优秀的作品都具有两者的特点，只是程度不同而已。或者我们可以说只有精美到看不出建构安排痕迹的作品才是最优秀的作品。《大西洋月刊》登载的对狄更斯新著《远大前程》的未署名书评就强调："在

---

① 特罗洛普《论小说和小说的写作艺术》（《自传》第十二章），汪培基译，载《英国作家论文学》，第183页。
② Tillotson, *Novels of the Eighteen-Forties*, p. 38.
③④ Allott, (ed.) *Novelists on the Novel*, p. 244.

阅读过程中，我们感到小说的主要事件是艺术上必须的，但事件的安排又使人浑然不觉。我们随着激情和人物的逻辑前进，只有到了最后结尾才惊奇地发现真正的魅力所在。"①

与好故事紧密相连的是小说要有好的开始与结尾，也就是我们所说的龙头凤尾。有了好的开始，才能吸引读者，而好的结尾才能使读者在紧紧跟随小说一年半载之后能得到最大的阅读享受。对好的开始和结尾的关注也是小说形式在得到充分发展之后的必然要求。原始小说由于受流浪汉小说的影响，只要有一个中心人物为线索，什么故事都能连上，开头往往是人物的出生，结局也带有很大的随意性，甚至没有结局。小说的结尾也完全可以看作是后续故事的起点，因此《鲁滨孙漂流记》和《帕美勒》都一开始就留有续集的余地。但比较成熟的小说则更强调内在的联系或围绕突出的主题展开。或许正因如此，到了19世纪以小说主人公名字为小说书名的常规开始改变，许多小说转而以某种主题或象征作书名。蒂洛森在对狄更斯创作的分析中指出，由于受斯摩莱特的影响，狄更斯早期的小说不太注意整体结构，而倾向于让一个中心人物担当串联情节的重任。"狄更斯小说从1842年开始的较复杂精密的整体性，可以看作是从斯摩莱特传统的解放。"② 维多利亚时期小说比以往的小说更重视小说开头的引人入胜。《董贝父子》（1847—1848）和《名利场》的开始都有先声夺人的特点。不仅要开好头，而且每一期都必须有冲突，有高潮，既要有相对的完整性，又要有足够的吸引力使读者热盼下一期。因此，也就造成了维多利亚小说的情节剧特征。

小说的结尾也是引人关注的问题。因为读者几乎是与作者一起走到了小说结尾，有时不免影响结尾的安排。这种情况理查逊在写作《克拉丽莎》时就遇到过。以《名利场》和《远大前程》这两部名著为例，其结尾都不太令人满意，《远大前程》后来改成了较为光明的结尾。夏洛特·勃朗特的名著《简·爱》的结尾也颇有争议。在讲述了女主人公与罗切斯特结婚后的幸福生活（包括丈夫眼睛复明，并喜得贵子）以后，小说最后一段是曾向简求婚而被拒绝的表哥圣约翰牧师的信："我的主已经预先警告过我了。"他说。"他每天都更加明确地宣告：'是了，我必快来！'而我每

---

① Anonymous Review, *"Great Expectations,"* The Atlantic Monthly, VIII (Sept. 1861), in *Assessing "Great Expectations"*, (ed.) Richard Lettis & William E. Morris, San Francisco: Ghandler Publishing Company, 1960. p. 2.

② Tillotson, *Novels of the Eighteen-Forties*, p. 146.

小时都更加急切地回答:'阿门。主耶稣啊,我愿你来!'"① 这一段话是直接引语,而引语中又包含着引自《新约启示录》的圣约翰与主耶稣的心灵对话。似乎简在用这样的方式进一步强调她所追求的世俗幸福与圣约翰追求的宗教圆满的区别。用这样的方式来结束一部第一人称叙述的自传体小说是很罕见的,或许表明了勃朗特对小说结尾的独特探索。但是一般批评家都倾向于认为这个结尾是个败笔,虽然卡洛琳·威廉斯(Carolyn Williams)曾从互文性角度探索了这种结尾的丰富意义。② 乔治·艾略特曾对结尾有过很精到的论述,她说:"结尾是大多数作者的弱点,但有些问题是结尾的本质所决定的,因为结尾再好也不过是一种否定。"③ 亨利·詹姆斯1866年在《大西洋月刊》发表的论艾略特小说的文章中,就指出她的结尾大都不能令人满意。他写道:"在文学方面,我几乎找不到什么东西比她的每一部小说的结尾的章节更让人感到不痛快的了——甚至在《弗洛斯河上的磨坊》里,也有一个致命的'结尾'。"④

讲述一个有机联系的生动故事与戏剧性叙事并不矛盾,不少维多利亚时期小说家都很关注戏剧性叙事问题。狄更斯自己就是个卓有成就的业余演员,擅长利用戏剧性情节。虽然夸张的情节剧是他的特点,他也重视自然真实的戏剧性表现。殷企平在论述戏剧性表现问题时,引用了狄更斯给布鲁克菲尔德夫人论创作的信中的一段话为例。"我的观点始终是:当我的人物在演完整出戏以后,给人的感觉应该是他们讲述了自己的故事,而跟我本人却毫无关系。"⑤ 让人物自由表现就是尽量避免作者干预的戏剧性表现。狄更斯之所以可以巡回朗诵其小说,一个重要原因就是他的小说戏剧性强,可以深深地抓住读者听众的注意力。萨克雷把自己比作指挥名利场众人表演的戏剧家,把整部小说看作是一出剧作。虽然把作者与人物的关系比作指挥与木偶的关系显然与戏剧性表现人物背道而驰,萨克雷在具体的场景人物描写中仍致力于创造强烈的戏剧性效果。特罗洛普开始写过喜剧,后来在小说创作中也极为重视戏剧性表现问题。朱虹指出:"特罗洛普是描写对话的大师,他的小说像奥斯丁一样,是'戏剧性'的,在很大

---

① 夏·勃朗特《简·爱》,第590页。
② Carolyn Williams, "Closing the Book: The Intertextual End of *Jane Eyre*," in *Victorian Connections*, (ed.) Jerome J. McGann, Charlottesville: University Press of Virginia, 1989, p. 61, 84.
③ Allott, (ed.) *Novelists on the Novel*, p. 250.
④ 詹姆斯《亨利·詹姆斯文论选:小说的艺术》,第225页。
⑤ 殷企平等《英国小说批评史》,第77页。

程度上依靠对话展开故事，揭示性格。"① 可以说，正是他的戏剧性表现与介入性叙述者的诙谐评论构成他小说的艺术特色。这些小说家的探索无疑为詹姆斯后来提出戏剧性表现的叙事理论做了铺垫。

第四节　刘易斯论小说叙事

我们在讨论19世纪中期小说叙事理论时，有必要对通常只作为乔治·艾略特的配角而出现在文学史中的乔治·亨利·刘易斯给予一定重视。他不仅对艾略特走上小说创作道路起了至关重要的作用，而且自己也曾创作小说，并撰写小说评论，编辑杂志等，对小说创作提出了一些很有见地的观点。乔治·艾略特在《我怎样开始写小说》一文中写道："我总是觉得自己缺乏戏剧表现能力，在结构构思和对话创作方面都是如此。但我觉得自己可以在小说描写方面运用自如。"② 谈到刘易斯的看法，艾略特写道："他的基本印象是尽管我几乎不可能写一本很糟的小说，但我的努力可能缺乏小说的最高境界——戏剧性表现。"③ 刘易斯在论奥斯丁的创作手法时，尤其赞赏她的戏剧性表现手法："描写是小说家常用又好用的招数，但是她反倒不用，而是采取少用又难用的戏剧表现手法：她不对我们叙说人物是何身份，有何心情，而是把人物展示出来，由他们各自亮相。"④ 由此看来，他把"戏剧性表现"作为小说的"最高境界"是毫不奇怪的。刘易斯对艾略特的长处和不足有清醒的认识，所以他常和艾略特一起朗读奥斯丁的小说，学习她的戏剧性表现手法。

1837年，刚刚20岁的刘易斯在《匹克威克外传》出版之初，就撰写书评，给予高度评价。他尤其关注小说从上层人士到普通百姓得到的广泛欢迎。他在书评中写道："城乡的普通民众同样盛赞此书。我们经常看到，肉店的小伙一边扛着盘子，一边津津有味地读最近一期的《匹克威克外传》；男女仆人，扫烟囱的，各个阶级的人，都在读'博兹'。"⑤ 由于这篇书评，刘易斯引起了狄更斯的注意，被邀请到他家做客，从而开始了两

---

① 朱虹《英国小说的黄金时期》，北京：中国社会科学出版社1997年版，第248页。
② George Eliot, "How I Came to Write Fiction," in *A George Eliot Miscellany: A Supplement to Her Novels*, (ed.) F. B. Pinion, London: Macmillan Press Ltd., 1982, p. 104.
③ Ibid., p. 105.
④ 乔·亨·刘易斯《简·奥斯丁的小说》，戚逸伦译，《奥斯丁研究》，第43页。
⑤ 转引自Kate Flint, "The Victorian Novel and Its Readers," in *The Cambridge Companion to the Victorian Novel*, p. 22. "博兹"是狄更斯早期使用的笔名。

人长达30多年的交往。狄更斯于1870年去世以后,刘易斯撰写了《狄更斯与批评的关系》,客观评介了狄更斯的长处。针对批评界对狄更斯小说的种种指责,刘易斯一针见血地指出:"艺术的主要目的是给读者以快乐……不感人的艺术没有教益;感人的艺术必有教益。"① 这与理查逊所谓故事只是道德教育的媒介的观点是泾渭分明的,充分体现了19世纪对小说艺术的新认识。他认为,批评家要做的不是罗列狄更斯的种种缺陷,而是分析他何以感动了千千万万各阶层读者。他写道,狄更斯"用的是粗瓷,不是细瓷。但他那惊人的想象力用粗瓷创造了愉悦千万人的作品。他只涉及普通生活,却把普通生活点化成'精美艺术'"②。换言之,狄更斯凭借着"点石成金"的艺术功力,为读者创造了雅俗共赏,喜闻乐见的艺术作品,这是任何人都不能否认的。刘易斯指出:"不管是高雅还是普通的读者,都被他那令人赞叹的场景,丰富的创造力,惊人的事件选择,对实际细节的深刻洞悉所感动。"③ 这几个方面准确概括了狄更斯叙事艺术的一些突出特点。

作为一个见识卓越的批评家,刘易斯并不忽略狄更斯的局限。正如他曾直言不讳地指出奥斯丁"缺乏想象力、缺乏思想上的深度和广博的阅历"一样,他指出:"狄更斯看到了,感觉到了,但感觉逻辑似乎是他能把握的唯一逻辑。他的作品中令人奇怪地缺乏思想。我认为从20卷作品中找不到一条对于生活和人物富有思想的评价……与菲尔丁或萨克雷比起来,他只具有动物的智力,即局限于感觉。"④ 谈到产生这种情况的原因,刘易斯指出,这都是狄更斯早年困苦生活的影响:"他从来不是也成不了学生。"⑤ 刘易斯在狄更斯的书架上看到的只有作者或出版家送的小说或游记,仅此而已。即使到了晚年,狄更斯"仍然是完全置身于哲学、科学和高雅文学之外,而且他也从不假装对这些东西有什么兴趣"。⑥ 今天读这段话我们或许觉得刘易斯有些太绝对了,但考虑到刘易斯自己对当代哲学、科学的极大兴趣,也就不难理解他为何做出这样的判断。詹姆斯也曾经表

---

① G. H. Lewes, "Dickens in Relation to Criticism," in *The Dickens Critics*, (ed.) George H. Ford & Lauriat Lane, Jr., Ithaca: Cornell University Press, 1961. p. 66.

② Ibid., p. 68.

③ Ibid., p. 69.

④ Ibid., p. 69, 关于奥斯丁的批评见《关于奥斯丁》(片断), 罗少丹译,《奥斯丁研究》, 第36页。

⑤ Lewes, "Dickens in Relation to Criticism," in *The Dickens Critics*, p. 69.

⑥ Ibid., p. 71.

达过类似的观点:"狄更斯先生是个伟大的观察家和幽默大师,但作为哲学家他就太不中用了。可能有人会说,这不是很好吗;而我们则坚持说,这很糟。因为对于小说家来说,或迟或早总得学会这套本领。"① 当 F. R. 利维斯在 20 世纪中叶发表《伟大的传统》而把狄更斯排斥在外时,他的标准应该说与刘易斯和詹姆斯的观点是相近的。但对于广大读者而言,感人的故事似乎比高深的思想更有吸引力。所以狄更斯的《远大前程》得以与《傲慢与偏见》《呼啸山庄》和《简·爱》一起位列英国读者最喜爱的十大文学名著之中,利维斯所推崇的更加严肃、更具深刻思想性的艾略特、詹姆斯和康拉德则与此无缘。②

1865 年刘易斯担任新创刊的《双周评论》主编,并开始发表后来结集为《文学成功要略》的系列论文,对文学创作的原则要求,特别是对文学风格问题进行了系统探讨,提出了许多富有启发性的见解。他认为文学的目的有三个;教育、启发、愉悦,并以此提出了文学的三大原则:在智性形式方面是眼光(Vision)原则,在道德形式方面是诚实原则,在美学形式方面是美感原则。③ 用我们通俗的说法,就是真善美。他指出:"真正的风格是思想的活的躯体,而不是可以穿上脱下的衣服;它是作者心灵的表现。"④ 按照这种观点,他笔下的风格显然不仅指语言风格,而是概括了艺术创作的精髓。他指出:"所有关于风格的条件可以归纳为五条规律:精练、简洁、连贯、高潮、多变。前两项源于智性需要,后两项源于感情需要,中间一项则界乎两者之间……"⑤

刘易斯特别强调精练:"尽管作为一门艺术,小说要求排除任何与故事没有切实联系的人物,排除任何不能深刻反映人物或事件的片断,这种批评标准只有优秀的艺术家才会力图完成,只有高雅的品味才给予认同。"⑥ 他又指出,小说家应该记住,"小说享有的较大自由度并不表明小说就不受戏剧所受的规则的约束。小说的各部分之间应该有机地联系起

---

① 詹姆斯《〈我们共同的朋友〉》,保林、崇杰译,载《英国作家论文学》,第 313 页。
② 参阅利维斯《伟大的传统》。利维斯眼里的伟大传统包括奥斯丁、乔治·艾略特、詹姆斯和康拉德四人。狄更斯仅以《艰难时世》得在"伟大的传统"中忝列末座。2003 年 4 月 6 日《文摘报》第 5 版刊登消息"英国选出十大古典名著",其中英国作品有五部,包括《傲慢与偏见》《远大前程》《呼啸山庄》《简·爱》和《哈姆雷特》,其他五部是外国(欧美)作品。
③ George Henry Lewes, *The Principles of Success in Literature*, London: The Walter Scott Publishing Co., Ltd. (N.D.), p. 20.
④ Ibid., p. 118.
⑤ Ibid., pp. 133—134.
⑥ Ibid., pp. 145—146.

来。如果滥用小说家的自由，把没有联系的章节——包括描写、对话和事件——拼凑在一起，那就算不上小说。这种缺乏联系的特点越少，小说就越有价值，不仅对批评家来说是如此，对读者感情的影响来说也是如此。"① 在这里，刘易斯明确提出了小说艺术的标准，同时又清醒地意识到这不是轻而易举就可以达到的。他的观点简单说来就是，小说应该是各部分有机结合，缺一不可的整体。虽然小说在形式上所受的限制似乎比戏剧要少，但这并不表明小说家就可以毫无限制，为所欲为。这在几乎人人都可以写小说的 19 世纪中期不啻是对粗制滥造作品的当头棒喝。刘易斯还指出，"结构简洁的意思是有机整体"。②这的确是个颇值得注意的观点，因为完整的有机体不允许任何无关累赘的东西存在。"精练"和"简洁"是他对小说叙事的基本要求，同时也是优秀小说的重要特征。刘易斯在评价奥斯丁的小说《傲慢与偏见》时，对她的简洁叙事赞不绝口："当你解剖这部作品，分析其中的人物、场景、对话之间的关系以及它们对于整个故事的关系时，你就会发现其中没有任何东西是多余的：所有这些不同因素都暗暗地指向一个中心；所有自然逼真的描写虽然看起来和普普通通的日常生活是那样地相像，但却是服从着简约和精选这两条原则，毫无牵强、冗赘之处。"③

关于连贯，刘易斯指出："遵循连贯律就能清晰并有节奏美，从而使作品有力；可以事半功倍，并产生音乐感。"④ 这与精练和简洁一样涉及小说的整体性问题，因为只有通观整部作品才能感受到叙事的节奏美；但美感又与情感需要相连，所以刘易斯认为连贯在五条规律中是承前启后的一条。他关于节奏美的观点或许启发了福斯特在《小说面面观》中对节奏的论述。而就涉及情感需要的高潮与多变两点，刘易斯写道："鉴于我们的情感条件，刺激物必须不断增加强度，不断变换花样，才能产生预期效果。高潮和多变两条定律就是建立在这种条件之上的。"⑤ 这是从心理学角度对读者反应的分析，并以此对作者提出的要求。显然，连贯律所强调的节奏美与高潮和多变的要求基本上是一致的，把后三条联系起来看也顺理成章。从小说叙事的角度来看，精练和简洁可以说是总体的要求，而连

---

① ② George Henry Lewes, *The Principles of Success in Literature*, London: The Walter Scott Publishing Co., Ltd. (N.D.), p. 146.

③ 刘易斯《关于奥斯丁》（片断），罗少丹译，《奥斯丁研究》，第 38 页。

④ George Henry Lewes, *The Principles of Success in Literature*, p. 161.

⑤ Ibid., p. 167.

贯、高潮和多变则更多涉及一些具体的技巧安排。文学作者若能达到这些要求，就可以在文学创作上取得成功；即使在某些方面一时达不到，也应该朝着这样的方向努力。

　　本章主要围绕第一人称叙述和第三人称叙述这两种叙述模式和维多利亚时期小说分期出版的特点分析探讨了当时小说家的叙事观点。通过以上分析，不难看出第三人称全知叙述在维多利亚时期小说创作中的主导地位，但小说家也致力于吸收利用第一人称和书信体叙述的优点，从而促进了小说叙事艺术的发展。维多利亚时期流行的分期出版方法虽然有其缺陷，却也在一定程度上促进了小说家对好故事和戏剧性表现的探索，而且分期出版的挑战本身也对作家创造力的培养和发挥起了重要作用。我们的讨论集中在现实主义小说创作，但是，这并不表明浪漫主义在这一类小说叙事中就没有影响。即使在作为现实主义小说杰出代表的狄更斯小说中，浪漫主义特征也很突出。薛鸿时因此把狄更斯的小说创作特点定义为"浪漫的现实主义。"他指出："狄更斯的小说不但虚构性强，充满夸张、变形，到了中、晚期，他越来越多地采用比喻、寓意、象征，甚至荒诞的手法，从具象到抽象，使小说获得更加深刻的意蕴。这种写法，比工笔临摹更加真实，在小说艺术上要高一个层次。"① 在著名的勃朗特三姐妹的创作中，我们也看到诗人作家在诗意叙事方面的探索。她们的作品一般都篇幅不长，但感情强烈，具有很强的悲剧感染力。被利维斯称为"游戏"（sport）的《呼啸山庄》更是英国小说史上最动人的作品之一。② 它不仅具有一般哥特小说的传奇情节、强烈感情和诗意叙事，而且在叙事形式方面也做出了宝贵的探索。这些方面的特点使它在维多利亚时期小说家中略显另类，却与我们在下一章将要探讨的美国传奇小说叙事传统有许多相似的地方。

---

　　① 薛鸿时《浪漫的现实主义——狄更斯评传》，北京：社会科学文献出版社1996年版，第286页。

　　② 参阅利维斯《伟大的传统》，第45—46页。

第四章 美国 19 世纪中期小说叙事理论

研究 19 世纪英美小说的人都会注意到这样一个有趣的现象：在以现实主义为主流的英国维多利亚小说大繁荣的四五十年代，在美国文坛上占统治地位的却是以霍桑、爱伦·坡和梅尔维尔为代表的传奇小说，而美国现实主义小说是在 70 年代以后才在豪威尔斯和马克·吐温的推动下发展起来的。与此相应，美国小说叙事理论也与维多利亚时代英国小说叙事理论大相径庭。原因何在呢？现代批评家对这一现象进行了深入探讨，并达成了相当共识：美国小说家刻意创作发展一种有美国特色的、与维多利亚小说主流迥然不同的新小说。这不仅是因美国不同的社会历史地理环境决定的，而且是刚刚争得政治独立不久的美国社会所要求于作家的，是作家的政治责任。理查德·蔡斯（Richard Chase）在《美国小说及其传统》中归纳了三个历史地理方面的因素，即美国处于新大陆孤立状态，处于新老两大陆影响的矛盾之中，以及新英格兰清教传统。他写道："如同新英格兰清教心灵本身一样，美国人的想象似乎少关注救赎，而多关注无休止的善恶冲突剧，少关注显灵与和解，更倾心异化与纷争。"[1] 罗伯特·威斯布什（Robert Weisbuch）在《狄更斯、梅尔维尔与双国记》一文中指出："狄更斯代表了占统治地位的、已有的、继承传统的文学世界，梅尔维尔则代表了尚处从属地位的、仍在奋力建构中的文学世界。"[2] 他探讨了当时美国小说家为了建立自己国家的文学而与英国小说进行的顽强抗争，说明了隐藏在小说叙事后面的政治意识因素。梅尔维尔为霍桑的《古宅青苔》（*Mosses*

---

[1] Richard Chase, *The American Novel and Its Tradition*, p. 11.

[2] Robert Weisbuch, "Dickens, Melville, and a Tale of Two Countries," *The Cambridge Companion to the Victorian Novel*, p. 236. 双国记原文是谐仿狄更斯的《双城记》。

from an Old Manse, 1846) 写的书评几乎就是一篇要求美国文学独立的宣言书。"任何美国作家都不应像英国人或法国人一样写作；只要他像个人写作，那就一定会像个美国人写作……让我们勇敢地蔑视一切模仿，即便它像清晨一样芬芳美丽，而要积极培育独创，尽管它开始可能像我们的松树疙瘩一样难看。"① 梅尔维尔反对模仿，不仅反对模仿外国人，甚至反对模仿日常现实，推崇想象力的独创和深刻。

英国维多利亚小说家有深厚的历史渊源和广阔复杂的社会生活作为创作基础，因此他们的小说以现实主义为基本特征。刚刚独立不久的美国没有悠久的历史积淀，又不愿意亦步亦趋地跟在英国作家后面，于是他们必须寻找一条与英国作家不同的创作道路或工具，而且他们不费很大力气就找到了，这就是传奇，包括中世纪的骑士传奇和18世纪兴起的哥特式传奇小说。哥特小说虽然在维多利亚时代仍有影响，在某些作家（如勃朗特姐妹和狄更斯）的作品中还相当突出，但是，作为一种文学潮流，它从奥斯丁和司各特的时代起就已经逐渐衰退了。这恰好给美国作家提供了机会。而且，由于哥特小说是在独立战争之前的1764年由沃波尔所创，在美国作家看来属于美英共同的遗产，学习继承这一传统没有学习继承浪漫主义和维多利亚传统可能引起的"政治不正确"的问题。因此，哥特小说就成了这一时期美国作家的自然选择，这一点不仅在霍桑和坡的创作中显而易见，就是在梅尔维尔小说中也有明显影响。② 相对于极为物质化的英国社会，美国作家在自己的社会中更致力于探讨精神方面的问题；与重现实描写的英国小说家相比，美国小说家更重视探讨象征性表现的问题。这些方面构成了美国小说和小说叙事理论区别于英国维多利亚时代小说及其叙事理论的基本特征。在本章，我们将探讨作为美国浪漫主义小说高峰的霍桑、坡和梅尔维尔的叙事理论。

第一节　爱伦·坡与哥特小说的影响

第一位真正的美国小说家是有"美国的司各特"之称的库柏（James

---

① Jay Leyda, (ed.) *The Portable Melville*, New York: The Viking Press, 1952, pp. 413—414.
② Benjamin Franklin Fisher, "Poe and the Gothic Tradition," in *The Cambridge Companion to Edgar Allen Poe*, (ed.) Kevin J. Hayes, Cambridge: Cambridge University Press, 2002, p. 75. Harry Levin also notes the importance of Gothic romance to Poe and Melville, See Levin, *The Power of Blackness: Hawthorne, Poe, Melville*, New York: Alfred A. Knopf, 1958, p. 20.

Fenimore Cooper),以"皮袜子系列"历史小说闻名,并创作了许多海洋题材小说。《哥伦比亚美国文学史》对库柏的开拓性贡献给予了很高的评价:"在他的小说中我们看到难以置信的多种开创性贡献:海洋小说(梅尔维尔和康拉德都申明得益于库柏)、国际小说、具有鲜明美国特色的风俗小说和寓言小说形式,当然,还有西部小说。"① 库柏在小说叙事方面创新虽然并不多,但根据蔡斯的观点,在利用夸张的情节剧(melodrama)因素和文体风格与事件安排等方面,库柏都做出了有益的尝试。"在库柏的著作中我们看到了美国小说的主要方向。面对不同压力,它必须与小说传统表现出显著的不同",尽管他大致上仍是"司各特的信徒"。② 真正奠定美国小说地位的是19世纪中期三位各具特色的小说家:爱伦·坡、霍桑和梅尔维尔。

虽然爱伦·坡(Edgar Allan Poe)出生比霍桑晚,但他成名比霍桑早,而且在霍桑的主要作品问世之前就已经去世,所以我们先讨论坡,然后再讨论霍桑。坡以诗歌创作开始,刚20岁就发表了两部诗集,后来创作了数量可观的短篇小说,他唯一的中长篇小说是《阿瑟·高顿·皮姆的故事》(*The Narrative of Arthur Gordon Pym*,1838)。坡从1835年开始在文学杂志发表书评,在40年代中后期还举行过关于文学创作的巡回讲座,是"使美国文学批评理论在欧洲产生影响的第一位批评家"。③ 虽然他对小说叙事的论述并不多,却具有至关重要的意义。在1836年对蒙哥马利·波德(Robert Montgomery Bird)的小说《谢泼德·李》(*Sheppard Lee*,1836)的书评中,他对作者滥用超自然手法提出批评,尤其不赞成对超自然手法的理性化解释,其观点与司各特对拉德克利夫的批评如出一辙。坡认为作者应该给读者的"想象留下空间——似乎作者坚信其所讲故事的真实性,但又受到其强度的冲击,因此不能以具体的细节来做凭证"。④ 从这篇早期书评来看,坡既对强调可信性的现实主义小说叙事表现了某种认同,又重视超自然想象的力量。

在1838年发表的海洋历险小说《阿瑟·高顿·皮姆的故事》中,坡仍力图在可信性与不可能性之间找到某种平衡,但此后发表的小说中哥特传

---

① Robert Elliot et al., (ed.) *The Columbia History of the Literature of the United States*, New York: Columbia University Press, 1987, p. 261.
② Chase, *The American Novel and Its Tradition*, p. 15.
③ 盛宁《20世纪美国文论》,北京:北京大学出版社1994年版,第15页。
④ 转引自 Kent P. Kjungquist,"The Poet as Critic," in *The Cambridge Companion to Edgar Allen Poe*, p. 10.

统的影响则越来越明显。他的诗歌和小说都充分表现了哥特小说的影响，推崇想象的力量，善于描写恐怖场面和情景，刻画强烈感情，追求诗意描写，强调作品对读者感情或者说感官的直接刺激。斯比勒（Robert Spiller）指出："爱伦·坡的小说与他晚期的诗歌一样，都严格地遵循了他自己的理论。虽然他已经并不十分关切纯美的问题，但他认为小说的主要目的是给读者以感情上的冲击，并试图找出产生最强烈的效果的内在规律……他认定人类最基本的情绪是恐惧，于是便转向神灵鬼怪寻找素材。"① 恐惧是哥特小说最突出的特征，而坡的大多数小说都以引起读者的强烈恐惧为宗旨，显见哥特小说的影响之大。坡的诗歌和短篇小说在表达恐怖感情，引发恐惧效果方面是一致的，这也从另一方面展示了司各特所强调的哥特小说的诗意叙事特点。

　　盛宁这样总结了坡的文学主张："从今天的眼光看，坡的文学主张还有一点明显的与众不同之处。他对文学创作中作家的人生经验的重要性几乎不著一字，而只强调作品对读者所能唤起的情绪和产生的效果，他选择文学主题，看重的并不是它的理性内容，而是它的情绪感染力。"② 在忽略人生经验这一方面，坡与霍桑和梅尔维尔的区别极为明显，后两人，尤其是梅尔维尔的创作几乎和个人经验密不可分。但在重视强烈的情绪感染力方面三人却表现了惊人的一致。由于强调情绪感染力，坡提出了一个近乎苛刻的观点：优秀的诗篇或小说必须能在一个小时内读完，否则读者的情绪就会受到破坏。他在《评霍桑〈故事重述〉》中写道："如果有人要问最伟大的天才怎样才能最充分地展现其才华，我们会毫不犹豫地回答——在于创作可在一小时之内读完的有韵诗。只有在这个限度内才能产生真正优秀的诗作。在此我们只需要强调，在几乎各类创作中，效果或感受的一致性是最最重要的。"③ 坡接着写道，比可在一小时之内读完的有韵诗稍显逊色的是"散文故事，即霍桑在此为我们展示的作品。我们指的是半个小时到一两个小时可以读完的短篇散文叙事。根据已经阐述的原因，长篇小说仅长度一点就不可取。由于不能一气读完，长篇小说自然也就破坏了读完全文才能获得的巨大冲击力……在那段阅读小说的时间内，读者的

---

　　① 罗伯特·斯比勒《美国文学的循环》，汤潮译，北京：北京师范大学出版社1993年版，第66页。
　　② 盛宁：《20世纪美国文论》，第17页。
　　③ Nina Baym et al., (ed.) *The Norton Anthology of American Literature*, Third Ed, Shorter, New York: W. W. Norton & Company, 1989, pp. 657—658.

灵魂被作者所控制。没有疲倦或干扰所构成的外界影响。"① 因此坡基本上只写短篇小说；霍桑从 1825 年开始写作到 1850 年发表《红字》之前也一直写短篇小说。甚至《红字》开始也是想作为短篇小说集的一部分来发表，其篇幅与一般长篇小说有较大距离。陈冠商在《美国的浪漫主义作家霍桑》一文中写道："霍桑是短篇小说的大师，他的小说写得深刻、细致、统一、和谐，有的如同优美的散文诗；同时立意新颖，取材奇特，内容与形式的统一，更造成了强烈的艺术效果。"②

在坡的创作理论中，作品篇幅短只是创造强烈艺术效果的必要条件，要真正实现这种效果还必须遵循一定的创作原则。坡在《评霍桑的〈故事重述〉》中这样阐述起小说的创作原则："聪明的艺术家不是将自己的思想纳入他的情节，而是预先精心构思，想出某种独特或与众不同的效果，然后再杜撰出一些情节——他把这些情节联结起来，以便最大限度地有利于实现那预先构思的效果。如果他的第一句话与实现这种效果无关，那他第一步就走错了。在整个作品中，与实现预想效果没有直接或间接关系的字，一个都不能要。"③ 这段话首先阐明"效果先行"的原则，然后指出作品的情节结构、遣词造句都必须为实现效果服务。而且，最后一句更强调了艺术作品的有机完整性：字斟句酌，添一字太多，减一字太少。这虽然是有些强人所难的要求，却也表明了坡对艺术追求的执着。"以他的诗歌理论而论，坡认为诗歌（其实也包括了整个文艺）不是客观现实的反映，甚至主要也不是作家内心的抒发，而是所谓的'纯艺术'，是'以韵律创造美'，'其直接目的与科学不同，不是真，而是快感'，这就是，提倡以艺术美引起快感。"④ 我们可以把快感或效果类比为浪漫主义诗人所要表现的思想情感，这与现实主义小说家所要模仿再现的客观真实显然有极大的区别。在《创作的哲学》一文中，坡进一步强调了他的观点："任何值得一读的故事情节必须在动笔之前构思好结局，这是再清楚不过的了。只有时时把结局挂在心头，才能够使细节以及各个环节的笔调为故事发展服务，使情节具有其不可缺少的因果联系。"⑤ 他的这种创作方法显然与司各特信笔所至的写作方法，与狄更

---

① Nina Baym et al. , (ed.) *The Norton Anthology of American Literature*, Third Ed, Shorter, New York: W. W. Norton & Company, 1989, p. 658.
② 陈冠商《美国的浪漫主义作家霍桑》，载《霍桑短篇小说集》，陈冠商编选，济南：山东人民出版社 1980 年版，第 5 页。
③ Baym et al. , (ed.) *The Norton Anthology of American Literature*, p. 658.
④ 董衡巽主编《美国文学简史》（修订版），北京：人民文学出版社 2003 年版，第 54 页。
⑤ Baym et al. , (ed.) *The Norton Anthology of American Literature*, p. 662.

斯紧盯着读者反应而随时修改故事发展的创作方法是大相径庭的。

第二节 霍桑与传奇叙事理论

坡在1842年对霍桑传奇小说集《故事重述》所写的书评推崇作者是"真正的天才",① 这种高度评价十分引人注目,因为当时霍桑（Nathaniel Hawthorne）虽然已经有了近20年的写作生涯,却仍然是一个很不知名的、隐士般的作家。霍桑历来把自己的小说作品称作"传奇",并在《七角楼》(The House of the Seven Gables, 1851) 的序言中对"传奇"与"小说"的特征进行了区分。他写道,

> 如果作家把自己的作品称做传奇,那么毋庸置疑,他的意图是要在处理作品的形式和素材方面享有一定自由。如果他宣称自己写的是小说,就无权享有这种自由了。人们普遍认为,小说是一种非常注重细节真实的创作形式,不仅要写人生中可能发生的偶然现象,也要写常见的一般现象。传奇作为艺术创作,必须严格遵守艺术法则,如果背离人性的真实,同样是不可原谅的罪过,但它却在很大程度上赋予作者自行取舍、灵活虚构的权利,以表现特定环境下的真实。只要他认为合适,可以任意调节氛围,在所描绘的图景上或加强光线使之明亮,或运笔轻灵使之柔和,或加深阴影使之浓重。②

麦克尔·戴威特·贝尔（Michael Davitt Bell）在引述了上面的话后,写下了这样的评论:"这就是说,对霍桑而言,传奇比小说更多虚构性,更少现实性（虽然'现实主义'一词在内战前的美国尚未出现）;与小说家不同,传奇作者并不受日常现实（'常见的一般现象'）的约束;他可以沉醉于虚幻的和奇异的事物。"③ 霍桑的观点在某些方面让人想起康格里夫在17世纪末对小说与传奇所做的区别。但是,必须注意,康格里夫以及几乎所有英国批评家和小说家在界定传奇与小说的区别时,根本目的是为小说争地盘,而霍桑的目的则是为自己的传奇鸣锣开道。

蔡斯有关美国小说更受传奇影响的观点基本上以霍桑的区分为依据。

---

① Baym et al., (ed.) The Norton Anthology of American Literature, p. 661.
② 霍桑《七角楼》,贾文浩、贾文渊译,南京:译林出版社2001年版,"序言",第1页。
③ Michael Davitt Bell, "Arts of Deception: Hawthorne, 'Romance,' and The Scarlet Letter," in New Essays on "The Scarlet Letter", (ed.) Michael J. Colccurcio, Cambridge: Cambridge University Press, 1985, p. 31.

他在引用了霍桑的话之后,对不能"背离人性的真实"进行了阐述。他写道,"霍桑实际上在宣布使传奇适合于美国的具有根本定义性的观点……他的作品使传奇第一次回应了美国想象的特殊要求,在某些方面再现了美国心灵。"① 蔡斯认为,此后美国传奇小说形成了两种传统,一种以霍桑、梅尔维尔、詹姆斯、马克·吐温、诺里斯、福克纳和海明威为代表,是反映了人性真实的传奇,而另一种则是以《飘》之类通俗作品为代表的缺乏心理真实深度的流行传奇。此外,蔡斯关于传奇有自由"减少细节描写",有"较大的自由使用神话、寓言和象征形式"等观点,② 也多得益于霍桑在《七角楼》的序言中对传奇叙事的探索。《红字》(1850)的序言《海关》对于我们进一步了解霍桑心目中的传奇要做什么很有帮助。

在《海关》中,霍桑讲述了他在海关工作的经历,并介绍了《红字》故事的来龙去脉,认为这才是他写作《海关》的初衷:这是"一种常在文学中被认为正当的做法,即用来解释后面篇幅中涉及的大部分内容是怎样为作者所掌握的,并提供证据力陈叙述的内容确凿可靠"。也就是"一种想把自己置于编辑位置上的愿望"。③ 他说自己在一间老房子里发现了一个包裹,里面有故事的手稿和线绣的红字 A,他是故事的编辑而不是作者。这多少有些让人想起笛福在《鲁滨孙漂流记》序言中冒充故事编者和理查逊在《帕美勒》等小说中谎称编辑故事人物的信件。但是,霍桑紧接着又说:"人们不应该认为我在加工修饰这个故事,在想象故事里人物的思想动机和感情方式时,我自始至终把自己局限于老稽查官写的那六七大页材料里。相反,我在这些方面给我自己充分的自由,有的情节看来完全是我制造出来的。我力争做到的是故事梗概的真实性。"④ 也就是说,他在这里发现的仅仅是可以创作成小说的故事素材,而要把简单的素材写成小说还需要大量的想象劳动。但是,"海关的氛围与丰富细腻的想象和感情是格格不入的……我的想象力成了一面失去光泽的镜子。它映照不出,或者只能模模糊糊地照出那些我竭力要写在故事里的那些身影。我思想熔炉里燃起的火焰无法加热与锻冶故事里的人物。他们既没有炽烈的激情,也没有温柔的情感……"⑤ 这种既要找到故事本源以开脱作者的原创责任,又要强

---

① Chase, *The American Novel and Its Tradition*, p. 19.
② Ibid., p. 13.
③ 霍桑《红字》,姚乃强译,南京:译林出版社 1996 年版,第 2 页。
④ 同上书,第 28 页。
⑤ 同上书,第 29 页。

调作者创造性想象力作用的矛盾态度正反映了霍桑的心境。但是，在遮遮掩掩的过程中，霍桑却也表达了自己的传奇叙事观点，这就是注重想象的力量，关注情感问题，模糊叙事与真实的界限。霍桑对情感的关注还可以从下面这段话中看出。他在《英国笔记》1855年9月14日写道："说到萨克雷，我实在惊讶他对自己感情的冷静控制。这与我把刚刚写完的《红字》最后一节读给——应该说是试着读给——妻子听时的感情截然不同：我的声音忽高忽低，上气不接下气，好像是被刚刚经过风暴的大海给掀起抛下。"① 这种在感情控制方面的差异正是重客观描写的现实主义手法与重感情表现的传奇手法的重要区别。

从上面的引文可以看出霍桑有关传奇叙事的一个基本观点，就是作者不要过于受到真实的限制，而应该让想象得到施展。他在给布里奇有关游记写作的信中也强调了这一观点。他写道，"我要建议你，不管是在描写还是在叙述方面，都不必太拘泥于真实；不然你的文笔就会受到限制，结果是达不到比你所追求的更高一层的真实。给予你的想象自由空间，不要仅仅因为你没有亲眼所见就放弃更动人的描述。如果它们没有出现，它们至少应该出现——那这才是你所要关注的。这是一切有趣的旅行家的秘密。"② 这应该说是一个十分大胆的观点，因为一般认为游记必须客观记述，而霍桑认为即使游记也应该给想象留下空间，那么传奇就更不用说了。霍桑的传奇小说叙事的突出特点是象征寓意。他的小说使用分章标题，但与以提示故事内容的英国小说不同，他的标题更具有象征意义。如《红字》的标题："狱门""市场""相认""医生""林中散步""一片阳光"；又如《七角楼》的标题："小店橱窗""柜台后的一天""莫尔泉"等。他关注的不是具体描述复杂的生活场景和人物性格，而是画龙点睛般地展示某种生活意义或本质；他提供给读者的不是与现实相似的生活画面，而是韵味无穷的象征暗示。这一切都是诗歌艺术的基本特点。斯比勒从霍桑的心理背景方面指出了其注重象征寓言的原因："他的自我反省可以从他小说的情节框架中表现出来。他很自然地转向象征主义的极端形式，道德寓言，使之成为他迫切需要自白和披露心中隐密的最理想的工具。利用寓言，他可以说他要讲的话，并且躲在各种象征的后面不必露面。"③

---

① 转引自 Henry James, *Hawthorne* (1879), Willits, CA: British American Books, ND, p. 89.
② Malcolm Cowley, (ed.) *The Portable Hawthorne*, New York: The Viking Press, 1948, p. 618.
③ 罗伯特·斯比勒《美国文学的循环》，第69—70页。

霍桑的传奇小说往往比较短小，即使他的长篇小说也更像是短篇的结集。他的代表作《红字》开始就想作为中篇出版，后来增加了《海关》为序，勉强算作长篇，而新中国成立后最先出版的侍桁译本就删去了《海关》。篇幅短小可以说是美国浪漫传奇小说的一个基本特点。不仅霍桑的小说篇幅不长，除了《白鲸》之外的梅尔维尔的其他小说篇幅都不太长，与卷帙浩繁的维多利亚小说迥然不同。而且坡、霍桑和梅尔维尔都擅长写短篇小说，王佐良在《美国短篇小说选》的《编者序》中说美国与法国和俄国同为西方世界三个短篇小说大国。① 同时期的英国短篇小说却乏善可陈，朱虹编的《英国短篇小说选》只能从长篇小说的穿插故事中选取一二作为代表。② 其中的原因可能很复杂，但不可否认的是强烈的情感，特别是强烈的恐怖情感是不能长期持续的，象征性和寓言性的人物事件不需要连篇累牍地复杂描述，而诗意特征也要求传奇小说的篇幅不宜过长。就小说篇幅来看，美国传奇小说更像奥斯丁的小说，而不是狄更斯或萨克雷那种被詹姆斯戏称为"巨大、松散、臃肿的魔怪"（large loose baggy monster）的小说。③

亨利·詹姆斯的《霍桑传》是霍桑批评中的经典文献，他对《红字》的高度评价经受了历史的考验。但是詹姆斯在高度评价《红字》成就的同时，仍从现实主义角度指出了它的不足，虽然他尽量使自己显得不过于苛刻。他写道，"在我看来，这本书的缺陷是缺少真实性，滥用奇特幻想——某种浅薄的象征性。书中的人不是真实的人物，而是被生动排列起来的某种单一思想的代表……我之所以对《红字》的这种欠真实性——这种超独创性——敏感，是因为不久前偶然读到约翰·吉布森·洛克哈特（John Gibson Lockhart）的小说《亚当·布莱尔》（*Adam Blair*），这本书50年前相当流行，但今天仍值得一读。"④ 在探讨了两部小说的特点之后，詹姆斯这样结束了他的比较："洛克哈特是一个严密坚实的不列颠人，喜欢具体表现，而霍桑是一个单薄瘦小的新英格兰人，关注良心重负。"⑤ 这可以说不仅是两个作

---

① 王佐良《美国短篇小说选》"编者序"，王佐良编选，北京：中国青年出版社1981年版，第2页。
② 朱虹《浅谈英国短篇小说的发展》，载《英国短篇小说选》，朱虹编选，北京：人民文学出版社1980年版，第2—3页。
③ 詹姆斯语，转引自 Deirdre David, "Introduction," *The Cambridge Companion to the Victorian Novel*, pp. 2—3.
④ James, *Hawthorne*, p. 93.
⑤ Ibid., p. 95.

家的区别,而且是两种思维方式,两种创作方法的区别。

有意思的是,霍桑在欧洲生活了多年之后,对于自己的创作有了新的认识,表达了与詹姆斯类似的观点。他在 1860 年给好友菲尔茨的信中写道:"很奇怪,我个人的欣赏兴趣与我所写的作品迥然不同。如果碰到别人写的我这类作品,我相信自己都读不下去。你读过安东尼·特罗洛普的小说吗?它们正好适合我的品味;坚实丰满,带着牛肉的力量和果酒的激情,真实得就像某个巨人砍下地球的一块放到镜子底下,展示其居民在为日常生活而劳作,而他们并没有想到自己是被用来做展览。这些书就像烤牛排一样属于英国。"① 这段绘声绘色的描写生动展示了英国现实主义小说的特征,而这种小说与霍桑赖以扬名的寓言式浪漫传奇几乎是南辕北辙。

第三节 梅尔维尔与深刻叙事

梅尔维尔(Herman Melville)本是绅士出身,但幼年丧父,只能依靠亲戚接济生活。12 岁就失学,在各种地方打零工。1841 年 21 岁时参加捕鲸航行,开始还感觉满意,后来却跳船流落荒岛,最后随"合众国号"军舰回到纽约。1845 年以自己的海洋经历为素材创作小说《泰比》(*Typee*),先在英国出版,后在美国出版。小说很流行,但也引来有关故事真实性的争议。英国出版商约翰·默里(John Murray)写信要梅尔维尔提供故事真实性的证据,让作者哭笑不得。他在给默里的复信中写道:"您给我要曾经到过——《泰比》中——马尔科萨斯的'文件证据'——亲爱的先生,一个人切身感受到自己的真实经历,而面临一些傻瓜的怀疑,这多么让人糟心啊!——不(让我赶紧声明),您不属于这种人——啊,不——我敢发誓,默里先生相信《泰比》从序言到尾声都是真实的,——他只是要求得到一点东西,可以堵住那些无知怀疑者的嘴。"② 他退役后写的小说多以自己的经历为素材,描写海上生活和在土著居民中生活的经历。从这一点来看,梅尔维尔开始的创作道路是传统的历险故事之类的流行小说。如果他沿着这条路走下去,他可能成为当时的流行小说家。

1850 年初,梅尔维尔开始写一部有关捕鲸生活的小说,不久就完成了小说的一半。但就在这一年的中期,他结识了霍桑,并为霍桑的短篇小说

---

① Malcolm Cowley, (ed.) *The Portable Hawthorne*, pp. 627—628.
② Jay Leyda, (ed.) *The Portable Melville*, p. 344.

集《古宅青苔》撰写了书评,认为霍桑是美国的莎士比亚。他写道:"霍桑最使我激动的是前面提到过的黑暗,虽然他对黑暗的描绘可能是太沉重了。或许他没能为每一个黑影都给我们一片亮光。不管怎样,正是黑暗为他提供了无限深邃的背景——那也是莎士比亚最伟大剧作的背景,是使莎士比亚成为最深刻思想家的背景。"① 他驳斥了那种认为莎士比亚高不可攀的观点:"你或者相信莎士比亚高不可攀,或者被驱逐。对于一个美国人——一个注定要把共和进步带入文学和生活的人——这算什么话?朋友们,请相信我,不比莎士比亚矮多少的人正在俄亥俄岸边出生。"② 他接着写道:"我并不是说塞勒姆的纳撒尼尔比爱汶河的威廉伟大,或同样伟大。但两人之间绝没有天壤之别。差别并不太大,纳撒尼尔确实是个威廉。我还要说明,如果莎士比亚还没有被赶上,假以时日,他必将被这半球或那半球的人超越。"③ 梅尔维尔自己也重新阅读莎士比亚的剧作,并深受其悲剧的影响。

正是在这多种影响下,他重新构思了自己的小说,由简单的捕鲸历险小说而发展成探讨人性善恶及复仇意识的史诗般的悲剧传奇小说。在叙事手法上,《白鲸》(1851)具有美国浪漫传奇小说的突出特点:象征性和诗意叙事,但它同时又与霍桑和坡的小说有明显不同,这就是结构宏伟,具有某种百科全书式的特点。小说的叙述者以实玛利既是主要故事的观察者和叙述者,也是一部成长小说的主人公,尤其是在小说的前半部。而在小说的后半部,作为叙述者的以实玛利几乎与作者梅尔维尔合为一体。小说的伦敦版干脆取消了美国版原有的描写以实玛利脱险的"尾声",使小说变成了作者叙述。在小说叙述过程中,也有一些章节近似于菲尔丁创立的介入式叙述者的特点,更有一些内容接近斯特恩的《项狄传》元小说叙事。比如,第45章的开始一段:"就本书中可以称为故事的章节说来;就间接地提到抹香鲸一两个十分有趣而奇特的习性说来,上一章的开头部分,倒确是这部书最重要的章节。不过,为了使得人们能更充分领会,还得就它的主要内容更进一步、更通俗地絮述一下……"④ 叙述者接着又说,"我不想把这份工作做得怎样有条不紊,只求能借助那些对我这个捕鲸者说来,是切合实际或者可靠的各种引证,而产生希望得到的印象就心满意

---

① Jay Leyda, (ed.) *The Portable Melville*, p. 407.
② Ibid., p. 409.
③ Ibid., p. 410.
④ 赫尔曼·麦尔维尔:《白鲸》,曹庸译,上海:上海译文出版社1982年版,第284页。

足了。"① 这似乎为本书许多不"有条不紊"的内容开了绿灯。虽然对"希望得到的印象"的关注使人想起坡对效果的强调，但是梅尔维尔显然并不关心删除任何一个无关的词。在第63章开头，叙述者写道："树干长出枝丫；枝丫又长出小枝。同样的，从许多题材中，就产生出了各种故事来。"② 这不禁使人想起用《项狄传》中叙述者的"观念联想"使叙事不断扩充的情况。但这一章的标题是"叉柱"，因此作为比喻的第一句显然又与本章的叙事内容是有联系的。

第32章"鲸类学"的结尾段是这样写的：

> 最后，我一开头就已经声明过，这里所提出的这个分类法，并不是一下子就可臻完备的。读者也一定可以清楚地看出我是信守我的诺言的。不过，我现在就让我的鲸类学分类法这样悬而未竟了，正如伟大的科隆大教堂鸠工未竣，起重机还吊在未完工的塔顶上一样。因为细小的创始工作也许已经由他们先前的建筑师完成了，至于宏大的、真正的工作，以及顶冠石总是留给后人去完成。上帝永远不让我一事有成。这整篇分类学只不过是一种草稿——不，而且是草稿的草稿。啊，时间呀，力量呀，金钱呀，耐心呀！③

"鲸类学"是全书最长的一章，按对开鲸、八开鲸和十二开鲸分三部分对鲸鱼进行了分类研究，是梅尔维尔花费了极大精力查阅各种资料写就的。但在写完这一章之后，他所表达的完全是一种无奈，一种没有完成既定目标的无奈。但是，或许我们应该展开想象的翅膀，去设想作者的真正苦衷不是完成鲸鱼分类学，而是怎样完成构思宏伟、寓意深刻的小说巨著。"上帝永远不让我一事有成"这一句，似乎表达了作者担心自己达不到既定目标的深度悲叹；"时间呀，力量呀，金钱呀，耐心呀"表达了作者面临的各方面压力。这些似乎都不是通常意义上的小说所应有的内容。因此，用《诺顿美国文学选集》的编者的话说，《白鲸》是"梅尔维尔阅读经典文学的结晶，这些经典包括从圣经到拉伯雷、伯顿、约翰·弥尔顿、斯特恩、拜伦勋爵、托马斯·德昆西和托马斯·卡莱尔，同时又植根于巴伦·卡维尔、弗雷德里克·德贝尔·伯内特、威廉·斯科尔斯比和奥贝德·梅西的海洋世界，且结合了托马斯·布朗爵士和美国旅行家J.罗斯·布朗的特

---

① 赫尔曼·麦尔维尔《白鲸》，第284页。
② 同上书，第406页。
③ 同上书，第212页。

点，以及从旧时的百科全书中得到的一些古怪东西。"① 保尔·吉尔斯（Paul Giles）则从作者的雄心方面给出了这样的解释："这些多层次的戏剧片断和莎士比亚式独白，以及文本中充满的玄学思辨，证明梅尔维尔力图使他的小说战胜文化的'影响焦虑'，超越美国的地方性，成为'无边无港之巨大'的世界文学。"② 这一切使得《白鲸》成了一部少见的奇书，虽然在严格的小说理论家看来它可能不是一部好小说，却赢得了无数读者的喜爱。

《白鲸》在叙述视角方面的混乱曾引起当时读者和批评家的强烈批评，认为这有违小说创作常规，表明梅尔维尔不是一个称职的小说家。1957年，蔡斯在《美国小说及其传统》中也只是说《白鲸》有许多"小说成分"，但是与其说《白鲸》是小说，不如说它是部"象征诗"更确切。③ 蔡斯在为《梅尔维尔研究论文集》作的导论中写道："用我们从詹姆斯的小说和论文发表以后所形成的艺术观来看，梅尔维尔不是一个'小说艺术'大师。《皮埃尔》是梅尔维尔所写得最接近詹姆斯观点的小说，但它显然是不成功的，虽然并非一无是处。本文集的作者除了 R. P. 布莱克穆尔都不把梅尔维尔当作小说家来看也证明了这一点。"④ 即使布莱克穆尔（Blackmur）也不得不指出：

> 考虑到《白鲸》的主题，梅尔维尔选择新手以实玛利来讲这个故事——他在其中只起很小但却始终存在的作用——是正确的，他的错误只是没有很好掩盖自己选择的改变方面……在故事和读者之间设立一个参与故事的意识——只要这个意识与故事的联系合乎逻辑——是创作的首要方法：它限制、压缩并因此把握了该讲什么和怎样讲。梅尔维尔犯的错误是没有分清哪些是以实玛利看到的，哪些是作者所看到的。如果作者要讲离题故事——这虽然可能引起混乱但并不违反传统——他应该学习菲尔丁把它放在章节之间，在第一人称叙述中尤其应注意。否则，像以实玛利这样，叙述者显然知道得太多了，从而破坏了故事的和谐一致……以实玛利当然是梅尔维尔的"另一个我"，

---

① Baym et al., (ed.) *The Norton Anthology of American Literature*, p. 975.
② Paul Giles, "'Bewildering Intertanglement': Melville's Engagement with British Culture," in *The Cambridge Companion to Herman Melville*, (ed.) Robert S. Levine, Cambridge: Cambridge University Press, 1998, p. 232.
③ Chase, *The American Novel and Its Tradition*, p. 100.
④ Chase, "Introduction," *Twentieth Century Views: Melville: A Collection of Critical Essays*, (ed.) Richard Chase, Englewood Cliffs, NJ: Prentice-Hall, Inc. 1962, p. 5.

这解释了为什么他起如此作用,但并不能掩盖其过分之处。①

　　布莱克穆尔的批评是有道理的。直到20世纪70年代以后,随着巴赫金小说理论在美国的影响扩大,批评家们才理直气壮地把《白鲸》作为小说来研究。

　　年轻海员以实玛利是《白鲸》的叙述者,从某种意义上说《白鲸》讲述的故事是以实玛利的成长史。在小说开始的一部分以实玛利也的确是个相当称职的叙述者,我们主要是跟着他的经历来接触故事和人物。但是,到了小说中后部分,以实玛利的存在逐渐淡化,虽然我们仍然知道他在捕鲸船员中,但是却几乎看不到他的踪影。小说中大量关于鲸类学和社会历史哲学方面的知识显然不是以实玛利这个年轻捕鲸新手所能掌握的。另外,小说中还有如第37章"日落"叙述亚哈船长独自坐在船长室的内心独白,第38章叙述斯达巴克自己倚着主桅的内心沉思默想,都是以实玛利所完全不能知晓的,只有全知叙述者才可以了解的。显然,梅尔维尔在这些地方是僭越了小说叙述真实性的常规。最后关于追杀白鲸的激动人心的三天经历,每个海员都处在心惊胆战的恐惧状态,完全不可能做出如此生动形象的观察描述。因此,我们只能承认梅尔维尔有意或无意地把自己作为全知叙述者的特权与以实玛利的有限视角混为一体了。罗伯特·马尔德(Robert Milder)结合自己的教学经历总结了学生对《白鲸》中叙事越规的困惑,最后指出:"梅尔维尔似乎对以实玛利在小说中性格发展的可能性不太感兴趣,而更加关注以实玛利凭借自己的眼光可以看到什么,关注回顾性叙述这一工具为作者的曲折评论提供的机会。"②

　　《白鲸》刚刚交付出版不久,梅尔维尔便动笔撰写《皮埃尔》,初期计划小说约三百多页,大致相当于《白鲸》的一半。他把撰写计划告诉英国出版商,希望获得预付资金支持,但没有成功。或许是英国出版商的冷漠使梅尔维尔改变了原计划,从而使小说篇幅增加了约三分之一,主要内容是男主人公皮埃尔的小说家经历,梅尔维尔显然是借机发泄自己的一腔怨气。《皮埃尔》放弃了梅尔维尔小说第一人称叙述的常规,改用第三人称叙述,叙述者的言谈观点明显带有作者的影子。小说前半部主要描写主人公皮埃尔的浪漫爱情故事,或许与作者个人经历无关,但后半部皮埃尔到

---

① R. P. Blackmur, "The Craft of Herman Melville: A Putative Statement," in *Twentieth Century Views: Melville: A Collection of Critical Essays*, p. 83.
② Robert Milder, "*Moby-Dick*: The Rationale of Narrative Form," in *Approaches to Teaching Melville's Moby-Dick*, (ed.) Martin Bickman, New York: MLA, 1985, p. 39.

纽约后以创作为生的经历则是梅尔维尔个人艰苦创作生活的写照。小说出版时名为《皮埃尔,或模糊不清》(Pierre, or, The Ambiguities, 1852),不仅主人公到底是天使还是魔鬼,伊莎贝尔到底是不是他的同父异母妹妹,而且小说的主题到底是什么,小说到底应该怎么写等等,都可以说是"模糊不清"。最后完成的小说结构混乱、内容繁杂,既有浪漫传奇,也有哥特故事,更充满了对文坛时事的抨击讽刺和对人生本质的玄学思考。这一切使《皮埃尔》一出版就受到书评界的攻击嘲弄,成为梅尔维尔写作生涯的滑铁卢。但是,到了20世纪,《皮埃尔》却时来运转,受到广泛青睐。除《白鲸》之外,梅尔维尔的"任何'其他'作品都没有如此一致地使最有洞见的批评家感到:这是一部有缺陷的巨著"。①

《皮埃尔》的前半部分基本上是爱情传奇,带有田园情调。叙述者对爱情传奇中的人物既有赞美,也有某种讽喻调侃。到了小说后半部,皮埃尔和伊莎贝尔来到纽约,皮埃尔为谋生路开始写小说。对于研究梅尔维尔的叙事艺术观点,《皮埃尔》具有特殊的意义,因为主人公的小说家形象无疑是作者的自画像,他的许多观点显然代表了作者此时的立场。叙述者曾有这么一段话:有的人把同时发生的事情一起交代清楚,有的人喜欢按照故事发展的需要分别交代,而我两条规则都不遵守,而是随心所欲,想写就写。② 在这一方面,他显然是深受《项狄传》的影响,而梅尔维尔在《白鲸》中的实践也为此做了注解。下面是叙述者用自由间接引语表达的皮埃尔的一段沉思:"有谁能够说出皮埃尔在那个孤立阴冷的房间内的思想和感受?他终于明白了,他越变得聪明深刻,就越没有办法养家糊口;如果把他思想深刻的书扔出窗外,专心写一本最多用时一个月的毫无价值的流行小说,他就会得到金钱和赞誉。但是,吞噬一切的深刻性耗尽了他的精力;现在即使他有心那么做,也没有能力写出既吸引人又能挣到钱的肤浅易懂而欢快流畅的传奇小说了。"③ 这正是梅尔维尔自己心灵的写照。在1851年6月致霍桑的信中,梅尔维尔就曾写道:"我最想写的东西不能写——因为不赚钱。但是,完全为了赚钱而写我又做不到。所以最后写出来的东西是杂烩,我的所有书都不成样子。"④

---

① Leon Howard and Hershel Parker, "Historical Note," in *Pierre, or The Ambiguities*, (ed.) Harrison Hayford et al., Evaston & Chicago: Northwestern University Press and The Newberry Library, 1971, p. 407.
② *Pierre, or The Ambiguities*, (ed.) Harrison Hayford et al., p. 244.
③ Ibid., p. 305.
④ Jay Leyda, (ed.) *The Portable Melville*, p. 430.

尤其令人深思的是，皮埃尔所写小说的主人公也是一个落魄潦倒的作家。这样，从作为全知叙述者的梅尔维尔到小说主人公皮埃尔再到皮埃尔笔下的作家人物，三个作家形象连为一体，而全知叙述者梅尔维尔和小说主人公皮埃尔之间的认同更为明显。梅尔维尔似乎认为只有作家可以认识深刻，而这不断加强的深刻性最终变成了令人困惑的模糊性。哈利·列文（Harry Levin）指出："模糊性中相当重要的一点是年轻作者伏案撰写杰作的自画像。'在写两本书'——但不是如有些梅尔维尔阐释者所说的有先有后，而是同时写作。一本是观察性的著作，写给大众读者；另一本是的想象性著作，与作者密不可分。"① 从一定意义上来说，小说人物塑造和故事叙述属于美学范畴，而作家思想的表达则属于哲学范畴；只讲故事会流于肤浅的通俗小说，这是梅尔维尔能做（并且也做过）但又不愿意做的事。他要做的是在讲故事的同时表达转述深刻的思想。这就产生了人物与叙述者，或作者与第一人称叙述者之间的矛盾。梅尔维尔认识到了这个矛盾，他没有回避矛盾，但又没有充分掌握解决矛盾的有效方法，所以就出现了他的小说叙事中的矛盾和模糊。而且由于受到推崇想象的浪漫主义理论影响，梅尔维尔在小说中有一种要包罗万象的欲望，追根究底的冲动，从而产生了《白鲸》和《皮埃尔》两部奇书。

总起来看，梅尔维尔的传奇叙事观点既与坡和霍桑有相同之处，又有明显的区别。他像坡一样受到哥特小说的影响，在《皮埃尔》中表现最为突出，但他不太诉诸恐怖情感；他像霍桑一样重视象征寓意，但他的象征寓意往往模糊不清。他与坡和霍桑显然不同的一点是他的作品篇幅较长，以长篇为主，而另外两人则以短篇为主。但是，这种不同只是表面现象，因为他的长篇小说不太注意总体结构，最引人注意的仍然是短暂和强烈的冲击和印象，而他的短篇小说如《书记员巴特尔比》（Bartleby, the Scrivener, 1853）和中篇小说《水手比利·巴德》（Billy Budd, Sailor, 1891）也是公认的杰作。因此，我们似乎可以得出这样的结论：在较短的篇幅内创造出给人震撼、发人深思的强烈艺术效果是19世纪美国传奇小说叙事的基本特征，也是其区别于同时期英国现实主义小说的主要特点。由于强烈的感情不可能保持长久，美国传奇小说家的创作生命显然比英国现实主义小说家短得多，虽然这是由主观和客观的复杂原因促成的。坡只活了40岁，他的小说创作时间不到10年。霍桑的创作断断续续，但在《红字》和

---

① Levin, *The Power of Blackness*, p. 167.

《七角楼》之后，由于出任驻利物浦总领事，暂停创作，而1857年辞职以后创作的几部作品都不太成功。梅尔维尔从1846年发表《泰比》到1857年出版《骗子的化装表演》(*The Confidence Man*)也只有十来年，此后30多年基本上没再创作小说。这不禁使人想到英国浪漫主义诗人，年轻一代英年早逝，而尽享天年的华兹华斯1815年后的几十年也没有多少建树。

  本章探讨了美国传奇小说叙事的一些基本特征，如重视在较短的篇幅内产生的情感冲击尤其是恐怖情感、强调作品的诗意特征和象征寓意、关注挖掘人物的心理感受、倾向于表现复杂模糊的意识形象从而超越现实要求的常规等等。这些特征虽然在后来的美国小说中屡见不鲜，但美国小说的主流传统却在19世纪后期发生了根本的变化，传奇小说让位于以亨利·詹姆斯为代表的现实主义小说。长期在欧洲生活的詹姆斯借鉴的不仅有英国现实主义小说，而且还有法国和俄罗斯传统的现实主义小说，从而与代表美国西部幽默传统的马克·吐温和代表新英格兰中产阶级情调的豪威尔斯一起开创了美国现实主义小说的黄金时代，也使小说叙事理论达到了成熟阶段。

中 篇
现代小说叙事理论

概　　述

如果说18世纪是英国小说理论的萌芽期，那么，19世纪末、20世纪初则是英美小说理论开始走向成熟和系统化的重要时期。我们之所以这么说，主要是因为在这一时期里对小说艺术的论述几乎占据了和小说创作同等重要的地位。"小说艺术"不仅成为行家们的共识，而且也是他们共同关注的问题。1884年4月，英国小说家兼历史学家沃尔特·贝赞特（Walter Besant）在伦敦皇家学会上发表了一次题为"小说艺术"的演讲；同年9月，詹姆斯在《朗曼杂志》上发表了著名的《小说艺术》一文；1921年，珀西·卢伯克（Percy Lubbock）出版了《小说技巧》一书；紧接其后，E. M. 福斯特（Forster）和埃德温·缪尔（Edwin Muir）分别于1927年、1928年各自出版了《小说面面观》和《小说结构》。1934年，美国学者布莱克穆尔（Richard P. Blackmur）将亨利·詹姆斯为自己18部小说所写的评论性序言汇编成《小说艺术》。这些著述除了从理论上对小说艺术给予充分肯定和总体评论外，还从艺术结构的角度探索小说内部的各种成分以及它们之间的关系。

值得注意的是，国内外相关学者在对这一时期的理论现象进行梳理时，大多围绕着亨利·詹姆斯和福楼拜进行。早在20年代，评论家卡尔·格拉伯就宣称："詹姆斯是最伟大的小说家……他为后人研究小说技巧和方法留下了最广泛、最有价值的评论。"[1] 时至1998年，英国学者多萝西·黑尔（Dorothy J. Hale）在《亨利·詹姆斯与小说理论的创始》一文中表示了同样的态度。我们认为，詹姆斯的确对现代叙事理论做出了开创性的重要

---

[1] Carl H. Grabo, *The Technique of the Novel*, New York: Scribner, 1928, p. v.

贡献，但是，如果将詹姆斯以后的理论当作詹姆斯思想的延续或翻版，这显然是不公正的。其中的道理十分浅显。首先，形式主义理论的内部存在着不少差异；这些差异互为依赖、互为影响，对形式主义理论刻意建构的自足性带来一定程度的拆解作用，但同时也丰富了理论的内容，使理论得以进一步发展；其次，后人对前人理论的研究过程或多或少地存在着"误读"，显现或隐匿了理论内部的各种差异。

正是出于上述原因，我们将重新审视现代小说理论从亨利·詹姆斯到吴尔夫的发展过程，辨明现代小说理论在成形和演变过程中出现的连续和断裂。辩证地看，对理论的梳理也是对历史进行的阐释和评价。其中自然难免个人主观性，但是，我们力争将理解基础上做出的描述置于判断之先，同时争取较为公正地剖析各种理论现象与传统的联系和冲撞。在本篇第一章里，我们以詹姆斯提倡的小说自足体为中心，重点阐述这位现代小说理论的奠基人所提倡的小说从形式到内容的有机整体论。相对而言，詹姆斯关于小说形式技巧的论述一直备受关注。然而，我们必须注意到，詹姆斯并没有忽略小说的内容，只是他所关注的小说"主题"具有与传统上不同的意义，而正是这种对小说主题的不同认识促使詹姆斯考虑小说的形式结构和叙述方式。同样值得注意的是，虽然关于詹姆斯小说理论的研究将重点放在了小说的形式层面，但是，大都侧重于小说视点的讨论。的确，詹姆斯本人的小说实践充分显现了运用恰当的小说视点对于小说整体结构的重要性，但是，詹姆斯提倡的小说形式技巧涵盖了更广泛的内容。本篇第一章将对这些内容进行较为全面的探讨。

在本篇第二章里，我们将聚焦于詹姆斯之后一段时期叙事理论的系统化和多元化。按照批评界的共识，虽然詹姆斯就小说理论的重要性、必要性以及小说艺术的许多方面提出了独到的见解，但是，现代小说理论的系统化则应归功于詹姆斯的弟子珀西·卢伯克。这主要是因为卢伯克于1921年出版了第一部系统阐述小说理论的大作《小说技巧》[1]。然而，卢伯克与詹姆斯小说理论的关系从一开始就引发了各种各样的批评[2]，以至于评家们对卢伯克与詹姆斯小说理论的关系产生了两种截然不同的观点。以卡洛尔（David Carroll）为主要代表的一方认为卢伯克是詹姆斯"最忠实的"

---

[1] Mark Schorer, "Foreword," in *Critiques and Essays on Modern Fiction*, 1920–1951, (ed.) John W. Aldridge, New York: Roland, 1952, pp. xi—xx. p. xii.

[2] Dorothy J. Hale, *Social Formalism: The Novel in Theory from Henry James to the Present*, California: Stanford University Press, 1998, pp. 50—51.

理论代言人①；以黑尔为代表的当代批评家则认为卢伯克虽然对詹姆斯提出的主要观点进行了整理，但《小说技巧》更多时候表述了卢伯克本人的理论思想②。我们认为，这两种观点都有些偏激。事实上，《小说技巧》在思想上依然遵循詹姆斯提倡的小说戏剧化理论原则，即，提倡小说家隐退到故事人物背后，通过连续使用或者变换故事内人物视点、场景系统、缩短线条等方法使读者能够直接"看到"故事。不过，应该认识到，在具体技巧方法上，卢伯克与詹姆斯之间的确存在不少差异。我们在本篇第二章第一节里，对此将进行详细探讨。这一节的关注点在于：卢伯克究竟在多大程度上继承、发展了詹姆斯的小说理论？

除了卢伯克，我们在本篇第二章里还将讨论与詹姆斯同时代的一些小说家就小说艺术发表的种种看法。所涉及的小说家有斯蒂文森（R. L. Stevenson）、康拉德（Joseph Conrad）、威尔斯（H. G. Wells）和沃顿（Edith Wharton）。这些小说家虽然没有系统地阐述小说理论，但是，他们的创作实践以及受到詹姆斯、福楼拜等人影响产生的各种观念，都在不同程度上促进了小说理论在世纪初的发展和变化。

20世纪初的小说理论就是在变化中向前演进的。对小说形式结构的共同关注并没有妨碍小说批评家们在看待具体问题上出现差异。这一点在E. M. 福斯特的理论名著《小说面面观》中体现得尤为突出，这一名篇构成本篇第三章的探讨对象。与詹姆斯相比，福斯特更加注重小说技巧与读者之间的复杂关系，也反对创作原则的某些程式化的倾向。需要说明的是，福斯特一直是国内学界的一个关注点。20世纪60年代以前，他一直被视为19世纪英国现实主义传统的继承者、形式主义小说理论的创始人之一。此后，又被视为现代主义的代表人物。80年代以后，随着理论界对英美小说理论的不断深入了解和批评，不少评家注意到他关于"圆形人物"和"扁形人物"的两分法过于简单，并对此提出了种种质疑。我们重新审视《小说面面观》，除了展示福斯特小说理论的基本框架之外，主要旨在揭示福斯特提出的以读者为中心的小说观点与19世纪传统小说批评之间的冲突，以说明福斯特在继承形式主义小说理论的过程中产生的差异和做出的贡献。

---

① David Carroll, *The Subject in Question: The Language of Theory and the Strategies of Fiction*, Chicago: University of Chicago Press, 1982.

② Dorothy J. Hale, *Social Formalism: The Novel in Theory from Henry James to the Present*. pp. 53—63.

在本篇第四章中，我们将着重探讨埃德温·缪尔、弗兰克·诺里斯（Frank Norris）和弗吉尼亚·吴尔夫（Virginia Woolf）的小说观。从总体上讲，詹姆斯的小说理论经过卢伯克到福斯特的继承与发展，其间虽然产生了不少差异，但大家对小说结构的认识基本上一致，均力图从人物、情节结构、叙述者与故事的关系等方面来建构小说批评模式。然而，缪尔认为，卢伯克虽然就小说结构的具体方面提出了不少富有创意的观点，但并没有从总体上说明什么是小说形式，甚至把詹姆斯采用人物视角的小说视为一种普遍适用、唯一应该遵循的形式典范①。缪尔认为詹姆斯的小说在小说传统中仅仅是一个"次要的分支"，而不是普遍意义上的形式结构②。此外，他认为福斯特提出的"图式"和"节奏"也不能说明小说问题。因此，他提出，应该根据作者对小说故事的空间、时间处理分为"人物小说""戏剧小说"和"编年史小说"。以此为理由，缪尔认为，小说艺术并无规定性的章法，作家完全可以根据不同题材采用不同的叙述方法。我们认为，缪尔关于小说形式的三分法虽然值得商榷，但他对小说技巧采取的开放态度预示着现代小说艺术的多元趋势。这一观点在弗吉尼亚·吴尔夫那里得到了验证。与福楼拜、詹姆斯、卢伯克提倡的"客观性"相比，吴尔夫强调小说家应该通过多角度、多层次的叙述方式来展示小说人物的主观真实。但是，与詹姆斯一样，吴尔夫从根本上反对把小说当作现实生活的镜子，提倡小说家应该打破日常生活经验的束缚，创造一个独立于生活现实的艺术世界。在理论上，吴尔夫强调小说人物对小说艺术的重要性。不过，不同于传统小说家，她提倡的"似真"强调的是人物的心理层面。为了"客观地"展示人物内心世界的真实性，吴尔夫不仅认为小说家应该最大限度地控制全知叙述者的声音，而且还应该尽量减少代表个人价值之观点的干预，从而使得不同人物对于同一事件的感受各有不同的意义。

在本篇第四章里，我们还将关注这样一个事实：19世纪的美国小说在新英格兰地区经历了文艺复兴阶段以后，在20世纪初渐趋成熟。虽然伊迪斯·沃顿提倡美国小说家应该通过学习欧洲叙事传统促进小说艺术发展，但一部分美国小说家和批评家倾向于追求小说创作的美国特色，以求借此帮助美国在文化上走向"独立"。随着新英格兰地区文化的衰微，这一问

---

① Edwin Muir, *The Structure of the Novel*, London: The Hogarth Press, 1938, p. 8.
② Ibid., p. 12.

题越来越成为多数美国小说家的关注点。作为 19 世纪末、20 世纪初的重要作家，弗兰克·诺里斯以反思 19 世纪美国小说为出发点，从小说内容和形式两个方面倡导小说批评理论化，并提出了美国小说家们应该创作"伟大美国小说"的口号。这一呼声的意义在于：现代小说叙事理论虽然在总体上呈现为艺术至上的唯美主义倾向，但是，对小说形式的某些思考以及由此引发的差异本身蕴涵着丰富的文化内容。

第五章 现代小说理论的奠基人：亨利·詹姆斯

著名文学批评家马克·肖勒（Mark Schorer）曾经断言："现代小说批评产生于现代小说兴起之际，开始于福楼拜、詹姆斯、康拉德等人的小说以及他们的小说评论中，詹姆斯对这些作品的评论尤其不容忽视。"① 近一个世纪以来，詹姆斯作为现代小说理论奠基人的地位似乎不曾动摇。20 世纪 90 年代，小说批评家哈罗德·莫什（Harold F. Mosher）和威廉·内尔斯（William Nelles）提出，詹姆斯处于叙事理论史中的"黄金时代"，"虽然这个时代始于亚里士多德，在后来的发展过程中不乏各种创造、争论以及修正，但我们这个世纪的叙事理论是从亨利·詹姆斯那里起步，并在俄国形式主义和法国结构主义以及德国和美国的小说理论家那里得到进一步发展。"阿瑟·米茨纳（Arthur Mitzener）也强调指出：詹姆斯为自己的小说撰写的评论性序言"依然是我们现有最好的小说批评"。② 很显然，这些学者都将詹姆斯视为开创并影响了整个现代小说理论史的重要人物。

詹姆斯就小说艺术发表的观点被汇编成册，分别以下列题目出版：《法国诗人和小说家》（1878）、《论霍桑》（1879）、《不完整的画像》（1888）、《写于伦敦等地的论文集》（1893）、《小说家漫评以及其他笔记》（1914）。在这些论著中，最有影响的是他于 1884 年 9 月发表在《朗曼杂志》上的《小说艺术》以及他为自己的 18 部小说所写的评论性序言。这 18 篇序言由美国学者 R. P. 布莱克穆尔整理汇编成《小说艺术》（1834）

---

①② Arthur Mitzener, "The Novel of Manners in America," *Kenyon Review* 12 (1950), p. 2.

一书。这些论著虽然算不上具有完整理论体系的长篇宏论，在某些方面甚至带有较强的经验色彩，但是，詹姆斯前后相隔半个多世纪的创作以及相关论述确实为现代小说理论的成型和发展奠定了基础。更重要的是，这些著述对后人产生了深远的影响。依照多萝西·J.黑尔的说法，詹姆斯对于后人的影响一直伴随着英美小说理论的发展史。从 20 世纪初期至 70 年代，直接受其影响的批评家有：哈弥尔顿（Hamilton 1908）[①]、休斯（Hughes 1926）[②]、格拉伯（Grabo 1928）[③]、缪尔（Muir 1928）[④]、罗伯茨（Roberts 1929）[⑤]、爱德加（Edgar 1933）[⑥]、布莱克穆尔（Blackmur 1934）[⑦]、布鲁克斯（Brooks）和沃伦（Warren）[⑧]、威森法斯（Wiesenfarth 1963）[⑨]、沃德（Ward 1967）[⑩]、韦德（Veeder 1975）[⑪]、E.米勒（Miller 1972）[⑫]。不过，正如黑尔指出的那样，这些深受詹姆斯影响的批评家在对詹姆斯提倡的小说观进行阐述时，往往或多或少地带有先入为主的某些成见，他们以求证的心态从詹姆斯的小说前言中寻章摘句，目的不外乎为自己在头脑里已经完成的某些结论寻求佐证。[⑬]

早在 20 世纪 20 至 30 年代，詹姆斯去世后不久，T.S.艾略特（Eliot），E.庞德（Pound），F.M.福特（Ford）等人就对他的作品以及提出的观点

[①] Clayton Hamilton, *Materials and Methods of Fiction*, New York: Baker and Taylor, 1908.

[②] Herbert L. Hughes, *Theory and Practice in Henry James*, Ann Arbor, Mich: Edwards Brothers, 1926.

[③] Carl H. Grabo, *The Technique of the Novel*, 1928.

[④] Edwin Muir, *The Structure of the Novel*, 1928.

[⑤] Morris Roberts, *Henry James's Criticism*, Cambridge, Mass.: Harvard University Press, 1929.

[⑥] Pelham Edgar, *The Art of the Novel: From 1700 to the Present Time*, New York: Macmillan, 1933.

[⑦] R. P. Blackmur, *The Art of the Novel: Critical Prefaces by Henry James*, New York: Scribner, 1934.

[⑧] Cleanth Brooks and Robert Penn Warren, *Understanding Fiction*, 1943, 3d edition. Englewood Cliffs, N. J.: Prentice Hall, 1979.

[⑨] Joseph Wiesenfarth, *Henry James and the Dramatic Analogy: A Study of the Major Novels*, New York: Fordham University Press, 1963.

[⑩] J. A. Ward, *The Search for Form: Studies in the Structure of James's Fiction*, Chapel Hill: University of North Carolina Press, 1967.

[⑪] William Veeder, *Henry James-The Lessons of the Master: Popular Fiction and Personal Style in the Nineteenth Century*, Chicago: University of Chicago Press, 1975.

[⑫] *Theory of Fiction: Henry James*, ed. James E. Miller, Lincoln: University of Nebraska Press, 1972.

[⑬] Dorothy J. Hale, *Social Formalism: The Novel in Theory from Henry James to the Present*, p. 23.

表示了关注①。从40到70年代,詹姆斯一直居于小说批评以及小说理论研究的中心。这固然与当时名声显赫的批评家麦西森等对詹姆斯作品的极力推崇密切相关②,但一个同样重要的原因来自一种历史的成因或巧合:批评家们发现,詹姆斯对小说形式的强调与当时逐渐成形的形式主义理论之间存在着一定程度的一致性,或者相似性③。在70年代,随着批评理论多元化格局的形成,批评家们开始从多个角度重新解释詹姆斯的作品(心理分析、解构主义等等)④,但从总体上看,对于詹姆斯小说理论的分析依然在形式主义眼光下进行⑤。在80和90年代,詹姆斯研究开始形成两股势力:受社会批评理论的影响,一部分学者开始将詹姆斯的作品和理论与性别、权力、主体等结合起来考虑⑥;至于另外一部分学者,他们依然致力于研究詹姆斯对小说形式的看法⑦。

必须指出,各路评论家在对詹姆斯的小说理论进行梳理、阐述的过程中,虽然各有侧重,但在如何看待詹姆斯对小说理论的贡献这一问题上,却达成了这样一个共识,即,詹姆斯不仅将小说创作提升到一个艺术高度,而且还创立了使小说理论成为学科所必需的一系列概念和术语⑧。依照评论家比奇(Beach)的观点,受詹姆斯启发而渐趋成熟的小说理论使小说批评的关注点发生了变化:人们开始从理论上关心如何使小说成为具有一系列独立"机制"和理论系统的艺术⑨。詹姆斯的另一位追随者珀西·卢伯克在他的《小说技巧》一书中,不仅将小说视角的重要性置于小说艺

---

① T. S. Eliot, "Henry James," *The Little Review*, (January 1918), Memorial issue for James, containing a number of important essays by Pound, Eliot, Ford Madox Ford, and others.

② F. O. Matthiessen, *Henry James: The Major Phase*, New York: Oxford University Press, 1944.

③ Dorothy Van Ghent, *The English Novel: Form and Function*, New York: Harper, 1953. Ian Watt, "The First Paragraph of *The Ambassadors*," *Essays in Criticism* 10 (1960), pp. 250—274.

④ Peter Brook, *The Melodramatic Imagination: Balzac, Henry James, Melodrama, and the Mode of Excess*, New Haven: Yale University Press, 1976. Felman, Shoshona. "Turning the Screw of Interpretation," *Yale French Studies* 55—56 (1977), pp. 94—207.

⑤ William Veeder, *Henry James-The Lessons of the Master: Popular Fiction and Personal Style in the Nineteenth Century*, 1975.

⑥ Sara Blair, *Henry James and the Writing of Race and Nation*, Cambridge: Harvard University Press, 1991. Alfred Habegger, *Henry James and the "Woman Business"*, Cambridge University Press, 1989. Mark Seltzer, *Henry James and the Art of Power*, Ithaca, N. Y.: Cornell University Press, 1985.

⑦ Richard Brodhead, *The School of Hawthorne*, New York: Oxford University Press, 1986. William Stowe, *James, Balzac, and the Realistic Novel*, Princeton: Princeton University Press, 1983.

⑧ Dorothy J. Hale, "Henry James and the Invention of Novel Theory," *The Cambridge Companion to Henry James*, ed. Jonathan Freedman, Cambridge: Cambridge University Press, 1998, p. 79.

⑨ Joseph Warren Beach, *The Method of Henry James*, 1918, Philadelphia: Albert Saifer, 1954, xiv.

术的首位，而且还将单一人物视角的一致性看成唯一的审美标准。与此相反，另有一些评论家对詹姆斯提出了尖锐的批评。早在1928年，缪尔就在他的《小说结构》一书中指出："詹姆斯创建了许多令人头痛的术语；他是个彻头彻尾的印象主义者；他那一套隐晦的术语深深地影响了小说批评。"① 蒂洛森（Tillotson）认为："现在大部分的小说理论都脱胎于詹姆斯后期的小说实践以及批评，批评家用这种被称作后詹姆斯一世晚期风格（late Jacobean）的批评标准去衡量维多利亚时期以及18世纪的小说家。"② 这两种意见形成了一种对峙：一方采取了全面肯定，另一方则全盘否定。必须指出，这两种各执一端的批评都将所有的问题归结于詹姆斯一人而忽视了詹姆斯小说理论的复杂性。我们应该看到，对小说形式的强调以及对小说形式进行全方位的美学构想虽然是詹姆斯小说理论的核心，但却不是全部。此外，值得注意的是，在经过了近一个世纪的嬗变以后，"詹姆斯小说理论"这种说法本身已经变为一个理论代名词。在很大意义上，詹姆斯已经成为一个结构主义小说理论符号。换言之，"詹姆斯小说理论"不仅包含了詹姆斯本人的观点，同时也涵盖了后人对他的观点进行的解释。

第一节　詹姆斯的宣言：《小说艺术》

习惯上，国内外学者都将19世纪末、20世纪初看成英美小说理论的转型期。作为一个文学时期的开始和结束，实际上不存在截然分明的界限。然而，要对某一种理论或观点做出描述和分析，又不得不从某个具体的时间或某一具体事件开始，来勾勒该理论的历史演变过程。1884年9月，亨利·詹姆斯在《朗曼杂志》上发表了那篇颇具宣言力量的《小说艺术》。他首先提出，虽然那种将小说视为蛊惑人心之妖术的观点已经不复存在，但人们依然觉得小说在艺术成就方面远远低于绘画、音乐和雕塑。针对这种看法，他指出，小说之所以存在，就是因为它通过展现生活的方式与生活展开竞争。③ 显然，詹姆斯认为，小说包含的艺术性和真实性丝毫不亚于绘画，甚至胜过绘画。从表面上看，詹姆斯是想通过为小说正名的方式把它提升到一个艺术高度。但他的真正用意在于从理论上对小说的

---

① Edwin Muir, *The Structure of the Nove*, 1928.
② Kathleen Tillotson, *The Tale and the Taler*, London: Rupert Hart-Davis, 1959, p. 12.
③ Henry James, "The Art of Fiction," *The Great Critics: An Anthology of Literary Criticism*, (eds.) James Harry Smith & Edd Winfield Parks, New York: Norton, 1967, pp. 651—670, p. 653.

实质和功能做出界定，并在此基础上尝试着建立一套小说艺术论。

一、小说——个人对生活的直接印象

"如果要给小说下一个最宽泛的定义，那就是个人对生活的直接印象，这一点首先决定了小说的价值，至于价值的大小，就看印象是否深刻。不过，要达到这一点，小说家必须具备表述和感觉的自由，不然，也就没有价值可言。"① 詹姆斯的这番话不仅给小说下了一个最宽泛的定义，同时也对创作主体与客体之间的关系作了辩证的界定。这个定义实际上涵盖了两方面的内容：第一，强调小说与生活之间存在着相辅相成的关系；小说不仅是展现生活现实的手段，而且"与生活展开竞争"。② 第二，对小说创作主体的个性自由和独立人格予以充分肯定（包括观察视角的个人化、运用技巧的自由）。值得注意的是，詹姆斯提出小说能够"与生活展开竞争"，不完全出于他对作家经验的重视。更重要的一个原因在于他对小说艺术世界"真实性"的肯定。我们知道，在詹姆斯之前以及同时代的不少小说家都或多或少地以叙述者的身份出现在小说中。例如，特罗洛普，他经常在其作品中以旁白或插入语的形式向读者说明作品是虚构的。詹姆斯对这种做法进行了严肃的批评。在他看来，这是对小说家神圣职责的背叛，因为"一部小说就是一段历史"。将小说与历史并举，与其说是为了申述小说的"真实性"，倒不如说是为了强调小说与历史在表述行为上具有异曲同工之妙。从这个角度看，詹姆斯探讨的问题就远远不只是小说与生活之间的关系问题，而是在探讨一种叙述技巧，它能够使虚构的艺术世界与客观的现实世界形成一种张力，使杂乱无章的现实在井然有序的艺术面前显现出某种程度的妥协。

由此可见，生活现实与小说艺术的关系在詹姆斯的理论中已经不是传统意义上那种内容与形式的主次关系，而是将内容与形式融为一个有机体。其目的之一就是打通通常意义上的"现实"与艺术想象之间的界限，使生活与艺术互相越界，融为一体。这几乎就是詹姆斯毕生的追求。站在这一立场上，詹姆斯对传统小说家注重事物外部描写的机械模仿提出了批评。在他看来，对现实生活进行依葫芦画瓢的做法只是"把事物转换成一

---

① Henry James, "The Art of Fiction," *The Great Critics: An Anthology of Literary Criticism*, (eds.) James Harry Smith & Edd Winfield Parks, New York: Norton, 1967, p. 657.

② Ibid., p. 653.

些传统的模式……把艺术贬为一些人们不断重复、耳熟能详的套话"。① 詹姆斯这里所谓的"传统"不仅指以特罗洛普为代表的英国现实主义创作方法,而且也暗示了19世纪美国文坛以描写社会外部生活为主的小说内容。在他眼里,W. D. 豪威尔斯的小说仅仅描写了"生活中那些直接的、熟悉的、平庸的东西",这些东西只能说明豪威尔斯的天真以及艺术上的不足。② 当然,詹姆斯对豪威尔斯的这番批评并不是要否定小说艺术与现实生活之间的关系,而是为了强调小说家应该把描写的对象从外部生活转向个人心理现实。也正是在这个意义上,詹姆斯反对那种把小说分成"人物小说"和"情节小说"的做法,提出:"我认为,对小说进行分类的唯一标准就是看它是否包含了生活。"③ 那么,如何使得小说在拒绝机械模仿现实的同时依然具有生活的质地呢?詹姆斯认为,必须选择那些富有典型意义的主题。当谈到选择的标准时,他一再强调作家个人经验的重要性。他说:"选择具有自身的规律,选择行为背后总有一个动机,那就是经验。"④需要指出的是,詹姆斯这里所谓的"经验"不同于人们通常可以共享的普遍"经验",而是作家个人在创作过程中的想象的经验。依照传统观点,"小说家必须根据经验写作",也就是说"人物必须是真实的,是实际生活中可能遇见的事……如果一位年轻女子是在宁静的农村长大的,她就应该避免描绘军营生活……如果一个作家及其朋友的经历都局限于中下阶层,他就应该避免把笔下的人物引入上流社会"。⑤ 詹姆斯对这种观点提出了强烈质疑。在他看来,虽然人们在现实中获取的经验依赖于对现实的理解,"但现实的尺度是很难把握的";而且小说家描写的现实通常是"经过作家个人视角过滤后的真实",因此,这样的现实"具有多样性"。⑥ 詹姆斯的这番话表明了这样一个道理:小说并不为我们提供客观世界的直接图像,而是在我们的意识屏幕上投射了某种影像/印象,用詹姆斯自己的话来说,就是一种"现实的氛围"(the air of reality)⑦。

詹姆斯对小说家个人"印象"的强调使他极力倡导一种能够直接呈现

---

① Henry James, "The Art of Fiction," *The Great Critics: An Anthology of Literary Criticism*, p. 664.
② Henry James, "William Dean Howells," *The American Essays*, (ed.) Leon Edel, New York: Vintage Books, 1956, p. 152.
③ Henry James, "The Art of Fiction," *The Great Critics: An Anthology of Literary Criticism*, p. 661.
④ Ibid., p. 664.
⑤ Ibid., p. 659.
⑥ Ibid., p. 658.
⑦ Ibid., p. 660.

人物主观真实的透视方法，即所谓的心理现实主义描写方法。但是，这并不意味他反对技巧的多样性以及方法上的个性化。相反，他十分强调小说家观察生活的个人视角。"小说是个人对生活的直接印象"，这一定义本身就包含了他对小说家创作主体以及小说技巧的多样性采取的肯定态度。詹姆斯直言不讳地指出：小说家创作兴趣的来源丰富多彩，"就像人们各有自己的习性，这些各不相同的兴趣反映了各自与众不同的头脑"。[①] 詹姆斯提出的这一观点可以见出包含其中的另一层意思：小说技巧虽然是他考虑的中心问题，但他并没有对技巧本身做出规范和限定。恰恰相反，提出小说是个人对生活的直接印象，这一论点恰恰从最宽泛的层面为小说技巧的多样性进行了理论辩护。

出于同样理由，詹姆斯主张打破那种将小说与传奇进行严格区分的传统。我们知道，虽然人们习惯上将西方小说的形成定位在文艺复兴之后，但是，对"小说"这种文类的理解一直依赖于它与传奇在题材和方法上表现的差异。1692年，康格里夫在为小说《匿名者》（Incognita）所写的序言中这样说："永恒不变的爱情，无所畏惧的男女英雄，国王与王后，实属罕见的英杰，等等诸如此类的事，构成了传奇的内容；……小说却不同，它讲述我们日常熟悉的事物。"[②] 不难看出，康格里夫不仅严格区分了小说与传奇，而且把区分的标准放在想象与现实之间的差距上。现代小说批评话语中的某些观点实际上就是这一说法的延续：小说偏重于"表现现实生活中的事"，而传奇则侧重于"叙述不曾发生的事"；"小说是现实主义的"，"传奇则是诗或史诗"。[③] 这种将现实与想象、写实与诗化进行严格区分的做法虽然在康格里夫以后的一百年里有所减弱，但强调小说的写实因素依然以其强大的惯性影响着后人对小说特质的界定。菲尔丁在《约瑟夫·安德鲁斯的经历》前言以及《汤姆·琼斯》的序章中都反复强调，小说家必须像历史学家那样将小说的描写对象规定在"可能发生的事"的范围内。[④] 美国浪漫主义小说家霍桑的观点几乎是上述一段话的翻版："当一位作家把自己的作品称为传奇时，他显然对作品的方法和材料划出了一定的范围，而当他声称自己的作品是一部小说时，情况就不同了。小说注重细

[①] Henry James, "William Dean Howells," *The American Essays*, pp. 656—657.

[②] *The Great Critics: An Anthology of Literary Criticism*, (eds.) James Harry Smith & Edd Winfield Parks. New York: Norton, 1967, p. 649.

[③] 韦勒克、沃伦《文学理论》，三联书店1984年版，第241页。

[④] *The Great Critics: An Anthology of Literary Criticism*, p. 649.

节的似真性,它不仅仅要讲述可能发生的事,而且是那些在我们日常生活中极其可能发生的事。"①

从积极的一面看,将小说与传奇进行区分,提倡小说必须描写现实生活中可能之事,这种观点极大地繁荣了19世纪现实主义小说。但这种观点的负面作用也是不言而喻的。其中之一是它在很大程度上限制了小说的概念,其结果便是或多或少地阻碍了小说在艺术方法上多样性的发展。詹姆斯指出,小说家在写小说的同时也在写传奇,在虚构现实的同时也在展现历史真实。原因非常简单:"两者在创作过程中必须遵循的技术标准是相同的。"② 因此,詹姆斯不仅断然拒绝在小说与传奇之间划界限,而且对法国小说家们历来只用"小说"一词指涉所有小说的做法大加赞赏。这种观点传递了这样一种现代意识:只有将叙事的写实性与虚构性相结合,才能使小说成为最富活力的艺术。实际上,这也是现代小说以及现代小说理论得到发展的基础。

二、关于形式与内容的总体思考

以上我们讨论了詹姆斯从小说实质和创作主体两个层面对小说的界定。那么,如何认识小说内部的构成呢?首先,詹姆斯认为小说必须具备完整的结构并在各个成分之间形成一个有机整体:"一部小说就是一个有机体,它与其他任何一种有机物一样,每一部分之中都包括了与其他部分密切相关的东西。"③ 在这番话中,我们看到,詹姆斯提出的"有机体"与亚里士多德提倡的悲剧艺术首、身、尾三部分有机结合的观点如出一辙。④ 不过,这种语言表述上的相似性并不等于其内在意义的完全等同。亚里士多德提出悲剧必须具有完整的形式结构,主要出于道德角度的考虑。针对柏拉图理论中含有的"禁欲"成分,亚里士多德认为,如果用理性对人性中固有的情感冲动加以引导,就能使强烈的情绪得到控制并在"净化"中产生快感,从而使作品的道德教化作用得到充分的实现。因此,亚里士多德认为,具有完整结构、合理安排的悲剧具有更加强有力的道德"净化"功能。从一定意义上讲,亚里士多德将这一生物学概念引入悲剧诗学理论,主要出于古典诗学一贯强调的文艺道德功利。或者,我们至少可以

---

① *The Great Critics: An Anthology of Literary Criticism*, p. 650.
② Ibid., p. 662.
③ Ibid., p. 661.
④ 亚里士多德《诗学》,罗念生译,北京:人民文学出版社2000年版,第25页。

说，亚里士多德意义上的有机概念具有道德和艺术的双重性。与此不同，詹姆斯则完全从艺术角度谈论小说结构的有机和完整，强调小说艺术的自足和独立。这一观点已经在《小说艺术》一文中初露端倪。小说家贝赞特提出，小说家应该具备自觉的道德意识，其目的就在于使自己的作品具有良好的道德功用。针对这一观点，詹姆斯指出，"艺术问题（最宽泛意义）即是技巧问题，道德则是另一个问题"；同时，他又指出，"道德感与艺术感在一个点上十分接近，那就是，作品的艺术质量总是代表了其创作者思想的质量"。詹姆斯的这些话明确地表述了这样一个观点：艺术家应该遵循的道德就是艺术道德，即具有完整结构的形式技巧。或者说，完美有机的形式技巧是作家道德思想的外化。因此，我们可以认为，詹姆斯提倡的有机论既是使小说成为艺术的手段，也是小说艺术的目的。詹姆斯将艺术形式与道德相提并论，其最终目的是为了将有关小说艺术的讨论放在小说形式的内部进行，而不是从社会功用的角度将技巧视为达到寓教于乐的目的。与亚里士多德的有机论相比，詹姆斯的"有机论"虽然看似仅仅在目的上发生了偏离，但是，这种偏离将形式技巧定位在形式内部，使小说自身的艺术价值得到了强调。更重要的是，它为日后逐渐兴起的形式主义小说理论一贯主张的"自足体系"起到了铺垫作用。

　　在理论上将有机论定位为作家的艺术道德以后，詹姆斯要做的就是从小说内部结构对小说进行分析。针对传统作家将小说分为"人物小说"和"情节小说"的做法，詹姆斯以极其辩证的口吻提出了反驳："难道人物不是为了限定事件而存在？而事件不是为了揭示人物而存在？"[①] 我们知道，人物与事件孰重孰轻一直是西方诗学理论中的一个争论点。在《诗学》第二章中，亚里士多德明确指出：艺术家模仿的对象是行动中的人；各种模仿艺术因为模仿对象的不同而产生差异，例如，喜剧总是模仿比当时的人坏的人，悲剧总是模仿比当时的人好的人。如果仅仅从这个观点来看，我们可以说，人物与事件在构建一部悲剧或喜剧的过程中具有同等重要的地位。但是，亚里士多德在第六章中明确指出，悲剧是对于一个严肃、完整、有一定长度的行动的模仿；情节是行动的模仿；在整个悲剧艺术的六大成分（情节、性格、言词、思想、形象与歌曲）中，最重要的是情节，即事件的安排，因为悲剧所模仿的不是人，而是人的行动和生活。[②] 亚里

---

① *The Great Critics: An Anthology of Literary Criticism*, p. 661.
② Ibid., p. 7, p. 20, p. 21.

士多德的这些论述表明，他虽然将人物与行动视为悲剧的两个基本要素，但他更重视的是人物的行动（情节），而不是人物；行动是第一位的，其次才是人物。① 辩证地看，由于人物与行动在逻辑上的紧密关系，无论小说家或理论家在对待情节与人物这两者的关系上倾向于哪一方，他们实际上都承认情节与人物总是相互伴随。情节与人物之间的这种粘连关系在很大程度上也影响了人们对"故事"概念的理解。特罗洛普在阐述小说家创作动机时这样说道：当他（小说家）开始写小说时，就是因为"他有故事要讲……一系列的事件，或者一些渐渐发展的人物"。② 显然，特罗洛普在此谈到的"故事"涵盖了"人物"和亚里士多德意义上的"情节"两个概念。值得注意的是，詹姆斯在谈论人物与事件的关系时也提到了"故事"：

> "故事"，如果它呈现什么，那就是故事的主题，某种想法，小说的梗概……这个意义上的故事，是我所理解的可以区别于形式有机结构的唯一东西，它是小说的出发点；如果整个作品是成功的，这个包含在故事中的思想弥漫在作品中，使作品充满信息和活力，使得每一次每一个停顿直接服务于整个表述层面，也就是在这样的过程中，我们渐渐忘却了它对形式的护卫作用。故事与小说，思想与形式的关系，就像针与线……③

以上一段文字充分说明了詹姆斯对小说形式与内容关系的基本认识：形式与内容相辅相成，两者不可偏颇。然而，与詹姆斯对小说技巧的关注相比，詹姆斯对于小说内容的关注却没有引起足够的重视。例如，福斯特在他的《小说面面观》中，在盛赞詹姆斯小说形式之完美的同时认为这样的成就是以牺牲小说内容为代价的，实在太不值得④。事实上，詹姆斯不仅重视小说内容，而且对于小说内容有着自己独特的认识。首先，詹姆斯认为，小说家应该有充分的自由来选择自己认为重要的题材，用他自己的话来说，"选择题材的自由，对于一流小说家而言是最重要的"。⑤ 与传统

---

① O. B. Hardison, Jr., "A Commentary on Aristotle's *Poetics*," *Aristotle's Poetics*, Englewood Cliff, 1968, p. 4.

② Miriam Allott, *Novelists on the Novel*, p. 241.

③ *The Great Critics: An Anthology of Literary Criticism*, p. 665.

④ E. M. Forster, *Aspects of the Novel*, Hodder & Stoughton, 1974, p. 109.

⑤ Henry James, "The Lesson of Balzac," *Theory of Fiction: Henry James*, (ed.) James E. Miller, Jr. Lincoln and London: University of Nebraska Press, 1972, p. 122.

小说家通过描述人物行动来塑造人物的做法相比,詹姆斯更加赞赏俄国小说家屠格涅夫通过刻画人物心理塑造典型人物的手法。在他看来,屠格涅夫"对于人类情感独具慧眼,对于灵魂的复杂性具有深刻的同情"。① 同样,詹姆斯对霍桑也表示十分欣赏,盛赞他"对我们共同关注的人性富有洞察力"②。事实上,詹姆斯在对待小说题材这一问题上采取了十分开放的态度。虽然在他本人的小说实践中,我们很少看到具有广泛社会生活内容的题材,但是,这是由于詹姆斯本人生活内容所致,并不代表他在小说题材方面的规定性。相反,他主张小说家在选择题材的时候应该注重社会环境,展现社会底层的生活内容。为此,他对英国小说内容的局限性提出了批评:"在英国,依然盛行描写乡村别墅和大型狩猎场面……很少涉及平庸生活蕴涵的丰富内容。"③ 除了狄更斯,还没有作家对伦敦的"下层生活"有过深入的探究,而实际上"充满了大量的下层生活题材……(它们)等待作家进行艺术处理"。④ 受法国自然主义影响,詹姆斯认为,小说家应该像画家一样,对那些看似缺乏宏大价值,甚至肮脏丑陋的题材进行更加细致的艺术处理。⑤

小说家拥有充分的自由选择自己作品的题材。就詹姆斯本人而言,他在理论和实践中潜心思考的一个重要内容就是外部事件与人物意识的关系。在《小说艺术》一文中,针对小说家贝赞特强调小说必须具备"历险事件"的说法,詹姆斯提出,人物内心冲突本身就是一种历险,"人物心理,在我的想象中,是一个令人崇拜的图画题材;要抓到它复杂情况的某种感觉——我觉得这会激发起像提香绘画艺术的那种艺术情感。在我看来,没有比心理更令人兴奋的内容了,而且我坚持认为,小说是展现这一内容的伟大艺术形式"。⑥ 事实上,对人物心理活动的刻画一直伴随着小说艺术的发展而不断加深。虽然詹姆斯对霍桑、屠格涅夫、乔治·艾略特对于人物内心世界的探索颇为欣赏,但是,他并不赞赏他们的处理方法。在他看来,艾略特的《米德尔马契》采用了全景叙述模式,人物心理活动虽然清晰可辨,但是,"作者在叙述过程中使用了太多的细节描写,这使读者感到恼火……";作者这种毫无节制、不加选择的大量陈述使整部小说

---

① Henry James, "Ivan Turgenieff," *Theory of Fiction: Henry James*, p. 123.
② Henry James, "Hawthorne," *Theory of Fiction: Henry James*, p. 124.
③ Henry James, "Guy de Maupassant," *Theory of Fiction: Henry James*, p. 125.
④ Ibid. , p. 126.
⑤ Henry James, "Emile Zola," *Theory of Fiction: Henry James*, p. 128.
⑥ Henry James, "The Art of Fiction," *The Great Critics: An Anthology of Literary Criticism*, p. 666.

成为"一间充斥着各种细节的屋子",而且使小说缺乏严谨的结构。①

那么,如何才能使小说在展现各种题材的同时又不乏形式结构上的严谨呢?詹姆斯认为最为首要、最为关键的一点是为小说找到一个结构中心。在致友人的一封信中,詹姆斯表述了这样一个观点:小说人物的意识中心就是小说结构中心,小说内容以及形式上的其他成分在很多时候都围绕着人物的意识中心展开。② 这个被詹姆斯称为小说"逻辑中心"③ 的人物意识中心为小说结构带来了一种统一整体性。④ 这些论述表明,人物意识在詹姆斯的小说理论中不仅是小说内容的核心,同时也是连接小说内容和小说形式的一个中心结构成分。关于这一点,詹姆斯在他的"序言"中有过十分明确的论述。在他看来,小说《罗德里克·赫德森》的成功就在于小说以主人公马利特(Mallet)的意识为中心,在内容与形式之间建立起一种有机联系:"为小说找到这样一个中心以后,小说其他方面的内容也就得到了确立。以这个中心为基础,对小说题材进行处理,并使小说的兴趣点得以展开,无论如何,这个中心都获得了结构原则,使小说各个方面聚合在一起。"⑤ 像这样的论述在詹姆斯关于小说形式与内容之关系的讨论中随处可见。可以说,如何使小说形式和小说内容成为一个有机统一体是詹姆斯小说理论的一个重要出发点。

第二节 作者隐退与小说 "戏剧化"

在前一节的讨论中,我们已经知道,詹姆斯对小说内容与小说形式之间的有机结构关系有着充分的辩证认识。不过,相对而言,关于小说技巧的论述的确在詹姆斯小说理论中占据了中心位置。一些强调小说形式技巧的术语,例如,"展现"(representation)、"艺术处理"(rendering)、"手法"(execution),反复出现在他的散文、随笔、书信,以及小说"序言"中。除了这些描述小说技巧的术语,詹姆斯不止一次地把小说家比作建筑

---

① Henry James, "The Art of Fiction," *The Great Critics: An Anthology of Literary Criticism*, pp. 153—154.

② Henry James, "Letters, 1899, to Mrs. Humphry Ward," *Henry James: Selected Literary Criticism*, p. 155.

③ Ibid., p. 155.

④ Henry James, "The Novel in *The Ring and the Book*," *Henry James: Selected Literary Criticism*, p. 158.

⑤ R. P. Blackmur, *The Art of the Novel*, (ed.) R. P. Blackmur, Boston: Northeastern University Press, 1984, p. 15.

师。在他看来,"小说家真正要做的是把自己看作建筑师,为了建筑物的竣工要不惜代价"①;小说家应该具有建筑师的能力,"小心翼翼地、整齐地堆砌恰当数量的砖块,使小说成为一个拱形建筑,成为一个文学建筑"②。不言而喻,这一比喻的意义除了强调小说家的"建筑能力"和小说的良好结构以外,还道明了詹姆斯一贯重视的一个小说结构原则,即小说家在运用技巧时应该像建筑师一样考虑技巧的有效性,使小说各个成分之间的结构显得经济、紧凑,体现小说内容与形式的有机结合。为此,他多次使用几何学术语说明小说内容与形式两个层面各种成分、关系之间的布局。他认为,小说家在构思每一部小说时应该首先"用自己的圆规勾勒出一幅布局合理的图画",使各种关系紧密相关。③ 詹姆斯本人的小说实践很好地体现了他的小说理论。当谈到《尴尬年龄》的结构安排时,詹姆斯认为他在创作过程中考虑得最多的是这样一个设想:"首先设计出一系列小圆点,把它们安排成一个整齐的圆形图案,并以等距离围绕着中心物。"④

　　需要指出的是,詹姆斯对小说结构的强调并不影响他对小说实质的理解。"小说是个人对生活的直接印象",这一点同样体现在他对小说技巧的思考过程中。除了完整、紧凑的结构安排以外,詹姆斯认为,小说艺术之魅力的另一面在于它展现了人性的复杂性,因此,小说家不仅应该像建筑师,还应该像画家一样"刻画人性";⑤ 小说家应该通过各种技巧使小说"产生最强烈的感受"。⑥ 如果说建筑艺术和绘画艺术为詹姆斯思考小说结构安排、空间想象方面提供了灵感的话,那么,戏剧艺术以其看不见的结构方式和展现过程的"直接性"(immediacy)给了詹姆斯更加强烈的激励。他发现,"与其他文艺形式相比,真正的戏剧,其完美之处在于它精巧的结构。……五幕剧——严肃的,或幽默的,诗歌,或散文——就像一只在尺度和材料两方面都很固定的盒子,它将所有宝贵的东西都装进里面"。⑦ 更重要的是,在戏剧舞台上,故事中的一切完全由人物自行演出,观众体验到的直接性直接展示了艺术的真实性。这种直接性与真实性与詹姆斯毕生追求的艺术真实不谋而合。可以说,把小说艺术戏剧化是詹姆斯

---

① R. P. Blackmur, *The Art of the Novel*, p. 109.
② Ibid., p. 52.
③ Ibid., p. 5.
④ Ibid., p. 110.
⑤ Ibid., p. 64.
⑥ Ibid., p. 56.
⑦ Henry James, "Tennyson's Drama," *Theory of Fiction*: *Henry James*, pp. 97—89.

小说理论的一个核心理念。早在 1883 年，他就对以特罗洛普为代表的传统小说家提出了批评："他在讲述故事的过程中经常提醒读者故事是虚构的。他不断地说自己正在讲述的一切仅仅是小说，自己是小说家，并且津津乐道地告诉读者，小说家可以按照自己的心愿安排故事情节。"① 在他看来，这是对小说家神圣职者的"背叛"，是"可怕的犯罪"②。很显然，詹姆斯认为，小说家毫不掩饰的叙述声音无疑会破坏小说的艺术真实。因此，小说家的叙述声音成为詹姆斯考虑小说戏剧化过程中的一个重要问题。

我们知道，在詹姆斯之前，虽然大部分小说家也将小说的似真性作为衡量小说艺术的一个重要标准，但大多采用第三人称全知叙述模式，或第一人称回顾性叙述。在全知叙述模式中，小说家往往事无巨细地向读者交代一切。詹姆斯对这种模式的批评态度可从他对莫泊桑的评价中窥见一斑："他（莫泊桑）的作品充满了各种细节分析；他总是站在帘子后面向外张望，把他的发现告诉读者……讲述他了解、怀疑的一切……以这种方法进行的描述十分呆板，如同一堵墙。"③ 相对而言，虽然第一人称回顾性叙述使得叙述者拥有较为自由的叙述空间，例如，"小说家想怎么写就怎么写"，但是，这种叙述"使人感到作品完全是作家性格的翻版"。④ 很显然，这两种叙述模式从本质上讲都没有在小说家和故事之间拉开应有的距离，其结果当然是破坏了詹姆斯深信不疑的小说自足性。正因为如此，福楼拜提倡的"非人格化"备受詹姆斯赞赏。关于"非人格化"叙事，福楼拜本人有过十分精辟的阐述："小说家必须像上帝一样，从不出现在作品中而同时又让读者感觉到他的身影无处不在，并且无所不为。"⑤ 在《论福楼拜》一文中，詹姆斯摘抄了这段文字，并且认为福楼拜的"非人格化"叙述包含了作家在情感态度上的"不动情"以及技巧方面的"不介入"这两个层面⑥。就《包法利夫人》而言，詹姆斯认为福楼拜整个叙述过程中"保持一种超然，使作品拥有自己的生命"⑦。

不过，詹姆斯并不是完全照搬福楼拜提出的"非人格化"叙述模式。在他看来，福楼拜的艺术从根本上说属于纯粹的形式美学，对于形式的追

---

① Henry James, "Anthony Trollope," *Theory of Fiction: Henry James*, p. 175.
② Henry James, "The Art of Fiction," *The Great Critics*, p. 654.
③ Henry James, "Guy de Maupassant," *Theory of Fiction: Henry James*, p. 177.
④ Henry James, "Autobiography in Fiction," *Theory of Fiction: Henry James*, p. 174.
⑤ Henry James, "Gustave Flaubert," *Henry James: Selected Literary Criticism*, p. 138.
⑥ Ibid., p. 140.
⑦ Ibid., p. 138.

求有时候让"我们觉得他完全忽视了小说主题"。① 詹姆斯反对传统小说家在叙述中站出来对故事人物或事件妄加评论的做法,主要是为了捍卫他自始至终坚持的一个信念:小说艺术的真实性以及展示过程中犹如戏剧一般的直接性。在詹姆斯的小说观念中,艺术的真实性必须通过艺术内部有序的结构以及展示过程的直接性得以实现。换言之,詹姆斯提倡最大限度地降低作家的叙述声音,同时将作为完整有序的"有机体"② 的小说直接呈现在读者面前,使得阅读的过程与观看戏剧一样,具有直接的戏剧效果。

至于福楼拜"非人格化"叙事包含的另一层意义,即小说家在思想、价值判断方面的不介入,詹姆斯似乎认为这是一个程度问题。他说:"小说家反映在小说中的强烈个性,……无意之中或多或少地体现在他的作品中。我说无意之中,是因为我这里所指的是某种总体氛围……它源于小说家的思索,反映在对主题的处理方法上。这是小说家本人的天性——反映了他的精神、历史;它源于作家在小说中的影子,精神上的在场,它与技巧和方法无关。"③ 詹姆斯认为,小说家若要最大限度地降低自己在作品中的情感态度,在展现人物心理时更要小心谨慎:"在塑造人物时,要表示作者置身局外,……与描述某些可以直接看到的事物相比,这一点无疑更加困难。"④ 显然,詹姆斯认为,小说家应该从叙述的技巧层面退出小说,但是,小说毕竟是小说家的创造物,小说家的思想不可能从小说世界销声匿迹。

小说既要拥有戏剧艺术的直接性和客观性,同时又要最大限度地减少全知叙述者的叙述声音,如何实现这一目标呢?除了人物对话以外,詹姆斯提出了通过人物意识、人物观察来展示故事事件的"图画法"模式,并在小说《鸽翼》中进行了卓有成效的实践。正如詹姆斯在为该小说撰写的序言中所说,小说围绕着一位病入膏肓的姑娘的命运建构情节,但是,小说的主题却是这位中心人物与其他两位主要人物之间的关系,而且,这种关系必须通过彼此之间意识的相互观照反映彼此的相互影响。依照传统的情节观来看,小说并无太多的"故事"或"行动"。在叙述方法上,詹姆斯抛弃了传统作家惯用的全知叙述,采用三个主要人物的观察角度构建了三个主要"视角区域"(perspective blocks),使得三位人物之间的意识交

---

① Henry James, "Gustave Flaubert," *Henry James: Selected Literary Criticism*, p. 151.
② Henry James, "The Art of Fiction," *The Greaf Critics*, p. 661.
③ Henry James, "The Lesson of Balzac," *Theory of Fiction: Henry James*, pp. 178—179.
④ Henry James, "Gustave Flaubert," *Henry James: Selected Literary Criticism*, p. 178.

流和变化都能够在彼此的意识中得到反映,而小说的真正"故事"也正是这些人物意识折射下的事件和人物关系。詹姆斯的弟子卢伯克把这种方法归纳为"图画法",即"让事件通过某个接受意识屏幕得到反映"。① 詹姆斯本人虽然没有对"图画法"提出明确的定义,但是,他本人的实践以及对这种方法的理论阐述明确了这样一个原理:与全知叙述模式不同,"图画法"要求故事外叙述人"走到(人物)背后"(going behind)②,通过人物眼光、人物意识展示故事中的事件。相对于全知叙述模式中那种全景叙述(panoramic),"图画法"侧重的是人物内心意识,因而缺少传统意义上的"事件"或人物行动。不过,由于詹姆斯将人物意识活动看作小说的主要"事件",我们不妨把人物意识称为小说的"心理事件"。从这个特定的角度出发,我们就不难理解,为什么在詹姆斯眼里,特罗洛普的小说缺乏"故事"。在詹姆斯看来,"他(特罗洛普)没有什么好故事可说。……也没有太多的描述"。③ 我们从这里可以看出,詹姆斯对特罗洛普的批评具有内容和形式的双重性。詹姆斯认为,特罗洛普的小说虽然充满各种小插曲,但是,由于作者没有"站到背后",使用人物视角进行描写,而完全由作者叙述,使小说的内容与形式脱节,并且结构松散。詹姆斯将"图画"和"戏剧"视为两种不同的叙述方法,并阐述了它们与小说内容不同侧重点之间的对应关系:人物外在行动对应于以人物对话为主要特征的"戏剧法",人物内心活动对应于以人物视角下的意识描写为主要特征的"图画法"。在一定程度上,这也说明了为什么詹姆斯有时候将"图画"视为与"故事"相对立的一个术语。例如,在《伯顿收藏品》的前言中,詹姆斯提出:"短篇小说,……必须在奇闻轶事和图画之间做一选择,但叙述按照类别进行。我喜欢奇闻轶事,但是图画更令我欣喜。"④

需要指出的是,詹姆斯虽然认为"图画法"和"戏剧法"具有各自不同的特点,但并不认为两者之间存在明显的界限。这是詹姆斯在《鸽翼》的创作实践中获得的体会。在《鸽翼》中,詹姆斯虽然根据三个意识中心划分了"视角区域",但是,正如他自己在前言中所说:"'视角区域'一旦确定,该小说的总体框架也就定下了,这也是我设想的整幅图画。然

---

① Percy Lubbock, *The Craft of Fiction*, London: Jonathan Cape, 1928, p. 69.
② Blackmur, *The Art of the Novel*, p. 111.
③ Henry James, "Anthony Trollope," *Theory of Fiction: Henry James*, p. 99.
④ Blackmur, *The Art of the Novel*, p. 139.

而，计划是一回事，而结果又是另一回事情。"① 在小说中，我们看到，詹姆斯虽然力争按照一个视角人物对应于一个"视角区域"的计划进行创作，三个人物意识并没有实现詹姆斯预期的对称结构。相对于其他两位主人公的意识，被詹姆斯视为故事中心的女主人公米莉的意识显得十分单薄。对此，詹姆斯的解释是："一个可理解的方案并不在于对所描写的情形进行限定。"② 他坦率地承认："在我思考的过程中，有一个尚未成熟的想法：几乎在每一个关键的地方，图画法想取代戏剧法，而戏剧法（虽然总的说来比较忍让）想取代图画法。两者之间，毫无疑问，对主题都有贡献；然而，图画和戏剧这两种方法都妨碍对方实现理想的状态，从各自的边沿向对方侵袭；两种方法都急着说：'如果按照我的方法就能实现最佳效果。'"③ 詹姆斯认为，虽然他一直用人物意识透视故事事件，很少使用传统的直接描写，但是，由于必须在视角人物之间进行切换，因此"戏剧"手法也就难以避免。或者说，由于小说从根本上不可能像真正的戏剧一样自行上演，小说中的"戏剧法"与"图画法"不可能成为两种截然不同的手法。也正是在这个意义上，詹姆斯在后期的小说评论中常常使用"场景"一词替代"戏剧法"。在他看来，根据小说内部结构以及与故事主题建立一系列"场景"不仅有利于小说结构上的"经济"，同时也能实现作者站在人物"背后"的戏剧效果。

　　1896年，詹姆斯正为小说《梅西所知》的结构问题冥思苦想。正如他在后来为该小说撰写的"前言"中所说，"小姑娘的'心理'冒险是这个剧的行动"，④ 然而，如何用一种客观叙述方法展现一位不谙世事的小姑娘梅西从困惑到渐渐明了事情缘由呢？詹姆斯虽然十分清楚他必须采用梅西的观察角度展现她的所思所想，但是，如何使小姑娘的心路历程具有如同外在行动一样的生动性却是另一个技术问题。易卜生的戏剧似乎使詹姆斯幡然顿悟："一两天前我阅读了易卜生的《约翰·盖布里埃尔》，我总算找到了方法！现在我应该完全明白了该如何处理，为了《梅西所知》，我不知花了多少时间，现在总算找到突破口了。"⑤ 詹姆斯认为，小说必须用梅西在不同环境中的意识活动建立一个互为关联的"场景系统"（scenic

---

① Blackmur, *The Art of the Novel*, p. 296.
② Ibid., p. 300.
③ Ibid., p. 298.
④ Ibid., p. 157.
⑤ Henry James, "Notebooks", *Theory of Fiction: Henry James*, p. 180.

scheme），使得每一个场景都服务于人物意识的变化，成为小说的"行动"。① 詹姆斯认为，《梅西所知》最后的成功在很大程度上归结于他在小说中建立的"场景系统"："根据'场景'进行有规则的处理，并且使场景有节奏地重复出现；在这种情况下，依照另外一种完全不同的规则进行的场景间的间隔，成分的聚合保持着一种准备状态，如同场景一样，在某个特定的时刻富有表现力。每一种成分都具有自己的功能，从其他成分里接过主题，就像交响乐中的情况一样，小提琴代替了小号，长笛接替小提琴。然而，重要的是场景描写的所有段落都依照美和'行为'规则，显得完整、一致，形成有机发展的场景。"② 在这段话中，詹姆斯以交响乐为类比，阐述了"场景系统"所包含的三个原则。首先，小说中的每一个场景必须具有服务于主题但属于自己的有机功能；其次，场景之间必须具有前后呼应并且规则有序的特征；此外，场景间隔中的所有成分都应该为下一个场景的出现做准备。由此可见，詹姆斯提出的"场景系统"虽然以他早期的"戏剧法"和"图画法"为基础，但是，"场景系统"的根本出发点在于综合"戏剧法"和"图画法"两种方法的特点，使它们同时服务于小说主题，并且在整体上形成詹姆斯反复倡导的有机体和小说戏剧化观点。也许正因为如此，詹姆斯强调，"场景方法是我的绝对准则，是必要方法，也是帮我解决问题的良方"；"场景系统是我唯一可以依靠的方法，因为我总想集中于展现一个行动的发展过程"。③ 无须赘言，詹姆斯反复提到的"行动的发展过程"主要指"事件"在人物意识屏幕上投射的心理活动及其意义。抛弃由作家或者故事外叙述人站出来讲述的全知模式，詹姆斯希望通过"场景系统"使得人物意识活动和行为活动两方面的"故事"都能够直接呈现在读者眼前。从这一个意义上看，我们不妨把詹姆斯在阐述"场景系统"时提到的"场景间隔"看作前一个"场景"为后一个场景所做的准备。因此，场景系统具有了"场景—准备—场景—准备—场景……"这样一种富有节奏和规则的动态特征，使詹姆斯意义上的"故事"在场景的转换与推进中像戏剧一样富有张力。对此，詹姆斯在为《专使》撰写的"前言"中进行了更加深入的探讨。他认为，就"素材"而言，《专使》属于"戏剧式的"，但是，使小说产生戏剧效果的恰恰是"场景的一致"："戏剧之所以被掩盖……我们所看到的那种结构，它被分成几个

---

① Henry James, "Notebooks", *Theory of Fiction: Henry James*, p. 180.
② Blackmur, *The Art of the Novel*, p. 158.
③ Henry James, "Notebooks", p. 180.

部分，为场景做准备……这些部分，或者说已经被分为几个场景的这些部分，合理并且圆满地完成了准备工作。"① 在这段话中，詹姆斯除了强调场景系统具有超越"场景"功能的优越性以外，还阐述了非戏剧成分同样具有产生戏剧效果的功能。正如他自己发现的那样，他后期的许多小说中，不少令他感到满意的段落都通过图画法完成，例如，《专使》开始时，小说是玛丽亚·戈斯特雷与斯特雷泽在伦敦一起进餐的一幕，詹姆斯通过玛丽亚的眼光让读者对斯特雷泽的外貌、气质有一个粗略的了解。当斯特雷泽与查德在剧院包间里初次相遇时，詹姆斯认为这一幕属于"非场景"②，但他完全采用了斯特雷泽的观察角度描述这位年轻人的神情、气质，使这一场景同样具有戏剧的直接性。更重要的是，这一方法使展现人物"真正的内在活动"以及"作者与人物的关系"显得"经济"，因此，它在结构中具有"均衡"效果③。

实际上，展现"真正的内在活动"与"作者与人物的关系"也是詹姆斯探索小说戏剧化理论中两个互相关联的话题。一方面，詹姆斯希望小说能够像戏剧一样，将"事件"直接展现给读者；另一方面，这种"直接性"必须通过作者退出小说、借助人物自身实现，换言之，"直接性"应该由作者与故事之间的最大距离获得。詹姆斯认为，图画法若要取得与戏剧法同样的戏剧效果，一个最有效的手段是采用故事中的人物眼光观察事件。说得更简单一些，戏剧必须具有的"直接性"需要通过某种"间接"手段实现。

第三节　人物视点与缩短线条法

在前面的阐述中，我们已经了解，詹姆斯提倡最大限度地降低小说家的叙述声音，同时加大故事与叙述之间的距离，使"故事"自我上演，增加小说的戏剧性，并实现小说艺术的独立性。为此，詹姆斯主张小说家应该尽量采用小说人物的眼光，客观地展示处于人物"观察下的现实"④，使事物在人物意识屏幕上得到最丰富的投射，"以最经济的手段创造最大限

---

① Blackmur, *The Art of the Novel*, pp. 322—323.
②③ Ibid., p. 325.
④ Ibid., p. 223.

度的戏剧张力"①，使小说成为展示"意识的戏剧"②。也正是基于这样一个目的，詹姆斯对于小说视点的选择和运用给予了特别的关注。

我们知道，从18世纪小说兴起到19世纪小说的繁荣，期间产生的大部分小说都由一位上帝般的叙述者向读者仔细交代故事中的一切细节。这样的叙述人不受任何观察角度的限制，对于故事世界一览无余（包括人物心理），同时又无需向读者解释信息的来源。这种叙述方法之所以在当时盛行一时，主要是因为当时的小说家和读者都恪守这样一个信念："写小说的人应该无所不知。"③ 然而，在詹姆斯看来，这种叙述方式使小说松松垮垮，毫无形式之美④。至于第一人称叙述方法，詹姆斯认为，虽然这样的叙述人有权讲述自己的经历，但是，"在长篇小说中，（这种方法）必然显得松散，而这种效果从来就不是我所希望的"。⑤不过，正如我们在前一节的讨论中所提到的，詹姆斯对小说"事件"有着独特的理解。构成亚里士多德意义上的人物外在行动在詹姆斯看来并无多少重要意义。真正使叙述产生意义的是人物眼中的"事件"。因此，詹姆斯经常把关于"视点"的讨论与小说的"中心"，或是"中心意识"联系在一起，使小说视点在詹姆斯的小说理论中占据了重要地位，并且也影响了后人对小说视点的认识。珀西·卢伯克在《小说技巧》一书中就这样认为："错综复杂的小说方法，我觉得都可以归结为小说视点。"⑥这一观点遭到了斯科尔斯（Scholes）和凯洛格（Kellogg）的批评。后者认为，詹姆斯的崇拜者们将詹姆斯的小说理论概括为以小说视点为主的一套叙述规则，这种做法实际上大大地限制了"视点"在詹姆斯小说理论中的复杂功能。⑦ 的确，我们认为，小说视点在詹姆斯小说理论中具有重要的理论地位，但它不是其理论的全部。更重要的是，我们必须认识到，詹姆斯强调的小说视点具有内容和形式的双重功能。

首先，"视点"人物必须同时充当展示人物意识和构建小说有机整体的中心点。早在1881年创作《贵妇人画像》的时候，詹姆斯就意识到了选择"中心意识"与小说整体结构之间的密切关系。"'以这位年轻妇女的意识为该小说主题的中心'，我对自己说，'这样做不容易，但却十分有

---

① Blackmur, *The Art of the Novel*, p. 56.
② Ibid. , p. 16.
③ 萨克雷《名利场》，第452页。
④⑤ Blackmur, *The Art of the Novel*, p. 320.
⑥ Percy Lubbock, *The Craft of Fiction*, p. 251.
⑦ Robert Scholes and Robert Kellogg, *The Nature of Narrative*, New York: Oxford University Press, 1966, pp. 269—270.

趣。围绕着它——以它为中心；把最大的分量放在这里，也就是这位女士与自己的关系。……其他的就只要稍加处理：总之，对女主人公意识周围的那些卫星人物（satellites）只需稍稍给予注意就够了，尤其是围绕着她的那些男性人物意识'"。① 从表面看，詹姆斯在这段话中仅仅是概述了《贵妇人画像》主要人物与次要人物之间的"中心"与"卫星"关系，但是，正如詹姆斯所明确指出的，他无意像乔治·艾略特那样站在全知叙述者的角度对人物意识进行全方位的交代，把小说变为一个充满细节描写的"宝库"②，而是要"体现她（女主人公）静静的观察"③。詹姆斯这里提到的"观察"不仅指小说在叙述角度上的观察之眼，同时也指通过观察之眼揭示的观察者的心理活动。为了能够"客观"、"直接"地展示观察者的所见所思，詹姆斯强调中心意识人物不能"太聪明，能够洞见命运的作弄"④，也不能像福楼拜那样在《包法利夫人》中选择一个近乎愚笨的"有限反射镜（reflector）和见证人（register）"⑤。在这些论述中，詹姆斯虽然没有直接提出"视点"（point of view）这一术语，但是，詹姆斯反复强调这些在小说形式中充当观察者的人物使"小说的叙述者与读者一样仅仅是故事的聆听者"⑥，从而较好地实现了他为之努力的戏剧化效果。更重要的是，人物的观察及其由此引发的心理意识成为詹姆斯为之骄傲的真正"故事"⑦。正如布莱克穆尔在《小说艺术》的前言中所说，与詹姆斯小说中其他处于次要地位的视点人物相比，这些代表观察之眼的"见证人""反射镜""油灯"（lamp）、"媒介"（medium）⑧，在小说中具有形式和内容的双重作用。⑨ 一方面，由于小说侧重于表现视点人物对某一事物或事件进行的观察（意义总是相对于某个观察者采取的观察角度而存在），视点人物的观察之眼不可避免地成为小说叙事内容的一个重要组成部分。另一方面，作为中心意识的视点人物在人物关系中的中心地位决定了他们"在小说结构中的中心"⑩。

其次，视点的选择必须与小说的主题相吻合。虽然詹姆斯强调"客

---

①② Blackmure, *The Art of the Novel*, p. 51.
③ Ibid., p. 57.
④ Ibid., p. 64.
⑤ Henry James, "Gustave Flaubert," *Henry James: Selected Literary Criticism*, p. 222.
⑥ Blackmur, *The Art of the Novel*, p. 63.
⑦ Ibid., p. 56.
⑧ Ibid., p. 16, p. 300, p. 110.
⑨⑩ 同上书，"前言" xxvi。

观"地展示某一特定事件在观察者心中产生的心理意义,他同样感兴趣于展示同一事件对于不同人物产生的不同心理意义以及由此引起的人物关系变化。因此,持续性地使用单个人物视角与变换、切换人物视角对于作品的整体结构具有同样的重要性。所谓单个人物视角,就是持续性地采用故事中某一人物的观察角度对事件进行描述,詹姆斯的小说《专使》就是这一方法的最佳实践。在为该小说撰写的序言中,他对整个方法作了如下总结:整个故事"采用了一个意识中心,而且自始至终将这个中心放在主人公的意识世界里",因为"斯特雷泽对事物的感觉,仅仅是斯特雷泽的,才是我要表现的内容,而我必须通过他那多少有些模糊的感觉去感知事物"①。在《专使》的整个叙述过程中,斯特雷泽的眼光一直像是提供给读者观察故事世界的一个窗口,对于他本人无法了解的事实,作者拒绝交代,读者也无从知晓。像斯特雷泽一样,读者只能在变幻莫测的人物关系和光怪陆离的各种场景之间揣摩各种表象背后的真相和意义。就技巧而言,一个明显的特征是:小说虽然使用了第三人称,但它摆脱了传统小说对人物、情节进行仔细交代的讲故事特征。代之以先前的"听",读者跟随这故事中人物的眼光"看"。一方面,由于小说自始至终采用了斯特雷泽的眼光对故事信息进行了限定,这一观察之眼自然成为小说形式框架中的一个重要组成部分;另一方面,由于斯特雷泽是参与故事的人物,通过他的观察,读者看到了与之相关的其他人物与事件在观察者意识中的反应,因此,观察者及其观察行为本身也成为故事内容的重要组成部分。

需要注意的是,詹姆斯在小说《专使》中的实践以及他在"前言"中对这一方法的强调使国内外不少评论家不仅将《专使》视为现代小说的典范,而且将持续性使用单一人物视角当成詹姆斯本人对戏剧化(客观性叙事)提出的一种原则。的确,詹姆斯在"序言"中多次强调使用单个人物视角对小说戏剧化产生的良好效果,但他并不反对视点与视点之间的切换。在詹姆斯的小说实践中,他经常根据不同的视点人物将小说切割成几个部分,使每一个视点人物与其他相关人物以及事件之间形成一个有机整体。小说《鸽翼》就是这一实践的最佳典范。与《专使》不同,《鸽翼》采用了与故事情节密切相关的三个主要人物作为视点人物:凯特、米莉、邓歇,并根据这三个视点人物将小说分成几个不同的"透视区域"。詹姆斯明确指出,他之所以这样做,主要是为了表现三个主要人物之间互相影

---

① Blackmur, *The Art of the Novel*, p. 317.

响的人际关系,"米莉的痛苦仅仅是故事的一半,另一半则是受她影响的那两个人的故事"。① 在展现凯特与邓歇的关系时,小说开始时的两部"书"完全依照一部书对应一个视角人物的布局进行。当米莉出场、并渐渐与凯特和邓歇的"故事"发生碰撞以后,小说从第四部开始将视角与视角之间的转换和人物与人物之间的互为对照进行结合,使得每一人物的意识都能在与自己相对应的一方得到反映。这样,每一个视点人物都成为与之相应一方的反射镜。这种将人物关系与视角转移进行有机结合的做法,使得整部小说的故事情节呈现出一种立体互动感,同时使得小说形式与内容形成了融合。更重要的是,它对展现人物意识、人物关系以及事件安排产生了重要影响。

　　无论是持续性地使用单个人物视角还是多个视角的转换,詹姆斯在选择视点人物时,都充分考虑小说在内容和形式两方面的戏剧感和结构上的统一完整感。与传统注重小说情节发展的叙事模式相比,詹姆斯对视点的重视凸现的是叙事的非线性结构。我们知道,自欧洲流浪汉小说发展而成的18、19世纪小说大都以小说人物的行为发展为主要线索,加上小说家大多采用全知叙述方式,小说在总体上都呈现出以强调时间为主的线性叙事。相反,詹姆斯将小说"事件"的意义定位在人物的心理世界,并且采用故事中人物的眼光展现"事件"在人物意识屏幕上投射的心理意义,因此,叙事的空间性得到了大大的强化。代之以传统叙事模式在内容上表现的完整性,詹姆斯的小说在内容上显现为某种不连贯性,甚至是断裂。然而,正如他反复强调的,小说内容和形式的完整性是小说艺术的一个重要原则,因此,如何通过形式技巧弥补由于技巧的改革给小说内容带来的不完整性就成为他考虑的一个重要问题。在他看来,小说家在表现题材时经常面临两大难题,"首先是如何应用透视法将事件和人物,以及各种无论以什么样形式体现的表象呈现给读者,这里所说的透视法实际上仅仅是以结构为前提的图画法。……这是来自绘画艺术的手法,……但是小说艺术必须借鉴绘画艺术";"第二大难题是如何展现时间,展现事件发生的时间,即,不是简单地在一张白纸上描述,或是画出一排星星,表现历史的痕迹"。② 实际上,这两大难题都涉及一个根本问题,即,小说艺术如何像绘画艺术那样在拥有良好结构的同时凸现某个方面的重要性,而又不破坏

---

① Blackmur, *The Art of the Novel*, p. 294.
② Henry James, "The Lesson of Balzac," *Theory of Fiction: Henry James*, p. 188.

整体结构的完整性？与詹姆斯惯用的比喻性语言一致，他借用了绘画艺术中的一个重要术语说明小说如何在平面与立体之间建立某种融合的透视效果。通常而言，绘画艺术中的"透视法"，或称"缩短线条法"是指通过调整构图的线条使得离画家最近的人物或者物体显得比其他部分相应大一些。在詹姆斯看来，这种具有夸张特点的观察效果不仅可以表现故事世界里人物眼中的"事件"，而且可以在事件与时间之间形成某种连接，使得小说中的"图画"在展现事件对人物心理意义的过程中突出故事的心理时间。那么，如何获得这种效果呢？詹姆斯认为，首先应该有节制地使用人物对话。以巴尔扎克为代表的传统作家通常通过大量的人物对话直接展示人物内心活动，解决人物之间的冲突，或者填补读者尚未知晓的情节过程，这种方法虽然使得叙述显得"流畅"，但这种由人物对话完成的"对话时刻"像一个"巨大而温热的容器，而不是一件包含生动人物形象的编织物"①。在回顾《罗德里克·赫德森》的时间体系时，詹姆斯觉得"故事的时间安排非常不妥。……故事中的一切发生得太匆忙，进行得太快……两年时间似乎只在几个星期、几个月之内便完成了。"② 而詹姆斯所希望达到的效果则是将主人公意识变化的过程镶嵌在缓慢发生变化的人物关系中，用他自己的话来说，就是"处理选择的主题，但是，必须服从于必要的构图"③。就叙述时间而言，詹姆斯似乎认为从叙述层面对故事时间进行调整，并使之符合小说整体结构，这一问题是所有小说家都面临的一个难题。④ 对此，詹姆斯在《黛西·米勒》的前言中作了进一步阐述："真正的展现艺术，我认为，从属于某些控制条件，必须小心翼翼；实际上要针对这样一个矛盾做出经济的安排：素材在总体上显得广阔，需要得到完全的展示……但是，考虑到其他方面的原因，必须将它这种空间要求进行压制。对此做出策略的妥协就是'缩短线条'的秘诀，这是一种经济有效的技巧方案。"⑤

---

① Henry James, "The Lesson of Balzac," *Theory of Fiction*: *Henry James*, p. 188.
② Blackmur, *The Art of the Novel*, p. 16.
③ Ibid., p. 14.
④ Ibid., p. 14.
⑤ Ibid., p. 278.

第六章 詹姆斯之后：理论的系统化与多元化

小说理论在詹姆斯以后开始向着理论化、系统化方向发展。不少活跃在文坛的小说家兼理论家都对詹姆斯的小说观表示重视并提出了自己的看法。如果说詹姆斯把小说界定为应该从内部对各成分进行构建、分析的一门艺术①，那么，詹姆斯以后的小说批评家则更为具体而系统地对不少结构成分进行了理论探讨。而最早开始行动并且卓有成效的当数詹姆斯的弟子兼朋友卢伯克。他的理论著作《小说技巧》一直被认为是现代形式主义小说理论脱离经验式、印象式点评模式的一个重要起点。本章第一节将集中探讨卢伯克的戏剧化小说理论；第二节将聚焦于斯蒂文森的小说自足论；第三节将评介沃顿在对"故事""人物"与"视点"的看法上，对欧洲传统的回归；康拉德的"印象"说和威尔斯的"写实"论构成最后一节的探讨对象。这些小说家兼理论家的观点与詹姆斯的观点构成了多角度、多层次的对话关系：既有继承和发展，又有挑战和修正，还有在关注点上的变化和拓展。

第一节 戏剧化理论的阐释与确立——卢伯克

说起珀西·卢伯克（1879—1965）对现代小说理论的贡献，当代学界常常因为他与亨利·詹姆斯之间的私人关系而视他为詹姆斯小说理论的传承者。实际上，对于卢伯克的评价，小说理论史上一直存在着两种立场。一部分批评家认为，由于詹姆斯的小说艺术观缺乏理论体系，卢伯克对詹

---

① Joseph Warren Beach, *The Method of Henry James*, p. xiv.

姆斯小说实践及其点评式的小说评论进行的整理使小说批评朝着系统化和理论化方向发展。约翰·阿尔德里奇（John W. Aldridge）认为，相对于詹姆斯那些"零碎""任意"的漫谈式风格，卢伯克"将詹姆斯的批评思想与创作实践提升到了一个理论高度，并使批评家对小说形式开始了美学思考"①。艾伦·泰特（Allen Tate）也认为，卢伯克的《小说技巧》"几乎就是一个理论批评的模式"②。菲利斯·本特里（Phyllis Bentley）同样相信卢伯克是第一位对小说艺术进行分析的理论家③。与此相反，另一些批评家则认为，虽然卢伯克对詹姆斯的小说观点进行了系统化整理，但是，整理毕竟不同于创造；无论从理论的广度还是深度上看，卢伯克的小说观最多只是詹姆斯小说理论的一个注脚，而且还在某种程度上偏离了詹姆斯原来的观点。韦恩·布思（Wayne Booth）就是这种立场的代表。布思认为："与詹姆斯相比，卢伯克的阐述更为清晰并且富有系统；他对全景描述、图画、戏剧、场景这些概念之间的关系勾勒出一个明晰而有效的批评图式。但这一图式来自詹姆斯，而且，这个批评图式在詹姆斯那里是有重要条件的，但卢伯克却忽视了这一点。"④ 从这段话中，我们可以看出，布思虽然肯定了卢伯克的作用，但认为卢伯克将詹姆斯的某些观点从某些必要条件中抽取出来，在一定程度上曲解了詹姆斯的小说观。斯科尔斯和凯洛格明确表示，现代小说理论中存在的某些僵化的叙事成规与卢伯克有着直接关系。在《叙事的本质》一书中，两位批评家提出，"小说批评的目的永远不应该规则化。不应该为艺术家圈定一些必须遵循的条规，而应该提高对作品的欣赏水准"⑤。

1998年，美国叙事理论家黑尔在她的《社会形式主义：自亨利·詹姆斯至今的小说理论》中对这种基本上属于贬抑卢伯克的认识提出了质疑。作为佐证之一，黑尔指出：虽然詹姆斯的影子在《小说技巧》一书中随处可见，但卢伯克指名道姓地提到詹姆斯却是在第110页⑥。黑尔提出的质疑不是没有道理的。不过，更为重要的是，卢伯克本人在书中也明确表示："图画与戏剧，我使用了这两个概念，是因为亨利·詹姆斯在他晚年回

---

① John W. Aldridge (ed.), *Critiques and Essays on Modern Fiction*, 1920–1951, New York: Roland, 1952. p. 3.
② Allen Tate, "Techniques of Fiction," in *Critiques and Essays on Modern Fiction*, p. 32.
③ Phyllis Bentley, *Some Observations on the Art of Narrative*, New York: Macmillan, 1947. p. 3.
④ Wayne C. Booth, *The Rhetoric of Fiction*, 1983. pp. 24—25.
⑤ Robert Scholes & Robert Kellogg, *The Nature of Narrative*, p. 272.
⑥ Dorothy J. Hale, *Social Formalism: The Novel from Henry James to the Present*, p. 53, note, 51.

顾自己的创作实践时用了这两个词,但是,我必须申明,我说的图画和戏剧比詹姆斯提出的概念具有更广泛的涵义"①。这说明了卢伯克给自己设定的任务实际上包括两个方面:第一,《小说技巧》的确以詹姆斯提出的一些观点为基础,并从理论上加以阐释;第二,阐释不等于重复詹姆斯的声音,而是丰富前人的认识,并且把问题引向理论深处。对于卢伯克来讲,这两者同样重要。但是,如果我们从历史发展的眼光来看,后者的意义显然要大于前者。如果我们将詹姆斯开创的小说形式实验理论视为形式主义小说理论的一个重要传统,那么,卢伯克对詹姆斯主要小说观点的整理、阐释既有传统的沿袭,同时也不乏阐释者本人的声音。当然,我们应该看到,就像任何一种阅读行为,解释者或多或少、有意无意地制造"误读"。用哈罗德·布鲁姆的话来说,作者与读者之间、一文本与另一文本之间总是存在着某种"影响关系"(influence-relation),这种关系影响着阅读和写作,并使得我们的阅读在不知不觉中成为"改写"②。因此,我们的问题是:卢伯克在整理、阐释詹姆斯小说观的过程中,究竟在多大程度上表达了自己的观点?他在继承传统的过程中与传统发生了怎样的碰撞?这种继承与矛盾对于现代小说理论产生了怎样的影响?当然,无须否认,我们对卢伯克的重新阐释也注定会发生某些"误读",但是,这正是我们可以将这一阅读行为与已有的阐释放在一起的一个理由:理论在阐释过程中的矛盾与发展。

一、"图画法"与"戏剧法"

我们知道,詹姆斯在理论和实践两方面的努力已经使小说批评在世纪初成为与其他艺术类型相提并论的一门艺术。很显然,卢伯克面临的任务是从理论上对这种认识加以肯定并且使之系统化。在《小说技巧》开篇之处,卢伯克首先对那种凭借个人印象进行小说批评的做法提出了质疑。他说:"小说的形式隐约不定,如同幻影,为了试图把握它,抓住它,批评家花时间对它进行仔细阅读——这就是批评家们的努力。然而,这种努力常常以失败告终"③,因此,与其他艺术一样,小说批评应该关心"形式、构思,以及结构",小说何以在这些方面形成良好的关系,这是他本人关

---

① Percy Lubbock, *The Craft of Fiction*, p. 110.
② Harold Bloom, *A Map of Misreading*, Oxford: Oxford University Press, 1980, p. 1.
③ Percy Lubbock, *The Craft of Fiction*, p. 9, 12.

心的"唯一"内容①。回顾詹姆斯以来的小说批评,卢伯克认为,小说家和批评家虽然也谈论小说形式,但他们"也许从来都没有真正地考虑"如何进行形式批评②。他指出,造成这种局面的原因固然很多,但是,其中一个重要的原因在于大多数批评术语缺乏"固定用法,甚至尚未成形"③。有些术语,例如,"戏剧化叙述""图画式叙述""场景"缺乏明确的界定。卢伯克这一番开篇大论的目的十分清楚,即,呼吁建立一套批评术语,使小说批评系统化,使小说批评家能够对话,这是理论得以真正建立的一个重要前提。我们知道,在詹姆斯以前,大部分小说家或者评论家在谈论小说时,都仅限于讨论故事情节、人物、场景、"第三人称小说""第一人称小说"等等。相对于小说形式内部更为复杂、细致的各个方面而言,这些术语不仅远远不够,而且还因为其内涵不确定、不一致使得讨论无法真正展开,更无益于小说批评理论化进程。可以说,卢伯克对批评术语重要性的强调使小说叙事理论进入了一个实质性的发展阶段。

除了提倡建设一整套理论术语以外,卢伯克还认为批评家应该从认识角度进行反思。在他看来,现代小说理论之所以尚未成型,与大多数批评家的"害羞心理"有关。有些小说家认为"小说如同人们的生活,如果把小说拆得支离破碎就等于毁了小说,这样就破坏了我们阅读小说时的乐趣"④。对此,卢伯克指出:"一部小说不是生活的一个片断,而是一件艺术品。"⑤ 这一观点与以往重视艺术似真性的模仿论形成了强烈的反差。很显然,卢伯克认为不应该根据小说对生活的模仿来评判小说的艺术成就,而应对小说形式,即小说内部结构进行分析,最终揭示"小说何以成为小说"的种种规律,这是小说批评的关键⑥。

"我们现在讨论的是小说艺术;有关艺术的问题(最宽泛意义上)就是具体方法问题"⑦——这是詹姆斯在《小说艺术》一文中发出的宣言。卢伯克以同样的态度指出:"只有当我们把眼光聚焦在小说形式上并对此进行有目的的探索时,我们才能谈论小说批评。"⑧ 那么,在卢伯克看来,

---

① Percy Lubbock, *The Craft of Fiction*, p. 3.
② Ibid., p. 22.
③ Ibid., p. 21.
④ Ibid., pp. 22—23.
⑤ Ibid., p. 22.
⑥ Ibid., p. 12.
⑦ Henry James, "The Art of Fiction," *The Greaf Critics*, p. 668.
⑧ Percy Lubbock, *The Craft of Fiction*, p. 272.

什么样的形式才是小说的最佳形式？他说："能够将小说主题加以充分利用的就是最好的形式——除此以外再无别的关于小说形式的定义。主题与形式相匹配，而且不分彼此——形式表述了所有的内容，这样的小说就是最好的小说。"① 从这一论点可以看出，卢伯克并没有从某个单一的角度规范小说形式，而是从形式与内容的辩证关系论述了形式对于内容的重要性，反之亦然。为了表明这一态度，卢伯克以托尔斯泰的《战争与和平》为例做进一步说明。卢伯克认为，该小说有两条情节线，一是关于战争与和平，二是关于青春与衰老，然而，这两个部分的故事缺乏形式上的结合点，整个故事漫无边际地发展、延伸，小说人物也没有实质的心理发展与变化，所有人物最终会聚莫斯科，这似乎就是小说的高潮。② 而福楼拜的《包法利夫人》与此大不相同："故事本身也许包含了多个方面的具体内容，也具备了对那些平庸的事件进行观察的许多不同角度。但如何展现这些事件完全决定于福楼拜对于其特定主题意义的看法；只有当我们弄清楚这一点以后，我们才能评判该小说的创作方法。"③ 依照卢伯克的观点，福楼拜的目的在于展现一位生活在狭窄生存环境中的愚蠢女人如何因为自身的局限性和外部环境的决定性最终走向悲剧的故事。④ 也就是说，真正的"故事"实际上由"两个主角"构成⑤：一方面是主人公爱玛的行为与意识，另一方面是爱玛本人无法看清的生活现实。为了展示前一半内容，福楼拜"走到爱玛身后"⑥，即完全采用爱玛的眼光描述故事，使得读者能够"从爱玛的角度去理解她的体验……我们被置于爱玛的世界中，直接感受她的感受"⑦。

通过这样两部小说叙述方法的比较，卢伯克不仅说明小说内容与叙述方法相吻合的重要性，同时也指出了不同叙事模式产生的不同效果。托尔斯泰的叙事方式代表了传统小说家惯用的全知模式，而福楼拜的《包法利夫人》则通过人物视角和全知叙述模式的变换将形式和内容有机结合。卢伯克把这种叙述模式的差异放入读者与故事的距离进行讨论："我们是否被置于小说人物某一个特定的场景、某个特定的时刻中，然后跟随着他们？还是站在某个高度，与小说家一起，观察他们的历史，看到广阔的图

---

① Percy Lubbock, *The Craft of Fiction*, p. 40.
② Ibid., p. 55.
③ Ibid., p. 64.
④⑤ Ibid., p. 80.
⑥ Ibid., p. 87.
⑦ Ibid., p. 84.

景以及总体的效果?"① 由于前一种方法在总体上呈现出一种静止的、有限的画面,卢伯克称之为"场景法"(scenic),而后一种则因为其视野的广阔性以及无处不在的叙述者声音,卢伯克称之为"全景法"(panoramic)。卢伯克认为,这两种方法除了在读者与故事之间形成不同的距离,还在读者与作者之间形成差异。例如,福楼拜在《包法利夫人》中将叙述者的声音降低到了最低点,"把故事呈现在我们眼前,并且尽量不发表自己的看法"②。在这种叙事模式中,"人物接受意识像是一面镜子,折射着某一事件的意义"。例如,为了强化舞会在爱玛头脑里留下的深刻印象,福楼拜使用了爱玛的视角描写舞会上的种种景象,使读者"看那些景象在爱玛心中激起的强烈情感反应"③,而不是事件本身。这种在效果上呈现为静止、间接的叙事方法,被卢伯克称为"图画法"。不过,卢伯克注意到,当福楼拜描写庸维尔集市场景时,则采用了另一种相对应的"戏剧法":集市上的场景几乎全部通过爱玛的眼光进行描述,但是,成为描述重点的并不是爱玛的意识,而是爱玛的所见所闻,"爱玛环顾左右,通过她的眼睛,我们直接看到进入她视野的事物。我们听到议员的讲话,鲁道夫温柔的低声细语,爱玛的应答,以及从人群中不时传来的闲言碎语。这样的场景可以被搬上舞台"④。卢伯克认为,福楼拜在《包法利夫人》中交替使用这样两种叙事模式,使读者更好地领悟了小说蕴涵的讽刺意义:一方面是现实世界里的浮华与繁忙,另一方面是人物内心的各种琐碎而庸俗的浪漫,而这一效果恰好符合小说的主题,使叙述方法与小说主题合二为一。

上述观点说明了卢伯克对"戏剧法"和"图画法"的一种基本界定,即,"图画法"指通过人物意识过滤的场景描述,而"戏剧法"则指观众可以直接看到、听到的戏剧效果。我们知道,詹姆斯虽然将戏剧化视为小说家的艺术追求,但他同样提到了"图画"的重要性。不过,正如卢伯克所言,詹姆斯所说的"图画"主要指"具有图画效果的描述"(pictorial description),"戏剧"主要指"戏剧式人物对话"(dramatic dialogue)⑤。卢伯克指出,他虽然沿用了"戏剧"与"图画"两个术语,但它们包含更广泛的意义。具体而言,卢伯克的"图画"从整体上说包括了全知叙述者的全景描

---

① Percy Lubbock, *The Craft of Fiction*, p. 66.
② Ibid., p. 67.
③ Ibid., p. 69.
④ Ibid., p. 71.
⑤ Ibid., pp. 112—113.

述。在他看来，萨克雷小说通常有一位"滔滔不绝，故作神秘"的叙述者，而且让"我们觉得总是需要他"，"他与读者之间像在进行一场长时间、友好的会谈，是读者的朋友"①。相反，莫泊桑小说中的叙述者则显得"严厉、慎重，且匿名"②，虽然这样的叙述人"也在向我们'讲述'，但讲述的内容却直接摆在我们面前，使我们能够感觉到，但我们未曾察觉他在向我们讲述故事；故事似乎是自己在讲述"。③ 卢伯克认为，莫泊桑采用的这种方法属于"戏剧"，而萨克雷的则属于"图画"④。可以看出，卢伯克这里提到的"图画"已不是指通过人物意识过滤的场景描述，而是全知叙述者直接站出来的权威叙述。用卢伯克的话来表述：萨克雷"来到前台，引起注意，并且过度地提醒读者；他喜欢与读者之间建立起一种个人关系，并且总是这样。……他坚持以叙述者和引领人的身份站在读者面前"⑤。以此为标准，卢伯克认为，菲尔丁、巴尔扎克、乔治·艾略特的小说在总体上都属于"图画法"，而托尔斯泰、陀思妥耶夫斯基的创作在大部分时候采用了"戏剧"法⑥。

需要指出的是，虽然卢伯克把"图画法"和"戏剧法"称作一种"对立"的叙述方法，但他并没有在两者之间做出严格的规定。首先，他从认识上坚持"批评不像数学那样准确"⑦。其次，卢伯克认为虽然"戏剧法"试图将舞台效果融入小说艺术，但两者毕竟不同，因为在舞台剧中，"作者把他们要说的东西通过演员之口向观众道明，……活生生的事件就展现在观众眼前，作者所作的纪录以及思想从舞台上隐去了"⑧。如果把小说"戏剧法"严格限定在这样的范畴，那么，小说家所能做的事就只能是写剧本了，因为小说只能全部都是"人物对话"。此外，"图画法"和"戏剧法"各有用途："戏剧性插曲可以通过图画法处理，而图画式场景可以通过戏剧法处理"⑨；"当小说题材十分宏大时，小说家就不能指望将所有的内容都通过戏剧法来加以展现"⑩。如果读者希望看到一幅广阔的生活图景，那么，作者就必须把这一切放入某一种回忆、某一个意识，而不是

---

① Percy Lubbock, *The Craft of Fiction*, pp. 112—113.
② Ibid., p. 112.
③ Ibid., p. 113.
④ Ibid., p. 113.
⑤ Ibid., p. 114.
⑥⑩ Ibid., p. 119.
⑦ Ibid., pp. 112—113.
⑧ Ibid., p. 111.
⑨ Ibid., p. 75.

让读者跟随着事件的发展缓慢地观看①。因此，卢伯克认为，作家完全可以在一部小说里同时使用这两种方法。尽管如此，卢伯克认为"戏剧法"更加值得推崇。在他看来，萨克雷小说艺术中的瑕疵就在于滥用了全知叙述模式，而"一位谨慎的小说家是不应该滥用这种方法的"。② 同理，福楼拜的《包法利夫人》之所以被卢伯克誉为"小说中的小说"③，就是因为作者将叙述者的个人化声音降低到了最低点。正是在这个意义上，卢伯克提出："只有当小说家们认为故事应该被呈示，自我上演的时候，小说艺术才算真正开始。"④

毋庸赘言，小说家应该尽其所能让故事自我呈现——这一观点构成了卢伯克小说理论的核心。用卢伯克自己的话来描述，"作者起的作用，实际上并没有超过剧作家的作用，剧作家总是退到幕后，让人物去演故事"⑤。就这一观点本身而言，卢伯克与詹姆斯、福楼拜并无二致。正如卢伯克本人所说：詹姆斯的《专使》就是这种方法的典范，"他本人在叙述中所起的作用一点也不引人注目；他，作者，在那儿小心谨慎地做到不再使人想象到他的形象"⑥。至于福楼拜提倡的"非人格化"叙述方法，福楼拜本人有过一段著名的阐述："我的原则是：小说家绝对不能把自己写进作品。小说艺术家应该像正在创造世界的上帝那样，隐身于作品中，但又无所不能；读者可以在作品中处处感觉到他的存在，但却看不见他。"⑦从这个意义上看，卢伯克提倡小说戏剧化的主要目的在于反对作者站出来直接面对读者说话，或者对故事世界横加评说，因为他认为这种做法破坏了艺术的真实性，同时也破坏了读者与故事的关系。

二、小说视点

《小说技巧》第17章一开始，卢伯克就宣称，"我认为，小说技巧中最复杂的问题在于视点——叙述者与故事之间的关系"⑧。这句话常常被评论家们用来说明卢伯克对小说视点的过分强调。福斯特直言不讳地批评他

---

① Percy Lubbock, *The Craft of Fiction*, p. 119.
② Ibid. , p. 115.
③ Ibid. , p. 60.
④ Ibid. , p. 62.
⑤⑥ Ibid. , p. 164.
⑦ Gustave Flaubert, "Letter to Mlle. De Chantepe, 1857," *The Great Critics: an anthology of Literary Criticism*, (eds.) James Harry Smith and Edd Winfield Parks, Norton & Company, 1967, p. 887.
⑧ Lubbock, *The Craft of Fiction*, p. 251.

把"视点"看作唯一重要的小说技巧①；斯科尔斯和凯洛格认为，卢伯克将"视点"看作衡量小说艺术的主要标准，这种做法极大地限定了"视点"这个术语在詹姆斯小说理论中的意义②。

我们已经了解，詹姆斯对于小说视点的重视主要源于他对小说结构与内容必须形成有机体的强调。作为实现这一目的的有效方法之一，詹姆斯认为使用中心人物的观察之眼可以直接展示事件在人物意识屏幕上投射的心理内容。可以说，视点在詹姆斯的小说中通常具有结构上的中心支撑作用，同时，由于叙述的重点在于人物的心理意识，小说的内容已经不再限于传统的情节发展；更重要的是，使用人物视点，使读者在了解人物意识过程中产生了"直接性"，宛如坐在剧院里观看舞台剧一样。正是这些特点深深地吸引了卢伯克对小说视点的兴趣。

首先，从结构上考虑，卢伯克同样认为小说必须具有一个使形式技巧与故事内容有机结合的中心。这个中心并不在于故事世界中的"事实"，因为"事实本身并没有多大价值"③。如果站在传统的立场上看，无论是福楼拜的《包法利夫人》还是詹姆斯的《专使》，都属于缺乏强烈戏剧冲突的小说。因此，如何将"非戏剧主题"——爱玛和斯特雷泽的心理活动——以戏剧方式呈现给读者就成为决定小说成败的一个关键。为了探讨各种可能的叙述方式给小说结构带来的后果，卢伯克假设了几种情况。首先是使用第一人称的可能性。"使用第一人称，对于小说家来说无疑是结构上的一种轻松；……因为主人公讲故事，这一叙述行为给小说带来了无可置疑的统一性。"④ 此外，虽然小说可能显得松散，但是，由于主人公与叙述者都属于同一个人，因此，这种叙述方式产生的"忠实性"⑤使松散的结构合理化。但是，假如詹姆斯的《专使》采用第一人称叙述，相对于该小说的主题而言，这种方式"意味着会失去那种令人意想不到的戏剧能量"⑥；假如采用传统的第三人称叙述模式，作者就必须交代斯特雷泽的一切，这同样会冲淡小说的主题。在这种情况下，唯一可行的方法便是将小说视点"完全而恰当地包括在小说中，只有当我们能够明确无误地辨认出视点并加以肯定时，才能说明小说的各个方面均得到了平等处理，各部分

---

① E. M. Forster, *Aspects of the Novel*, p. 54.
② Robert Scholes & Robert Kellogg, *The Nature of Narrative*, pp. 269—270.
③ Percy Lubbock, *The Craft of Fiction*, p. 62.
④⑤ Ibid., p. 131.
⑥ Ibid., p. 168.

之间也形成了联系"①。事实上,《专使》自始至终采用斯特雷泽的眼光,使读者在阅读过程中只能通过斯特雷泽的观察揣摩周围的人物以及事情的来龙去脉,这不仅使得小说的叙述结构紧凑严密,而且也使得故事富有戏剧悬念。

的确,除了结构上的考虑,卢伯克对于小说视点的关注与他反复强调的"戏剧化"密切相关。他说,"我总是希望让那位试图把自己的理解强加给读者的讲故事人闭嘴"②。不过,他同时指出,小说毕竟不同于戏剧,无论小说家如何努力将自己的声音降低到最低限度,小说家必须"讲述"故事。当小说家希望戏剧化地展示人物意识时,要想使读者直接"看到"人物内心活动而同时又不让叙述人的声音介入故事,一个有效的办法就是采用人物的眼光观察,让人物自己"讲述"故事。正是在这个意义上,卢伯克把詹姆斯的《专使》看作"小说戏剧化的最高典范"③。那么,作者如何使小说像戏剧一样,"作者隐退一旁,让斯特雷泽讲述自己的故事的呢?"④卢伯克认为,一个重要的方法在于小说自始至终以斯特雷泽的视点进行描写,使得"读者本人在窗户旁边,仿佛从窗户开启的地方就能直接看到斯特雷泽意识存在的深处","作者不讲述发生在斯特雷泽头脑中的故事;他使故事自我讲述,使故事戏剧化"⑤。诚然,正如当代叙事学家热奈特在《叙事话语》中所指出的,卢伯克的这种论述混淆了叙述声音(讲述者)和叙述视角(观察者)。⑥斯特雷泽实际上只是充当了体验感知故事的角色,讲述故事的仍然是故事外的第三人称叙述者。但就20世纪初而言,卢伯克对《专使》之间接叙述方式的理论阐述对形式主义文论的发展起了重要作用。卢伯克认为,从效果上看,这种间接的方法"给读者带来了最直接的印象"⑦,"使事件本身昭然若揭,而不是由作者对它进行回忆,描述"⑧。在卢伯克看来,虽然20世纪实验小说在形式技巧方面为人们留下了相当的空间进行探索,但是,无论如何,小说都必须有一个"观察之眼"(seeing eye)⑨。

---

① Percy Lubbock, *The Craft of Fiction*, p. 116.
② Ibid. , p. 198.
③④ Ibid. , p. 156.
⑤ Ibid. , p. 147.
⑥ Genette, *Narrative Discourse*, pp. 186—188.
⑦ Lubbock, *The Craft of Fiction*, p. 164.
⑧ Ibid. , p. 157.
⑨ Ibid. , p. 199.

我们已经了解，卢伯克和詹姆斯提倡的戏剧化深受福楼拜非人格化叙事风格的影响。关于非人格化叙事，一直存在这两种意见：一种认为，它仅指人格化叙述者在叙述过程中的消失；另一种则认为，它只是要求作者避免作任何直截了当的价值评判。依照卡勒的看法，非人格化叙事仅仅是作者声音的隐匿，而不涉及价值体系的变化。① 在很大程度上，卢伯克与詹姆斯在视点问题上表现的差异来自他们对福楼拜非人格化叙事的不同理解。

  福楼拜不用这么多话宣称自己的观点，他认为，一位真正的艺术家绝对不应该出现在自己的作品里。但是，在他对主题进行处理时，他必须表达自己的看法；的确，主题，小说——展示作家从生活中选出的片断，纯粹代表了他本人的观点，他的判断，他的看法。福楼拜著名的"非人格化叙事"以及类似的做法，在于强调作家表达情感的技巧——戏剧化地展现，用生动的形式进行表达，而不是直接表述。②

在上面的引语中，卢伯克表达了这样一个观点：小说技巧无论如何都意味着作者的某种价值倾向，但是，真正的艺术家不是用直白，而是用间接的方式表达自己的观点。基于这种理解，卢伯克认为，福楼拜倡导的"非个人化"叙事主要指通过戏剧化方式（间接方式）表述作家个人情感、观点的叙事手段。因此，"视点"对于卢伯克来说意味着两个方面：既是使得故事自我呈现的主要手段，同时又是作家间接表达价值观点、评判立场的途径。

第二节　斯蒂文森的小说自足论

如前所述，作为19世纪英美小说创作和研究领域最有影响的人物，亨利·詹姆斯以及他的小说理论一直是国内外小说理论研究的重点。就在这样的批评主调中，小说评论家戴维·戴希斯（David Daiches）在1951年指出："一提到小说艺术，我们的批评家总是把詹姆斯所说的每一句话都当作批评的准绳；到目前为止，还没有人对斯蒂文森的观点表示足够的关

---

  ① Jonathan Culler, *Flaubert*: *The Uses of Uncertainty*, Ithaca and London: Cornell University Press, 1985, p. 78.

  ② Ibid. , pp. 67—68.

注。"① 颇有些反讽意味的是，与斯蒂文森的小说观一样，戴希斯为斯蒂文森叫屈的声音也很少为人注意。事实上，戴希斯的抱怨是有道理的。从1874年到1893年，斯蒂文森一共发表了20篇批评文章，其中大部分直接与小说批评相关，例如，《从事文学的道德》（1881）②，《传奇文学漫谈》（1882）③，《一则谦逊的谏诫》（1884）④，《文学文体：技巧成分》（1885）⑤，《大仲马小说漫谈》（1887）⑥，《小说中的绅士形象》（1888）⑦。其中最重要的当数于1884年12月发表在《朗曼杂志》第五期上的《一则谦逊的谏诫》。⑧斯蒂文森发表这篇文章的最直接的原因来自詹姆斯与小说家沃尔特·贝赞特的一场辩论。1884年4月，贝赞特在伦敦王家学会上发表了一次题为"小说艺术"的演讲⑨。9月，詹姆斯在《朗曼杂志》上发表了著名的《小说艺术》一文，对贝赞特的小说观提出了异议。斯蒂文森的《一则谦逊的谏诫》实际上是对前面两位理论家的主要观点做出的回应。从文章的内容来看，斯蒂文森不仅是这场争论的积极参与者，也是与詹姆斯旗鼓相当的论战者。在对待一些主要问题的态度上，斯蒂文森甚至比詹姆斯走得更远。奇怪的是，詹姆斯的《小说艺术》一直是小说理论研究者的必读经典，贝赞特的演讲"小说艺术"也因为声名显赫的詹姆斯而成为研究詹姆斯小说理论的参考对象，而斯蒂文森的《一则谦逊的谏诫》却很少有人问津。

本节从讨论斯蒂文森的短文《一则谦逊的谏诫》入手，就他提出的以下两个命题阐述这位与詹姆斯同时代的小说家兼理论家的主要观点：第一，小说艺术是叙事的艺术；第二，文学模仿语言。在论述过程中，我们将以詹姆斯的小说观作为参照，考察斯蒂文森究竟在哪些方面推进或者补

---

① David Daiches, *Stevenson and the Art of Fiction*, p. 6.
② R. L. Stevenson, "The Morality of the Profession of Letters," Fortnightly Review, vol. 157, April, 1881, pp. 513—520.
③ R. L. Stevenson, "A Gossip on Romance," *Longman's Magazine*, 1, November, 1882, pp. 69—79.
④ R. L. Stevenson, "A Humble Remonstrance," *Longman's Magazine*, 5, December, 1884, pp. 139—147.
⑤ R. L. Stevenson, "Style in Literature: Its Technical Elements," *The Contemporary Review*, vol. 47, 1885, pp. 548—561.
⑥ R. L. Stevenson, "A Gossip on a Novel of Dumas's," *Memories and Portraits* Tusitala 29.
⑦ R. L. Stevenson, "Some Gentlemen in Fiction," *Scribner's Magazine*, vol. 3, June, 1883, pp. 764—768.
⑧ *Longman's Magazine*, 5 December 1884, pp. 139—147.
⑨ "The Art of Fiction" was delivered as a lecture by Walter Besant on 25 April 1884 and published as: "A Lecture … With Notes and addition" by Chatto & Windus in 1884.

充了詹姆斯的理论。

一、"小说艺术即叙事艺术"

我们知道,在与贝赞特的辩论中,詹姆斯虽然援用了贝赞特的题目——"小说艺术",但在对待一些根本问题的态度上,例如,小说的实质,小说与生活的关系,等等,他完全站在贝赞特的对立面。也就是说,詹姆斯与贝赞特在同一命题下谈论着不同的内容。斯蒂文森显然看到了这一点。为了更清楚地表明自己的观点,他认为有必要对两位评家谈及的一些基本概念进行重新界定。在他看来,其中一个最根本的问题是关于小说的定义。依照贝赞特的说法,小说是"虚构的散文",而詹姆斯则认为小说是"个人对生活的印象"①。斯蒂文森觉得这样的定义是根据现有英国小说的某些特征做出的界定。他的态度是,虽然这些特征不应该被忽略,但是,"要想使我们关于任何一种艺术的谈话卓有成效,我们就得从最基础的层面上对它们下定义,而不是把它们限定在某一个框架内。……我们有必要仔细观察叙事艺术的基本规则"②。显然,斯蒂文森认为一个宽泛的概念比一个限定性的定义更有利于我们把握小说的实质。在此基础上,他提出了两个基本观点:首先,"一个叙事文本,无论是采用素体诗还是斯宾塞诗体……叙述艺术的某些规则必须得到同样的关注"③;第二,"叙事,不管是真实的还是想象的,实际上都是叙述的艺术"④。不难看出,斯蒂文森将小说艺术置于叙事艺术的大框架中进行思考,主要是为了从总体上把握小说在结构上的特质。

从表面上看,斯蒂文森的第一个观点似乎混淆了体裁与体裁之间的界限。但他的主要兴趣是从探讨文学的实质和文本结构这两个角度把握小说与其他叙事体裁之间的联系。这一点在下面一段话中表现得更为充分:

> 《失乐园》是约翰·弥尔顿用英语写的诗歌;后来呢?夏多布里昂(Chateaubriand)把它翻译成了法语,变成了一个散文故事;再后来呢?乔治·吉尔菲兰(George Gilfillan)的一位同事(也是我的同事)又将法译本改成了英语小说。为了求得一个清楚的说法,我们要问:《失乐园》究竟是什么呢?⑤

---

①②③ R. L. Stevenson, "A Humble Remonstrance," in *R. L. Stevenson on Fiction*, Glenda Norquay, Edinburgh: Edinburgh University Press, 1999, p. 82.

④⑤ Ibid., p. 83.

我们看到，斯蒂文森极力想表达这样一个观点：我们很难对小说下一个固定不变的定义；无论什么时候、用什么语言对《失乐园》进行重新叙述，只要故事内容不变，《失乐园》还是《失乐园》。隐含其中的一层意思是：形式可以不断变换，而内容则依然如故。不管斯蒂文森是否有意为之，他实际上已经涉及了叙事形式与内容的关系问题。从消极的一面去解读这层意思，可以认为斯蒂文森对于形式与内容的理解是机械的，或者说是亚里士多德式的。众所周知，亚里士多德认为，在构成悲剧的六个基本要素中（情节、性格、言词、思想、形象和歌曲），情节（mythos）是最重要的①。斯蒂文森试图对《失乐园》的几经变换做出解释：故事像一个常量，可以从英语诗歌变为法语散文，然后又变为英语小说。而在这个过程中，小说仅仅是众多叙事形式中的一种。值得注意的是，他从翻译和体裁的角度作了相关的说明。在斯蒂文森看来，翻译虽然把故事从一种语言转换成另一种语言，还改变了故事的体裁，但故事可以在这个过程中往返流通。我们知道，根据目标语言和目标文化的要求将一则故事进行转译，这种被现代翻译理论称作"归化"式翻译，侧重点在于力争保留"信息"，即故事的内容。斯蒂文森的兴趣当然不在于谈论翻译在形式与内容关系中的作用，但他暗示《失乐园》可以几经"翻译"而故事不变，说明他倾向于传统意义上的"内容"。不过，从积极的一面去理解，斯蒂文森避免对小说做出明确的界定，从叙事艺术的总体特征来考察小说的"故事"，也许正说明了他意识到可以从结构上将叙事作品分为两层：形式与内容。用现代叙事学的术语来描述，就是："故事"与"话语"的关系。

正如大家熟知的，法国结构主义叙事学家托多罗夫于1966年提出了"故事"与"话语"这两个概念，前者表示作品的素材（内容），后者指涉表达形式。以现代的角度看，斯蒂文森强调"故事信息"的做法实际上侧重了传统意义上的"故事"，即按照时间、因果关系排列的事件。但我们必须看到，斯蒂文森并不否认"话语"形式的重要性。他说："事件之间的紧密关系，对话中高强度的基调，几经选择的词和词组，是好的小说所必需的。"② 正如T. S. 艾略特所说："任何一位诗人、艺术家，都不可能具有独立存在的意义。他的重要性和理解依赖于他对自己与已故诗人和艺

---

① Aristotle, *The Poetics*, trans. W. Hamilton Fyfe, Cambridge, Mass.: Harvard University Press, 1927, pp. 26—27.

② R. L. Stevenson, "A Humble Remonstrance," in *R. L. Stevenson on Fiction*, p. 82.

术家之间的关系的理解。"① 斯蒂文森的情况当然也不例外。站在传统与现代的交汇处,他继承了亚里士多德的诗学传统,强调小说情节的重要地位。但他同时大胆地摈弃将诗歌、小说分别对待的传统做法,从形式结构的角度提出小说即叙事的艺术。也正是在这种眼光下,他一语道破了这样一个事实:无论是贝赞特还是詹姆斯,他们谈论的都是"叙述的艺术"②。这个道理现在听起来当然很简单。兴起于 20 世纪 60 年代的结构主义叙事学,其主要意图就是假定文学或某种文学类型中存在一个无所不包的共时系统,并在此基础上根据各种叙事文本的特点建立一种"科学的"、普遍适用的叙事分析模式。但从历史的角度看,斯蒂文森在 1884 年提出这样的观点,这在当时不仅仅代表了一种现代观念,更重要的是,它促进了小说批评的理论化。

"小说艺术即叙事艺术",这一说法的意义还在于它充分肯定了小说的艺术地位。在 19 世纪末,小说虽然已不再被认为是扰乱传统道德的巫术,但是,与诗歌、绘画和音乐相比,小说依然处于次要地位。斯蒂文森虽然没有直接将小说与绘画和音乐相提并论,但他提出的叙事概念并将这一概念拓展至诗歌创作领域,无疑提升了小说的艺术性,而这又与詹姆斯、卢伯克对技巧和形式表现的高度关心不谋而合。如同国内评家所言,现代小说高度关心技巧和形式问题,"其理论底牌是把文学等同于艺术或音乐"③。与詹姆斯一样,斯蒂文森借音乐比文学。比如,他在论及叙述技巧与读者接受态度之关系时,就这样说过:"音乐与文学,都属于时间艺术,它们在时间中编织声音图案;用它们的术语说,就是通过由声音和停顿构成的花样。"④ 从 20 世纪 60 年代开始,叙事学经过发展、变化,至今已成为一门研究文学文本与历史、社会和文化之间结构关系的学科。现在,我们认识到,从最宽泛的意义上讲,人类借助各种媒体进行的阐述活动(电影、电视、绘画、音乐)都可以称为叙事。而这一现代意识在斯蒂文森的理论中已经隐约可见了。

不过,斯蒂文森提倡从最广义的角度理解小说叙事,并不意味着他忽视小说这种文类的形式特点以及叙述技巧本身的多样性。与詹姆斯一样,

---

① T. S. Eliot, "Tradition and the Individual Talent," in *Contemporary Literary Criticism*, Ed. Robert Con Davis, Longman, 1986, p. 27.

② R. L. Stevenson, "A Humble Remonstrance," in *R. L. Stevenson on Fiction*, p. 82.

③ 黄梅《现代主义浪潮下》,中国社会科学出版社 1995 年版,第 2—3 页。

④ R. L. Stevenson, "On Some Technical Elements of Style in Literature," in *R. L. Stevenson on Fiction*, p. 95.

斯蒂文森十分强调叙事技巧的灵活多样。斯蒂文森认为，技巧的多样性来自作家有意的创造，它是艺术家的职责："真正的艺术家应该改变技巧并且变换描写的对象。"① 但是，与詹姆斯不同，斯蒂文森主张应该对小说进行分类。我们知道，詹姆斯认为不应该将小说分为"人物小说"和"事件小说"。他说："难道人物不是事件的决定者？而事件不是对人物的说明？"斯蒂文森虽然也承认人物与事件之间的互为影响关系，但他认为，不同的创作意图以及不同的叙事技巧使小说呈现出不同的结构特征。比如，在处理冒险小说时，为了渲染冒险带来的愉悦感，小说家常常注重建构故事情节。此种情形下，由于情节和氛围上升为一个主要成分并且占据了大部分的叙事空间，人物塑造就自然而然地降至次要地位；而在建构人物小说时，斯蒂文森认为重要的是如何展现"所写人物的性情"，至于如何把握情节的一致性则是次要的；而戏剧小说，重点应该放在描写事件在人物内心引起的激情而不是仅仅描写事件本身②。因此，斯蒂文森主张根据叙事技巧的不同，把小说分成三大类：冒险小说、人物小说和戏剧小说③。从表面上看，斯蒂文森的这一观点似乎与他原先那种高屋建瓴的态度相抵牾。其实，他打破诗歌、小说、戏剧的传统分类，旨在对叙事文本的结构进行更全面的探讨。而在了解了它们之间的共性之后，他又对小说这种文类进行分类。这实际上完成了一个从微观到宏观，再返回微观的过程。

斯蒂文森与詹姆斯一样，强调小说是各种成分互为关联的有机体。比如在《传奇文学漫谈》一文中，斯蒂文森说："文字艺术的最高成就，是在一个共同的法则之下，将此起彼伏的各种因素，戏剧的、图画的、道德的和浪漫的有机地结合在一起。这样，场景因为有了激情而变得鲜活，而激情又因为场景制约而不至于狂放。激情和场景相依相伴，缺一不可。这就是伟大的艺术；它不仅仅是文字艺术的最高成就，也是所有艺术的最高层次，因为它结合了最广泛、最多样的成分，既代表了真理，也代表了愉悦。"④ 只要我们把这段话与詹姆斯提倡的小说有机体稍作比较，就会发现，这两位理论家在这点上并无二致。但詹姆斯关于"图画"和"场景"的说法是在他完成了几部重要作品（特别是他的后期作品）之后，在他为

---

① R. L. Stevenson, "A Humble Remonstrance," in *R. L. Stevenson on Fiction*, p. 86.
② Ibid., p. 87.
③ Ibid., p. 86.
④ Ibid., p. 58.

这些作品写序时才有了理论上的认识①。我们这样说,并不是为了要在詹姆斯与斯蒂文森之间做出某种选择,而是为了说明,作为两位处于同一时代的批评家,斯蒂文森与詹姆斯一样具有同样的现代意识。从批评的角度看,对任何一方或是任何一方某些方面的忽略都是有失公允的。

二、言语——文学模仿的对象

在詹姆斯与贝赞特的争论中,另一个重要分歧是关于小说家的个人经验和小说真实性的关系问题。贝赞特认为,为了使小说人物"真实",小说家必须"根据自己的经验写作"。为了挑战贝赞特所谓的"真实性",詹姆斯从质疑"经验"一词的意义着手进行了反驳。他用自己的"经验"说明作为间接"经验"的个人印象的重要作用:一位英国的天才女作家曾经十分出色地刻画了一个法国青年的性格,可是她在这方面的直接经验仅仅是短暂的一瞥。在詹姆斯看来,那短短的一瞥已经是"经验"。在此基础上,詹姆斯提出了小说"是个人对生活的印象"这一观点。

詹姆斯与贝赞特对"经验"和"真实"的不同理解实际上表明了他们在对待文学艺术与客观世界的关系方面的不同态度。这种冲突自然是由来已久。我们知道,在柏拉图的文艺理论中,一个重要的观点是他对艺术逼真性的强调,即艺术品要与模仿对象一致。与柏拉图不同,亚里士多德认为艺术不是复制,而是创造性的行动,仅仅与客观对象相同的作品不是上等的艺术品。从大的框架上评判,贝赞特的观点代表了柏拉图提倡的机械模仿论,而詹姆斯则代表了亚里士多德的美学观。贝赞特以客观世界作为模仿对象,强调作品与客观世界的相似;而詹姆斯强调作家个体对客观世界的心理反应并且以此作为描写对象,提倡语言对于描写对象的再创造。

初看上去,詹姆斯的这一观点与传统的"镜像说"背道而驰,实际上,他强调的只是把描写的重点转移到人物的内心世界。与贝赞特一样,詹姆斯同样提倡"真实性"(或称为"似真性"),只不过把"真实"的重点移到人物的内部世界。当然,为了使描写对象具有典型意义,"印象"必须是有选择的。他说:"艺术在本质上就是选择,可它是一种以典型性和全面性为主要目标的选择。"也正因为小说具备的这种典型性,詹姆斯认为"小说的题材同样储存在文献和记录中"。在此基础上,詹姆斯提出,

---

① "Preface to *The Tragic Muse*","Preface to *What Maisie Knew*",*The Art of the Novel*, pp. 79—97.

小说的真实性不亚于历史,"小说能与生活竞争"。也就是说,詹姆斯认为小说存在的理由在于它的逼真性,因此,小说家在选择题材时必须注重典型性,在形式技巧上必须创造出毫不逊色于历史的似真效果。

在斯蒂文森看来,不管是贝赞特提倡的客观临摹,还是詹姆斯倡导的主观印象,都是有失偏颇的。总之,"真实"是一个"值得商榷的词"①。他说:"面临着使人头晕目眩,杂乱无序的现实,不管我们在进行思维还是创造时,唯一的办法只能是睁一只眼闭一只眼。"② 他既不认为艺术是现实的复制,也不认为艺术是通过"典型性"和"逼真性"与生活展开竞争。与其他任何一种艺术一样,小说既不能"与生活竞争","也不能与历史竞争"③。如果我们以新历史主义的眼光来看待这一观点,我们会觉得,就像詹姆斯批评贝赞特对"经验"的理解过于机械一样,斯蒂文森对于历史的理解也有些机械。但我们必须看到,斯蒂文森强调区分历史真实与艺术的虚构,其主要目的在于说明艺术在本质上与生活截然不同。生活是杂乱的,而艺术则是有序的。用他的话说,就是:"生活是怪诞的,无限的,无逻辑的,唐突的,令人痛苦的",而"艺术品却是整齐的,有限的,自足的,理性的,流动的,柔弱的"。④ 与詹姆斯不同,斯蒂文森提出,"小说……之所以存在,不是因为它类似于生活,而是因为它与生活迥然不同,这一点是必然的,也是重要的,既是作品的意义,也是作品的手段"⑤。换言之,与其他艺术一样,小说与生活隔绝,不存在"外指性"。以今天的眼光看,这恐怕是斯蒂文森所处的那个时代里最旗帜鲜明的形式主义观点了。

从表面上看,斯蒂文森似乎与詹姆斯站在两个极上,前者极力凸现生活与艺术的差异和不相容,而后者则强调两者之间的相似相通,实际上,詹姆斯侧重作家个人印象是为了强调现实生活在作家内心的反应,而斯蒂文森将生活与艺术进行严格区分目的在于揭示艺术的建构特质,双方都在极力说明艺术品必须经过艺术加工才能成为真正的艺术品。有意思的是,斯蒂文森虽然避免沿用詹姆斯的题目——"小说艺术",但他强调小说艺术的建构特质事实上强化了詹姆斯提倡的技巧论。从这个角度看,与詹姆斯的追随者卢伯克一样,斯蒂文森对詹姆斯提倡的形式技巧实际上起到了

---

① Stevenson, "A Humble Remonstrance," in *R. L. Stevenson on Fiction*, p. 83.
② Ibid., p. 84.
③ Ibid., pp. 83—84.
④⑤ Ibid., p. 85.

一定的推广作用。

不过，如果因为这一点而认为戴希斯没有必要为斯蒂文森叫屈，似乎又是不公平的。从论证文学与生活的不同特质出发，斯蒂文森进一步提出了文学的自我指涉特点。他明确指出："文学……就模仿而言，它模仿的不是生活，而是言语（speech）；不是人类命运的事实，而是人们叙述时的侧重点和被压抑的东西。"① 这一观点中的现代意识是不言而喻的。在斯蒂文森提出这一观点以后的大约半个世纪中，小说理论家们虽然一直致力于探讨文学艺术与客观世界的关系，但大多强调艺术对生活的模仿功能。詹姆斯固然不赞成贝赞特对"经验"的机械理解，但他依然注重客观世界在作家内心的投射。詹姆斯以后的理论家，如卢伯克，其主要兴趣在于以詹姆斯的创作技巧为榜样，从理论上论证作家不介入的戏剧化"展示"（showing）在艺术成就上要远远高于干预故事的"讲述"（telling）。说白了，这些理论家都将模仿视为衡量艺术成就高低的重要标准。

相比之下，斯蒂文森更偏重于语言的自我指涉。他明确指出，叙事的典型模式不是直接的指涉，而是"独立的，富有创造的"；"一部好的小说，它的每一章，每一页，每一句都是对它自身富有创造性的中心思想的重复和再重复"②。这些说法固然进一步说明了斯蒂文森认为文学是个自足体系的观点，但一定程度上也反映了他对语言实质的独特看法。在他眼里，现代所有叙事作品都以一种间接的方式讲"故事"："只有第一个对着围坐在篝火旁的人讲故事的人才是对生活进行直接处理的真正艺术家。"③ 承认真正的"故事"仅仅存在于过去某个时刻，而以后的"故事"仅仅是故事自身"间接的"重复，这一观点似乎从另一个侧面向我们暗示了斯蒂文森为什么拒绝在历史与文学之间画等号。在他看来，历史仿佛是一种属于过去的经验；这种经验我们无法企及，但又是必须通过叙述进行描述的文本。有意思的是，无论斯蒂文森如何抵制将文学等同于历史，他在强调叙述自我创造和自我指涉的过程中，又恰恰将历史带进了文学。从这个角度看，斯蒂文森虽然否定了詹姆斯提出的小说与历史竞争的观点，但他的否定恰恰又在另一个侧面向人们昭示了历史与文学通过叙述在结构上体现的相似之处。

---

①②③ Stevenson, "A Humble Remonstrance," in *R. L. Stevenson on Fiction*, p. 85.

第三节　回归欧洲传统：沃顿论小说技巧

20世纪初，亨利·詹姆斯提倡的小说艺术观经过卢伯克的整理、阐释后，在美国小说批评界备受关注。然而，20年代至30年代，英国小说界出现了不同的批评之声。1916年，围绕着小说艺术的特质与功能，H. G. 威尔斯与詹姆斯展开了一场论战。威尔斯明确地告诉詹姆斯："对于你来说，文学像绘画一样本身就是目的；对于我来说，文学像建筑一样是工具，有它的用途。"① 1927年，E. M. 福斯特出版了《小说面面观》，对詹姆斯反复强调的"小说视点"的重要性提出了质疑；1928年，埃德温·缪尔发表了《小说结构》，批评詹姆斯提出的一套理论术语"令人生疑"②。不言而喻，这三位小说家提出相反意见并非要与大名鼎鼎的詹姆斯争一个高低胜负，而是怀着同样的热情，希望将小说批评理论化、系统化。不过，正如美国学者苏珊·兰瑟（Susan Sniader Lanser）和艾弗琳·陶顿·贝克（Evelyn Torton Beck）指出的那样，有关这一时期的小说批评漫不经心地抹去了女性作家在小说批评领域的成就，表明了"'正统'文学史对女性声音的抹杀"③。然而，我们知道，这个时期已经出现了一位拥有众多作品的女性作家——伊迪斯·沃顿（1862—1937）。从1890年到1934年，沃顿创作了11部长篇小说（其中长篇小说《纯真年代》获普里策奖），11个短篇小说，87个短篇故事，两部诗歌集。从1914年至1934年，沃顿就小说艺术发表了相当数量的评论文章。其中最重要的是：《小说批评》（1914），《小说创作》（1924），《现代小说的趋势》（1924），《普鲁斯特再思考》（1934），《小说的永久价值》（1934）。这些散文、随笔和评论表达了沃顿本人对小说艺术的看法，同时也促进了19世纪美国小说批评理论化的进程。然而，长期以来，小说理论界认为沃顿"未能形成一种清晰的小说技巧理论，因此，她的小说批评带有即兴特点"④。与同时代的男性作家相比，伊迪斯·沃顿的小说批评很少为人注意。值得注意的是，兰瑟和贝克

---

① 侯维瑞《现代英国小说史》，上海外语教学出版社1985年版，第65页。
② Edwin Muir, *The Structure of the Novel*, p. 15.
③ Susan Sniader Lanser and Evelyn Torton Beck, "〔Why〕Are There No Great Women Critics? And What Difference Does It Make?" in *The Prims of Sex: Essays in the Sociology of Knowledge*, (eds.) Julia A. Sherman and Evelyn Torton Beck, Madison: University of Wisconsin Press, 1979, p. 81.
④ Penelope Vita-Finzi, *Edith Wharton and the Art of Fiction*, Rutherford, N. J.: Fairleigh Dickinson University Press, 1970, p. 27.

在综述 20 世纪上半叶美国文学批评时同样忽略了沃顿在批评史上的存在。此外，沃顿本人对于自己的理论思考似乎也缺乏信心。当她考虑是否应该将论文送交出版时这样说道："我曾想过把文章送交《北美评论》，但是……我不认识（乔治）哈维，而且，我不敢肯定他是否愿意屈就接受来自一位妇女的无关宏旨的批评。"① 尽管如此，正如沃顿坦然承认的那样：她虽然"没有对自己的小说创作构建出一套规则，但是，在从事创作的这些年中对小说艺术进行了深刻的思考"②。

一、提倡欧洲传统

沃顿对于小说理论的思考源于她对理论重要性的认识。在她看来，无论是美国还是大洋彼岸的英国，关于小说创作的理论尚未"达致有序的、有组织的阶段"③，而小说理论恰恰十分必要，它"像镭一样十分普遍"④。具体而言，沃顿认为小说理论家们应该关心这样一些问题："小说家极力想展现的是什么？小说家在多大程度上成功地展现了他希望表达的内容？……与前面两个问题密切相关的另外一个问题是：小说家选择的主题是否值得展现——是否具有巴尔扎克所说的'真正的艺术性'？这三个问题，如果探究得当，就能为小说艺术问题提供完满的答案。"⑤ 从这段话中，我们可以看出，沃顿虽然与同时期大多数批评家一样，提倡小说技巧革新，但她并不认为小说形式是小说理论的唯一关注点，而是应该在内容与形式、传统与创新之间进行整合。针对詹姆斯以来小说家们对小说技巧的普遍关注，沃顿指出，美国年轻一代的小说家们在理论上存在着一个共同的误区，即认为"旧的小说形式已经无法展现新的内容"，因此必须对现有的小说形式进行全面改革，因为"任何一种新的创造必然以摧毁一切旧的存在为前提"⑥。沃顿认为，"不管理论如何发展，小说艺术发展有自己的规律，传统累积而成的腐叶土正好为小说艺术的新发展提供养分"⑦。

---

① Edith Wharton, *The Letters of Edith Wharton*, (eds.) R. W. B. Lewis and Nancy Lewis, New York: Macmillan, 1988, p. 62.
② Edith Wharton, *A Backward Glance*, New York: Appleton-Century, 1934, p. 114.
③ Edith Wharton, "The Criticism of Fiction," in *Edith Wharton: The Uncollected Critical Writings*, (ed.) Frederick Wegener, Chechister: Princeton University Press, 1996, p. 120.
④ Ibid., p. 121.
⑤ Ibid., p. 127.
⑥⑦ Edith Wharton, "Tendencies in Modern fiction", in *Edith Wharton: The Uncollected Critical Writings*, p. 170.

那么，沃顿所谓的传统是什么样的传统呢？

沃顿认为小说理论应该继承欧洲经典小说家确立的叙事传统。在她眼里，巴尔扎克、奥斯丁、托尔斯泰、萨克雷是"赋予小说伟大生命力的四位大师"①。以这四位古典代表为核心，沃顿还列出了一份名单，他们是：福楼拜、斯丹达尔、艾略特、哈代、特罗洛普、萨缪尔·勃特勒、理查森、斯特恩、斯摩莱特、菲尔丁、梅瑞迪斯。站在历史的角度看，沃顿列出的这些作家都与当时的美国文坛主流唱对台戏。如果将 1900 年至 1914 年作为一个文学断代期，我们应该承认，虽然这一时期经常被文学史家称为"天真的时代"②，在这之前的新英格兰文学传统以及 20 世纪初的美国文学大家们，如马克·吐温和威廉·迪恩·豪威尔斯，以及在这一时期依然处于创作高峰的亨利·詹姆斯，都已经为美国文学进入成熟期奠定了基础，然而，沃顿显然并不认可这种传统。不仅不认可，而且认为美国文学应该模仿欧洲传统。面对一些持激进观点的小说家极力倡导美国小说应该脱离欧洲传统、成为民族文化的象征③，沃顿却认为世纪初的美国现代生活已经"将人与人之间的关系简化到一个索然无味的同情心层面，把生活变成了一个小房间，里面只有现代的管道和取暖设备、车库、汽车、电话，以及与邻居分割有序的草坪"④。在她看来，小说艺术不仅应该反映现实生活，而且应该代表伟大的道德思想，而美国人的现实生活已经背离了现代文明价值，"它们不仅不能产生伟大的思想，而且压制思想"⑤。在这样一种思想的指导下，沃顿对英国现代小说提出了同样的批评。在她看来，现代小说家通常忽视小说内容，尤其不注重人物塑造。例如，劳伦斯小说中的人物只不过是"一些传声器，通过这些传声器，作者以同样的声音传播着与人物同样的思想内容"；至于乔伊斯的《尤利西斯》，"那仅仅是一些色情内容（学生气的那一类），缺乏内容，也没有重要的创作动机"⑥。

从表面上看，沃顿对欧洲现实主义叙事传统的亲和似乎表明了她对 20 世纪现代小说的抵触。关于这一点，珀西·卢伯克认为，这说明沃顿认同

---

① Penelope Vita-Finzi, *Edith Wharton and the Art of Fiction*, p. 21.
② 董衡巽《美国现代小说风格》，中国社会科学出版社 1997 年版，第 1 页。
③ Frank Norris, "A Plea for Romantic Fiction," in *Norton Anthology of American Literature*, 1979, pp. 799—800.
④ Edith Wharton, "The Great American Novel," in *Edith Wharton: The Uncollected Critical Writings*, p. 154.
⑤ Ibid., p. 153.
⑥ Letter to Berenson dated 6 Jan. 1923 (I Tatti collection).

于特罗洛普那种缓慢、絮叨的叙事方式。① 作为提倡现代叙事技巧的一员主将,卢伯克有理由提出这样的批评。但是,我们必须看到,卢伯克的观点仅仅是从技巧层面提出的一种单一认识。沃顿对小说功能有着不同的认识。沃顿认为,小说的主要功能在于展现、模仿客观生活,因为"这是小说艺术的真理,任何一种对这一点产生破坏作用的成规都是错误的"②。

二、人物的"可视性"

沃顿对传统模仿理论的推崇实际上也决定了她必然强调传统小说家通常重视的人物与情节对于小说整体的首要作用。关于这一点,沃顿在《小说永恒价值》一文中有过明确的表述。她指出:"小说即虚构作品,它讲述好听的故事,塑造生动的人物。"③ 小说必须讲故事,必须塑造生动的人物,这样两个条件实际上已经包含了沃顿对小说的定义,同时也表明了她对小说结构的基本认识。这一点很容易让我们联想到福斯特对于小说"故事"和"人物"的重视。在《小说面面观》一书的第二章里,福斯特反复强调小说必须"讲故事",因为"故事"是小说的"主心骨","是所有小说不可缺少的最高因素"④。在关于"人物"的阐述中,福斯特不惜笔墨用了两章强调人物的重要性,因为,人物与小说的"价值"密切相关⑤。在这一观点上,沃顿完全一致。她认为,评判小说艺术的一个首要依据就是看人物是否具有"现实感"⑥。例如,托尔斯泰塑造的安娜·卡列尼娜,萨克雷《名利场》中的佩基·夏普,巴尔扎克刻画的高老头,哈代笔下的苔丝,就是这样的典范,这些人物使读者感到"十分熟悉,仿佛和我们生活在一起"⑦。

那么,如何创造人物的似真效果呢?沃顿认为小说人物必须具有强烈的"可视性"(visibility),即让读者感到小说人物具有呼之欲出的逼真性。首先,"小说家应该使用一些流行词来描述人物,或者赋予他们相同的外在或心理特点,这样,无论这些人物出现在作品的什么地方,我们都觉得

---

① Percy Lubbock, *Portrait of Edith Wharton*, London: Jonathan Cape, 1947, p. 173.
② Edith Wharton, *The Writing of Fiction*, New York: Scribner's, 1925, p. 89.
③ Edith Wharton, "Permanent Values in Fiction," in *Edith Wharton: The Uncollected Critical Writings*, p. 175.
④ E. M. Forster, *Aspects of the Novel*, p. 17.
⑤ Ibid., p. 30.
⑥⑦ Edith Wharton, "Permanent Values in Fiction," in *Edith Wharton: The Uncollected Critical Writings*, p. 177.

他们就在我们身边"①。沃顿认为英国现实主义小说家狄更斯，法国的自然主义小说家左拉，以及俄国小说家托尔斯泰都是这一方法的最好实践者，因为这些作家笔下的人物大多具有鲜明的外貌特征、行为特点或性格特性。相比之下，沃顿认为特罗洛普的人物"在外在描写方面显得过于粗略。其中男性人物极其简单化……至于他笔下的妇女形象，尤其是女主人公，似乎都源于司各特、简·奥斯丁以及和他们同时代的那些作家，形象单一"②。除了人物自身特征以外，沃顿认为，小说家应该"避免太多人物；在向读者介绍新的人物之前，最好给读者留一些时间，使他们熟悉已有的人物"③。

不过，沃顿并不提倡完全客观地将现实生活中的人照搬进小说世界。正如她本人所说，"人物一旦出现在小说里就不是真实生活中的人了；只有产生于创造性头脑中的人物才能产生现实的幻觉（illusion of reality）"④。因此，她称之为"可视性"的手法不完全指从外部对人物进行的特征描写。沃顿认为，塑造真实可信的人物，关键在于"使人物顺应他们自身的命运发展，应该将人物命运及其困境视为人物性格的必然结果"；此外，还应该让小说人物"自然地说话"，而不是把它们变成作者的传声筒；要注重人物的社会环境，不要将那些与人物无关的细节带进作品，要客观地展现人物⑤。为了增加人物的似真效果，沃顿认为有必要对人物对话和关键场景进行精心的构建，让人物在彼此关系中体现人物内心冲突。为了说明这一点，沃顿采用了福楼拜《情感教育》中的一个例子。当主人公弗雷德里克在 27 年后在此与阿尔努夫人相见时，弗雷德里克十分激动，以为多年来渴望的爱情即将实现，然而，当阿尔努夫人脱掉帽子时，弗雷德里克看见了灯光下她的满头白发，此刻之前荡漾在他心中的满腔激情顷刻间化为一种他难以言喻的复杂心情。同样，在詹姆斯的《金碗》中，为了展现麦琪在悟到丈夫与继母之间的恋爱关系那一刻内心深处的矛盾，作者采用了静态描写方法：让麦琪站在阳台上，透过窗户看到她丈夫、父亲和继母在玩桥牌；相似的例子还有《红与黑》中朱利安第一次握住雷纳尔夫人的手的那一幕。在沃顿看来，这些场景描写产生的效果远远大于人物对话；

---

① Edith Wharton, "Visibility in Fiction," in *Edith Wharton: The Uncollected Critical Writings*, p. 166.
② Ibid., p. 167.
③ Ibid., p. 168.
④ Edith Wharton, *A Backward Glance*, p. 210.
⑤ Edith Wharton, *The Writing of Fiction*, p. 45.

但是，作家必须对这些细节进行有效的选择，应该懂得"小说中的人物如同现实中的人一样说话，行动，与此不相关的细节则应该加以摈弃"①。

三、反对叙事成规

在沃顿列举的这三个例子中，福楼拜、斯丹达尔和詹姆斯虽然都选取了对于展现人物心理十分有效的细节描写，但描写的方法不尽相同。宽泛地讲，斯丹达尔采用了全知全能的视角对故事人物从外部到内心进行了仔细分析，而福楼拜和詹姆斯则采取了故事人物的有限视角。但是，沃顿似乎并不关注方法上的不同，而是创造生动、"真实"的人物。这一点同样体现在她对传统作家的批评上。与詹姆斯一样，沃顿认为，司各特、萨克雷、艾略特、狄更斯在处理小说情节时往往显得有些"任意"②。不过，与詹姆斯不同的是，沃顿并没有对这些作家在运用小说视点时表现的任意性提出批评。在她看来，恰当地使用人物视点，的确能够避免传统作家那种随时进入人物意识，然后又站出来对着读者就人物和故事情节发表议论的懒散做法，同时又能避免使得人物成为小说家手中的提线木偶，③ 但是，小说视点并非小说技巧的关键问题。与小说视点相比，"有两件事在小说技巧运用中至关重要"，第一是"故事中心场景的选择"，第二是"具有向心作用的事件"。总而言之，"必须把故事视为一个星云系，围绕着中心事件构建一系列有趣的插曲，说明小说为什么要这样写"④。很显然，虽然沃顿同样看重对于"故事"的处理手法，但是，与詹姆斯相比，她更加重视小说"事件"的重要性。这也是她对詹姆斯小说理论提出批评的一个重要原因。在她看来，詹姆斯的后期创作虽然在技巧上达至完美，但是他的小说"越来越受制于他指定的那些规则。他的小说规则一开始仅仅在无意中产生效果，但是后来却成为无法摆脱的成规"⑤。针对大多数评论家认为她的小说深受詹姆斯影响的说法，沃顿明确表示："我当然对詹姆斯提出的小说技巧理论以及创作实践颇有兴趣，但是，我过去认为，现在依然这样认为，詹姆斯牺牲了使小说充满活力的那种天然特质。他后期的小说不得不局限在某种早就设定的框架内，而他提出的严格的几何学设计，在我看

---

① Edith Wharton, *The Writing of Fiction*, pp. 140—142.
② Ibid. , p. 132.
③④ Ibid. , p. 89.
⑤ Penelope Vita-Finzi, *Edith Wharton and the Art of Fiction*, p. 26.

来恰恰是小说艺术中最不重要的东西。"① 此外，沃顿还认为，"由于詹姆斯对于小说结构的过分关注，他在不知不觉中已经将小说艺术其他方面的考虑置于他那些不断变化的复杂设计之下，以至于他的后期小说变成了未来杰作的宏伟计划，而不是活生生的艺术创造"②。

需要重申的是，沃顿提出的这些批评并不表明她反对建立系统的小说批评理论。相反，她认为"小说艺术的总体规则……对于小说创作具有指导作用，但是，这些规则一旦变为成规，并且被人奉为圭臬，那就错了"③。那么，小说究竟应该如何在小说形式与思想内容之间构建不偏不倚的良好关系呢？沃顿认为，虽然小说的艺术特质和道德功能一直是小说家和批评家们持续争论的一个话题，实际上这两者之间并不存在不能逾越的界限。在《小说与批评》一文中，沃顿指出："任何一幅严肃地展现生活的图画都包含某种主题思想；文学艺术家与声称自己是道德家的人的区别并不在于目的的截然不同，而是在于前者对人物进行观察，后者通过观察得出笼统的推论。"④ 沃顿这番话实际上包含了两层意思：第一，从小说内容上讲，沃顿认为小说人物对于小说主题具有至关重要的意义；第二，从技巧角度看，问题是如何通过塑造良好的小说人物来传递小说的道德主旨。在《小说与批评》一文中，沃顿首先批评了那种认为使得读者感到快乐的小说就是好小说的观点。"假如批评家要求小说带给人们的快乐仅仅是道德情感……，那么，这种快乐与文学毫不相干"⑤。但是，同样需要注意的是，"审美的快感，实际上独立于作品中偶然出现的某种倾向……任何一种艺术品的最终价值并非存在于它的主题，而是在于主题如何被观察，被感觉，被解释"⑥。为了说明这一点，沃顿提到了《高老头》和《红与黑》中作家如何处理人物命运与小说道德之间的关系。针对那种作家直接站出来对读者进行道德说教的做法，沃顿指出："几乎所有早期作家在叙述的过程中都会介入故事。随着欣赏能力的成熟，读者开始讨厌这些介入、中断故事的声音，并且要求自己对故事中的事实提出自己的看法。"⑦ 在《现代小说趋势》一文中，沃顿暗示："小说家如果将人物变成某种主题思想，他就不再是艺术家；但如果不考虑描写内容的道德意义，

---

① Edith Wharton, *A Backward Glance*, p. 190.
② Edith Wharton, *The Writing of Fiction*, p. 117.
③ Ibid., p. 42.
④⑦ Edith Wharton, "Fiction and Criticism," in *Edith Wharton: The Uncollected Critical Writings*, p. 295.
⑤⑥ Ibid., p. 294.

那他同样不是艺术家。"①

第四节　康拉德的印象主义与威尔斯的道德论

在这一节里，我们将讨论与詹姆斯密切相关的两位小说家以及他们与詹姆斯小说理论的关系：J. 康拉德和 H. G. 威尔斯。

一、小说：比现实更为清晰

在《伟大的传统》一书的开卷之处，批评家 F. R. 利维斯明确指出："为了稳妥起见，我们姑且将那一段历史作为断代史，把简·奥斯丁、乔治·艾略特、亨利·詹姆斯和约瑟夫·康拉德称作英国这一时期伟大的小说家。"② 利维斯如此盛赞康拉德，不仅仅因为康拉德是位多产作家（一生共完成 16 部小说），更重要的是由于康拉德的小说在叙事形式和内容两方面继承并发展了传统。然而，在他生前，康拉德的伟大成就不仅没有得到重视而且不断地被人误解。在大部分与他同时代的评论家眼里，康拉德描写的事件不是被节外生枝的插曲拆散就是由于过分强调人物视觉印象而显得神秘莫测。E. M. 福斯特曾有过尖锐的批评：康拉德的小说"无论其中间还是开端或者结尾部分，都缺乏清晰的叙述，因此，在他神秘的天才背后实际上是一团雾气，而不是珠宝"。③ 20 世纪 40 年代以后，由于 F. R. 利维斯等人的努力，后人对康拉德作品的理解开始走向深入，并渐渐认识到，无论在小说技巧方面还是在小说艺术观方面，康拉德都应该是亨利·詹姆斯的嫡系传人④。康拉德的朋友、英国小说家福特（Ford Madox Ford）将康拉德列为在技巧、观念方面与詹姆斯、斯蒂芬·克兰（Stephen Crane）几乎一致的小说家：他们创作的小说人物都有一种超然局外的特点，而且，都避免在小说中表达自己的观点、偏见，他们的小说"都是展示而不是讲述出来"。⑤

像英国小说理论成形之前的绝大部分小说家一样，康拉德没有一部系

---

① Edith Wharton, "Fiction and Criticism," in *Edith Wharton*: *The Uncollected Critical Writings*, p. 296.
② F. R. Leavis, *The Great Tradition*, New York: New York University Press, 1960, p. 1.
③ E. M. Forster, *Abinger Harvest*, London: Edward Arnold, 1936, p. 152.
④ Frank Macshane (ed.), *The Critical Heritage*: *Ford Madox Ford*, Routledge, 1972, p. 203.
⑤ Ford Madox Ford, *The English Novel*: *From the earliest days to the death of Joseph Conrad*, Manchester: Carcanet Press Limited, 1983, p. 137.

统阐述小说艺术的理论作品,不过,与前面提到的斯蒂文森相似,康拉德在私人信件、小说前言以及自传中对小说艺术进行了不懈的探索。这些出现在作家个人作品中的评论,虽然由于随意而显得缺乏理论深度,但随意之中又见出作家本人极具个性化的观点。

自从1884年詹姆斯与贝赞特就小说艺术展开的辩论以后,"小说是什么?"这个问题在英国文坛似乎已经不再成为问题。小说是艺术,这是批评界的共识。那么,应该创作什么样的小说?如何创作?这些问题实际上涉及对小说艺术实质的认识。对此,康拉德这样说:

> 小说难道不是对我们同胞的生存做出的肯定?它强大有力,通过想象的形式,创造出比现实更清晰的一种生活,它有选择地收集了与生活相似的某些片段,这种选择足以与历史记录抗衡。①

从小说是"比现实更清晰的一种生活"这个定义中,我们看出康拉德与詹姆斯在对待小说实质问题上并无二致。不过,与詹姆斯对个人印象的强调相比,康拉德似乎又更看重作家"对社会现象的观察":

> 小说是历史,是人类的历史,不然,就不成其为小说。但是,小说又不只是历史;它源于一种牢固的根基,即,由语言形式组成的现实以及对社会现象的观察,而历史则仅仅依赖于对文献、书写或印刷文字的阅读——总而言之,是第二资料。因此,小说比历史更真实。②

在这段文字中,我们看到,康拉德借阐述詹姆斯的小说观表明了自己的立场:小说是历史,但它比历史更真实。与詹姆斯一样,康拉德对小说真实性的认识源于对作家个人经验的强调以及对创作技巧的把握。詹姆斯认为,小说的真实性丝毫不亚于历史,因为小说家可以根据个人经验,借助创作技巧直接展现个人对生活的印象。康拉德虽然没有沿用詹姆斯的"印象",但他对"想象世界"的强调说明了作家个人印象和经验的重要性;小说的真实性源于"由语言形式组成的现实",这一命题实际上蕴涵了一个现在看来有些老套的道理:艺术真实来源于想象和技巧的运用。

二、小说的"内部视点"

应该指出,康拉德对小说的重新界定以及对小说技巧层面的关心,这

---

① Joseph Conrad, *A Personal Record*, New York: Harper, 1912, p. 15.
② Joseph Conrad, "Henry James: an Appreciation," in *Joseph Conrad: Selected Literary Criticism and The Shadow-Line*, (ed.) Allen Ingram, Methuen & Co. Ltd. New York, 1986, p. 65.

一行为本身就隐含着对英国小说传统的重新审定。康拉德意识到,英国传统小说家对小说形式缺乏认识。因此,他提出:

> 英国传统小说家很少将他的作品看作自己积极生活的成果,不把它当作对读者产生某种情感影响的艺术品,而只将它视为本能的、缺乏理性的、宣泄自己情感的产物。他在创作过程中既无明确的意图也无理智的脑袋。①

这种直言不讳的批评实际上指出了小说创作依然存在的两大问题:一是传统作家对小说形式的忽略;二是对读者的忽视。这两者之间又存在着一种潜在的因果关系。在康拉德看来,由于小说家缺少对小说形式的驾驭,其最终产品既无艺术可言,又不能对读者产生影响;而不考虑读者的情感态度必然导致在创作过程中出现尽情发挥的不良后果。从表面上看,康拉德强调小说形式与詹姆斯提倡的形式技巧十分相似。不过,我们只能说他们仅仅是相似而已。在进一步了解康拉德强调形式的意义所在之前,我们不妨先看看他对艺术的总体认识。在给克里福德(Clifford)爵士的信中,康拉德说,"真理的全部意义"在于"展现;因此,我们对语言表达进行的研究应该看它是否做到了真实精确。这是艺术除题材之外的唯一道德标准"。② 康拉德将艺术与真实视为一体,这一观点表明:艺术必须以展现真实为自身的唯一目标。在为小说《水仙号船上的黑水手》所写的前言中,康拉德对艺术的职能作了如下界定:艺术的职能就是"一心一意地要在可视的世界里倡导一种最高公正,为此,它将照亮真实,使人看到它隐含的多面性和统一性"。③ 至于小说的功能,康拉德特别强调,小说具有一种"微妙然而却是无法抗拒的力量",使"正在消逝的事物产生真实的意义",因此,小说家必须保持"永不退却的勇气,在语句及其韵味方面表示关心"④。康拉德这里提到的"真实意义"实际上就是小说家在展现过去事件的过程中使读者与艺术世界产生的灵犀相通的感觉。在很大程度上,康拉德与福楼拜、詹姆斯、卢伯克一样,关注的并不是外部事件本身,而是作家在叙述事件过程中使读者感受到的艺术效果。因此,康拉德也注重人物心理描述。为了展现过去事件对人物产生的心理意义,康拉德

---

① Joseph Conrad, "A Glance at Two Books," in *Joseph Conrad: Selected Literary Criticism and The Shadow-Line*, p. 56.
② Allen Ingram (ed.) *Joseph Conrad: Selected Literary Criticism and The Shadow-Line*, p. 49.
③④ Ibid., p. 32.

提倡一种他称为从"内部视点"(inward point of view)进行描写的方式。他说:"我说的从内部视点进行描写——是指从我们自己的内心深处。我不希望把小说人物的内部构造展示给读者。要把自己的心坦荡无余地显示给读者,那样,人们才会听你叙述,——也只有那样才有意义。"① 很显然,康拉德提倡的"内部视点"不同于詹姆斯强调的故事内人物"视点"。詹姆斯的人物视点是通过小说中一个或多个人物的视角对事件进行描述;而康拉德的"内部视点",与其说是一种"视角",倒不如说是小说在总体上呈现的效果,或者说是描写的侧重点,是叙述者叙述过程中将读者拉近的一种策略,其目的在于感染读者的情绪。对此,康拉德有过明确的阐述:

> 小说——如果要成为艺术——必须对人的性情产生感染力……因此,小说应该对读者的感官产生某种印象;……要达到这个目的,小说家必须全力以赴地将形式和内容合而为一;为了发挥小说的特色和可塑性,为了使得那些多年来被人滥用而变得陈旧不堪的词魔术般地产生丰富的意义,小说家还应该在句子的形态和声音方面狠下功夫,这种努力应该是不屈不挠的,不遗余力的。②

在这段文字里,康拉德从作家和读者两个角度阐述了小说的艺术实质和审美功能。一方面,小说家必须认识到小说形式与内容密不可分,并在形式层面上从最小单位的词做起,营造出一种感染力;另一方面,小说家在创作过程中必须以感染读者的性情为最终目的。他说:"我力争完成的任务是,通过文字的力量使读者听到,感觉到——更重要的是,使读者看到。我的任务就是这些,这就是全部,别无他求。"③ 康拉德这里特别强调"要使读者看到",实际上是强调作家个人对外部世界的心理反应。这就是说,他注重心理意义上的真实感。这种真实既是外部世界在作家内心世界的折射,也是作家通过形式技巧将心理感受诉诸文字的过程。为此,康拉德评论家米歇尔·莱文森(Michael Levenson)曾说:康拉德小说理论中的"核心思想"是他提出的"性情说":即,作家通过使用"内视点"的叙

---

① Joseph Conrad, Letter to Nobel, 2 November 1895, In *Joseph Conrad: Selected Literary Criticism and The Shadow-Line*, p. 30.
② Allen Ingram (ed.) *Joseph Conrad: Selected Literary Criticism and The Shadow-Line*, pp. 33—34.
③ Ibid. , p. 34.

事方法使过去事件在讲述过程中产生意义并作用于读者的性情。① 需要指出的是，康拉德所谓的"性情"不仅仅指读者的性情，而且也包括了作者或故事叙述者的禀赋。也就是说，康拉德提倡小说技巧是以强调人类共同的存在和意识为前提的，单纯追求技巧恰恰是他所反对的。这一点可以从他对詹姆斯的评论中看出：

> 技巧的完美，除非它能由内至外地放射出温暖人心的光芒，不然，这种完美必然是冰冷的。我认为亨利·詹姆斯的作品中就有这种光芒，而且还很亮，但是，对于我们中那些诚实的（或不诚实的）、对缺乏艺术的作品习以为常的人来说，亨利·詹姆斯的艺术的确显得没有人情味。②

康拉德此处所说的"由内至外地放射出温暖人心的光芒"，实际上是强调小说技巧必须着力于描写人物内心意识。与詹姆斯一样，康拉德认为，对外部现象世界进行的客观描述仅仅为展示人物意识提供了一个场景作用，而展现人物意识固有的微妙和不确定既是小说家的任务又是衡量小说艺术的尺度。③ 不过，与詹姆斯对人物"视点"的强调不同，康拉德更倾向于采用象征手法来体现人物意识的不确定。他认为，象征是艺术语言的特点也是艺术魅力的源头："所有伟大的文学作品都是象征的，正是因为有了象征，这些作品才显得复杂，有力度、深度和美。"④ 小说评论家布赖特·H. 克拉克（Clark）曾写信给康拉德，问他是否有什么美学原则，康拉德在回信中说："我希望表明一个最宽泛的准则：艺术作品大多不将自己限定在一种意义之内，也不是非得有一个确定而完整的结局。究其原因，主要是因为作品越接近艺术，它就越是具有象征特点。"⑤

康拉德提倡在小说叙事中运用象征手法，与他重视人物意识以及对意识世界的独特看法密切相关。象征意义的含混性和不确定性与康拉德对人物意识的不可知性和复杂性形成了某种对等关系。从这个角度看，康拉德对象征手法的探索也是他探究人物心灵的过程。可以这么说，康拉德从形式技巧入手，巧妙地将艺术形式与艺术家的职责以及小说内容进行了结

---

① Michael Levenson, *A Genealogy of Modernism*, Cambridge: Cambridge University Press, 1984, p. 2.

② Joseph Conrad, letter to Galsworthy, 11, Feb, 1899, In *Joseph Conrad: Selected Literary Criticism and The Shadow-Line*, p. 48.

③ Michael Levenson, *A Genealogy of Modernism*, pp. 2—4.

④⑤ Allan Ingram (ed.) *Joseph Conrad: Selected Literary Criticism and The Shadow-Line*, p. 89.

合。不过，值得指出的是，康拉德崇尚象征手法，并不意味着他反对传统现实主义作家一贯坚持的写实作风。实际上，康拉德认为作家必须以一种简洁的叙事方法生动地展现描写对象。因此，在他看来，"莫泊桑创作目的的单一性本身是艺术诚实的表现，是令人钦佩的"，他所用的视点"前后一致"，"从来不会为了个人的满足而受到阻隔"，"仿佛独立于展现而存在"。①

三、小说的道德功能

与康拉德的情况相比，威尔斯与詹姆斯的关系充满了戏剧性的变化与发展。威尔斯与詹姆斯相识于1898年。此年，詹姆斯55岁，威尔斯32岁；前者已是大名鼎鼎的小说家、理论家，而后者却还鲜为人知，正在为创作带有科幻色彩的传奇小说而苦苦奋斗。在此以后的相当一段时期内，两人在频繁的通信中就小说艺术展开了友好而热烈的讨论，直到1914年，由于威尔斯出版了以詹姆斯为讽刺对象的小说《布恩》，詹姆斯表示自己与威尔斯的关系到此为止，因为詹姆斯认为这本小说表明了友情的"桥梁发生了断裂，交流已不可能"②。这一事件虽然显得突然，但实际上，威尔斯与詹姆斯的关系在缔结友谊的过程中一直充满张力。前者努力为小说的写实模式辩护，而后者则一直致力于确立一种现代小说叙事模式；前者注重小说内容的社会价值，后者看重小说形式的艺术特质。对他们俩最终的分道扬镳，评论家米歇尔·斯万（Michael Swan）认为，威尔斯对詹姆斯的反叛代表了文艺领域的弑父情结③。不过，如果我们将这种断裂置于小说理论发展的历史语境中看，这种说法显然过于简单化。理论的发展与传统密切相关，但又必须与传统背离。威尔斯与詹姆斯之间的纷争，在很大程度上代表了传统与现代的互为融合与相互矛盾。L. 爱德尔（Leon Edel）在阐述这场争执时这样说道：詹姆斯是"现代小说伟大的建筑师和创造者之一，而威尔斯，则是科幻小说的创始人，也是组建世界的预言家"④。爱德尔的话很有意味。他将詹姆斯和威尔斯看成两种不同体裁小说的创始人，除了表明他对这两位大师级人物的尊重之外，是否同时隐含着他认为

---

① Joseph Conrad, "Preface to *The Nigger of the Nacissus*," in *Joseph Conrad: Selected Literary Criticism and The Shadow-Line*, p. 34.

② Leon Edel & Gordon N. Ray (eds.) *Henry James and H. G. Wells*. London: Rupert Hart-Davis, 1958. p. 262.

③ Ibid., p. 10.

④ Leon Edel, "Forword," in *Henry James and H. G. Wells*, p. 9.

詹姆斯与威尔斯之间的差异和争执是由小说的不同体裁决定的？非也。爱德尔在导论部分这样说："詹姆斯创造了小说的先锋形式，并为之竭力辩护；而威尔斯对小说的看法，与英国一直以来的传统观念并无二致——一种质朴流畅的叙事形式，不关心自身存在的理由。"① 爱德尔显然在强调詹姆斯与威尔斯之间的交锋完全出于现代和传统这两个不同的立场。那么，这两个立场是真的像爱德尔说的那样泾渭分明吗？为了对这个问题做出尽可能客观、公允的回答，我们将以詹姆斯的反应为参照，对威尔斯的主要观点加以阐述。

首先，让我们看一看那本使得一向以优雅和礼貌为处世风格的詹姆斯下定决心与威尔斯断交的小说《布恩》究竟写了什么。

小说宣称是已故小说家乔治·布恩（George Boon）完成的一些私人作品。布恩对文坛的总体形势表示极度的忧虑，他准备对一些文人圈内的朋友，如切斯特顿（Chesterton）、康拉德、萧伯纳（Shaw）、沃波尔（Walpole），以及亨利·詹姆斯进行一番批评，以吐心中块垒。布恩的写作方法很奇特，他将心中所思口授给巴斯韦克小姐，并由她整理成文。当《布恩》第一次于1914年3月完稿时，詹姆斯的形象在该小说里只是隐约现于其中。几乎同时，詹姆斯在《泰晤士报文学增刊》发表了综述性的评论文章《年轻的一代》②，对年轻一代的小说家作了综述，批评一些年轻作家只注重描写"肤浅的生活表象"的倾向③。詹姆斯毫不隐讳地将威尔斯与本内特（Arnold Bennett）归为一类，认为他俩的共同特征是"理想化地沉浸于自己所指的范围内，做细致的记录，对生活迹象和人的意识进行具体的描述"④。总之，他们沉湎于"社会和情感的天空"，而这种"情感习惯和传奇精神"完全沿袭了维多利亚风格⑤。此外，由于这些作家热衷于"展现素材而不是如何使用素材"⑥，他们只会"罗列一些无关宏旨的事实和方方面面"⑦，这样的写作风格势必导致"内容与方法相分离"⑧。詹姆斯的

---

① Leon Edel & Gordon N. Ray (eds.) *Henry James and H. G. Wells*, p. 22.
② Henry James, "The Younger Generation," in *The Times Literary Supplement*, 19 March and 2 April 1914, pp. 123—134 and 137—158.
③ Henry James, "The Younger Generation," in *Henry James and H. G. Wells*, pp. 178—215, p. 179. 以下关于此文的引语均出自该书。
④ Ibid., p. 180.
⑤ Ibid., pp. 181—182.
⑥ Ibid., p. 190.
⑦ Ibid., p. 187.
⑧ Ibid., p. 185.

这篇文章发表后不久，威尔斯即刻写了《艺术，文学和亨利·詹姆斯》一文，并将它作为一章，附加在小说《布恩》后面予以发表。文章一开始，威尔斯就借布恩之口对詹姆斯的权威地位进行了嘲讽：

"你瞧，"布恩说，"一谈到文学就必须谈到亨利·詹姆斯。詹姆斯是无法回避的。詹姆斯与文学的关系就如同康德与哲学——虽然我们不完全理解这种重要性，但却是无可避免的一个前言。如果你能理解詹姆斯说的，那么，你就能在批评领域拥有一席之地。你就来到了批评领域的中心地带。你就能为自己树立一定的重要性。否则……"①

接着，威尔斯继续借布恩之口表达了他对文学的看法："詹姆斯从来都没有领悟到这样一个道理：小说不是图画……生活不是艺术创作室"；"他希望小说是纯粹的、完全的艺术。他要求小说具有一种完整的统一，要有同一性"②。很显然，威尔斯既不赞成小说必须具有图画一样的结构，也不认为小说的目的在于创造图画般的审美效果。因此，在他看来，詹姆斯的小说"像一个灯火通明的教堂，但里面没有礼拜集会，教堂里的每一束光线都聚焦于圣坛上。而庄严肃穆地摆在圣坛上的是一只死猫崽，一个鸡蛋壳，一节绳索……"③

小说《布恩》当然意味着威尔斯在小说观念上与詹姆斯的彻底决裂。但是，这种分裂实际上早就存在。1911年，威尔斯发表了《小说范围》一文④，强调小说的政治批判功能。他明确指出，小说之所以重要，就是因为"小说具有不可弃绝的道德效果。它留下印象，但不仅仅是我们所看到的事物，而且是经过判断的行为，让我们觉得这些行为令人欣赏或使人厌恶"⑤。不过，威尔斯同时指出，小说的道德功能并不意味着小说家应该将小说当作道德行为的传声筒，把小说家当作行为规范的制定者："我的意思并不是说小说家应该将自己看作说教者，或是用笔墨进行布道的牧师，小说家的任务不是训导人们做这做那。小说家不是新时代的传道士……小说家将是最有影响力的艺术家，因为他的任务是将行为呈现于人们的眼

---

① Henry James, "The Younger Generation," in *Henry James and H. G. Wells*, p. 242.
② Ibid., p. 242.
③ H. G. Wells, "Of Art, Of Literature, Of Henry James", in *Henry James and H. G. Wells*, p. 248. 以下关于此文的引语均出自该书，用括号中的页码表明。
④ *An English Looks at the World*, London, 1914, pp. 148—169. 威尔斯后来将它改名为《当代小说》出版。
⑤ Ibid., p. 143.

前，对美的行为进行推崇，讨论，分析并加以光大。小说家的任务不是说教，而是揭示，请求，呈现。"① 也正是在此基础上，威尔斯坚信小说具有增强人与人之间互相同情和理解的作用，它能通过同情促进"人类团结"②。与戏剧和传记相比，威尔斯认为，小说是一种更为自由奔放的"社会中介，理解的途径，自我审查的方式，道德和行为交换的展示，风俗的工厂，对法律、机构和社会教义和思想的批评"③。

不过，威尔斯同样重视小说技巧。在他看来，在小说诸多要素中，人物是最重要的。"在文字艺术中，小说在人物塑造方面具有明显的价值"，然而，"自狄更斯时代以来，理论家们开始将人物置于故事之下"④。他明确指出，小说固然必须讲故事，但是，故事必须是真实的，因为"小说家的任务在于将真实的人和事物呈现给读者，这些人和事物应该像人们在公共马车上亲眼所见的那样"⑤。很明显，威尔斯对人物的重视源于他对传统模仿理论笃信无疑。然而，从本质上看，他的写实主张应该归根于他对小说道德功能的强调。他反复论述这样一个观念，"小说，与戏剧一样，是一种强有力的道德载体"，"小说不仅仅是行为的虚构记录，同时还是对行为进行的研究和评判"⑥。也正是居于这种认识，威尔斯才重视小说技巧。他说："即使小说家努力或者装作站在公平的立场上，他依然无法避免使他塑造的人物成为榜样；他也无法避免，正如人们所说的，向读者灌输思想。他的技巧越是高超，他在这方面的处理越令人信服，他暗示的力量也就越生动。"⑦

至于小说理论，威尔斯反对任何一种叙事框架。他认为，"虽然那些学究们竭力要为小说规范出某种形式，但我们最好将小说从那些条条框框的限定中解脱出来"，因为任何一种艺术（包括批评）必须远离"武断和非理性的批评"⑧。这种论点既代表了威尔斯本人对小说理论的看法，同时也暗示了他对詹姆斯、卢伯克的批评。威尔斯指出，为小说理论进行的努力"创造了某种实际上靠不住的技巧感，这种感觉在很多时候只不过是方法上的苦心经营"，如此下去，"小说就会被规范成十四行诗那样的形

---

① *An English Looks at the World*, London, 1914, pp. 153—154.
② Ibid., p. 152.
③ Ibid., p. 154.
④ Ibid., pp. 136—137.
⑤⑦⑧ Ibid., p. 143.
⑥ Ibid., p. 144.

式"①。不仅如此,威尔斯还认为作家不应该拘泥于詹姆斯提倡的那种"单一、集中的印象","只要作家感觉到心旷神怡,作品中几乎没有什么不与主题相关"②。这里,我们可以看出威尔斯与詹姆斯另一个明显的差异:詹姆斯提倡小说家在写作之前必须有意识地对小说的方方面面进行建构,而威尔斯则认为写作过程中的自由意志更为重要。这种差异也解释了他们对待传统第一人称叙述的不同态度。我们知道,詹姆斯不止一次地批评第一人称叙述对小说结构完整性的破坏作用,而威尔斯觉得,虽然第一人称叙述意味着"可怕的冒险",但是,这种方法能够"带来某种深度,某种主观的现实……在某些情况下,一部小说的所有艺术以及所有令人愉快的东西可能存在于作家个人对作品的干预"③。

---

① *An English Looks at the World*, London, 1914, p. 135.
② Ibid. , p. 140.
③ Ibid. , p. 141.

第七章 福斯特论小说美学

在上文中，我们着重探讨了詹姆斯提倡的小说戏剧化观点以及由卢伯克阐释的戏剧化叙述模式。我们已经了解，他们认为小说视点在小说整体结构中具有举足轻重的作用。然而，这一观点受到了小说家兼批评家E. M. 福斯特的质疑。他明确表示："小说技巧中最复杂的问题不在于建立一套程式，而是小说家的某种力量，某种使读者感动的力量，并让读者接受小说家在小说中所说的一切——卢伯克先生对这种力量也表示承认，但他觉得这是个边缘问题，而不是中心。而我则要把它放在中心。"① 不仅如此，他还建议提倡一种"非科学、模糊"的批评方法，"只有这样才能使作家和读者拥有最大的自由，以不同的方法，多角度地对小说进行分析"②。究其原因，福斯特认为小说批评不应该局限于一些"构思精巧的程式"，"规则和系统也许适合于其他艺术形式"，但不适合于小说批评③。

把小说理论的中心问题从小说内部结构移到与读者审美的关系中考虑，这一论点出现在福斯特的理论名篇《小说面面观》开卷处，它表明了福斯特与詹姆斯、卢伯克之间的区别。与后者提倡的内部结构分析相比，福斯特的观点具有明显的开放性。他提倡从形式技巧与读者阐释的关系入手探索小说美学，这也是福斯特对现代小说理论的一大贡献。他宣称，"关于小说任何一个方面的定义都必须根据它们对读者产生的特定影响为依据"④，因为，作为人类艺术创造活动，小说技巧本身不是小说的目的，

---

① E. M. Forster, *Aspects of the Novel*, p. 54.
② Ibid., p. 16.
③ Ibid., p. 15.
④ Ibid., pp. 74—75.

它的最终目的在于触动"人的心灵"①。那么，如何才能打动读者的"心灵"呢？是采用传统惯用的那种由作家站出来面向读者阐述的方法？还是让作家隐退到故事背后，像卢伯克表述的那样，让故事"自己叙述"？福斯特采取了一种多元态度。他认为，小说结构主要有七个面构成，它们是：故事、人物、情节、幻想、预言、图式和节奏；"小说的每一个面都向读者发出一种不同的召唤"②，"故事作用于我们的好奇心，情节呼唤着我们的智商，至于图式，它的目的在于打动我们的审美情趣，使我们将小说视为一个整体"。③ 至于小说人物，它们必须与小说的其他方面，例如情节、道德思想、小说氛围等等密切相连④。关于图式与节奏，福斯特说，这两者"主要都来自情节，但是，人物以及其他同时在场的成分也对其起到相关作用"⑤，因为"图式"是"小说的审美部分"，而审美必然与"节奏"相关⑥。总之，这些各不相同然而互为关联的结构成分互相作用，同时又共同作用于读者，使读者产生审美感受。这些论述表明，福斯特既强调小说内部结构的有机统一，同时主张将具有整体美感的形式技巧与读者审美反应紧密结合。这种内外结合的批评方法弥补了詹姆斯、卢伯克理论对小说内部成分的过分强调。从这个角度看，福斯特所谓的批评的"模糊性"和"非科学性"，并非表示他反对理论的系统性，而是希望将以人物、情节为主的小说传统和20世纪初对于视点、语言形式的重视进行融合。如果说，詹姆斯、卢伯克的理论侧重于建构小说的形式层面，那么，福斯特则希望通过再次强调小说的内容（人物、情节）将小说与现实生活的关系还原到亚里士多德意义上的模仿与被模仿关系。

第一节　故事与情节

在所有构成小说基本结构的成分中，福斯特认为"故事"是最重要的。《小说面面观》第二章，以"小说的基本面是故事"这句话开始，又以重复这句话而结束，反复强调小说必须"讲故事"。这是因为"故事"是小说的"主心骨"，"是所有小说不可缺少的最高因素"。那么，什么是

---

① E. M. Forster, *Aspects of the Novel*, p. 15.
② Ibid., p. 87.
③ Ibid., p. 103.
④ Ibid., p. 45.
⑤ Ibid., p. 102.
⑥ Ibid., p. 104.

"故事"? 福斯特说，所谓"故事"，就是作者"按时间先后顺序对事件做出的安排"①。这一定义实际上包含了这样两层意思："故事"既指在虚构世界中"实际"发生的事，同时也指作者对这些事件在时间轴上的安排。福斯特区分了"故事"与"情节"："情节也是指对事件进行的叙述，但是它侧重于因果关系。如，'国王死了，接着王后也死了'是故事；而'国王死了，王后因为悲伤而死'则是情节。虽然情节中也有时间顺序，但因果关系显得更为突出。"② 对此，国内外研究者有过大量的批评。申丹的下列评述可谓一针见血："在我们看来，'国王死了，不久王后也因悲伤而死'同样是故事，而且是更为典型的故事，因为传统上的故事事件一般都是由因果关系联结的。像福斯特这样依据因果关系把故事与情节对立起来极易导致混乱。"③

的确，福斯特将因果关系作为区分"故事"与"情节"的依据造成了概念的混乱，容易导致传统小说中具有因果关系的所述事件是"情节"而不是"故事"的荒谬结论。不过，具有悖论意义的是，福斯特的谬误向我们显现了"故事"与"情节"这两个概念的相关性。一方面，他强调"故事"指根据时间先后对事件的安排，另一方面，他又承认"情节"也是对事件的叙述。可以看出，福斯特在"因果关系"上表现出认识的单一。他似乎认为，在小说这个自足有机体中，事件与事件之间的因果关系只表现为各种显而易见的必然性。其实，"国王死了，王后因为悲伤而死"，这个所谓的"情节"包含了根据时间先后发生的序列以及叙述者对这个序列的阐释（原因）。也就是说，叙述者在对"故事"时间进行安排的同时对其中的因果关系给予了明确无误的解释，并且要求读者完全接受这一解释。从这个角度看，福斯特虽然重视读者反应，但他预设的读者似乎是完全被动的接受者。或者说，福斯特设定的这种"情节"符合19世纪的全知叙述模式：小说中一切事出有因，作者必须事无巨细地把一切交代清楚。正因为如此，他将小说家称作"情节"制造者。他说："情节制造者期待着我们记住，而我们则期待着情节制造者把一切都交代清楚。情节中的每一个行动，每一句话都应该是重要的。"④ 不难看出，小说作者不仅是情节制造者，同时还必须是故事的叙述者和阐述人。可以推论，被詹

---

① E. M. Forster, *Aspects of the Novel*, p. 18.
② Ibid., p. 60.
③ 申丹《叙述学与小说文体学研究》，第48页。
④ Forster, *Aspects of the Novel*, p. 61.

姆斯、卢伯克认为破坏小说真实性的那种全知叙述人在福斯特看来完全是必需的。

那么，福斯特是否拒绝承认小说情节中必然存在某些神秘因子呢？答案是否定的。他认为情节"可以也应该具有神秘因子"，不过，"必须以不引起误解为前提"，只有这样，"小说才具有形式美"①。如果作者把故事序列进行了拆解，也应该把原因阐述明白。仍以"国王故事"为例，福斯特认为，良好的情节应该是："王后死了，后来人们发现，她是由于悲伤而死"②。总而言之，小说叙述者必须把原因交代清楚，不然，就容易引歧义，就会破坏小说的形式美。在这里，我们看到，福斯特提出的"故事"与"情节"成了两个互相抵消的概念，以至于两个概念的所指出现了严重的含混和重叠。例如，在论及小说与戏剧的区分时，福斯特说："人类所有的幸福和痛苦并不都是通过行动得以呈现，除了情节，还需通过语言进行表达。"③ 在这一论述中，福斯特显然又把情节等同于人物行为，而这一观点又与他对"情节"的界定相悖。

需要指出的是，事件＋因果关系＝情节，这一模式并不是福斯特首创。福斯特虽然声称自己站在亚里士多德的对立面谈论情节，但他在挑战传统的过程中实际上表现为相当程度的继承。亚里士多德认为，"悲剧的目的不在于模仿人的品质，而在于模仿某个行动；……悲剧艺术的目的在于组织情节（亦即布局）"④。福斯特则提出："人类所有幸福和痛苦并不都是通过行动得以呈现，除了情节，还有语言。"与亚里士多德相比，福斯特的列项里增加了人物语言。我们不妨作这样的描述：福斯特所谓的情节，应该是人物行动 ＋ 人物语言。如果我们将人物言语视为行动的一部分，那么，我们有理由相信，福斯特的情节几乎完全等同于亚里士多德意义上的情节。

除了出于对悲剧情感作用的考虑之外，亚里士多德提出的情节概念，其中一个重要因素在于它对悲剧审美起到的促进作用。但是，福斯特认为，情节主要作用于小说自身的审美结构，"使小说在总体上显现出富有智慧与逻辑"，因此，"情节虽然需要神秘因素，但各种神秘因素必须最终

---

① Forster, *Aspects of the Novel*, p. 61.
② Ibid., p. 64.
③ Ibid., p. 66.
④ 亚里士多德《诗学》，第21页。

得到解决"①。另一方面，虽然福斯特声称自己将读者视为理论的出发点，但是，他对读者能动作用的忽视使他的审美理论与现代意义上的读者反应论出现了天壤之别。后者提倡读者在阅读过程中积极发挥的主观性，而福斯特的"读者"是作品的被动接受者。

第二节 小说人物

由于福斯特将"故事"视为小说的主干成分，福斯特对"事件"施动者——人物给予了充分关注。《小说面面观》，加上前言和结束语一共也只有9章，但关于"人物"的讨论就占去了两章。在涉及小说人物的这两章中，福斯特集中探讨了三个问题：第一，什么是小说人物？第二，人物与小说其他方面的关系；第三，小说人物的两种形态划分。

针对第一个问题，福斯特在第三章一开始就做了回答：

> 我们已经讨论了什么是故事——构成小说的简单而根本的要素——我们现在来看看另外一个更为有趣的话题：**行动者**（actor）。我们不再询问接下来发生的事，而是问**什么人发生什么事**；小说家将诉诸我们的智力和想象力，而不只是诉诸我们的好奇心了。一个新的强音进入了小说家的声音：对于价值的重视。②（黑体为笔者所加）

"什么人发生什么事"这一说法实际上包含了小说人物与亚里士多德所谓的行动。福斯特在讨论中把人物与行动相提并论，这让我们联想到詹姆斯对人物与行动这两者之关系的辩证认识：人物与行动相互关联。然而，当涉及小说人物与现实人物之间的关系时，福斯特出现了相当程度的含混性。

> 如果一部小说中的一个人物，确确实实像维多利亚女王——不仅是相当像，而是确确实实像——那么，它实际上就是维多利亚女王，而这部小说，或者说书中涉及这个人物的一切，便变成了一部回忆录。回忆录是历史，那是以证据为基础的。一部小说却是以'证据+/-x'为基础，这个未知数便是小说家个人的气质，这个未知数也常常会修改证据所形成的印象，有时会把它彻底改造。③

---

① E. M. Forster, *Aspects of the Novel*, p. 67.
② Ibid., p. 30.
③ Ibid., p. 31.

小说家根据"证据+/-x"塑造小说人物，这一认识表明了福斯特对小说与现实关系的认识。一方面，他一再强调小说中的维多利亚女王必须"像"现实中的维多利亚女王，"实际上就是"。另一方面，他又强调小说家个人气质在人物塑造方面所起的作用，这两种立场互为矛盾。福斯特认为小说人物从本质上属于"用若干语言文字塑造出来的一群人"[1]，而这种用文字塑造出来的东西又是小说家"对自己进行的粗略描写"[2]，在他看来，小说人物是（或者看上去是）现实生活中的人；"既然小说家也是人，那么，他与小说人物之间必定存在着密切的关系"[3]。在这里，福斯特转换了一个逻辑关系，他从探讨小说人物的似真性开始，突然转到了小说人物与作家本人之间的关系问题。这又推翻了他一开始建立的一个重要命题：小说人物在本质上属于语言建构物。

　　我们知道，关注叙事作品结构关系的经典叙事学仅仅关心人物在情节中的功能，将人物视为推动情节发展的"行动素"，而女性主义叙事学以及其他后经典叙事学派则又倾向于将人物视为真人的代表，关注人物体现的社会、权力、身份等意识形态关系。以这些倾向作为参照，福斯特对小说人物的阐述具有强调似真性的传统和后经典认识。福斯特认为，小说家应该十分了解人物"隐秘的内心生活"[4]；"我们对小说人物的了解总是大于对现实生活中周围人们的了解，这是因为小说家就是故事的叙述者"[5]；"当小说家对小说里的事表现为无所不知时，小说中的一切就是真实的"[6]。需要注意的是，福斯特在这里提到的真实并不是指现实生活的真实，而是指艺术世界的真实。这与詹姆斯提倡的"现实的氛围"具有内在的一致。所不同的是，詹姆斯提倡作家以不介入作品的叙述方式来实现艺术的似真效果，而福斯特则把作家当作无所不知的上帝来展示现实生活中人们无法看到的人物内心世界。而这一点也正可以解释为什么詹姆斯极力将戏剧因素带入小说艺术，而福斯特则认为小说在展现"真实性"方面具有戏剧无法比拟的力量。在他看来，小说与其他艺术形式的不同在于小说家不仅可以对人物进行品头论足，观察他们的内心活动，甚至还可以安排读者倾听他们的自言自语，或者走入人物的潜意识，使人物自己都意识不到的心理

---

[1] E. M. Forster, *Aspects of the Novel*, p. 31.
[2][3] Ibid. , p. 30.
[4] Ibid. , p. 33.
[5] Ibid. , p. 39.
[6] Ibid. , p. 44.

活动在读者面前昭然若揭①。在这一点上，戏剧根本无法与小说相比。福斯特认为，亚里士多德将人物的行动，即事件的安排（情节）放在悲剧各主要成分之首，主要原因在于在戏剧舞台上，人物的喜怒哀乐只能通过人物行动得以展现。小说则不同。福斯特认为，"幸福或者不幸在于内心感受，它虽然深藏在我们的内心，但小说家（通过人物）对此却十分了解。我们将这种内心感受称作秘密生活，因为它没有外在证据②。福斯特认为小说家应该将描写的重点放在人物的内心世界，这种描写使小说具有更高的似真性。为了强调这一点，福斯特干脆将小说人物称作人（people）："既然出现在故事中的行动者通常是人，因此，为了方便起见，我们将这些行动者称作人（people）。"③ 福斯特提出的人物观正好反映了 19 世纪传统小说家对待小说人物的基本看法。比如，特罗洛普就认为，"小说应该是一幅普通生活的画卷，它因为幽默而生机勃勃，因为怜悯而富于人情。为了使这幅图画值得玩味，必须具有相当数量的人物，而且，人物必须是真实的，仅仅带有某些我们熟知的特点是不够的。依照我的看法，情节仅仅是为了实现这一目的的手段"④。特罗洛普这番话表明，情节虽然是必需的，但是，由于人物代表了作者希望传递的某种价值，因此，情节仅仅是表现价值的载体。相对于 18 世纪那种将故事情节视为小说决定因素的看法，对人物内心世界的注重代表了观念的更新，并由此对小说技巧提出了新的要求。小说批评家莱文指出，这种从强调情节到重视人物的转变意味着小说家们开始"将眼光投向了一个新的世界，这个世界变幻无常，如果恪守通常对事物的命名方式，这个世界就无法企及"⑤。在一定程度上，莱文的这番话道出了福斯特看待小说人物的一个要点，即对人物心理的高度重视。

从小说实践的角度看，福斯特对人物内心世界的强调与 20 世纪初开始出现的"小说向内转"现象不谋而合。我们知道，从 20 世纪上半叶起，以法国的普鲁斯特、爱尔兰的乔伊斯、英国的吴尔夫、美国的福克纳为代表，意识流小说逐渐成为一个颇具影响的流派。在福斯特的《小说面面观》发表之前，作为一种创作方法，意识流小说虽然还没有形成大的气候，但是，詹姆斯、康拉德、福特等人的心理实验小说以其独特的心理描

---

①② E. M. Forster, *Aspects of the Novel*, p. 58.
③ Ibid., p. 30.
④ Anthony Trollope, *An Autobiography*, New York, 1923, p. 109.
⑤ George Levine, *The Realistic Imagination*, Chicago: The University of Chicago, 1981, p. 148.

述已经成为一种与传统的维多利亚小说相对立的叙事风格。对于这一现象，吴尔夫有过十分恰当的论述。她把威尔斯、本内特和高尔斯华绥称为爱德华时代的作家，把乔伊斯、劳伦斯、福斯特和乔治·艾略特称为乔治时代的作家。在吴尔夫看来，爱德华时代的作家只关心外部世界各种琐碎细节的真实，而不注意人物复杂的内心世界，这种观念以及描述方法早已过时了①。与詹姆斯一样，福斯特十分注重人物心理刻画对增强人物似真性的作用。所不同的是，福斯特认为，小说家必须对人物做出明晰的交代和分析。

关于人物与小说其他成分之间的关系，福斯特认为，人物必须与情节、道德思想、人物关系、小说氛围等等密切相连；最主要的是，人物"必须符合其创造者的其他一些需要"，② 人物应该与情节相辅相成，因为大多数小说的人物无法独立于情节之外，而且，人物之间也必须形成不同程度的互相依赖关系。以简·奥斯丁的《爱玛》和笛福的《摩尔·弗兰德斯》为例，福斯特认为，奥斯丁小说中的人物由于彼此之间的互相依存关系，情节本身虽然并不复杂，但是，人物关系织成了一张网，使得情节与人物融为一体；相对而言，《摩尔·弗兰德斯》中的主人公摩尔就显得游离于情节之外，其结果必然使得小说情节显得孤立。

关于小说人物的定义，福斯特认为，小说人物可以大致分为"扁形"和"圆形"两种。所谓"扁形人物"，就是"按照一个简单的意念或者特性而被创造出来的"，"可以用一个句子表达"的"类型人物或漫画人物"，包括《堂吉诃德》中被夸张了某些特点的"17世纪性格人物"，也包括威尔斯政治小说中的概念人物，以及狄更斯笔下那些"既不枯燥乏味，又显现人性的深度"的人物。与"扁形人物"形态相对应的是"圆形人物"，即，"不能用一句话加以概括的"，"像真人一样复杂多面的人物"。福斯特列举的"圆形人物"有《名利场》中的蓓基·夏普，《包法利夫人》中的包法利夫人，《战争与和平》中的所有主要人物，以及陀思妥耶夫斯基笔下的主要人物。无论从理论上分析还是从实践中检验，福斯特提出的这两种人物划分都有失偏颇。关于这方面的批评，国内外学者都有过丰厚的论述，这里不再赘述。需要强调指出的是，第一，福斯特之所以根据人物性格提出这两种划分，主要是为了突出人物在小说总体结构中的

---

① 瞿世镜《论小说与小说家》，上海译文出版社1986年版，第245—246页。
② E. M. Forster, *Aspects of the Novel*, p. 45.

重要性;第二,虽然福斯特对人物类型做出了两种划分,但他并不忽视人物类型的多样性,相反,他认为小说家必须善于塑造多种不同人物类型,必须注意将各种人物进行适当配合,这比詹姆斯提倡的视点更加重要。在他看来,视点仅仅是与人物塑造相关的一个手段①。

第三节 图式与节奏

图式与节奏是福斯特小说理论中的一个重要内容,它直接涉及小说形式与读者审美这两者之间的关系。而这一关系本身又是福斯特小说理论的一个重要出发点。就小说创作的角度而言,图式与节奏"主要来自情节,但人物以及其他成分对此也有贡献"②;"图式诉诸读者的审美感,它使读者感到小说的整体美"③,节奏则"使小说内部紧密结合"④;就读者阅读过程而言,图式与节奏"使我们只觉得愉悦,但说不清楚为什么"⑤。

那么,何谓"图式"?福斯特作如下定义:"图式属于小说审美领域,虽然它与小说其他方面相关,比如人物、场景、话语,但它主要来自情节……建立在完好的**结构**之上,那些具有审美眼光的读者从中可以发现缪斯的影子。"⑥(黑体为笔者所标)值得注意的是,福斯特在此使用"结构"一词指涉小说的情节结构。为了说明图式与情节之间的关系,福斯特列举了三位作家的三部作品,它们分别是法朗士的《泰依丝》、詹姆斯的《专使》、卢伯克的《罗马景观》。按照福斯特的观点,前面两部小说在形态上都属于"沙漏"形,后者则呈现为四方舞中的"环状"结构。所谓"沙漏"形,即:涉及主要人物的故事情节在中途发生了戏剧性的变化,使得原本处于对立面的人物发生碰撞,然后互相换位,最后各自回到不同的对立面。以《泰依丝》为例。小说开始时,雅典名妓泰依丝与苦行者帕夫努斯各处一端,过着截然相反的生活。后来,帕夫努斯将泰依丝救出了罪恶,泰依丝进了修道院并得到了神的宽恕,然而,帕夫努斯却因此失去了往日宁静祥和的生活。在经历了这一过程以后,两个人物正好互换了角色位置。福斯特认为,使读者感到愉悦的部分原因正是来自这两位人物

---

① E. M. Forster, *Aspects of the Novel*, p. 55.
② Ibid. , p. 102.
③⑤ Ibid. , p. 103.
④ Ibid. , p. 113.
⑥ Ibid. , p. 104.

"相遇、冲突直至以精确的数学方式互相换位"的情节特点；人物随着故事的发生→发展→结局这一进程与情节形成了一种对称的完整，犹如沙漏①。有意思的是，福斯特提出的这种沙漏形状十分类似于结构主义叙事学家托多罗夫阐述的情节类型。我们知道，托多罗夫根据《十日谈》各个故事情节的分化，将情节理解为"从一种平衡状态演变为另一种平衡状态的最小单位"，其中涉及的最基本成分是行动、人物、发现②。与《泰依丝》情节形态不同，卢伯克的《罗马景观》以一位旅游者作为叙述者，讲述他在罗马各地遇见的一连串人物以及人文景观。在故事接近尾声时，读者被告知，叙述者遇见的最后一位"导游"竟然是一开始接待他的那位朋友的侄子。在此之前，故事的情节线完全依赖于主人公的游历。在福斯特看来，这样的情节如同一根首尾相连的链条。

需要指出的是，福斯特在阐述这两部小说的形态时，实际上根据人物和行动这两个基本因素进行。无论是"沙漏形"的《泰依丝》还是"环状"的《罗马景观》，人物和行动均被视为故事的最主要成分。它们之间的区别仅仅在于叙述的侧重点，或者说，由于侧重点不同、叙述方法不同而形成了不同的几何图形。从这个意义上说，福斯特提出的图式理论实际上代表了他对叙事结构的根本看法。他已经认识到，对情节做出不同安排对小说图式（结构）有着举足轻重的影响力。我们知道，詹姆斯曾经辩证地提出，"难道人物不是为了限定事件而存在？而事件不是为了揭示人物而存在？"詹姆斯强调的是人物与事件之间的辩证关系，但是，福斯特要做的是将这种辩证关系提升到一个审美高度，说明在这种辩证互动关系中表现的侧重点对叙事结构的影响。

1928年，即福斯特发表《小说面面观》的第二年，小说批评家埃德温·缪尔发表了《小说结构》一书③。虽然他对福斯特在"圆形人物"和"扁形人物"两种人物形态上表现出贬低"扁形人物"的做法颇有异议，但是，他对小说结构的看法几乎与福斯特完全相同。首先，他对那种根据"事件"和"人物"的侧重点划分出"事件小说"和"人物小说"的做法提出了批评。然后，他依照作者对事件和人物的不同侧重点区分了"人物小说""戏剧化小说"以及"历史小说"。虽然他对福斯特提出的"图式"

---

① E. M. Forster, *Aspects of the Novel*, pp. 102—103.
② Tzvetan Todorov, "Structural Analysis of Narrative," in *Contemporary Literary Criticism*, ed. by Robert Con Davis, Longman, 1986, pp. 326, 328.
③ Edwin Muir, *The Structure of the Novel*.

概念表示了疑虑，认为概念和术语在具体阅读和批评中经常显得很不实用，但是，有趣的是，在推翻前人的概念的同时，他又不得不继续使用前人提出的概念①。缪尔指出，"叙事传统决定了'人物小说'的情节结构必然显得松散、随意"②，因为这些小说必须以人物为主线，展现社会景观，其最终目的在于"带领读者全方位地观察社会"，"通过描写一位主要人物经历的一系列场景，由此引出一系列其他人物，最终刻画出一幅社会图景"③。值得一提的是，缪尔以《汤姆·琼斯》为例，福斯特则以卢伯克的《罗马景观》为例，都点明了小说与社会内容的关系。可见，两者都意识到这种结构与小说主题之间存在的密切关系。所不同的是，福斯特强调指出，小说结构的图式在形态上虽然显得有形，但图形的最终成型与读者情绪和读者审美关系密切。卢伯克的《罗马景观》之所以能够成为一个"环状"，与小说作者赋予该小说的喜剧氛围密不可分④。福斯特的这一发现，使他关于结构的讨论不再局限于究竟是以人物为中心还是以事件为主干，而是迈向了关于小说从内容到形式的整体美的探索。为了说明这一点，福斯特用了较大的篇幅对詹姆斯的《专使》作了评述。他指出，该小说在取得精美的"沙漏"图式的同时在其他方面付出了沉重的代价。首先，该小说只有寥寥可数的几个人物；其次，人物性格单薄，"他们缺乏乐趣，没有激烈的情感，狭隘，毫无英雄气概"⑤。福斯特认为，形成这些缺憾的原因并不是作者本人的疏忽，相反，"詹姆斯十分清楚他要达到什么样的效果，但他一意孤行，并且发挥到了极致。图式本身是成功了……但是，这是怎样的代价啊！"而最大的代价就是使"许多读者对这样的小说失去兴趣"⑥。

对于福斯特提出的这些观点，我们不妨从两个方面进行分析。首先，福斯特强调图式（结构）必须与小说内容（情节、人物）达成平衡；其次，从批评传统上看，福斯特在探讨时，反复强调图式来自情节并且与其他成分密切相关，这与詹姆斯倡导的有机整体论形成呼应。但是，与詹姆斯相比，福斯特更加强调形式技巧与读者审美的关系，这使它的理论在一定程度上突破了福楼拜、詹姆斯将小说视为封闭自足体的观念。从这个意

---

① Edwin Muir, *The Structure of the Novel*, pp. 14—15.
② Ibid. , p. 27.
③ Ibid. , pp. 31—32.
④ Forster, *Aspects of the Novel*, p. 103.
⑤ Ibid. , p. 110.
⑥ Ibid. , p. 109.

义上讲，福斯特的声音在形式主义理论内部成为一种变调，丰富了形式主义理论本身的内容。

明确了福斯特提出的"图式"理论以后，我们再来看看与"图式"密切相关的"节奏"。从字面意思看，"图式"与"节奏"分别是属于两个领域的两个概念。但是，正如福斯特从一开始就强调的那样，仅仅凭借文字艺术本身的术语似乎无法阐释小说艺术的原理。因此，我们必须借助几何图形和音乐感觉对文字以外的东西做出描述。福斯特认为，这种东西就是小说作为一个形式与内容合二为一的整体在读者阅读过程中产生的美感。因此，"图式"与"节奏"在本质上是彼此关联的。关于这一点，我们可以从福斯特对小说"节奏"的定义中看出："美，有时候来自小说形态，来自整体的美，形式的完整统一，如果小说之美总是以这种方式呈现，那么，我们对小说的分析就会容易得多。但是，实际上不一定总是这样。当美不是以上述方式出现时，我称它为节奏。"① 在这段话中，福斯特在说明什么是"图式"的同时也点明了什么是"节奏"。更为重要的是，他强调了两者对小说整体美所起的作用。我们已经知道，福斯特在讨论图式的时候虽然认为结构完美的图式对小说整体美至关重要，但他同时强调如果纯粹追求某种图式反而会破坏形式与内容的统一。在他看来，小说如同音乐一样，具有自身的"节奏"。那么，究竟什么是小说的节奏？它与图式之间的关系究竟如何？为了具体说明，福斯特对自己在阅读小说《追忆逝水年华》时候感受到的节奏作了描述。

与大部分的批评家不同，福斯特认为该小说"杂乱，结构糟糕，缺乏外在图式；但是，因为它富有节奏，所以在内部形成了紧密的联系"②。值得注意的是，福斯特此处用了"外在"和"内部"两种说法分别指涉"图式"和"节奏"。在前面的讨论中，我们已经明确，福斯特反复强调图式主要来自情节，但当他对具体作品加以分析时，图式实际上指人物与事件构成的叙事之线形成的结构图。也就是说，人物与事件，这两个在故事世界中占据主要位置的因素与节奏无甚关联。福斯特认为，图式"自始至终是看得见的"，节奏则不然。③他显然认为，"图式"属于有形的外在内容，而节奏则指故事中的"故事"，通常由人物内心意识活动决定，它具有内在的逻辑结构。为了说明这种相对意义上的内外之别，福斯特以贝多

---

① ③ Forster, *Aspects of the Novel*, p. 104.
② Ibid. , p. 113.

芬的《第五交响乐》为例，说明聆听者耳熟能详的那个贯穿整个乐章的主部旋律与乐章与乐章之间的副部旋律在结构上的不同。福斯特认为，虽然小说与音乐无法比拟，但是，音乐具有的这两种节奏在小说中同样存在。就小说《追忆逝水年华》而言，故事描述了主人公对往事的追忆，但这个看似杂乱无章的追忆过程由重复出现在作品中的一个音乐片断（范德义尔的奏鸣曲片断）串联起来。这个小小的旋律重复出现在主人公"我"的回忆以及斯万的生活中，它串联起人物的所有回忆，使回忆本身成为一个完整的故事内容。因此，福斯特觉得该小说有一种"向前推进"的感觉[1]。只要稍加思索，我们就会发现，福斯特在这里谈论的实际上是意识流小说在结构上呈现的特点。与传统小说不同，这类小说在结构上基本打破根据事件发生的先后次序形成的故事时间框架，取而代之的是人物意识流动的"心理时间"。福斯特似乎已经意识到了这种不同，在他看来，普鲁斯特的小说《追忆逝水年华》"是从内部将小说各部分进行连接，其最终目的在于营造一种美，使读者陶醉在回忆中"[2]。缪尔将这样的小说称为戏剧化小说。在他看来，"戏剧化小说中的时间是内部的；……变化、命运、人物，统统都凝聚成一个行动；当这一切得到解决的时候，小说出现了停顿，使人觉得时间仿佛出现了停滞"[3]。值得我们注意的是，福斯特把重复出现在普鲁斯特小说中的奏鸣曲片断视为串联小说各部分的连接点，这表明他已经意识到叙述频率在形式上对小说整体结构的重要作用[4]。

作为对小说整体结构进行构建的手段之一，福斯特认为节奏与图式一样重要。当小说在外部缺乏完美的图式时，节奏则在"内部"对小说结构进行调节，使小说"向前进"。从这个意义上看，我们不妨将福斯特提出的节奏视为对图式的补充。也正因为如此，曾经被詹姆斯指责为缺乏形式的《战争与和平》，在福斯特看来并不缺乏形式。与缪尔一样，福斯特认为该小说虽然在外部显得"不整齐"，但是，小说依然能够在读者心目中产生巨大的共鸣。

福斯特在对待小说结构上表现的开放态度与他对小说技巧的总体看法完全一致。与詹姆斯、卢伯克不同，福斯特并不要求技巧的完美："要让小说呈展开状态。小说家必须牢记这一点。不要要求小说完美。不是圆满

---

[1] Forster, *Aspects of the Novel*, p. 113.
[2] Ibid., p. 115.
[3] Edwin Muir, *The Structure of the Novel*, pp. 103—104.
[4] Gerard Genette, *Narrative Discourse*, pp. 113—160.

结束，而是让它张开。"① 可以这样认为，如果说詹姆斯希望通过对形式技巧进行精雕细刻使作品成为一个无可挑剔的艺术品，那么，福斯特提出的图式与节奏理论则希望从形式技巧和读者审美角度进行一定程度的整合，使小说结构走出传统以事件或者人物为核心的封闭结构。

---

① Forster, *Aspects of the Novel*, p. 116.

第八章 其他现代小说家论叙事模式

20世纪初，小说形式结构成了小说理论界的一个主要关注点。继卢伯克的《小说艺术》、福斯特的《小说面面观》之后，英国诗人兼小说家埃德温·缪尔发表了一部完整的理论著作《小说结构》（1938）。作者在开篇处宣称："此书的目的在于探讨小说结构。"① 不过，与前人不同，缪尔认为，小说在情节结构、人物塑造等方面的不同决定了小说在总体结构上的不同，因此，关于小说结构的讨论应该立足于小说在人物、情节、故事时间方面的不同侧重点。在以下的第一节中，我们将对这一论点进行分析，并揭示缪尔与其他文人学者在认识上的相同和差异。在第二节中，我们将关注这样一个事实：虽然形式主义小说理论从总体上讲力求建立一种普遍适用的分析模式，但这一总的态势并不意味着形式审美的纯粹性。美国小说家弗兰克·诺里斯提出的"美国小说"以及设想一种适用于美国小说批评的理论就是这一时期一个不容忽视的理论声音。此外，我们应该看到：形式主义小说理论也不是为形式而形式。吴尔夫提倡的"心理现实主义"在内容上继承了传统作家对人的深刻关注，同时，对如何客观地展示人的内心世界的矛盾性、丰富性给予大胆的试验和思考，这是第三节讨论的内容。

第一节 缪尔论小说结构

在前面的讨论中，我们已经看到，英美现代小说理论经过了由詹姆

---

① Edwin Muir, *The Structure of the Novel*, p. 7.

斯、卢伯克、福斯特等文人学者的努力已具雏形。随着卢伯克的《小说艺术》、福斯特的《小说面面观》在小说批评界的广泛传播，福斯特曾经担心的现象——批评术语的匮乏、缺损——也有了极大的改进，"图式""节奏""视点""情节""故事""结构"等术语为小说批评和理论建设打下了良好的基础。然而，也正是这个时候，埃德温·缪尔指出，"目前存在的大部分理论术语都是有争议的，或者说容易引发争议的"①，依照卢伯克、福斯特提出的各种规定性标准，我们可能在詹姆斯的《专使》中发现"图式"，可能在普鲁斯特的《追忆逝水年华》中找到"节奏"，但这些术语未必适用于对其他小说做出评判；"情节"这一概念看似具有广谱性，然而，具体到某一部小说时，情节通常显现为不同的线型特征，如果我们一味根据这些"令人头痛的"且"十分模糊、甚至混乱"的术语来判断小说艺术，那么，我们所能掌握的最多只不过是关于"小说应该如何"的一些成规，而这一点无法帮助我们了解"小说是什么"②。缪尔在他的理论著作《小说结构》中的这一番批评实际上也点明了他在该书中保持一致的态度：对个别小说拥有的某些特质进行的具体判断不足以描述小说艺术的普遍性。在他看来，卢伯克的《小说艺术》虽然阐述了"不少真知灼见，但他并没有说明什么是小说形式"，因为很多时候，他把小说视点等同于小说形式；而且，卢伯克把詹姆斯小说视为一种普遍性并把它当作唯一的形式典范③，而在缪尔看来，詹姆斯的小说在小说传统中仅仅是一个"次要的分支"，而不是普遍意义上的形式结构④。因此，缪尔开宗明义地指出："此书的目的在于研究小说结构。"⑤

一、"行动小说""人物小说"与"戏剧小说"

为了使得这样一个宏大的理论计划有一个明确的落脚点，缪尔将小说结构的讨论放入自18世纪以来的叙事传统中展开。如果从最简单的结构层面看，缪尔认为，故事，即"连续的事件"，是小说的一个基本特征；从本质上诉诸人们无穷好奇心的"故事"，引发人们追问"接下来发生了什么"。以《浮士德》为例，读者的兴趣并不在于浮士德这个人物，而是关

---

① Edwin Muir, *The Structure of the Novel*, p. 14.
② Ibid., p. 17.
③ Ibid., p. 8.
④ Ibid., p. 12.
⑤ Ibid., p. 1.

注发生在这一人物身上的一系列事件,因此,与福斯特一样,缪尔认为,"事件",或称"行动",是小说结构要素中的基本因素。然而,若要使这一源于传奇的结构成分成为小说艺术不可或缺的要素,小说家必须对意在满足读者好奇心的各种"事件"加以控制,使它们成为一条线,构建成福斯特所说的"情节"。缪尔指出,就小说发展的过程看,18世纪小说家对"事件"的重视构成了该时期小说结构的主要特征,因此,不妨把这一类小说称作"行动小说"(novel of action)。与19世纪逐渐过渡到重视人物的小说相比,这类小说包含的"事件"具有内外双重功能。对故事内容而言,一个"行动"引发另一个行动,或是节外生枝的一次冒险行为,也可以是某种使主人公化险为夷的神谴之举,总之,"行动"成为填满"故事"的内容,起伏跌宕的"行动"满足了读者渴望了解"接下来发生什么"的愿望。缪尔认为,如果对这些"行动"的结构规律作进一步分析,可以看到以传奇为模式发展起来的18世纪小说通常的结构走向是打破常规生活,经历险境,然后安全返家。从心理角度看,这样一种模式与人类共通的"愿望满足"相关,但与人的认知能力无关①。换言之,这种叙事结构反映了小说艺术的想象本质,同时也揭示了18世纪小说与传奇模式之间的渊源关系。或者说,这种叙事模式并不是为了展示现实生活,而是为了逃避。所以,缪尔认为,以"事件"为主要关注对象的"行动小说"必须与"人物小说"(novel of character)结合才具有真正反映现实的文学价值。这是缪尔对小说结构的一个基本认识。

  不过,缪尔指出,"人物小说也许是小说艺术的一个最重要发展"②。"人物小说",顾名思义,当然是以人物为主要描写对象的小说。以萨克雷的《名利场》为例,"小说中所有人物都不是为情节设计;相反,它们独立地存在,行动从属于人物。相对于行动小说中特定事件必然引发特定后果的特点而言,人物小说中的情境在于揭示人物,或引出其他更多人物,具有典型或者普遍意义。……行动并不源于人物内心发展或心理变化。……人物具备的各种特点在故事开始时就已经设定,作者所做的仅仅是将它们展示给读者;通常,这些特点都是不变的,它们就像是我们熟悉的风景,当我们从某个新的角度观察它们,或者当光与影投射到它们身上时,我们才感到有些吃惊。"③ 缪尔认为,斯摩莱特(Tobias George Smol-

---

①② Edwin Muir, *The Structure of the Novel*, p. 23.
③ Ibid. , pp. 23—24.

lett)、菲尔丁、斯特恩、司各特、狄更斯的小说都可以算作"人物小说"。不过，他同时指出，"人物小说"的这种"不变性"（unchangeability）经常被理论家们视为一种"缺点"。福斯特把这些人物称作"扁形人物"就是一个例子。缪尔提出，由于"人物小说"不同于注重事件的传奇，它偏重于塑造某些情境中的人物，或者展示人物关系，"扁形人物"具有的相对不变性有利于揭示人物行为的典型特征。与詹姆斯不同，缪尔认为，"人物小说"在情节结构方面显得有些"松散"，但这实际上是这一叙事传统的一个常规特征；相对而言，在"行动小说"中，人物通常为情节而设计，而在"人物小说"中，情节设计主要为了展示人物。

关于人物与事件的辩证关系，詹姆斯在《小说艺术》一文中有过精辟的概括："难道人物不是为了限定事件而存在？而事件不是为了揭示人物而存在？"正如我们在讨论詹姆斯小说观时已经看到的，詹姆斯此言的目的在于强调小说艺术的有机体。缪尔再次提出区分"人物小说"和"行动小说"，并不是为了与詹姆斯的有机体理论唱对台戏，而是为了揭示情节结构在不同小说类型中的不同表现形式。用他的话来说，在"行动小说"中，情节必须得到有序的安排、发展，而在"人物小说"中，情节可以呈现为松散、蔓延状态①。缪尔这一立场与他对卢伯克的批评是一致的。在他看来，如果依照卢伯克提出的小说形式判断标准，那么，"某些小说的形式是好的，而某些则是差的，唯一最好的就是詹姆斯的小说实践"。② 不言而喻，缪尔反对任何一种对小说实践立规定矩的理论。不过，缪尔本人对这一问题的认识也有矛盾之处。在理论上，他把人物是否"独立地存在，行动从属于人物"作为一个重要标准；但在评价小说《名利场》时，他一方面认为该小说属于"人物小说"，另一方面又说："小说采用这样的人物，其主要目的并不是为了揭示这些人物的性格特征，而是为了展示社会图景。"③ 似乎为了解释这一说法的矛盾性，缪尔承认，尽管我们可以从理论上区分这两类小说，但是在实践中并不好操作，因为某些时候，两种类型会出现在同一部小说中。《名利场》就是这样一个例子。与流浪汉小说中的旅行者相呼应，渴望成功、盼望爬上上层社会的攀登者同样很好地充当了展示社会生活的结构功能。菲尔丁的《汤姆·琼斯》具有同样的特征。《汤姆·琼斯》采用一个主要人物，以该人物的游历为情节线索，引导

---

① Edwin Muir, *The Structure of the Novel*, p. 27.
② Ibid., p. 14.
③ Ibid., pp. 28—29.

出其他人物以及数不胜数的各个事件，展示社会风貌，并使人物与事件成为互相关照的结构要素。从这一立场看，无论是菲尔丁的汤姆·琼斯，还是萨克雷的贝基·夏普，这些所谓"人物小说"中的人物都是作者用来引导其他人物出场、展现广阔社会的工具，而不是缪尔所说的人物"独立地存在，行动从属于人物"。缪尔在看待人物与行动两者关系上表现的矛盾性，主要源于他认识上的片面。缪尔提到的十八九世纪小说的例子，除了斯特恩的《项狄传》，"行动"未必"从属于人物"；更重要的是，情节发展依然是作者关注的一个重点，而这也是造成人物在大多时候呈现为"扁平"趋势的一个重要原因。缪尔显然没有考虑当时正处于变化之中的英国小说。20 世纪初，吴尔夫和乔伊斯（James Joyce）等就开始了以人物心理意识为叙事主线的心理现实主义实践。早在缪尔发表《小说结构》一书之前，吴尔夫就已经出版了《黛洛维夫人》（1925）、《到灯塔去》（1927）；乔伊斯也出版了《青年艺术家的画像》（1914）、《尤利西斯》（1922）等。这些作品在很大程度上抛弃了传统的情节模式，旨在揭示人物意识（甚至无意识）活动，揭示人物个性，展示个体与社会之间的冲突。这些小说堪称真正的"人物小说"。因为在这些小说中，人物的观察、意识成为小说的主要描述对象，而外在事物（包括环境、场景等）仅仅起到引发意识活动或烘托氛围的作用。至于缪尔所说的"行动小说"在情节结构上表现的跌宕起伏特点，我们认为可以将之视为两类小说的区分标准。在缪尔列举的十八九世纪小说中，人物外在行为通常是情节结构的基本因素，人物行为伴随着事件的形成、发展、解决；而在以人物心理活动为主线的现代小说中，小说的意图并不在于追溯事件的来龙去脉，更不是为了解决矛盾冲突而建构情节，而是为了揭示人物意识和人物性格。因此，这类小说在情节结构上通常缺乏缪尔所说的变化。事实上，人物外在行为的不变，各种冲突的不可调和性，正是现代意义上的"人物小说"的一个重要特点。也正是从这一立场出发，当代叙事学家查特曼（Seymour Chatman）把情节分为"结局性的情节"（plot of resolution）和"揭示性的情节"（plot of revelation），前者涉及的是"行动小说"，指侧重于事件的形成、发展、解决的传统情节结构[1]，后者涉及的是侧重于人物内心活动、以揭示人物性格为目的的现代情节模式。

---

[1] Seymour Chatman, *Story and Discourse: Narrative Structure in Fiction and Film*, Ithaca and London: Cornell University Press, 1978, p. 48.

需要指出的是，缪尔对"行动小说"和"人物小说"的划分并没有妨碍他对这两个基本叙事因素之间互为关联的认识。他指出，虽然狄更斯、萨克雷创作的大部分小说打破了流浪汉小说惯用的单个人物模式，并且使人物与情节产生各有侧重然而又互为关联的有机结构，但是，缪尔认为，真正体现人物与情节紧密结构关系的是"戏剧小说"（dramatic novel）。在这种小说中，"人物具有的特性决定了他们的行动，而行动则改变着人物，这样，人物和行动都朝着某个结局发展"①。与"人物小说"相比，"戏剧小说"通常将故事的背景限定在一个较小的范围内，这种限定性必然使"行动"产生戏剧张力，而这也是"戏剧小说"的一个重要特征。此外，人物的功能不再是为了使小说产生令人捧腹的喜剧效果，而在于对故事"事件"产生影响，或者为情节发展制造障碍，或者峰回路转，一切困难迎刃而解。简·奥斯丁的《傲慢与偏见》就是这样一个例子。看似简单的小说情节由于其内在的因果关系——伊丽莎白的偏见与达西的傲慢——使人物关系与故事情节之间充满了戏剧化效果，人物所处的环境、场景决定了人物的变化，同时也决定了情节的发展。在这个意义上，缪尔认为，在"戏剧小说"中，人物即行动，行动即人物，二者融为一体。与戏剧艺术一样，这类小说同样包含着某种"戏剧冲突"。缪尔指出，如何使"戏剧冲突"得到合理解决在很大程度上决定了"戏剧小说"在结构上是否安排合理。针对福斯特认为哈代为了小说情节牺牲人物的观点②，缪尔指出，福斯特的批评夸大了哈代的不足，忽视了哈代在塑造人物方面的创造力。换言之，哈代固然经常将浓重的笔墨赋予人物的命运或者情节的巧合，但是，缪尔显然觉得这种想象力与小说试图体现的戏剧冲突并行不悖。或者说，缪尔力图表述这样一个观点：与"人物小说"不同，"戏剧小说"并不侧重于展示广阔的社会画面，而是展现人物与行动在特定的环境中显现的矛盾和冲撞。然而，他同时指出，想象力必须合理地运用于体现"戏剧小说"中的"戏剧冲突"，而不能滥用。一个反面的例子来自小说《简·爱》。在该小说中，形成戏剧张力的一个重要因素来自主人公简·爱面临的两难处境：由于阁楼里的那个疯女人——罗切斯特的妻子的存在，为了逃避爱情，简·爱不得不离开桑费尔德庄园。缪尔认为，作者应该围绕着这个矛盾展开情节，塑造人物，然而，令人遗憾的是，作者让罗切斯特太太

---

① Seymour Chatman, *Story and Discourse: Narrative Structure in Fiction and Film*, Ithaca and London: Cornell University Press, 1978, p. 41.

② E. M. Forster, *Aspects of the Novel*, pp. 55—56.

在大火中身亡，简的困境得到了解决，但作者苦心经营为简设定的那些美好品质也成了与主题不相干的内容。这个例子不仅说明了"戏剧小说"人物与情节的密切相关性，同时也揭示了小说家在构建情节、塑造人物过程中必须在由结构发出的"必要性"和作者想象里允许的"自由度"之间保持某种平衡。不过，正如缪尔意识到的，与"人物小说"不同，"戏剧小说"在很多时候类似于戏剧艺术中的悲剧，而在小说发展过程中出现的较早的"人物小说"则通常以大团圆的喜剧结束①。小说《简·爱》在情节安排上的不妥实际上正好表明了19世纪小说与18世纪传奇小说在结构上的相似之处：主人公历经磨难，最终达成完满结局。与此相反，哈代小说中惯用的悲剧模式则侧重于展示人物在强大而神秘的自然力量之下对自己命运的无可奈何。

二、情节结构中的时间与空间特征

正如我们在前面的讨论中已提到的，缪尔认为，福斯特提出的"图式"和"节奏"仅仅是一种比喻，无法清楚地勾勒小说结构的基本轮廓及其变异。而他本人提出的"行动小说""人物小说"和"戏剧小说"仅仅是从表象上描述了小说情节结构中人物与动作的侧重点或相互关系。为了从整体上把握小说情节结构，缪尔提出了情节中的时间与空间概念。在他看来，"戏剧小说的想象世界赖以生存的是时间，而人物小说则依赖于空间……在戏剧小说中，……空间在不同程度上可算作已知的事实，在时间中构建人物行动；在人物小说中，对时间做出假定，人物行为呈现为某种静止状态，在空间中不断被重新分配、重新建构。……这两种类型的小说既不是对立的，也不是严格意义上的互补；它们代表了两种看待生活的不同模式：前者在时间中进行，侧重于个人；后者在空间中进行，侧重于社会。"② 需要说明的是，缪尔这里谈论的时间和空间既非牛顿的绝对时间和空间，也不是爱因斯坦取消时间、空间分割后的时空概念。正如缪尔本人所说，"当我们说某一部小说的情节建构在空间里的时候，并不是说它与时间无关，……同样，当我们说某个情节属于时间，也不是说故事背景不是建构在空间中。……说到底还是看空间与时间何者占据主要地位。某些情节倾向于通过扩展故事范围得到发展，这种方式意味着空间成为该情节

---

① Edwin Muir, *The Structure of the Novel*, p. 41.
② Ibid., p. 63.

的一个发展纬度。另外一些情节注重事件的进一步发展,而发展则同样意味着时间的延伸。两种情节模式最终都取决于它们的目的。注重空间发展的情节在结构上显得松散,注重时间的情节则呈现出因果逻辑①。在讨论福斯特的小说理论时,我们注意到福斯特为了严格区分"故事"和"情节",将因果关系和时间关系分别对待。相比之下,缪尔将时间与因果均包括在对情节的探讨中,这无疑是理论上的一个进步。当然,缪尔突出因果关系和时间进程对于戏剧小说的重要性,这并不意味着人物小说中不存在因果关系,而是为了强调戏剧小说中情节的线性特征。由此推断,我们也可以认为,缪尔将空间作为人物小说在结构上的一个重要特征,也是为了强调这类小说在情节结构上的全景模式。从这个角度看,虽然缪尔不认同福斯特提出的"图式"和"节奏"概念,但是,我们依然可以认为,小说情节在空间和时间两个纬度上的不同侧重实际上分别对应于"面"和"线"两种不同的图式,或称情节结构模式。

从表面上看,缪尔提出情节结构具有的空间和时间特征主要为了阐述不同的情节结构对小说整体效果的影响,从侧面批评了卢伯克提倡人物视角、反对传统全景叙述模式的观点。不过,除此以外,另有一个原因同样重要。在前面的论述中,我们已经提到缪尔并不认同福斯特对所谓"扁形人物"的贬抑态度。这一点在他关于情节的时间和空间特征的论述中得到了进一步强调。他说,"在戏剧小说中,时间流动着,通往一个终点,达致完满。在人物小说中,我们感到时间是无穷的。作家创造的一些伟大人物,如托比叔叔、亚当斯牧师、利斯马哈戈、柯林斯先生、卡迪·黑德里格、米考柏先生等都属于亘古不变的人物"。② 与福斯特在《小说面面观》中的态度不同,缪尔指出,我们不应该指望这些人物像"圆形人物"那样发生改变,"如果他们具有改变的特性,那只会限定他们的意义,而不是发挥他们的作用;他们一旦发生改变,就不再具有普遍意义"③。很显然,缪尔认为,人物小说中的人物具有的这种"强烈的空间现实"使得被福斯特称为"扁形人物"的类型人物具有了普遍性,这不仅使人物具有了"当代性"④,同时也使小说艺术具有了共时性。

从审美哲学意义上看,缪尔对小说普遍性的认识很容易使我们联想到

---

① Edwin Muir, *The Structure of the Novel*, p. 64.
② Ibid., pp. 80—81.
③ Ibid., p. 83.
④ Ibid., p. 86.

康德关于美的普遍性和特殊性的论述。我们知道,康德反对休谟把美的标准看作纯主观的、个人的。在他有序的审美哲学体系中,一个重要的努力在于从量的方面说明审美判断既是个人的、主观的,同时又是普遍的、共同的。这种认识同样体现在缪尔关于小说艺术的论述中。他把小说情节分为"人物小说"和"戏剧小说",并将前者的主要的特征描述为"空间性",后者为"时间性",但是,这并不妨碍他从整体的、普遍的意义上论述小说结构的表征。他指出,"人物小说"的空间性和"戏剧小说"的时间性实际上代表了"两种再现方法"(methods of representation),分别对应于艺术的两个基本成分:普遍性和特殊性;某些艺术通过一种否定之否定逻辑,即,完全集中于某一项来消解这种对立,例如,乐章的发展使我们完全忘记空间的存在,雕塑、绘画通过凝固空间消解时间的存在;无论是音乐,雕塑,还是绘画都必须通过某个特定的对象代表某种永恒和普遍意义。使画家的作品具有特殊意义的是特定的空间世界,但是,使他对空间的观察具有绝对意义的是他专注于作品的那一刻;那一刻,时间不仅被消解,而且成为永恒。至于小说,缪尔认为,它是一种混合的艺术类别,因此,时间性和空间性同时存在于显现为任何一种结构的小说中。不过,就特殊性而言,缪尔认为,可以把"人物小说"比作绘画,把"戏剧小说"比作音乐,在这种分类下彰显的"缺陷"实际上属于小说艺术本身的特质,代表着某种普遍性。因此,"人物小说"中时间的无关紧要既不是一种缺陷,也不是某种随心所欲所致的特点;同样,"戏剧小说"中空间场景的背景化并不是一种偶然的错误,而是使小说向前发展直至时间之无限的一个因素。用缪尔的话来描述,"使这两种小说互为区别的差异实际上正是它们展现普遍性的条件"①。

众所周知,关于时间和空间的讨论一直是哲学、科学、艺术领域内的重大争议之一。缪尔在篇幅不大的《小说结构》里不惜笔墨阐述时间和空间这两个概念与艺术审美的普遍性和特殊性,显然不是要将问题引向严格意义上的艺术哲学层面,而是为了强化他在本书开卷处宣称的一个基本目的:"我将讨论的不仅仅是小说的一种结构,而是几种结构,找出每一种结构的规律,并对这些规律进行审美解释。我将阐述这样一个道理:这些规律源于一种共同的必然性,而这种必然性又决定了一种普遍规律性。"②

---

① Edwin Muir, *The Structure of the Novel*, p. 92.
② Ibid., p. 7.

缪尔这里论述的"普遍规律性"实际上是他的一个理论框架。在他看来，任何一种单一的小说理论都不足以说明小说艺术的复杂性。这一点尤其体现在他对《战争与和平》的评价上。缪尔注意到，卢伯克、福斯特对该小说的结构方法都采取了几乎同等程度的否定态度。然而，他说，"任何一种对《战争与和平》采取排斥态度的小说理论都是靠不住的"①。他提出，依照卢伯克的理论，该小说最大的问题在于作者生硬地将两个，甚至好几个故事糅在了一起②。缪尔认为，卢伯克这么说，固然有他的理由，但是，如果从时间与空间结构看，《战争与和平》构成了另一类具有普遍意义的小说——"编年史小说"。

三、编年史小说

确切地讲，缪尔对他称之为"编年史小说"的论述是通过以《战争与和平》为例子、与"人物小说"和"戏剧小说"相比较完成的。首先，"编年史小说"在时间处理上表现为一种特殊性。正如卢伯克注意到的，托尔斯泰的目的在于"展示生命降生、成长、死亡、降生的循环往复规律"③。在缪尔看来，小说中一切事件都围绕着时间轴展开，甚至小说中的空间物体都成为表述时间的各种载体。人物活动的场所，房子、马车、田野起初仅仅是故事的背景，然而，随着世事变迁，一切都显得恍若隔世；在时间中经历的各种变化成为故事的主题。在"戏剧小说"中，代表某种特殊意义的特殊事件总是以某种亘古不变的自然场景作为背景得以显现，然而，在编年史小说中，不存在任何可以参照的不变物体，关于人类生活的描写完全在变化中进行，变化成为小说的主题，普遍意义与特殊意义几乎融为一体。也正是从这个角度，缪尔提出，遭到詹姆斯、卢伯克批评的《战争与和平》固然在结构上呈现为松散，所有的行为似乎都带有相当的偶然性，但是，这种松散特性实际上镶嵌在一个严格的时间框架内，即"循环往复的生命节奏：出生、成长、衰败"④。缪尔这番话意在说明编年史小说在内在结构上的一个逻辑悖论：一切都是变化的、偶然的，然而，无常的一切又必须限制在一个不变的主题中。从这个意义上看，缪尔所说的"时间"结构实际上应该包括两个层面：第一是故事内人物对创造一切

---

① Edwin Muir, *The Structure of the Novel*, p. 94.
② Ibid., Percy Lubbock, *The Craft of Fiction*, pp. 32—33.
③ Percy Lubbock, *The Craft of Fiction*, pp. 29—30.
④ Edwin Muir, *The Structure of the Novel*, p. 103.

变化的时间的感觉，或认知；第二是与人物心理无关的物理意义上的时间。但是，缪尔显然只注意到第一种"时间"。他说："在戏剧小说中，时间通过人物得以显现并传达；因此，速度是心理意义上的，取决于人物行动的快慢节奏。然而，在《战争与和平》中，关于时间的表述是笼统的、平均的。表述的速度取决于人物行动的强烈程度；时间具有某种冷漠的、绝对的规律性，它存在于人物之外，不受人物影响。"① 很显然，缪尔这里谈论的时间实际上是故事人物对于故事时间的心理感觉。因此，在他看来，人物对时间的不同感觉造成了"戏剧小说"与"编年史小说"在小说整体结构上的差异。"戏剧小说中的时间是内在的；时间的变化就是人物的发展；变化、命运、人物都浓缩为一个行动；随着矛盾的解决，时间出现一个停顿，时间似乎静止了；曲终人散，舞台空空如也。在编年史小说中，时间是外在的；它无法被人们主观地接受，只能从牛顿的绝对意义上看待它；……不存在对时间进行限定的一个点，不像在戏剧小说中那样通常被限定在一个固定的点上，如，激情，或者恐惧，或者命运。"② 总之，以编年史为模式的小说虽然类似于戏剧小说，但是，由于作者将叙述重点放在历史变迁上，必然在人物与各种偶然事件之间采取某种疏离、漠然的态度；或者说，变化是绝对的、偶然的，静止仅仅是相对的、必然的。缪尔认为，戏剧小说与编年史小说在情节结构上有着明显的差异：前者的情节具有比较严格的逻辑发展规则，在结构上体现为以相对狭小的空间为基础建立起来的前后逻辑发展关系；后者则以绝对的时间为逻辑框架，描述较大空间里一系列偶然事件。从这个意义上看，缪尔认为，《战争与和平》松散的结构虽然不符合卢伯克强调的以人物"视点"为核心的严密结构规则，但作者的意图以及该小说具有的"历史"感不可能也不应该遵循戏剧小说的时空结构。借用尼采的话，缪尔指出，戏剧小说中的人物通常"在该死的时候死了"，而编年史小说中，人物的死亡，或者说一切事情的发生经常是偶然的，难以预料的。③ 需要指出的是，缪尔这里强调的"偶然"并不完全指通常所说的命运，也不意味着否认编年史小说情节的因果关系，相反，这种"偶然"恰恰是编年史小说中的因果链。缪尔认为，编年史小说与神学叙事有着密切关系。古以色列国国王大卫的故事，以及《奥德赛》是迄今最古老的编年史故事。不同于戏剧小说，编年史小说的松散

---

① Edwin Muir, *The Structure of the Novel*, p. 98.
② Ibid., pp. 103—104.
③ Ibid., p. 109.

结构蕴涵着人类行为的偶然性与超验的神力之间的因果关系。因此，缪尔认为，如果说空间、时间关系决定了人物小说、戏剧小说的各种条件及其结构规律，那么，小说家站在宗教、神化叙事的角度对因果关系的认识则决定了编年史小说的基本结构。①

第二节 诺里斯的"美国小说"

弗兰克·诺里斯（1870—1902）是美国19世纪末20世纪初的重要小说家。他的"小麦三部曲"小说计划，虽然只完成了两部，但其中之一的《章鱼》以其宏大的现实主义题材以及写实与象征相结合的叙事风格成为20世纪美国文学的经典之一。不仅如此，诺里斯还撰写了相当数量的文学评论。从1896到1897年，诺里斯在旧金山《海浪》周刊上发表了22篇文学评论。此后，从1901到1902年，他作为自由撰稿人在大量的报纸和杂志上发表文学思想言论。这些内容繁杂的论文被整理成册，题名为《小说家的责任以及其他文学论文》② 于1903年正式出版。然而，在此以后的近60年中，弗兰克·诺里斯的名字几乎没有出现在论述美国小说批评的重要著作中。直至1964年，唐纳德·皮泽从论述美国自然主义文学的角度对诺里斯进行了审视，重点描述了诺里斯提倡的自然主义文学主张。不过，一个普遍的看法依然存在，即，诺里斯的评论多数属于印象主义式的点评。然而情况实际上并非完全如此。作为20世纪初的重要作家，诺里斯积极响应当时正在兴起的小说批评理论化、系统化主潮，另一方面他以强烈的民族文化意识要求建立一种能够代表美国文化身份的"伟大的美国小说"。如果从文化身份的角度看待这样一种呼声，我们不妨将它视为美国文化在经历了19世纪中叶以新英格兰地区为主的"美国文艺复兴"③ 之后的世纪末文化反思。事实上，19世纪的美国文艺复兴虽然已经使大洋彼岸的欧洲看到了一个在文化上"独立"的美国形象，然而，相对于"伟大的英国小说"而言，"伟大的美国小说"在形式和内容两方面都缺少理论的支撑。批评理论家伊格尔顿曾指出：作为维多利亚时期的一个文化术语，"英国文学"满足了这个国家在意识形态方面的一系列愿望；首先它是一个文化

---

① Edwin Muir, *The Structure of the Novel*, p. 113.
② Frank Norris, *The Responsibilities of the Novelist and Other Literary Essays*, New York: Doubleday, Page & Company, 1903.
③ F. O. Matthiessen, *American Renaissance*, Oxford: Oxford University Press, 1968, p. vii.

计划、安慰、联合了英国工人阶级,当社会缺乏安定时在各阶级之间建立起一种对民族文化遗产的共同尊敬,以实现巩固统治阶级的霸权地位①。20世纪初的美国充满了矛盾。南北战争以后,随着工业资本的形成发展,纽约、芝加哥等城市逐渐成为全国的经济中心;这些城市所代表的生活方式、社会矛盾,与代表新英格兰文化传统的波士顿形成了张力。就小说创作领域而言,生活在这些城市里的作家们热衷于表现社会矛盾的冲突,这与W. D. 豪威尔斯小说中展示的微笑的美国人形象形成了对峙。如何反映世纪初的美国,尤其是如何评价美国文化传统,使美国文化真正独立于欧陆传统成了当时亟待解决的一个文化问题。诺里斯就小说内容和表现形式发表的看法在一定程度上表现了这样一种世纪末的焦虑。

一、文学真实性

诺里斯自始至终坚持现实主义文学主张。在他眼里,文学虽然源于生活,但它属于想象,而生活现实毕竟不同于想象。早在1897年,诺里斯就指出:"相对于人们的想象,现实生活要复杂、强大得多,并且具有它自身的特点。"② 与传统的模仿理论一致,诺里斯将现实生活放在了第一位。在他看来,根本不存在什么纯粹的想象;所谓想象,必须以作家实地观察为基础,因为"对于没有亲眼所见的事物,我们根本无法想象"③;如果把那些脱离现实生活的文学称作纯文学,那么,"在现实生活面前这种东西只能让位"④,因为"生活高于'文学'"。⑤ 这番话实际上代表了诺里斯对小说艺术实质的基本看法,也表明了他与19世纪英国现实主义传统以及自然主义文学所强调的"真实性"的认同。从技巧层面看,传统现实主义和自然主义都注重对客观生活进行如实描述。不过,正如W. D. 豪威尔斯(Howells)指出的那样,英国传统中的那些伟大作家虽然对中产阶级生活进行了仔细入微的观察和描述,但是,自简·奥斯丁以后,无论是乔治·艾略特,还是安东尼·特罗洛普,他们的现实主义局限于内容上的写实,并

---

① Terry Eagleton, *Literary Theory: An Introduction*, Minneapolis: University of Minnesota Press, 1983, Chapter One.
② Donald Pizer (ed.), *The Literary Criticism of Frank Norris*, New York: Russell & Russell, 1976, p. 51.
③ Ibid., p. 52.
④ Ibid., p. 42.
⑤ Ibid., p. 43.

没有做到"对生活素材进行不折不扣的真实处理"①。从表面上看，与传统现实主义小说一样，自然主义小说家同样强调真实的重要性。不过，所不同的是，自然主义侧重生活现象背后的本质意义，强调科学意义上的真实。自然主义文学代言人左拉就认为，非生物和生物，生理现象和心理现象，都有其内在成因，"路上的石块和人的大脑都由相同的决定因素支配"，因此，左拉认为，小说家的任务除了反映现实，还应该像科学家那样"道明思想和感情"②。可以看出，自然主义提倡的真实，实际上是以本质论为原则的科学主义。在这种思想指导下，自然主义小说家提倡作家应该同时充当观察者和实验者的双重身份。"作为观察者，他根据自己的观察提供事实，提示写作的出发点，展示使得人物展开活动、现象得以发展的坚实场地。然后，作为实验者的小说家出现并开始试验，即，使人物在具体的情节中行动，接二连三的事件发展过程完全如研究对象的决定因素所要求的那样进行。"③ 对于这些观念，诺里斯十分认同。在他看来，自然主义揭示的"真实"远远大于传统现实主义小说的"写实"。为此，他专门撰写了论文《浪漫主义作家左拉》《呼吁浪漫主义小说》④，希望美国小说家能够从本质意义上描写美国现实生活，用"科学"方法剖析美国文化，而不局限于技巧意义上的写实。诺里斯认为，那些事无巨细，像摄像机一样对现实生活进行实录的描写虽然做到了"准确"，但这种手法"仅仅是屡见不鲜的小技巧，是不值一提的机械成果……因此，它不是我们希望的成就。只有真实才是至关重要的东西"⑤。

诺里斯反复强调的"真实性"实际上涉及了文学的本质问题。我们知道，传统模仿理论出于对文学作品和客观世界之关系的关注，一向注重作品的真实性（似真性）。然而，正如结构主义小说理论所指出的那样，似真性实际上是一个历史文化赋予的文化概念，或者说，评判一部作品是否"真实"的标准绝非作品内部固有，而是取决于小说文本与其他文本形成的互文关系⑥。说得更简单一些，取决于使得小说得以阐释的参照系。在

---

① W. D. Howells, "Criticism and Fiction," in *The Great Critics: An Anthology of Literary Criticism*, pp. 904—905.

② Emile Zola, "The Experimental Novel," *The Great Critics: An Anthology of Literary Criticism*, p. 911.

③ Ibid., p. 906.

④ "Zola as A Romantic Writer," *Wave*, XV, (June 27, 1896), 3. "A Plea for Romantic Fiction," *Boston Evening Transcript*, December 18, 1901, p. 14.

⑤ Donald Pizer, *The Literary Criticism of Frank Norris*, p. 58.

⑥ Seymour Chatman, *Story and Discourse*, pp. 48—51.

诺里斯之前，亨利·詹姆斯曾提出了一种截然不同的"真实"观。詹姆斯明确表示，小说比现实生活更"真实"。这样一种观点的提出源于独特的"现实"观。詹姆斯认为，小说家眼里的"现实"不是我们通常所见的客观世界，而是个人对生活的某种直接"印象"或直接经验。以此为出发点，詹姆斯提出，小说存在的唯一理由就是它"的确能够与生活展开竞争"①。针对詹姆斯的"真实"，诺里斯表示，"我们可以这样说，但是要把这种说法限定在一个保守的范围内。因为我们不能用生活的标准衡量小说，我们也不能用同一个标准衡量小说与生活。'比生活更真实'，这种提法不仅虚假，而且不足，因为生活不一定永远都是真实的"②。为了避免由于"现实"概念的模糊性给小说理论带来混乱，詹姆斯提出"现实很难用固定的标准衡量"；似乎出于同样考虑，诺里斯认为应该避免将小说的"真实"作为一个认识论问题作进一步讨论，因为，"真实"是一个智者见智，仁者见仁的问题，就小说创作而言，关键是在理论出发点与创作目的之间找到某种结构上的统一和谐。诺里斯认为，小说家犹如画家，为了展现真正的"真实"，"为了符合自己希望达到的目的，有时候不妨把一匹马儿画成青豆色……重要的是真理，青豆色是否表现马儿皮肤的质感……"③。以左拉和詹姆斯为例。为了寻找合适的创作方法来揭示生物层面的人的心理、情感，左拉提倡科学实验论；同样道理，为了表述"比生活更真实"的意义，詹姆斯完全有理由从人物的心理经验出发，强调小说视点对于小说真实性的重要作用。在诺里斯看来，两位小说家根据自己对世界的不同看法在思想与小说实践两个方面形成了统一，而这种认识与实践的统一使他们的小说在总体结构方面呈现出完整性。

二、小说情节结构

诺里斯如此重视结构，源于这样一个认识：写小说不同于说故事，小说家的任务绝对不仅仅是讲故事，而是要对故事进行安排，建构"结构"④。为此，他认为，良好的小说在形式结构方面必须具备某种理论"体系"，因为任何一位小说家都不可能"完全凭着一股持续不断的灵感完成整部小说的创作过程"；因此，他觉得，"即便是一种有瑕疵的、不完整的

---

① Henry James, "The Art of Fiction," *The Great Critics: An Anthology of Literary Criticism*, p. 653.
②③ Donald Pizer, *The Literary Criticism of Frank Norris*, p. 74.
④ Ibid., p. 65.

理论体系也总比没有好"①。与詹姆斯一样,诺里斯主张小说家在创作之前必须对小说的总体结构有一个设计,"完全不考虑形式是不可能的"②。在创作之前,小说家必须建立一个总体设计,然后"一点一点地将那个粗糙的设计变得完整,使得每一个部分形成一个整体,一种和谐的结构",直到形式结构最后"变成一个完整的圆形体,一个明晰的、简洁的完整之物"③。总而言之,他认为"简洁"是任何艺术的最高成就,而要达成这样的成就必须"动用我们所有的智慧,全部的力量,所有的创造力和持久力"④。

既然小说家可以凭借各自不同的观念去观察、理解事物,观察生活,那么,我们不应该用同一标准评判小说艺术成就。这也是诺里斯对当时开始盛行的小说理论的一个重要认识。他认为,"不同小说具有不同标准。我们绝对不能用衡量托尔斯泰的标准来衡量雨果"⑤。在他看来,无论什么标准,关键是如何才能把一个故事讲得最好⑥。诺里斯认为,虽然各种小说故事类型不同,而且我们不能用统一标准对所有小说一概而论,但是,在他看来,有一点是共同的:所有的小说都必须具有一个"核心事件","它像一个木钉,将其他东西固定在上面,也像一个核心,使得那些飘浮的东西固定,并且突然间凝固;这样的中心事件还像刹车一样,忽然间放开时,小说的整个机制便开始运动,像一股流水奔流直下。在这之前,故事情节发展必须朝着这样一个目标前进;此后,故事就急剧下滑"⑦。不难看出,诺里斯这里所说的"核心事件"指在故事情节中有着举足轻重结构意义的关键事件;他认为"朝着核心事件发展的过程必须慢于核心事件以后的过程"⑧。值得注意的是,诺里斯不仅仅从小说整体结构考虑,他还从阅读角度提出了核心事件的审美效应:"因为读者对于故事的兴趣依赖于核心事件,核心事件一旦结束,读者的兴趣也随即急剧下降——因此,这里我们又回到了结构的有效性问题"⑨。可见,诺里斯之所以如此强调小说的核心事件,主要来自他对读者的考虑。他提出,通常而言,在小说前面三分之一的章节里,我们几乎看不到什么重大事件,读者也"感觉不到故事情节的发展",故事人物通常在平淡无奇的场景与场景的转换中出场;

---

① Donald Pizer, *The Literary Criticism of Frank Norris*, p. 61.
② Ibid., p. 58.
③ Ibid., p. 51.
④ Ibid., p. 62.
⑤ Ibid., p. 74.
⑥⑦⑧⑨ Ibid., p. 59.

而当故事"缓慢延续,当读者渐渐地熟悉了几位主要人物以后,也许就出现了第一阶段的发展。然后,故事开始向前发展"①:

> 第一章中出现的一个小插曲,及其相应的一些人物在此时来到前景,并突然与情节主线发生碰撞……接着,来自第二章的一个小插曲也出现了……它们一起朝着共同的目的发展,与新发生的另一个插曲相撞;两者形成一种前所未有的对抗,从一个不同的方向对情节主线产生影响,不过这时候情节(动作 action)的速度变得越来越快,这种纠合而成的力量不断加强,几乎到了无以复加的一个点上,最终,从小说第一章第一段就开始准备的一个"母题"突然出现,随着如爆破一般的力度,那种聚集而成的问题终于得到了解决,小说的高潮、核心事件显现在字里行间,令人瞠目结舌……这就成就了一部优秀的小说。②

这种被诺里斯称为"预备效应"的叙述方法,目的在于强调小说情节在总体安排上必须有一个铺陈发展的过程。显而易见,他是从"故事"层面叙述小说应该具备的良好结构。在构成"故事"层的两个要素——人物与情节中,诺里斯将情节放在了首要位置。不过,不同于传统小说通常采用的全知叙述方法,诺里斯认为情节固然重要,但是作者应该最大限度地从故事中抽离出来。在写于1901年7月13日的一则杂记中,诺里斯提出了这样一个问题:"小说家在多大程度上可以允许自己介入作品世界?什么样的作品才算好作品?除了故事和人物以外,是否应该将作家限定在背景地位,还是像萨克雷那样,允许自己占据舞台中央,并且以自己的声音说话,解释,以及评论?"③ 他的回答很明确:"小说家越是将自己从故事中抽离出来,他与故事之间的距离越遥远,他创造的事物、人物就显得越真实,宛如拥有了自己的生命。"④与詹姆斯一样,诺里斯认为萨克雷那种全知全能的叙述方式是对故事真实性的一种破坏和"干预"。为了说明其中的道理,诺里斯用了一个类比,"假如一位画家拿着一根指示棒站在自己的作品旁边'解释',或者像剧作家那样在演出过程中作评论,那是令人生厌的";总而言之,"如果故事不是自我显现(self-explanatory),那就是一个蹩脚的故事"。很显然,与福楼拜、詹姆斯一样,诺里斯提倡作家应该尽可能少地

---

① Donald Pizer, *The Literary Criticism of Frank Norris*, p. 59.
② Ibid., p. 60.
③④ Ibid., p. 55.

站出来说话，使故事自我呈现。诺里斯虽然没有沿袭福楼拜提倡的"非个人化"，也没有重复詹姆斯、卢伯克的"戏剧化"，但从观点来看，在这一点上，他与两位大师所强调的并无二致："总而言之，小说家本人的思想、个性如果不是以一种间接的方式出现在小说里，那么，小说家最好就放弃小说创作。"①

三、"美国小说"

辩证地看，诺里斯对于小说理论重要性的认可，以及在叙述方法上对詹姆斯的赞同，有助于推动20世纪美国小说批评的理论化和系统化。从小说艺术的理论层面看，诺里斯发表的这些言论与20世纪初期在欧陆（以英法俄为主）开始形成的形式主义理论十分吻合。不过，值得注意的是，诺里斯的理论思考不仅希望小说评论能够成为独立的艺术，而且希望美国的小说批评能够指导美国小说家创作出能够代表美国文化的一个航标。在一篇题为《有美国小说吗？否！》的短文中，诺里斯毫不留情地指出："到目前为止，美国还没有一个具有明显特色的小说流派。而这一点，无论从思想还是从实践的角度看，都是一种反常的现象。"② 在诺里斯看来，美国现代文明，除了文学艺术领域，除了小说，无论是政治，商业，外交，造船，战争，还是牙医，乃至赛马，都是世界一流。而这样一个国家在文学领域至今依然没有一部真正的美国小说，这实在是国家和民族的不幸。回顾美国文学史，诺里斯觉得，洛厄尔、朗费罗、福尔默斯和惠蒂尔这些作家虽然在一定程度上代表了美国的浪漫主义文学，但事实上，他们仅仅是"新英格兰文学"的代表，而不是美国文学的代言人，因为"新英格兰"在文化传统上并不等于美国。以此为据，诺里斯对19世纪的美国小说家进行了一番清点。在他看来，霍桑虽然鼎鼎大名，但"缺乏美国特色"，或者说，"没有明显的、无可争辩的、独特的美国主义（Americanism），因为小说《红字》并没有植根于美国文化土壤，而是英国在北美的一个殖民地"③。至于库柏，虽然他的小说在内容上具有美国地方特色，但是，他创作的小说人物，其言谈举止也总是使人想起拜伦、司各特笔下的一些人物；至于爱伦·坡，他虽然"具有卓越的文学造诣，但他在小说艺术方面

---

① Donald Pizer, *The Literary Criticism of Frank Norris*, p. 55.
② *Boston Evening Transcript*, January 22, 1902, p. 17. *The Literary Criticism of Frank Norris*, (ed.) Donald Pizer, p. 108.
③ Donald Pizer, *The Literary Criticism of Frank Norris*, p. 109.

的成就却不怎么样";布雷特·哈特的成就也仅仅是"表面刻画";至于亨利·詹姆斯,"如果他一直生活在美国,他一定是我们最优秀的作家";马克·吐温虽然享誉美国,但是,他之所以赢得美国人的认可,主要因为他是一位幽默大师,而不是一位伟大的小说家。唯一得到诺里斯认可的小说家是豪威尔斯,不过,诺里斯认为,"一位作家无法形成一个流派",而且,"豪威尔斯没有一位传人"①。说到文学流派,诺里斯不无遗憾地说:"法国有浪漫主义、自然主义。俄国有现实主义,英国有心理主义。经过几个世纪的发展以后,法国文学和英国文学已经成为一个统一体;……而美国却没有这种欧洲意义上的联合。"② 诺里斯反复强调的同一性,用他自己的话来说,就是"能够将多种成分联合起来加以判断的同一标准"③。然而,在诺里斯看来,美国文学缺乏这样一种"同一性"。实际上,南北战争以后受到强烈现代商业气息感染的新一代作家和批评家,在创作理念和方法上与传统的新英格兰文学传统形成了对立。持保守立场的一派主张继承柏拉图、亚里士多德的经典传统。与此相反,激进派认为,传统的清教主义,已经成为表达物质与科学时代所特有的社会矛盾的束缚④。就本质意义而言,这种对立实际上反映了美国社会在社会转型期的文化矛盾。他们不仅渴望摆脱新英格兰传统,同时也渴望摆脱欧陆传统,希望在文学内容以及手法两方面体现美国独一无二的伟大⑤。

  需要指出,诺里斯并没有站在一个极端的立场上提倡在小说艺术领域划分疆界。在题为《"伟大美国小说"背后的民族精神》的文章里,诺里斯对"伟大的美国小说"这个命题进行了反思。在他看来,如果从人类宏观历史角度看,所有民族的文化,在其初始阶段具有相当程度的共性,只有当国家成立以后,地缘政治的划分才使得各个民族、国家在文化上产生差异。因此,在他看来,假如要在美国文学史中寻找史诗,那就必须追溯到英国文化的初始阶段。从这个意义上讲,《贝奥武甫》《玫瑰传奇》是英国史诗,同时也是美国史诗,但依照《美国独立宣言》,它们却是外国文

---

① Donald Pizer, *The Literary Criticism of Frank Norris*, p. 109.
② Ibid., p. 110.
③ Ibid., p. 111.
④ 盛宁《20世纪美国文论》,第25—40页。
⑤ Herbert R. Brown, "The Great American Novel," in *American Literature*, VII (March, 1935), Syracuse: Syracuse University Press, 1957, pp. 1—14.

化①。但是，这并不妨碍美国构建一种"有特色的、统一的、有别于他者的民族文学"②。不难看出，诺里斯在如何对待美国文化这个问题上采取了一种内外有别的态度。一方面，他强调人类文化传统的继承，承认美国文化传统在渊源上与盎格鲁-撒克逊民族的历史渊源关系；另一方面，他主张民族文化的地域政治特色，提倡发展一种能够代表美国精神的"伟大美国小说"。他以美国疆土在地域上呈现的多元特点为论述的出发点，希望建构一种在小说内容上以多元化为主要特征的美国小说。"美国是一个联合体，但不是一个单一的单元，一个地方的生活与其他另一个地方有着相当大的差异。……在描写西部题材时显得真实的方法不一定适用于北部的题材。西部是一回事，太平洋海岸又是另一回事。"③ 诺里斯对美国地域差异的强调，与他希望构建美国文化身份的动机是一致的。从文化建构的角度看，一个民族若要在文化上拥有原创性，必须从思想上产生一种抵制外来文化的力量，并且努力使自己与任何一个他者拉开距离，寻求差异。正如当代美国文化评论者约翰·罗所说，"我们应该把美国文学的特点理解为美国作家对于自己与周围相关环境的关系所表现的一种强烈自我意识，这种意识通常表现为渴望从历史和传统积淀中解脱出来"④。在19世纪末由于英格兰文化传统的衰微引发的论战中⑤，文学评论家 V. W. 布鲁克斯、H. L. 门肯（Menken）等提出，最有效的办法就是出现一个文学领袖人物来振兴美国20世纪文学。与此相反，诺里斯则认为"一个作家无法形成一个思潮"，而"一个思潮通常意味着某个标准下的多种成分的聚合"⑥。在他看来，观念和方法的改革更为重要："小说家必须寻找个人特质，使作品具有个性特色，使作品有别于其他任何时候，任何地方的小说"，用独特的方法使小说在思想层面体现"代表美国生活的浪漫形象"⑦。在诺里斯看来，"在不远的将来，描写西部生活的伟大作品即将出现，但是，这样的作品不应该局限于描写北美大草原，不限于描写爱荷华州的农夫，也不限于丹佛或旧金山的商人，其主题不应该仅仅是某一个特定的区域文

---

① "The National Spirit as It Relates to the 'Great American Novel'," *The Literary Criticism of Frank Norris*, p. 117.
② Donald Pizer, *The Literary Criticism of Frank Norris*, p. 118.
③ Ibid., p. 123.
④ John Carlos Rowe, *The Theoretical Dimensions of Henry James*, Wisconsin: The University of Wisconsin Press, 1984, p. 48.
⑤ 盛宁《20世纪美国文论》，第25—46页。
⑥ Donald Pizer, *The Literary Criticism of Frank Norris*, p. 109, 111.
⑦ Ibid., p. 105, p. 107.

化,而是歌颂辽阔西部生活的普遍主题"①。在他看来,美国西部生活代表了美国民族文化的特色。我们暂且不论这一观点是否正确,单就这种提法本身而言,它反映了诺里斯在小说理论思考过程中的地域、民族文化意识。我们知道,地域文学(Regionalism)作为一个描述美国文学运动的术语在20世纪二三十年代曾经深深地影响了包括约翰·克娄·兰塞姆(Ransom)、艾伦·泰特(Tate)在内的一批代表美国南方文化价值的"新批评"倡导者。诺里斯在世纪初就提倡小说在内容上具有地方特色,但不局限于表面的写实;提倡小说技巧和批评的理论化,但反对技巧的单一和陈规化,不仅预示了西部题材在20世纪美国文学中的重要地位,同时还预示了美国小说以及小说理论在世纪初显现的独立个性以及蕴涵的地缘政治。

第三节　吴尔夫的心理现实主义

小说家论小说,这是很自然的事。然而,在英国现代小说家中,像弗吉尼亚·吴尔夫那样有意识地准备撰写小说理论著作的恐怕并不多见。早在1908年,吴尔夫就在日记里写道:"我觉得我应该探索小说理论"②。为此,她做了一个具体计划:"一共写六章。不妨以我的思想为每一章的标题,例如,象征主义、上帝、自然、情节、人物对话。……我要把我的想法整理出来"③。遗憾的是,这项计划并没有完全如愿。不过,让我们感到欣慰的是,吴尔夫留给后人大量的散文、书评、书信,其中涉及小说评论的主要文集就有七部:《普通读者》④《当代作家》⑤《花岗岩与彩虹》⑥《瞬间》⑦《一间自己的房间》⑧《船长弥留之际》⑨《飞蛾之死》⑩。在这些文集中,吴尔夫就英国小说的传统、现状、小说的功能与实质、小说结构等基本问题展开了广泛的讨论,并提出了许多独特的看法。自这些文集出

---

① Donald Pizer, *The Literary Criticism of Frank Norris*, p. 107.
② Leonard Woolf (ed.), *A Writer's Diary*, London: The Hogarth Press, 1956, p. 83.
③ Ibid., p. 100.
④ Virginia Woolf, *The Common Reader*, First Series, London: The Hogarth Press, 1953. Second Series, London: The Hogarth Press, 1962.
⑤ Virginia Woolf, *Contemporary Writes*, London: The Hogarth Press, 1965.
⑥ Virginia Woolf, *Granite and Rainbow*, London: The Hogarth Press, 1958.
⑦ Virginia Woolf, *The Moment and Other Essays*, The Hogarth Press, 1952.
⑧ Virginia Woolf, *A Room of One's Own*, Triad/Panther Books, 1977.
⑨ Virginia Woolf, *The Captain's Death Bed and Other Essays*, London: The Hogarth Press, 1950.
⑩ Virginia Woolf, *The Death of the Moth and Other Essays*, Penguin Books, 1965.

版至今，欧美学界对吴尔夫提出的主要观点已经有了十分丰富的研讨①。相对而言，国内学界对吴尔夫小说理论进行的研究略显不足。1986 年，瞿世镜先生翻译、出版了《论小说与小说家》②，并撰写了《弗吉尼亚·吴尔夫的小说理论》一文，对吴尔夫印象式的批评方式及其主要论点进行了综述；2001 年，殷企平在《英国小说批评史》③ 一书涉及吴尔夫小说观的一章中，以"生活决定论"作为吴尔夫小说理论的核心论点对吴尔夫的人物观作了辩证的论述。正如两位学者都注意到的，吴尔夫对小说艺术和小说理论有着极其广泛的论述，要对她的理论做出较为全面的概括实非易事。鉴于我们的任务主要在于阐述小说形式技巧的理论建构，我们将集中探讨吴尔夫对形式、时间、人物、情节的论述。

一、小说形式

吴尔夫十分注重小说形式。她在一则日记中这样写道："我要说的是，小说创作必须具备形式之美。我们必须尊重艺术。……如果允许小说没有章法，那就是一种狂妄的做法，我对此很不赞赏。"④ 1916 年，吴尔夫发表了她的第一部小说《出航》。在给友人利顿·斯特雷奇（Lytton Strachey）的信中，她说：生活虽然杂乱无章，但是小说可以通过一定的形式使它整齐、有序，因此，"应该使小说具有某种图式，把它置于某种形式的控制之下"⑤；这样做，"一部分的原因在于逻辑规律"，即小说各个部分之间必须紧密相关，⑥ 因为小说形式中每一部分的"魅力来自它与其他部分的关系"⑦。很显然，与詹姆斯、卢伯克、福斯特一样，吴尔夫继承了亚里士多德提倡的艺术有机论思想。不过，需要指出的是，吴尔夫的"形式"不单指作为表述内容载体的形式，在很大程度上，指小说主题（内容）与表述方式相吻合的对应关系。为了说明这一点，吴尔夫对"形式"进行了大胆

---

① 从理论上对吴尔夫的小说观进行阐述的主要著作有：E. M. Forster, *Virginia Woolf*, Cambridge, 1942; Joan Bennett, *Virginia Woolf: Her Art as a Novelist*, Cambridge: University Press, 1973; Manly Johnson, *Virginia Woolf*, New York, 1973; Claire Sprague, ed. *A Collection of Critical Essays*, New Jersey, 1971; Yoku Sugiyama, *Rainbow and Granite: A Study of Virginia Woolf*, Tokyo, 1973.
② 瞿世镜《论小说与小说家》。
③ 殷企平等《英国小说批评史》。
④ Virginia Woolf, *A Writer's Diary*, p. 69.
⑤ *Virginia Woolf & Lytton Strachey: Letters*, (eds.) Leonard Woolf & James Strachey, London: The Hogarth Press, 1956, p. 57.
⑥ Virginia Woolf, *A Writer's Diary*, p. 210.
⑦ Ibid., p. 248.

的界定：

> 当我们谈论形式时，是指被置于正确关系中的某些情感；只有这样，小说家才能用继承的、改进或是创新的模式、技巧使小说的情感内容得以展现，并实现自身的目的。而且，读者也能发现这些技巧，加深对作品的了解；同时，小说也不会显得混乱；随着小说家对小说技巧的探索、完善，小说也会变得更美观、更有序。①

在这段话中，吴尔夫表述了两层意思。一方面，她认为情感是小说的内容，当小说中的情感得到良好展现时候，小说内容与技巧也就构成了某种良好关系；另一方面，良好的形式有利于读者理解作品，沟通情感。强调"小说也会变得更美观、更有序"，这说明吴尔夫对小说形式美给予的充分重视。不过，对卢伯克强调的小说形式美，吴尔夫确有些不以为然。在她看来，没有必要对小说形式技巧进行规范，詹姆斯的小说实践虽然不失为一种独特的艺术尝试，但是，在他的作品中，"我们感到他像一位温和的主持人，娴熟地控制着作品中的人物，并且压制着它们；……只要是一位伟大的作家，即便不采用这种方法，也许同样可以使小说产生美妙的对称结构和图式"②。显然，吴尔夫认为詹姆斯对技巧本身的过分关注已经导致对小说人物的抑制，使小说缺乏情感，而情感恰恰是小说艺术应该展现的重要内容。吴尔夫这里强调的情感不仅指小说人物的情感世界，同时也指读者在阅读过程中的情感接受。在这一点上，她与福斯特有着相似性。我们知道，福斯特在《小说面面观》中描述的七个方面基本上是以读者的审美接受为最终目标展开的。不过，吴尔夫虽然也强调小说艺术以探索、传递情感为目标，但她不认为必须通过看似有形的"图式"来传递小说的情感。相对于福斯特反复强调的"技巧"、"形式"，吴尔夫常常用"想象力"（vision），或者干脆用"艺术"来表述小说形式与读者感受之间的关系③。针对福斯特在《小说面面观》中对詹姆斯小说形式之美的高度赞扬，吴尔夫认为，能够传导情感的形式技巧，其意义超过形式本身的美感，例如，"特罗洛普笔下的一位女士在牧师家里喝茶，这一场景描写产生的情感意义以及由此引起的愉悦要大于《金碗》的图式结构带给我们的

---

① Virginia Woolf, *The Moment and Other Essays*, p. 134.
② Virginia Woolf, *Granite and Rainbow*, p. 123.
③ Virginia Woolf, *The Moment and Other Essays*, p. 130.

愉悦"①。

从这些论述中，我们可以清楚地看到，吴尔夫重视小说形式，但不把形式视为小说艺术的首要目标，而是把形式视为小说家必须重视的一个因素。除此以外，她还认为小说形式并不是小说家写作过程中信手拈来的装饰物，而是在写作之前就应该予以充分考虑的一个重要内容。她在一则日记里这样说道："我即将动手写作一部小说，在形式上，它应该是这样的：首先是阐述主题，然后对主题作进一步描写，由此递进，对同一故事从不同的角度加以重复，直到主题得到阐明。"② 这番话不仅说明了她的认识与实践之间的一致性，同时也强调了这样一个道理：小说形式是小说家有意而为之，并且苦心经营直至与小说内容融为一体的一个过程。在小说《出航》中，吴尔夫借小说人物休伊特（Hewet）之口表述了形式建构的困难："构思故事事件并不困难，难的是把这些事件安排成形"③。在创作小说《雅各的房间》的过程中，吴尔夫一直为小说在总体结构上的不理想而苦恼，但是有一天她感到兴奋不已，因为她终于找到了一种"新的形式"④；在《黛洛维夫人》的创作过程中，吴尔夫在小说的形式结构上费尽心思，直至她认为小说结构中的每一部分都与内容紧密结合⑤。吴尔夫看来，具有永恒艺术魅力的小说无一不是经过小说家的努力在形式上达至完美的作品，"如《傲慢与偏见》《爱玛》，它们在形式上是完美的，圆顶与圆柱构成了完美的对称结构"⑥。

吴尔夫对人类情感的重视，以及认为良好的小说形式能够传递情感，这两点使她始终坚持小说家必须从理论和实践两方面在小说形式上下功夫。这种把小说形式视为"功能"的观点实际上表明了吴尔夫对小说实质的认识。在她看来，小说的根本用途在于展现生活现实。用她自己的话说，"小说家的眼光应该投向人类生活"⑦。不仅如此，吴尔夫认为，小说家是艺术家，但是，与画家、音乐家不同，小说家不可能长时间地把自己关在房间里创作，他必须时刻关注现实生活中的人和事，"他斟满酒，点上雪茄，但他觉得自己关注的主题一直萦绕着他。品味、声音、活动，这

---

① Virginia Woolf, *The Moment and Other Essays*, p. 91.
② Virginia Woolf, *A Writer's Diary*, p. 287.
③ Virginia Woolf, *Voyage Out*, Panther Books, 1978, p. 222.
④ Virginia Woolf, *A Writer's Diary*, p. 23.
⑤ Ibid., p. 61, p. 62.
⑥ Virginia Woolf, *Granite and Rainbow*, p. 143.
⑦ Virginia Woolf, *The Moment and Other Essays*, p. 105.

里听到的几句话,那儿看到的一个手势,这里进来一位男子,那边出去一位女子,就连街上驶过的一辆车子,或者马路边蹒跚而过的一个乞丐,各种光怪陆离的景象,红的、蓝的,都引起他的注意,激起他的好奇心。他就像大海中的一条鱼不可能阻止海水穿过腮那样,无法停止接受各种印象进入他的大脑"①。吴尔夫这里强调小说家与其他艺术家的不同,显然不是说小说艺术与其他艺术在性质上的不同,而是为了突出小说与生活现实的密切关系。因此,殷企平先生把吴尔夫小说理论的核心内容归结为"生活决定论"是恰当的②。不过,需要注意的是,吴尔夫强调的生活与小说的紧密关系不同于传统现实主义小说强化的似真效果。正如瞿世镜先生所说,吴尔夫提出的生活现实虽然不乏客观现实内容,但主要指人物对客观世界的主观感受③。

二、小说中的时间问题

吴尔夫将人物对客观世界的各种感受视为小说家的主要描写对象,这使她对小说的时间有了独特的认识。在她看来,时间不仅是小说内容的一个重要方面,而且也是小说形式的一个重要组成部分。她认为,时间虽然使动物和植物以惊人的准确生长、衰败,对人的心理的作用却大不一样。"人们感觉世界里的一小时与钟表时间相比可能被拉长五十、一百倍;相反,钟表上的一小时在人的心理世界里也许只有一秒钟。时钟时间与心灵时间的不对等关系值得我们给予更多的关注和研究"④。可以看出,吴尔夫将时间分为"时钟时间"和"心灵时间",主要是为了强调小说家应该将描写的重点放在人物的心理世界,而不是依照事件的先后次序描述人物外在行为。对此,吴尔夫在自己的小说实践中作了大胆的尝试。《黛洛维夫人》就是一个典型的例子。从"时钟时间"计算,小说中所有事件都发生在从上午9点到次日凌晨短短十几个小时内:为了准备当晚即将举行的家庭聚会,黛洛维夫人上街买花,走在熙熙攘攘的人群中,她想起了30年前一个明媚的早晨,并由此回忆起她与彼得之间的恋情,穿插在黛洛维夫人意识中的另一个内容是她与女儿、丈夫之间的疏远关系。小说最后在晚间聚会中结束,一位当医生的客人带来了精神病患者赛普铁密斯·史密斯自

---

① Virginia Woolf, *Granite and Rainbow*, p. 41.
② 殷企平等《英国小说批评史》,第 180—185 页。
③ 瞿世镜《论小说与小说家》,第 238—239 页。
④ Virginia Woolf, *Orlando: A Biography*, London: Trial/Panther Books, 1977, p. 61.

杀的消息。史密斯与黛洛维夫人从未相遇，由于事件都发生在同一天中，时钟时间将这两条线索串联在一起。黛洛维夫人的意识流、外在的人物行为、过去和现在交织在一起，似乎将黛洛维夫人一生的生活浓缩在十几个小时内。小说《到灯塔去》在时间处理上显得更为娴熟。小说分为三个部分：第一部分（"窗户"）中的所有事件都发生在晚上6点钟到晚餐这段时间内；在第二部分（"时间流逝"）中，十年间发生的事通过人物意识得到重现；第三部分（"灯塔"）讲述了一个上午发生的事。为了表现物理时空与心理时空之间的重叠，吴尔夫分别使用了人物（布丽斯科）绘画和帆船朝着灯塔行驶这样两个象征行为分别表示对过去的追忆和对未来的展望两个心理时间。这种处理方法使小说在形式上呈现一张一弛的节奏，富有乐感。

吴尔夫对心理时间的关注以及在这方面的实验与她对"现实"的独特理解有着密切关系。与英国传统小说家一样，吴尔夫认为小说家必须展现现实生活，生活是小说艺术的来源。然而，她同时指出，小说对现实的反映绝对不是照相似的机械照搬，而是对生活进行的重新安排[1]。与詹姆斯一样，吴尔夫强调小说家关注表面现象掩盖下的心理真实，强调小说家个人对生活的印象。也正是在这个意义上，吴尔夫对 H. G. 威尔斯、约翰·高尔斯华绥（John Galsworthy）、阿诺德·本内特（Arnold Bennett）提出了批评。在她看来，这些作家过分注重事物的外部描写，忽视人物复杂的内心世界。相对而言，吴尔夫对詹姆斯·乔伊斯、马塞尔·普鲁斯特（Marcel Proust）表示十分欣赏，因为他们侧重于描写"通过大脑传递闪耀在心灵深处的火焰"[2]。与詹姆斯一样，吴尔夫强调的"现实"主要指现实生活在人的大脑里留下的印象，一件从表面看似微不足道的小事可以在意识深处留下一个印迹并由此扩展为连接过去、现在与未来的一个时空。她强调，小说家应该"仔细观察平常日子里一位普通人某一刻的心理活动。一个人的大脑接受着无数个印象——微不足道的，稀奇古怪的，转眼即逝的，或者像钢刀镂刻在脑海里的……因为生活不是一连串左右对称的马车车灯，而是一圈光晕、一个始终包围着我们意识的半透明层。把这种变化的、未知的、无边际的精神传递给读者，这难道不是小说家的任务吗？"[3]

需要指出的是，吴尔夫强调人物内心的真实，并不意味着她认为外部

---

[1] Roger Fry, *A Biography*, London: The Hogarth Press, 1940, p. 164, 172.

[2] Ibid., p. 190.

[3] Ibid., p. 189.

世界不重要。在她看来,人物内心世界与外部世界犹如"时钟时间"和"心理时间"一样,构成了"现实"的整体,小说家们既不能忘了像睡眠、做梦、思考、阅读这样的人类活动,也不应该将心理小说限制在普通的人际关系上①。

三、重视人物与淡化情节

吴尔夫对生活现实内外两层的关注使她对小说人物塑造有着较为辩证的认识。首先,她认为小说人物是小说艺术的基本成分。她说,"所有小说都得和人物打交道,必须展示人物本身——但不是用来宣扬教条,唱颂歌,或者歌颂英帝国的辉煌"②。强调小说人物在小说艺术中的核心位置,但反对将小说人物表面化、类型化,这是吴尔夫关于小说人物的一个基本论调。"无论小说家如何改变小说中的场景,如何变动小说各种成分之间的关系,……有一个成分在所有小说中永远不变,即,关于人的成分;小说描写人,人物激发起我们的情感,就像现实生活中的人一样。小说是唯一可以使我们相信它对现实生活中的人进行全部而真实的记录。为了完整地记录生活,小说家应该描写情感的产生和发展,而不是记录事件的冲突与危机。"③ 很显然,吴尔夫这里强调的"真实"主要指人物内心情感意识的各种矛盾,因此,吴尔夫提倡的"真实"与她对"现实"的界定一样,同时具有外在的似真性和内部的矛盾性,后者的重要性远远大于前者。也正因为如此,吴尔夫自始至终认为小说家应该把描写、探索人的欲望、情感看作小说家的基本任务。

在方法上,吴尔夫坚决反对任何一种对小说人物塑造的理论规定。与詹姆斯一样,吴尔夫认为小说家应该享有充分的自由、根据自己认为合适的方式塑造小说人物。她以虚构的"布朗太太"为例子,说明了作家自身的差异如何决定了人物的差异:"出生在不同国家、年龄不同的人对布朗太太这个形象会有不同的看法。也许我们可以写出英国、法国、俄国三个不同版本的布朗太太。……除了年龄、国别不同以外,我们还得考虑作家的个人习性。所谓智者见智,仁者见仁。至于作家创作,每一位作家都可以根据自己的原则进行。"④有意思的是,吴尔夫一方面认为小说家应该打破已有的叙事规约,自由自在地塑造小说人物。另一方面,她似乎又认为

---

① Virginia Woolf, *Granite and Rainbow*, p. 19.
②④ Virginia Woolf, *The Captain's Death Bed and Other Essays*, p. 97.
③ Ibid., pp. 141—142.

应该有一些共同的做法成为小说家们的共识，例如，小说人物不宜过多。为了说明这一点，吴尔夫比较了狄更斯和奥斯丁在人物塑造方面的不同。她觉得，狄更斯的小说人物过多，因此人物个性不够生动、缺乏力量；而奥斯丁的小说人物数量恰当，每一个人物都"揭示了人性的复杂性"①。不过，吴尔夫认为，即便如此，奥斯丁依然可以做得更好一些："她本可以在保持更清楚、更冷静的方法的同时使小说更有深度、更富韵味，不仅表述人物说出来的内容，而且向读者传递他们未道明的；不仅展现人物的个性，而且展示生活的本质。她本该与人物保持更大的距离，……如果那样的话，她就是亨利·詹姆斯和普鲁斯特的先驱了。"② 在这段话中，吴尔夫表达了这样一层意思：如果奥斯丁能够更深入地描写人物的心理意识，而同时又能"与人物保持更大的距离"，那么，小说就能更好地揭示人性的复杂和生活的内涵。以此为标准，吴尔夫认为，陀思妥耶夫斯基堪称楷模，他小说中人物的简单"实际上是表面的；作家大胆而无情的笔触伸向人物内心，然后把他们聚集在一起，使他们处于剧烈的冲突之中，当如此强烈、骤然的过程完成以后，我们看到了简单之下所有的矛盾与复杂"③。除了提倡对人物内心矛盾进行深入探索以外，吴尔夫认为人物关系也是作家应该予以重视的一个方面。就这一方面而言，她尤其推崇托尔斯泰的成就。在托尔斯泰的小说中，某一人物的行为通常与另一人物的行为联系在一起，因此，人物始终处于一种"互相关联"的结构关系中，显得十分真实④。

那么，小说家如何通过揭示人物情感的复杂和矛盾来表现生活的真实性呢？吴尔夫认为，为了体现真实的现实感，作家必须学会"抓住看似云雾、蜘蛛网的生活场景，并且使它们显得坚实"⑤。虽然吴尔夫这一比喻并没有阐明刻画人物情感意识的具体方法，但是，强调作家应该学会使难以琢磨、稍纵即逝的人类情感变得"坚实"，这似乎表明吴尔夫希望小说家在描述人物内心世界时应该像传统小说家关注人物外在世界一样做到具体而真实。从这个意义上讲，吴尔夫继承了詹姆斯提倡的心理现实主义，并将传统小说家重视的"写实"内化为关于人的意识深层的描写。也正是因

---

① Virginia Woolf, *The Common Reader*, First Series, p. 182.
② Ibid., pp. 182—183.
③ Virginia Woolf, *Granite and Rainbow*, p. 127.
④ Ibid., p. 113.
⑤ Virginia Woolf, *The Common Reader*, First Series, p. 74.

为如此，吴尔夫强烈反对传统小说家提倡的"故事""情节"概念。早在1908年，她就表示，"小说情节并不重要"①。相对于人物的中心位置，人物外在行动在吴尔夫的小说中仅仅起到表现内心情感的媒介作用；一旦失去这种表述作用，行动本身似乎变成了与小说主题无关的赘生物。对此，虽然吴尔夫没有撰文从理论上进行阐述，但她在小说《幕间》通过人物伊萨贝拉表述了这一观点："情节重要吗？她扭头朝右边望去。情节的作用仅仅在于引发感情。只有两种情感：爱与恨。"② 这种淡化情节的观念在吴尔夫的小说实践中体现得尤为明显。正如我们在讨论吴尔夫强调人物心理时间的时候所提到的，小说《黛洛维夫人》的结构既不是依照事件的先后秩序也不是根据事件之间的因果关系，而是以黛洛维夫人浮想联翩的意识为结构核心构建一天的生活内容。无论是黛洛维夫人上街买花还是举办家庭晚会，都是引发人物思绪的一个点，如同不小心扔进湖面的一块小石子，在人物内心激起层层涟漪。但是，与詹姆斯的小说一样，我们不能说吴尔夫的小说就没有情节，或没有故事，只能说福斯特界定的"情节"在吴尔夫小说里已经十分淡化。代之以一连串总能满足读者好奇心的事件，吴尔夫提倡小说家通过建构各种引发人物想象、回忆的"情景"："我能想象出各种情境，但是我无法想象情节。比如，当一位跛足女子经过我身旁的时候，几乎不假思索，我就可以很快地想象出一个情景。"③ 吴尔夫虽然从她个人能力的角度谈论传统小说家一贯注重的情节，但也从一个侧面反映了她在认识上的不同。

---

① Virginia Woolf, *The Common Reader*, First Series, p. 55.
② Virginia Woolf, *Between the Acts*, Penguin Books, 1976, p. 67.
③ Virginia Woolf, *A Writer's Diary*, p. 116.

下 篇
后经典小说叙事理论

概　　述

当代是西方有史以来"叙事"最受重视的时期，也是叙事理论最为发达的时期。尽管流派纷呈、百家争鸣，但经典（结构主义）叙事学与后经典叙事学构成了当代叙事理论的主流。学界倾向于用一种简单的"进化观"或"演变观"来看经典与后经典叙事学的关系，认为20世纪90年代以来，强调语境的后经典叙事学取代了脱离语境的经典叙事学。针对这一现象，本篇第一章将首先阐明这样一个事实：我们必须区分结构模式与实际批评。就前者而言，经典叙事学并没有过时，后经典叙事学家依然在采用经典叙事学的结构模式，依然在建构脱离语境的叙事诗学（叙事语法）[①]，经典与后经典叙事学在这一方面实际上构成一种互为补充、互为促进的关系。但就后者而言，经典叙事学仅关注文本的狭隘批评立场无疑是不可取的，后经典叙事学对社会历史语境的关注极大地推动了叙事批评的发展。也就是说，"进化论"仅适用于作品阐释，不适用于结构模式。

我们知道，经典叙事学于20世纪60年代产生于结构主义发展势头强劲的法国，并很快成了一股独领风骚的国际性叙事研究潮流。经典叙事学着力探讨叙事作品共有的结构规律和各种要素之间的关联，深化了对小说的结构形态、运作规律、表达方式或审美特征的认识。申丹在《叙述学与小说文体学研究》一书中，对经典叙事学（以及它与文体学在作品表达层面的互补关系）进行了较为全面和系统的探讨，在此不需赘述。正如本书

---

① 与本书绪论中的注释2所说明的"叙事"与"叙述"之分相对应，本书中的"叙事诗学"为涵盖"故事"与"话语"这两个层次的"总体诗学"，"叙述诗学"则是"话语"这一层次的"话语诗学"。在单独涉及"故事"结构时，叙事学界一般采用"叙事语法"，故与单独涉及"话语"技巧的"叙述诗学"形成一种对照关系。但"叙事语法"有时又是"叙事诗学"的同义词。

的总体概述所说明的，美国的经典叙事学主要是对法国模式的阐发和应用，独创性的成分不多。① 然而，北美尤其是美国的后经典叙事理论却起到了引领国际潮流的作用。就英国而言，经典和后经典叙事学的发展势头均较为弱小。鉴于这一情况，本篇以第一章为铺垫，下面各章将集中探讨北美尤其是美国的后经典小说叙事理论。

有学者认为20世纪中期以来的叙事形式分析有两条主要发展轨道，一是源于亚里士多德的修辞性叙事研究，二是源于俄国形式主义的叙事学。② 但在我们看来，这并非平行发展的两条轨道，而是出现了多方面的交融：(1) 叙事学界将关注情节结构的亚里士多德视为叙事学的鼻祖。(2) 叙事学家对叙述视角和叙述距离的探讨总是回溯到柏拉图、詹姆斯、卢伯克和布思等属于另一条线的学者。③ (3) 热拉尔·热奈特（Gerard Genette）的《叙述话语》这一叙事学的代表作在叙述规约的研究上继承和发展了布思的《小说修辞学》的传统；布思所提出的"隐含作者"、"叙述者的不可靠性"等概念也被叙事学家广为采用。(4) 20世纪90年代以来，两条线倾向于交融为一体，形成一个跨学科的后经典叙事学派别"修辞性叙事学"。本篇第二章聚焦于"修辞性叙事理论"。在这一章中，我们既可以看到布思的小说修辞学与经典和后经典叙事学的相异和相似之处，又可以看到在西摩·查特曼（Seymour Chatman）、詹姆斯·费伦（James Phelan）、迈克尔·卡恩斯（Michael Kearns）等学者的著作中，"修辞性"这条线与"叙事学"这条线不同形式、不同程度的交融。

修辞性叙事学是后经典叙事学众多跨学科派别之一。后经典叙事学的一个主要特点就是有意识地从其他学科和领域吸取有益的理论概念、批评视角和分析模式，以求拓展研究范畴，更新研究手段，克服自身的局限性；叙事学也为很多学科和领域的研究提供了工具和方法。这种双向运动产生了不少跨学科叙事研究派别。以前不可数的"narratology"（叙事学）这一名词，如今已有了复数形式："narratologies"，以指称各种跨学科派

---

① 这些独创性成分包括美国叙事学家普林斯（Gerald Prince）于20世纪70年代初率先提出的"叙述接受者"或"受述者"（narratee）的概念，这一概念被广为采纳，构成了对法国模式的一个补充。美国叙事学家查特曼（Seymour Chatman）在探讨"视角"时对叙述者的"看法"（slant）和人物感知"过滤器"（filter）之间的区分也具有独创性，但他将"视角"功能局限于故事中的人物，造成了理论上的混乱（参见 Chatman, *Coming to Terms*；申丹《视角》）。

② David H. Richter, "Preface," in *Narrative/Theory*, (ed.) David H. Richter, New York: Longman, 1996, p. ix；程锡麟、王晓路《当代美国小说理论》，北京：外语教学与研究出版社2001年版，第57页。

③ 申丹《视角》，以及申丹《叙述学与小说文体学研究》第9章。

别。本篇第三章和第四章将分别探讨两个最为重要、最有代表性的跨学科派别：女性主义叙事学和认知叙事学。北美女性主义叙事学堪称后经典叙事学的开创者。有的叙事学家针对叙事学忽略文本的意识形态内涵和社会历史语境的弱点，将自己的叙事学研究与女性主义批评相结合。同样，有的女性主义批评家也针对自己的分析过于印象化的弱点，从叙事学领域借用了较为系统的分析模式。这样构成的"女性主义叙事学"将形式分析与意识形态分析有机融为一体，打破了20世纪文学批评领域中形式主义与反形式主义之间的长期对立。认知叙事学兴起于20世纪90年代中期，是目前发展势头最为旺盛的后经典叙事学分支之一。它以认知科学为基础，建构出纷呈不一的叙事认知研究模式。女性主义叙事学与认知叙事学都是"语境主义叙事学"（contextualist narratologies）的成员。尽管两者都强调语境，实际上"语境"在这两个学派中指涉往往截然不同，一为社会历史性，另一为文类规约性。此外，女性主义叙事学更为关注作品的生产语境，而认知叙事学则更为关注作品的阐释语境。本书注重揭示两者本质上的异同，以及它们与经典叙事学的实质关系。

无论是经典还是后经典叙事学，在哲学立场上都与解构主义形成了截然对照。戴维·赫尔曼（David Herman）在谈到"后经典叙事学"时，曾特意指出"不要将它与后结构主义的叙事理论相混淆"。① 正是因为这种哲学立场上的对立，希利斯·米勒（J. Hillis Miller）将自己的《解读叙事》一书称为一本"反叙事学"（ananarratology）的著作。可以说，在著名解构主义学者当中，只有米勒直接与叙事学展开了系统深入的对话，并对一系列叙事结构和技巧进行了研究。然而，本书认为米勒的"反叙事学"与"叙事学"无论在哲学立场上如何对立，却经常在批评实践中构成一种互为补充的关系，尤其在涉及叙事线条的开头和结尾时更是如此。本篇第五章集中对米勒的"反叙事学"进行探讨，旨在梳理其与叙事学之间既对立又互补的关系，为认识叙事学研究提供一个新的角度和一种有趣的参照。

20世纪80年代以来，不少西方叙事理论家对经典叙事学的一些基本概念进行了重新审视。学者们不仅在论著中展开讨论，而且利用国际互联网这种更为直接的方式展开对话。本篇最后一章聚焦于对两个重要经典概念的重新审视："故事与话语"和"隐含作者"。通过评介对这些概念的再讨论，我们也许不仅能对叙事学达到更好地了解，而且也能更好地把握叙

---

① David Herman, "Introduction," in *Narratologies*, (ed.) David Herman, p. 2.

事作品的一些本质特征，更好地把握作者、叙述者、故事与读者之间的关系。

　　当代是小说叙事理论发展的鼎盛时期，也是这一领域最为繁杂和混乱的时期。本篇将深入探讨各种理论的特点，清理有关混乱，揭示后经典叙事学与经典叙事学之间的本质关联。我们在前言中已经提及，迄今为止，国内的叙事理论研究有一个问题，颇值得引起重视：无论是译著还是与西方叙事学有关的论著，一般都局限于20世纪80年代末以前的西方经典叙事学，忽略了90年代以来西方的"后经典叙事学"。本篇旨在帮助填补这方面的空白。

第九章 经典叙事学究竟是否已经过时

20世纪60年代发轫于法国的经典结构主义叙事学，80年代以来在西方遭到后结构主义和历史主义的夹攻，研究势头回落，人们开始纷纷宣告经典叙事学的死亡。世纪之交，西方学界出现了对于叙事学发展史的各种回顾。尽管这些回顾的版本纷呈不一，但主要可分为三种类型。第一类认为经典结构主义叙事学已经死亡，"叙事学"一词已经过时；第二类认为经典结构主义叙事学演化成了后结构主义叙事学；第三类则认为经典结构主义叙事学进化成了以关注读者和语境为标志的后经典叙事学。尽管后两类观点均认为叙事学没有死亡，而是以新的形式得以生存，但两者均宣告经典叙事学已经过时，已被"后结构"或"后经典"的形式所替代。其实，经典叙事学的著作在西方依然在出版发行。加拿大多伦多大学出版社1997年再版了米克·巴尔（Mieke Bal）《叙事学》一书的英译本。伦敦和纽约的劳特利奇出版社也于2002年秋再版了里蒙-凯南（Shlomith Rimmon-Kenan）的《叙事虚构作品：当代诗学》；在此之前，该出版社已多次重印这本经典叙事学的著作（包括1999年的两次重印和2001年的重印）。2003年11月在德国汉堡大学举行的国际叙事学研讨会的一个中心议题是：如何将传统的叙事学概念运用于非文学性文本。不难看出，其理论模式依然是经典叙事学，只是拓展了实际运用的范畴。在当今的西方叙事学领域，我们可以看到一种十分奇怪的现象：几乎所有的后经典叙事学家都认为经典叙事学已经过时，但在分析作品时，他们往往以经典叙事学的概念和模式为技术支撑。在教学时，也总是让学生学习经典叙事学的著作，以掌握基本的结构分析方法。伦敦和纽约的劳特利奇出版社2005年出版了《叙事理论百科全书》，其中不少词条为经典叙事诗学（叙事语法）的基本概念和分类。可以说，编撰这些词条的学者是在继续进行经典叙事学研究，而这些学者以美国人居多。但在美国，早已无人愿意承认自己是"经典叙事学家"或"结构主义叙事学家"，因为"经典（结构主义）叙事学"已跟"死亡""过时"画上了等号。这种舆论评价与实际情况的脱节源于没有把握经典叙事学的实质，没有廓清两种关系：（1）叙事诗学（叙事语法）与叙事批评之间的关系；（2）"经典叙事学""后经典叙事学""后结构主义叙事理论"之间的关系。这正是本章旨在探讨的问题。我们认为构成经典叙事学之主体的"叙事诗学"（叙事语法）既没有死亡，也没有演化成"后结构"或"后经典"的形式。经典叙事诗学与后结构主义叙事理论构成一种"叙事学"与"反叙事学"的对立，与后经典叙事学在叙事学内部形成一种互为促进、互为补充的共存关系。

第一节 "后结构主义叙事学"与"后经典叙事学"

"后结构主义叙事学"与"后经典叙事学"是批评理论家们用于描述近20年来叙事理论新发展的两个术语。但两者只是表面上相通，实际上互不相容。在《后现代叙事理论》（1998）一书中，马克·柯里（Mark Currie）提出当代叙事学"转折"的特点是"从发现到创造，从一致性到复杂性，从诗学到政治学"。①所谓"创造"，就是将结构视为由读者"投射于作品的东西，而不是通过阅读所发现的叙事作品的内在特征"；就是将叙事作品视为读者的发明，它能构成"几乎无法胜数的形式"。这是典型的解构主义的看法。将解构主义视为叙事学的新发展，视为"后结构主义叙事学"，②无疑混淆和掩盖了"叙事学"的实质。柯里自己在书中写下了这么一段话："'解构主义'一词可用于涵盖叙事学中很多最重要的变化，尤其是偏离了结构主义叙事学对科学性之强调的那些变化。作为一门科学（-ology），叙事学（narratology）强调系统和科学分析的价值。在解构主义批评对文学研究造成冲击之前，叙事学就是依靠这样的价值观来运作的。"③既然"作为一门科学，叙事学强调系统和科学分析的价值"，就没

---

① Mark Currie, *Postmodern Narrative Theory*, New York: St. Martin's Press, 1998, p. 2.

② "后结构主义叙事学"这一名称较有市场，可能跟以下这些因素相关：1. 解构主义是对结构主义的直接反应；2. 解构主义也是一种以文本为中心的批评理论（诚然，文化研究、政治批评等在分析实践中大量借鉴了解构主义的批评方法）。

③ Currie, *Postmodern Narrative Theory*, p. 2.

有理由将解构主义视为一种"叙事学"。显然,雅克·德里达(Jacques Derrida)、保罗·德曼(Paul de Man)、希利斯·米勒等都不会愿意贴上"叙事学"这一标签,但柯里却将他们视为"新叙事学"或"后结构主义叙事学"的代表人物。奥尼伽(Susana Onega)和兰达(J. A. G. Landa)在《叙事学导论》(1996)一书中,① 也将"后结构主义叙事学"的标签贴到了希利斯·米勒的头上。但米勒自己却与叙事学划清了界限,并将自己的《解读叙事》(1998)称为一本"反叙事学"(ananarratology)的著作。② 叙事学在叙事规约之中运作,而解构主义则旨在颠覆叙事规约,两者在根本立场上构成一种完全对立的关系。柯里认为,将后结构主义批评理论视为一种新的叙事学是对叙事学的拯救,说明叙事学并未死亡。而实际上,将解构主义视为"叙事学"的新发展就意味着"叙事—学"(narrat-ology)的彻底死亡,因为这完全颠覆了叙事学的根基。

真正造成叙事学 20 世纪 90 年代以来在西方复兴的是后经典叙事学。我们不妨依据研究目的将后经典叙事学分为两大类,一类旨在探讨(不同体裁的)叙事作品的共有特征。与经典叙事诗学相比,这一类后经典叙事学的着眼点至少出现了以下五个不同方面的转移。(1) 从作品本身转到了读者与文本的交互作用。与后结构主义形成对照,后经典叙事学家认为叙事作品的阐释有规律可循。此外,尽管后经典叙事学家考虑读者的阐释框架和阐释策略,但他们承认文本本身的结构特征,着力探讨文本结构如何引起了规约性的读者反应(见本篇第四章)。(2) 从符合规约的文学现象转向偏离规约的文学现象,或从文学叙事转向文学之外的叙事,譬如布赖恩·理查森(Brian Richardson)关注后现代主义文学如何造成叙述言辞和故事时间的错乱,导致故事和话语难以区分。③ 理查森对于"故事—话语"之分在现实主义作品中的适用性没有提出任何挑战,而仅仅旨在说明在非模仿性的作品中,这一区分不再适用。他依据非模仿性作品的结构特征,提出了"解叙述"(denarration,即先叙述一件事,然后又加以否定)这一概念,并对不同形式的时间错乱进行了系统分类。理查森的做法很有代表

---

① Susana Onega and J. A. G. Landa, *Narratology*, London: Longman, 1996.

② J. Hillis Miller, *Reading Narrative*, Norman: University of Oklahoma Press, 1998. 值得一提的是,"叙事学"与"反叙事学"的实证分析却存在某种程度的互补关系(详见本篇第五章)。

③ Brian Richardson, "Denarration in Fiction: Erasing the Story in Beckett and Others," *Narrative* 9 (2001), pp. 168—175; "Beyond Story and Discourse: Narrative Time in Postmodern and Nonmimetic Fiction," in *Narrative Dynamics*, (ed.) Brian Richardson, Columbus: Ohio State University Press, 2002, pp. 47—64.

性。面对经典模式所无法涵盖的复杂现象或新的现象，当今的叙事学家会指出经典模式在涵盖面上的局限性，并提出新的概念或建构新的模式来予以描述。与此相对照，后结构主义叙事理论家则旨在通过文本中的复杂现象或意义的死角来颠覆经典叙事诗学的概念和模式，从根本上否定结构的稳定性。(3) 从单一的叙事学研究转向跨学科的叙事学研究，注重借鉴别的学科和领域的方法和概念。(4) 从共时叙事结构转向历时叙事结构，关注社会历史语境如何影响或导致叙事结构的发展。(5) 从关注形式结构转为关注形式结构与意识形态的关联，但对结构本身的稳定性没有提出挑战。

另一大类后经典叙事学家以阐释具体作品的意义为主要目的。其特点是承认叙事结构的稳定性和叙事规约的有效性，采用经典叙事学的模式和概念来分析作品（有时结合分析加以修正和补充），同时注重读者和社会历史语境，注重跨学科研究，有意识地从其他派别吸取有益的理论概念、批评视角和分析模式，以求扩展研究范畴，克服自身的局限性。

正如下文所示，后经典叙事学与经典叙事诗学不仅联手与后结构主义叙事理论构成一种对立关系，而且两者在叙事学内部构成一种互动的共存关系。

第二节　经典叙事学与读者和语境

西方学界认为经典叙事学保守落后，主要不是因为它对文本持一种描述而非解构的立场（后经典叙事学也旨在对作品的结构和意义进行描述），而是因为它隔离了文本与读者、社会语境的关联。就具体作品阐释或批评而言，这一看法不无道理。但就经典叙事学的主体部分——经典叙事诗学而言，则失之偏颇。叙事诗学究竟是否需要考虑读者和语境？要回答这一问题，我们不妨先看一个实例。《劳特利奇叙事理论百科全书》第一主编美国学者戴维·赫尔曼是后经典叙事学的代表人物，近年来十分强调读者和语境，认为经典叙事学已经过时。[①] 但他为该百科全书写的一个样板词条"事件与事件的类型"却无意中说明了经典叙事诗学脱离读者和语境的分类方法依然行之有理。赫尔曼首先举了下面这些例子来说明事件的独特性：

[①] 2003 年 3 月以来，笔者就这一问题与赫尔曼进行了数次交流。他赞同笔者对"叙事诗学"与"叙事批评"的区分，现已改变了对结构主义叙事诗学的批判态度（请比较 Herman 1999 与 Herman 2005）。

(1) 水是 H_2O。

(2) 水在摄氏零度时结冰。

(3) 上周温度降到了零度，我家房子后面的池塘结冰了。

句（1）描述一个状态，而非事件；句（2）描述水通常的物理变化，这是自然界的一种规律，而非具体时空中的一个事件。只有句（3）描述了一个事件：具体时空中的温度变化及其引起的结果。这种区分完全以句子本身的结构特征为依据，没有考虑读者和语境。赫尔曼接下来探讨了事件的类型。他提到叙事学界近年来对事件类型的分析得益于一些相邻领域（行为理论、人工智能、语言学、语言哲学）的新发展，将"事件"与"状态"做了进一步的细分。譬如玛丽-劳雷·瑞安（Marie-Laure Ryan）将事件分为（a）"发生的事"（happening）、（b）"行动"（action）和（c）"旨在解决矛盾的行动"（move）。（a）指偶然发生的事，而非有意为之；（b）指为了某种目的采取的行动；（c）指为了重要目的采取的行动，旨在解决矛盾，具有很大的风险性。第三类是叙事作品兴趣之焦点，应将之与偶然或惯常的行动区分开来。[①] 赫尔曼举了这么一个例子：在卡夫卡的《变形记》中，主人公变成一只大甲虫属于"发生的事"；他用嘴来打开卧室的窗户是一个"行动"；他试图与办公室的经理进行交流（但未成功）这件事属于"旨在解决矛盾的行动"。这是完全依据行为目的进行的结构分类，没有考虑文本的具体语境。我们知道，在《变形记》中，主人公变成大甲虫是至关重要的事件，具有深刻的社会历史原因和主题意义，但这不是主人公有意为之，只是发生在他身上的事情，因此这一变形与偶尔感冒、淋雨、树叶落在身上等等都属于"发生的事"。在阐释作品时，我们需要关注"某人物变形""某人物感冒"或"某人物淋雨"这些不同的事件在特定社会历史语境中的不同主题意义。在依据"目的性"对事件类型进行分类时，则仅需关注这些不同事件的共性，看到它们属于同一种事件类型。

赫尔曼还根据动词、时态等结构特征对其他事件类型（包括心理事件）进行了细分。他提出不同体裁的叙事（譬如史诗和心理小说）倾向于采用不同的事件类型和组合事件（状态）的不同方式，因此事件类型或许可以构成区分不同叙事体裁的基础。可以说，赫尔曼在此是在继续进行经

---

① Marie-Laure Ryan, *Possible Worlds, Artificial Intelligence, and Narrative Theory*, Bloomington: Indiana University Press, 1991, pp. 129—134.

典叙事诗学的分类工作。在从事这样的研究时，只需关注文本特征，无须关注读者和语境。此外，进行这样的分类只需采用静态眼光，若涉及一系列事件之间的关系，则既可采用静态眼光来看事件之间的结构关系，也可采用动态眼光来观察事件的发展过程。两种眼光可揭示出事物不同方面的特征，相互之间难以替代。

众所周知，"叙事诗学"（"叙事语法""叙述诗学"）的目的在于研究所有叙事作品（或某一类叙事作品）共有的构成成分、结构原则和运作规律。但不少学者迄今为止没有意识到这样的研究仅需关注结构本身，无须也无法考虑读者和语境，因为后者涉及的是特性，而非共性。一个叙事结构或叙述技巧的价值既来自其脱离语境的共有功能，又来自其在具体语境之中的特定作用。在 1999 年出版的《修辞性叙事学》一书中，卡恩斯批评热奈特的《叙述话语》不关注读者和语境。在评论热奈特对时间错序（各种打乱自然时序的技巧）的分类时，卡恩斯说："一方面，叙事作品对事件之严格线性顺序的偏离符合人们对时间的体验。不同类型的偏离（如通常所说的倒叙、预叙等等）也会对读者产生不同的效果。另一方面，热奈特的分类没有论及在一部具体小说中，错序可能会有多么重要，这些叙事手法在阅读过程中究竟会如何作用于读者。换一个实际角度来说：可以教给学生这一分类，就像教他们诗歌音步的主要类型一样。但必须让学生懂得热奈特所区分的'预叙'自身并不重要，这一技巧的价值在很大程度上取决于个人、文本、修辞和文化方面的语境。"[①] 卡恩斯一方面承认倒叙、预叙（即提前叙述后来发生之事）等技巧会对读者产生不同效果，另一方面又说这些技巧"本身并不重要"。但既然不同技巧具有不同效果（譬如，在脱离语境的情况下，倒叙具有不同于预叙的效果），就应该承认它们自身的重要性。由于没有认清这一点，卡恩斯的评论不时出现自相矛盾之处。他在书中写道："《贵妇人画像》中的叙述者与《爱玛》中的叙述者的交流方式有所不同。两位叙述者又不同于传记中的第三人称叙述声音。……作为一个强调语境的理论家，我认为马丁（Wallace Martin）的评论有误，因为该评论似乎认为存在'第三人称虚构叙事的意义'。"[②] 卡恩斯一方面只承认语境的作用，否认存在"第三人称虚构叙事的意义"，一方面又自己谈论传记中的第三人称叙述声音，认为它不同于虚构叙事中的

[①] Micheal Kearns, *Rhetorical Narratology*, Lincoln: University of Nebraska Press, 1999, p. 5.
[②] Ibid. , p. 10.

第三人称叙述声音。在做这一区分时，也就自然承认了这两种不同叙述声音具有不同意义。叙述诗学的作用就在于区分这些属于不同体裁的叙述声音，探讨其通常具有的（脱离语境的）功能。但在阐释《贵妇人画像》和《爱玛》的主题意义时，批评家则需关注作品的生产语境和阐释语境，探讨这两部虚构作品中的第三人称叙述声音如何在不同的具体语境中起不同的作用。

热奈特的《叙述话语》旨在建构叙述诗学，对倒叙、预叙等各种技巧进行分类。这犹如语言学家对不同的语言结构进行分类一样。在进行这样的分类时，文本只是起到提供实例的作用。国内不少学者对以韩礼德为代表的系统功能语法较为熟悉。这种语法十分强调语言的生活功能或社会功能，但在建构语法模式时，功能语言学家采用的基本上都是自己设想出来的脱离语境的小句①。与此相对照，在阐释一个实际句子或文本时，批评家必须关注其交流语境，否则难以较为全面地把握其意义。在此，我们不妨再举一个简单的传统语法的例子。在区分"主语""谓语""宾语""状语"这些成分时，我们可以将句子视为脱离语境的结构物，其不同结构成分具有不同的脱离语境的功能，譬如"主语"在任何语境中都具有不同于"宾语"或"状语"的句法功能。但在探讨"主语""谓语""宾语"等结构成分在一个作品中究竟起了什么作用时，就需要关注作品的生产语境和阐释语境。

国际互联网上有一个以美国学者为主体的叙事论坛。2002年10月28日，有一位学者发出邮件征求一个术语，用于描述充当叙述工具的信件和日记，要求该术语能涵盖"故事内的叙述者""同步性"和"书写性"。不难看出，这样的术语仅仅涉及结构特征，与作品的特定语境无关。近20年来，尤其是近十年间西方学界普遍呼吁应将叙事作品视为交流行为，而不应将之视为结构物。我们的看法是，在建构叙事语法和叙述诗学时，完全可以将作品视为结构物，因为它们仅仅起到结构之例证的作用。但是，在阐释具体作品的意义时，则应将作品视为交流行为，关注作者、文本、读者、语境的交互作用。有了这种分工，我们就不应批评旨在建构"语法"或"诗学"的经典叙事学忽略读者和语境，而应将批评的矛头对准这么一部分经典叙事批评家：他们以经典叙事语法或叙述诗学为工具来分析作品的主题意义，但由于他们将文本视为文学系统的产物，因此不考虑读

---

① See M. A. K. Halliday, *An Introduction to Functional Grammar*, London: Edward Arnold, 1985.

者和社会历史语境。

第三节　"经典叙事学"与"后经典叙事学"

　　"经典叙事学"与"后经典叙事学"究竟是一种什么关系？中外学界普遍认为是一种后者替代前者的进化关系。英国学者戴维·洛奇（David Lodge）在20世纪70年代末采用经典叙事学的概念对海明威的《雨中猫》进行了分析，赫尔曼在《新叙事学》一书的"导论"中，以这一分析为例证来说明经典叙事学如何落后于后经典叙事学。[①] 熟悉经典叙事学的读者也许会问：既然经典叙事学主要旨在建构叙事语法和叙述诗学，赫尔曼为何采用一个作品分析的例子作为其代表呢？其实，在赫尔曼看来，叙事语法、叙述诗学、叙事修辞这三个项目"现在已经演化为单一的叙事分析项目中相互作用的不同方面了"[②]。的确，20世纪90年代以来的叙事学家纷纷转向了具体作品分析。在我们看来，这是考虑语境的必然结果。既然探讨基本规律的叙事语法/诗学一般并不要求考虑语境，而作品分析又要求考虑语境，那么当学术大环境提出考虑语境的要求时，学者们自然会把注意力转向后者。但值得注意的是，语境有两种：一是规约性语境（对于一个结构特征，读者一般会做出什么样的反应）；二是个体读者所处的特定社会历史语境。当叙事学家聚焦于阐释过程的基本规律时，只会关注前者，而不会考虑后者（参见本篇第四章）。在这种情况下，基本立场并无本质改变，只是研究对象发生了变化。当研究目的转为解读某部叙事作品的主题意义时，才需考虑作品的社会历史语境。由于学界对这两种语境未加区分，也未认识到叙事诗学和作品阐释对考虑语境有截然不同的要求，因此认为前者保守落后，已经过时。具有讽刺意味的是，紧接着赫尔曼的《导论》，书中第一篇文章就说明了经典叙事诗学脱离语境的研究方法没有过时。这篇文章为爱玛·卡法莱诺斯（Emma Kafalenos）所著，意在探讨叙述话语对信息的延宕和压制对故事的阐释有何影响。在具体分析阐释过程

　　[①] David Herman, "Introduction," in *Narratologies*, pp. 4—14, p. 9. 该书中文版为北京大学出版社2002年出版的"新叙事理论译丛"中的一本（马海良译）。作为该译丛的主编，笔者建议将书名 *Narratologies* 译为"新叙事学"而不是"后经典叙事学"，以促进该书在中国的接受。现在看来这一书名可能有误导的作用。当时笔者对于"经典叙事（诗）学"和"后经典叙事学"的关系未作深入思考，没有认识到两者是一种共存关系，接受了广为流行的观点（这也是该论文集主编和作者们的一致观点），认为后者是新的发展阶段。

　　[②] Ibid., p. 9.

之前，卡法莱诺斯建立了下面这一叙事语法模式：

开头的均衡［这不是一种功能］
A（或 a）　破坏性事件（或对某一情景的重新评价）
　　B　要求某人减轻 A（或 a）
C　C 行动素决定努力减轻 A（或 a）
C'　C 行动素为减轻 A（或 a）采取的初步行动
　　D　　C 行动素受到考验
　　E　　C 行动素回应考验
　　F　　C 行动素获得授权
　　G　　C 行动素为了 H 而到达特定的时空位置
H　C 行动素减轻 A（或 a）的主要行动
I（或 I 之否定）H 的成功（或失败）
K　　均衡

这一模式综合借鉴了好几种经典叙事语法模式。"行动素"（actant）这一概念是由格雷马斯率先提出来的，用于描述人物在情节中的功能。卡法莱诺斯将这一概念与另外两个经典语法相结合。其一为托多罗夫的模式：叙事的总体运动始于一种均衡，中间经过一个失衡期，走向另一种类似的均衡（有的作品会出现一个以上的从均衡到新均衡的循环，有的则仅经过部分循环）。其二为普洛普的模式。他根据人物的行为在情节中所起的作用，找出了人物的 31 种行为功能。普洛普聚焦于俄罗斯民间故事，卡法莱诺斯则旨在建立适用于各个时期各种体裁的叙事语法，因此她仅从普洛普的 31 种功能中挑选了 11 种，建立了一个更为抽象、适用范围更广的语法模式。显然，像以往的经典叙事学家一样，卡法莱诺斯在建构这一模式时，没有考虑（无须考虑也无法考虑）读者和语境，仅聚焦于叙事作品共有的结构特征。

卡法莱诺斯采用这一模式对亨利·詹姆斯的《拧螺丝》以及巴尔扎克的《萨拉辛》进行了分析。她说："这两部作品所呈现的叙事世界都讲述了另一个叙事世界的故事。这种结构提供了一组嵌入式事件（被包含故事里的事件），可以从三个位置感知这些事件：故事里的人物，被包含故事里的人物，读者。三个位置的感知者观察同样的事件。不过，并非所有事件都能从所有位置上去感知，事件也并非以同样的顺序向每一个位置上的感知者展开。因此，我们可以通过比较不同位置上的感知者的阐释，测试压制和延宕的信息所产生的效果。"① 不难看出，卡法莱诺斯的目的不是阐释这两部作品的意义，而是旨在通过实例来说明延宕和压制信息在通常情况下会产生何种认识论效果。在此，我们不妨借用彼得·拉比诺维茨（Peter Rabinowitz）率先提出的四维度读者观：（1）有血有肉的个体读者。（2）作者的读者，处于与作者相对应的接受位置，对作品人物的虚构性有清醒的认识。（3）叙述读者，处于与叙述者相对应的接受位置，认为人物和事件是真实的。（4）理想的叙述读者，即叙述者心目中的理想读者，完全相信叙述者的言辞。② 这是四种共存的阅读意识或阅读位置，后三种为文本所预设，第一种则受制于读者的身份、经历和特定接受语境。尽管卡法莱诺斯一再声称自己关注有血有肉的个体读者，实际上由于她旨在说明信息结构和读者阐释的共性，因此她聚焦于无性别、种族、阶级、经历之分的读者或感知者，并不时有意排除个体读者的反应："至于特定感知者是否意识到断点的存在，则不予深究"；"无论选取哪一种阐释，只要知道了这一事件，就会引起对以前事件的回顾和重新阐释"③。值得注意的是，拉比诺维茨的四维度读者观是针对具体作品的阐释提出的，而卡法莱诺斯只是将具体作品当作实例来说明叙事阐释的共性。从本质上说，她关心的是共享叙事规约、具有同样阐释框架的读者。我们不妨将这种读者称为"文类读者"，即共享某一文类规约的读者，研究"文类读者"对某一作品的阐释只是为了说明该作品所属文类之阐释的共性。在探讨故事中的人物对事件的阐释时，卡法莱诺斯也是通过无身份、经历之分的"文类读者"的眼光来看人物。诚然，以往的经典叙事学家没有关注读者的阐释过程，更没有考虑人物对事件的阐释或现实生活中人们对世界的体验。卡法莱诺斯对这些阐释过程的关注拓展了研究范畴。但这只是扩大了关注面，在基本立场上没有发生改变。我们必须认识到，不同的研究方法对读者和语境有不同的要求。我们不妨作以下区分：

(1) 建构旨在描述叙事作品结构之共性的叙事诗学（叙事语法、叙述诗学），无须关注读者和语境。

---

① 爱玛·卡法莱诺斯《似知未知：叙事里的信息延宕和压制的认识论效果》，戴维·赫尔曼（主编）《新叙事学》，第8页。
② Peter J. Rabinowitz, "Truth in Fiction: A Reexamination of Audiences," *Critical Inquiry* 4 (1977), pp. 121—141; Peter Rabinowitz, *Before Reading*, Ithaca: Cornell University Press, 1987.
③ 爱玛·卡法莱诺斯《似知未知：叙事里的信息延宕和压制的认识论效果》，戴维·赫尔曼（主编）《新叙事学》，第7、17页。

(2）探讨读者对于（某文类）叙事结构的阐释过程之共性，只需关注无性别、种族、阶级、经历、时空位置之分的"文类读者"。

（3）探讨故事中的不同人物对于同一叙事结构所做出的不同反应，需关注人物的特定身份、时空位置等对于阐释所造成的影响。但倘若分析目的在于说明叙事作品的共性，仍会通过无身份、经历之分的"文类读者"的规约性眼光来看人物。

（4）探讨不同读者对同一种叙事结构可能出现的各种反应，需关注读者的身份、经历、时空位置等对于阐释所造成的影响。

（5）探讨现实生活中的人对世界的体验。(a) 倘若目的是为了揭示共有的阐释特征，研究就会聚焦于共享的阐释规约和阐释框架，即将研究对象视为"叙事阐释者"的代表。(b) 但倘若目的是为了揭示个体的阐释差异，则需考虑不同个体的身份、经历、时空位置等对阐释所造成的影响。

（6）探讨某部叙事作品的主题意义，需考虑该作品的具体创作语境和阐释语境，全面考虑拉比诺维茨提出的四维度读者。

这些不同种类的研究方法各有所用，相互补充，构成一种多元共存的关系。卡法莱诺斯在文章的开头建构的叙事语法属于第一类，无须关注读者和语境。她的具体分析以第二类为主，第三类为辅，均仅需考虑读者的规约性阐释语境，至于其他几类只是偶尔有所涉及或根本没有涉及。与此相对照，洛奇对海明威《雨中猫》的分析属于第六类，旨在通过对文中结构成分的分析，来揭示作品的主题意义。这确实需要将作品视为交流行为，考虑作品的创作语境和阐释语境，包括有血有肉的个体读者的身份、经历、世界观等等。

毫无疑问，正是因为对这些本质关系未加区分，赫尔曼才会将洛奇对《雨中猫》的分析（第六类）作为经典叙事学的代表，而经典叙事学的主体部分却是叙事诗学（第一类）。赫尔曼所提出的问题确实非常重要："如果海明威的形式设计之下潜藏着这样的规范和信念，那么男性读者与女性读者在阐释那些技巧时的关键差异在什么地方？而20世纪90年代的男性读者与20世纪20年代的男性读者的情况又如何？那些技巧在每一种情况下都是'相同的'吗？还是说叙事形式在不同语境中具有新的涵义或意义，因而必须把形式本身重新描述为语境中的形式（form-in-context）或作为语境中的形式来研究?"①，然而这只是在阐释作品的主题意义时才相关的问题。尽管赫尔曼断言："后经典叙事学突出了对海明威叙事策略的研究（'譬如小说叙事里的时态、人称、直接和间接引语等'）与阐释语境相结合的重要性……洛奇的分析教导我们，必须将这种语境关系理论化，否则就难以正确地（或许是难以充分地）描述叙事的技巧及其意义。"但正如本章第二节所示，赫尔曼自己在对不同事件类型进行区分时，根本没有考虑语境。中外学界迄今没有厘清这两种研究对于语境的不同要求，因此将后经典叙事学视为一种进步，将经典叙事学视为落后过时。前者在分析具体作品这一方面无疑是一种进步，但相对于旨在探讨结构共性的叙事诗学而言，则只能说是"换汤不换药"，并无本质区别。可以说，倘若关注个体读者的不同阐释过程，关注个体读者所处的不同社会语境，就难以对小说叙事里的时态、人称、直接和间接引语、事件类型、叙述层次、视角类型等等进行系统的分类。同样，倘若考虑不同的阐释语境，卡法莱诺斯也就难以建构出旨在描述共有特征的那一语法模式，而倘若失去这一技术支撑，其分析也就会失去系统性和可操作性。

其实，若透过现象看本质，则不难发现不仅很多"后经典叙事学"的论著包含了"经典叙事学"的成分，而且有的"后经典叙事学"论著本身就可视为"经典叙事学"的新发展。本章第一节提到在研究叙事作品的共有特征时，后经典叙事学的着眼点相对于经典叙事学出现了五个方面的转移。其中第二与第三个方面的转移从实质上说属于经典叙事学自身的新发展。第二个方面只是拓展了经典叙事学的研究范畴，仍然仅关注结构特征，没有考虑读者和语境的作用。可以说，理查森的系统分类与他提出的描述有关结构特征的各种概念是对经典叙事学现有模式的一种补充。第三个方面也只是采用了新的工具而已。像早期的经典叙事学家那样，这类研究聚焦于叙事作品的共性，不关注社会历史语境。在此，我们不妨看看瑞安在《电脑时代的叙事学》里的一段文字："关于递归现象，叙事学家们至少对其中一种形式是非常熟悉的，那就是故事套故事或故事里嵌着故事。这种嵌入现象也可以用'堆栈'及其连带运作'推进'和'弹出'等计算机语言予以比喻性的描述：文本每进入一个新的层次，就将一个故事'推进'到一个等待完成的叙事堆栈上；每完成一个故事，就将它'弹

---

① 戴维·赫尔曼（主编）《新叙事学》，第13页。

出',注意力返回到前面的层次。"① 不难看出,瑞安的"电脑时代的叙事语法"与经典叙事语法在本质上并无差异,只不过是更新了分析工具,以便描述叙事的动态结构。至于后经典叙事学的另外三个方面,与经典叙事诗学也只是构成一种平行发展,而非取而代之的关系。我们可以仅仅关注形式结构本身,也可关注读者对形式结构的阐释过程;可以研究叙事的共时结构,也可以探讨形式结构的历史演变;可以聚焦于叙述形式之间的区别(如全知叙述和第一人称叙述的区别),也可考虑叙述形式与意识形态的关联(如出于何种社会原因,某位女作家偏爱一种特定的叙述形式)。这些不同研究方法聚焦于事物的不同方面,各有各的关注点、盲点、长处和局限性。它们之间的关系应该是相互补充,多元共存,而不是相互排斥,惟我独尊。② 至于近年来叙事学家对一些经典叙事学概念的重新审视,我们依然可以依据究竟是仅仅关注结构特征,还是同时关注读者和语境来区分究竟是经典叙事学的新发展,还是后经典叙事学。

第四节 经典叙事诗学下一步需注意的问题

通常认为,"经典叙事学"中的"经典"两字具有很强的时间指涉,专指风行于20世纪60至80年代的结构主义叙事学,因此与"过时"画上了等号。但如前所述,无论是就实际情况而言,还是在理论探讨这一层次,都可以说结构主义叙事诗学没有过时,它与关注读者和语境的"后经典叙事学"构成一种互补共存的关系。由于笔者在《叙述学与小说文体学研究》一书中已对经典叙事诗学进行了较为全面的探讨,故本书不再对经典叙事诗学的模式和概念加以赘述。尽管如此,鉴于后经典叙事学与经典叙事诗学的密切关联,我们仍有必要探讨一下经典叙事诗学在未来发展中应注意的一些问题:

首先应摈弃对科学性、客观性的盲目追求和信赖。建构叙事诗学的过程难免某种程度的主观性。上文提到一个三分法:(a)"发生的事"、(b)"行动"、(c)"旨在解决矛盾的行动",这一区分完全以行为目的为依据,

---

① 玛丽-劳雷·瑞安《电脑时代的叙事学:计算机、隐喻和叙事》,戴维·赫尔曼(主编)《新叙事学》,第69页。
② 申丹《试论西方当代文学理论的排他性和互补性》,《北京大学学报》2000年第4期; Dan Shen (申丹), "The Future of Literary Theories: Exclusion, Complementarity, Pluralism," *ARIEL* 33 (2002), pp. 159—180.

具有难以避免的片面性。从主题意义来说,《变形记》中的主人公变成大甲虫是一个关键事件,也是叙事兴趣的焦点所在。但由于这不是人物的自主行为,在依据行为目的进行区分时,它只能被归为"发生的事"这一类。瑞安认为,"旨在解决矛盾的行动"方构成叙事兴趣之焦点,这在《变形记》中显然是说不通的。应该说,在有的作品中,"发生的事"也是叙事兴趣所在。依据行为目的进行分类有其必要性和合理性,使我们能看到那一"变形"的某种重要结构特征:并非人物有意为之。但我们必须认识到一个语法模式代表了看问题的一个特定角度,采用一个模式来进行分析,也就是从一个特定的角度来看文本,每一个角度都只能看到事物的一个侧面,不同的角度构成一种相互补充的关系。

与此同时,我们也应避免过分夸大主观性。叙事语法或叙述诗学并非由描述者任意创造的。情节结构、事件类型、叙述视角、叙述层次等等,通过学者们的不断努力,还是可以比较客观地予以描述。在解构主义风行,怀疑论盛行之时,有的叙事学家给"事实""证据""现实""结构"等等统统打上了引号。里蒙-凯南在《叙事虚构作品:当代诗学》2002年第二版中说:"现在我认为,这些引号其实可能具有双重意义,既象征怀疑,又象征一种愿望,想在某种程度上保留这些遭到破坏的概念。"她接下去说:"还有一种更为激进的反应,力图将解构主义的洞见引入叙事学。譬如,奥尼尔(Patrick O'Neill)对先前的叙事学模式进行了修正,以便强调他的断言:'作为一种话语系统,叙事总是潜在地颠覆其建构的故事以及其自身对那一故事的讲述。'"[1] 但正如第14章第一节所剖析的,奥尼尔的著作逻辑混乱,难以站住脚;而且像乔纳森·卡勒(Jonathan Culler)这样的知名学者对叙事学重要前提的解构也经不起推敲。两者的问题都在于过分相信怀疑论,未把握有关结构的实质,可视为前车之鉴。

其次,要充分认识到早期的叙事语法的局限性。经典叙事学家以神话、民间故事等为基础建立起来的叙事语法难以描述更为复杂的文学现象,譬如小说的故事结构。若要建构小说事件的语法,需要做大量艰苦细致的工作,将小说分门别类,探讨各个类别之故事结构的基本构架和发展规律。小说创作不断更新、小说故事结构错综复杂,有的有规律可循,有的则不然,有的包含各种阻碍行动的因素,有的甚至无故事可言。若属于

---

[1] Shlomith Rimmon-Kenan, *Narrative Fiction: Contemporary Poetics* (2nd edition), London and New York: Routledge, 2002, p. 140. 引语中提到的奥尼尔的著作是:Patrick O'Neill, *Fictions of Discourse: Reading Narrative Theory*, Toronto: University of Toronto Press, 1994。

最后这样的情况,也就无法建构叙事语法。在建构叙事语法和叙述诗学时,对文学中的新体裁、其他媒介和非文学叙事可予以充分关注,以拓展研究范畴,争取新的发展空间。可以试图建构某种戏剧或某种电视剧的叙事语法或叙述诗学、传记文学的叙事语法和叙述诗学等等。已往的经典叙事学家对电影叙事较为关注,但对其他媒介很少考虑,留下了不少发展空间。此外,每一类作品都有符合规约和偏离规约这两种情况,以往的描述往往不能涵盖偏离常规、实验创新的叙事现象,需要不断对现有分析模式进行补充和扩展。此外,有些偏离传统的文学体裁已形成了自己的规约,譬如后现代小说就有其特定的叙事方式,不妨对这些规律进行探讨。诚然,这些作品的规律往往难以把握,或难以用理论模式来系统描述,不过还是值得尝试的。有趣的是,学者们若在这些领域展开研究,往往会被视为"后经典叙事学研究",但如前所述,这也完全可以视为"经典叙事学"的新发展。

再次,尽管建构"共时性"的叙事语法和叙述诗学无须考虑语境,但对于叙事结构发展演变的"历史性"应有清醒的认识。无论是探讨叙述技巧的演变、还是研究叙述技巧在某一时期或某部作品中的作用,都应充分考虑社会历史语境。

当然,经典叙事诗学要得到发展,关键是要把握其实质,看到它并没有过时。要认清这一点,首先要做到不盲目赶潮流。从20世纪70年代开始在西方盛行的解构主义批评理论聚焦于意义的非确定性,对于结构主义批评理论采取了完全排斥的态度。80年代初以来,不少研究小说的西方学者将注意力完全转向了政治批评,转向了文本外的社会历史环境。他们反对小说的形式研究或审美研究,认为这样的研究是为维护和加强占统治地位的意识形态服务的。在这种"激进"的氛围中,经典叙事诗学研究受到了强烈冲击。在美国,这种冲击尤为明显。笔者曾于80年代末、90年代初在美国发表了几篇论文,面对美国学界日益强烈的政治化倾向,决定暂时停止往美国投稿,立足于国内进行研究。中国学界在经历了多年政治批评之后,注重客观性和科学性,重视形式审美研究,为经典叙事诗学提供了理想的发展土壤。在美国经典叙事诗学处于低谷的90年代,国内的经典叙事诗学的翻译和研究却形成了高潮。在英国,尽管学术氛围没有美国激进,但由于没有紧跟欧洲大陆的理论思潮,叙事学研究一直不太兴旺。美国叙事学家只好转向欧洲大陆。1995年美国经典叙事学研究处于最低谷之时，在荷兰召开了以"叙述视角：认知与情感"为主题的国际研讨会。到会的至少有一半是美国学者，他们说当时在美国召开"叙述视角"研讨会是不可能的。近几年来，越来越多的美国学者意识到了一味进行政治文化批评的局限性，这种完全忽略作品艺术规律和特征的做法必将给文学研究带来灾难性后果。他们开始重新重视对叙事形式和结构的研究。2000年在亚特兰大召开的叙事文学研究协会的年会上举行了首届"当代叙事学专题研讨会"①。当时，代表们纷纷议论说"叙事学回来了"。诚然，这是一个经典叙事学与后经典叙事学共存的研讨会，而且也无人愿意承认自己搞的是经典叙事学，但人们之所以会宣告"叙事学回来了"，正是因为这一研讨会带有较强的经典叙事学的色彩。应该说，尽管迄今为止，没有美国学者愿意公开表示对经典叙事学的支持，但不少人已经改变了对经典叙事学的态度。毋庸置疑，只有在学界真正认识到经典叙事诗学具有继续发展的合理性和必要性之后，经典叙事诗学才有可能再次兴旺发达。经典叙事诗学毕竟构成后经典叙事学之技术支撑。经典叙事诗学若存在问题或发展滞后，难免影响后经典叙事学的发展。换个角度说，若经典叙事诗学能健康发展，就能推动后经典叙事学的前进步伐；而后者的发展也能促使前者拓展研究范畴，更新研究工具。这两者构成一种相辅相成的关系。

近年来，一些西方学者将文学学习与研究的滑坡与大学校园中的理论热挂起钩来，实际上，真正对文学学习与研究造成冲击的是解构主义（解构文学与非文学之分）、文化研究或政治批评（将文学视为社会文献、政治工具）等。经典叙事诗学和其他众多旨在有效地包容文学文本的经典理论模式和批评范式也是受冲击的对象，而非冲击的主体。后经典叙事学在作品阐释上从这些冲击中吸取了不少有益的成分（譬如对读者和语境的关注，对盲目追求客观性的反思），但同时依然坚持文学惯例的有效性，坚持对叙事形式技巧的研究，避免了怀疑主义和一味政治化。近年来，叙事

---

① *Narrative* 第9卷（2001）第2期特邀主编卡法莱诺斯（Emma Kafalenos）写的编者按说明了这一专题研讨会的缘起："1999年在达特茅斯举行的叙事文学研究协会的年会上，申丹在一个分会场宣读的探讨视角的论文吸引了十来位叙事学家。他们都在自己的论著中对视角进行过探讨，而且相互之间也阅读过有关论著。在申丹发言之后进行的讨论引人入胜，但时间太短，因为接着需要讨论下一位学者的发言。然而，研讨刚一结束，在场的三人：杰拉尔德·普林斯、詹姆斯·费伦和我自己就开始商量如何组织一个专题研讨，以便进行类似的交流，但留有更多的讨论时间。在接下来的几个月里，我们三人做出了计划，组织了在2000年亚特兰大年会上由四个分会场组成的'当代叙事学专题研讨会'……"这一专题研讨会构成了亚特兰大年会上一个突出的高潮。"当代叙事学专题研讨会"已经举行五届，每一届都很成功。

理论之所以会在西方产生强劲的发展势头，就是因为不少西方学者对解构主义造成的怀疑一切和文化研究造成的一味政治化进行了反思，认为再这样下去必定会给文学研究带来灾难性后果。他们开始再度重视对叙事形式和结构的研究，认为小说的形式审美研究和小说与社会历史环境之关系的研究不应当互相排斥，而应当互为补充。相信"经典"和"后经典"叙事学都会在新的世纪里得到更好的发展，为小说叙事研究，以及其他各领域、各媒介的叙事研究做出更大的贡献。

第十章　修辞性叙事理论

　　传统上的修辞学可分为对修辞格（文字艺术）的研究和对话语之说服力（作者如何劝服听众或读者）的研究这两个分支，① 修辞性叙事理论涉及的是后面这一范畴。申丹在《叙述学与小说文体学研究》一书中，曾说明小说的艺术形式有两个不同层面：一为叙述结构，二为遣词造句；叙述学（叙事学）仅关注前者，而文体学则仅关注后者，两者构成一种对照和互补的关系。研究修辞格的修辞学构成现代文体学的一个源头，而研究话语说服力的修辞学则与叙事学关系紧密。在《叙事/理论》一书中，里克特（David H. Richter）提出了"结构主义叙事学"与"修辞性叙事学"的对照和互补的关系，认为前者主要关注"叙事是什么"；而后者关注的则是"叙事做什么或者如何运作"。②在提到"修辞性叙事学"时，里克特是在广义上采用"叙事学"这一名称，泛指对叙事结构的系统研究。我们知道，严格意义上的"叙事学"在20世纪60年代诞生于结构主义发展势头强劲的法国，而里克特的"修辞性叙事学"始于40年代美国芝加哥学派克莱恩（R. S. Crane）有关叙事的"修辞诗学"。相比之下，如果采用严格意义上的"叙事学"一词，那么"修辞性叙事学"就可用于指涉90年代以来发展较快的一个跨学科派别，它将研究"叙事是什么"的叙事学的研究成果用于修辞性地探讨"叙事如何运作"。这一严格意义上的"修辞性叙事学"是本章的探讨对象。

　　修辞性叙事理论在当代叙事理论中占据了重要地位。总的来说，20世

---

　① 当然，前者可以视为后者的一部分，因为探讨修辞格也是为了说明如何能更有效、更生动地表达思想。但两者之间的界限依然可辨，后者往往不考虑修辞格，前者则聚焦于修辞格。

　② David H. Richter, "Preface," in Narrative/Theory, p. ix.

纪 90 年代之前以经典立场为主导，90 年代以来则以后经典立场为主导。布思的《小说修辞学》（1961）是前者的代表作，但该书 1983 年第二版的长篇后记体现出向后经典立场的（有限）转向。七年之后，查特曼的《叙事术语评论：小说和电影的叙事修辞学》一书面世，其最后一章为后经典修辞性叙事理论的发展进一步做了铺垫。1996 年詹姆斯·费伦的《作为修辞的叙事》出版，该书发展了费伦在《解读人物、解读情节》（1989）中提出的理论框架，成为美国后经典修辞性叙事理论的一个亮点。1999 年，迈克尔·卡恩斯的《修辞性叙事学》一书问世，该书很有特色，但同时也有不少混乱。本章将沿着这一发展轨迹，一步步探讨这些处于不同时间段的代表作。

值得一提的是，"修辞"一词在西方当代文论中是个涵义十分复杂的词。在解构主义学者的手中，"修辞"几乎成了"解构"或"颠覆"的代名词；在"文化研究"的领域中，"修辞"又转而指涉权力或意识形态关系的运作。后结构主义、后现代语境下的"修辞"一词十分强调语境对话题（内容）之选择的决定作用。但在修辞性叙事理论中，继承了亚里士多德传统的"修辞"一词主要指涉作者与读者进行交流的方式或技巧。

第一节　布思从经典到后经典的小说修辞学

作为铺垫，我们将首先考察布思的《小说修辞学》。布思是克莱恩的学生，他的《小说修辞学》不仅是修辞性小说研究这条线上最具影响的代表作，而且对叙事学也产生了很大影响。他的小说修辞学与叙事学的诗学研究实际上既相异又相通，从中可以看出"修辞学"这条线和"叙事学"这条线在某种程度上的交融。布思的《小说修辞学》于 1961 年面世之后，在西方小说研究界造成了深远的影响。改革开放以来，国内先后出版了该书的两个译本（广西人民出版社和北京大学出版社）。在 1983 年面世的该书第二版中，布思增加了一个近 60 页的后记，表现出与第一版不甚相同，且带有一定内在矛盾的立场。本节从作者、文本与读者这三个因素入手，结合社会历史语境，来评析《小说修辞学》两个版本的基本特点，以及布思的小说修辞学与叙事学的诗学之间的本质性异同。

一、布思的经典小说修辞学

在《小说修辞学》第一版中，布思提出了"隐含作者"（implied author）这一概念。所谓"隐含作者"就是隐含在作品中的作者形象，它不以作者的真实存在或者史料为依据，而是以文本为依托。从阅读的角度来看，隐含作者就是读者从整个文本中推导建构出来的作者形象。同一作者写出的不同作品往往会隐含作者的不同形象，正如一个人出于不同的目的给关系不同的人写出的书信，会隐含此人的不同形象一样。布思在说明隐含作者与真实作者的区别时，采用了作者的"第二自我"这一概念：作者在写作时采取的特定立场、观点、态度构成其在具体文本中表现出来的"第二自我"。

"隐含作者"这一概念的出台，有其深刻的社会历史原因。传统批评强调作者的写作意图，学者们往往不遗余力地进行各种形式的史料考证，以发掘和把握作者意图。英美新批评兴起之后，强调批评的客观性，将注意力从作者转向了作品自身，视作品为独立自足的文字艺术品，不考虑作者的写作意图和历史语境。在颇有影响的《实用批评》（1929）一书中，①理查兹（I. A. Richards）详细记载了一个实验：让学生在不知作者和诗名的情况下，对诗歌进行阐释。20 多年之后，韦姆萨特（W. K. Wimsatt）和比尔兹利（Monroe C. Beardsley）发表了一篇颇有影响的论文《意图谬误》，认为对作者意图的研究与对作品艺术性的判断无甚关联，一首诗是否成功完全取决于其文字的实际表达。②这种重作品轻作者的倾向在持结构主义立场的罗兰·巴特（Roland Barthes）那里得到了毫不含糊的表述。在《作者之死》一文中，巴特明确提出，由于语言的社会化、规约化的作用，作品一旦写成，就完全脱离了作者。③巴特与传统的作者观已彻底决裂，认为作者的经历等因素完全不在考虑范围之内，因为作者根本不先于文本而存在，而是与文本同时产生。

布思所属的芝加哥学派与新批评几乎同步发展，关系密切。它们都以文本为中心，强调批评的客观性，但两者之间也存在重大分歧。芝加哥学派属于"新亚里士多德派"，继承了亚里士多德模仿学说中对于作者的重视。与该学派早期的诗学研究相比，布思的修辞学研究更为关注作者和读者，旨在系统研究作者影响控制读者的种种技巧和手段。布思的《小说修辞学》诞生于 1961 年，当时正值研究作者生平、社会语境等因素的"外

---

① I. A. Richards, *Practical Criticism*, New York: Harcourt, Brace and Company, 1929.
② 收入 W. K. Wimsatt and Monroe C. Beardsley, *The Verbal Icon*, Lexington, Kentucky: University of Kentucky Press, 1954.
③ Roland Barthes, "The Death of the Author," in his *Image-Music-Text*, London: Fontana, 1977.

在批评"衰微,而关注文本自身的"内在批评"盛极之时,[①] 在这样的氛围中,若对文本外的作者加以强调,无疑是逆历史潮流而动。于是,"隐含作者"这一概念就应运而生了。"隐含作者"完全以作品为依据,不考虑作者的身世、经历和社会环境,故符合内在批评的要求,同时,它又使修辞批评家得以探讨作品如何表达了作者的预期效果。这一概念出台后,在小说研究界被广为采纳接受。

在2003年10月于美国哥伦布举行的"当代叙事理论"研讨会上,布思说明了当初提出"隐含作者"这一概念的四个原因:(1)他对当时学界追求小说中的所谓"客观性"(作者隐退)感到不满。(2)对学生将叙述者和作者相混淆的误读感到忧虑。布思特别提到学生在读塞林格(Jerome David Salinger)的《麦田的守望者》时,完全与第一人称叙述者霍尔登·考尔菲尔德相认同,看不到作者对这位有严重弱点的叙述者的反讽。(3)对于批评家忽略修辞和伦理效果而感到的一种"道德上的"苦恼。这种苦恼有两个缘故:一是不少学者将小说视为艺术品,仅仅关注小说的审美效果;二是越来越多的学者片面强调读者反应,无视作者的意图,无视作者对读者的道德教育。(4)人们在写作或说话时,常常以不同的面貌或戴着假面具出现,在文学创作中更是如此。布思举了一个十分生动的例子:数十年前,他问索尔·贝娄(Saul Bellow)近来在干什么,贝娄回答说自己每天花四个小时修改一部将被命名为"赫尔索格"的小说。布思追问贝娄究竟在修改什么,贝娄答道:"正在抹去我不喜欢的有关我的自我的那些部分。"

听着布思对这些理由侃侃而谈,坐在听众席上的笔者不免心生疑惑:他根本没有提到前文所说的"深刻的社会历史原因",有避重就轻之嫌。布思讲完后,笔者马上发问,提出了这一原因。布思当众表示赞同。会后,笔者就这一问题与跟布思关系密切的费伦交换了意见。费伦说他自己也私下问过布思这个问题,布思也承认了这一原因。费伦将这一原因写入了由康奈尔大学出版社出版的一本新作。[②] 参加"当代叙事理论"研讨会的都是应邀为《Blackwell叙事理论指南》撰稿的作者,会议的目的是交流为《指南》撰写的初稿,以便加以修改,使之完善。笔者以为布思在当众认可了这一原因之后,会在终稿中增加这一最重要的原因,但他却没有这

---

① 当时虽然新批评已经衰退,但结构主义和形式文体学等其他"内在批评"则正在勃兴之中。
② James Phelan, *Living to Tell about It*, Ithaca: Cornell University Press, 2005, pp. 38—39.

样做。① 其实，就布思自己提到的四个原因而言，前三个原因都无法说明为何要提出"隐含作者"这一概念，因为谈"真实作者"也同样能够解决问题。布思在论述这三个原因时，基本上只是泛泛地提到"作者"。可以说，这三个原因只是说明了布思为何要强调作者，第四个原因和那一"社会历史原因"才说明了为何要提出"隐含作者"来区别于"真实作者"。

值得注意的是，布思在《小说修辞学》中，并非连贯一致地采用"隐含作者"这一概念。譬如在序言中，他谈到有的作者有意影响控制读者，有的则不然。虽然这一区分是以文本为依据的，即看作者是否在小说中公开发表评论，但在涉及现代小说时，则超出了文本自身的范畴。布思提出，在现代小说中，修辞以一种伪装的形式出现。亨利·詹姆斯说自己之所以让一个人物充当叙述者，是因为读者需要一个"朋友"。布思据此指出，从表面上看，詹姆斯是想戏剧性地展示事件，实际上这是一种修辞技巧，旨在帮助读者理解作品。这显然是根据作品外作者自己声称的创作意图来进行判断。

就文本而言，布思感兴趣的是作者（通过叙述者、人物）与读者交流的种种技巧，影响控制读者的种种手段。无论作者是否有意为之，只要作品成功地对读者施加了影响，作品在修辞方面就是成功的。布思对小说的探讨，与叙事学的诗学研究有以下相似或相通之处：(1) 关心的不是对具体文本的解读，而是对小说中修辞技巧的探索。作品只是用于说明修辞手段的例证（这有别于新批评）。(2) 认为文学语言的作用从属于作品的整体结构，注重人物与情节，反对新批评仅仅关注语言中的比喻和反讽的做法。布思的小说修辞学与叙事学均聚焦于各种叙事手法，而非作者的遣词造句本身。在《小说修辞学》1983 年版的后记中，布思重申小说是由"行动中的人物"构成，由语言叙述出来而非由语言构成的。② 这与以戴维·洛奇为代表的聚焦于语言的新批评派小说研究形成了鲜明对照。③ (3) 注重对不同叙事类型和叙述技巧的系统分类，并系统探讨各个类别的功能。正因为这些本质上的相通，布思在《小说修辞学》中提出的一些概念和分类被叙事学家广为接受，包括：隐含作者、叙述者的可靠性与不可靠性，各种

---

① Wayne Booth, "Resurrection of the Implied Author: Why Bother?" in *Blackwell Companion to Narrative Theory*, (eds.) James Phelan and Peter Rabinowitz, Oxford: Blackwell, 2005, pp. 75—78.

② Wayne C. Booth, *The Rhetoric of Fiction*, Harmondsworth: Penguin Books, 2nd edition, 1983, p. 409.

③ David Lodge, *Language of Fiction*, New York: Columbia University Press, 1966.

叙述距离等等。

但布思的小说修辞学与叙事学也存在一些本质差异：（1）在建构叙述诗学时，叙事学家旨在探讨叙事作品中普遍存在的结构、规律、手法及其功能，而布思则旨在探讨修辞效果，因此反对片面追求形式，反对一些教条式的抽象原则和标准。布思认为不能笼统地采用某一文类的标准来评价某作品的叙述技巧，有必要区分不同的小说种类，各有其适用的修辞方法。虽然他的目的不是阐释特定的文本，但他从修辞效果出发，十分关注具体作品在修辞方面的特殊需要，关注修辞手段在特定语境中发挥的作用，关注小说家在特定的上下文中如何综合利用各种叙事方法来达到最佳修辞效果。（2）布思不仅更为注重小说家的具体实践，而且注重追溯小说修辞技巧的源流和演变。这与以共时研究为特点的经典（结构主义）叙事学形成了对照，但与关注历史语境的后经典叙事学具有相通之处。（3）虽然布思将纯粹说教性的作品排除在研究范围之外，但他受传统批评的影响甚深，十分注重作品的道德效果，主张从如何让读者做出正确的道德判断这一角度来看修辞技巧的选择。在《小说修辞学》1983年版的后记中，布思对追求科学性、不关注道德效果的结构主义方法提出了批评。他认为就虚构作品的形式而言，重要的因素往往具有道德价值，若不予关注，就贬低了作品的价值。其实，这与布思倡导的多元论相背离。从多元论的角度来看，任何研究方法都有其特定的关注和不予关注的对象，不同方法之间互为补充。① 结构主义叙事诗学研究与语法研究十分相似，既然无人要求后者关注道德价值，也就不应要求前者关注道德价值。（4）布思的《小说修辞学》与叙事学家热奈特所著《叙述话语》② 在对叙述规约、叙述方法的研究上具有相通之处，但两者在研究目的和研究对象上存在相当大的差异。除了上文涉及的那些差异外，我们不妨比较一下两本书的基本研究对象。热奈特的《叙述话语》共有五章，前三章探讨的都是时间结构，即作者在话语层次上对故事时间的重新安排。后两章则以"语式"和"语态"为题，探讨叙述距离、叙述视角和叙述类型。由于布思关注的是叙述交流和道德修辞效果，因此没有探讨文本的时间结构，而是聚焦于（隐含）作

---

① 布思在第二版的后记中，对多元论进行了强调，认为每种批评方法都有其特定的揭示和遮蔽的对象，各种方法之间互为补充。布思还在另外一本书中，系统论述了这一问题：Wayne C. Booth, *Critical Understanding: The Powers and Limits of Pluralism*, Chicago: The University of Chicago Press, 1979, 尤其是第12—34页。参见拙文 Dan Shen, "The Future of Literary Theories: Exclusion, Complementarity, Pluralism," *ARIEL*, 33 (2002), pp. 159—180.

② Gerard Genette, *Narrative Discourse: An Essay in Method.*

者的声音和立场、各种叙述距离、叙述视点和叙述类型等范畴。热奈特在探讨叙述距离时，关心的是"展示"（showing）与"讲述"（telling）等对叙事信息进行调节的结构形态，布思除了关心这一范畴，还十分重视叙述者与隐含作者/人物/读者，或隐含作者与读者/人物等之间在价值、理智、道德、情感等各方面的距离。值得一提的是，受布思的影响，杰拉尔德·普林斯等叙事学家也对这些叙述距离予以了关注。①

布思对"展示"与"讲述"的探讨，也表现出与叙事学的较大差异。这一差异在一定程度上来自他对现代小说理论的一种反叛。如本书中篇所述，20世纪初以来，越来越多的批评家和小说家认为只有戏剧性地直接展示事件和人物才符合逼真性、客观性和戏剧化的标准，才具有艺术性，而传统全知叙述中作者权威性的"讲述"（概述事件、发表评论）说教味太浓，缺乏艺术性。可是，作者的议论构成重要的修辞手段，若运用得当，能产生很强的修辞效果，尤其是道德方面的效果。故布思用了相当大的篇幅来说明恰当的议论之存在的必要性，说明其各种作用。与此相对照，叙事学家对作者的议论一般只是一带而过。② 值得注意的是，布思在捍卫作者恰当的议论时，似乎走得太远。他认为反对作者的公开议论也就可以反对作者的任何叙事选择和技巧，因为它们均体现了作者的介入。③ 在这里，布思从作者的介入这一角度切入，有意无意地抹杀了各种叙事技巧之间的区别。反对作者的公开议论是反对作者直接、明显的介入，这种介入决不同于对素材的选择和戏剧性展示中作者隐蔽的"介入"。布思还用了大量篇幅来说明非人格化叙述（戏剧性展示）中作者的沉默所带来的种种问题，这与他对传统全知叙述的捍卫不无关联，而这一捍卫又与他对作品道德效果的重视密切相关。

布思对读者十分关注，不仅考虑隐含作者的修辞手段对读者产生的效果，也考虑读者的阐释期待和反应方式。修辞方法与经典叙事学方法的一个本质不同在于：修辞方法聚焦于作者如何通过文本作用于读者，因此不仅旨在阐明文本的结构和形式，而且旨在阐明阅读经验。但布思对读者的看法相当传统。实际上，布思对传统修辞技巧的捍卫也与他对读者的保守看法有关。在布思眼里，读者多少只是被动地接受作者的控制诱导，而不

---

① Gerald Prince, *Narratology*, Berlin, New York: Mouton, 1982, pp. 12—13.
② 当然也有例外，譬如查特曼在其叙事学著作 *Story and Discourse* 中，就用了较多篇幅来对作者的议论进行分类探讨。这很可能与布思的影响不无关联。
③ Wayne C. Booth, *The Rhetoric of Fiction*, 1961, pp. 17—20.

是主动地对作品做出评判。与"隐含作者"相对应，布思的读者是脱离了特定社会历史语境的读者。在《小说修辞学》第一版的序言中，布思毫不含糊地声明，自己"武断地把技巧同所有影响作者和读者的社会、心理力量隔开了"，而且通常不考虑"不同时代的不同读者的不同要求"。布思认为只有这样做，才能"充分探讨修辞是否与艺术协调这一较为狭窄的问题"。实际上，尽管布思声称自己考虑的是作品的隐含读者，但这也是与有血有肉的读者相混合的"有经验的读者"。与此相对照，结构主义叙事学家关心的是受述者（narratee）。受述者是叙述者讲述的对象，是与叙述者相对应的结构因素，与社会历史语境无关，也有别于有血有肉的读者。

二、布思向后经典叙事理论的有限迈进

在《小说修辞学》1983 年问世的第二版中，布思增加了一篇长达 57 页的后记，并由费伦编写了补充书目。在第一版面世后的 22 年中，美国的社会历史语境发生了根本变化，从重视形式批评逐渐转向了重视文化意识形态批评。时至 80 年代初，文本的内在形式研究已从高峰跌入低谷，盛行的是文化研究、马克思主义批评、女性主义批评等外在批评派别，以及解构主义批评。《小说修辞学》出版后，受到了广泛关注，其深厚广博的文学素养、对小说修辞技巧开创性的系统探讨备受赞赏。同时，其保守的基本立场也受到了来自方方面面的批评与责难。在第二版的后记中，布思在两种立场之间摇摆不定，一是对《小说修辞学》中经典立场的捍卫，另一是对经典立场的反思，向后经典立场的迈进。布思将时下的一些流行规则称为"半真半假的陈述"，并进行了不无反讽的描述，譬如，所有好读者"可任意将自己的阐释和信念强加于所有的小说；传统上所说的'对文本的尊重'最好改称为'自我解构的被动投降'"。① 与此同时，他也表现出对时代的顺应。弗雷德里克·詹姆森（Frederic Jameson）在《马克思主义与形式》一书中，对《小说修辞学》不关注社会历史语境的做法进行了强烈抨击。②在第二版的后记中，布思首先捍卫了自己的立场，提出自己不是反历史，而是有意超越历史，认为小说修辞研究与小说政治史研究是两码事，与小说阐释也相去甚远。但在冷静反思后，布思对某些文化研究表示了赞同（尽管对大部分文化研究仍持保留态度）。他提出可以探讨为何一

---

① Booth, *The Rhetoric of Fiction*, 2nd edition, p. 403.
② Fredric Jameson, *Marxism and Form*, Princeton: Princeton University Press, 1971, pp. 357—358.

个特定历史时期会孕育某种技巧或形式上的变革,并将俄国形式主义学者巴赫金(Mikhail Bakhtin)视为将文化语境与形式研究有机结合的范例。布思对巴赫金的赞赏有其自身的内在原因。布思认为形式与意义或价值不可分离。因此他既反对意识形态批评对形式的忽略,又反对不探讨价值的纯形式研究。巴赫金将对形式的关注与对意识形态的关注有机结合起来,从前者入手来研究后者,得到布思的赞赏也就在情理之中。但巴赫金所关注的社会意识形态与布思所关注的作品的道德价值不尽相同。①

就作者而言,布思一方面承认作者无法控制各种各样的实际读者,一方面仍然十分强调作者对读者的引导作用。他依然认为小说修辞学的任务就是阐释作者做了什么(或者能做什么)来引导读者充分体验作品。诚然,在巴赫金的启发下,布思认为应对实际作者加以考虑,不应在隐含作者和实际作者之间划过于清晰的界限。

就读者而言,布思一方面认为不应将自己对文本的反应当成所有读者的反应,而应考虑到属于不同性别、不同阶层、不同文化、不同时代的读者的不同反应,还特别提到女性主义批评对文本进行的精彩解读。但另一方面他又强调各种读者"共同的体验"和"阐释的规约",对自己在第一版中的立场加以辩护。他说:"幸运的是,该书所说的'我们'的反应,大多可简单地解释为是在谈论隐含作者所假定的相对稳定的读者,即文本要求我们充当的读者。在这么解释时,现在我会强调我们在阅读时固有的、不可避免的创造性作用。"② 从"幸运的是"这一开头语可以看出,布思是能守就守,守不了方做出让步。说读者的创造性作用是"固有的、不可避免的",也就是说并无必要提及。实际上,强调"文本要求我们充当的读者",就必然压抑读者的创造性阅读(因为只需做出文本要求的反应),而且必然压抑不同性别、不同阶层的读者的不同反应。传统上"文本要求我们充当的读者"往往是父权制的,女性主义者会进行抵制性的阅读。受压迫的黑人面对以白人为中心的作品,也会进行抵制性阅读,而不会服从隐含作者或文本的要求。布思批评那些仅注重读者的差异而忽略读者共有反应的批评派别,但未意识到自己并非在两者之间达到了平衡。布思还试图用不同种类的作品之间的差异来替代不同读者之间的差异,③ 这也是试图

---

① Wayne C. Booth, "Introduction" to *Problems of Dostoevsky's Poetics* by Mikhail Bakhtin (ed. & tr.) Caryl Emerson, Minneapolis: University of Minnesota Press, 1984.
② *The Rhetoric of Fiction*, 2nd edition, pp. 432—433.
③ Ibid., pp. 441—442.

用"文本要求我们充当的读者"来涵盖实际读者。诚然，布思的"隐含读者"比叙事学的"受述者"要接近实际读者。布思提到了叙事学家普林斯对"受述者"的探讨，认为这种探讨太抽象，与读者的实际阅读相分离。

就文本而言，布思检讨说，第一版有时让人感到自己选择的分析素材似乎是上帝赋予的，似乎惟有自己的阐释是正确的，而实际上选材有其任意性，阅读也可能走偏。他认为当初不该将书名定为"小说修辞学"，而应定为"一种小说修辞学"，甚或应该定为"对于叙事的多种修辞维度之一的一种也许可行的看法的简介的一些随笔——尤为关注有限的几种虚构作品"。从这一详尽到十分笨拙的标题，我们一方面可以看出布思对问题的充分认识，另一方面也可感受到一种无可奈何的口吻和不无反讽的语气。这种语气在涉及非小说文类时更为明显。时至20世纪80年代初，文学与非文学之间的界限遭到了方方面面的解构。不少人指责《小说修辞学》分析范围太窄。布思则不无反讽地回应说：自己本可以分析那么"一两个"笑话，谈那么"一点点"历史。同时明确指出，自己将研究范围局限于几种小说不无道理，因为这些小说有其特殊的修辞问题。至于对全知叙述的看法，面对众多的批评，布思采取了一种被动防守的姿态。他说自己并非认为传统的全知叙述优于现代的作者沉默，前者时常被滥用，后者也往往很精彩，还特别强调了作者的沉默对读者的引导作用。布思提出，随着历史的进程，我们逐渐积累越来越多的技巧，每一种都有其特定的局限性，后面的技巧并非优于前面的。不难看出，这仍然是在捍卫全知叙述。在论述这一问题时，布思似乎忽略了不同时代的读者的不同接受心理。现当代的读者不再迷信权威和共同标准，不愿聆听权威的讲述和评判，而愿根据自己的所见所闻做出自己的判断。这种接受心理是全知议论不再受欢迎的一个主要原因。值得一提的是，受巴赫金、费伦等学者的影响，布思更为注重文本中的双重声音或多重声音，尤其是自由间接引语这一有效传达双重声音（叙述者的声音和人物的声音）的叙述手法。

在《小说修辞学》第二版的后记中，我们无疑可以看到布思向后经典叙事理论的迈进，但这一迈进从本质上说是颇为被动，也是颇为有限的。可以说，布思的《小说修辞学》是美国当代修辞性叙事理论的一本奠基之作。该书第二版向后经典立场的有限迈进，也为后经典叙事理论的发展作了一定的铺垫。

第二节　查特曼的叙事修辞学

西摩·查特曼是美国伯克利加州大学修辞学教授、著名叙事学家。他的"叙事修辞学"（1990）是美国修辞性叙事理论发展过程中的一个重要环节。本节旨在从作者、文本与读者这三个因素入手，探讨查特曼的叙事修辞学。我们认为，查特曼的"叙事修辞学"与"叙事学"之间呈一种既等同又区分的复杂关系，造成了某些范畴上的混乱。通过清理这些混乱，我们能更好地把握修辞学与叙事学的本质。在研究立场上，查特曼的叙事修辞学与布思《小说修辞学》第二版一样，在经典立场与后经典立场之间摇摆不定，既有创新和发展，又有固守和倒退。这样的现象在同一时期的不少美国资深学者中，似乎颇有代表性。

一、修辞学与叙事学：等同还是区分

康奈尔大学出版社 1990 年出版了查特曼的《叙事术语评论[①]：小说和电影的叙事修辞学》一书。这部将"叙事修辞学"（the rhetoric of narrative）置于副标题中的书，涉及的主要是叙事学的诗学研究。可以说，查特曼在"叙事学"与"修辞学"之间画了等号。这一点从该书主标题（属于叙事学的范畴）与副标题之间的关系就可看出来。该书引言第一段仅提到了叙事学，第二段则进一步声明："本书关注的是叙事学和通常的语篇理论的术语。"全书共有 11 章，前 10 章基本属于叙事学的诗学研究的范畴，只有最后一章才直接探讨修辞学的问题。这一章以"'小说（fiction）[②]'的'修辞学'"为题，在源流、方法和研究对象上均与前面 10 章表现出明显差异。前 10 章的主要参照对象是热拉尔·热奈特、杰拉尔德·普林斯和华莱士·马丁等叙事学家，而第 11 章则是与韦恩·布思这位小说修辞学家的直接对话。诚然，如前所述，叙事学和修辞学有不少相通之处，但两者之间仍有本质上的差异，其主要不同在于：叙事学以文本为中心，旨在研究叙事作品中普遍存在的结构、规律、手法及其功能，而修辞学则

[①] 该书的正标题为一双关语"Coming to Terms"，意指叙事术语评论，同时与习惯用法"come to terms"（妥协）相呼应，以期吸引读者的注意力，但在汉语中难以译出其双关涵义。笔者征求了查特曼本人的意见，采取了这一非双关的译法。

[②] "Fiction"一词既可狭义地指称"小说"，又可广义地指称"虚构作品"。在查特曼这本书的副标题中，该词与"电影"一词并置，特指"小说"。为了在书中保持一致，在此也译为"小说"。

旨在探讨作品的修辞目的和修辞效果，因此注重作者、叙述者、人物与读者之间的修辞交流关系。查特曼在前10章探讨的并非修辞交流关系，而是文学和电影中的语篇类型和叙事手法。前四章采用了一种外在的眼光，集中探讨（虚构性）"叙事"与"论证"和"描写"这两种语篇类型的关系，它们之间如何互相搭配，一种语篇类型如何为其他语篇类型服务。后面六章则以一种内在的眼光来探讨叙事学的一些仍有争议的重要概念，如"隐含作者"、"叙述者的本质"（包括文学叙述者与电影叙述者之间的差异）、"人物视点"或"视角"，以及叙述者的"不可靠叙述"与人物"易出错的过滤"（fallible filter）之间的区别。当然，"隐含作者""不可靠叙述"等也是修辞学的概念，但查特曼主要是对这些概念进行结构探讨，而非关注其修辞效果。

在最后一章中，查特曼提出了"修辞"一词的几种不同涵义，其中有两种与本文相关：一种为广义上的"修辞"，它等同于"文字（或其他媒体符号）的交流"；另一种为狭义的"修辞"，即采用交流手段来劝服（suade），这是通常人们理解的"修辞"的涵义。依据这两种定义，查特曼对叙事学和小说修辞学（rhetoric of fiction）进行了区分。在查特曼看来，叙事学属于广义上的修辞学范畴，其特点为仅仅对文本中的交流手段进行分类和描述，不关注文本的交流目的。而小说修辞学则属于狭义上的修辞学，研究文本如何采用交流手段来达到特定目的，研究这些手段对隐含读者产生了什么效果。① 这样一来，查特曼就通过"广义修辞学"将叙事学纳入了修辞学的范畴，无意中掩盖了叙事学与修辞学这两种不同学科之间的区别。此外，将广义上的"修辞"定义为"文字（或其他媒体符号）的交流"，也难以将修辞学与通常的语篇分析、语用学等区分开来。在我们看来，究竟是否关注文本的劝服目的和效果，是修辞学与叙事学之间的本质不同。仅仅将（广义上的）"修辞"定义为"文字（或其他媒体符号）的交流"实在过于宽泛，抹杀了修辞的本质特征，极易造成范畴上的混乱。这种范畴上的混乱在查特曼的这本书中表现得相当明显。如前所述，该书一方面在最后一章中，将叙事学划归广义的修辞学，将小说修辞学划归狭义的修辞学，并指出了两者之间的本质区别；另一方面，又将书中的研究统称为"小说和电影的叙事修辞学"，既涵盖了叙事学又涵盖了

---

① Seymour Chatman, *Coming to Terms: The Rhetoric of Narrative in Fiction and Film*, Ithaca: Cornell University Press, 1990, p. 186.

小说修辞学,在两者之间又画上了等号。由于该书除了最后一章都是对叙事学的研究,因此,"小说叙事修辞学"实际上主要指称对小说的叙事学研究。倘若遵循查特曼的区分,我们只能将"小说叙事修辞学"视为广义的修辞学,将"小说修辞学"视为狭义的修辞学,但"小说修辞学"研究的正是小说中叙事手段的交流目的和效果,完全可以说"小说叙事修辞学"是它的别称,这样两者又成为一体。在该书最后一章中,查特曼自己也提到:"不应把'修辞'视为'交流'的又一个宽泛意义上的同义词,它特指意在达到某种目的的语篇,这一'目的'就是对听众的劝服。"① 根据这一对"修辞"的定义,叙事学显然处于修辞学的范畴之外。此外,在谈到直接用形容词来刻画人物这一技巧时,查特曼还作了这么一番评论:"这只是一个技术手段,是隐含作者手中诸种叙事选择(narratological choice)中的一种。只是在其目的明确化时,即当我们可以解释这种手段如何取得控制听众的效果时,它才会成为修辞性的。"② 不难看出,查特曼在此对叙事技巧和修辞手段作了明确区分。不考虑修辞效果的"叙事术语评论"显然有别于修辞学。有趣的是,书中范畴上的混乱起到了促进"修辞性叙事学"形成的作用。将叙事学和修辞学装到一本书中,又用书名将两者混为一体,无疑有助于两者的结合。书中最后一章用修辞方法来探讨叙述技巧,也可以说对"修辞性叙事学"起了某种实践和示范的作用。然而,若要将线条清晰化,我们则需将这本书的题目改为"叙事术语评论:小说和电影的叙事学研究",同时将最后一章独立出来,单独冠以"叙事修辞学"的名称。本节下面的探讨将聚焦于这最后一章。

查特曼的这本著作出版于 1990 年,当时经典理论已受到读者反应批评和各种文化、意识形态研究学派的强烈冲击。查特曼对经典立场进行了捍卫,同时也受时代影响,不时表现出向后经典立场的转向,两种立场之间有时呈一种互为矛盾的势态。我们不妨从文本、读者与作者这三个方面入手,来考察一下查特曼的研究立场。

二、文本研究:在经典与后经典之间摇摆不定

就文本而言,查特曼的结论是:"在我看来,有两种叙事修辞,一种旨在劝服我接受作品的形式;另一种则旨在劝服我接受对于现实世界里发

---

① Seymour Chatman, *Coming to Terms: The Rhetoric of Narrative in Fiction and Film*, Ithaca: Cornell University Press, 1990, p. 203.
② Ibid., p. 194.

生的事情的某种看法。我认为，文学与电影研究者的一个重大任务就是探讨这两种修辞和它们之间的互动作用。"① 对现实世界的关注和对这两种修辞之间互动作用的强调体现出一种后经典的立场。但值得注意的是，就美学修辞而言，查特曼在涉及现实世界时，关注的仅仅是作品的逼真性这一问题。譬如，查特曼对马克·吐温（Mark Twain）的《哈克贝里·费恩历险记》评论道："就作品的外部而言，既然这是一部较为现实的小说，其美学修辞旨在劝服我们接受这一点：讲述故事的方法对应于19世纪中叶美国中西部农村的生活。作品想说服我们的是，假如在那一时空中有这么一个男孩，他就会选择采用那样的方式来讲述自己的故事。"② 不难看出，尽管涉及了现实世界，这种对逼真性的探讨依然属于一种传统立场，与关注社会历史语境中特定意识形态和权力关系的后经典立场相去较远。

　　查特曼区分了出于美学目的的修辞和出于意识形态目的的修辞。他指出，布思的小说修辞学聚焦于美学目的，这正是布思不考虑说教性小说或者寓言的根本原因。布思受传统批评的影响，虽然聚焦于非说教性作品，仍然十分强调这些作品的道德效果，关注如何采用修辞手法来让读者做出正确的道德判断。但查特曼指出：尽管布思在《小说修辞学》中常常提到道德价值，实际上这本书强调的是美学价值，而非道德价值，因为该书考虑的是道德价值如何为某部作品服务，而非将道德价值与真实世界中的行为相联系。他认为这样做"符合形式主义的要求，但不符合近来语篇理论发展的新潮流"③。查特曼显然是在时代的促动下，将视野扩展到意识形态修辞的。有趣的是，查特曼自己对意识形态修辞的探讨体现出传统的和新时代的两种立场。前者表现在查特曼对寓言和说教性小说的探讨中。查特曼认为，对寓言和说教性小说的关注本身就是对意识形态修辞的关注。在这样的作品中，作者用虚构叙事来说服读者接受有关真实世界的某些明确的道德主张，美学修辞仅仅是为传递这些道德主张服务的。然而，查特曼对这些作品中道德主张的探讨，手法相当传统。如果说这些道德主张与"真实世界中的行为"有联系的话，布思所探讨的道德价值也并非没有联系。布思之所以囿于形式主义的范畴，是因为他没有结合社会历史语境，而仅仅是在作品的语境中探讨有关道德价值。查特曼在探讨寓言等作品中明确提出的道德主张时，也是在作品的语境内进行的，并没有与"近来语

---

① Seymour Chatman, *Coming to Terms*, p. 203.
② Ibid., p. 191.
③ Ibid., p. 197.

篇理论发展的新潮流"接轨,仍然体现出一种经典的研究立场。

与此同时,查特曼受时代影响,将注意力扩展到了非说教性作品中的意识形态修辞。他指出小说中的一个叙述技巧可同时服务于美学修辞和意识形态修辞。他探讨了弗吉尼亚·吴尔夫《雅各的房间》所采用的"对人物内心的转换性有限透视"①的修辞效果。这一叙述技巧的特点是从一个人物的内心突然转向另一人物的内心,但并不存在一个全知叙述者,转换看上去是偶然发生的。查特曼认为这一技巧的美学修辞效果在于劝服我们接受吴尔夫的虚构世界。在这一世界中,经验呈流动状态,不同人的生活不知不觉地相互渗透。"至于真实世界是否的确如此,在此不必讨论"②。就意识形态修辞而言,则需要将注意力转向真实世界,看到人物意识之间的突然转换反映出现代生活的一个侧面,即充满空洞的忙碌,心神烦乱,缺乏信念和责任感。查特曼认为,人物意识之间(尤其是涉及相隔遥远的人物时)的快速转换与现代生活中电话、收音机等带来的快速人际交流相呼应。同时也让我们看到,尽管交流的速度和方便程度大大提高,交流的质量似乎并没有得到改善。此外,这一技巧还有一种社会政治方面的涵义:虽然来自不同的社会阶层,在涉及情感时,人们的处境大同小异,都会体验没有安全感、兴高采烈、镇静自若等不同情感。

为了说明美学修辞和意识形态修辞之间的区别,查特曼还设想了这么一种情形:假如一部描写中世纪生活的小说采用了"对人物内心的转换性有限透视",那么在故事的虚构世界里,这一技巧依然具有表达"经验呈流动状态,不同人的生活不知不觉地相互渗透"这一美学修辞效果,因为这一效果与真实世界的变化无关。但该技巧意识形态方面的修辞效果则会与《雅各的房间》中的有所不同,因为中世纪的生活与现代生活相去甚远。我们认为,查特曼在提出这一假设时,呈现出一种经典与后经典互为矛盾的立场。涉及意识形态修辞效果的评论关注社会历史语境,符合时代潮流,是一种后经典的立场。但是,将"对人物内心的转换性有限透视"视为一种独立于历史变迁的技巧,则体现出一种忽略社会历史语境的结构主义共时研究立场。在上一章中,我们曾经说明在进行结构区分(譬如区分"全知叙述"与"对人物内心的转换性有限透视")时,确实无须考虑语境,但我们必须认识到叙述技巧的产生和运用往往与社会历史语境密切

---

① 参见申丹《叙述学与小说文体学研究》,第9章。
② Chatman, *Coming to Terms*, p. 198.

相关。吴尔夫之所以采用"对人物内心的转换性有限透视"来替代传统的全知叙述，用人物的眼光来替代全知叙述者的眼光，有其深刻的社会历史原因，与一次大战以来不再迷信权威、共同标准的消失、展示人物自我这一需要的增强、对客观性的追求等诸种因素密切相关。用这样打上了现代烙印的叙述技巧来描述中世纪的生活，恐怕会显得很不协调。此外，查特曼在对待美学修辞的态度上，也表现出一定的自我矛盾。他在单独探讨美学修辞时，关注某一技巧是否具有与外部世界相关的逼真性，在分析马克·吐温的《哈克贝里·费恩历险记》时就是如此（详见上文）。然而，如本例所示，当查特曼同时考虑美学修辞和意识形态修辞时，又将前者囿于文本的虚构世界之内，不再考虑其与真实世界的关联。也就是说，查特曼在向后经典立场迈进的同时，又向经典立场倒退了。在此，我们有必要对经典结构主义立场的两面性进行重申：在进行结构区分时，不考虑语境的经典立场并没有过时。但在涉及叙事技巧的产生、发展和在具体作品中的运用时，经典立场对语境的忽略则确实失之偏颇。

查特曼还进一步探讨了《雅各的房间》中的叙述者的意识形态内涵。这是一位匿名的女性叙述者。当年轻男士在剑桥大学雅各的房间中展开激烈争论时，这位女性叙述者只能在房间外面寒冷的院子里徘徊，她听不到男人们在说些什么，只能通过从窗户看到的这个或那个男人的手势，做出一些推测。查特曼认为这反映出在20世纪早期的英国，知识妇女被孤立、被排斥在学问中心之外的情形，她们感到自己是男人世界的闯入者。查特曼的这种探讨显然是受女性主义批评的影响，体现出典型的后经典立场。

查特曼在文中用较长篇幅专门探讨了出于美学目的的修辞。他以布思的《小说修辞学》为参照和批评对象，梳理了美学修辞的相关理论概念，论述了美学修辞旨在达到的几种效果，包括如何创造、保持和加强作品的逼真性，如何向读者传递并劝服读者接受作者的眼光。他还分析了什么样的美学修辞是不尽如人意的。这种修辞在试图达到某种叙事目的时，对叙事技巧选用不当。他举了劳伦斯（David Herbert Lawrence）的《草垛间的爱》为例。在试图表达英格兰中部农村的人物缺乏教育时，叙述者着意模仿当地的方言。但在（采用人物的眼光）对人物进行描述和评论时，叙述者又换用了劳伦斯式典雅的文学语汇。这两种不同的语言混杂在一起，显得很不协调。此外，有的人物用方言对话，有的却用标准英语，文中却未说明为何要这样做。这种不协调破坏了作品的逼真性。查特曼集叙事学家、修辞学家和文体学家为一体，在探讨修辞效果时，对叙事技巧和文体风格均十分关注。他对文本这一层次的探讨，在传统和新潮、经典和后经典立场之间摇摆不定，但前者似乎仍然占了上风。

三、隐含读者与真实读者

就读者而言，查特曼的立场也在经典与后经典之间摇摆不定。在理论上，他坚持"隐含听众"或"隐含读者"这一经典概念，赞同亚里士多德的看法，认为修辞涉及的是文本具有的劝服力，"而不是文本究竟是否最终成功地劝服了真实听众"①。但在实际分析时，查特曼有时又会考虑真实读者的反应。在评论上文所提及的 D. H. 劳伦斯的《草垛间的爱》中语言显得很不协调时，查特曼先是表达了自己的看法，对此提出了批评。但接下去又说究竟如何看待这一不协调，取决于读者是否喜欢劳伦斯。崇拜劳伦斯的人不会认为这有什么问题，而只会将典雅的文学语汇视为对淳朴的乡下人高尚情操的一种衬托。不喜欢劳伦斯的人则会持迥然相异的看法：尽管劳伦斯的本意是歌颂这些淳朴高尚、富有情感的乡下人，准确记录他们的对话，但实际上却无意之中以屈尊俯就的态度，居高临下地对待他们——叙述者典雅的文学语汇体现出他在知识、智力和艺术性等方面的优越，有违小说的本意。在劳伦斯的其他不少作品中也是如此。查特曼指出："不喜欢劳伦斯的人会认为，劳伦斯的隐含作者未能在叙述者的声音与人物的声音之间营造一种和谐的平衡，这破坏了劳伦斯作品的逼真性。"②在经典修辞学中，批评家往往将自己与隐含读者相等同，将自己的反应当成隐含读者的共同反应。查特曼尽管在理论上坚持隐含读者这一经典概念，但在上面这样的实际分析中，却只是将自己视为某一类真实读者的代表，同时考虑到其他种类的真实读者的不同反应，体现出一种后经典的立场。

四、"隐含作者"之"修正"

就作者而言，查特曼是"隐含作者"这一概念的拥护者和倡导者。查特曼在1978年出版的《故事与话语》和1990年出版的本书中，均采用了这一概念，但在本书中，他对待这一概念的立场出现了某些变化。20世纪70年代末期，"隐含作者"这一概念尚未受到多少质疑，因此查特曼在

---

① Chatman, *Coming to Terms*, p. 186.
② Ibid., p. 192.

《故事与话语》中，毫无顾虑地阐发和使用这一概念。然而，70年代末以来，随着越来越多的学者将注意力从文本转向社会历史语境，"隐含作者"这一形式主义的概念受到了冲击，学界要求回归真实的、历史的作者的呼声日益增强。面对这种形势，在1990年出版的《叙事术语评论》中，查特曼辟专章（该书第5章）对"隐含作者"进行了捍卫，同时也试图对这一概念进行修正。他的修正受到斯坦利·费什（Stanley Fish）等人的读者反应批评的影响。查特曼提出："文本的意思是什么（而不仅仅是文本'说了'什么）因不同读者、不同阐释团体而迥然相异。的确，我们最好是说［由读者］'推导出来的'作者，而不是［文本］'隐含的'作者。"① 有趣的是，查特曼虽然采纳了费什对不同读者和阐释团体的重视，但远远没有费什走得远。费什提出的二元区分是："文本（对读者）做了什么"与"文本的意思是什么"。费什认为批评家只应关注文本的线性文字在阅读过程中"（对读者）做了什么"，即在读者的头脑中引起了一系列什么样的瞬间原始反应（包括对将要出现的词语和句法结构的种种推测，以及这些推测的被证实或被修正等各种形式的思维活动），而不应关注"文本的意思是什么"（即经过逻辑思考而得出的意思）。② 查特曼没有采纳费什的激进立场，提出应关注"文本的意思是什么"。也就是说，查特曼关注的恰恰是费什认为不应关注的传统关注对象。不难看出，查特曼持的是一种后经典而非后结构的立场。他仍然相信文本的形式结构（"文本的意思是什么"），但赞同考虑不同读者和不同阐释团体所起的作用。

为了捍卫"隐含作者"这一概念，查特曼以文学交流与日常对话之间的区别为出发点，从不同角度论述了有必要区分以文本为依据的"隐含作者"和生活中的真实作者，论证了在文学批评中采用这一概念的种种长处和必要性。他的论证体现出一种一切以文本为重的经典立场。在这一点上，查特曼比布思（1961）走得更远。布思提出"隐含作者"这一概念时，并没有与真实作者的意图完全脱节，因为在布思看来，隐含作者是真实作者为了采取某种（公正的）立场而有意创造出来的一个代理。但查特曼认为文本理论不应考虑真实作者的行为，这属于文学传记的范畴；文本理论只应以文本为依据。在查特曼眼里，发表了的文本实际上是"独自存在的文本艺术品"，"文本本身就是隐含作者"，③ 只有从文本中推导出来的

---

① Chatman, *Coming to Terms*, p. 77. 本篇中的方括号均标示这是笔者添加的解释性词语。
② 参见申丹《叙述学与小说文体学研究》第6章。
③ Chatman, *Coming to Terms*, p. 81.

东西才具有相关性。他认为可以用"文本内涵"和"文本意图"来替代"隐含作者"这一概念。查特曼说:"在我看来,可以说每一个叙事虚构作品都有一个施动者。它自己不讲述也不展示,但将讲述或展示的语言放入叙述者的口中。……我的立场处于有的后结构主义者的立场和布思的立场之间。后结构主义者否认存在任何施动者,只承认读到的文字,而布思则将隐含作者称为'朋友和向导'。在我眼里,隐含作者不属于其中任何一类。它就是具有创造性的文本自身。"① 查特曼之所以没有走到后结构主义的立场上,是因为他关心的是文本的意义,而非文本意义的非确定性。

　　查特曼在捍卫隐含作者这一概念时,与韦姆萨特和比尔兹利等反"意图谬误"的新批评家的观点相当一致。查特曼说:"在这个时代,怀疑主义盛行,甚至怀疑知识、交流和阐释本身的可能性。看样子很值得回顾比尔兹利这类哲学家合乎情理的观点。"② 从中不难看出查特曼的经典立场。值得注意的是,20世纪80年代的批评家倘若呼吁回归真实作者,往往不(仅仅)是强调作者意图,而(且也)是强调社会历史语境,试图通过历史上的真实作者,找回文本创作与历史语境的关联。查特曼对此似乎有些回避,始终围绕作者的意图展开讨论。诚然,查特曼在文中也提到:"反意图主义者并非认为在艺术家的时代盛行的规约和意义不值得研究,并非认为批评家不应去探寻这些东西。要很好地阐释巴赫的作品,就应该尽量了解他那一时代的音乐。要很好地阐释弥尔顿的作品,就应该尽量了解17世纪的基督教。"然而,若要充分考虑社会历史语境,就不能像查特曼那样用"隐含作者""文本内涵"和"文本意图"来取代(supersede)真实作者,而是需要同时考虑文本中的隐含作者和历史上的真实作者(参见本书第十四章第二节)。

　　有趣的是,在文本、读者与作者这三个方面,查特曼的研究立场都在经典与后经典之间游移。如前所述,这种不确定也可在布思的《小说修辞学》第2版的后记中看到。但布思向后经典立场的转向更多的是对批评和攻击的一种被动回应。查特曼向后经典立场的转向也是一种回应,但并非是由于自己的著述本身受到了批评,而是由于自己所从事的形式主义研究受到了冲击,承受的压力相对较小,因此被动回应的成分也相对较少,主动回应时代召唤的成分相对较多。但无论究竟有多被动,两者都是在经典

---

① Chatman, *Coming to Terms*, pp. 85—86.
② Ibid. , p. 80.

与后经典立场之间摇摆不定。我们发现，这种摇摆在20世纪80年代至90年代中期，在一些美国资深学者中颇有代表性。这些学者的学术生涯始于形式主义逐渐兴盛的时期，然后多年从事新批评、文学文体学、经典叙事学和经典修辞学等形式主义范畴的研究，但自己的著述或所属的派别70年代末以来受到了解构主义、读者反应批评和各种文化、意识形态研究的冲击。这些形式主义批评出身的学者对解构主义一般持抵制态度，仍然坚持对形式结构的探讨，但在叙事批评（包括有关叙事批评的理论建构）中，逐渐将注意力转向了作品与社会历史语境的关系，转向了真实读者在阐释中所起的作用。然而，这些学者以文本为中心（或为整个世界）的形式主义经典立场是根深蒂固的，在论著中会不知不觉地在经典与后经典立场之间游移。但在90年代中期以后，后经典立场在一些学者的论著中则逐渐得到了巩固。

可以说，查特曼1990年的这本专著是美国叙事修辞理论发展过程中的一个重要环节，为"修辞性叙事学"这一后经典叙事学派的发展做了重要铺垫。

第三节 费伦的多维、进程、互动

詹姆斯·费伦是以美国为主体的叙事文学研究协会前主席，《叙事》杂志主编，当今北美最有影响的后经典修辞性叙事理论家。与经典叙事学和经典修辞学形成对照，费伦的研究注重叙事的动态进程。费伦不是将作者视为文本的制造者和读者反应的控制者，而是注重作者、文本和读者在叙事进程中的相互作用或协同作用，尤其关注叙事策略与读者阐释活动之间的关系。在费伦的模式中，人物同时具有主题性、模仿性和虚构性这三个不同维度。读者也不是以单一的身份存在，而是同时从叙述读者、理想的叙述读者、作者的读者、有血有肉的读者等不同角度对文本做出反应。此外，费伦的后经典叙事批评紧跟时代潮流，与女性主义批评、精神分析学、巴赫金对话理论和文化研究等有机结合起来，拓展了阐释的视野和范畴。

一、学术背景

费伦在芝加哥大学获得硕士和博士学位，受芝加哥学派影响甚深，而对他影响最大的则是布思和《批评探索》的首任主编谢尔登·萨克斯

(Sheldon Sacks)。费伦对修辞方法的情有独钟与布思不无关联。由于两人的共同研究兴趣和布思对费伦的赏识,当年的师生后来成了朋友。而费伦对阅读经验的重视则在很大程度上得益于他的老师和导师萨克斯。早在1973年的课上,萨克斯就针对学生所读的同一本小说,提出了这样的问题:"我们读的是同样的书吗?"以此引导学生关注不同的阐释经验。对阅读经验的关注也就是对叙事进程的关注。像其他的芝加哥学派学者一样,萨克斯十分重视形式的作用。他认为叙事作品的效果在很大程度上来自于特定的叙事手法。但一个叙事技巧可以在不同的语境中用于不同的目的,产生不同的效果。此外,萨克斯认为对具体小说的阐释不仅是为了对这些小说达到更好的了解,而且也是为了对叙事技巧、叙事理论、小说形式和小说发展史达到更好的了解。萨克斯出任《批评探索》杂志的主编后,对不同的阐释采取了一种更为包容的态度,认为自己的阐释只不过是一种假定而已。与此相类似,布思也强调多元共存,认为不同的阐释和研究方法各有各的道理。此外,正如我们在布思的《小说修辞学》中所看到的,芝加哥学派相当重视理论概念和理论模式。这些都对费伦的学术思想产生了很大影响。[1] 费伦到俄亥俄州立大学英文系任教后,对关注文本形式的叙事学产生了浓厚兴趣。他将叙事诗学的模式和概念用于对叙事作品的修辞研究,对修辞性叙事学的发展起了很大促进作用。

二、"三维度"人物观

费伦的研究聚焦于人物和情节进程。他建构了一个由"模仿性"(人物像真人)、"主题性"(人物为表达主题服务)和"虚构性"(人物是人工建构物)这三种成分组成的人物模式。[2] 以往,各派学者倾向于从单一的角度来看人物。经典叙事学以文本为关注对象,往往将人物视为情节中的功能、类型化的行动者,突出了人物的建构性,忽略了人物的模仿性。此外,经典叙事学关注具有普遍意义的叙事语法,忽略人物在具体语境中的主题性。有的经典叙事学家将人物视为一个人名 + 一连串代表人物性

---

[1] 参见 James Phelan, *Beyond the Tenure Track*, Columbus: Ohio State University Press, 1991 以及费伦一篇没有公开发表的纪念文章 "Listening to Shelly"(Shelly 为 Sheldon 的昵称)。除布思的 *The Rhetoric of Fiction* 和 *A Rhetoric of Irony* 之外,另一位修辞学家 Kenneth Burke 的 *A Rhetoric of Motives*(University of California Press, reprinted 1969)也对费伦造成了较大影响。值得一提的是,布思和萨克斯对多元论的赞同很可能是受到了芝加哥学派的元老 R. S. Crane 的影响。

[2] James Phelan, *Reading People*, *Reading Plots*, Chicago: University of Chicago Press, 1989 and *Narrative as Rhetoric*, Columbus: Ohio State University Press, 1996.

格特征的名词或形容词。尽管这些性格特征是读者在阅读过程中推导出来的，与主题意义相关，但这种看法也仍然是将人物视为一种人工建构物。与此相对照，不少传统批评家仅仅注重人物的模仿性，有的甚至完全忽略了人物的虚构性，将作品中的人物看成真人。① 费伦的修辞性模式将作品视为作者与读者之间的一种交流，注重作者的修辞目的和作品对读者产生的修辞效果，因而注重读者在阅读时对人物产生的各种情感，譬如同情、厌恶、赞赏、期望等等。而这些情感产生的根基就是作品的模仿性：读者之所以会对人物产生各种情感反应，就是因为在阅读时将作品人物视为"真实的存在"。费伦的模式考虑人物的模仿性，但同时又考虑了"作者的读者"（详见下文）眼中看到的人物的虚构本质，避免了某些传统批评家将人物完全真人化的偏误。

　　费伦进一步区分了人物的"主题性特点"与"主题功能"；"模仿性特点"与"模仿功能"；"虚构性特点"与"虚构功能"。② 所谓"特点"③，即脱离作品语境而独立存在的人物特征，而"功能"则是在作品不断向前发展的结构中对特点的运用。也就是说，"特点"只有在作品的进程中才会成为"功能"。在威廉·戈尔丁（William Golding）的《蝇王》中，杰克这一人物具有很多主题性特点：权力欲、凶残、眼光短浅，如此等等。在情节进程中，这些特点被用于展示人类内在的邪恶力量，因此具有主题功能。在评论布朗宁（Robert Browning）的名篇《我的前一位公爵夫人》中的叙述者——主人公费拉拉公爵时，费伦写道："每一个功能都有赖于一个特征，但并不是每一个特征都会对应于一个功能。公爵有很多主题性特点（即有很多看上去可以潜在地服务于主题论断的特征），但从本质上说没有主题功能：这篇作品的进程并非旨在做出论断，而是旨在揭示公爵的性格。"从公爵的叙述中，我们可以看出，他出身名门望族，有权有势，对妻子毫不尊重，使她郁郁寡欢地死去。费伦认为，一方面可以说布朗宁通过创造公爵这一人物，暗示或者加强了一些主题论点，譬如权力具有腐蚀性；男人往往将女人看成私有财产，看成为自己提供快感的工具，如此等等。但另一方面，布朗宁写这首诗时，并非旨在展示这些具有普遍社会意义的观点，而是将这些观点作为已知背景，只是借助于这一背景来加强作品的效果。正是出于对后面这一点的考虑，费伦认为公爵从本

---

① 申丹《叙述学与小说文体学研究》，第3章。
② Phelan, *Reading People, Reading Plots*, pp. 9—14.
③ Ibid., p. 9.

质上说没有主题功能。至于布朗宁的创作目的究竟是什么,暂且撇开不谈。重要的是,从费伦的论述中,我们可以看到修辞批评的一个典型特征,即十分关注作者的修辞目的。

我们认为,不应脱离"主题功能"来谈"主题性特点":只有在作品中具有"主题功能"的人物特征方能称作"主题性特点"。费伦从公爵的叙事进程中推导出了他的一些主要特征,包括"傲慢专横""具有权势""虚荣""占有欲强"等等。他提出可将这些特征视为"主题性特点",但这些特征在费伦的阐释中并不具备"主题功能"。在我们看来,既然费伦认为布朗宁写这首诗仅仅意在揭示公爵的性格,那么就应将公爵的那些特征视为"模仿性特点"(生活中确有这样性格的人),而非"主题性特点"。我们在阐释作品时,一旦看到一种常被用于表达主题意义的人物特征,一般会马上推测这可能是一个主题性特点。当推测在阐释进程中被证实之后,就有了一个"主题性特点";倘若推测被推翻,那一特征则不成其为"主题性特点"。此外,我们可能起初仅仅将一个特征视为"模仿性特点",但随着阐释的推进,却发现这一特征在作品中具有主题功能,那么该特征也就构成一个"主题性特点"。譬如,若作者描述一个人物"年轻",我们开始时只会将之视为一个模仿性特点,但倘若该作品的主题是"代沟"(而标题又没有表明),那么在阐释进程中,这一特征就会成为一个"主题性特点"。

就"模仿性特点"与"模仿功能"来说,费伦将"特点"定义为"被视为人物特性的人物特征"(a character's attributes considered as traits),而对后者的定义则是"当这些特性被综合用于创造一个貌似真实人物的幻觉时,就产生了模仿功能"[①]。也就是说,先有"特点",然后才通过综合利用各种特点产生"功能"。然而,费伦却指出:"在阅读时,我们并不是先看到人物特征并将之视为人物特点,这些特点又令人惊讶地变成了功能。人物出现时,已经在转换为功能,或者说,已经构成功能(就人物的模仿性来说更是如此)。当我们读到'布鲁克小姐长得漂亮,在她那身寒碜衣服的反衬下,看上去就更漂亮了'或'爱玛·伍德豪斯端庄秀美,既聪明又富有,似乎将生活中最幸运的东西都集于一身'时,我们看到的是已经在起模仿作用的人物。换句话说,我的人物修辞理论做出的区分只是分析性质的。这种区分使我们得以理解作品的建构原则,而并不是对实

---

① Phelan, *Reading People, Reading Plots*, p. 11.

际阅读过程进行确切的描述。"① 在我们看来，之所以会出现这种分析模式与阅读实践的脱节，原因之一在于未认清人物模仿性的本质。费伦给出的第一个例子仅仅描述了人物的一个特点"漂亮"，那么为何这个单一（而非综合）的特点会具有模仿功能呢？这无疑是作品的逼真性在起作用。逼真性就是模仿功能，这是小说的一种内在功能，它产生于文学虚构的规约。

费伦写道："在有的小说中，人物特点未能共同构成一个貌似真实的人物形象，譬如斯威夫特（Jonathan Swift）创造的格列佛，又如刻意破坏模仿幻觉的现代作品中的某些人物。这样的人物具有模仿性特点，但没有模仿功能。"② 斯威夫特的《格列佛游记》是寓言性的讽刺故事，格列佛所叙述的人如仅6英寸的小人国或者高如铁塔的大人国等都背离了现实生活。此外，正如费伦所言，"随着斯威夫特变换新的讽刺对象，格列佛的特征在每一个旅程中都发生了变化"，③ 这种性格上的不一致在某种意义上偏离了现实主义小说的创作原则。但与此同时，人物并没有丧失模仿功能。我们仿佛身临其境，随着格列佛在造访那个小人国或那个大人国（斯威夫特称之为"遥远的国度"）。在此，我们不妨看看《诺顿英国文学选集》中的一段评论："叙述者莱缪·格列佛是船上的外科大夫，受过良好教育，和蔼可亲，足智多谋，性格开朗。他遇事爱探个究竟，有爱国心，为人坦诚，也注重实际。总而言之，他是一个较为合适的人类的代表，我们愿意与他认同。"④ 这无疑是模仿幻觉在起作用。费伦为何会把这样一个具有较强模仿功能的人物作为缺乏模仿功能的实例呢？这显然是因为未意识到模仿功能是以文学规约为基础、仅仅相对于"叙述读者"而言的人物的内在功能。再看看卡夫卡（Franz Kafka）的《变形记》这部现代作品，其主人公变成了一只大甲虫，这在真实生活中显然不可能发生。在阅读时，一方面我们强烈地感受到这个人物的虚构性，另一方面，我们会觉得这个人物在故事世界里是真实的。下一小节将会再次涉及有关"叙述读者"和"作者的读者"的区分（见上一章第三节），该区分有利于我们看清这一问题。在阅读时，我们同时充当这两种读者：作为"叙述读者"，我们认为故事中的人物和事件是真实的；而作为"作者的读者"，我们则对作品的虚构

---

① Phelan, *Reading People, Reading Plots*, p. 10.
② Ibid., p. 11.
③ Phelan, *Narrative as Rhetoric*, p. 29.
④ *The Norton Anthology of English Literature*, fifth edition, vol. 1, p. 2012.

性有清醒的认识。可以说，人物虚构性的强弱完全取决于"作者的读者"眼中的人物。但无论这一虚构性有多强，只要"叙述读者"眼里的人物（包括拟人的动物）是真的，人物就具有模仿功能，读者就会关心人物的命运，并对人物做出各种情感反应。在《格列佛游记》和《变形记》中，作者正是借助人物的模仿功能，来达到讽刺人类社会和现实生活的目的。诚然，在有的作品（片段）中，作者确实刻意破坏模仿幻觉，采用"元小说"的手法对真实写作过程进行戏仿，让叙述者直接评论自己对人物和事件的虚构；而在有的现代或后现代作品（片段）中，则仅仅存在纯粹的文字游戏或叙述游戏。但我们应该清醒地认识到，只有在这样的作品（片段）中，人物才不具备模仿功能。可以说，只要作品本身具有逼真性，人物天生就有模仿功能（就有"貌似真实人物的幻觉"）；而只要作品没有逼真性，人物的任何特点都不会有模仿功能。由于这一功能的寄生性质，可以说人物的任何特征本身都不具备产生模仿功能的能力，而仅仅可以起到加强模仿功能的作用。

我们认为，可以区分"显性的模仿性特点"和"隐性的模仿性特点"。假如我们在一部小说的开篇之处读到："布鲁克小姐站在院子里"，尽管这句话没有描述布鲁克小姐的任何特征，但我们的脑海中同样会出现一个"貌似真实人物的"布鲁克小姐的"幻觉"。我们会推断她必然具有的一些特征：女性、未婚、双腿健全、上有父母，如此等等。这些特征与"貌似真实人物的幻觉"相关，但没有描述出来，因此可谓"隐性的模仿性特点"；反之，则是"显性的"。在评论《我的前一位公爵夫人》中的那位来自未来新娘家的使者时，费伦认为这位不知姓名的使者"仅仅具有一种功能，即当公爵［向未来的新娘］发出含蓄的警告时，充当他的合适的受话者这一虚构的结构功能"。[①] 从创作的角度来看，布朗宁确实是人为地在作品中安插了这么一位使者来充当公爵的受话者，但我们必须牢记，作品中所有的人物都是虚构的建构物，都是作者人为的安排。在探讨模仿功能时，我们需要关注的不是作品人物的建构本质，而是在"叙述读者"的眼里，人物是否具有虚构世界中的真实性。在阅读《我的前一位公爵夫人》时，"叙述读者"不会认为（具有显性的模仿性特点的）公爵是真的，而（仅有隐性的模仿性特点的）使者是虚构的：在"叙述读者"的眼里，两个人物都是"真人"。

---

① Phelan, *Reading People, Reading Plots*, p. 14.

由于未认清人物模仿功能的实质，费伦有时混淆了人物的模仿性与结构性或主题性之间的界限。费伦认为，对于描写行动的叙事作品而言，模仿功能在于"使特定的人物特征与后面的行动相关，这自然包括发展出新的特征。……在创造一个貌似真实的人物时，某个特征或许只能帮助识别那个人物，譬如一个总是吃快餐的侦探。这一特征也许不会（尽管有的特征经常会）对这位侦探后面的行动有任何影响，或者说，也许不会影响我们对后面行动的理解。在这种情况下，人物有一个模仿性特点，这一特点对于人物的模仿功能来说是无足轻重的：若没有这个特征，仍然会有一个貌似真实的人物形象，作品的后面部分也基本不会受到影响。"① 我们认为，在探讨模仿功能时，不应考虑人物特征与后续行动的关系。人物的特征是否对后面的行动有影响，与情节结构或主题意义密切相关，但与人物的模仿功能却没有关联（当然，若人物的性格前后过于矛盾，则有可能会打破模仿幻觉）。值得注意的是，由于模仿功能的内在性，人物的任何特点对于其模仿功能来说，都可谓无足轻重。小说中一出现"斯密斯侦探来了"，尽管未描述他的任何特征，读者和批评家的脑海中就会出现一个貌似真实的侦探形象。当然，对斯密斯侦探"爱吃快餐"这一特征的描述会使这一人物形象变得更为鲜明，对模仿功能可以起到一种加强的作用。

费伦在评论约翰·福尔斯（John Fowles）的《法国中尉的女人》中的女主人公萨拉时，这么写道："在模仿层次上，对于查尔斯和作者的读者来说，她一直是个谜。"② 就读者而言，萨拉之所以是个谜，是因为萨拉出场时，作者采用了远距离观察的手法，给人一种神秘感，后来又一直没有揭示她的内心想法和行为动机，但这些描写手法并不影响萨拉的模仿功能（后来一拉近距离，就看清了萨拉的外貌；至于她的内心活动，只是没有揭示出来而已）。费伦认为查尔斯具有完整的模仿功能，而萨拉的模仿功能却残缺不全，这很难站住脚，因为在"叙述读者"的眼里，萨拉跟查尔斯这一对恋人具有同样的"貌似真实人物的幻觉"。此外，我们认为，在探讨模仿功能时，根本不应考虑人物之间的关系，因为对于任何人物来说，其他人物都是真实存在。

现在，我们不妨将注意力转向人物的"虚构性"这一范畴。"虚构性"是相对于"作者的读者"而言的。作品中的人物在"作者的读者"眼里，

---

① Phelan, *Reading People, Reading Plots*, p. 11.
② Ibid., p. 90.

具有或强或弱的"虚构性"。费伦说:"虚构性的根深蒂固使它有别于模仿性和主题性:在虚构性这一范畴,特点总是构成功能。虚构性特点总是会在作品的建构中起某种作用,因此本身就是虚构功能……然而,我们可以将费拉拉公爵这样的人物与《天路历程》里的克里斯琴(Christian)这样的人物区分开来,前者的虚构性一直处于隐蔽状态,而后者的虚构性则被凸现。"① 其实,无论是隐蔽的还是凸现的虚构性,都只是人物的一种无法摆脱的特性。费拉拉公爵之所以具有隐性的虚构性,只不过是因为他是虚构作品中的人物。这种与生俱有的虚构性与人物特征并无关联。《天路历程》是寓言性的作品,克里斯琴(Christian)代表基督徒,是一个扁平的象征性人物。但他的强烈的虚构性也只不过是其象征性的"副产品",即他的象征性(在作者的读者的眼里)凸现了其虚构性。同样,在卡夫卡的《变形记》中,主人公变成了一只大甲虫,但这一变形是为了表达人的异化这一主题,而非为了突出人物的虚构性。诚然,"元小说"的情况有所不同。元小说作者(通过叙述者)对自己创作人物之过程的戏仿,可以说是对人物"与生俱有"的虚构性的一种有意利用,利用其达到某种主题目的。

与逼真性形成对照,虚构性一般并非作品旨在传递的一种效果,而只是作品和人物的一种无法摆脱的特性,因此"功能"也就无从谈起。但我们可以区分"虚构性特点"和"虚构性实质"。若人物的某些特征偏离了现实生活,凸现了人物的"虚构性实质",就可将之视为"虚构性特点"。但值得注意的是,若人物的虚构性是隐蔽的,则没有"虚构性特点"可言,因为隐蔽的虚构性仅仅是虚构人物"与生俱有的"一种本性。与此相对照,主题性不是人物与生俱有的,也不是一种副产品,而是作者有意的艺术创造。

总而言之,人物的模仿性成分、主题性成分和虚构性成分在性质上不尽相同。由于没有意识到这些本质差异,费伦建立了一个完全平行的由"主题性特点"发展到"主题功能",由"模仿性特点"发展到"模仿功能",由"虚构性特点"发展到"虚构功能"的分析模式,这自然难免造成混乱。其实,从费伦的《文字组成的世界》等其他论著来看,② 他的逻

---

① Phelan, *Reading People, Reading Plots*, p. 14.

② James Phelan, *Worlds from Words*, Chicago: University of Chicago Press, 1981; James Phelan, "Why Narrators Can Be Focalizers," in *New Perspectives on Narrative Perspective* (eds.) Willie van Peer and Seymour Chatman, Albany: SUNY Press, 2001, pp. 51—64.

辑思维很强，推理论证相当严密。他之所以会在这一模式上走偏，除了没有看清"模仿""主题"和"虚构"成分之间的本质差异，也跟他的"进程关怀"不无关联。他十分强调自己的研究关注的不是静态结构，而是叙事进程。这种关注在阐释具体作品时一般不会出问题，但在理论建构时则容易遇到麻烦。如前所述，人物的虚构性和模仿性都是以文学规约为基础的人物内在特性（但作者可以有意颠覆模仿性）。费伦尽管已清楚地认识到"人物出现时，已经在转换为功能，或者说，已经构成功能（就人物的模仿性来说更是如此）"，但为了突出叙事的进程，他依然区分了静态的模仿性"特点"（独立存在的人物特征）和动态的模仿性"功能"（在叙事进程中对特点的运用）。为了说明这一区分，费伦又说《格列佛游记》中的主人公仅有模仿性"特点"，而没有模仿"功能"，如此等等。其实，费伦提出的人物同时具有"模仿性、主题性和虚构性"这一模式，可成为一个很有用的静态结构模式。笔者在发表于美国《叙事》杂志上的一篇文章中，就成功地运用了这一静态模式。① 然而，就"主题性"这一范畴而言，费伦对于静态"特点"和进程中的"功能"的区分在经过上文那种修正之后，也十分适于叙事进程分析：由叙事进程来决定人物特征究竟是否具有主题性，究竟是否具有主题功能。

要进一步廓清问题，则有必要区分三个不同层面：（1）人物本身（属于故事层次）；（2）人物之间的关系（属于故事层次）；（3）塑造人物的手法（属于话语层次）。费伦综合探讨了在作品的进程中，具有模仿性和虚构性的人物如何在这些层面上与主题意义相关联，这也造成了一些混乱。我们必须清醒地认识到，当我们将注意力转向"人物之间的关系"这一范畴时，"模仿性"和"虚构性"实际上都失去了意义，因为在一个人物眼里，任何其他人物都是"真人"。至于"塑造人物的手法"（譬如是直接描述还是间接描述，采用何种角度观察人物，是否揭示人物的内心，如此等等）这一范畴，这是属于话语层次而非故事层次的问题，因而也往往与"模仿性"和"虚构性"无关。诚然，有的塑造人物的手法会打破模仿幻觉，凸现人物的虚构性，但总的来说，作者采用的各种叙事手法仅仅与主题意义相关。费伦的三维度人物模式仅适用于"人物本身"这一个方面，而无法用于另外两个方面。但他在综合分析这三个方面时，却把这一

---

① Dan Shen, "Defense and Challenge: Reflections on the Relation Between Story and Discourse," *Narrative* 10 (2002), pp. 223—224.

模式当成一个万能的模式加以全面运用,这自然难免导致分析模式与阅读实践的脱节。

三、"四维度"读者观

读者在费伦的修辞性叙事理论中占有重要地位。但费伦关注的并非单一身份的读者,而是同时充当不同角色的读者。他借鉴和发展了拉比诺维茨的四维度读者观:(1) 有血有肉的实际读者,对作品的反应受自己的生活经历和世界观的影响;(2) 作者的读者,即作者心中的理想读者,处于与作者相对应的接受位置,对作品人物的虚构性有清醒的认识;(3) 叙述读者,即叙述者为之叙述的想象中的读者,充当故事世界里的观察者,认为人物和事件是真实的;(4) 理想的叙述读者,即叙述者心目中的理想读者,完全相信叙述者的所有言辞。① 阅读时,一位实际读者会同时从这几个不同角度对作品做出反应,但第一个角度又显然在名称上跟实际读者重合。应该说,这一角度强调的是读者的个人经验,以及独立于文本的那一面,即站在文本之外,对作者的价值观做出评判("作者的读者"接受作者的价值观,但会对叙述者的价值观做出评判;"叙述读者"则只是接受叙述者的价值观)。就全部四个维度来说,前三个维度的界限是较为清晰的,但第三与第四维度之间却常常难以区分。布思在《小说修辞学》第二版的后记中,采用了拉比诺维茨的模式,但略去了第四个维度。拉比诺维茨本人后来也取消了这一维度。② 费伦起初与布思一样,也略去了这一维度,但在《作为修辞的叙事》一书中又提出有必要区分"叙述读者"和"理想的叙述读者",至少对于第二人称叙述来说是如此。费伦认为,在第二人称叙述中,"理想的叙述读者"就是叙述者所称呼的"你"。叙述读者有时会与"你"等同,有时又会从旁观察"你",在情感、伦理和心理等层面上都与"你"保持一定的距离。费伦认为在分析某些类型的作品时,还有必要借用叙事学的"受述者"这一概念。"受述者"就是叙述者的发话对象。在斯特恩(Laurence Sterne)的《项狄传》中,项狄有时纠正特定的"受述者"的反应。在这种情况下,处于正确位置的"理想的叙述读者"就不同于"受述者"。而"叙述读者"则可站在一旁,观察项狄对

---

① Peter J. Rabinowitz, "Truth in Fiction: A Reexamination of Audiences," *Critical Inquiry* 4 (1976): pp. 121—141; James Phelan, *Narrative as Rhetoric*, pp. 139—141 & 215—218.

② Peter J. Rabinowitz, *Before Reading*, Ithaca: Cornell University Press, 1987.

"受述者"的纠正。① 但在很多作品中,"叙述读者"与"理想的叙述读者"之间差别甚微,可以不加区分。

费伦十分关注作者的读者与叙述读者之间的差异。② 他指出,在阅读《简·爱》时,作者的读者看到的是一个虚构人物在叙述虚构的事件,而叙述读者看到的却是一个历史上的人在讲述自己的自传。两种读者对事情的看法不尽相同,譬如对作品中超自然事件的看法可能迥然而异。当简·爱说自己听到罗切斯特在遥远的地方呼唤自己的名字时,作者的读者会认为这种事情在虚构世界里才可能发生,但叙述读者会认为这是真实的。值得注意的是,这两种读者之间的区分对于不可靠叙述尤为重要。当叙述者由于观察角度受限、幼稚无知、带有偏见等各种原因而缺乏叙述的可靠性时,叙述读者会跟着叙述者走,而作者的读者则会努力分辨叙述者在哪些方面、哪些地方不可靠,并会努力排除那些不可靠因素,以求建构出一个合乎情理的故事。

从表面上看,这两种读者之间的区分相当简单,但在实际运用中,有时情况却并非如此。元小说就为这一区分的运用设置了一个陷阱。在福尔斯《法国中尉的女人》的第 13 章中,叙述者采用元小说的手法,进行了一番表白:"我正在写的这个故事全是想象出来的。我创造的这些人物一直仅仅存在于我自己的脑海之中。"叙述者接下去大谈作者不要做出任何计划安排,应该给人物以自主权,让人物自由发展,因为"世界是个有机体,而不是一部机器"。费伦对此评论道:"作者的读者将叙述者的这番'表白'视为作者建构整个作品的一个步骤。因此,我们可以将这一章的声音视为叙述者的,而不是福尔斯的。我们会意识到在作者和叙述者之间存在较大距离,这与作者的读者跟叙述读者之间的距离相对应。阅读时,叙述读者对作品的虚构性无所察觉,会相信叙述者的话,因此会期待着叙事继续按照这种无计划的有机方式向前发展。与此同时,作者的读者则会

---

① Phelan, *Narrative as Rhetoric*, pp. 145—149.
② 应该指出的是,费伦对这两种读者的定义存在有待澄清之处。费伦对"作者的读者"作了如下界定:"作者在建构文本时假定的理想读者,能完全理解文本。与'叙述读者'不同,作者的读者在阅读虚构作品时,心里明白人物和事件是虚构的建构物,而非真人和史实。"(*Narrative as Rhetoric*, p. 215) 但在界定"叙述读者"时,费伦却提出"叙述读者的位置跟受述者的位置一样,均被包含在作者的读者的位置之内"(Ibid, p. 218)。若仔细考察一下费伦的定义,则不难看出,在"作者的读者"的位置里,并没有"叙述读者"的容身之地。这两种读者位置对应于实际读者的阅读意识中的两个不同部分,因此为并行性质,而非涵盖性质的关系。这一混乱在某种程度上源于布思《小说修辞学》第二版的后记。在这一后记中,布思将拉比诺维茨所区分的"作者的读者"、"叙述读者"和"理想的叙述读者"统统称为"隐含读者"(pp. 422—423),而通常"隐含读者"特指"作者的读者"。

力求发现这种所谓无计划的发展究竟是为什么虚构目的服务的。"① 其实，在阐释《法国中尉的女人》这种含有元小说成分的作品时，我们有必要区分两种不同的叙述读者。一种为通常的叙述读者（非元小说部分），即故事世界里的观察者，认为人物和事件是真实的。这种叙述读者在元小说部分就消失不见了，因为元小说部分涉及的是叙述者处于故事之外的所谓"写作过程"。元小说部分打破了人物的模仿幻觉，却建立了有关叙述者写作过程的模仿幻觉。对应于这种新的模仿幻觉，我们应该提出另一种叙述读者，其特点是处于人物的故事世界之外，叙述者的写作世界之中，认为叙述者自己述说的写作过程是真实的。然而，"作者的读者"却清楚叙述者的这一写作过程是"假冒"的，是对福尔斯的真实写作过程的虚构性戏仿。费伦明确说明了"叙述读者"起的是故事内部观察者的作用，因此，当叙述者站到故事之外，对自己的创作发表评论时，那种"叙述读者"也就消失了。当叙述者重新开始叙述故事时，那种"叙述读者"又重新在故事内部开始观察，对一切都信以为真。若像费伦所说的那样，那种"叙述读者"也在接受叙述者的这番创作表白（"我正在写的这个故事全是想象出来的。我创造的这些人物一直仅仅存在于我自己的脑海之中"），显然就无法再把前后发生的事情视为真实的。从这一实例可以看出，我们在阐释不同文类的作品时，有时需要根据实际情况调整所建立的理论模式，否则就有可能出现偏误。

  对有血有肉的读者的考虑是后经典叙事理论与经典叙事学最为明显的不同之处。费伦之所以考虑这一维度，可以说有三方面的原因。一是他关注的是作者与读者之间的修辞交流，而非文本本身的结构关系。二是受到了读者反应批评的影响，重视不同读者因不同生活经历而形成的不同阐释框架。在阐释海明威（Ernest Hemingway）的《我的老爸》这一作品时，面对同样的悲观结局，一个遭受了生活重创的人可能会变得更为悲观，完全丧失对生活的信心；而一个重新建立了生活信心的人，则可能会认为叙述者的悲观结论具有很大的局限性。对于一位性格十分乐观的读者来说，则可能会一面抵制这个故事的消极氛围，一面对自己的生活态度加以审视，如此等等。三是受文化研究和意识形态批评的影响。费伦于1977年获芝加哥大学博士学位，在日益强烈的文化、意识形态关注中开始发展自己的学术事业。虽然他的博士论文显示出较强的形式主义倾向，但与从事了

---

① Phelan, *Reading People, Reading Plots*, p. 93.

多年形式主义批评的老一辈学者不同，他很快顺应了时代潮流。费伦关注处于不同社会历史语境中的读者对作品蕴涵的意识形态的各种反应，在分析中广为借鉴了女性主义批评、巴赫金对话理论、马克思主义批评、文化研究等批评方法，体现出明显的后经典立场。

费伦指出，若进一步深入考察，则会发现有血有肉的读者之间的差异还会作用到另外两个读者维度：具有不同信仰、希望、偏见和知识的实际读者在阅读作品时，会采取不同的"作者的读者"和"叙述读者"的立场。费伦对这些差异持宽容和开放的态度。① 可以说，费伦的读者不仅具有不同维度，而且也具有不同的判断标准。他认为不同的读者可以以文本为依据，交流自己的阅读经验，相互学习；并认为自己的阐释只是多种可能的阐释中的一种。这与注重读者共同反应的经典修辞学形成了鲜明对照。

四、进程与互动

费伦的修辞性叙事理论与结构主义叙事学的主要区别在于关注叙事策略与读者阐释经验之间的关系。正如费伦所言，"活动"、"力量"和"经验"是修辞模式中的关键词语，而结构主义叙事学则聚焦于文本自身的结构特征、结构成分和结构框架。在费伦的眼里，"叙事是动态的经验"，是"读者参与的发展进程"。与上文提到的多层次读者观相对应，阐释经验是多层面的，同时涉及读者的智力、情感、判断和伦理。这些不同层次的经验又统一在一个名称之下："进程"。费伦对"进程"作了如下界定：

> 进程指的是一个叙事建立其自身前进运动逻辑的方式（因此指叙事作为动态经验的第一个意思），而且指这一运动邀请读者做出的各种不同反应（因此也指叙事作为动态经验的第二个意思）。结构主义就故事和话语所做的区分有助于解释叙事运动的逻辑得以展开的方式。进程可以通过故事中发生的事情产生，即通过引入不稳定因素（instabilities）——人物之间或内部的冲突关系，它们导致行动的纠葛，但有时冲突最终能得以解决。进程也可以由话语中的因素产生，即通过紧张因素（tensions）或者作者与读者、叙述者与读者之间的冲突关系——涉及价值、信仰或知识等方面重要分歧的关系。②

---

① Phelan, *Narrative as Rhetoric*, p.147.
② Ibid., p.90.

结构主义就故事和话语所做的区分确实有助于人们看清叙事运动在这两个不同层次上的展开。但费伦在借用这一区分时，忽略了自己的修辞模式和结构主义模式的本质差异：前者关注的是阐释经验与文本之间的关系，而后者关注的只是文本自身。"故事"与"话语"涉及的是叙事文本自身的两个不同层面。不难看出，对于"不稳定因素"的界定完全排斥了读者的阅读经验，而在界定"紧张因素"时，又忽视了"话语"是叙事本身的一个层面，无法涵盖叙事文本之外的实际作者与读者。笔者曾就这一定义与费伦进行网上对话，建议他将话语层次上的"紧张因素"重新定义为"（不同层次的）叙述者之间或内部的冲突关系，以及叙述者与作者常规（authorial norms）之间的冲突关系——均为涉及价值、信仰或知识等方面重要分歧的关系"。笔者提出，费伦的模式关注的并非"不稳定因素"与"紧张因素"本身，而是读者（作者的、叙述的、理想的叙述的、有血有肉的读者）在阐释过程中对于这些动态因素的动态反应。费伦对此表示了赞同，并指出自己之所以用"进程"一词来取代"情节"一词，就是为了突出对读者阐释经验的关注。

与经典小说修辞学不同，费伦的后经典模式在研究阐释经验时，具有相当强的动态性。费伦认为叙事在时间维度上的运动对于读者的阐释经验有至关重要的影响，因此他的分析往往是随着阅读过程逐步向前发展。费伦将这种忠实于阐释过程的"线性"分析与综合归纳有机结合，使研究既带有很强的动态感，又具有统观全局的整体感。

更为重要的是，费伦在学术发展过程中，逐渐摆脱了经典小说修辞学对作者与读者之关系的传统看法，提出应把修辞看成作者、文本和读者之间的互动。他在《作为修辞的叙事》一书的序言中说："本书各章的进展的确表明了在把叙事作为修辞考虑的过程中，我的看法上的一些转变。尤其值得一提的是，在我起初采用但逐渐脱离的那个模式中，修辞的涵义是：一个作者通过叙事文本，邀请读者做出多维度的（审美的、情感的、概念的、伦理的、政治的）反应。在我转向的那一模式中，阅读的多维度性依然存在，但作者、读者和文本之间的界线则模糊了。在修改过的模式中，修辞是作者代理、文本现象和读者反应之间的协同作用。"费伦强调，自己将注意力转向了"在作者代理、文本现象和读者反应之间循环往复的关系，转向了我们对其中任何一个因素的关注是如何既影响其他两个因素，同时又被这两个因素所影响"。① 经典小说修辞学强调作者是文本的建构者和阐释的控制者，强调作者意图在决定文本意义方面的重要性。与此相对照，费伦认为作者意图并非完全可以复原，作者也无法完全控制读者的反应。他十分强调读者的主观能动性，强调读者对阐释的积极参与，认为不同的读者会依据不同的经历、不同的标准对文本做出不同的反应。我们知道，形式主义批评家均认为文本特征先于阐释存在，构成阐释的客观基础。而斯坦利·费什等读者反应批评家却认为不存在任何先于阐释的客观文本现象，所有文本特征都是主观阐释的产物。② 费伦采取了一种中间立场：一方面寻找读者反应的文本来源（textual sources），另一方面又认为读者的主观性影响了对这些文本来源的解释。也就是说，在作者通过文本建构读者反应的同时，读者反应也建构了文本（更确切地说，是建构了读者眼中的文本）。从这一角度来看，（读者眼中的）"不稳定因素"和"紧张因素"一方面属于引发读者反应的文本现象，但是其构成本身又受到读者反应的影响，可以说在一定程度上来自于读者的主观阐释。

　　费伦在《作为修辞的叙事》一书的序言中说："如果作者、文本和读者处于无限循环的关系之中，那么每一篇文章都必然会对这一关系中的某些特征格外重视，对其他一些则不然。"该书中的每一章都针对不同的阐释对象而选择了其特定的倚重面，各章之间在阐释重点上呈某种互补关系。这从各章标题就可看出一二，譬如"叙事和抒情诗中的人物和判断：理解《海浪》中的读者参与"，"领班话语中的性别政治；或聆听《名利场》"，"《永别了，武器》的声音、距离、时间视角和动态"，"重新审视可靠性：尼克·卡拉韦的多重功能"，"受述者、叙述读者和第二人称叙述：我——和你？——如何读洛里·穆尔的《如何》"，"走向修辞的读者—反应批评：《宠儿》的难点、顽症和结尾"。这些标题从一个侧面体现了费伦的研究的综合性质：结构性、修辞性、伦理性或政治性。费伦采用自己建立的"进程"与"互动"的理论模式，从新的角度对各种叙事作品进行了深入细致、富有洞见的阐释。因篇幅所限，本文难以具体评介费伦的分析实践。

　　总的来说，费伦的修辞性叙事理论综合吸取了经典叙事学、经典修辞学、读者反应批评和各种文化意识形态批评之长，又在很大程度上避免了

---

① Phelan, *Narrative as Rhetoric*, p. 19.
② Stanley Fish, *Is There a Text in This Class*? Cambridge, Mass.: Harvard University Press, 1980. 以及 Dan Shen, "Stylistics, Objectivity, and Convention," *Poetics* 17 (1988), pp. 221—238.

其所短。他大量吸取了叙事学的研究成果，较好地把握了各种叙事技巧，对叙述声音、叙述视角、经验自我和叙述自我等不同范畴进行了深入探讨；并借鉴了叙事学的区分或区分方法来建构一些理论模式，使研究呈现出较强的理论感、层次感和系统性。与此同时，又以多维的人物观、动态的情节观、全面的读者观和对意识形态的关注而避免了经典叙事学（批评）的一些局限性。与经典修辞学相比，费伦的研究既承继了其对修辞交流和修辞目的的关注，又通过对作者、文本、读者之循环互动的强调而避免了其短。就读者反应批评而言，费伦的研究既借鉴了其对读者阐释之作用的关注，又通过区分文本本身和读者眼中的文本而保持了某种平衡。就文化意识形态批评而言，不少西方学者将文学作品视为社会话语、政治现象、意识形态的作用物，表现出极端的政治倾向。而费伦坚持从叙事策略或叙述技巧切入作品，将形式审美研究与意识形态关注有机结合，达到了一种较好的平衡。可以说，费伦的修辞性叙事理论以其综合性、动态性和开放性构成了西方后经典叙事理论的一个亮点。

第四节　卡恩斯的语境、规约、话语

1999 年，迈克尔·卡恩斯的《修辞性叙事学》一书问世，该书旨在将修辞学的方法与叙事学的方法有机结合起来，而这种结合是以言语行为理论为根基的。由于卡恩斯将言语行为理论作为基础，因此在修辞性叙事理论中自成一家、与众不同，但书中的逻辑混乱恐怕也是最多的。卡恩斯的模式聚焦于叙事的三个方面：语境、基本规约和话语层次。本节将集中探讨这三个方面的实质性内涵，清理有关混乱，以便更好地把握修辞性叙事学的特点和所长所短。

一、对语境的强调

卡恩斯十分重视语境的作用。他认为一个文本究竟是否构成叙事文关键在于语境，而不在于文本中的成分。他断言："恰当的语境几乎可以让读者将任何文本都视为叙事文，而任何语言成分都无法保证读者这样接受文本。"[①] 这种强调语境的后经典立场与经典叙事学形成了鲜明对照。经典叙事学认为一个文本究竟是否构成叙事文关键在于文本包含什么成分，因

[①] Michael Kearns, *Rhetorical Narratology*, p. 2.

此他们着意探讨文本中的成分究竟是否具有叙事性，叙事性究竟有多强，完全不考虑语境的作用。卡恩斯则走向了另一个极端，在理论上单方面强调语境的"首要作用"和"决定性作用"，① 忽略文本成分所起的作用。实际上，一个文本究竟是否构成叙事文取决于文本特征、文类规约、作者意图和读者阐释的交互作用（详见下文）。卡恩斯对自己在理论上所走的极端似乎缺乏清醒的认识。他在导论中对查特曼的下述观点表示赞同："小说的叙事技巧劝服我们承认文本的一种权力：将其视为虚构性叙事，劝服我们将其视为一种非任意、非偶然的话语。这种话语具有其自身的力量和自主性，有权要求我们认真地将其视为可辨认的'叙事虚构作品'这一文类的合法成员。"② 不难看出，查特曼在此根本没有考虑语境的作用。他考虑的是"小说的叙事技巧"本身所具有的修辞效果。这是一种脱离语境的效果（但这种效果以文类规约为根基）：在任何时代、任何语境中，只要存在"叙事虚构作品"这一文类，"小说的叙事技巧"都可以劝服我们承认文本的这种"权力"。③

卡恩斯从言语行为理论的角度来看文本，强调文本的"意思"取决于"社会过程"，而非文本中的"形式结构"。例如，一个小句"暂时取消宪法"（"the constitution is suspended"）倘若出现在不同的语境中，意思可能会大不相同。当出现在政府命令中时，这一小句具有"施为"或"以言成事"的效果，导致宪法的暂时取消；而出现在新闻报道中时，同样的文字则仅有描述的作用，没有施为的效果。又如，当书架上贴有"浪漫文学"的标签时，这一标签对于如何理解该书架上的书，对于书之"以言行事"的力量具有决定作用。④ 笔者认为，我们的确不应忽略语境的作用，但与此同时，我们也不应忽略语言结构本身的作用。当一本电话簿、广告集、科学论著或缺乏浪漫色彩的现实主义作品出现在贴有"浪漫文学"标签的书架上时，读者很可能会认为这本书放错了地方，会将它放到其同类作品

---

① Michael Kearns, *Rhetorical Narratology*, p. ix, p. 2.
② Seymour Chatman, "The 'Rhetoric' 'of' 'Fiction'," in *Reading Narrative* (ed.) James Phelan, Columbus: Ohio State University Press, 1989, p. 46.
③ 但如前所述，查特曼考虑了文本与现实世界的关系，他说："在我看来，可以用两种不同的方式来劝服读者，或劝服读者接受作品自身的形式，或劝服读者调查对于现实世界里发生的事情的某种看法"（1989: 55）。当这篇文章成为《叙事术语评论》一书的第11章时，查特曼在文字上略有改动："在我看来，有两种叙事修辞，一种旨在劝服我接受作品的形式；另一种则旨在劝服我接受对于现实世界里发生的事情的某种看法。"（1990: 203）不难看出，查特曼在谈到这两种叙事修辞时，关心的只是文本的作用方式和作用效果。
④ Kearns, *Rhetorical Narratology*, p. 11.

中去。同样，当"这部宪法是1980年制定的"这一小句出现在政府命令中时，它不会具有任何"以言成事"的效果。其实，言语行为理论家并非一味强调语境的作用。卡恩斯给出的"暂时取消宪法"这一实例是从佩特里（Sandy Petrey）的《言语行为与文学理论》一书中转引而来。佩特里自己的结论是："意思相同的一样的文字（同样的以言指事）具有不同的规约性力量。言语行为理论一个最为重要的信念是：在分析语言时，这种力量上的不同至少与词汇和语义上的相同一样重要。"① 佩特里采用那个实例是为了说明语言与社会实践同样重要，而卡恩斯却借这一实例来单方面说明语境的重要性，打破了原来的平衡。

卡恩斯认为言语行为理论为他的"强硬的语境立场提供了基础"。② 但在我们看来，他往往于不觉之中偏离了言语行为理论的轨道。如前所引，卡恩斯认为"适当的语境几乎可以让读者将任何文本都视为叙事文"。但倘若语境可以让读者将所有的文本都视为一类，那么文类之间的区分就会失去意义。而这种文类之分对于言语行为理论的语境来说是至关重要的，因为言语行为理论的语境主要是由文类规约所构成的。在此，我们不妨看看普拉特（Mary Louise Pratt）对于小说和其阐释规则之关系的一段论述：

> 我想说的是，无论小说中的虚构话语以什么形式出现，既然读者面对的文本是一部小说［而非其他文类］，就会自动将这些［与小说相关的］规则运用于对这一虚构言语行为的阐释。我相信这种分析与我们对现阶段小说的直觉相吻合。第二章所探讨的文学叙事与自然叙事在形式上的对应也为这一假设提供了支持。③

普拉特致力于将言语行为理论运用于文学话语的分析，并造成了相当大的影响。她的《试论文学话语之言语行为理论》（1977）一书是卡恩斯的主要参考书之一。卡恩斯对阐释规则的强调与这本书的影响直接相关。但不难看出，普拉特将"小说""文学叙事""自然叙事"等文类视为既定存在，根本没有考虑语境的决定作用。一位读者面对不同的文本，一般可以区分何为散文、何为诗歌；何为抒情诗（抒发情感）、何为叙事诗（讲述故事），如此等等。诚然，不同文类可以混合，譬如"抒情叙事"

---

① Sandy Petrey, *Speech Acts and Literary Theory*, London: Routledge, 1990, p. 12.
② Kearns, *Rhetorical Narratology*, p. 10.
③ Mary Louise Pratt, *Towards a Speech Act Theory of Literary Discourse*, Bloomington: Indiana University Press, 1977, p. 206.

（lyric narrative）。一个文类的形式结构特征也可能出现各种变化，譬如既有情节性强的小说，又有淡化情节、仅仅展示一个生活片段的小说；既有符合逻辑的小说，又有打破逻辑关系的小说。每当一种新的技巧、新的形式在一个文类中出现并得到认可，就会丰富这一文类，拓展其疆域，甚或会在某种程度上模糊该文类与其他文类之间的界限，但不同文类之间的区分依然存在。一篇全部用诗体写成的东西在（目前的）任何语境中都不会成为小说。一个提供信息的电话簿在任何语境中都不会真正成为叙事文。正是由于存在不同文类之分，才会存在各个文类自己的创作规则和阐释规则；而正是由于这些规则之间的不同，语言文字在不同的文类中才会具有不同的规约性力量。不难看出，倘若语境可以让读者"将任何文本都视为叙事文"，那么叙事文与非叙事文之间的区分就会失去意义，言语行为理论对叙事文（或非叙事文）之规约的强调也会失去其赖以生存的基础。

另一位著名言语行为理论家塞尔（John R. Searle）提出在文学这样的"展示性"（display）文本中，说话者不对自己话语的真实性负责。[1] 在评论这一观点时，卡恩斯提出文本究竟是否构成展示性的文本，说话者（作者）的态度"似乎并不相关"，因为文本的性质"取决于语境而非说话者的态度"，语境"会让读者以某种方式接受文本，而这一方式可能会有违作者的本意，譬如有人或许会拿到一本传记，而这本传记被错放到了贴有'小说'标签的书架上。"[2] 卡恩斯的言下之意是传记作者的意图无关紧要，重要的是书架上的那一标签。但值得注意的是，他在此承认了文本本身的文类属性（一本传记），当一本传记被放到了贴有"小说"标签的书架上时，则被视为放错了地方（"mistakenly shelved"）。这实际上体现出较为合理的语境立场，不同于卡恩斯在下一句话中表现出来的强硬立场："在贴有'浪漫文学'标签的书架上看到一本书时，那一标签基本决定了读者会如何阐释这一话语，决定了这本书会具有何种以言行事的力量。"[3] 卡恩斯的这句话意味着可以完全无视文本本身的文类属性，重要的只是语境"如何让读者看待文本"[4]。这实在走得太远。倘若一本传记被放到了贴着"小说"标签的书架上，或一本意识流小说被放到了贴着"日常叙事"的书架上，而重要的只是构成语境的标签，读者就会采用错误的阐释规则来阅读

---

[1] John R. Searle, *Expression and Meaning*, Cambridge: Cambridge University Press, 1979.
[2] Kearns, *Rhetorical Narratology*, p. 14.
[3] Ibid., p. 11.
[4] Ibid., p. ix.

作品，得出错误的阐释结果，譬如，可能会将意识流小说视为疯人呓语之类。卡恩斯的强硬语境立场仅能起到为这种错误阅读提供依据的作用。但卡恩斯并未意识到这一点，他在书中写道："言语行为理论实际上为我的强硬的语境立场提供了基础，因此也为一个真正'修辞性的'叙事学提供了基础。这一理论被界定为'解释理解文本的条件，说明在一个社会里意思如何被阐释；说明要理解一个人的话，必须首先设立相关的程序'（Fish, 1977: 1024）"①。言语行为理论强调的恰恰是要采用与文本所属文类相关的程序或规则来进行阐释。譬如，要理解一部意识流小说，就必须采用与意识流小说相关的一套阐释程序。只有这样，才能理解作者艺术性地偏离传统常规的写法，理解"意识流"的美学价值和主题意义。倘若采用非艺术、非虚构的日常叙事的阐释程序来阅读一本意识流小说，作品就显然难以理解。与卡恩斯自己的信念相违，只要他持强硬的语境立场，他就与"真正'修辞性的'叙事学"无缘。这一立场允许语境将"任何"或所有作品变为同一类作品，因此使文类之间的区分失去意义。此外，这一立场允许读者在语境的作用下采用错误的程序来阐释作品，这样就显然难以真正理解作品。

卡恩斯宣称"在本书中我从头到尾都会提倡这种强硬的语境立场"②，实际上他往往于不觉之中采用了通常那种较弱的语境立场，将文学叙事称为"对语言的那种特定用法"③，提到"很多20世纪的先锋派小说"④，如此等等。在书中，他经常谈到先锋派小说、传统小说和日常叙事之间的区别，以此为基础来探讨文类规则在阅读过程中所起的作用。但他没有意识到这一合乎情理的立场与他自己所倡导的"强硬的语境立场"直接矛盾。前者尊重文本的文类属性（由作者的意图和以文类规则为基础的创作所决定），后者则无视文本自己的文类属性（无视作者的意图和创作），仅仅关注语境（例如书架上的标签）如何让读者看待文本。

卡恩斯对自己"强硬的语境立场"作了如下说明："我之所以赞成这样的立场，一方面是为了激发进一步的实际调查研究。或许这种研究会表明：如果一个文本具有某些种类或某种密度的'叙事'特征，那就能保证

---

① Kearns, *Rhetorical Narratology*, p. 10. 文中提到的 Fish 的文章是: "How to Do Things with Austin and Searle: Speech Act Theory and Literary Criticism," *Modern Language Notes* 91 (1977), pp. 983—1025。
② Ibid., p. 3.
③ Ibid., p. 22.
④ Ibid., p. 23.

读者将其视为叙事文。但在这样的研究出现之前,我会一直站在言语行为理论家一边,他们看到的是语境的力量。我赞成强硬立场的另一个原因是我相信作者式阅读——即读者与作者共同认为叙事文存在的目的就是以某种方式打动读者——决定叙事文与读者之间的相互作用。"[1] 卡恩斯给出的第一个理由是"为了激发进一步的实际调查研究",这种注重实证的立场值得提倡。然而,我们不禁要问,为何不先调查研究,然后再根据其结果做出判断呢?卡恩斯提供的两种选择实际上是两个极端:或者仅考虑语境,或者仅考虑文本特征,两种立场各有其片面性。当文本中的叙事特征达到一定的密度或具有一定的丰富性时,也许"能保证读者将其视为叙事文",但这并不说明语境不起任何作用。叙事性较弱、淡化情节的小说之所以仍被接受为小说,就是作者的创作意图与方式、文类规则的改变和接受语境的综合作用。每一种因素在不同情况下作用会有大有小,对这些因素应予以全面考虑。在探讨"叙事性"时,我们应避免像经典叙事学家那样单方面注重文本,也应避免像卡恩斯(这类语境批评家)这样单方面注重语境。卡恩斯在谈第二个原因时提到的"作者式阅读"是由拉比诺维茨率先提出来的,它是卡恩斯修辞性叙事学中的一个重要成分。卡恩斯在书中写道:"作者式阅读就是寻找作者意图。然而这一意图并非'个人心理',而是'社会规约'。作者式阅读就是接受'作者的邀请,按照特定社会程式来阅读作品,这种阅读方式是作者与读者之间的默契。'"[2] 有趣的是,"作者式阅读"与"强硬的语境立场"实际上直接矛盾。尊重作者的意图就是尊重文本自身的文类属性。传记作者会邀请读者将作品读作传记。倘若一本自传被错放到了贴有"小说"或"浪漫文学"标签的书架上,读者又没有发现这一错误,那么作者式阅读就无法进行。只有当作品恢复其本来面目时,读者才有可能按照作者的邀请来阅读作品。可以说,作者式阅读完全排除了语境单方面的所谓决定作用。

---

[1] Kearns, *Rhetorical Narratology*, p. 3.

[2] Ibid., p. 52. 参见 Peter J. Rabinowitz, *Before Reading*, p. 22. 前文提到拉比诺谩维茨区分的四种阅读位置:作者的读者,叙述读者,理想的叙述读者,有血有肉的读者。所谓"作者式阅读",就是从"作者的读者"这一位置或角度来阅读。值得一提的是,卡恩斯比拉比诺维茨往前走了一步,承认作者的个人心理:"但我承认——相信拉比诺维茨也是如此——很多人就是这样阅读的(即将作者意图作为个人心理来推导)。可以说作者式阅读是受到尊重的批评实践。"(Kearns, 1999, p. 52)。

二、虚构性，叙事性，叙事化

卡恩斯之所以会单方面强调语境对叙事文的决定作用，与他将"虚构"与"叙事"同等对待不无关联。他说：

> 正如我在上文中所强调的，采取作者式阅读会意识到虚构叙事中的世界是人为建构的，但这种对虚构的区分并非以文本成分为依据。已有不少批评笔墨用于探讨如何进行这一区分。言语行为理论通过仅仅考虑言语语境中的文本，解决了这一问题。兰瑟（Susan S. Lanser）将虚构叙事中的言语视为"作为假设运作的"这一类言语行为中的一员。这类言语行为要求有一个"可以与其他类别相区分的言语语境"（1981：289）。在阅读一部虚构叙事作品时，首先会确定这一语境，允许读者将叙事文中的世界视为假设的。①

实际上，卡恩斯自己的话"在阅读一部虚构叙事作品时"（In the process of reading a fictional narrative），依然是将"一部虚构叙事作品"视为既定存在，而非语境的产物。然而，假如涉及的不是叙事与非叙事之分，而是虚构与非虚构之分，语境往往可以单方面决定读者的阐释。譬如一本真实的书信集或电话簿，一个真实的契约或报道，若放到了贴有"虚构作品"标签的书架上，（不明真相的）读者就会将文本中的信息视为虚构。在此，文本的形式特征起不到任何区分的作用，因为虚构文本完全可以貌似真实。但重要的是，语境只能决定读者的阐释，而无法改变文本的性质。卡恩斯在书中写道：

> 瑞安（Marie-Laure Ryan）区分了有关虚构的两种互为竞争的理论。一种为指称性理论，它以本体论为基础，认为"虚构是一种存在方式"。另一种为意图性理论，它以语内表现行为为基础，认为"虚构是一种说话方式"（1991：13）。修辞性叙事学站在后一种立场上，并做以下补充：虚构不仅在于说话的方式，而且在于受话者如何接受言语；任何"说话的方式"都按照关联原则运作。②

假如仅仅从本体论的角度来区分虚构与真实，就无法将虚构作品与谎

---

① Kearns, *Rhetorical Narratology*, p. 53. 文中引用的兰瑟的话来自 Susan S. Lanser, *The Narrative Act*, Princeton University Press, 1981, p. 289。

② Ibid., p. 49. 文中引用的瑞安的话来自 Marie-Laure Ryne, *Possible Worlds, Artificial Intelligence, and Narrative Theory*, Bloomington: Indiana University Press, 1991, p. 13。

言、错误言语等区分开来,因此需要考虑发话者的意图和发话方式。卡恩斯为了强调语境和读者的作用,提出虚构也在于受话者如何接受言语。但我们认为,读者的接受无法改变文本的性质。文本究竟是否与现实相符、发话者究竟是否意在虚构均决定文本的性质,但读者的接受只能决定一时的阐释效果。即便语境让读者将一本真实的书信集视为虚构,文本本身依然是真实的,迟早会恢复其本来面目。

虚构与真实之分涉及的是文本与现实的关系。假若用诗体来报道一个真实事件,尽管看上去是一首诗,但这一文本却并非虚构,而是真实的。同样的语言成分,与现实相符的就是真实的,以想象为基础、"作为假设运作的"就是虚构的。值得一提的是,文本的虚构性为偏离常规的语言特征提供了广阔的空间。现代或后现代小说中那种纯粹的文字游戏或叙述游戏恐怕只有在虚构的空间里才成其为可能。此外,只有在虚构的空间里才有可能出现全知叙述,才有可能出现第三人称人物的内心透视。然而,就常规描写人物言行的文本而言,虚构性与文本的形式特征往往无关。但我们必须认识到,真正构成虚构性之判断标准的并不是独立于文本的语境,而是说话者(作者)的意图和文本与现实之间的关系。

与虚构跟真实之分不同,叙事与非叙事之分涉及的不是文本与现实的关系,而是不同文类之间的区分,因此文本特征必然会起不同程度的作用。卡恩斯自己的下面这段话就是明证:"利奇(Thomas M. Leitch)断言故事的趣味可以与叙事性无关,而只是依赖于其他的组织形式,包括'戏剧性、反讽和离题方式',这些都是'反叙事'的手法(1986:73)……但我依然认为进程是一个基本的规约:叙事可以缺乏其他特征,但必须包含进程,否则读者就不会将其视为叙事。"① 在此,我们可以看到文本特征(进程)与叙事性的直接因果关系。

卡恩斯在书中写道:"我同意弗卢德尼克(Monika Fludernik, 1996:47)的看法,叙事性并非存在于文本之中,而是来自于读者阐释叙事文的语境,这一语境包含一个阐释框架。"② 但弗卢德尼克在1996年那本书的第47页上并没有探讨"叙事性"(narrativity),而只是探讨了"叙事化"(narrativization)。后者是"读者通过叙事框架将文本自然化的一种阅读策

---

① Kearns, *Rhetrorical Narratology*, p. 61. 文中引用的利奇的话来自 Thomas M. Leitch, *What Stories Are*, University Park: The Pennsylvania State University Press, 1986。

② Ibid., p. 41. 文中引用的弗卢德尼克的话来自 Monika Fludernik, *Towards a "Natural" Narratology*, London: Routledge, 1996。

略":

> 叙事化就是将叙事性这一特定的宏观框架运用于阅读。当遇到带有叙事文这一文类标记,但看上去极不连贯、难以理解的叙事文本时,读者会想方设法将其解读成叙事文。他们会试图按照自然讲述、经历或观看叙事的方式来重新认识在文本里发现的东西;将不连贯的东西组合成最低程度的行动和事件结构。①

这里有几点值得注意。首先,一个文本究竟是否构成叙事文不是由语境决定的,而是在于文本自身的文类标记。其次,"叙事化"这一概念源于卡勒(Jonathan Culler)的"自然化"②,它与偏离常规的叙事文相关。既然符合常规的叙事文具有叙事性,读者就会根据"叙事文具有叙事性"这一框架来解读偏离常规的文本。作者在创作打破常规的文本时,也会期待读者以这种方式来解读。再次,读者的叙事化须以文本为基础,并受到文本的制约。读到极不连贯的文本时,读者会想方设法从"在文本里发现的东西"中组合出行动和事件结构,但只能是"最低程度"的组合。假如文本仅仅包含纯粹的语言游戏或叙述游戏,这种组合的企图恐怕会徒劳无功。

弗卢德尼克在她那本书的第47页上提到了一种以文本的模仿性为基础的叙事化。我们知道小说是作者写出来的,但它带有一种模仿幻觉,让人觉得是叙述者"讲述"的记录,甚至可以觉得叙述者正在讲述。应该说,这一模仿幻觉与先前的口头文学叙事相关,中国小说是从说书人的话本发展而来,作为西方小说鼻祖的古希腊史诗也是口头吟诵的。此外,这一幻觉也源于作者在创作时对口头叙述传统的模仿,中国小说中出现的"请听"、"且说"等词语就是突出的例证。当然,相关的文学阐释规约也有很重要的作用。弗卢德尼克说:"小说的讲述者让人联想到现实生活中讲述的情景和典型格局。譬如,倘若出现的是个人化的叙述者,读者也许会认为叙述者具有某些认知、意识形态和语言方面的特征,甚至包括特定的时空位置。叙述者被视为标准的交流框架中的'说话者'……读者在阅读时会坚持一种事先形成的概念,即故事是由某一个人讲述的。这一概念似乎直接源于涉及讲故事的认识框架,而非任何必不可少的文本证据。"其实,这里的文本证据并非不存在。个人化的叙述者是第一人称叙述者(或第三

---

① Fludernik, *Towards a "Natural" Narratology*, p. 34.
② Jonathan Culler, *Structuralist Poetics*, London: Routledge & Kegan Paul, 1975, pp. 137—138.

人称叙述中用第一人称指称自己的叙述者）。第一人称指称"我"就是发话者存在的证据。读者对叙述者的认知、意识形态、语言以及时空位置的判断都必须以叙述者的话语为依据，而不能根据想象凭空猜测。倘若叙述者是非个人化的，那么文本中自然不会出现对叙述者的直接指涉。在日常生活中，假如有人用第三人称讲述："李波去了一趟图书馆……"，对于不在场的听众来说，只能听到录下来的话语。正是由于一段录音或一段记录下来的话语"隐含着"一个发话者，因此才会出现自由直接引语或自由间接引语这些不提及说话人的引语形式。就非个人化叙述而言，叙事话语本身就隐含着发话者。叙事学界一般采用"他/她/它"来指涉非个人化叙述者。[1] 既然故事不能自我讲述，话语不能自我产生，那么叙事话语本身就足以证明存在发出这一话语的人或者叙事工具。

弗卢德尼克还举了两个更为具体的例子来说明叙事化。一为罗伯-格里耶（Alain Robbe-Grillet）的新小说《嫉妒》：通过叙事化，读者将文本解读为充满妒意的丈夫透过百叶窗来观察其妻子。另一为"摄像式"视角，这一名称本身说明读者"将文本与一个源于生活经验的框架相连"[2]。然而，在此我们不应忽略文本特征所起的决定性作用。在读《嫉妒》这部小说时，读者常常感到所描述的情景是从某一扇百叶窗的后面看到的，这种感觉源于文本的暗示，也可以说源于作者的邀请，是作者创作的结果。至于"摄像式"视角，这一术语来自衣修午德（Christopher Isherwood）的小说《再见吧，柏林》中叙述者的开头语："我是一部打开了遮光器的摄像机，很被动，只是记录，什么也不想。"值得注意的是，"摄像式"视角这一术语仅仅适用于这么一种文本：其目的是直接记录"生活的一个片段"，既不选择，也不加工。[3] 也就是说，这一术语与文本特征直接相关。

我们认为，在探讨叙事性和叙事化时，作者的创作、文本特征、文类规约和读者的阐释框架都应加以考虑。这几种因素往往交互作用，密切相连。文本特征源于作者特定的创作方式，而创作是以文类规约为基础、以读者的阐释框架为对象的。至于文类规约，其形成不仅在于某一文类（或某一文类的形成过程中）作者们的创作方式，也在于该文类读者采用的（为作者所期待的）阐释策略。阐释策略的基础在于文类特定的文本特征（譬如叙事文一般具有叙事性，在读叙事性很弱的叙事文时，读者就会采

---

[1] Chatman, *Coming to Terms*, p. 144.
[2] Fludernik, *Towards a "Natural" Narratology*, p. 46.
[3] Norman Friedman, "Point of View in Fiction," *PMLA* 70 (1955), p. 1179.

用"叙事化"的阐释策略）和文类规约。假如仅仅关注其中的一个因素，忽略其他因素，或者忽略这几种因素交互作用、相互依赖的关系，就很容易出现偏误。

三、基本规约与言语行为理论

除了语境，卡恩斯的修辞性叙事学也十分强调基本规约（ur-conventions）。基本规约在阅读过程中起作用。卡恩斯承认阅读过程很难把握，但他认为探讨读者和作者带入叙事交流的一些主要期待是大有裨益的。他在论述基本规约时，再次强调了言语行为理论："若没有合作原则（the cooperative principle），这些规约就无法存在"①。在他看来，言语行为理论不仅构成基本规约的生存基础，而且是一种补救手段："就我所知，没有任何理论将叙事学与修辞学相结合（既采用叙事学之文本分析的工具，又采用修辞学分析文本与语境交互作用的工具），以便更好地了解读者是如何阅读叙事文的。为了填补这一空白，我在此提出一种以言语行为理论为基础的修辞性叙事学。"② 在卡恩斯的理论宣言中，言语行为理论有时似乎成了唯一有用的工具："就修辞性叙事学而言，我旨在通过问这么一个中心问题来有力地推动叙事学向修辞学转向：'叙事文中的各种因素实际上是如何作用于读者的？'并通过采用言语行为理论来解答这一问题。"③。此处有三点值得注意。首先，不少叙事理论家（包括查特曼和费伦）已经将叙事学与修辞学相结合，来研究读者对文本的阐释。第二，格赖斯的合作原则和会话涵义理论确实提供了一种很好的模式，来描述基本交流规则，描述对这些规则的遵守和违背及其各种暗含意义。但值得注意的是，文学研究者早就在探讨对文学交流常规的遵守和违背，探讨偏离常规的文学现象，探讨作者艺术性地打破常规具有何种文学涵义或主题意义。此外，虽然文学研究者没有采用"展示性""可述性"等术语，但一直在关注文学作品引人深思、再现现实和富于表现力等特征。同样，虽然文学研究者没有采用"以言行事"、"以言成事"或"施为"等术语，但一直在探讨作品的感染力和各种效果。由此可见，卡恩斯只是采用了一种新的模式、一套新的术语来描述早已为文学界所关注、所描述的对象。第三，若要解答"叙事文中的各种因素实际上是如何作用于读者的？"这一问题，言语行为理

---

① Kearns, *Rhetorical Narratology*, p. 113.
② Ibid., p. 2.
③ Ibid., p. 9.

论作为一种工具还远远不够。言语行为理论涉及的往往是基本的交流原则和期待。普拉特（1977）率先将合作原则和会话涵义理论系统用于文学研究。卡恩斯对其研究的要点进行了如下总结：1. 文学文本存在于（由文类规约构成的）语境中，（文类规约）决定读者如何阐释。2. 由于读者分享这一语境，他们会将作品视为展示性的文本，这种文本旨在唤起读者在想象、情感和价值判断方面的参与。3. 读者相信作者认为这一参与是值得花时间的。4. 一个文类中无标记的（通常的）文本构成常规，读者可以据此判断偏离常规的现象。5. 偏离常规的就是有标记的。6. 这些偏离受到超保护：当作品打破合作原则的任何准则时，读者会认为这是作品的展示手段，而不是对作者和读者之间合作的破坏。7. 阅读小说时，读者一开始总是认为其交流情景与现实世界中"叙事展示文本"的交流情景相同，相信发话者（叙述者）会遵循合作原则，认为作品是可以讲述的文本。[①] 不难看出，这些要点大多是读者和批评家视为理所当然的文学创作和阐释规则。卡恩斯在研究中还借鉴了斯波伯（Dan Sperber）和威尔逊（Deirdre Wilson）的"关联原则"（1995），涉及的也是很基本的交流规律。这一点从斯波伯和威尔逊所说的这段话就可以看清楚："人们会自动追求最大的关联性，即通过处理信息的最小努力，达到最大的认知效果……关联原则并不是人们为了进行有效交流而必须知道的，更不是人们必须学习的东西。也不是人们遵守或者可能不遵守的东西。它是人类交流行为没有例外的普遍规律。"[②] 这样的基本规律已被读者内在化，被文学研究者视为理所当然。不难看出，若囿于这些基本规律，就很难全面深入地进行文学批评研究。小说中的很多基本区分，如故事和话语的区分、场景和概述的区分、倒叙和预叙的区分、直接引语与间接引语的区分等等，都难以用言语行为理论来加以解释，因为所区分的双方在会话合作原则、关联准则等方面没有差异。[③]

尽管卡恩斯一再强调自己是将言语行为理论作为立足点，在导论中也

[①] Kearns, *Rhetorical Narratology*, p. 26.

[②] Dan Sperber and Dierdre Wilson, "Loose Talk," in *Pragmatics: A Reader*, (ed.) Steven Davis, Oxford University Press, 1991, p. 544.

[③] 《外语与外语教学》2002年第8期发表了朱小舟的《言语行为理论与〈傲慢与偏见〉中的反讽》一文，从该文中我们也可以看到言语行为理论的某些局限性。这篇论文旨在将言语行为理论运用于对《傲慢与偏见》中的反讽的分析。分析在宏观与微观两个层次上展开。宏观层次上的分析涉及"反讽性的叙述"与"作品情节安排上的反讽"这两个不同方面。对后者的分析言之有理，但没有涉及言语行为理论。这并不奇怪——情节安排不是语言问题，在这一范畴中言语行为理论没有用武之地。

集中介绍言语行为理论及其关注的基本交流原则，但他的分析模式所包含的四种基本规约却没有一种源于言语行为理论。这四种基本规约是：作者式阅读（源于拉比诺维茨1977），自然化（主要借鉴于兰瑟1981），进程（主要借鉴于费伦1989，1996），语言杂多（借鉴于巴赫金1981）。可以说，在卡恩斯那本书的导论之后，这四种"基本规约"在一定程度上取代了言语行为理论所关注的规则。在此，一方面我们应该看到，作者与读者若不相互合作，文学交流就无法进行。另一方面我们也应清楚地认识到，这四种基本规约（尤其是作者式阅读、进程和语言杂多）都与格赖斯的合作原则这一理论模式无关。这四种规约来自于不同的理论家，而除了兰瑟之外，这些学者根本没有涉及言语行为理论。应该说，卡恩斯对这些基本规约的借鉴在一定程度上弥补了言语行为理论作为一种批评框架的不足。我们不妨简要探讨一下这四种基本规约。

1. 作者式阅读

在探讨"作者式阅读"时，卡恩斯借鉴了拉比诺维茨的观点，进行了如下区分：有血有肉的实际读者、作者的读者（作者的写作对象，能够重建作者的意图，同意作者的看法，知道故事是虚构的）、叙述读者（叙述者的叙述对象，认为故事世界里发生的事情是真实的）。卡恩斯写道："拉比诺维茨说作者的读者和叙述读者是'文本的读者可以同时充当的两种角色'（*Before Reading*, p. 20）。或许他并不是说一位实际读者可以同时充当这两种角色，而是说读者几乎总是意识到这两者的存在，并可以在这两者之间不断进行瞬间转换。"① 我们认为，拉比诺维茨确实是说一位实际读者可以同时充当这两种角色。"作者的读者"和"叙述读者"指的是读者阅读意识中的两个不同部分。阅读时，故事会在读者心中产生一种真实感，这就是作为"叙述读者"的那一部分阅读意识在起作用。与此同时，读者心中清楚故事实际上是虚构的，这就是作为"作者的读者"的那一部分阅读意识在起作用。这是两种共时存在的阅读位置或阅读立场。诚然，假如读者完全沉浸在作品中，忘却了读到的是虚构事件，那么起作用的就暂时只是"叙述读者"这一个阅读位置，当读者走出沉浸状态，开始推导作者创作这一虚构故事的意图时，"作者的读者"方开始活动。既然"作者的读者"和"叙述读者"是读者采取的两种不同阅读位置，那么两者都应构成阐释的基本规约，但卡恩斯为何只提到前者呢？这很可能是因为他无意

---

① Kearns, *Rhetorical Narratology*, p. 51.

之中混淆了两者。卡恩斯在书中写道：

> 在拉比诺维茨的模式中，"作者式"阅读就是伴装为叙述读者的一员，即将虚构作品视为真实的（96）；这是阐释过程必不可少的第一步（"Truth in Fiction," p. 133）。一个完全沉浸在作品世界中的读者会暂时成为叙述读者的一员，不再关注作者的意图。然而，"伴装"一词意味着主动做出选择，而且也太具体化：读者当然可以决定伴装，但他们也可能是不知不觉地进入了作品的世界。我认为瑞安更为宽泛的描述要确切一些，即将叙述读者的阅读方式描述为"沉浸"，与"超脱"的方式形成了对照（"Allegories" 30—31）。我们将后者称为"作者式"阅读。……作者式阅读就是寻找作者的意图。①

这里的混乱相当明显。开始时，"作者式"阅读是成为"叙述读者的一员"，"不再关注作者的意图"，但最后却说"作者式阅读就是寻找作者的意图"。此外，在这段文字的后面，"作者式"阅读被界定为"超脱"的阅读方式（与叙述读者"沉浸"的阅读方式相反），知道故事世界并非真实，但在开始时，却被界定为"将虚构作品视为真实的"。这种自相矛盾应该追溯到布思、费伦等其他修辞理论家。当拉比诺维茨最初提出"作者的读者"与"叙述读者"之分时，②两者间的界限相当清楚。布思在《小说修辞学》第二版的后记中，提到了拉比诺维茨的区分，认为其"作者的读者"相当于自己提出的"隐含读者"（即能与隐含作者达成一致的理想的读者）。但与此同时，布思又说拉比诺维茨对于"作者的读者"和"叙述读者"的区分是对两种"隐含读者"的区分。③ 这种对"隐含读者"这一概念既窄又宽的用法，留下了隐患，导致了费伦在这方面的混淆。④ 在卡恩斯的这本书中，这种混乱则更为直接，更为突出。

卡恩斯"为了对作者式阅读进行足够宽泛的描述"，还进一步提出拉比诺维茨（1987）和费伦（1996）等学者在探讨"叙述读者"时，虽未明说但暗含了这么一个观点："读者视为真实的并不一定是叙述声音所描述的虚构**世界**（fictional *world*），而是虚构**作品**（fictional *work*），即构成小说的叙述行为。充当叙述读者这一角色的实际读者当然**可能**会将虚构世界

---

① Kearns, *Rhetorical Narratology*, pp. 51—52.
② Peter Rabinowitz, "Truth in Fiction: A Reexamination of Audiences," in *Critical Inquiry* 4 (1977), pp. 121—141.
③ Booth, *The Rhetoric of Fiction*, 2nd edition, 1983, pp. 422—423.
④ 见第十章第三节里第三小节的第4个注。

看成是真实的,这是一个由叙述声音充分准确地描述出来的世界。但这并不是至关重要的。重要的是一位读者不可能在充当叙述读者时不相信叙述声音的真实性。在佯装《我的前一位公爵夫人》一诗的叙述读者时,读者不用相信公爵所讲述的一切,但必须相信公爵确实是对那位使者说话。"① 卡恩斯在此忽略了一个重要的区分:虚构世界里的叙述者与虚构世界外的作者之分。《我的前一位公爵夫人》为第一人称现在时叙述,叙述者本身就是人物,作为主要人物的公爵与未婚妻家的使者之间的交流本身构成虚构世界的重要组成部分。《我的前一位公爵夫人》作为虚构**作品**是由作者布朗宁创作出来的,而不是由作为诗中人物的公爵叙述出来的。"相信公爵确实是对那位使者说话"仍然是在相信虚构世界中的一个交流行为,而非相信虚构**作品**是真实的。在拉比诺维茨和费伦的模式中,"叙述读者"不对叙述者的话加以判断,进行判断的是"作者的读者"。后者推导作者的意图,站在与作者相对应的位置上,居高临下地判断叙述者的话语是否可信。

卡恩斯区分了无标记的(通常的)作者式阅读与有标记的(偏离常规的)作者式阅读。后者的特点是"读者体验到作者(而非叙述声音)违背了合作原则:或许叙述出来的事件看上去缺乏可述性;或许作者看上去缺乏对文类或用法规约的控制。读者因此无法建立关联性,可能会认为作者没有清晰的意图(关联性的认知原则的失败),或认为作者没有选择表达其意图的恰当手段(交流原则的失败)。还有另一种可能性,即读者可能会认为自己缺乏足够的智力或必要的经验来解读文本。对于一位不能轻易转换参照系的读者来说,罗伯-格里耶的《迷宫》就是有标记的。这样的读者可能会从头到尾'走过'这本小说,但肯定不会真正阅读。"② 在这段话的前半部分,卡恩斯似乎一时忘却了日常交流与文学交流之间的界限。在日常交流中,如果发话人的话语支离破碎、难以理解,那么我们可以说发话人违背了合作原则,是不可取的。但在读文学作品时,倘若小说中的话语支离破碎,难以理解,读者会将之视为作者有意的艺术创新。这是对现实主义以模仿为基础的创作规约的有意违背,是对文类或用法规约的有意偏离,而非"缺乏控制"。作者有清晰的创作意图,也选择了自认为能恰当表达其意图的手段(往往是为了更好地反映当代生活的"真实")。此

---

① Kearns, *Rhetorical Narratology*, pp. 51—52。参见拙文 "Narrative, Reality, and Narrator as Construct," *Narrative* 9 (2001), pp. 123—129.

② Kearns, *Rhetorical Narratology*, pp. 52—53.

外，文学作品中的事件都是作者创造出来的，若"看上去缺乏可述性"，那也往往是作者为了特定目的而有意制造的印象。总而言之，文学作者对交流合作原则的"违背"与日常生活中的有本质上的不同。在论述读者对《迷宫》等作品的阐释时，卡恩斯正确地指出读者假定合作原则在这些文学交流情景中受到了"超保护"。小说中各种违背交流规则的现象具有艺术性或主题性的会话涵义，需要读者去挖掘。①

2. 自然化

卡恩斯认为，"就建立一个实际读者可以充当的规约性角色来说，自然化是第二个至关重要的因素"。② 如前所述，"自然化"是卡勒在《结构主义诗学》一书中率先提出来的，弗卢德尼克将其发展为"叙事化"。卡恩斯主要借鉴了兰瑟对自然化的探讨。兰瑟将自然化界定为"文本允许（读者）创造一个连贯的人类世界（尽管这个世界是假定的）"③。卡恩斯做了进一步说明："读者的作用实际上是创造这个假定的世界，赋予它特征，使叙事显得合乎情理。"④不难看出，卡恩斯仅注意到读者的作用，忽略了文本的作用。正如兰瑟所言，读者的自然化必须得到文本的"允许"（permit）。读者只能以文本为依据，借助于对虚构世界和现实世界的了解，推导出文本所隐含的东西。

卡恩斯区分了无标记的自然化和有标记的自然化。如果故事世界与读者所在的世界十分接近，那么读者的自然化就会在一个潜意识的层次上不知不觉地进行。这属于无标记的情况。倘若故事世界是荒诞的，偏离了读者所处的世界，那么读者的自然化就会是一种有意识的努力。这属于有标记的情况。不难看出，自然化也是一种内在化了的阐释规约。它构成阐释作品主题意义的基础，但与主题意义的阐释仍有一定距离。

3. 进程

"进程"这一基本规约主要来自于费伦。本章第三节第四小节对费伦的"进程"观进行了较为详细的探讨，在此不赘。卡恩斯对"进程"这一模式的借鉴，使他的分析能够在一定程度上深入到文本的主题意义这一层次，而不是局限于一些很基础的内在化了的阐释规约。

4. 语言杂多

"语言杂多"（heteroglossia）源于巴赫金的对话理论。卡恩斯借这一概

---

① Kearns, *Rhetorical Narratology*, p. 54, p. 90.
②④ Ibid., p. 56.
③ Susan S. Lanser, *The Narrative Act*, p. 113.

念来描述叙事作品中各种语言共存的状况：不同叙述者的声音、不同聚焦者的"声音"、故事外的声音，如此等等；每一种声音都可暗含其他的声音（话语），不同声音之间交互作用。我们认为，将"语言杂多"和"进程"视为基本规约模糊了阐释策略和文本特征之间的界限。语言杂多是小说文本自身的一个重要特征。诚然，卡恩斯提到了"读者对于语言杂多的期待和体验"；在探讨各种声音的共存时，对读者也十分强调："就声音而言，在一位读者体验一个叙事文的过程中，叙述者和聚焦者的位置可以被不同数量的人物或者声音所占据。"①（而通常我们会说："就声音而言，在一个叙事文中，叙述者和聚焦者的位置可以被不同数量的人物或者声音所占据。"）但在书中不少地方，卡恩斯都是将"语言杂多"本身称为"基本规约"。倘若我们不将文本特征与合作原则、关联原则、"作者式阅读""叙事化"或"自然化"等基本交流规则和阐释策略区分开来，将文本特征本身也视为"基本规约"，那么就可以出现很多的基本规约。譬如，小说中的反讽随处可见，是否也可以将"反讽"视为一种基本规约呢？在阅读时，读者会"期待和体验"叙事文本中各种各样的基本特征，是否都可称其为"基本规约"呢？

我们一方面对卡恩斯在这方面的不加区分感到遗憾，另一方面又十分赞赏他博采众家之长的开放立场。卡恩斯的这本《修辞性叙事学》广为借鉴了不同来源的各种理论模式和分析方法。"作者式阅读""自然化""进程"和"语言杂多"只是他借鉴的众多理论概念中的一部分。

四、话语与"声音"

叙事包含故事与话语这两个层次。卡恩斯写道："修辞性叙事学承认故事成分，但因为由言语行为理论构成的理论基础突出读者与文本之间的交互作用，因此我更为强调话语成分。"② 我们知道，叙事（诗）学有三个分支，其一仅关注所述故事本身的结构，着力探讨事件的功能、结构规律、发展逻辑等等。第二类以热奈特为典型代表，聚焦于"叙述话语"层次上表达事件的各种方法。第三类则认为故事层和话语层均很重要，因此在研究中兼顾两者。由于卡恩斯将叙事视为一种话语，因此他在论述叙事学时也难免以偏概全："［热奈特所著］《叙述话语》实际上一直是叙事学

---

① Kearns, *Rhetorical Narratology*, p. 88.
② Ibid., p. 2.

唯一最好的著作。这本书与韦恩·布思那本著名的《小说修辞学》相结合，构成整个领域的支点。"①在这样的论述中，叙事学家对于故事层次的研究被排斥在考虑范围之外。

尽管卡恩斯宣称自己强调的是话语，但在分析中却没有过于忽略故事成分。这是因为他的基本规约中的"进程"这一因素主要来自于费伦。如前所述，费伦的"进程"同时考虑处于故事层次的"不稳定因素"和处于话语层次的"紧张因素"，探讨读者与这些因素的交互作用。在采纳了费伦的模式之后，卡恩斯在分析时对故事层次上的不稳定因素也予以了关注。

然而，卡恩斯最为关注的还是文本中的"叙述声音"或"叙述行为"。热奈特（1980）将"叙事"分为"叙述行为""话语"和"故事"这三个层次。"叙述行为"在卡恩斯的模式中占据了前所未有的重要地位，有时被用于指代整个叙事，甚至直接用于指代故事成分："［读者］将文本视为一系列叙述行为，这些叙述行为未能构成一个连贯的故事。"② 我们知道，"叙述行为"指的是叙述者在叙述过程中的行为，有别于所述故事中人物的行为和事件，两者属于两个不同的层次。卡恩斯在此将这两个层次相混淆。卡恩斯说的另一段话却分清了两者之间的界限："为了强调文本与读者之间相互作用的关系，我将采用'叙述过程'（narrating）和'叙述'（narration）……在阅读时，读者体验的是'叙述过程'／'叙述'，尽管在回过头来探讨作品主题的过程中，读者会对故事和话语进行判断。"③ 从这两段引语，我们可以看到"叙述"的范畴被沿着两个不同的方向放大。一方面，叙述行为被放大到涵盖故事层面。另一方面，卡恩斯区分了阅读中的当下体验过程和"回过头来"（retrospectively）的体验过程。就前者而言，只需关注叙述行为，可将故事与话语排除在外。实际上，阅读的当下体验过程就是读者从话语中推导建构故事的过程，也是读者对话语层次上的各种叙述手法进行反应的过程。前文已经提到卡恩斯对叙事进程的关注，读者就是在当下体验过程中不断对故事层次的"不稳定因素"和话语层次的"紧张因素"做出反应。其实，在阅读时，读者仅能接触到话语，

---

① Kearns, *Rhetorical Narratology*, p. 7.
② Ibid., p. 53.
③ Ibid., p. 33.

从话语中推导出故事。正如笔者另文所述,①叙述行为或叙述过程不可能为读者所知——除非成为上一层叙述的对象(譬如"他一边讲故事,一边点着了一根烟","她讲故事的声音很舒缓")。而一旦成为上一层叙述的对象,就会成为所述故事的一部分或者话语的一部分(相对于同一层叙述而言)。②

卡恩斯就所谓"叙述行为"提出了一系列问题:出现了多少叙述声音?这些声音与故事是什么关系?在将故事叙述给读者时,什么话语因素起了重要作用?这些声音涉及多少讲故事的规约?声音的特征为何?是否有特定的听者或"受述者"?这些声音与读者是什么关系?这些声音邀请"作者的读者"站到何种立场上?叙述声音对于其读者有何种假定(尤其是涉及读者的价值观和读者对其他文本的体验)?③ 不难看出,除了最后三个问题,其他都是经典叙事学家在研究话语层次时经常提出的问题。叙述声音是叙述话语的一个重要组成部分。在对这一范畴展开研究时,卡恩斯大量借鉴了叙事学界现有的模式和方法,结合修辞学和言语行为理论对读者的关注,进行了很有成效的实例分析。

在阅读卡恩斯的《修辞性叙事学》时,我们犹如面对一座熔炉,它熔进了经典结构主义叙事学、修辞学、言语行为理论、女性主义叙事学、读者反应批评,以及其他各种相关理论和批评方法。卡恩斯的修辞性叙事学的长处在于其兼收并蓄,博采众家之长的包容性和全面性,在于其对修辞交流的强调,主要是对语境、读者和阐释规约的特别关注。但令人遗憾的是,卡恩斯在建自己的理论模式时,在语境上走极端,对言语行为理论的局限性认识不清,对于叙述话语(尤其是叙述行为)一边倒,出现了不少偏误和自相矛盾之处。通过分析这些偏误和矛盾,我们对于语境与文本的关系,对于虚构性、叙事性和叙事化的关系,对于基本规约与言语行为理论的关系,对于叙述声音在叙事文中的位置等重要问题达到了更为清晰、更为深刻的了解。总的来说,卡恩斯的《修辞性叙事学》构成美国修辞性叙事理论的一个很有特色的发展步骤。这本书已经进入国内的一些大图书馆,希望在阅读时,我们能吸取其长处,同时避免被其短处所误导。

---

① Dan Shen, "Narrative, Reality, and Narrator as Construct: Reflections on Genette's 'Narrating'," *Narrative* 9 (2001), pp. 123—129;申丹《叙述学与小说文体学研究》第一章。

② 我们认为,卡恩斯对叙述过程的过度强调也与言语行为理论相违。言语行为理论关注的是说出来的话(words)在特定语境中起了什么作用,而非说话的过程。故其英文名称为"speech-act theory",而非"speaking-act theory"。

③ Kearns, *Rhetorical Narratology*, p. 83.

后经典修辞性叙事理论的一个主要长处在于对作者、文本、读者和语境的全盘考虑。在第九章中，我们为脱离语境的经典叙事诗学进行了辩护，说明它并没有过时。强调修辞交流关系的修辞性叙事模式借鉴了经典叙事诗学的概念和方法，同时也形成了自己的特色，如费伦的"多维""进程""互动"的理论模式。就叙事批评而言，经典叙事学批评不关注历史语境，传统批评家往往聚焦于作者意图，读者反应批评以读者为关注对象，社会文化研究则聚焦于社会历史语境。后经典修辞性叙事批评关注作者意图、文本的修辞效果、读者反应与社会历史语境的影响，关注这几种因素的互动作用，达到了某种平衡。卡恩斯自己提出的模式破坏了这种平衡。但由于他在书中广泛吸取了各种理论模式，因此可以说在宏观层次上依然达到了某种综合性质的平衡。

第十一章　女性主义叙事学

20世纪60年代末发轫于欧美的女性主义（也称女权主义）文学理论和批评已走过了30多年的发展历程。一般来说，欧美的各种当代文学思潮往往只能保持十来年的强劲发展势头，但植根于妇女运动的女性主义文评却可谓经久不衰。国内先后出现了不少评介女性主义文评的论著。对于女性主义文评之不同发展阶段，英美学派与法国学派之差异和交融，女性主义文评与马克思主义、精神分析学、后结构主义之间的关系等等，国内不少学者可谓耳熟能详。但迄今为止，跨学科的女性主义叙事学依然为国内学界所忽略——至少在理论探讨的层面上是如此，尽管在文学批评的实践中，有些国内学者对女性主义叙事学的分析方法有所借鉴。顾名思义，女性主义叙事学是将女性主义或女性主义文评与经典结构主义叙事学相结合的产物。两者几乎同时兴起于20世纪60年代。但也许是因为结构主义叙事学属于形式主义范畴，而女性主义文评属于政治批评范畴的缘故，两者在十多年的时间里，各行其道，几乎没有发生什么联系。20世纪80年代以来，两者逐渐相互结合，构成了一个发展势头强劲的跨学科流派。值得注意的是，女性主义叙事学与修辞性叙事学有不少相通之处：两者均关注作者的创作目的，均关注叙事结构的修辞效果。但与修辞性叙事学不同，女性主义叙事学聚焦于叙事结构的性别政治。

虽然女性主义文评在英美和法国都得到了长足发展，但女性主义叙事学却主要在北美地区展开。法国是结构主义叙事学的发祥地，然而法国女性主义文评却是以后结构主义为基础的。也许是由于结构主义与后结构主义在基本立场上的对立，以及叙事学重文本结构和法国女性主义重哲学思考等差异，女性主义叙事学未能在法国形成气候。就英国而言，虽然注重阶级分析的"唯物主义女性主义"势头强劲，叙事学的发展势头却一直较弱。相比之下，女性主义叙事学在美国发展较快，在与美国相邻的加拿大也得到了较好的发展。

本章共有五节，第一节将简要概述女性主义叙事学的发展过程，第二和第三节将从两个特定角度对女性主义叙事学进行理论评析：一是探讨其与女性主义文评的差异；二是探讨其对结构主义叙事学之批评的合理和偏误之处。第四和第五节则转而探讨女性主义叙事学的批评实践。第四节旨在廓清叙述结构与遣词造句之间的关系，以便更好地把握女性主义叙事学批评的运作范围。第五节则将集中评介女性主义叙事学对叙述话语的具体分析。我们认为，从这些角度可以较好地廓清女性主义叙事学的本质特征，看清其长处和局限性，清理其理论上的某些混乱之处。

第一节 女性主义叙事学的发展过程

女性主义叙事学的开创人是美国学者兰瑟（Susan S. Lanser）。1981年普林斯顿大学出版社出版了她的《叙事行为：小说中的视角》，该书率先将叙事形式的研究与女性主义批评相结合。兰瑟是搞形式主义研究出身的，同时深受女性主义文评的影响。两者之间的冲突和融合使兰瑟摆脱了传统叙事学研究的桎梏，大胆探讨叙事形式的（社会）性别意义。就将文本形式研究与社会历史语境相结合而言，兰瑟不仅受到女性主义文评的影响，而且受到戈德曼（Lucien Goldmann）、詹姆森（Frederic Jameson）和伊格尔顿（Terry Eagleton）等著名马克思主义文论家的启迪，以及将文学视为交流行为的言语行为理论的启发。该书的探索性质可见于兰瑟的自我诘问："我是否可以采用否认社会现实与小说形式、意识形态与文本技巧之关联的批评工具〔即结构主义叙事学〕来探讨这些关联呢？"[①]这本书虽然尚未采用"女性主义叙事学"这一名称，但堪称女性主义叙事学的开山之作，初步提出了其基本理论，并进行了具体的批评实践。稍后，陆续出现了几篇将叙事学研究与女性主义研究相结合的论文。在《放开说话：从叙事经济到女性写作》（1984）一文中，布鲁尔（Maria Minich Brewer）借鉴女性主义文评，对结构主义叙事学忽略社会历史语境的做法提出了质疑。布鲁尔在文中考察了女性写作的叙事性（narrativity），将对叙事性的

---

① Susan S. Lanser, *The Narrative Act*, p. 6.

研究与性别政治相结合。① 两年之后，沃霍尔（Robyn R. Warhol）发表了《建构有关吸引型叙述者的理论》一文，从女性主义的角度来探讨叙述策略。② 荷兰著名叙事学家米克·巴尔当时也将女性主义批评引入对叙事结构的研究，产生了一定的影响。③ 这些女性主义叙事学的开创之作在20世纪80年代问世，有一定的必然性。我们知道，从新批评到结构主义，形式主义文论在西方文坛风行了数十年。但20世纪70年代末以后，随着各派政治文化批评和后结构主义的日渐强盛，形式主义文论遭到贬斥和排挤。在这种情况下，将女性主义引入叙事学研究，使其与政治批评相结合，也就成了"拯救"叙事学的一个途径。同时，女性主义批评进入80年代以后，也需要寻找新的切入点，叙事学的模式无疑为女性主义文本阐释提供了新的视角和分析方法。

兰瑟于1986年在美国的《文体》杂志上发表了一篇宣言性质的论文《建构女性主义叙事学》。④ 这篇论文首次采用了"女性主义叙事学"这一名称，并对该学派的研究目的和研究方法进行了较为系统的阐述。兰瑟的论文遭到了一位以色列学者狄恩格特（Nilli Diengott）的批评。两位学者在《文体》杂志1988年第一期上展开的论战，⑤ 对女性主义叙事学的发展起到了扩大影响的作用。80年代末和90年代初在美国出现了两本重要的女性主义叙事学的著作。一为沃霍尔的《性别化的干预》，⑥ 另一为兰瑟的《虚构的权威》。⑦ 这两位美国女学者在书中进一步阐述了女性主义叙事学的主要目标、基本立场和研究方法，并进行了更为系统的批评实践。20世

---

① Maria Minich Brewer, "A Loosening of Tongues: From Narrative Economy to Women Writing," *Modern Language Notes* 99 (1984), pp. 1141—1161.

② Robyn R. Warhol, "Toward a Theory of the Engaging Narrator: Earnest Interventions in Gaskell, Stowe, and Eliot," *PMLA* 101 (1986), pp. 811—818.

③ Mieke Bal, "Sexuality, Semiosis and Binarism: A Narratological Comment on Bergen and Arthur," *Arethusa* 16 (1983), pp. 117—135. Mieke Bal, *Femmes imaginaries*, Paris: Nizet; Montreal: HMH, 1986.

④ Susan S. Lanser, "Toward a Feminist Narratology," *Style* 20 (1986), pp. 341—363。收入 *Feminisms* (eds.) Robyn R. Warhol and Diane Price Herndl, New Jersay: Rutgers University Press, 1991, pp. 610—629.

⑤ Nilli Diengott, "Narratology and Feminism," *Style* 22 (1988), pp. 42—51, Susan S. Lanser, "Shifting the Paradigm: Feminism and Narratology," *Style* 22 (1988), pp. 52—60.

⑥ Robyn R. Warhol, *Gendered Interventions: Narrative Discourse in the Victorian Novel*, New Brunswick and London: Rutgers University Press, 1989.

⑦ Susan S. Lanser, *Fictions of Authority: Women Writers and Narrative Voice*, Ithaca: Cornell University Press, 1992（兰瑟这本书的影响大于沃霍尔的那本，因此入选了北京大学出版社2002年出版的"新叙事理论译丛"）。

纪90年代以来，女性主义叙事学成了美国叙事研究领域的一门显学，有关论著纷纷问世；在《叙事》《文体》《PMLA》等杂志上可不断看到女性主义叙事学的论文。

在与美国毗邻的加拿大，女性主义叙事学也得到了较快发展。1989年，加拿大女性主义文评杂志《特塞拉》（Tessera）发表了"建构女性主义叙事学"的专刊，与美国学者的号召相呼应。1994年，在国际叙事文学研究协会的年会上，加拿大学者和美国学者联手举办了一个专场"为什么要从事女性主义叙事学"，相互交流了从事女性主义叙事学的经验。《特塞拉》杂志的创办者之一凯西·梅齐（Kathy Mezei）主编了《含混的话语：女性主义叙事学与英国女作家》这一论文集，1996年在美国出版。论文集的作者以加拿大学者为主，同时也有兰瑟、沃霍尔等几位美国学者加盟。

女性主义叙事学目前仍保持着较为强劲的发展势头，它无疑推动了文学批评的发展，但对于经典叙事诗学而言，也起到了正反两方面的作用。

第二节　与女性主义文评之差异

众所周知，女性主义文评有两大派别。一是侧重社会历史研究的英美学派，该派旨在揭示文本中性别歧视的事实。另一是以后结构主义为理论基础的法国学派，认为性别问题是语言问题，因此着力于语言或写作上的革命，借此抗拒乃至颠覆父权话语秩序。[①] 从时间上说，20世纪60年代末的妇女运动首先导致了对男性文学传统的批判，提倡颂扬女性文化的女性美学。70年代中期开始了专门研究妇女作家、作品的"妇女批评"（gynocriticism）的新阶段。80年代以来又以"性别理论"和对多种差异的考察为标志。但无论是属于何种派别，也无论是处于哪个发展阶段，女性主义文评的基本政治目标保持不变。女性主义叙事学与女性主义文评享有共同的政治目标：争取男女平等，改变女性被客体化、边缘化的局面。兴起于80年代的女性主义叙事学受"妇女批评"的影响，除了初期的少量论著，一般聚焦于女作家的作品，同时受到性别理论的影响，注重区分社会性别和生物性别。

然而，女性主义叙事学与女性主义文评在很多方面也不无差异。这些

---

① 张京媛主编《当代女性主义文学批评》之前言，1992年北京大学出版社出版；以及杨俊蕾的《从权利、性别到整体的人——20世纪欧美女权主义文论述要》一文，载《外国文学》2002年第5期。

不同之处涉及研究框架、研究对象和某些基本概念。为了廓清两者之间的差别，让我们首先看看女性主义叙事学家对女性主义学者的批评。

一、女性主义叙事学家对女性主义学者的批评

1. 女性主义文评的片面性和印象性

女性主义学者在阐释文学作品时，倾向于将作品视为社会文献，将人物视为真人，往往借阅读印象来评论人物和事件的性质，很少关注作品的结构技巧。兰瑟在《建构女性主义叙事学》一文中指出，女性主义只是从模仿的角度来看作品，而叙事学只是从符号学的角度来看作品。实际上，文学是两种系统的交合之处，既可以从模仿的角度将文学视为生活的再现，也可以从符号学的角度将文学视为语言的建构。在兰瑟看来，"女性主义和叙事学共同面对的挑战是认识到叙事作品的双重性质，摸索出一套术语和类型区分。这些术语和区分既有对结构分析有用的抽象性和符号性，又有具体性和模仿性，对于将文学置于'我们生活的现实环境'中的批评家来说也有应用价值。"① 这是在理论层次上对女性主义和叙事学提出的要求，要求两者在建构叙事诗学时，考虑文学作品的双重性质。但是，兰瑟似乎忘却了女性主义学者本身不会致力于对叙事诗学的建构，这一要求实际上仅仅涉及叙事学的理论研究（详见下一节）。真正可以要求女性主义学者做的是在分析作品时，注重作品的结构技巧，借鉴叙事学的有关理论模式对作品进行更为严谨和细致的分析。这正是兰瑟和其他女性主义叙事学家所身体力行的。

不少女性主义学者认为文学理论是父权制的，应该予以摈弃，因此对于结构主义叙事学采取了一种排斥的态度。女性主义叙事学家既然想通过借鉴叙事学的模式来矫正女性主义批评的片面性和印象性，首先需要为遭到排斥的结构主义叙事学正名。在《性别化的干预》一书中，沃霍尔提出了一系列的问题："'形式主义与结构主义的模式'究竟是从本质上就带有性别偏见，还是在细节上出的问题？是否一定要摈弃结构主义分析，一定要用女性主义的阅读和阐释策略来取而代之？"② 沃霍尔一开始没有正面回答这些问题，而是强调了结构主义分析对于女性主义批评的实用价值。女性主义批评注重研究女性写作和女性传统。那么，女性写作和男性写作究

---

① Lanser, "Toward a Feminist Narratology," in *Feminisms*, p. 613.
② Warhol, *Gendered Interventions*, p. 11.

竟有何差别？单单凭借阅读印象很难回答这一问题。有的女性主义学者认为女作家与男作家的作品之差异不在于所表达的内容，而在于表达内容的方式，而结构主义叙事学对作品的表达方式进行了深入系统的研究。沃霍尔说："叙事学提供了一套准确的术语来描述文类中作品的特征，来描述一个文本与其他文本之间的差异。譬如，叙事学能够做女性主义美学批评做不到的事情：准确地描写小说话语的规约和其运作的方式。"[1] 女性主义叙事学家借助叙事学的结构分类模式探讨女作家倾向于采用的叙事技巧，有根有据地指出某一时期女作家的作品具有哪些结构上的特征，采用了哪些具体手法来叙述故事，而不是仅仅根据阅读印象来探讨女性写作，使分析更为精确和系统。

针对女性主义学者对结构主义叙事学的质疑，沃霍尔从三个方面论述了叙事学并非从本质上就带有性别偏见。首先，叙事学旨在描述作品的形式特征，而不是对其进行评价。这种系统描述并不一定涉及父权制的等级关系。其次，尽管以往的叙事学家在建构理论模式时，主要以男性作家的文本为例证，但叙事学并非一个封闭的系统，而是不断通过研究新的文本，对其理论模式进行试验和拓展。从这一角度来看，不难理解为何在批评经典叙事学时，沃霍尔采用的词语是"无视性别"（gender-blind），而非"男性中心"或"父权制的"。也就是说，经典叙事学在这方面只是考虑不周而已。此外，尽管叙事学本身无法解释造成男作家与女作家的作品之差异的本因，但叙事学描述是建构"性别化话语诗学"的第一步，第二步则是将叙事学与历史语境相结合，考察作品特征与历史语境中的性别观念之关系。[2]

女性主义批评一方面对现有秩序和现有理论持排斥态度，认为这些都是父权制的体现，另一方面又对心理分析学、社会学等现有理论加以了利用。在女性主义学者的论著中，不时可以看到传统文论的一些概念和方法。这些理论为女性主义批评提供了强有力的分析工具，从中可以看出"他山之石，可以攻玉"。关键不在于理论本身，而在于怎么运用这些理论。叙事学可以被用于巩固父权制，也可以被用于揭示性别差异、性别歧视，成为女性主义批评的有力工具，这已为女性主义叙事学的实践所证实。

---

[1] Warhol, *Gendered Interventions*, p. 11.
[2] Ibid., pp. 14—16.

2. "女性语言"的规定性和泛历史性

沃霍尔认为有的女性主义学者在探讨女性语言时,像传统的美学批评一样具有规定性(prescriptive),因而继续将有的女作家边缘化。譬如,多诺万(Josephine Donovan)在《女性主义的文体批评》一文中,从弗吉尼亚·吴尔夫提出的"妇女的句子"这一角度出发来衡量女作家的作品,将乔治·艾略特的文体视为"浮夸、令人难受,与其语境不协调",同时称赞简·奥斯丁、凯特·肖邦(Kate Chopin)和吴尔夫等女作家的文体很适合描写女主人公的内心生活。① 沃霍尔指出:"以男性为中心的批评家因为女作家的写作过度偏离男性文体常规这一隐含标准而将之逐出经典作品的范畴,如果这样做不合理,那么,因为有的女作家的写作形式不是像其他女作家的那样'女性化'而对其非议,自然也同样不合情理。"② 然而,有的女性主义叙事学家将叙事技巧"性别化"也难以避免类似的弊端。尽管沃霍尔一再强调叙事学研究只是描述,而不是评价,但在女性主义叙事学这一范畴中,"女性技巧"本身就带有褒义。女性主义叙事学家将某一历史时期女作家常用的技巧视为"女性技巧",男作家常用的技巧视为"男性技巧"。并据此判定哪些女作家在作品中采用了"女性技巧",而哪些女作家却采用了"男性技巧",这本身往往隐含价值判断,或至少容易导致价值判断。

撇开法国女性主义学者对女性语言的刻意创造不谈,女性主义学者在探讨文本中的女性写作时,关注的往往是一种超越历史时空、与女性本质相连的女性语言。但女性主义中的"性别理论"却将生物上的男女差别与社会环境决定的性别差异区分了开来。女性主义叙事学家在探讨女性写作时,对性别理论注重社会历史语境的做法表示赞同,对女性主义学者在研究女性语言时采用的"泛历史"的角度提出了批评。她们认为女作家的写作特征不是由女性本质决定的,而是由社会历史语境中错综复杂、不断变化的社会规约决定的。③ 也就是说,女性主义叙事学家将叙事结构"性别化"是与特定历史语境密切相关的。她们将某一历史时期女作家常用的技巧称为"女性技巧",尽管在另一历史时期中,同一技巧未必为女作家常用。此外,她们并不认为"女性技巧"特属于女作家的文本。譬如,沃霍

---

① Josephine Donovan, "Feminist Style Criticism," in *Images of Women in Fiction*, (ed.) Susan Koppelman Cornillon, Bowling Green: Bowling Green State University Press, 1981, pp. 348—352.

② Warhol, *Gendered Interventions*, pp. 8—9.

③ Lanser, *Fictions of Authority*, p. 5.

尔区分了19世纪现实主义小说中的两种叙述干预（即叙述者的评论）：一种是"吸引型的"，旨在让读者更加投入故事，并认真对待叙述者的评论；另一种是"疏远型的"，旨在让读者与故事保持一定距离。尽管沃霍尔根据这两种干预在男女作家文本中出现的频率将前者界定为"女性的"，而将后者界定为"男性的"，但她同时指出在那一时期的每一部现实主义小说中都可以找到这两种技巧。也就是说，有时男作家会为特定目的采用"女性技巧"，或女作家为特定目的而采用"男性技巧"。[①] 其实，"女性技巧"与"女性语言"与女性的生理和心理的联系不尽相同。就前者而言，在19世纪的英国说教性现实主义小说中，女作家更多地采用了"吸引型的"叙述方法，沃霍尔指出这是因为当时女作家很少有公开表达自己观点的机会。倘若她们想改造社会，就得借助于小说这一舞台，向读者进行"吸引型的"评论。可以说，这种所谓的"女性技巧"完全是社会因素的产物，与女性特有的生理和心理无甚关联。但女性的语言特征很可能更多地受制于女性的生理和心理特征。换个角度说，不同社会、不同时期的女性语言很可能都有其自身特点，但女性语言之间也可能具有某些与女性的生理和心理相关的共性。

二、女性主义与叙事学的"话语"与"声音"

女性主义文论的目的之一在于揭示、批判和颠覆父权"话语"。"话语"在此主要指作为符号系统的语言、写作方式、思维体系、哲学体系、文学象征体系等等。"话语"是一种隐性的权力运作方式。譬如，西方文化思想中的一个显著特征是二元对立：太阳/月亮、文化/自然、日/夜、父/母、理智/情感等等，这些二元项隐含着等级制和性别歧视。女性主义学者对西方理论话语中的性别歧视展开了剖析和批判，并力求通过女性写作来抵制和颠覆父权话语。与此相对照，在叙事学中，"话语"指的是叙事作品中的技巧层面，即表达故事事件的方式。叙事学家将叙事作品分为"故事"和"话语"这两个不同层次，前者为"事实"层，后者为叙述层。女性主义叙事学借鉴了叙事学的"话语"概念，譬如女性主义叙事学家所说的"话语中性别化的差异"，[②] 指的就是某一时期的女作者和男作者倾向于采用的不同叙述技巧。诚然，"话语"也可以指小说中人物的言语，

---

① Warhol, *Gendered Interventions*, pp. 17—18.
② Ibid., p. 17.

这一用法在两个学科的论著中都可以看到。

在叙事学的"话语"层面,有一个重要的概念"声音"(voice)。正如兰瑟所指出的,这一概念与女性主义文评中的"声音"概念相去甚远。① 女性主义文评中的"声音"具有广义性、模仿性和政治性等特点,而叙事学中的"声音"则具有特定性、符号性和技术性等特征。前者指涉范围较广,"许多书的标题宣称发出了'另外一种声音'和'不同的声音',或者重新喊出了女性诗人和先驱者'失落的声音'……对于那些一直被压抑而寂然无声的群体和个人来说,这个术语已经成为身份和权力的代称。"② 值得注意的是,女性主义学者所谓的"声音",可以指以女性为中心的观点、见解,甚至行为。譬如,"女性主义者可能去评价一个反抗男权压迫的文学人物,说她'找到了一种声音',而不论这种声音是否在文本中有所表达"。③ 相比之下,叙事学中的"声音"特指各种类型的叙述者讲述故事的声音,这是一种重要的形式结构。叙事学家不仅注意将叙述者与作者加以区分,而且注意区分叙述者与人物,这种区分在第一人称叙述中尤为重要。当一位老人以第一人称讲述自己年轻时的故事时,作为老人的"我"是叙述者,而年轻时的"我"则是故事中的人物。叙事学关注的是作为表达方式的老年的"我"叙述故事的声音,而女性主义批评则往往聚焦于故事中人物的声音或行为。女性主义叙事学家一方面采用了叙事学的"声音"概念,借鉴了叙事学对于不同类型的叙述声音进行的技术区分,另一方面将对叙述声音的技术探讨与女性主义的政治探讨相结合,研究叙述声音的社会性质和政治涵义,并考察导致作者选择特定叙述声音的历史原因。

三、研究对象上的差异

在叙事作品的"故事"与"话语"这两个层面上,女性主义叙事学与女性主义批评在研究对象上都有明显差异。在故事层面,女性主义学者聚焦于故事事实(主要是人物的经历和人物之间的关系)的性别政治。她们倾向于关注人物的性格、表现、心理,探讨人物和事件的性质,揭示男作家对女性人物的歧视和扭曲,或女作家如何落入了男性中心的文学成规之圈套中,或女作家如何通过特定题材和意象对女性经验进行了表述或对女

---

① Lanser, *Fictions of Authority*, pp. 3—5.
② 苏珊·S. 兰瑟《虚构的权威》,第 3 页。
③ 同上书,第 4 页。

性主体意识进行了重申。女性主义学者关注作品中女性作为从属者、客体、他者的存在，女性的沉默、失语、压抑、愤怒、疯狂、（潜意识的）反抗，身份认同危机，女性特有的经验，母女关系，同性关爱，女性主体在阅读过程中的建构等等。

与此相对照，女性主义叙事学家关心的是故事事件的结构特征和结构关系。女性主义叙事学在故事这一层面的探讨，主要可分为以下两种类型：(1) 男作家创作的故事结构所反映的性别歧视；(2) 女作家与男作家创作的故事在结构上的差异，以及造成这种差异的社会历史原因。在研究故事结构时，女性主义叙事学家往往采用二元对立、叙事性等结构主义模式来进行探讨。这种结构分析的特点是透过现象看本质，旨在挖掘出表层事件下面的深层结构关系。

但除了一部分早期的论著，20世纪80年代中期以来，女性主义叙事学的研究基本都在话语层面上展开。如前所述，在叙事学范畴，"话语"指的是故事的表达层或叙述层。女性主义叙事学家之所以聚焦于这一层面，可能主要有以下两个原因：一是女性主义批评聚焦于故事层，忽略了故事的表达层。诚然，在探讨女性写作时，有的女性主义学者注意了作者的遣词造句，但这只是故事表达层的一个方面。如笔者另文所述，叙事学所关注的很多叙述技巧都超越了遣词造句的范畴[①]，因而没有引起女性主义学者的关注。二是叙事学对"话语"层面的各种技巧（如叙述类型、叙述视角、叙述距离、人物话语表达方式等等）展开了系统研究，进行了各种区分。女性主义叙事学家可以利用这些研究成果，并加以拓展，来对叙事作品的表达层进行较为深入的探讨，以此填补女性主义批评留下的空白。

可以说，女性主义叙事学与女性主义文评在研究对象上呈一种互为补充的关系。

四、女性阅读与修辞效果

很多女性主义学者认为叙事作品是以男性为中心的：男性主动，女性被动；男性为主体，女性被客体化。经典好莱坞电影被视为男性中心叙事的典型。有的女性主义学者认为，在观看这种电影时女性观众面临两种选

[①] 申丹《叙述学与小说文体学研究》第8章；以及 Dan Shen（申丹），"What Narratology and Stylistics Can Do for Each Other," in *A Companion to Narrative Theory*, (ed.) James Phelan and Peter Rabinowitz, Oxford: Blackwell, 2005, pp. 136—149.

择：一是与作为主动方的男性主体相认同；二是与被动无奈的女性客体相认同。针对这种悲观的看法，萨莉·鲁滨逊（Sally Robinson）在《使主体性别化》一书中提出了"对抗式"阅读的观点。她认为，尽管男性霸权的话语体系或许仅仅提供男性主体与女性客体这两种相对立的立场，但这并没有穷尽叙事中的可能性。完全有可能"从这些体系中建构出，甚至可以说是强行拔出（wrenched）其他的立场"。① 要建构出"其他的立场"，就必须抵制文本的诱惑，阅读作品时采取对抗性的方式，从女性特有的角度来对抗男性中心的角度。鲁滨逊采取这种方式对当代女作家的作品进行了阐释。鲁滨逊认为女作家一方面需要在男性中心的话语之中运作，处于这种话语秩序之内，另一方面又因为她们的主体位置在这种排挤女性的话语秩序中无法实现，而处于这种秩序之外，但正是这种边缘的位置使女作家得以进行自我表述。这种既内在又外在的双重创作位置使作品具有双重性。鲁滨逊分析了英国当代女作家多丽丝·莱辛（Doris Lessing）以"暴力的孩子们"命名的系列小说。从表面情节发展来看，这些以玛莎为主人公的小说采用的是传统的探求式的故事结构，这种故事总是将男性表达为探求者，而将女性表达为被动和消极的一方。由于玛莎为女性，她所占据的主人公的位置与叙事线条的传统意义相冲突，后者对她的探求造成很大的干扰。鲁滨逊评论道：

  玛莎一直发现自己与男性认同，否定自己"成为"一个女人的经历。这种干扰使玛莎的探求不断脱轨，实际上使她的探求永远无法到达目的地。因此，与这些作品中由目的决定的表面情节运动相对照，我读到了另一种运动——或更确切地说，是运动的缺乏，这突显了一个女人想成为自身叙事以及历史的主体时会遇到的问题。②

不难看出，在鲁滨逊的眼里，最值得信赖的是自己摆脱了父权制话语体系制约的"对抗式"阅读方式。尽管很多女性主义学者不像深受后结构主义影响的鲁滨逊那样强调阅读的建构作用，但她们对阅读立场也相当重视。无论是揭示男作者文本中的性别歧视，还是考察女作家文本中对女性经验的表述，女性主义批评家经常关注女性阅读与男性阅读之间的差异：男性中心的阅读方式往往扭曲文本，掩盖性别歧视的事实，也无法正确理

---

① Sally Robinson, *Gender and Self-Representation in Contemporary Women's Fiction*, Albany: State University of New York Press, 1991, p. 18.
② Ibid., p. 20.

解女作家对女性经验的表述,只有摆脱男性中心的立场,从女性的角度才能正确理解文本。诚然,女性读者既可能被男性中心的思维方式同化,接受文本的诱惑,参与对女性的客体化过程;也可以采取抵制和颠覆男性中心的立场来阐释作品。

与女性主义学者相对照,女性主义叙事学家强调的是叙述技巧本身的修辞效果。罗宾·沃霍尔在《性别化的干预》一书中,① 引用了黑人学者詹姆斯·鲍德温(James Baldwin)对于美国女作家斯托(Harrier Beecher Stowe)所著《汤姆叔叔的小屋》的一段评价:"《汤姆叔叔的小屋》是一部很坏的小说。就其自以为是、自以为有德性的伤感而言,与《小女人》这部小说十分相似。多愁善感是对过多虚假情感的炫耀,是不诚实的标志……因此,伤感总是构成残忍的标记,是无人性的一种隐秘而强烈的信号。"《汤姆叔叔的小屋》是沃霍尔眼中采用"吸引型"叙述的代表作。然而,鲍德温非但没有受到小说叙述话语的吸引,反而表现出反感和憎恶。但与女性主义学者不同,作为女性主义叙事学家的沃霍尔看到的并非男性读者与女性读者对作品的不同反应,而是读者如何对叙述策略应当具有的效果进行了抵制。她说:

> 正如鲍德温评价斯托的《汤姆叔叔的小屋》的这篇雄辩的论文所揭示的,读者的社会环境、政治信念和美学标准可以协同合作,建构出抵制叙述者策略的不可逾越的壁垒。……叙述者的手法与读者的反应之间的这种差异是值得关注的:叙述策略是文本的修辞特征,小说家在选择技巧时显然希望作品通过这些技巧来影响读者的情感。但叙述策略并不一定成功,很可能会失败。读者的反应无法强加,预测,或者证实。在后结构主义批评的语境中,要确定文本对于一个阅读主体所产生的效果就像要确定作者的意图一样是不可能成功的。②

沃霍尔强调她对"疏远型"和"吸引型"叙述形式的区分涉及的并非文本或叙述者可以对读者采取的行动,而是这些技巧所代表的修辞步骤。理解了这些技巧在小说中的作用就会对现实主义的叙事结构达到一种新的认识。如果说女性主义学者关注的是"作为妇女来阅读"与"作为男人来阅读"之间的区别,那么女性主义叙事学家关注的则是叙述策略本身的修辞效果和作者如何利用这些效果。正如沃霍尔的引语所示,在女性主义叙

---

① Warhol, *Gendered Interventions*, p. 25.
② Ibid., pp. 25—26.

事学家的心目中，对叙述技巧之修辞效果的应用和理解是一种文学能力，这种能力不受性别政治和其他因素的影响。倘若读者未能把握这种修辞效果，则会被视为对作品的一种有意或无意的误解；就作者和文本而言，则会被视为其叙述策略的失败。不难看出，这是一种较为典型的结构主义立场。但结构主义叙事学家一般仅关注结构本身的美学效果，不考虑不同读者的反应，也不考虑作品的创作语境，与此相对照，女性主义叙事学家十分关注作者选择特定叙述技巧的社会历史原因。

从以上诸方面，应能看清女性主义叙事学有别于女性主义文评，构成颇有特色的交叉学科。有的西方学者对于两者之间的区别缺乏清醒的认识。在《含混的话语：女性主义叙事学与英国女作家》一书的导论中，梅齐提出鲁滨逊在《使主体性别化》一书中为女性主义叙事学开辟了一条新的发展途径：探讨如何在阅读过程中建构性别。① 的确，鲁滨逊将自己与沃霍尔和兰瑟等女性主义叙事学家放到一起进行了比较，② 给了梅齐一个她在"女性主义叙事学的范畴之中"运作的印象。其实，只要仔细阅读鲁滨逊的著作，则不难发现其研究属于女性主义文评而非女性主义叙事学：聚焦于阅读策略而非叙述策略；所有的概念（如"话语"、"声音"）都是女性主义的而非叙事学的；以传统的情节观为参照来探讨人物的经历和人物之间的关系，没有借鉴结构主义叙事学的模式和方法。可以说，鲁滨逊在某种程度上混淆了自己的女性主义研究与兰瑟等人的女性主义叙事学研究之间的界限，误导了梅齐。而梅齐在导论中的介绍，又加重了这一混淆。在梅齐主编的这本书中，这种界限之间的混淆在其所选篇目上也有所体现。

女性主义叙事学之所以会有别于女性主义文评是因为其对结构主义叙事学的借鉴。而女性主义叙事学家对女性主义文评的借鉴又导致了对结构主义叙事学的批评。

第三节 对结构主义叙事学之批评的正误

女性主义叙事学对结构主义叙事学的批评集中在两个方面：一是无视性别；二是不考虑社会历史语境。首先，女性主义叙事学家认为结构主义

---

① Kathy Mezei, "Introduction," in *Ambiguous Discourse: Feminist Narratology and British Women Writers*, (ed.) Kathy Mezei, Chapel Hill: The University of North Carolina Press, 1996, pp. 9—10.

② Robinson, *Gender and Self-Representation in Contemporary Women's Fiction*, p. 198.

叙事学的研究对象主要是男作家的作品，即便有少量女作家的作品，也"将其视为男作家的作品"，① 不考虑源于性别的结构差异，难以解释女作家采用的叙事结构和叙述策略及其意识形态涵义。兰瑟认为，要真正改变女性边缘化的局面，就需要采取一种激进的立场：不仅仅既考虑男性作品也考虑女性作品，而是从妇女的作品入手来进行叙事学研究。此外，女性主义叙事学家抨击了经典叙事学将作品与创作和阐释语境相隔离的做法，要求叙事学研究充分考虑社会历史语境。

正如本篇第一章所述，叙事学研究可以分为叙事诗学（语法）和作品阐释这两个不同类别，这两种类别对于社会语境的考虑有完全不同的要求，类似于语法与言语阐释之间的不同。譬如，在语法中区分"主语""谓语""宾语"这些成分时，我们可以将句子视为脱离语境的结构物，其不同结构成分具有不同的脱离语境的功能（"主语"在任何语境中都具有不同于"宾语"或"状语"的句法功能）。但在探讨"主语""谓语""宾语"等结构成分在一个作品中究竟起了什么作用时，就需要关注作品的生产语境和阐释语境。就叙事诗学（语法）而言，涉及的也是对叙事作品共有结构的区分，进行这些区分时也无须考虑社会历史语境。这一点可以从兰瑟自己的一段论述中推断出来："由于我把叙事实践与文学产生过程和社会意识形态连接为一体，就需要研究这样的问题：在特定的时期，女性能够采用什么形式的声音向什么样的女性叙述心声？我的目的在于通过研究具体的文本形式来探讨社会身份地位与文本形式之间的交叉作用，把叙述声音的一些问题作为意识形态关键的表达形式来加以解读。"② 正如女作家在写作时可以选用不同的句法结构，女作家在作品中也可以选用不同形式的叙述声音。像句法形式一样，文本形式一般是男女作家通用的，男女作家都可以采用直接引语或自由间接引语，都可以采用第一人称或第三人称叙述。但女作家在作品中为何采用某一种形式则很可能有其个人的和社会历史的原因（见第五节）。

在此，我们不妨看看兰瑟自己在《建构女性主义叙事学》一文中，对"公开型"和"私下型"叙述的区分。③ 前者指的是叙述者对处于故事之外的叙述对象（即广大读者）讲故事。《红楼梦》中叙述者对"看官"的叙述属于此类；第一人称叙述者对未言明的故事外听众的叙述也属于此

---

① Lanser, "Toward a Feminist Narratology," in *Feminisms*, p. 612.
② 兰瑟《虚构的权威》，第17页。
③ Lanser, "Toward a Feminist Narratology," in *Feminisms*, pp. 620—621.

类。"私下型"叙述指的则是对故事内的某个人物进行叙述,倘若《红楼梦》的第三人称叙述者直接对贾宝玉说话,就构成一种"私下型"叙述,读者只能间接地通过宝玉这一人物来接受叙述。第一人称叙述者对故事中某个人物的叙述也属于此类。像这种结构区分无须考虑作者究竟为男性还是女性,关键是准确把握结构特征,做出合理的区分。颇具讽刺意味的是,兰瑟自己将法国男作家狄德罗(Denis Diderot)的《宿命论者雅克》用作了第三人称"私下型"叙述的唯一例证。这显然是因为在女作家作品中难以找到第三人称叙述者与故事内人物交流这种违背文学创作规约的例子。其实,结构主义叙事学家尽管在建构理论模式时采用的主要是男作家的作品,在探讨第三人称叙述者借用不同人物的感知来观察事件这一模式时,经常会采用英国女作家弗吉尼亚·吴尔夫的《到灯塔去》作为例证,因为该作品是采用这种"人物有限视角"模式的典型。① 兰瑟在《虚构的权威》里区分的"作者型""个人型"和"集体型"这三种叙述声音模式和沃霍尔在《性别化的干预》里区分的"疏远型"和"吸引型"叙述形式都不是女作家作品中特有的。的确,在以往的叙事理论中没有出现完全一样的区分,但类似的结构区分却不难见到。受韦恩·布思的《小说修辞学》的影响,不少结构主义叙事学家关注叙述距离的或远或近,这与沃霍尔的关注在某种意义上可谓异曲同工。至于兰瑟的区分,所谓"作者型"叙述声音其实就是传统的全知叙述,这种声音具有较多的权威性。所谓"个人型"叙述声音就是"自身故事的"第一人称叙述,即讲故事的"我"和故事的主角"我"为同一人。只有"集体型"叙述声音在经典叙事诗学中被忽略。兰瑟区分了三种不同的集体型叙述:"某叙述者代某群体发言的'单言'(singular)形式,复数主语'我们'叙述的'共言'(simultaneous)形式和群体中的个人轮流发言的'轮言'(sequential)形式。"② 兰瑟是在考察女作家的作品时,注意到这一叙述类型的。她声称自己在白人和统治阶级男性作家的小说中没有发现集体型叙述,并推测这是因为在这些男人的作品中,"我"本身就在用某种带有霸权的"我们"的权威发话。但倘若有色和被统治的男性作家的作品中有这种集体型叙述,那么考察这些男作者的作品,也同样能发现这一叙述模式。我们应不断通过考察叙事作品来充实和完善叙事诗学。关键是要全面考察,不能片面,并不需要考

---

① 申丹《视角》。
② 兰瑟《虚构的权威》,第23页。

虑性别、阶级、种族,等等。无论是男是女、是黑是白、是上层还是下层,作品中的叙事结构都是研究对象。兰瑟认为"对女作家作品中叙事结构的探讨可能会动摇叙事学的基本原理和结构区分"。[①] 实际上,倘若女作家作品中的叙事结构为男女作品共有,并已被收入叙事诗学(语法),那么研究就不会得出新的结果;倘若某些共有结构在以往的研究中被忽略,或女作家作品中的某些结构是女作家作品特有的,那么将其收入叙事诗学也只不过是对经典叙事诗学的一种补充而已。[②] 应该承认,在一定抽象的程度上,绝大多数故事结构和叙述手法是男女作家的作品所共有的。不少女性主义叙事学家指责结构主义叙事学不考虑女作家作品中的故事结构:无传统意义上的情节可言,但具有其自身的结构特征。其实,查特曼早在1978年的《故事与话语》一书中就区分了"结局性情节"和"展示性情节"。[③] 在说明两者的区别时,查特曼采用了英国女作家简·奥斯丁的《傲慢与偏见》和弗吉尼亚·吴尔夫的《黛洛维夫人》为例证。前者的结构是传统男女作家的作品所共有的,后者的结构则是很多现代男女作家的作品所共有的(意识流小说一般属于此类)。诚然,无论是出自男作家还是女作家之手,每一部作品都有其自身的结构特点。但叙事诗学(语法)涉及的不是单部作品的结构特性,而是不同作品的结构共性。总而言之,在建构叙事诗学时,作品只是提供结构例证而已。

结构主义叙事学真正的问题是,在对叙事作品(尤其是作品的话语技巧层面)进行意义阐释时,仍然将作品与包括性别、种族、阶级等因素在内的社会历史语境隔离开来。而作品的意义与其语境是不可分的。如前所述,在19世纪的英国说教性现实主义小说中,女作家更多地采用了"吸引型的"叙述方法,这有其深刻的社会历史原因。从女性主义批评的角度进行探讨,可以走出结构主义叙事学纯形式探讨的误区。兰瑟在《虚构的权威》一书中,紧紧扣住女作者文本中的叙述声音深入展开意识形态和权力关系的研究,很有特色,令人耳目一新(详见第五节)。也就是说,女性主义叙事学的真正贡献在于结合性别和语境来阐释作品中叙事形式的社会政治意义。

女性主义叙事学对结构主义叙事学之批评的偏误在于没有认清诗学

[①] Lanser, *Fictions of Authority*, p. 6.

[②] 值得一提的是,若以前的结构区分有误,新的研究自然可以对其进行修正,但这种修正与性别无关。

[③] Chatman, *Story and Discourse*, pp. 47—48.

（语法）与作品阐释跟语境的不同关系，要求结合性别政治和社会语境来建构叙事诗学（语法）。其实，在建构叙事诗学时，哪怕进一步考虑性别，性别也只会成为一个脱离语境的结构特征。譬如我们可以进一步区分第一人称女性叙述者和第一人称男性叙述者，但这种区分依然是一种脱离语境的抽象的区分。性别的不同往往会对叙述模式产生的意义有所影响，但究竟叙述者性别的不同如何影响了作品的意义这一具体问题显然超出了叙事诗学的范畴，需要在具体作品阐释时结合语境来加以考虑。除了性别，还有其他诸多变量，如种族、阶级，还有宗教、学历、阅历、年龄、婚姻、健康状况等等。倘若在建构叙事诗学时，对这些因素统统加以考虑，也未免太繁琐了；但若仅考虑性别，也未免太片面了。比较合理的做法是，在叙事诗学中仅仅区分第一、第二和第三人称叙述，故事内和故事外叙述等等，但在作品阐释时，则全面考虑叙述者各方面的特点。其实有很多叙事结构（如倒叙、预叙或直接引语、自由间接引语）是根本无法进行进一步的性别之分的。

　　既然叙事诗学（语法）不要求考虑性别和社会历史语境，女性主义叙事学家想通过引入这两个因素来改造叙事理论的努力也自然难以获得成功。梅齐在《含混的话语》中说："1989年，女性主义叙事学进入了另一个重要的阶段：从理论探讨转向了批评实践。"① 其实，兰瑟1995年还曾在《叙事》杂志第一期上与结构主义叙事学家杰拉尔德·普林斯展开笔战，② 后者迫于时代潮流，在某些方面尽量迎合兰瑟的观点。然而，普林斯所说的"语境"涉及的主要是叙事作品的文类规约和不同媒介（如文字、电影）叙事的不同方法，这本来就是结构主义叙事学考虑的范畴，与兰瑟所说的具体作品诞生的社会历史语境相去甚远。20世纪90年代以来，大多数女性主义叙事学家将注意力转向了文本阐释——这才是需要考虑性别政治和社会语境的范畴。

　　可以说，女性主义叙事学给经典叙事诗学带来了一定的负面影响。既然经典叙事诗学不考虑（也无须考虑）性别政治和历史语境，女性主义叙事学对性别化和语境化的强调必然加重对这方面研究的排斥。在80年代末至90年代末这段时间里，在美国难以见到集中研究叙事诗学的论文。经典

---

① Mezei, "Introduction," in *Ambiguous Discourse*, p. 8.
② Susan S. Lanser, "Sexing the Narrative: Propriety, Desire, and the Engendering of Narratology," *Narrative* 3 (1995): pp. 85—94; Gerald Prince, "On Narratology: Criteria, Corpus, Context," *Narrative* 3 (1995): pp. 73—84.

叙事诗学中存在各种混乱和问题，有的一直未得到重视和解决，这主要是因为对性别化和语境化的强调极大地妨碍了这方面的工作。近几年来，越来越多的美国学者意识到了一味进行政治文化研究的局限性，开始重新重视对叙事结构的形式研究。经典叙事诗学毕竟构成女性主义叙事学之技术支撑。若经典叙事诗学能不断发展和完善，就能推动女性主义叙事学的前进步伐；而后者的发展也能促使前者拓展研究范畴。这两者构成一种相辅相成的关系。

第九章曾提及笔者的一篇论文所引发的"当代叙事学专题研讨会"。应邀在这一专题研讨会上发言的学者中，有兰瑟和沃霍尔这两位女性主义叙事学的领军人物。这一专题研讨会之所以会邀请兰瑟和沃霍尔加盟，是因为女性主义叙事学与经典叙事学密不可分的关系。如前所述，女性主义叙事学兴起于20世纪80年代，当时占据了西方文论界主导地位数十年的形式主义文论走向了低谷，文化研究、政治批评和解构主义文评则形成了高潮。经典叙事学遭到了政治文化阵营和解构主义阵营的夹攻，研究势头回落，不少人纷纷宣告其衰落和死亡。女性主义叙事学将对叙事形式的研究与蓬勃发展的女性主义文评相结合，这在当时的学术环境中，可以说为叙事学提供了一种"曲线生存"的可能性。尽管女性主义叙事学和修辞性叙事学等强调社会历史语境的跨学科派别在十来年的时间里，在美国基本取代了经典叙事学，但当今叙事诗学（语法）的研究能在美国逐步"复兴"（往往披着某种符合潮流的外衣），与这些跨学科派别的"曲线相救"是直接相关的。

女性主义叙事学是后经典叙事学最为重要、最具影响的派别之一。但由于上文所剖析的原因，女性主义叙事学想改造叙事诗学，使之性别化和语境化的努力收效甚微。然而，就作品阐释而言，女性主义叙事学则有效地纠正了经典叙事学批评家忽略社会历史语境的偏误，并在叙事批评中开辟了新的途径，开拓了新的视野。在下面两节中，我们将聚焦于女性主义叙事学的作品分析。如前所述，叙事作品一般被分为"所述故事"（内容）与"叙述话语"（形式）这两个不同层面。除了部分早期的论著，20世纪80年代后期以来，女性主义叙事学的作品分析基本都在"话语"这一层次展开。为了廓清"话语"这一范畴，我们将首先探讨一下叙述结构与遣词造句的关系。

第四节　叙述结构与遣词造句

女性主义叙事学的主要创始者兰瑟在 1986 年发表的《建构女性主义叙事学》中，对《埃特金森的匣子》中的一段文字进行了深入细致的分析。① 六年之后，在《虚构的权威》一书中，兰瑟又在绪论部分简要分析了同一实例。这是《埃特金森的匣子》中一位年轻的新娘用诗体给知心姐妹写的一封信：

> 我已经结婚七个星期，但是我
> 丝毫不觉得有任何的理由去
> 追悔我和他结合的那一天。我的丈夫
> 性格和人品都很好，根本不像
> 丑陋鲁莽、老不中用、固执己见还爱吃醋
> 的怪物。怪物才想百般限制，稳住老婆；
> 他的信条是，应该把妻子当成
> 知心朋友和贴心人，而不应视之为
> 玩偶或下贱的仆人，他选作妻子的女人
> 也不完全是生活的伴侣。双方都不该
> 只能一门心思想着服从；②

从表面上看，这封信是对婚姻和丈夫的赞扬，但若根据《埃特金森的匣子》中的有关说明，依次隔行往下读，读到的则是对丈夫缺陷的描述、对其男权思想的控诉和新娘的后悔。之所以会出现这两个版本，是因为新娘需要向丈夫公开所有的书信。兰瑟对这两个版本进行了比较分析：表面文本以所谓"女性语言"或"太太语言"为特征，在表面文本的掩护下，"隐含文本"以所谓"男性语言"对丈夫所代表的男性权威发出了挑战。但兰瑟对形式的关注更进一层。她注意到连接表面文本和隐含文本的是一组否定结构：

> 我 ［丝毫不觉得有任何的理由去］ 追悔
> 我的丈夫…… ［根本不像］ 丑陋鲁莽、老不中用……

---

① Susan S. Lanser, "Toward a Feminist Narratology," in *Feminisms*, pp. 610—629.
② 兰瑟《虚构的权威》，第 9—10 页。

他的信条是，应该把妻子当成……［而不应视之为］玩偶或下贱的仆人

［双方都不该］只能一门心思想着服从

这组否定结构不仅起到了连接两个文本的作用，且更重要的是，通过这组否定结构，表面文本将叙述者宣称避免了的那类婚姻描述为社会常规。文中提到的自己的幸运之处都暗指社会上普遍存在着那种可怕的婚姻关系，身处这些关系中的新娘都后悔不已，丈夫都是怪物，女性都是"玩偶"或"奴仆"。从这一角度来看，表面文本和隐含文本之间的关系就不是赞美丈夫和谴责丈夫的对立或对照的关系，而是谴责社会婚姻制度与提供一个例证的互为加强、互为呼应的关系。也就是说，"即使没有隐含文本，表面文本已经有了双重声音。在一段语篇之内，它表达了对一种婚姻的全盘接受，同时也表明对婚姻本身的无情拒斥"。① 兰瑟紧扣表达形式，层层推进的分析很好地揭示了文本的复杂内涵，令人叫绝。

兰瑟旨在用这一实例来说明她区分的两种叙述模式："公开型叙述"和"私下型叙述"，这是根据受述者（叙述接受者、读者）的结构位置做出的区分（见上一节）。兰瑟写道："然而，相对于隐含文本而言，叙述者意在将表层叙述作为一个突出的公开型文本。隐含文本是一个私下型文本，叙述者十分不希望作为'公开'读者的丈夫看到这一文本。就第一人称叙述者的意图而言，那一'公开'文本确实是为丈夫所作，而私下（秘密）的文本则是为女性朋友而作。就此看来，我们已不能满足于公开叙述与私下叙述这一简单的区分，而必须增加一个类别来涵盖这样一种现象：叙述是私下的，但除了其标示的受述者，还意在同时被另一个人阅读。我将称之为'半私下的叙述行为'。"② 值得注意的是，"公开"与"私下"被兰瑟赋予了两种不同的意义：（1）结构位置上的意义，涉及受述者究竟是处于故事之内（私下型）还是处于故事之外（公开型）。（2）常识上的意义，涉及文本本身究竟是否是秘密的，与受述者的结构位置无关。既然第一种意义仅仅涉及结构位置，而第二种意义又与结构位置无关，两者相混必然造成混乱。就结构位置而言，新娘的丈夫和知心姐妹都是故事中的人物，对他们进行的叙述均为"私下型"叙述，尽管给丈夫看的是表面文本，而给知心姐妹看的则是秘密文本。也就是说，面对这两个不同的文

---

① 兰瑟《虚构的权威》，第15页。
② Lanser, "Toward a Feminist Narratology," in *Feminisms*, pp. 620—621.

本,兰瑟对"公开型"与"私下型"叙述的结构区分没有用武之地。此外,倘若"叙述是私下的,但除了其标示的受述者,还意在同时被另一个人阅读",只要那"另一个人"处于故事之内,叙述就依然是"私下的",而不会成为"半私下的"。其实,就同一叙述层次而言,任何受述者都不可能既处于故事之内又处于故事之外,因此不可能存在结构上的"半私下"叙述。

这里的混乱源自叙事学本身的局限性:仅能解释结构上的差异。上引实例中给丈夫看的表面文本和给知心姐妹看的隐含文本之间的区别在于是否隔行往下读,这种词句上的重新组合导致语义和语气上的本质变化,但未改变受述者的结构位置。在这种情况下,我们应该走出叙事学的范畴,转换到文体学的范畴之中。笔者在国内外都强调了叙事学的"话语"与文体学的"文体"各自的片面性和相互之间的互补性。① 兰瑟试图用叙事学来解释一切,其实,就这封信中的不同文本而言,兰瑟进行的主要是文体分析。在涉及连接表面文本和隐含文本的那组语法上的否定结构时,情况更是如此——如何看待这组否定结构是如何看待作者的遣词造句的问题。2003年10月笔者与兰瑟当面交换了意见,她表示赞同笔者的看法。叙事作品的表达层包含叙述结构和遣词造句这两个不同方面,② 叙事学的"话语"研究聚焦于前者,文体学的"文体"研究则聚焦于后者。当意义源于文字特征而非结构特征时,我们需要走出叙事学的"话语"结构模式,转而采用文体学的方法来阐释文本;反之亦然。

如前所述,换一个角度来看那组语法上的否定结构,就会将一个赞美丈夫的文本变成一个谴责男权社会中普遍存在的婚姻关系的文本。兰瑟认为,在此受述者由新娘的丈夫变成了"身份不明的公开受述者",因此叙述变成了"公开型"的。③ 对此笔者难以苟同。与自然叙事不同,文学叙事有叙述者与作者、受述者与读者之分。这一区分在第一人称叙述中尤为重要。在第三人称全知叙述中,叙述者与作者的距离往往十分接近,但在第一人称叙述中,两者之间的距离一般较为明显。就叙述接受者而言,所

---

① 申丹《叙述学与小说文体学研究》; Dan Shen, "What Narratology and Stylistics Can Do for Each Other," in *A Companion to Narrative Theory*, (ed.) James Phelan and Peter Rabinowitz, Oxford: 2005, pp. 136—149.

② 两者之间在叙事视角和人物话语表达方式等范畴有所重合,详见申丹《叙述学与小说文体学研究》第八章。

③ Lanser, "Toward a Feminist Narratology," in *Feminisms* p. 619; Lanser, *Fictions of Authority*, p. 13.

谓"受述者",即叙述者的直接交流对象。只有当故事世界中不存在叙述者的直接交流对象时,才能将故事外的读者看成"受述者"。这封信的叙述者为新娘,她的表面文本就是写给自己的丈夫看的,秘密文本也就是写给那一位姐妹看的。但在这一叙述者与受述者的交流层次之上,还存在(隐含)作者与(隐含)读者的交流。① 对男权社会婚姻的谴责是(隐含)读者从表面文本读出来的更深一层次的涵义。这一深层内涵不仅超出了丈夫的理解范畴,而且在某种意义上也超出了新娘的理解范畴(新娘关心的主要是自己的幸福)。值得注意的是,(隐含)读者不仅审视写给丈夫看的表面文本,且也审视写给知心姐妹看的秘密文本。就前者而言,(隐含)读者与受述者的理解形成截然对照:作为受述者的丈夫认为是对自己的赞美,(隐含)读者看到的则是对社会婚姻关系的抨击。就后者而言,(隐含)读者与受述者的理解也形成某种对照:那位知心姐妹看到的仅仅是新娘本人的不幸,(隐含)读者则会将之视为妇女受压迫的一个例证。也就是说,要把握这封信的多层次意义,我们需要看到这两个不同交流层次的相互作用。

值得一提的是,在《虚构的权威》第 7 章,兰瑟又转而从种族的角度来看"私下受述者"和"公开受述者"。这一章探讨的是美国黑人女作家托妮·莫里森(Toni Morrison)的写作。莫里森既要考虑黑人读者,又要考虑白人读者。兰瑟认为莫里森的文本就像上引新娘的书信那样具有双重声音和双重受述者:黑人读者是"私下的受述者",白人读者则是"公开的受述者"。在作这一区分时,兰瑟显然忘却了莫里森的黑人读者和白人读者具有同样的结构位置:均处于故事世界之外,均为(结构意义上的)公开型受述者。若要廓分两者,只能依据读者的种族和作者的意图等非结构因素来进行。此外,为了避免混乱,应采用新的术语来加以区分。

总而言之,在分析文学叙事作品时,我们不仅要注意叙述结构(叙事学的"话语")与遣词造句(文体学的"文体")和其他因素之间的关系,还需对叙述者与(隐含)作者之分、受述者与(隐含)读者之分保持清醒的认识。在下一节中,我们将集中探讨女性主义叙事学在"话语"层面上的批评实践。

---

① "隐含读者"这一概念与拉比诺维茨的四维度读者观中的"作者的读者"基本同义(参见 Peter Rabinowitz, *Before Reading*, Ithaca: Cornell Univ. Press, 1987)。

第五节 "话语"研究模式

一、叙述声音

兰瑟在《虚构的权威》一书的主体部分集中对本章第三节提到的三种叙述声音展开了探讨：作者型叙述声音、个人型叙述声音和集体型叙述声音。这三种叙述模式都可以依据受述者的结构位置分为"公开的"和"私下的"，但兰瑟最为关注的是"公开的作者型叙述"和"私下的个人型叙述"之间的对照。她对18世纪中叶至20世纪中叶英国、美国和法国一些女作家的作品进行了颇有深度和富有新意的探讨。与结构主义批评相比，兰瑟的女性主义叙事学批评有以下几个相互关联的主要特点：

1. 性别权威与结构权威

兰瑟的探讨紧紧围绕叙述权威（作者权威，话语权威）展开。结构主义叙事学也关注不同叙述模式的不同权威性，譬如居于故事世界之上的全知叙述者比处于故事之中的第一人称叙述者更有权威性（这种结构上的权威性实际上构成兰瑟所探讨的意识形态权威性的基础）。结构主义学者在探讨叙述权威时，一般仅关注模式本身的结构特点和美学效果。与此相对照，兰瑟将叙述模式与社会身份相结合，关注性别化的作者权威，着力探讨女作家如何套用、批判、抵制、颠覆男性权威，如何建构自我权威。兰瑟认为她关注的三种叙述模式代表了女性为了在西方文学传统中占有一席之地而必须建构的三种不同权威："建构另外的'生活空间'并制定出她们能借以活跃期间的'定率'的权威；建构并公开表述女性主体性和重新定义'女子气质'的权威；以及形成某种以女性身体为形式的女性主体的权威。每一种权威形式都编制出自己的权威虚构话语，明确表达出某些意义而让其他意义保持沉默。"[①] 第一种权威涉及"集体型叙述声音"。值得注意的是，兰瑟对集体型叙述权威的探讨跨越了"话语"与"故事"之间的界限。这种叙述权威是女性群体之声的权威，以女性社群之存在为前提，因此兰瑟首先提到对另外"生活空间"的建构。这种故事与话语相互制约的关系在结构主义叙事学中被忽略。兰瑟的探讨也有别于女性主义批评。后者质疑父权社会中产生权威的机制，强调女作家如何逃避和抵制权威。兰瑟则敏锐地看到这些女作家"也不得不采用正统的叙述声音规约，

---

① 兰瑟《虚构的权威》，第24页。

以便对权威进行具有权威性的批判,结果她们的文本使权威得以续存"。①兰瑟还仔细考察了偏离规约的小说中叙述权威得以生存的不同方式。譬如,她在第 7 章中探讨了托妮·莫里森的后现代叙述权威,指出莫里森的小说充分利用了主导的后现代意识与美国黑人政治合流而形成的空间,来重铸叙述的权威性。"通过《最蓝的眼睛》里的双重叙事结构向《宠儿》那种复杂多变的'流动性'叙事的转向,莫里森小说中的作者权威性仍然保持着有力的地位。"②

2. 政治工具与形式技巧

结构主义批评将叙述模式视为形式技巧,即便考虑叙述模式的权威性,也是将之视为一种结构特点——只是众多结构特点中的一种而已。与此相对照,兰瑟将叙述模式视为政治斗争的场所或政治斗争的工具。正因为如此,她集中关注叙述模式如何产生与社会权力关系密不可分的权威性。结构主义批评将叙述者、受述者和所述对象之间的关系仅仅视为结构关系,兰瑟却将之视为权力斗争关系。这在第 2 章对玛丽埃-让·里柯博尼的《朱丽埃特·盖兹比》(简称)的分析中得到突出体现。小说中的男女主人公谁是叙述者,谁是受述者,谁是叙述对象成为一种权力之争,这种人物之间的叙述权之争又是男女社会斗争的体现。兰瑟指出,"叙述声音成了朱丽埃特为了免遭'送上[奥塞雷]门的女人'的厄运而必须争夺的阵地,叙事权威成了女性不愿沦为无个性身份的性工具而抵御男性欲望的保护屏障"。③ 由于故事情节也是体现性别政治的重要层面,因此兰瑟十分关注叙述与情节之间的相互作用。她指出在有的小说中,以男权胜利为既定结局的婚姻情节限制了女性叙述声音的作用,而叙述声音又为情节造成开放自由的假象。"这种契约式的叙事把女性的沉默无声表征为女性自身欲望的结果,以此调和异性性关系中男权势力与民主的个人主义之间的矛盾。"④

3. 语境制约的文本与独立自足的文本

形式主义批评派别将文学文本视为独立自足的艺术品,割断了文本与社会历史语境的关联,只看叙述模式在文本中的结构特点和美学作用。诚然,结构主义也关注"互文性",但这种关注仅限于文本之间的结构联系

---

① 兰瑟《虚构的权威》,第 7 页。
② 同上书,第 147 页。
③ 同上书,第 34 页。
④ 同上书,第 37 页。

和文学规约的作用。相比之下,女性主义叙事学批评关注的是历史语境中的文本。兰瑟在《虚构的权威》一书的绪论中说:"我的友人,生物化学家艾伦·亨德森(Ellen Henderson)曾告诉我说,'怎样'(How?)提出的问题是科学问题,而'为什么?'(Why?)提出的问题就不是科学问题。受此启发,我在本书自始至终都努力论述这样一个问题:具体的作家和文本是怎样采用具体的叙事策略的。"[1] 然而,在我们看来,兰瑟这本书的一个最重要的特点就是较好地回答了处于社会历史语境中的女作家"为什么?"选择特定的叙述模式。形式主义批评家一般不探讨"为什么",因为他们对追寻作者意图持怀疑态度,对历史语境漠不关心;他们仅仅关注叙述模式在文本中是"怎样"运作的,这与他们对科学性的追求密切相关。但兰瑟追求的并非科学性,而是结构技巧的社会意识形态意义,这势必涉及"为什么"的问题。这一"为什么"牵涉面很广,包括真实作者的个人经历和家庭背景(阶级、种族)。可以说,兰瑟最为关注的是包括文学传统在内的社会历史文化语境对作者之选择的制约。兰瑟以开阔的视野和广博的学识对方方面面的语境制约因素进行了富有洞见的深入探讨。正如兰瑟在书中所揭示的,社会历史文化环境不仅制约女作家对叙述模式的选择,而且也影响女作家在作品中对叙述模式的运用。其实,兰瑟之研究的一大长处就在于将对"为什么"和"怎样"的研究有机结合起来,既探讨作者为何在特定的历史语境中选择特定的叙述模式,又探讨作者在文中怎样运用选定的模式来达到特定的意识形态目的。

就这三种特点而言,后两种较有代表性:女性主义叙事学家均将话语结构视为政治斗争的场所,也往往关注作者和文本所处的历史环境。第一种特点也有一定的代表性,但并非所有女性主义叙事学家都关注叙述的权威性。譬如沃霍尔在《性别化的干预》一书中对"吸引型叙述"和"疏远型叙述"的对比性探讨着眼于作者与读者之间的距离,揭示的是19世纪中期的现实主义女作家如何利用特定的叙述模式来拉近与读者的距离,以图藉此影响社会,改造现实。[2] 霍曼斯(Margaret Homans)在《女性主义小说与女性主义叙事理论》一文中对叙述的探讨,则聚焦于叙述是否能较好地表达女性经验。[3] 深受兰瑟影响的谢拉德(Tracey Lynn Sherard)在

---

[1] 兰瑟《虚构的权威》,第25页。
[2] Warhol, *Gendered Interventions*.
[3] Margaret Homans, "Feminist Fictions and Feminist Theories of Narrative," *Narrative* 2 (1994), pp. 3—16.

探讨叙述模式与性别政治之关联时,也更偏重于叙述者的不可靠性(unreliability)这一问题。① 值得一提的是,"权威"一词在不同的批评语境中有不同的重点或不同的涵义。在《"捕捉潜流":小说中的权威、社会性别与叙述策略》一书中,特蕾西(Laura Tracy)也探讨了叙述模式的权威性问题,但由于她同时从精神分析学和女性主义的角度切入,因此比兰瑟更为关注作者与读者之间的交流。② 近年来,审美兴趣在西方有所回归,"叙述权威"的结构性研究也有所抬头,即便在涉及女作家的作品时也是如此。美国《叙事》杂志 2004 年第一期登载了一篇题为《〈爱玛〉中的自由间接引语与叙述权威》的文章,③ 该文涉及的叙述权威是结构与审美性质的,与性别政治无关。

兰瑟的研究也体现出女性主义叙事学的某些局限性。兰瑟集中关注性别政治,聚焦于男女之间的权威之争,主体性之争,难免以偏概全。文学作品毕竟不是政治、社会文献,作者对叙述模式的选择和应用受到多方面因素的制约,既有意识形态方面的考虑,也有美学效果方面的考虑,还有其他方面的考虑。形式主义批评仅仅关注美学原则和美学效果,女性主义叙事学则一味关注性别政治,两者都有其片面性。要对文本做出较为全面的阐释,必须综合考察各方面的因素,关注这些因素之间互为制约、互为作用的关系。

二、叙述视角④

叙述视角与性别政治的关联也是女性主义叙事学涉足较多的一个范畴。男作家与女作家为何在某一历史时期选择特定的视角模式构成一个关注焦点。叙述视角(聚焦者)与观察对象之间的关系也往往被视为一种意

---

① Tracey Lynn Sherard, *Gender and Narrative Theory in the Twentieth-Century Novel*, unpublished Ph. D. dissertation, Washington State University, 1998.
② Laura Tracy, "*Catching the Drift*": *Authority, Gender, and Narrative Strategy in Fiction*, New Brunswick and London: Rutgers University Press, 1988.
③ Daniel P. Gunn, "Free Indirect Discourse and Narrative Authority in *Emma*," *Narrative* 12 (2004), pp. 35—54.
④ 为了区分叙述声音(谁说?)和观察眼光(谁看?),笔者以前一直将"narrative perspective"或"focalization"译为"叙事视角"。但近来笔者意识到,更重要的是区分故事中人物的眼光和充当叙述观察角度的"视角"。前者属于故事层次,构成"视角"的观察对象;后者或属于话语层次(若叙述者用自己的眼光聚焦),或同时属于话语层和故事层(若叙述者借用人物的眼光来聚焦——作为一种叙述技巧,聚焦人物的眼光属于话语层面;但作为人物的眼光,这种观察也同时属于故事层面)。总而言之,"视角"是叙述者在叙述时采用的观察故事世界的角度,为了突出这一点,特改用"叙述视角"这一译法。

识形态关系。若聚焦者为男性，批评家一般会关注其眼光如何遮掩了性别政治，如何将女性客体化或加以扭曲。若聚焦者为女性，批评家则通常着眼于其观察过程如何体现女性经验和重申女性主体意识，或如何体现出父权制社会的影响。这种女性主义叙事学批评既有别于结构主义批评，又有别于女性主义批评。结构主义批评注重不同叙事视角的结构特点和美学效果，譬如从一个特定的视角观察故事是否产生了悬念、逼真性和戏剧性。女性主义批评则往往聚焦于故事之中人物之间的关系，尤其是女性人物如何成为周围男性的观察客体，对于"视角"这一"话语"层次上的叙述技巧关注不多。女性主义叙事学关注叙述视角所体现的性别政治，同时注意考察聚焦者的眼光与故事中人物的眼光之间互为加强或互为对照的关系。

就这方面的研究而言，女性主义叙事学的另一位领军人物罗宾·沃霍尔的一篇论文较有代表性。① 该文题为《眼光、身体与〈劝导〉中的女主人公》。简·奥斯丁的《劝导》是以一位女性为主要人物的所谓"女主人公"文本。女性主义批评家认为这一时期的"女主人公"文本总是以女主人公的婚姻或死亡作为结局，落入了父权社会文学成规的圈套，《劝导》也不例外。沃霍尔对这一看法提出了挑战。她认为若从女性主义叙事学的立场出发，不是将人物视为真人，而是视为"文本功能"，着重探讨作为叙述策略或叙述技巧的聚焦人物的意识形态作用，就可以将《劝导》读作一本女性主义的小说。沃霍尔首先区分了《劝导》中"故事"与"话语"这两个层次，指出尽管在"故事"层次，女主人公只是最终成为一个男人的妻子，但"话语"层次具有颠覆传统权力关系的作用。奥斯丁在《劝导》中选择了女主人公安妮作为小说的"聚焦人物"，叙述者和读者都通过安妮这一"视角"来观察故事世界。沃霍尔对安妮之"视角"的作用进行了详细深入的分析。作为叙事的"中心意识"，安妮的眼光对于叙事进程起着至关重要的作用。在安妮所处的社会阶层，各种礼仪规矩对语言表达形成了种种限制，在这种情况下，视觉观察和对他人眼光的阐释"成为安妮的另一种语言，一种不用文字的交流手段"。②

沃霍尔指出，由于观察是一种身体器官的行为，因此对安妮观察的表述不断将注意力吸引到安妮的身体上来。安妮的身体不仅是观察的工具，而且是其他人物的观察对象，尤其是男性人物的观察客体。文本逐渐展示

---

① Robyn Warhol, "The Look, the Body, and the Heroine of *Persuasion*," in *Ambiguous Discourse*, pp. 21—39.

② Ibid., p. 27.

了安妮之观察的能量：作为其他人物的观察者和其他眼光的过滤器，安妮具有穿透力的眼光洞察出外在表象的内在涵义，体现出在公共领域中对知识的占有和控制。同时，文本也展示了安妮对自己的身体及其私下意义越来越多的欣赏。这样一来，文本解构了以下三种父权制的双重对立：外在表象与内在价值，看与被看，公共现实与私下现实。

沃霍尔仔细考察了作为"话语"技巧的安妮的"视角"与小说中其他人物眼光之间的区别，指出在《劝导》中，只有安妮这样的女性人物才能够通过对身体外表的观察来阐释内在意义，解读男性人物的动机、反应和欲望。女性眼光构成一种恰当而有效的交流手段。与此相对照，男性人物或仅看外表（并将观察对象客体化）或对其他人物的身体视而不见。沃霍尔指出，作为叙述"视角"，安妮的眼光与故事外读者的凝视（gaze）往往合而为一，读者也通过安妮的眼光来观察故事，这是对英国18世纪感伤小说男权叙事传统的一种颠覆。

沃霍尔还探讨了《劝导》中视觉权力的阶级性——安妮这一阶层的人对于下层阶级的人"视而不见"，不加区分，尽管后者可以"仰视"前者。这从一个侧面体现出女性主义叙事学对阶级、种族等相关问题的关注。此外，通过揭示在《劝导》中，具有举足轻重的主体性的人物也是身体成为叙事凝视对象的人物，沃霍尔的探讨挑战了女性主义批评的一个基本论点：成为凝视对象是受压迫的标志。的确，在很多文本中，作为凝视对象的女性人物受到压迫和客体化，但正如沃霍尔的探讨所揭示的，文本中的其他因素，尤其是叙述话语的作用，可能会改变凝视对象的权力位置。

总而言之，沃霍尔通过将注意力从女性主义批评集中关注的"故事"层转向结构主义批评较为关注的"话语"层，同时通过将注意力从后者关注的美学效果转向前者关注的性别政治，较好地揭示了《劝导》中的话语结构如何颠覆了故事层面的权力关系，读起来令人耳目一新。

三、自由间接引语

"自由间接引语"或"自由间接话语"① 是19世纪以来西方小说中十分重要的引语形式，也是近几十年来西方叙事学界和文体学界的一大热门话题。作为处于"直接引语"与"间接引语"之间的形式，"自由间接引

---

① 很多西方叙事学家采用"自由间接话语"（free indirect discourse）这一名称，但我们认为这里特指人物语言的"话语"一词很容易跟叙述"话语"相混淆。最好采用"引语"一词，以便与叙述"话语"相区分。

语"在人称和时态上与间接引语一致（叙述者均根据自己的时空位置来改变人物话语中的人称和时态），但它不带引导句，转述语本身为独立的句子，譬如：She couldn't go home today. （请比较：She thought, "I can't go home today."）。因摆脱了引导句，受叙述语语境的压力较小，这一形式可以像直接引语那样保留体现人物主体意识的语言成分，如原话中的时间和地点状语、疑问句式或感叹句式、不完整的句子、口语化或带感情色彩的语言成分等等。因为"自由间接引语"在人称和时态上与叙述语相同，因此有时与叙述语难以区分（譬如：She couldn't go home.）。即便可以区分，我们也能同时听到人物的声音和叙述者的声音。叙述者的声音既可体现出对人物的同情，也可体现出对人物的反讽。在女性主义叙事学兴起之前，批评家聚焦于这种人物话语表达方式的美学效果，[1] 但女性主义叙事学家则转而关注其意识形态意义。

在题为《谁在这里说话？〈爱玛〉〈霍华德别业〉和〈黛洛维夫人〉中的自由间接话语、社会性别与权威》的论文中，凯西·梅齐断言在她所探讨的小说里，"'自由间接引语'这一叙述技巧构成作者、叙述者和聚焦人物以及固定和变动的性别角色之间文本斗争的场所"。[2] 梅齐所探讨的三部小说均属于兰瑟区分的第三人称"作者型"叙述，叙述者处于故事之外。首先应该指出的是，梅齐对叙述权威的探讨与兰瑟的探讨相去甚远。后者关注的是女作家如何在挑战男性权威的同时建构女性的自我权威，前者则仅仅关注对叙述权威的削弱和抵制。也就是说，梅齐将（传统）叙述权威仅仅视为父权制社会压迫妇女的手段，没有将之视为女作家在建构自我权威时可加以利用的工具。从这一角度出发，梅齐聚焦于女性人物与叙述者的"文本斗争"。无论叙述者是男是女，这一斗争均被视为女性人物与（显性或隐性）男性权威之间的斗争。梅齐将奥斯丁笔下的爱玛与福楼拜笔下的爱玛相提并论：两位女主人公都敢于说出"她者"（other）的声音，挑战叙述者的权威。这样的人物既可能在叙述者的控制下变得沉默，也可能通过"自由间接引语"继续作为颠覆性"她者"的声音而存在。[3]

此外，与兰瑟的研究相对照，梅齐十分关注作者的自然性别与第三人

---

[1] 有关对"自由间接引语"之美学效果的探讨，详见申丹著《叙述学与小说文体学研究》第9章。

[2] Kathy Mezei, "Who is Speaking Here? Free Indirect Discourse, Gender, and Authority in *Emma*, *Howards End*, and *Mrs. Dalloway*," in *Ambiguous Discourse*, (ed.) Kathy Mezei, pp. 66—92.

[3] Ibid., pp. 71—72.

称叙述者体现出来的社会性别之间的区分。处于故事外的第三人称叙述者往往无自然性别之分，其性别立场只能根据话语特征来加以建构。《爱玛》的作者简·奥斯丁为女性，但其第三人称叙述者在梅齐和霍夫（Graham Hough）等学者的眼里，则在男性和女性这两种社会性别之间摇摆不定。《霍华德别业》出自福斯特（E. M. Forster）这位身为同性恋者的男作家之手，但其叙述者往往体现出异性恋中的男性立场。《黛洛维夫人》出自吴尔夫这位女作家之手，梅齐认为其叙述者的社会性别比《爱玛》中的更不确定，更为复杂。这位叙述者有时"披上男性话语的外衣，只是为了随后将其剥去，换上女性话语的外衣"。[①]那么，同为女性主义叙事学家，梅齐和兰瑟为何会在这一方面出现差别呢？这很可能与她们对叙述权威的不同看法密切相关。与第一人称叙述者相比，（故事外和异故事的）第三人称叙述者在结构位置和结构功能上都与作者较为接近，但若仔细考察第三人称叙述者的意识形态立场，则有可能从一个特定角度发现其有别于作者之处。梅齐将叙述权威视为父权制权威的一种体现，因此十分注重考察女作家笔下的叙述者如何在叙述话语中体现出男权立场，或同性恋作者笔下的叙述者如何体现出异性恋中的男权立场。相比之下，兰瑟十分关注女作家对女性权威的建构，这一建构需要通过叙述者来进行。因此在考察女作家笔下的第三人称叙述者时，兰瑟聚焦于其在结构和功能上与作者的近似，将其视为作者的代言人。这里有以下五点值得注意：（1）即便属于同一学派，不同的研究目的也可以影响对某些话语结构的基本看法。（2）结构和功能上的相似不等于意识形态立场上的相似。（3）随着叙事的进程，同一文本中的同一叙述者可能会在社会性别立场上不断发生转换。（4）尽管结构主义叙事学注意区分作者、隐含作者和叙述者，但没有关注叙述者社会性别立场的变化。（5）不管作者的自然性别是什么，叙述者的社会性别立场是否在某种程度上反映了作者自己的社会性别立场？

如前所述，与"间接引语"相比，"自由间接引语"可以保留体现人物主体意识的成分，使人物享有更多的自主权。在梅齐看来，这一同时展示人物和叙述者声音的模式打破了叙述者"控制"人物话语的"等级制"。她认为"自由间接引语"构成以下双方争夺控制权的场所：叙述者和寻求独立的人物，统治者和被统治者（白人和黑人的声音），异性恋和同性恋，

[①] Kathy Mezei, "Who is Speaking Here?" in *Ambiguous Discourse*, p. 83.

男人和女人，以及口头话语（方言）和正式写作。① 在奥斯丁的《爱玛》里，叙述者开始时居高临下地对女主人公进行了不乏反讽意味的评论，但文中后来不断出现的自由间接引语较好地保留了爱玛的主体意识。梅齐认为这削弱了代表父权制的叙述控制，增强了女主人公的力量。但我们认为，梅齐有时走得太远。她写道："奥斯丁显然鼓励爱玛抵制叙述者的话语和权威。"② 然而，爱玛与其叙述者属于两个不同的层次，爱玛处于故事世界之中，而叙述者则在故事之外的话语层面上运作，超出了爱玛的感知范畴。当然，梅齐的文字也有可能是一种隐喻，意在表达奥斯丁赋予了爱玛与叙述者之看法相左的想法，当叙述者用自由间接引语来表达这些想法时，也就构成了对自己权威的一种挑战。这里有两点值得注意：（1）叙述者可以选择任何引语方式来表达人物话语，采用自由间接引语是叙述者自己的选择。（2）即便我们从更高的层次观察，将叙述者和爱玛都视为奥斯丁的创造物，也应该看到叙述者的态度对自由间接引语的影响。自由间接引语是叙述者和人物之声的双声语。当叙述者与人物的态度相左时，叙述者的声音往往体现出对人物的反讽，也就是说，自由间接引语成了叙述者对人物话语进行戏仿的场所。这种戏仿往往增强叙述者的权威，削弱人物的权威。在《爱玛》中，不断用自由间接引语来表达爱玛的话语确实起到了增强其权威的作用，但这与爱玛的立场跟叙述者的立场越来越接近不无关联。

在《霍华德别业》这样的作品中，叙述者具有男性的社会性别，梅齐关心的问题是：叙述者"是否发出权威性或讽刺性的话语，从而使女性聚焦人物沦为男性叙述凝视的客体？这些女性聚焦人物是否有可能摆脱叙述控制，成为真正的说话主体，获得自主性？"③ 梅齐剖析了文中的自由间接引语和叙述视角体现出来的性别斗争关系，并对作者的态度进行了推断。福斯特一方面采用马格雷特的眼光进行叙述聚焦，间接地表达了对这位"新女性"的同情，另一方面又通过叙述者的责备之声，用"社会上"的眼光来看这位女主人公。这种矛盾立场很可能体现的是作为同性恋者的福斯特对于社会性别角色的不确定态度。至于吴尔夫这位女作家，梅齐认为其主要叙述策略是通过采用多位聚焦者和自由间接引语来解构主体的中心和父权制的单声。

---

① Kathy Mezei, "Who is Speaking Here?" in *Ambiguous Discourse*, p. 70.
② Ibid., p. 74.
③ Ibid., p. 71.

如前所述，与"直接引语"和"自由间接引语"相对照，"自由间接引语"具有结构上的不确定性，在叙述者的声音和人物的声音之间摇摆不定。梅齐认为这种结构上的不确定性可"遮掩和强调性别上不确定的形式"，[①]并同时指出，由于"自由间接引语"在叙述者和人物话语之间的不确定性和含混性，这一模式既突出了双重对立，又混淆和打破了两者之间的界限。

女性主义批评一般不关注"自由间接引语"这一话语技巧，十分关注这一话语技巧的形式主义批评又不考虑意识形态。女性主义叙事学聚焦于"自由间接引语"的性别政治意义，构成观察问题的一种新角度。但仅从这一立场出发，则难免以偏概全。我们不禁要问：叙述权威究竟是否总是代表父权制的权威？叙述者与人物的关系是否总是构成父权制的等级关系？两者之间是否总是存在着有关社会权利的文本斗争？如何看待叙述者与男性人物之间的关系？叙述者与人物的声音之间的含混是否总是涉及性别政治？既然"自由间接引语"从美学角度来说，兼"直接引语"与"间接引语"之长，[②]作者选择这一话语技巧究竟是出于美学上的考虑，还是政治上的考虑，还是两者兼而有之？总之，我们一方面不要忽略话语结构的意识形态意义，另一方面也要避免走极端，避免视野的僵化和片面。

在长期的批评实践中，女性主义叙事学家各显其能，从不同角度切入作品，积累了较为丰富的文本分析方法。因篇幅有限，我们仅集中探讨了女性主义叙事学之话语研究的几个方面，旨在初步说明经典叙事诗学可为女性主义批评提供有力的分析工具，而从女性主义的角度分析话语结构也可取得富有新意的丰硕成果。对女性主义叙事学的借鉴应能大大丰富国内的外国文学和中国文学批评。女性主义批评和叙事学研究均为国内的显学，希望本章的探讨能为两者之间的结合起到一种铺垫和促进作用。

[①] Kathy Mezei, "Who is Speaking Here?" in *Ambiguous Discourse*, p. 67.
[②] 有关对"自由间接引语"之美学效果的探讨，详见申丹著《叙述学与小说文体学研究》第9章。

第十二章　认知叙事学

20世纪90年代以来，认知科学在西方引起了越来越广泛的兴趣。将叙事学与认知科学相结合的"认知叙事学"这一交叉学科应运而生。作为"后经典叙事学"或"语境主义叙事学"的一个重要分支，认知叙事学以其特有的方式对小说研究和叙事学在西方的复兴做出了贡献。本章旨在探讨认知叙事学的本质特征和不同研究模式，主要回答以下问题：认知叙事学关注的是什么"语境"和"读者"？认知叙事学展开研究的主要依据是什么？认知叙事学的不同研究模式各有何特点，有何长何短？认知叙事学与经典叙事学究竟是什么关系？

第一节　规约性"语境"与"读者"

认知叙事学之所以能在经典叙事学处于低谷之时，在西方兴起并蓬勃发展，固然与其作为交叉学科的新颖性有关，但更为重要的是，其对语境的强调顺应了西方的语境化潮流。认知叙事学论著一般都以批判经典叙事学仅关注文本、不关注语境作为铺垫。但我们认为，认知叙事学所关注的语境与西方学术大环境所强调的语境实际上有本质不同。就叙事阐释而言，我们不妨将"语境"分为两大类：一是"叙事语境"，二是"社会历史语境"。后者主要涉及与种族、性别、阶级等社会身份相关的意识形态关系；前者涉及的则是超社会身份的"叙事规约"或"文类规约"（"叙事"本身构成一个大的文类，不同类型的叙事则构成其内部的次文类）。为了廓清问题，让我们先看看言语行为理论所涉及的语境：教室、教堂、法庭、新闻报道、小说、先锋派小说、日常对话等等。① 这些语境中的发话者和受话者均为类型化的社会角色：老师、学生、牧师、法官，先锋派小说家等等。这样的语境堪称"非性别化""非历史化"的语境。诚然，"先锋派小说"诞生于某一特定历史时期，但言语行为理论关注的并非该历史时期的社会政治关系，而是该文类本身的创作和阐释规约。

与这两种语境相对应，有两种不同的读者。正如第九章第三节所区分的，一种我们可称为"文类读者"或"文类认知者"，其主要特征在于享有同样的文类规约，同样的文类认知假定、认知期待、认知模式、认知草案（scripts）或认知框架（frames, schemata）。另一种读者则是"文本主题意义的阐释者"，包括第九章第三节提到的拉比诺维茨的"四维度"读者：（1）有血有肉的个体读者，（2）作者的读者，（3）叙述读者，（4）理想的叙述读者。在解读作品时，这四种阅读位置同时作用。不难看出，我们所区分的"文类认知者"排除了有血有肉的个体独特性，突出了同一文类的读者所共享的认知规约和认知框架，因此在关注点上也不同于拉比诺维茨 所区分的其他几种阅读位置。第九章第三节还区分了六种不同的研究方法。尽管这些研究方法都可出现在认知叙事学的范畴中，甚至共同出现在同一论著中，但绝大多数认知叙事学论著都聚焦于第二种研究："探讨读者对于（某文类）叙事结构的阐释过程之共性"，集中关注"规约性叙事语境"和"规约性叙事认知者"。也就是说，当认知叙事学家研究读者对某部作品的认知过程时，他们往往是将之当作实例来说明叙事认知的共性。

在探讨认知叙事学时，切忌望文生义，一看到"语境""读解"等词语，就联想到有血有肉的读者之不同社会背景和意识形态，联想到"马克思主义的""女性主义的"批评框架。认知叙事学以认知科学为根基，聚焦于"叙事"或"某一类型的叙事"之认知规约，一般不考虑读者的意识形态立场，也不考虑不同批评方法对认知的影响。我们不妨看看弗卢德尼克的下面这段话：

> 此外，读者的个人背景、文学熟悉程度、美学喜恶也会对文本的叙事化产生影响。譬如，对现代文学缺乏了解的读者也许难以对弗吉尼亚·吴尔夫的作品加以叙事化。这就像20世纪的读者觉得有的15或

---

① Mary Louise Pratt, *Towards a Speech Act Theory of Literary Discourse*; Sandy Petrey, *Speech Acts and Literary Theory*.

17世纪的作品无法阅读，因为这些作品缺乏论证连贯性和目的论式的结构。①

从表面上看，弗卢德尼克既考虑了读者的个人特点，又考虑了历史语境，实际上她关注的仅仅是不同文类的不同叙事规约对认知的影响：是否熟悉某一文类的叙事规约直接左右读者的叙事认知能力。这种由"（文类）叙事规约"构成的所谓"历史语境"与由社会权力关系构成的历史语境有本质区别。无论读者属于什么性别、阶级、种族、时代，只要同样熟悉某一文类的叙事规约，就会具有同样的叙事认知能力（智力低下者除外），就会对文本进行同样的叙事化。就创作而言，认知叙事学关注的也是"叙事"这一大文类或"不同类型的叙事"这些次文类的创作规约。当认知叙事学家探讨狄更斯和乔伊斯的作品时，会将他们分别视为现实主义小说和意识流小说的代表，关注其作品如何体现了这两个次文类不同的创作规约，而不会关注两位作家的个体差异。这与女性主义叙事学形成了鲜明对照。后者十分关注个体作者之社会身份和生活经历如何导致了特定的意识形态立场，如何影响了作品的性别政治。虽然同为"语境主义叙事学"的分支，女性主义叙事学关注的是社会历史语境，尤为关注作品的"政治性"生产过程；认知叙事学关注的则是文类规约语境，聚焦于作品的"规约性"接受过程。

第二节　不同研究模式

一、弗卢德尼克的普适认知模式

与结构主义叙事学对普适（universal）叙事语法的建构相对应，弗卢德尼克在《建构自然叙事学》（1996）一书中，② 提出了一个以自然叙事（即口头叙事）为基础的叙事认知模式，认为该模式适用于所有的叙事，包括大大拓展了口头叙事框架的近当代虚构作品。该书出版后，在叙事学界引起了较大反响。在《自然叙事学与认知参数》（2003）一文中，弗卢

---

① Monika Fludernik, "Natural Narratology and Cognitive Parameters," in *Narrative Theory and the Cognitive Sciences*, (ed.) David Herman, Stanford: CSLI, 2003, p. 262.

② Monika Fludernik, *Towards a "Natural" Narratology*, 该书被称为"认知叙事学领域的奠基文本之一"（Herman, 2003: 22）。值得一提的是，弗卢德尼克是跟美国叙事学界联系紧密的德国学者，在英美发表了大量论著。这本由伦敦的 Routledge 出版的英文专著，1999 年在美国获叙事文学研究会的 Perkins 奖。

德尼克总结了先前的观点,并进一步发展了自己的模式。

弗卢德尼克认为叙事的深层结构具有三个认知参数:体验性(experientiality)、可述性和意旨。读者的认知过程是叙事化的过程。这一过程以三个层次的叙事交流为基础:(1)(以现实生活为依据的)基本层次的认知理解框架,譬如读者对什么构成一个行动的理解。(2)五种不同的"视角(perspectival)框架",即"行动""讲述""体验"(experiencing)"目击"和"思考评价"等框架,这些框架对叙事材料予以界定。(3)文类和历史框架,譬如"讽刺作品"和"戏剧独白"。①

弗卢德尼克的模式有以下新意:(1)将注意力转向了日常口头叙事,将之视为一切叙事之基本形式,开拓了新的视野。(2)将注意力从文本结构转向了读者认知,有利于揭示读者和文本在意义产生过程中的互动。(3)从读者认知的角度来看叙事文类的发展,令人耳目一新(详见下文)。然而,我们认为,弗卢德尼克的模式也有以下几方面的问题。首先,该模式有以偏概全的倾向。口头叙事通常涉及的是对叙述者影响深刻的亲身经历,因此弗卢德尼克的模式将叙事的主题界定为"体验性":叙述者生动地述说往事,根据自己体验事件时的情感反应来评价往事,并将其意义与目前的对话语境相连。弗卢德尼克强调说:"正因为事件对叙述者的情感产生了作用,因此才具有可述性。"② 这一模式显然无法涵盖第三人称"历史叙事",也无法涵盖像海明威的《杀人者》那样的摄像式叙事,甚至无法包括全知叙述,也难以包容后现代小说这样的叙事类型。然而,弗卢德尼克的探讨实际上"兼容并包",其途径是引入上文提到的"五种'视角'框架":"行动框架"(历史叙事)、"讲述框架"(第一人称叙述和全知叙述)、"体验框架"(第三人称叙述中采用人物的意识来聚焦,如意识流小说)、"目击框架"(摄像式叙事)、"思考评价框架"(后现代和散文型作品)。

在我们看来,弗卢德尼克的"兼容并包"与其"体验关怀"形成了多方面的冲突。首先,当弗卢德尼克依据口头叙事将叙事主题界定为"体验性"时,该词指涉的是第一人称叙述中的"我"在故事层次上对事件的情

---

① Fludernik, "Natural Narratology and Cognitive Parameters," in *Narrative Theory and the Cognitive Sciences*, p. 244. 不难看出,这三个层次的区分标准不一样:第一个层次涉及读者对事件的认知,第二个层次涉及的是叙事文本自身的特点(主要是不同的视角类型),第三个层次涉及的则是文类区分。但第二与第三层次构成读者认知的框架或依据。

② Ibid., p. 245.

感体验;但在"五种'视角'框架"中,"体验"指涉的则是在第三人称叙述中采用人物意识来聚焦的视角模式。这里"体验"一词的变义源于弗卢德尼克借鉴了斯坦泽尔(F. K. Stanzel)对"讲述性人物"(第一人称叙述者和全知叙述者)与"反映性人物"(第三人称聚焦人物)之间的区分。①以斯坦泽尔为参照的"体验"框架不仅不包括第一人称叙述,而且与之形成直接对照,因为第一人称叙述属于"讲述"框架。当弗卢德尼克采用以口头叙事为依据的"体验"一词时,从古到今的第一人称主人公叙述都属于"体验性"叙事,而当她采用以斯坦泽尔为参照的"体验"一词时,我们看到的则是另一番景象:

> 18 世纪以前,大多数叙事都采用"行动"和"讲述"这两种框架,而直到 20 世纪"体验"和"反映"框架才姗姗来迟(emerging belatedly),受到重视。处于最边缘位置的"目击"框架仅在 19 世纪末、20 世纪初短暂露面。②

这里的"体验"和"反映"均特指采用人物聚焦的第三人称叙述(如吴尔夫的《到灯塔去》、詹姆斯的《专使》),这是书面虚构叙事特有的方式,因此直到 20 世纪方"姗姗来迟"。可以说,弗卢德尼克的这段文字直接解构了她以口头叙事为基础提出的"情感体验"原型。为了保留这一原型,弗卢德尼克提出第一人称叙述和第三人称人物聚焦叙述均有"讲述"和"体验"这两个框架,③这反过来解构了她依据斯坦泽尔的模式对"讲述"和"体验"作为两种叙事类型进行的区分,也解构了上引这段文字勾勒的历史线条。其次,弗卢德尼克一方面将叙事的主题界定为叙述者对事件的情感体验,另一方面又用"行动框架"来涵盖历史叙事这种"非体验性叙事",从而造成另一种自我矛盾。再次,弗卢德尼克一方面将叙事的主题界定为叙述者对事件的情感体验,④另一方面又用"目击框架"来涵盖"仅在 19 世纪末、20 世纪初短暂露面"的第三人称摄像式视角,该视角以冷静旁观为特征。当然,这也有例外,弗卢德尼克举了罗伯-格里

---

① F. K. Stanzel, *A Theory of Narrative*, Cambridge: Cambridge University Press, 1984. 笔者认为,将全知叙述者称为"讲述性人物"(teller-character)是个概念错误,因为全知叙述者处于故事之外,不是人物。将第一人称叙述者称为"讲述性人物"也混淆了作为叙述者的"我"和作为人物的"我"(过去体验事件的"我")之间的界限(参见申丹《视角》一文和《叙述学与小说文体学研究》第 9 章)。

②③④ Fludernik, "Natural Narratology and Cognitive Parameters," in *Narrative Theory and the Cognitive Sciences*, p. 247.

耶的《嫉妒》为例，读者通过叙事化将文本解读为充满妒意的丈夫透过百叶窗来观察妻子。但大多数第三人称"摄像式"聚焦确实没有情感介入，与弗卢德尼克的"情感体验关怀"形成了冲突。此外，弗卢德尼克一方面将叙事的主题界定为叙述者对事件的情感体验，另一方面又用"思考评价框架"来涵盖后现代作品和散文型作品，而这些作品中往往不存在"叙述者对事件的情感体验"。

若要解决这些矛盾冲突，我们首先要认识到口头叙事中的情感体验缺乏代表性。真正具有普遍性的是"事件"这一层次。除了属于"思考评价框架"的后现代和散文型作品，[①] 其他四种叙事类型都是描述事件的模仿型叙事。在这四种中，"行动框架"（历史叙事）和"目击框架"（摄像式叙事）一般不涉及情感体验，只有其他两种涉及情感体验（第一人称叙述中"我"自身的，或第三人称叙述中人物的）。弗卢德尼克以口头叙事为依据的"体验性"仅跟后面这两种叙事类型相关。若要在她的框架中对后者进行区分，最好采用"第一人称体验性叙事"（叙述自我体验）和"第三人称体验性叙事"（叙述他人体验），这样既能保留对"体验性"之界定的一致性，又能廓分两者，还能划清与"行动框架"和"目击框架"这两种"第三人称非体验性叙事"之间的界限。[②] 这四种描述事件的模仿型叙事又与属于"思考评价框架"的后现代和散文型作品形成了对照。其实，弗卢德尼克的论点"自然叙事是所有叙事的原型"[③] 并没有错，因为自然（口头）叙事中也有情感不介入的目击叙事（摄像式叙事的原型），也有"非体验性的"历史叙事，还有局部的"思考评价"。[④] 但在界定"叙事的主题"和"叙事性"时，弗卢德尼克仅关注自然叙事的主体部分，即表达"我"对自身往事之情感体验的叙事，将这一类型视为"所有叙事的原型"，故难免以偏概全。

[①] Fludernik, "Natural Narratology and Cognitive Parameters," in *Narrative Theory and the Cognitive Sciences*, p. 259.

[②] 弗卢德尼克的"体验性"涉及的是人物在故事层的情感体验，从这一角度出发，难以廓分"全知叙述"与"采用人物聚焦的第三人称叙述"，因为两者都涉及了人物的情感体验。弗卢德尼克在2003文中有的地方（如第252—253页）将两者混为一谈，这与她自己在第247页上勾勒的历史线条直接矛盾。若要廓分这两种叙述类型，需要从"故事"层走到"话语"层，依据两者采用的不同视角（前者为叙述者的视角，后者为人物视角）来进行区分。（参见申丹《视角》）

[③] Fludernik, "Natural Narratology and Cognitive Parameters," in *Narrative Theory and the Cognitive Sciences*, p. 248.

[④] 但这种"思考评价"在口头叙事中仅限于局部。散文型作品和后现代作品是笔头写作的"专利"。

我们认为，自然叙事的结构模式在代表性上也有其局限性。弗卢德尼克以拉博夫（William Labov）和沃勒茨基（Joshua Waletzky）的结构框架为基础，对口头片段叙事的结构图示如下：①

$$\text{简要概述——定位——}\left\{\begin{array}{c}[\text{片段}1][\text{片段}2][\cdots\cdots][\text{片段 n}]\\ \uparrow \qquad\qquad\qquad\qquad\uparrow\\ \text{初始}\qquad\qquad\qquad\quad\text{终结}\end{array}\right\}\text{——评价——结尾}$$

弗卢德尼克认为这一结构图示构成各种书面叙事的"结构原型"。就传统全知叙述和第一人称叙述而言，情况的确如此，但意识流小说、摄像式作品和后现代小说都脱离了这一原型，形成了截然不同的结构模式。这些现代和后现代作品往往既无"简要概述"（abstract），也无"终结"（final solution），而仅仅展示生活的一个片断，甚至是非模仿性的文字游戏或叙述游戏。

尽管弗卢德尼克的探讨有以偏概全的倾向，但她以口头叙事为参照，以卡勒的"自然化"概念为基础，对"叙事化"展开的探讨，则颇有启迪意义。在本篇第二章第四节的第二小节中，我们已用了较多篇幅，对弗卢德尼克"叙事化"的某些方面进行了评介。我们不妨重温一下弗氏的如下定义：

> 叙事化就是将叙事性这一特定的宏观框架运用于阅读。当遇到带有叙事文这一文类标记，但看上去极不连贯、难以理解的叙事文本时，读者会想方设法将其解读成叙事文。他们会试图按照自然讲述、体验或目击叙事的方式来重新认识在文本里发现的东西；将不连贯的东西组合成最低程度的行动和事件结构。

这揭示了读者在阅读有些现代或后现代试验性作品时采取的认知策略，这是故事层次上的"叙事化"。弗卢德尼克指出：在阅读时，读者若发现第一人称叙述者的话语前后矛盾，会采用"不可靠叙述"这一阐释框架来予以解释，对之加以"叙事化"。② 这是话语层次上的"叙事化"。我们认为，在探讨"叙事化"时，应关注两点：（1）创作和阐释以规约为基

---

① Fludernik, *Towards a "Natural" Narratology*, p. 65; Fludernik, "Natural Narratology and Cognitive Parameters," in *Narrative Theory and the Cognitive Sciences* p. 250. William Labov and Joshua Waletzky, "Narrative Analysis: Oral Versions of Personal Experience," in *Essays on the Verbal and Visual Arts*, (ed.) June Helm, Seattle: University of Washington Press, 1967, pp. 12—44.

② Fludernik, "Natural Narratology and Cognitive Parameters," in *Narrative Theory and the Cognitive Sciences*, p. 251.

础的互动：作者依据叙事规约，创作出各种具有审美价值的矛盾和断裂，而读者在阅读过程中也依据叙事规约来阐释这些文本现象。（2）"叙事化"不涉及作品的主题意义，停留在"将不连贯的东西组合成最低程度的行动和事件结构"，或将叙述者的前后矛盾看成"不可靠叙述"的表征。至于这种结构、这种叙述有何主题意义，则超出了认知叙事学的考虑范畴。这与第一节所探讨的"非意识形态语境"是一致的。

"叙事化"或"自然化"这一概念不仅为探讨读者如何认知偏离规约的文本现象提供了工具，而且使我们得以更好地理解读者认知与叙事文类发展之间的关系。弗卢德尼克追溯了英国叙事类型的发展历程，[①] 首先是历史叙事与叙述他人体验相结合，然后在18世纪的小说中，出现了较多对第三人称虚构人物的心理描写，尽管这种描写在自然叙事中难以出现，但读者已经熟知"我"对自己内心的叙述和第三人称文本对他人体验的叙述，因此不难对之进行"自然化"。至于20世纪出现的非人格化摄像式聚焦，弗卢德尼克认为对之加以"自然化"要困难得多，因为读者业已习惯对主人公的心理透视，因此当小说采用摄像式手段仅仅对人物进行外部观察时，读者难免感到"非常震惊"。[②] 但在我们看来，只要具有电影叙事的认知框架，读者就可以很方便地借来对这一书面叙事类型加以"自然化"。至于第二人称叙述，读者需要借鉴各种包含第二人称指涉的话语（包括讯问话语、操作指南，含第二人称指涉的内心独白）之认知框架，以及"体验框架"和"讲述框架"来对之加以"自然化"。在此，我们仍应看到创作和阐释的互动。作者依据这些框架创作出第二人称叙述的作品，读者也据之对作品进行认知。两者互动，形成第二人称叙述的"文类规约"。弗卢德尼克指出，当一种"非自然的"叙述类型（如全知叙述）被广为采用后，就会从"习以为常"中获得"第二层次的'自然性'"。[③] 这言之有理，但单从采用范围或出现频率这一角度来看问题有失片面。采用摄像式聚焦的作品并不多，而这种叙述类型同样获得了"第二层次的'自然性'"。这是因为该文类已形成自身的规约，得到文学界的承认。

[①] Fludernik, "Natural Narratology and Cognitive Parameters," in *Narrative Theory and the Cognitive Sciences*, pp. 252—254.

[②] Ibid., p. 253.

[③] Ibid., pp. 255—256.

二、赫尔曼的"作为认知风格"的叙事

戴维·赫尔曼2002年出版了《故事逻辑》一书,该书将叙事视为一种"认知风格"。在赫尔曼看来,叙事理解就是建构和更新大脑中的认知模式的过程,文中微观和宏观的叙事设计均构成认知策略,是为建构认知模式服务的。若从这一角度来研究叙事,叙事理论和语言理论均应被视为"认知科学的组成成分"。① 该书第九章以"语境固定"(contextual anchoring)为题,探讨了第二人称叙述中"你"在不同"语境"中的不同作用。赫尔曼系统区分了第二人称叙述中五种不同的"你":(1)具有普遍性的非人格化的"你"(如谚语、格言中的"你");(2)虚构指涉(指涉第二人称叙述者/主人公/叙述接受者——在第二人称叙述中,这三者往往同为一个"你");(3)"横向"虚构称呼(故事内人物之间的称呼);(4)"纵向"现实称呼(称呼故事外的读者);(5)双重指示性的"你"(同时指涉故事里的人物和故事外的读者,这一般发生在读者与人物具有类似经历的时候。从表面上看,"你"仅指故事中的人物,但故事外的读者也觉得在说自己)。不难看出,就前四种而言,赫尔曼所说的不同"语境"实际上是不同"上下文"(譬如"由直接引语构成的语境"②)。同样的人称代词"你"在不同上下文中具有不同的指涉和功能(在直接引语中出现的一般是故事内人物之间的称呼;在格言谚语中出现的则是具有普遍意义的指涉)。然而,第五种用法却与读者的经历和感受相关。但赫尔曼关注的并非个体读者的不同经历,而是"任何人"带有普遍性的经历。③

赫尔曼对奥布赖恩(Edna O'Brien)的小说《异教之地》进行了详细分析,旨在说明"故事如何在特定的阐释语境中将自己固定"。④ 在探讨第二人称叙述时,叙事理论家倾向于仅关注"你"的第二种用法,这是"你"在第二人称叙述中的所谓"标准"用法。相比之下,赫尔曼从读者如何逐步建构故事世界这一角度出发,密切观察"你"在不同上下文中的变化。在探讨《异教之地》的下面这段文字时,赫尔曼提到了阐释进程对认知的影响:⑤

---

① David Herman, *Story Logic*, Lincoln University of Nebraska Press, 2002, p. 2.
② Ibid., p. 360.
③ Ibid., p. 342.
④ Ibid., p. 337.
⑤ Ibid., p. 362.

> 这是要警告你。仔细阅读以下文字。
>
> 你收到了两封匿名信。一封说……另一封恳求你,哀求你不要去[修道院]……

乍一看前两句话,读者会认为"你"在称呼自己。但接着往下读,就会认识到"你"实际上指的是第二人称主人公。有趣的是,赫尔曼并非要借此证明阐释进程所起的作用,他之所以给出这一实例,只是因为这是该小说中"唯一"能说明"你"的第四种用法(称呼故事外的读者)的例证,尽管这一说明只是相对于"初次阅读"才有效。总的来说,赫尔曼在探讨叙事的"认知风格"时,尽管一再提到读者的认知,实际上聚焦于文本的语言、结构特征。可他将这些风格特征视为认知策略或认知"提示"。在赫尔曼看来,"叙事理解过程是以文本提示和这些提示引起的推断为基础的(重新)建构故事世界的过程"。①出现在括号中的"重新"一词体现了赫尔曼以文本为衡量标准的立场:故事世界被编码于文本之内,等待读者根据文本特征来加以重新建构。这样的读者是"文类读者",涉及的阐释语境是"文类阐释语境",作为阐释依据的也是"文类叙事规约"。这与以有血有肉的读者为衡量标准的读者反应批评形成了鲜明对照。不过,如前所述,由于认知叙事学关注读者的阐释过程,因此关注同一文本特征随着上下文的变化而起的不同作用,关注文本特征在读者心中引起的共鸣,也注意同样的文本特征在不同文类中的不同功能和作用。这有利于丰富对语言特征和结构特征的理解。赫尔曼对"你"进行的五种区分,一方面说明了"你"在第二人称叙述中具有不同于在第一人称和第三人称叙述中的功能和作用,因此对第二人称叙述的"次文类诗学"做出了贡献;另一方面,也在更广的意义上拓展了对"你"这一叙事特征的理解,对总体叙述诗学做出了贡献。

三、瑞安的认知地图与叙事空间的建构

在《认知地图与叙事空间的建构》(2003)一文中,玛丽-劳雷·瑞安集中对"认知地图"展开了探讨。认知科学家十分关注"认知地图":大脑对某地之路线或空间环境的记忆,对各种地图的记忆等等。1981年比约恩森(Richard Bjornson)将这一概念运用于文学认知,研究读者对于包括

---

① David Herman, *Story Logic*, p. 6.

空间关系在内的各种结构和意义的心理再现。① 瑞安自己关注的是真实或虚构的空间关系之大脑模型，聚焦于阅读时文字所唤起的读者对叙事空间的建构。她的研究颇有特色，也较好地反映了认知叙事学的共性。我们不妨从以下多种对照关系入手，来考察她的研究特点：

1. "模范地图"与"实际地图"

瑞安选择了马尔克斯（Garcia Marquez）的拟侦探小说《一件事先张扬的凶杀案》②作为认知对象。她首先把自己放在"超级读者"或"模范读者"的位置上，反复阅读作品，根据文中的"空间提示"绘制了一个从她的角度来说尽可能详细准确的"模范地图"（master map）。然后，将这一地图与一组接受实验的高中生根据阅读记忆画出的"实际地图"进行比较。从中可看出刻意关注叙事空间与通常阅读时附带关注叙事空间之间的不同。瑞安将自己的模范地图作为衡量标准，判断中学生的地图在再现空间关系时出现了哪些失误，并探讨为何会出现这些失误。

2. "书面地图"与"认知地图"

"书面地图"不同于大脑中的"认知地图"。画图时，必须将物体在纸上具体定位，因此比大脑图像要明确，同时也会发现文中更多的含混和空白之处。此外，画图还受到"上北下南"等绘制规约的束缚，画出的"书面地图"又作用于读者头脑中的"认知地图"。

3. "认知地图"与"文本提示"

瑞安的研究旨在回答的问题包括：认知地图需要用何细节、在何种程度上再现文中物体之间的空间关系？文本用何策略帮助读者形成这些空间关系的概念？她指出，建构认知地图的主要困难源于语言的时间维度和地图的空间性质之间的差别。文本一般采用"绘图策略"和"旅行策略"，前者居高临下地观察，将物体进行空间定位（专门描写背景）；后者则是像旅行者那样在地面移动（描写人物行动），动态地再现有关空间。文本可以一开始就给出建构整个空间背景的信息，也可以一点一点地逐步给出。前者为聚焦于空间地图的人提供了方便，但对于关注情节的人来说，

---

① Richard Bjornson, "Cognitive Mapping and the Understanding of Literature," *SubStance* 30 (1981), pp. 51—62; Marie-Laure Ryan, "Cognitive Maps and the Construction of Narrative Space," in *Narrative Theory and the Cognitive Sciences*, (ed.) David Herman, pp. 214—215.

② 这是国内通用的译法。但瑞安所用英文版的题目是"Chronicle of a Death Foretold"，这是对西班牙原文的忠实英译。原文的题目采用的是"死亡"、"预告"、"记事"等中性词语。这一平淡的题目与令人震惊的凶杀内容形成了对照和张力，反映出作者特定的世界观。国内的"渲染性"译法抹去了这一对照和张力，但估计其目的是为了更好地吸引读者。

却增加了记忆和注意力的负担，何况有的读者倾向于跳过整段的背景描写，因此很多作品都是在叙述情节的过程中，通过各种"空间提示"逐步展示空间关系。

4."书面地图"与"文本提示"

文中的空间提示有不同的清晰度。瑞安按照清晰度将马尔克斯的小说中的背景描写分为了四个环带：中心一环（谋杀发生之地）最为清晰完整，最外层的则最为遥远和不确定（瑞安没有画出这一环带）。由于书面地图需要给物体定位，因此难以再现这种清晰度上的差别。就中学生画的草图而言，可以看出他们以情节为中心，以主人公的命运为线索来回忆一些突出的叙事空间关系。从图中也能看出最初的印象最为强烈。文中的物体可根据观察者的位置、另一物体的位置和东南西北的绝对方位来定位，为读者的认知和画图提供依据。

5."实际地图"与"科学地图"

瑞安对那组中学生展开的实验不同于正式的心理实验。后者让实验对象读专门设计的较为简单的文本，用严格的量化指标来科学测量其认知能力；而前者则让读者读真正的叙事文本，考察读者的实际认知功能。

6."自上而下"与"自下而上"

认知叙事学关注认知框架与文本提示之间的互动。譬如，文中出现"广场"一词时，读者头脑中会显现通常的广场图像，用这一规约性框架来"自上而下"地帮助理解文中的广场。当文本描述那一广场的自身特点时，读者又会自下而上地修正原来的图像。从跨文化的角度来看，未见过西方的广场的中国读者，在读到西方小说中的"广场"一词时，脑子里出现的很可能是有关中国广场的规约性认知框架，文中对西方广场的具体描写则会促使读者修正这一框架。瑞安的研究也涉及了这种双向认知运动。叙事作品往往随着情节的发展逐渐将叙事空间展示出来，读者需要综合考虑一系列的"微型地图"和"微型旅行"，自下而上地建构整体空间图像；与此同时，逐步充实修正的整体空间图像又提供了一个框架，帮助读者自上而下地理解具体的空间关系。此外，在那组中学生画的草图中，镇上的广场有一个喷泉，但文中并未提及。瑞安推测这是因为他们头脑中"标准的"南美广场的图像所起的作用，也可能是因为他们那个城镇的广场有一个喷泉。无论是哪种情况，这都是受到大脑中既定框架影响的自上而下的阐释。

7."叙事认知者"与"个体认知者"

瑞安的论文分为四大部分：（1）前言，（2）重建虚构世界的地图，

(3) 实验，(4) 讨论。她在"实验"部分考虑了个体认知者："这些地图不仅再现了《一件事先张扬的凶杀案》的故事世界，而且也讲述了它们自己的故事：读者阅读的故事。"① 在比较不同中学生画的草图时，瑞安提到了他们的性别、经历、宗教等因素的影响。然而，瑞安真正关心的并不是"读者阅读的故事"，而是对"故事世界"的规约性"再现"或者"形成大脑图像的认知功能"②。因此她在整个"讨论"部分都聚焦于"叙事认知者"。这一部分的"读者"(the reader, readers)、"我们"、"他们"成了可以互换的同义词，可以用"叙事认知者"来统一替代。即便提到那些中学生所画草图的差异，也是为了说明阅读叙事作品时，读者认知的一般规律，譬如认知的多层次性、长期记忆与短期记忆的交互作用等等。瑞安认为学生画出的草图之所以不同于她自己画出的模范地图"主要在于短期记忆瞬间即逝的性质"。③

与赫尔曼所研究的第二人称"你"不同，瑞安所探讨的叙事空间是一个留有各种空白和含混之处的范畴。正因为如此，瑞安的研究涉及了读者的个人想象力。但她依然聚焦于小说叙事的普遍认知规律，以及作者的创作如何受到读者认知的制约。

四、博托卢西和狄克逊的"三种方法并用"

英国剑桥大学出版社2003年出版了加拿大学者博托卢西（Marisa Bortolussi）和狄克逊（Peter Dixon）的《心理叙事学》一书，该书对以往的认知叙事学研究提出了挑战，认为这些研究没有以客观证据为基础，而只是推测性地描述读者的叙事认知。他们提倡要研究"实际的、真实的读者"，要对读者的叙事认知展开心理实验。④ 我们可以区分三种不同的叙事研究方法：(1) 对文本结构特征的研究；(2) 以叙事规约为基础对读者的叙事认知展开的推测性探讨；(3) 对读者的叙事认知进行的心理实验。博托卢西和狄克逊在理论上质疑和摈除了前两种方法，认为只有第三种方法才行之有效。但实际上，他们三种方法并用："我们首先为理解相关文本特征提供一个框架；然后探讨与读者建构有关的一些假设；最后，我们报

---

① Ryan, "Cognitive Maps and the Construction of Narrative Space," in *Narrative Theory and the Cognitive Sciences*, p. 228.
② Ibid., p. 224.
③ Ibid., p. 235.
④ Marisa Bortolussi and Peter Dixon, *Psychonarratology*, Cambridge: Cambridge University Press, 2003, pp. 168—169.

道支持这些假设的实验证据。"① 博托卢西和狄克逊为何会在实践中违背自己的理论宣言呢？我们不妨看看他们对心理叙事学的界定："研究与叙事文本的结构和特征相对应的思维再现过程。"② 既然与文本的结构特征密切相关，那么第一种方法也就必不可缺；同样，既然涉及的是与文本特征"相对应的"思维再现过程，那么关注的也就是规约性的认知过程，因此可以采用第二种方法，依据叙事规约提出相关认知假设。有趣的是，博托卢西和狄克逊展开心理实验，只是为了提供"支持这些假设的实验证据"。也就是说，他们唯一承认的第三种方法只是为了支撑被他们在理论上摈除的第二种方法。这种理论与实践的脱节在很大程度上源于未意识到每一种方法都有其特定的作用，相互之间无法取代。

在谈到著名经典叙事学家热奈特对于"谁看？"（感知者）和"谁说？"（叙述者）之间的区分时，博托卢西和狄克逊提出了这样的挑战："不能说所有的读者都区分谁看和谁说，因为显然在有的情况下，有的读者（甚至包括很有文学素养的读者）对此不加区分。"从这一角度出发，他们要求在探讨结构特征时，考虑读者类型、文本性质和阅读语境。③ 我们知道，结构区分（包括"主语""谓语"这样的句法区分）涉及的是不同文本中同样的结构之共性，其本质就在于超出了特定语境和读者的束缚。前文提及，博托卢西和狄克逊总是"首先为理解相关文本特征提供一个框架"，这是超出了"阅读语境"的结构框架。让我们看看他们对视角的形式特征进行的区分：（1）描述性的指涉框架（与文中感知者的位置有关，譬如"有时一只狗会在远处狂吠"；或仅仅与文中物体的空间位置有关，譬如"灯在高高的灯杆顶上发出光亮"④）；（2）位置约束（感知者的观察位置受到的约束，譬如在"然后她就会回到楼上去"中，感知者的位置被限定在这栋房子的楼下）；（3）感知属性（提示感知者之存在的文本特征，譬如"看着""注意到"等词语）。⑤博托卢西和狄克逊从福楼拜的《包法利夫人》等经典小说中抽取了一些句子来说明这一结构区分，但正

---

① Marisa Bortolussi and Peter Dixon, *Psychonarratology*, pp. 184—185.
② Ibid. , p. 24.
③ Ibid. , pp. 177—178.
④ 博托卢西和狄克逊想用这个例子说明"无论是从上、从下还是从旁观察，对这一场景都可加以同样的描述"（p. 187）。笔者认为，这种独立于感知的物体描述不应出现在对"视角"的探讨中，而应出现在对"背景"的探讨中，因为就"视角"而言，只有与感知者或感知位置相关的现象才属于讨论范畴。
⑤ Bortolussi and Dixon, *Psychonarratology*, pp. 186.

如语法学家用句子来说明"主语"与"谓语"之分一样，他们仅仅把这些句子当成结构例证，丝毫未考虑"读者类型、文本性质和阅读语境"。这是第一种方法的特性。只有在采用第三种方法时，才有可能考虑接受语境。

第三节　对接受语境之过度强调

认知叙事学家倾向于过度强调接受语境。博托卢西和狄克逊断言："叙述话语的形式特征只有在接受语境中才会有意义。"① 但如前所述，他们自己在对"叙述话语的形式特征"进行区分时，完全没有考虑，也无须考虑接受语境。在此，我们不妨看看赫尔曼的一段文字：

> 仅仅寻找形式顶多是一种堂吉诃德式的努力……分析者不应分析故事形式的涵义，而应研究形式如何在一定程度上成为语境中的阅读策略之结果。这些策略与文本设计有规则地相互关联：排除了相反方向的特定文本标记，读者就不能将一个同故事叙述［如第一人称主人公叙述］阅读成由局外人讲述的故事。海明威采用的过去时也不允许读者将人物的行动阐释为会在未来发生的事。但是，因为这些阅读策略处于语境之内，它们的确是可变的，譬如，读者会根据自己的信仰和价值观，用各种动机解释妻子对那只猫的牵挂。②

赫尔曼一方面摈除纯形式研究，一方面又借鉴了热奈特对"同故事叙述"（叙述者为故事中的人物）和"异故事叙述"（叙述者不是故事中的人物）的结构区分，同时也采用了"过去时"和"将来时"这样的语法区分，这都是纯形式研究的结果。尽管赫尔曼声称形式在一定程度上是"阅读策略"的产物，但在同一段论述中，"同故事叙述"和"过去时"不仅先于阅读而存在，而且制约了读者的阐释。我们必须区分两种不同的阐释：一是对文本结构之规约性意义的阐释；二是对具体文本之主题意义的阐释。涉及"同故事叙述"和"过去时"的阐释属于前者，而涉及"妻子对那只猫的牵挂"的阐释则属于后者。就前者而言，无须考虑不同的接受语境：无论读者的"信仰和价值观"有何不同，看到"过去时"就应阐释为过去发生的事。可就后者而言，则需要考虑接受语境对阐释的影

---

① Bortolussi and Dixon, *Psychonarratology*, p. 2.
② David Herman, "Introduction," in *Narratologies*, （ed.） David Herman, pp. 12—13.

响:不同读者确实可能会"用各种动机解释妻子对那只猫的牵挂"。在此,赫尔曼是在评论戴维·洛奇对海明威《雨中的猫》的主题阐释。如前所述,认知叙事学一般不以主题阐释为目的,即使顺便提到作品的主题意义,也往往是公认的或前人研究出来的。像女性主义叙事学那样的"语境主义叙事学"旨在阐释具体作品的主题意义,因此需要考虑不同社会历史语境的影响。相比之下,认知叙事学关注的往往是对文本结构之规约性意义的阐释,这种阐释涉及"叙事认知者"共享的"规约性认知语境",这种语境不会改变对文本结构的认识。①

在《(尚)未知:叙事里的信息延宕和压制的认识论效果》一文中,卡法莱诺斯以亨利·詹姆斯的《拧螺丝》以及巴尔扎克的《萨拉辛》为例,从读者、第一层故事里的人物和嵌入层故事里的人物这三个不同的感知角度,探讨了叙事里暂时或永久缺失的信息所产生的认识论效果。② 她首先建构了一个由 11 种功能(从功能 A 到功能 K)组成的语法模式,其中四种是:

甲模式	功能 D	C 行动素(actant)受到考验
	功能 E	C 行动素回应考验
	功能 F	C 行动素获得授权
	功能 G	C 行动素为了 H 而到达特定时空位置

我们不妨比较一下俄国形式主义者普洛普(Vladimir Propp)的语法模式:③

乙模式	功能 12	主人公受到考验,询问,攻击等
	功能 13	主人公对未来赠予者的行动进行回应
	功能 14	主人公获得一种魔法手段
	功能 15	主人公被送至或引至所寻求对象的附近

不难看出,"甲模式"与"乙模式"本质相同。卡法莱诺斯一方面承认借鉴了普洛普的模式,一方面又强调自己的模式是一种认知模式,因此与普

---

① 正如第九章第二节注 1 所提及的,2003 年 3 月以来,笔者就这一问题与 Herman 进行了数次交流。他同意笔者对两种不同语境的区分,也赞同笔者对"叙事诗学"与"叙事批评"的区分,改变了对结构主义叙事学的批判态度(请比较 Herman 1999 与 Herman 2005)。

② Emma Kafalenos, "Not (Yet) Knowing: Epistemological Effects of Deferred and Suppressed Information in Narrative," *Narratologies*, (ed.) David Herman, pp. 33—65.

③ Vladimir Propp, *Morphology of the Folktale*, 2nd edition, trans. Laurence Scott, Austin: University of Texas Press, 1968, pp. 39—50.

洛普的结构模式有以下本质不同：（1）普洛普的"功能"是人物行为在情节结构中的作用，而她自己的"功能"则是"被阐释的事件"，是读者或人物阐释的结果。① （2）卡法莱诺斯认为同一事件在不同的阐释"配置"（譬如究竟是将《拧螺丝》中的女家庭教师看成可靠阐释者还是精神病患者）中具有不同功能。为了突出这种"功能多价"的不稳定性，她将"功能"的决定权交给感知者：决定功能的是读者或听众，故事中观察事件的人物，现实世界中观察事件的个体。② 然而，无论卡法莱诺斯如何突出阐释语境在其模式建构中的作用，其模式实际上是一个纯结构模式。其实，普洛普的模式涉及的也是"被阐释的事件"：普洛普的"主人公受到考验"与卡法莱诺斯的"C行动素回应考验"一样，均为他们自己对"人物行为在情节结构中的作用"进行阐释的结果，而且他们都是站在"叙事认知者"的位置上进行阐释。有趣的是，卡法莱诺斯的模式比普洛普的更难以考虑不同的接受语境，因为这是一个适用于"各个时期各种体裁"的叙事语法模式，③比聚焦于俄罗斯民间故事的普洛普模式更为抽象、更体现叙事作品的共性。当然，在运用这一模式进行的实际认知分析中，卡法莱诺斯能具体比较不同位置上的感知者的阐释，能测试在不同阐释过程中，压制和延宕的信息所产生的不同认识论效果。可以说，不区分语法模式和具体分析与接受语境的不同关联，是造成认知叙事学夸大接受语境之作用的一个根本原因。

另一个根本原因是对"叙事认知"的过度重视。我们不妨比较一下弗卢德尼克对"叙事性"进行的两种不同界定：

（1）正因为事件对叙述者的情感产生了作用，因此才具有可述性。构成叙事性的就是被审视、重新组织和评价（构成意旨）的经验。……构成叙事性的关键成分并非一连串事件本身，而是事件给主人公带来的情感和评价体验。正是因为这一原因，我将叙述对象界定为具有人的意识。（2003：245—246）

（2）叙事性不是文本特征，而是读者赋予文本的一个特性。读者把文本作为**叙事**来读，因此将文本**叙事化**。（2003：244；黑体代表原文中的斜体）

第一种界定将"叙事性"视为"被审视、重新组织和评价（构成意

---

①③ Kafalenos, "Not (Yet) Knowing," in *Narratologies* p. 40.
② Ibid., p. 33.

旨）的经验"，这是文本自身的内容；而第二种界定则将"叙事性"归于文本之外的读者阐释。在同一篇文章的短短两页之内，"叙事性"由文本自身的"叙述对象"变成了文本外读者"赋予"的特性。其实，叙事文本的结构若未偏离叙事规约，读者的认知过程就仅仅是理解接受这些结构的过程。倘若偏离了规约或留有空白，读者才需对之进行"叙事化"或"自然化"。即便在后一种情况下，读者的认知依然受到文本的制约。譬如，只有文本叙述本身为"不可靠叙述"时，读者才能通过"自然化"将之理解为"不可靠叙述"。假如文本是"可靠叙述"，而读者却将之"自然化"为"不可靠叙述"，那就只能说对文本进行了"误读"。上引第二种界定可以说是西方学界20世纪90年代以来对"语境"之过度强调的一个产物。作为"语境主义叙事学"的一个分支，认知叙事学将注意力从文本转向了读者，这有利于揭示读者与文本在意义产生过程中的互动，尤其是在分析具体认知过程时，能揭示以往被忽略的读者的思维活动。① 但不少认知叙事学家在强调读者认知的同时，不时否认文本特征的作用，走向了另一个极端。

值得一提的是，在探讨认知过程时，我们不应忽略作者编码的作用。赫尔曼举了这么一个由读者来填补文本空白的例子：如果叙述者提到一个蒙面人拿着一袋子钱从银行里跑出来，那么读者就会推测该人物很可能抢劫了这个银行。赫尔曼认为，从这一角度来看，"使故事成其为故事的"是"文本或话语中明确的提示"与"读者和听众借以处理这些提示的认知草案"的交互作用。② 然而，我们应认识到作者与读者享有同样的认知草案。作者依据"银行抢劫"的规约性认知草案在文本中留下空白，读者则根据同样的认知草案来填补这些空白。

总的来说，认知叙事学的探讨从不同角度揭示了"文本提示""文类规约"和"规约性认知框架"之间的交互作用。这三者密切关联，相互依存。"文本提示"是作者依据或参照文类规约和认知框架进行创作的产物（最初的创作则是既借鉴又偏离"老文类"的规约，以创作出"新文类"的文本特征）；"文类规约"是文类文本特征（作者的创作）和文类认知

---

① Manfred Jahn, "'Speak, Friend, and Enter': Garden Paths, Artificial Intelligence, and Cognitive Narratology," in *Narratologies*, (ed.) David Herman, pp. 167—194.
② David Herman, "Introduction," in *Narrative Theory and the Cognitive Sciences*, (ed.) David Herman, pp. 10—11.

框架（读者的阐释）交互作用的结果；"文类认知框架"又有赖于文类文本特征和文类规约的作用。像瑞安那样的研究还能很好地揭示记忆的运作规律，以及读者的想象力在填补文本空白时所起的作用。认知叙事学能很好地揭示这些因素之间的互动，同时又在以"语境主义"外貌出现的同时，在很大程度上保留了一种"科学"的研究立场，给一味从事政治批评的西方学界带来了某种平衡。20世纪90年代中期方姗姗来迟的认知叙事学，目前已成为发展势头最为强劲的后经典叙事学派之一。这一跨学科的新兴派别尚未引起国内学界的关注。希望本书的探讨能为认知叙事学在国内的发展起到一种铺垫作用。

第十三章　米勒的"反叙事学"

与传统、保守的英国形成对照，建国仅两百多年的美国一向以学术上的求新、求异著称。而20世纪60年代美国动荡不安的文化大环境更是为解构主义的落户提供了理想的土壤。解构主义的创始人法国哲学家雅克·德里达1966年访问美国，在约翰·霍普金斯大学发表了轰动性的演讲。他那反逻各斯中心主义的解构主义思想体系，对美国知识界形成了具有震撼力的冲击。此后，在美国逐渐形成了一场解构主义运动，涉及知识领域的方方面面：法律理论、建筑设计、宗教研究、政治理论等等。当然，最为突出的还是以保罗·德曼（Paul de Man）为首，以耶鲁学派为核心的美国解构主义文评。J. 希利斯·米勒为耶鲁学派的代表人物之一，对美国解构主义叙事理论的发展做出了重大贡献。

解构主义与结构主义尽管在基本立场上完全对立，但有着一种难以分割的衍生关系，存在某些本质性的相通之处。两者均以文本为中心，与关注作者、读者和社会历史语境的批评理论形成了对照。解构主义自20世纪60—70年代以来，在西方文学批评界产生了巨大影响，但就叙事理论这一领域而言，解构主义的影响却相对较弱。其原因在于解构主义聚焦于文字层次，关注语言修辞的复杂性或文字符号意义的不确定性，较少涉足叙事结构和技巧这一范畴。可以说，在有影响的解构主义学者当中，只有J. 希利斯·米勒直接与叙事学展开了系统深入的对话。米勒将自己1998年出版的《解读叙事》一书称为"反叙事学"（ananarratology）的著作，充分显示出他在这本书中集中以"叙事学"为参照对象展开研究。其实，早在20世纪80年代初，米勒与叙事学家里蒙-凯南就在《今日诗学》上展开了笔战。无论米勒如何标榜自己"反"叙事学，笔者发现他的实际分析常常与叙事学的分析构成一种互补关系。这不仅与解构主义理论的缺乏实际应用性相关，而且与米勒自己思想深处的形式主义实质相关。

第一节　米勒的学术背景

与在比利时出生和受教育的保罗·德曼相比，希利斯·米勒更有美国特点。在从事解构主义之前，米勒为新批评的积极倡导者和实践者，尤其受肯尼思·伯克（Kenneth Burke）和威廉·燕卜荪（William Empson）的影响甚深。在从事解构主义之后，他依然"以伯克为参照，来阅读德里达和德曼的论著"①。尽管在基本立场上相对立，新批评对文本的细读与德里达对文本修辞复杂性的细研之间具有方法上的相似。此外，欧洲的现象学对米勒的影响也不容忽视。他曾于 20 世纪五六十年代在霍普金斯大学与现象学"日内瓦学派"的代表人物布莱（Georges Poulet）共事，在其影响下，自己也积极从事现象学批评。新批评和现象学的双重背景构成了米勒、德曼②、哈特曼（Geoffrey H. Hartman）等著名美国解构主义学者的一个显著特点。此外，米勒深受美国新教传统的影响，十分重视与文学相关的宗教和伦理问题，对神圣或超自然的东西持怀疑态度，对"地地道道的他者"十分感兴趣。③ 米勒将自己对文学作品中不规则语言现象的着迷描述为"植根于本土的永恒不变的心态"。④ 这种心态自然有利于对解构主义的接受。

尽管米勒早已成为著名解构主义学者，但笔者在阅读他的论著时发现他在骨子里依然既是解构主义者，又是形式主义者（正因为如此，他才会"以伯克为参照，来阅读德里达和德曼的论著"）。2003 年笔者应邀为庆祝

---

① 引自米勒于 2001 年 1 月 9 日发给笔者的电子邮件。

② 尽管生长在比利时并富有欧洲哲学素养，保罗·德曼毕竟是在新批评盛行时，在美国的哈佛大学读的博士。此间，他曾在鲁本·布劳尔（Reuben Brower）为本科生讲授新批评的课上当过助教。他步入美国学界时，尚值新批评的高峰期。他在《对理论的抵制》（1986）一书的"回归语文学"一节里，也强调了细读的重要性。但由于德曼的欧洲背景，即便是在新批评盛行时，他对偏重技术细节、缺乏哲学气氛的这一学派仍然持一种怀疑态度。

③ J. Hillis Miller, *Others*, Princeton: Princeton University Press, 2001.

④ J. Hillis Miller, *Ariadne's Thread: Story Lines*, New Haven: Yale University Press, 1992, p. xv.

米勒的75寿辰撰写一篇论文,① 在这篇论文中,笔者揭示了米勒的《解读叙事》一书的实际内涵:尽管其总体理论框架是解构主义的,但在批评实践中却是解构主义与形式主义(结构主义)的混合体。米勒对这一揭示表示完全赞同。② 究其根源,米勒思想深处的形式主义立场不仅跟其新批评的背景相关,而且跟他的个人特质也不无关联。米勒理性思维很强——上大学时本来要学数学,后来选择了物理,大学三年级才改学文学,至今仍对自然科学保持着浓厚的兴趣。这样的个人特质和新批评的牢固背景导致了他在《解读叙事》中不时体现出与叙事学"貌离神合"的立场。

米勒在《解读叙事》一书中,对以热奈特为代表的叙事学评价道:

> 在《辞格之三》的《叙述话语》一文中,热拉尔·热奈特对于小说中的时序、速度、时间结构、叙述时态、语态等方面的复杂性进行了在我看来最为全面和敏锐的描述……热奈特是我曾称为"精明而谨慎的"批评家中最杰出的一位。他最为精明之处就是将自己描述的才能用于理清叙事中的复杂问题。叙事学家们一直锲而不舍地从事着同样的工作,热奈特可以说是这一群体的代表人物。热奈特具有令人钦佩的创造性,他为复杂的叙事形式找寻或发明了一系列术语:预叙、转喻、倒叙、省叙、故事、元故事,如此等等。这些术语的不规范使它们难以得到普及推广,因此变成了一个僵化的系统。热奈特苦心创造了它们,而它们累赘的复杂性对此也许是隐含的反讽。另一方面,通过标明人们通常忽略的一些叙事特征,这些术语使人们意识到,一个貌似简单的小说或短篇故事实际上极为错综复杂。热奈特的研究带有叙事学的一个通病,即它暗示对于叙事特征的详尽描述可以解开叙事线条的复杂症结,并可以在灿烂的逻辑阳光之下,将组成该线条的所有线股都条理分明地展示出来。"叙事学"一词意为有关叙事的学问或科学。本书旨在表明这种科学是不可能的,因此本书不妨称为一本反叙事学的著作。③

---

① Dan Shen, "Broadening the Horizon: On J. Hillis Miller's Ananarratology"。这篇论文2003年4月在米勒执教的University of California, Irvine的祝寿性学术会议上宣读,收入Barbara Cohen和Dragan Kujundzic主编的文集 *Provocations to Reading*, 由Fordham University Press于2005年出版。

② 米勒对笔者这篇论文的总体评价是:"It is a wonderful paper, and admirably generous and perceptive in what you say about my own work and about the possibility of balancing both narratology and ananarratology."(引自米勒2003年4月27日发给笔者的电子邮件。)

③ J. Hillis Miller, *Reading Narrative*, pp. 48—49.

从这一引文可以看出，身为解构主义大家的米勒对叙事学并非一概否定。以热奈特为代表的叙事学家对小说中复杂的结构技巧进行了详尽描述，揭示出人们通常忽略的不少叙事特征。米勒对此予以了肯定，但同时指出，不可能建立有关叙事的科学。米勒的研究有一个基本特点，即针对或采用叙事学的概念来进行从解构立场出发的分析。叙事学家创造、区分种种概念，是为了描述文中的结构技巧，揭示出其蕴涵的意义。米勒针对或采用同样的概念来解读文本，则是为了说明意义的复杂性和不确定性，甚或该结构的不可存在性。可有趣的是，尽管米勒的出发点是反逻各斯中心主义的，但他的解构主义"宏观"（即超出文本疆界）的实证分析与叙事学的"微观"（即囿于文本疆界）的实证分析在批评实践中却常常构成一种互补关系。这在他对故事的开头和结尾的探讨中，表现得相当突出。

值得注意的是，叙事学可分为三类，其一仅关注所述故事本身的结构，着力探讨事件的功能、结构规律、发展逻辑等等。第二类以热奈特为典型代表，聚焦于"叙述话语"层次上表达事件的各种手法。第三类则认为故事层次和话语层次均很重要，因此在研究中兼顾两者。这一类被普林斯称为"总体的"或"融合的"叙事学。① 在与叙事学展开对话之前，米勒像很多其他解构主义学者那样，聚焦于语言修辞的复杂性，即话语层次上文字符号的特性。在与叙事学展开对话时，米勒将注意力拓展到了叙事结构和技巧这一范畴，但仍然聚焦于话语层，因此他的主要对话对象是热奈特的《叙述话语》。然而，米勒并没有忽略故事事件的结构。尽管他没有与第一类叙事学家直接展开对话，但他却以"线条意象"为框架，紧扣故事的开头、中段和结尾，对源于亚里士多德的一些结构主义（形式主义）的叙事概念进行了解构。

第二节 解构亚里士多德的《诗学》

亚里士多德强调情节的首要性、人物的功能性和结构的完整性，因此堪称上述第一类叙事学家的鼻祖。② 米勒在《解读叙事》一书中，着重解

---

① Gerald Prince, "Narratology," in *The John Hopkins Guide to Literary Thoery and Criticism*, (eds.) Michael Groden and Martin Kreiswirth, Baltimore: The Johns Hopkins University Press, 1994, pp. 524—527; 申丹《叙述学与小说文体学研究》，北京大学出版社 2004 年第 3 版，第 4—5 页。

② 申丹《叙述学与小说文体学研究》第 2 章和第 3 章。

构了亚里士多德在《诗学》① 中提出的两个核心观点：一为情节的首要性；二为情节的完整性。

一、解构"情节的首要性"

亚里士多德认为"情节是悲剧的第一要素，可谓悲剧之魂"。② 这是因为悲剧是对行动的模仿。在亚里士多德看来，没有行动则不成其为悲剧，但没有性格仍不失为悲剧。米勒写道："为何行动是'悲剧的 end'呢（'end'意为'telos'，即整部剧的目的所在）？其原因就在于行动产生'发现'和'命运的突变'。它们导致怜悯和恐惧的净化，而这正是悲剧存在的理由，整部剧旨在造成这种情感的净化。"③

亚里士多德在《诗学》中将《俄狄浦斯王》作为悲剧的范例，不断予以提及。米勒认为《俄狄浦斯王》绝对无法证实亚里士多德的观点，因为"这出剧没有通常意义上的情节"，它"所'模仿'的'行动'几乎只是人们站在那儿交谈或者吟唱。剧中发生的一切，全都是通过语言，通过（往往是问答形式的）对话来展示的……如果剧中行动基本上只是对话，这就有违情节要比措辞重要的原则。剧中行动是通过语言来'实施'的。情节就是语言。"④ 其实，亚里士多德所说的"情节"就是米勒所说的"剧中所发生的一切"或者"关键性的具体事件"：俄狄浦斯的被弃、获救、弑父、娶母、自残等等。这是一个悲剧性很强的情节，包含俄狄浦斯"发现"自己弑父娶母，从而导致他的"命运的突变"。该情节给观众带来怜悯、恐惧和这些情感的净化。我们知道，与小说形成对照，戏剧中没有作为中介的叙述者。除非人物在台上直接表演，否则观众只能通过人物的对话来了解"行动"。可以说，《俄狄浦斯王》中人物对话的主要作用就是充当揭示行动的"叙述话语"。⑤ 从表面上看，台上人物的基本活动是对话，但真正重要的却是通过对话揭示出来的情节或行动。情节实际上是首位的，人物对话主要起的是叙述这一情节的辅助作用。应该说，《俄狄浦斯王》这一悲剧符合亚里士多德对情节之首要性的强调。

---

① Butcher, *Aristotle's Theory of Poetry and Fine Art*, p. 97.
② Ibid., p. 27.
③ Miller, *Reading Narrative*, p. 8.
④ Ibid., pp. 9—10.
⑤ 正是因为戏剧中不存在作为中介的叙述者，只能通过人物的对话来了解观众看不到的事件，因此叙事学家会关注人物对话在描述事件方面的可靠性。而在小说中，叙事学家仅关注叙述者的话语是否可靠，不关注人物话语的可靠性。

二、解构叙事线条的开头

亚里士多德在《诗学》中对情节的完整性作了如下说明：

> 根据我们的定义，悲剧是对一个完整而有一定长度的行动的模仿（mimesis），有的东西虽然完整，但可能缺乏长度。所谓完整，即有开头、中部、结尾。开头是指该事与其他事情没有必然的因承关系，但会自然引起其他事情的发生。结尾恰恰相反，是指该事在必然律或常规的作用下，自然承接某事但却无他事相继。中部则既承接前事又有后事相继。因此，结构完美的情节不能随意开始和结束，而应符合上述规则。①

亚里士多德的这一观点在叙事理论领域产生了深远的影响。一般认为传统情节"具有统一性，始于一个稳定的开头，经过复杂症结，到达结尾处的另一个平衡点"。② 经典叙事学研究十分关注传统情节，譬如普洛普基于俄罗斯民间故事的"31种功能模式"就始于"一个家庭成员离开家门"，终于"主人公成婚并登基"。③ 诚然，很多现代和后现代作品以各种方式有意打破了情节的完整性，但批评家一般只是将之视为对传统情节的偏离。也就是说，传统情节观构成探讨之必不可缺的基础。在话语层次上，很多叙事学家关注的是作者如何打破自然时序，但这种探讨也是建立在情节统一性之上的：只有当故事具有开头时，才会出现"从中间开始的叙述"。同样，只有当故事具有所谓"封闭式"结局时，才会出现"开放式"的结尾。在《叙述话语》中，热奈特在宏观（整个故事）和微观（一个故事片段）这两个不同范围探讨了叙述中的"时间倒错"。④ 而无论处于哪个层次，他的探讨都以事件从开头到结尾的发展为先决条件，因为其关注的正是叙述话语对这种正常时序的偏离。

---

① S. H. Butcher, *Aristotle's Theory of Poetry and Fine Art*, p. 31.
② Wallace Martin, *Recent Theories of Narrative*, Ithaca: Cornell University Press, 1986, p. 81.
③ Vladimir Propp, *Morphology of the Folktale*, pp. 39—50.
④ Genette, *Narrative Discourse*, pp. 36—39.

在《解读叙事》中，米勒以"线条意象"（line image）[①]为框架，分别解构了情节的开头和结尾。米勒认为开头涉及一个悖论：既然是开头，就必须有当时在场和事先存在的事件，由其构成故事生成的源泉，为故事的发展奠定基础。这一事先存在的基础本身需要先前的基础作为依托。倘若小说家采取"从中间开始叙述"这一传统的权宜之计，譬如突如其来地描写一个人物把另一个人物扔到了窗外，他迟早需要解释是谁扔的谁，为何这么做。而这种解释会导致一步步顺着叙事线条回溯，无穷无尽的回退。开头既需要作为叙事的一部分身处故事之内，又需要作为先于故事存在的生成基础而身处故事之外。当身处故事之内时，开头就不成其为生成基础或者源头，而是任意的开场；当身处故事之外时，开头就会与叙事线条相分离，而非真正构成叙事线条的一部分。在米勒看来，"任何叙事的开头都巧妙地遮盖了源头的缺失所造成的空白。这一空白一方面作为基础的缺失而处于文本的线条之外，另一方面又作为不完整的信息所组成的松散的线股而处于文本的线条之内。这些松散的线股将我们引向尚未叙述的过去。"[②]

米勒对于叙事线条不可能有开头的论证令人深受启发，但这一论证以不考虑文本的疆界为前提。倘若人物甲将人物乙扔到了窗外，这件事必有一个原因，譬如人物甲的精神失常，或人物乙做了让人物甲难以容忍之事。依据常规的看法，这一原因构成"人物甲将人物乙扔到了窗外"这一事件的开头。在此，我们不妨看看米勒在同一本书中的一段论述：

> 如果"行动"意为关键性的具体事件，那么《俄狄浦斯王》中真正的行动要么发生在该剧开场之前（襁褓中的俄狄浦斯被扔进喀泰戎山，俄氏的弑父，解开斯芬克斯之谜，与母亲发生关系等），要么就

[①] 70年代中期，米勒在写一篇评介华莱士·史蒂文斯的《岩石》的论文时，对叙事作品和评论中不断涌现的线条意象产生了强烈兴趣。这一兴趣注入了米勒的《小说与重复》（1982）一书，并直接导致了另外四本著作的诞生：《阿里阿德涅之线：故事线条》（1992）、《插图》（1992）、《地形学》（1994）和《解读叙事》（1998）。线条的意象贯穿这些著作之始终。在米勒眼里，叙事线条犹如阿里阿德涅之线。阿里阿德涅是古希腊神话中克里特王的女儿，她给了心上人忒修斯一团线，使他得以根据线的指引，逃出迷宫。从米勒的《阿里阿德涅之线：故事线条》一书的标题来看，线条意象似乎特指批评家所追寻的故事的发展线索，但在米勒的论著中，该意象也指涉批评家的阐释路线。无论指称何者，"线条的主题、意象、概念或形式结构其实并不是走出迷宫的'线索'，而是自身构成迷宫。沿着线条的主题向前走，并非要简化有关叙事形式的缠结不清的问题，而是要从某一特定的切入点来追溯整团乱麻的复杂走向。"（Miller, *Ariadne's Thread: Story Lines*, p. 4.）

[②] Miller, *Reading Narrative*, pp. 58—59.

是在"发现"之后发生在舞台之外（伊俄卡斯忒的自杀，俄狄浦斯的自我致盲）。该剧开场时，真正的行动早已发生。该剧假定观众已经知道开场前的那个开头。当然，观众对剧之结尾也已心中有数。①

米勒在解构"开头"的同时，又在谈论"开场前的那个开头"，似乎自相矛盾。但倘若我们从微观和宏观这两个不同的角度来考虑问题，对此也就不难理解。从微观的角度来看，一部剧或一个文本（的封面）构成了一种疆界。若以《俄狄浦斯王》这部剧为单位来考虑，特尔斐神谕和襁褓中的俄狄浦斯被扔进喀泰戎山就构成俄狄浦斯弑父娶母这一事件的开头（诚然，该剧是"从中间开始叙述"的，采用了回溯的叙事手法，主要通过人物的对话来追溯事件）。但倘若打破文本的疆界，转为从宏观的角度来考虑问题，那么"襁褓中的俄狄浦斯被扔进喀泰戎山"就不成其为开头，因为可以永无止境地顺着叙事线条回溯"尚未叙述的过去"，譬如俄狄浦斯父母的恋爱、结婚——其父母的成长——其（外）祖父母的恋爱、结婚——如此等等，永无止境。也许有人会说，这些事件过于久远，与俄狄浦斯的弑父娶母无直接因果关系。但假设索福克勒斯是从俄狄浦斯祖父母的恋爱、结婚写起的，那么这些"尚未叙述的过去"就会成为《俄狄浦斯王》的一部分，因果关系也就会在一定程度上直接化。由此看来，常规概念上作品的开头是在叙事惯例的基础上，作者的创作与文本的疆界共同作用的产物。在一个文本（或口头故事）的范畴之内，形成了各种约定俗成的开头，譬如英文民间故事的惯用开头语"Once upon a time"或中文里的"从前"就是一种规约性的开头。倘若小说家不采用规约性的开头，不描述事件的起因，突如其来地描述一个人物把另一个人物扔到了窗外，那么我们就可以说这是"从中间开始叙述"。当然，小说家也完全可以从（以故事的疆界为基础界定的）"开头"开始叙述。

米勒的解构主义阐释为我们提供了一种打破文本疆界和惯例束缚的新视角。但与米勒不同，我们认为这一解构主义的视角与结构主义的视角并非一个站得住，一个站不住，而是两个都站得住，因为两者属于两个不同的观察范围：一为宏观，一为微观；两者之间互为补充，前者无法取代后者。米勒自己对"从中间开始叙述"和《俄狄浦斯王》之"开头"的论及，从一个侧面说明了结构主义视角的合理性和必要性。但这种"合理性和必要性"仅存在于一个文本、一个故事的疆域之内。米勒的论述促使我

---

① Miller, *Reading Narrative*, p. 10.

们认识到，一根所谓完整的叙事线条并非自然天成，而是以一个文本或一个故事的疆界为基础。若考虑范围超出某一既定文本或故事，这种完整性就不复存在。值得注意的是，米勒对叙事线条之开头的解构已超出了互文性的范畴。他是根据人类历史的发展规律对小说中的虚构世界进行推断，因为"小说与辩证法一样，有赖于历代循环、父子关系、母子或者母女关系"。① 在这种摆脱了任何文本束缚的广阔时空里，叙事线条可以无穷无尽地往回延展，永远不会有一个确定的开头。

三、解构叙事线条的结尾

米勒认为不存在叙事线条的结尾，至多只存在结尾的感觉。他从描述叙事结尾最为常用的术语入手，来解剖结尾的困境。亚里士多德在《诗学》中将一部悲剧分为两个部分——"复杂症结"和"解开症结"：

> 所谓"复杂症结"始于行动开始之际，一直延续到人物的境遇变得幸运或不幸的转折点。"解开症结"则是从这一转折点开始，一直到结尾。照这样看，在瑟俄得克忒斯所著《仑丘斯》一剧中，复杂症结由作为该剧前提的一系列事件组成，即先是捉住了小孩，然后又……［解开症结］则始于对谋杀的控告，一直到剧终。②

米勒对此评论道：在这样的叙事作品中，"正文一开始就是从打结到解结的'转折点'，复杂症结只是作为前提存在于行动开始之前"。也就是说，"整部剧都是结尾，因此开头之时就是结尾之际"。"在这一模式中，很难显示或者辨认由缠结到解结的转折，因为这两个过程相互交织……遍布于全剧之始终，观众所关注的任何一点都是既打结又解结的转折点"。③ 我们认为，米勒的评论混淆了"话语"与"行动"这两个不同的层次。这部剧从"复杂症结"到"解开症结"的转折点开始叙述，采用倒叙的手法（即主要通过剧中人物的对话来回溯），逐渐揭示出"复杂症结"的发展过程。可以说，该剧叙述"话语"的开头之时，就是"行动"的结尾之际。行动本身的开头仍然是"先是捉住了小孩……"。也就是说，该剧的行动仍然是从"复杂症结"发展到"解开症结"。我们不妨将米勒对该剧的描

---

① Miller, *Reading Narrative*, p. 60.
② 转引自 Miller, *Reading Narrative*, p. 52；翻译时参考了陈中梅翻译的《诗学》（商务印书馆"汉译世界学术名著丛书"2002年版）第131页。
③ Miller, *Reading Narrative*, pp. 52—53.

述"复杂症结只是作为前提存在于行动开始之前"改为"复杂症结作为将要被倒叙的那一部分行动,存在于叙述话语开始之前"。① 若区分"叙述话语"与"行动"这两个层次,则不难判断何为缠结,何为解结。倘若该剧在叙述"对谋杀的控告"及其之后的事情,那么就是在叙述"解开症结"的过程;倘若该剧在(通过人物对话等)倒叙"捉住了小孩"一直到"对谋杀的控告"这一过程,则是在叙述"复杂症结"的发展过程。

米勒指出,有的人将结尾视为将故事松散的线条收拢,打成一个恰当的结;有的人则将结尾视为解结,即水落石出的收场。米勒认为:

> 我们之所以很难断定一部叙事作品的结尾究竟是解结还是收拢打结,是因为无法判断该叙事究竟是否完整。倘若结尾被视为费尽心机打成的结,那么这个结又总能被叙述者或后续事件重新解开,重新解释。倘若结尾被视为对线条的梳理,那么梳理出来的就不会是一根松散的线条,而会是无数根并列的线条,但全都可以再次打结。如果一个故事的结尾是婚姻这种打结的形式,那么它同时也是繁衍子孙后代的另一个循环的开始。②

在我们看来,"打结"和"解结"这两个比喻并不矛盾。它们代表了看待故事结尾之功能的两个不同角度。至于是否有可能判断一个故事"究竟是否完整",我们不妨看看米勒的下面这段话:

> 故事一直朝着结尾发展,最后真相大白,回归原位。为何我们无法对这一时刻进行明白确切的描述呢?这一时刻重新确定人物之间的关系,并最终决定人物的命运。这一最终的打结/解结给人一种结尾的感觉,给全文带来一种回顾性的整体感。这样的结尾往往是有情人终成眷属或者死亡。③

可以说,倘若故事具有这样的结尾,那么也就具有一个完整的结束("最终的打结/解结")。但是,这一完整性仅仅存在于该叙事作品的范围之内(因此只是"给人一种结尾的感觉")。米勒指出,一部表面上看起来具有封闭式结尾的小说,仿佛总是能够重新开放。弗吉尼亚·吴尔夫在《远航》中,似乎已经写完了黛洛维一家的故事,但多年之后,她又重新

---

① 在小说中(无论是第一人称还是第三人称叙述),一般有一个作为中介的叙述者,但在戏剧中,却不存在这样的中介,观众主要是通过人物的对话来了解"行动"。也就是说,叙述者的叙述功能在很大程度上为人物的话语所替代。

②③ Miller, *Reading Narrative*, p. 54.

开始，写出了《黛洛维夫人》一书。在谈到《俄狄浦斯王》一剧的结尾时，米勒指出：

> 它并非真正的终结。不能说没有其他事情因果相接继其后。剧终时，俄狄浦斯尚不清楚克瑞翁将如何处置他，也不知道究竟是否会允许他流放。我们知道还有下一步，克瑞翁会设法巩固他的新王权。此外，观众都很清楚，这一天发生的事件仅为故事中的一个片段，下面还有俄狄浦斯到科罗诺斯之后的死亡和变形升天，还有他的儿子间的兄弟之战，战争导致了安提戈涅之死。可以说，《俄狄浦斯王》不是一个独立自足的整体，而是从一个大的行动中任意切割下来的一个片段。①

无论解构主义在抽象理论层次上如何反形而上学，在米勒这样的实证分析中，我们看到的却是依据生活经验和互文关系进行的传统性论证。毫无疑问，米勒的出发点是颠覆叙事规约，但就推理论证而言，其分析却依然处于传统框架之中。这种理论目的与实证分析的脱节不足为奇——正如下文将会阐明的，解构主义理论有时只能在抽象层次上运作，在实际分析中则可能难以施展。米勒举了大量的实例论证在一部小说中看上去已经收场了的故事，在一部后续作品里又被重新打开。其实，即便一部小说未被后续小说重新打开，我们也可以根据人类历史演变的规律，将其视为一个永无止境的发展过程中的一个环节。

米勒通过文本间的延续性对单一文本的结尾成功地进行了解构。但这并不意味着单一文本的结尾不存在，它在该文本的范围之内确实存在，而只是当我们走出该文本的范畴，进入互文性，甚或历史时空时，它才会"消失不见"。苏珊·S. 兰瑟在《虚构的权威》一书中，对于里柯博尼（Marie-Jeanne Riccoboni）所著《朱丽埃特·盖兹比夫人致友人亨丽埃特·凯普莱夫人》的结尾进行了这么一番评论："小说的最后一段恢复了朱丽埃特的叙事权威，但这是通过取代异性恋爱故事来完成的。婚姻不再成其为一个永久的结局，而是构成了另一个叙事的基础。里柯博尼仅仅写下了这一反常规的故事的开头……"② 这个可视为另一个故事之开头的结尾无疑是开放式的。然而，倘若这部小说以异性婚姻结束，没有再向前走一步，那么在这部作品的范围之内，也就有了一个封闭式的结尾。诚然，若超出

---

① Miller, *Reading Narrative*, p. 8.
② Susan Lanser, *Fictions of Authority: Women Writers and Narrative Voice*, p. 39.

作品的范畴,就不可能有封闭式的结尾,甚至无结尾可言。

承认文本的疆界就是承认叙事规约,打破文本的疆界就是颠覆叙事规约,两者在根本立场上完全对立,但由于两者涉及了观察范围的变化,因此又在实际分析中,构成了一种互补关系。米勒在解构开头和结尾的同时,又对《项狄传》作了这样的评价:"像《项狄传》这样的小说打破了戏剧性统一的规则。它缺乏亚里士多德那种有开头、中部和结尾的模仿上的统一性。"① 毋庸置疑,米勒在此采用的是以单一文本为单位的微观视角。有了这种视角,我们就可以比较在文本的疆界之内呈统一性的文本和《项狄传》这种打破戏剧性统一规则的文本。若一味强调不存在开头和结尾,不存在任何统一性,就难以对不同种类的文本进行比较和评论。

值得强调的是,叙事学的微观视角和解构主义的宏观视角互为补充。叙事学批评以小说边界为根据,着力于探讨一部小说是否从中间开始,或者探讨其结尾究竟是封闭式的还是开放式的,如此等等。解构主义批评则致力于超越或者打破文本的边界,将一部小说视为一个更大的发展过程的一个中间环节。这样一来,原有的开头和结尾也就不复存在。不难看出,两种批评方法均有其合理性和片面性。倘若我们将这两种视角结合起来,既考虑一部小说自身的边界,又考虑该小说与其他小说或(虚构)历史进程的关系,就能较为全面地观察问题。叙事学批评一般仅注重前者,而解构主义批评则仅关注后者,两者都有其片面性。有趣的是,由于米勒思想深处的双重性,他在分析实践中较好地避免了这种片面性:

> 伊丽莎白·盖斯凯尔的《克兰福德镇》看起来已经大功告成,彻底收场了,但十年之后,由于其续篇《克兰福德的鸟笼》的出台,它本身的完整性被悄然打破。②

在米勒这样的文字中,我们看到的是承认文本疆界的"结构主义微观"视角和打破文本疆界的"解构主义宏观"视角在"认识论层面"形成的和谐互补关系。从解构主义立场出发,根本看不到文本"本身的完整性"。但倘若一味不考虑文本的疆界,那么也就无法看到《克兰福德镇》这种"看起来已经大功告成,彻底收场了"的作品与《项狄传》这种看上去无收场可言的作品之间的差别。若以文本为疆界,《克兰福德镇》就具有"本身的完整性",若参照其续篇,这一完整性就不复存在(也就是说,

---

① Miller, *Reading Narrative*, p. 74.
② Ibid., p. 53.

这只是依赖于某种观察角度的"看上去"的完整性)。在米勒的《解读叙事》这本被贴上了"解构主义反叙事学"标签的著作中,这种"微观"与"宏观"的观察角度互为参照、互为补充。①

四、解构情节的逻辑性

在《诗学》中,亚里士多德不仅强调情节的完整性,而且也强调情节的逻辑性:"悲剧情节不能由不合逻辑的成分构成。应该尽量排除任何不合理的东西,至少得让其处于剧本的行动之外。"② 就后面这一点,他举的例子是:在《俄狄浦斯王》中,主人公对于拉伊俄斯是如何死的一无所知。米勒认为:"这种假设很荒唐,因为俄狄浦斯之妻伊俄卡斯忒或者王宫里的其他人不可能不告诉他伊俄卡斯忒的前夫是如何死的。俄狄浦斯可能早就根据已知情况开始进行推断。然而,整部剧都取决于俄狄浦斯的无知。"③ 在我们看来,有必要分清生活真实和艺术虚构之间的界限。不难看出,亚里士多德所说的逻辑性并非事件本身的逻辑性,而是艺术创造的逻辑性。为了加强悲剧效果,作者必须让俄狄浦斯蒙在鼓里,从而会一步步走向悲惨的深渊。应该说,俄狄浦斯这一虚构人物确实不知情,这是作者的有意安排。但在观看戏剧演出或阅读文学作品时,我们往往会把故事的逻辑性视为理所当然,忽略了其偏离生活的虚构性。米勒的解构具有振聋发聩的作用。

米勒认为,在《俄狄浦斯王》中出现的"绝对不是一连串天衣无缝、因果相接的事件,而是有一定的偶然性,断断续续发生的事情。过去的故事也许是必然发生的一连串事件(这也难下定论),现在的行动则只是一系列无甚关联的场景。它们全都发生在某一天,这本身就不合情理。尽管在其很好的综合作用下,俄狄浦斯终于发现了事情的真相。偏有那么巧,科林斯王国的信使在那一天到来,报告了俄狄浦斯视为生父的国王波吕玻斯的死讯。偏有那么巧,这位信使知道波吕玻斯不是俄狄浦斯的生父。也

---

① 有的读者只看作者和文本的标签,不看文本的实际内涵。其实,不少论著体现出来的都不是单一固定的立场,要较好地把握这些论著的内涵,我们必须打破某种标签或框架的束缚,保持头脑的清醒和视野的开放。只有这样,我们才能透过文本表面的总体理论框架,看到文中隐含的某一层次甚至多层次的双重性,乃至多重性。(参见申屠云峰:《对〈解读叙事〉的另一种解读——兼与申丹教授商榷》,《外国文学评论》2004年第1期和笔者的回答:《〈解读叙事〉的本质究竟是什么?——答申屠云峰的〈另一种解读〉》,《外国文学评论》2004年第2期)。)

② Butcher, *Aristotle's Theory of Poetry and Fine Art*, p. 97.

③ Miller, *Reading Narrative*, p. 5.

偏有那么巧，在福喀斯的三岔路口，拉伊俄斯国王和侍从全被杀死，仅有一人幸存，而这人就是当初救了俄狄浦斯，违命未将其扔进喀泰戎山的那位宫廷奴隶。这样一来，此人就可以证实俄狄浦斯为伊俄卡斯忒和拉伊俄斯之子，是他杀害了拉伊俄斯并娶了自己的母亲。诚然，这些都是愤怒的阿波罗神之安排，但这正是索福克勒斯之用意所在：天神之神秘叵测、不合情理。"① 正如米勒所言，《俄狄浦斯王》中"现在的行动"全都发生在某一天，这确实有违生活常情，但这完全符合古典戏剧的"三一律"所强调的时间上的统一性：不超过 24 小时。米勒揭示了《俄》剧中的多种巧合，这显然是索福克勒斯为了表达"天神之神秘叵测、不合情理"而进行的艺术安排（这是以民间传说为基础的创作，民间传说中的巧合也是一种虚构性艺术加工）。我们在阅读《俄狄浦斯王》时，极易将这些巧合视为自然天成。米勒之解构的价值就在于促使我们看到这些巧合是不自然的，是有违生活逻辑的。

第三节　叙事线条中部的非连贯性

米勒采用了各种几何线条来表达叙事线条中部的复杂性和非连贯性。② 首先他采用了与直线相对照的曲线来图示情节中的各种离题成分。米勒认为，叙事不是用尺子画出来的一根直线。倘若是那样的话，就不会引起读者的任何兴趣。叙事之趣味在于其插曲或者节外生枝，而这些插曲可以图示为各种曲线。米勒进而评论道：叙事线条的奇特之处在于无法区分相关的和不相关的事件，无法将离题成分与笔直狭窄的主线条区分开来。他举了安东尼·特罗洛普（Anthony Trollope）的例子。特罗洛普曾经断言："在小说中，不应该有插曲式的事件。"而米勒则认为："特罗洛普在讲故事时，虽然重点十分突出，但往往巧夺天工，采用多重情节。这样一来，无论从哪个单一情节的角度来看，小说中都充满'插曲式的事件'"。③ 在此，我们不妨再度从微观和宏观这两个不同的层次来看问题。若从整部小说这一宏观层次来观察，特罗洛普小说里的多重情节呈并列关系，它们携手合

---

　　① Miller, *Reading Narrative*, pp. 10—11.
　　② 米勒在《解读叙事》一书中，较为集中地采用了几何图形来说明自己的观点。米勒对自然科学十分感兴趣，论著中经常从计算机科学、物理学、生物学、医学、地质学、数学、天文学等各种学科中吸取相关成分，比喻性地说明自己的观点。
　　③ Miller, *Reading Narrative*, p. 62.

作，共同构成作品的结构框架。但倘若我们转为从单一情节的微观角度来考虑问题，以某一特定的情节为立足点和衡量标准，那么处于这一情节之外的任何其他情节都可以视为离题事件。其实，更为确切地说，米勒采用的是一种微观与宏观相结合的视角。通常人们在采用微观视角，仅考虑某一特定的情节时，只会考察该情节内部是否出现了因果关系松散的离题事件，而米勒在以某一特定的情节为立足点时，考虑的却不是该情节内部事件之间的关系，而是该情节与其他情节之间的宏观关系。这样就为我们提供了一种观察离题事件的新视角。可以说，这几种视角均有其自身的价值，它们互为补充，相互之间无法取代。

假如说用曲线来图示离题事件并非独创的话，那么米勒采用"椭圆——双曲线——抛物线"这组几何图形来表达中部的非连贯性则可谓别出心裁。这组线条图形中的图案越来越远离某一确定的中心。如果圆仅有一个中心的话，椭圆则有两个。米勒采用了椭圆来象征叙事作品中各种形式的双重，这可表现为两种或两种以上语言表达方式的并置：序言与叙述，章首引语与该章正文，引言（或插入的信件）与正文、脚注与正文，插图与正文；也可表现为在一种叙述中出现另一种异质的叙述；还可表现为在一段话语中，出自两个大脑的矛盾性语言之相互交叠，譬如，在自由间接引语中，一个意识叠加在另一个意识之上。"在所有这些情况下，读者都无法将语言归至一个单一的无所不包的一元化阐释。可能会有两种以上互为矛盾的阐释，每一种都被拉向它自己的视角具有的引力中心。"[1] 就脚注与正文的关系而言，米勒探讨了托马斯·哈代（Thomas Hardy）的《还乡》倒数第2章结尾处的一个脚注。该脚注不仅提醒人们注意故事的虚构性（而小说本身自始至终都保持了一种史实的幻觉），而且还破坏了小说幸福结局的基础。它嘲讽性地指控该结局与作者的本意相悖，不符合故事线条的自然发展方向。[2] 在此，我们仍然可以从微观和宏观这两个不同层次来看问题。在微观层次，这一打破逼真性幻觉的脚注与保持史实幻觉的正文各有一个中心，可视为一个椭圆中互为分离的两个中心。但若从宏观的角度来看，正文与脚注都受制于哈代的意识这一中心：正文根据哈代的意图制造出史实般的幻觉，脚注也是根据哈代的意图对正文进行嘲讽，破坏叙事线条的统一性。也就是说，在宏观层次上，仍然有一个作者

---

[1] Miller, *Reading Narrative*, pp. 174—175, p. 121.

[2] Ibid., pp. 114—116.

中心。然而,如果说作者自己所作的脚注在较大程度上受控于作者意识的话,作者引用的(出自其他意识的)章首引语、文中引言和插图①等等则经常会超出引用者的本意。结构主义批评家往往不关注语言现象如何超出或背离作者的本意,或倾向于将相关语言现象解读为作品统一结构的组成成分。与此相对照,解构主义批评家则一味注重超出作者意识控制的成分,也倾向于将作品中的任何成分都解读为超出作者意识的控制。其实,若彻底解构的话,根本不可能存在任何中心,椭圆的两个中心也会化为乌有。若能把解构主义批评与结构主义批评有机结合起来,避免其极端倾向,我们也许能更为客观地分析文本,能较好地区分文本中的语言现象是否受作者意识中心的控制,是否具有一个中心、两个中心、多中心,或者无中心。

接下来,米勒又采用了双曲线这一几何图形来象征叙事文本中更为不确定的语言现象。米勒认为,当巴赫金意义上的"对话"意指两种形式的语言,而其中一种为匿名中性的叙述力量(不知是谁也不知是从哪儿发话)时,对话椭圆的两个焦点之一就会化为乌有,椭圆就会成为双曲线,即反转过来的椭圆。它具有两个有限焦点,还有两个从相反方向趋于无穷远的焦点。譬如,在罗伯特·布朗宁的《手套》这一用诗体写成的短篇故事的题目后面出现了一个放在括号中的奇怪短语:"(彼得·罗萨德 loquitur.)"。该拉丁词语提醒读者,应将这首诗视为由罗萨德(Peter Ronsard)这位法国诗人此时此地用现在时说出来的。然而,除了诗中两个额外添加的拉丁短语,这首诗是用英文写成的,通篇不见一个法语词。那种语言隐而不见,似乎根本不存在。米勒认为,该词一定出自另一个想象中的声音或者面具,既不是布朗宁也不是罗萨德,而是另一个"戏剧性代言人"。在这里,"双曲线意指一个声音在模仿另一个声音时,所带有的反讽性超越。在通常对话中,一个意识对另一个意识(它者)的镜像式注视,在此变成了对某种不在场的注视"。② 接下来,在寓言中,双曲线又为抛物线(其曲线被抛至控制它的那根线的一边)所替代。米勒认为:在寓言中,对话这一比喻(即便其两个焦点之一成为双曲线的无限)会由不在场的或者讽喻性的意思所控制的一种声音或语言的比喻所替代。它处于无法接近之处,远离具有字面意义这一可视中心的语言叙述线条。我们认为,应当

---

① 米勒在 *Illustration* (Harvard University Press, 1992) 一书中,集中探讨了小说中的插图如何使故事进程复杂化。插图受制于另一种思维方法,它们使小说具有对话性,并产生内部分离。
② Miller, *Reading Narrative*, p. 174.

区分不同种类的寓言，有的寓意较为明确，有的则寓意含混晦涩，难以把握。用抛物线来图示后者是极为恰当的，对前者而言则不然。

米勒认为最不确定的语言现象为反讽。"反讽不仅悬置意义线条，而且悬置任何意义中心，甚至包括无穷远处的中心"。① 在米勒看来，反讽无法用任何几何图形来形容，在反讽的作用下，主体性和主体间性均不复存在。米勒探讨了《俄狄浦斯王》中的戏剧性反讽。俄狄浦斯在说一件事时，往往无意之中表达了另一种意义。譬如，在谈到拉伊俄斯时，俄狄浦斯说，"我从未见过他"，而观众知道俄狄浦斯不仅见过拉伊俄斯，而且为他所生，还自己亲手杀了他。俄狄浦斯说自己会积极捉拿杀害拉伊俄斯的凶手，"就像[我是在]为自己的父亲[复仇]"。在说这句话时，他不知道拉伊俄斯就是自己的生父，自己就是凶手。米勒指出：

> 该剧最为恐怖之处在于俄狄浦斯的言辞从他那儿被夺走。他本想表达某件事，但说出来的话却与其本意大相径庭。他的言辞不受他的主观愿望的控制。其"心灵"层的逻各斯无法控制其"词语"或"意思"层的逻各斯。他的言辞所获得的意思有违他的理性心灵的本意。就俄狄浦斯而言，逻各斯的这两种意义——作为心灵的逻各斯和作为词语之意的逻各斯——无可挽回地互为分离。俄狄浦斯所说的话被飘送至超凡的多重逻各斯的控制之中，从而表达出他自己尚未察觉的真理。②

就俄狄浦斯本人而言，情况的确如此。但俄狄浦斯是索福克勒斯所创造的人物，这种戏剧性反讽无疑出自索福克勒斯的本意。它虽然超出了俄狄浦斯之心灵的控制，但仍处于剧作者的控制之中。索福克勒斯显然是在通过这样的戏剧性反讽来强化该剧的悲剧效果。我们有必要区分不同种类的反讽，有的反讽受制于作者的意图，有的反讽则超出或违背作者的本意。值得说明的是，结构主义和解构主义均为以文本为中心的批评派别，我们在此探讨的是文本的特性，而不是读者的阐释。若考虑身处不同的社会历史语境、具有不同阐释框架的读者，情况自然远比这复杂和难以确定。我们认为，米勒的断言"反讽不属于任何单一或者双重的声音，反讽性语言机械地运作，不受任何中心的控制"仅适用于描述超出或违背作者本意的反讽。这种反讽会在作品的宏观层次悬置、扰乱和分解叙事线条。

---

① Miller, *Reading Narrative*, p. 175.
② Ibid., pp. 23—24.

解构主义批评十分关注这种为结构主义批评所忽略的反讽，这是很有裨益的。但解构主义批评倾向于将所有的反讽均视为"不受任何中心的控制"，则有走极端之嫌。

第四节 （自由）间接引语与反讽

叙事学家十分关注小说中叙述者对人物话语的自由间接式转述，米勒在《解读叙事》一书中也辟专章对这种"小说中叙述故事的主要技巧"进行了探讨。该章标题为"间接引语与反讽"。笔者发现米勒所谈的"间接引语"（indirect discourses）实际上主要指涉叙事学界所说的自由间接引语（free indirect discourse）。① 在发给笔者的电子邮件中，米勒坦言自己未注意区分这两种引语形式，但他采用了复数形式"indirect discourses"以示间接引语并非只有一种。叙事学家在探讨这一范畴时，也关注所采用的引语形式与反讽的关系，但叙事学所关注的"反讽"与米勒所关注的"反讽"相去甚远。前者指的是叙述者对人物所持的反讽态度或叙述时流露出来的反讽语气，自由间接引语往往具有加强这种语气的效果。与此相对照，米勒所说的"反讽"是文本秩序的颠覆者，是"在故事中部扰乱秩序、令人烦恼的一种非常重要的因素"。② 为了说明自己的观点，米勒选择了三个小说片段作为实例，分别出自安东尼·特罗洛普的《养老院院长》、伊丽莎白·盖斯凯尔（Elizabeth Gaskell）的《克兰福德镇》和查尔斯·狄更斯（Charles Dickens）《匹克威克外传》的开篇。在分析这些片段时，米勒提出了一系列问题：是谁在说话，在什么地方发话，跟谁说？读者看到的是谁的语言或者特有风格——是人物的，还是叙述者的，或许是两者的混合体？就一个特定的句子而言，读者如何确定人物的语言与叙述者的语言在何处交接？这些问题也是叙事学家在探讨自由间接引语时经常提出的问题。但两者对待这些问题的立场却大相径庭。叙事学家认为，除了一些复杂含混的实例，一般可以解答这些问题，并会在做出解答的基础上，进一步探讨那些引语形式所产生的特定效果和在表达主题意义方面所起的作用。米勒的解构分析则在很大程度上意在揭示这些问题"为何无法回答"。③

---

① 参见申丹《叙述学与小说文体学研究》，第 288—316 页。
② 同上书，第 158 页。
③ Miller, *Reading Narrative*, p. 165.

米勒写道:"尽管情况颇为错综复杂,但读这三个片段时,读者可以毫不费力地理解叙述者与人物之间的转换。人称代词、动词单复数和时态变化以及引号均可助读者一臂之力。"① 但他认为这种一目了然仅限于表面,若深入考察,则会发现情况并非如此。在探讨取自《克兰福德镇》的那一片段时,米勒详细分析了该片段中叙述者与不同人物的声音(主体意识)之间的频繁转换,得出结论说:

> ……这一片段从"我们"到"她"到"我们"到"我"再到另一个"她",时宽时窄地不断变换聚焦范围。叙事线条弯曲,伸展,颤抖,直至模糊不清,自我分裂为两部、三部、多部,但依然为一个整体,重新回归一个明确或者单声的一元。在段落之间经历了几乎难以察觉的短暂停顿之后,又重新开始,再度分裂。这样循环往复,贯穿整部小说。
>
> 究竟什么是连贯意识(即用单一的个人特有语言风格表达出来的永恒在场的自我)的原线条?这根线条是所有双重和再度双重的"源泉",当线条的颤动逐渐平息或者被抑制之后,线条就会安全地回归这一源泉。是作者吗?是叙述者吗?是作者对年轻时的自我和语言的回忆吗?是一个又一个的人物吗?是"社区意识",即那个集体的"我们"吗?伊丽莎白·盖斯凯尔、文本或读者对于这些想象出来的各类人物究竟持什么态度?是审视,同情,理解,或是发出屈尊的笑声?对于这些问题,无法给出有根有据的回答。间接引语内在的反讽悬置或者分裂叙事线条,根本无法将其简化为一个单一的轨道。②

《克兰福德镇》的特点是单纯叙述与(自由)间接引语交替进行,叙述者与不同人物的声音或主体意识频繁转换。叙事学家会把这一片段从"我们"到"她"到"我们"到"我"再到另一个"她"这种聚焦范围的变化视为结构上的变化,而米勒却将之视为叙事线条的"自我分裂"。若仔细考察上面所引的米勒话语的两个不同段落,则会发现第一段实质上属于结构主义的结论,第二段的末尾则属于解构主义的结论。我们不妨按照结构主义的术语,将第一段改写如下:

> 这一片段从"我们"到"她"到"我们"到"我"再到另一个

---

① Miller, *Reading Narrative*, p. 163.

② Ibid., pp. 165—166.

"她",时宽时窄地不断变换聚焦范围。叙述者的声音中出现了不同人物的声音,形成两个、三个,甚至多个声音的和弦,但依然为一个整体,重新回归一个明确或者单声的一元(叙述者单一的声音)。在段落之间经历了几乎难以察觉的短暂停顿之后,叙述者又采用自由间接引语重新开始转述人物的声音,再度造成两种或两种以上声音的共存。这样循环往复,贯穿整部小说。

这是典型的结构主义叙事学的分析。它与米勒的分析仅有措辞上的不同,而无本质上的差异。与此相对照,米勒话语的第二个段落则向解构的方向迈出了一大步。这一段落聚焦于究竟是什么构成"连贯意识的原线条"?实际上米勒话语的第一个段落已经回答了这一问题。该段提到了"几乎难以察觉的短暂停顿",这是叙述者用自己单一的声音进行叙述的地方。由于没有转述其他人物的声音,因此没有出现二声部或多声部。用米勒的术语来说,叙事线条暂时停止分裂,处于一种"单声的一元"状态,这显然就是米勒所说的"连贯意识",即"用单一的个人特有语言风格表达出来的永恒在场的自我"。然而,《克兰福德镇》中叙述者的自称有其复杂性,米勒在分析中也谈到了这一点。这位叙述者有时采用"我"来指涉现在的自我,有时又用"我"来指涉过去正在经历往事的自我,有时又用"我们"来指涉自己和镇上人的集体意识。但无论这一自称多么复杂,"单声的一元"总是来自于叙述者现在的自我,这一自我构成"连贯意识的原线条"。就"连贯意识的原线条"而言,可以说米勒的两段话自相矛盾:第一段承认其存在,第二段又予以否认。米勒最后的结论是"间接引语内在的反讽悬置或者分裂叙事线条,根本无法将其简化为一个单一的轨道"。这一结论显然是针对结构主义叙事学的。然而,结构主义叙事学关注的也是自由间接引语中两种或两种以上声音的并置,没有任何人做出过"简化为一个单一的轨道"(即"简化为单声")的努力。不难看出,米勒第一段的结构性结论向第二段的解构性结论的转向以两点为根基,一是虚设一个"简化为一个单一的轨道"的靶子,二是将视野从文本之内转到文本之外,追问真实作者或读者对虚构人物究竟持什么态度。对于这一问题自然难以给出确切的回答。

对于给出的第二个实例,米勒评论道:"出自《养老院院长》的那段文字作用的方式有所不同。在《克兰福德镇》中,众多的心灵与众多的个人言语风格相对应。但在《养老院院长》的那一片段里,却只有两种语言,一为叙述者的,另一为哈丁先生的。甚或仅有一种语言,即叙述者的，因为他告诉读者，养老院院长也许根本没有进行思考。或许叙述者是在用语言表达哈丁的无言白日梦。"① 我们不妨看看这一片段：

> 与此同时，养老院院长独自坐在那里，斜靠在椅子扶手上。他给自己倒了一杯酒，不过这仅仅是出于习惯，因为他一口也没有喝。他坐在那里，两眼瞪着敞开的窗户，心里想着——倘若可以说他有想法的话——往日的幸福生活。逝去的欢乐时光一幕幕在他脑海中浮现。当初他享受着这一切，但并不在意：他那安逸的日子，他那轻松自在的工作，他那树木成荫的舒适住宅……还有那位最好的朋友，那位从不背弃他的盟友，那位能说会道的伴侣，只要他提出要求，就会演说出如此美妙的音乐，他的那把大提琴——啊！那时他是多么幸福啊！但现在一切欢乐都过去了。舒心的闲暇日子成了他的罪过，给他带来了苦难……

为了节省篇幅，笔者略去了一些内容，但不难看出，在这一片段里，有时难以分清叙述者的声音和人物的声音。叙述者插入的评论"倘若可以说他有想法的话"使读者难以确定人物究竟是否在用语言进行思考。叙事学家在分析这样的片段时，会十分关注叙述者的语言与人物的语言之间的含混不清。米勒写道："读者很难区分这根语言线条的两个源头：一为生产语言的叙述者，另一为生产语言的人物。两者之间呈一种省略和镜像关系，但极为模棱两可。总是缺少某种东西，使你无法做出明确的区分，无法断言：'这是叙述者的语言；那是养老院院长的'。"② 从表面上看，米勒的反叙事学与叙事学殊途同归，均关注叙述者的语言与人物的语言之间界限的模糊难辨，但实际上米勒的关注对象远远超出了通常意义上的难以区分。米勒接着写道：

> 在那一时刻，[养老院院长] 哈丁仅有叙述者赋予他的语言，但叙述者又仅能说出或者写出对哈丁的语言进行反讽性模仿的语言。每一种语言之源都是另一种的镜像，但无法辨别究竟哪一种为影子，哪一种为实体，哪种是真实的，哪种是影像和模仿。叙述者的语言并非稳固的基础。它是一种佚名、中性和集体性质的力量，通过 [自由] 间接引语的方式来反讽性地模仿人物的语言。然而，至少在那一片段

---

① Miller, *Reading Narrative*, p. 166.

② Ibid., p. 167.

中，人物没有自己的语言，大脑中没有形成文字表达，其语言是叙述者所赋予的。叙述者挥舞施为性语言的魔杖，说："让塞普蒂默斯·哈丁牧师大人诞生吧，赋予他没有语言的大脑以语言吧。"通过这样魔术般的言语行为，将人物的那种语言思维状态摆到了读者眼前。叙述者的生存有赖于人物，人物的生存又有赖于叙述者，这种互为依赖的关系处于永恒的震荡之中，既体现出我所说的"对话性"（dialogology——这是我故意采用的一个自我双重的词语），也体现出反讽对于对话表层稳定性的颠覆。

米勒认为叙述者的语言与人物的语言互为依存，但实际上，两者的存在并不依赖于对方，而是依赖于作者。若仔细考察故事中的这一片段，则会发现开始时叙述者采用的是概述的手法，总结性地描述人物的心理活动："逝去的欢乐时光一幕幕在他脑海中浮现……他那安逸的日子，他那轻松自在的工作"，如此等等。往事历历在目，但尚未形成清晰的语言表达。然而，正如米勒所言，"不管怎么说，往下读这一段，语言越来越像哈丁的，或者像是哈丁的意识转换而成、且他在小说的其他部分经常使用的那种语言：'——啊，那时他是多么幸福啊！但现在一切欢乐都过去了……'，其原版为'——啊，那时我是多么幸福啊！但现在一切欢乐都过去了。'"① 这显然是叙述者在采用自由间接引语的方式对人物的语言进行转述。无论是概述人物尚未形成语言的心理活动还是转述人物自己的语言，叙述者的语言都是作者而非人物赋予的。米勒断言叙述者"仅能说出或者写出对哈丁的语言进行反讽性模仿的语言"，那么又如何解释叙述者独立于人物话语的描述和评论呢（"与此同时，养老院院长独自坐在那里……""倘若可以说他有想法的话"）？其实，只有将叙述者和人物视为（由作者创作出来的）独立存在，才能看到话语来源的含混不清。譬如，"当初他享受着这一切，但并不在意"就既像是叙述者的评论，又像是人物自己的反思。

在此，我们必须分清生活真实与艺术虚构之间的界限。叙述者与人物都是作者的创造物。倘若叙述者开始时断然宣称人物没有思考，然后又描述人物的思维活动，那也只不过是作者违反创作规约，背离现实主义原则，在玩一种写作游戏。米勒说："在那一时刻，哈丁仅有叙述者赋予他的语言"，我们不妨将之改写为"在那一时刻，正如在文本的其他地方，

---

① Miller, *Reading Narrative*, pp. 166—167.

叙述者和人物都仅有作者在创作时赋予他们的语言"。其实，在这一片段中，作者仍然注意遵从现实主义的手法，从人物尚未形成语言的回忆慢慢过渡到自由间接引语，中间有可能穿插了叙述者对人物的简短评论。米勒的断言"叙述者的生存有赖于人物，人物的生存又有赖于叙述者"显然是站不住脚的，但米勒的论述确实能引导我们充分注意叙述者与人物的相互作用，注重这一片段的"对话性"。

米勒的总体看法是："就上面所引的那些片段而言，可用'反讽'一词来描述其意思的摇摆不定。这些片段全都由于某种形式的激烈反讽而震荡不安。既然反讽是无穷无尽的翻滚或者反馈，这种不安定意味着：倘若阐释者认真对待解读任务的话，他或她就永远无法超越自己视为起点的那一片段。更确切地说，阐释者的任务被反讽没完没了地悬置，根本无法平息该片段的内部运动，因此该片段也就无法成为一个更为完整的阐释旅程的坚实起点。"① 米勒所说的"内部运动"指的是叙述者与人物的声音（主体意识）之间的转换。叙事学家面对这种转换，并不会力图消除差异，"平息该片段的内部运动"，而是会致力于揭示不同声音（主体意识）之间的转换或共存。通常，这一阐释任务并不难完成，米勒对于《克兰福德镇》那一片段的分析就是明证。但正如取自《养老院院长》的那一片段所示，在有的情况下，会出现声音来源的含混不清，给阐释带来困难。倘若将视线从文本的内部运动转向文本外的真实作者和真实读者，不确定性就会进一步增强。在我们看来，不应一味强调结构的稳定性，同时也不应一味强调阐释会被"反讽没完没了地悬置"。而应具体情况具体分析，分别对待结构特征的不同清晰度和阐释基础的不同坚实性。

第五节　与叙事学家里蒙-凯南的对话

著名叙事学家里蒙-凯南在芝加哥大学出版社 1977 年出版的《歧义这一概念：以詹姆斯为例》一书中，提出应更加明确地界定"歧义"（ambiguity），将之与"多种意思""复杂性""反讽""开放性""不可确定性"等区分开来。里蒙-凯南认为，"歧义"指的是相互排斥的阐释之"共存"。这并非全部而只是部分文学文本具有的特征（譬如现代派作家的作品）。由于存在两种站得住脚但又互不相容的阐释可能性，"歧

---

① Miller, *Reading Narrative*, p. 163.

义"使读者难以做出抉择,无法为文本确定一个单一的意思。里蒙-凯南认为,尽管如此,"歧义"仍然是一个相对封闭的现象:这是一个逻辑矛盾("甲"和"非甲")的相互对立的成员之间的摇摆不定,阐释的不确定性仅限于此。

米勒在《今日诗学》(*Poetics Today*)杂志第1卷(1980)第3期上发表了一篇题为《地毯中的图案》的论文,[①]对詹姆斯的作品《地毯中的图案》进行了解构分析,同时也对里蒙-凯南的观点提出了挑战(这篇论文在略加修改之后,收入了《解读叙事》,成为该书第七章)。米勒认为里蒙-凯南对于"歧义"的界定过于谨慎和理性化,"太致力于将任何文学作品(譬如詹姆斯的长、短篇小说)中永无穷尽的不确定性简化为一个逻辑组合。对于詹姆斯小说的多种歧义性质的解读并非仅仅构成可供选择的可能性。它们在一个晦涩难解的系统中相互缠结,每种可能性都在不停的振荡中产生其他的可能性。里蒙对于歧义的看法尽管具有语言学上的复杂性和先进性,但却将人引入歧途,因为它将文学中非逻辑的因素逻辑系统化,这种非逻辑因素是在阐释任何作品时最终都会遭遇的晦涩难解之神秘死胡同。"[②]不难看出,米勒在两个方面与里蒙-凯南看法相左:(1)里蒙认为"歧义"是由有限的相互对立的阐释组成的逻辑矛盾,而米勒则认为"歧义"是非逻辑的不可确定性和晦涩难解。(2)里蒙-凯南认为"歧义"只在部分文学作品中存在,而米勒则认为"歧义"是所有文学作品共有的特征。

《今日诗学》杂志第2卷(1980/1981)登载了里蒙-凯南对米勒的挑战的回应和米勒对这一回应的回应。[③]里蒙-凯南的文章题为《对解构主义的解构性思考》。她在开篇处指出自己与米勒的分歧并不局限于对亨利·詹姆斯作品的不同理解,也并非仅仅是"歧义"与"晦涩难解"之间的区分,而是结构主义方法与解构主义方法之间的交锋。她旨在揭示米勒的"解构立场如何最终包含与其对立的'建构性质'或结构主义的立场,反之亦然"。在这篇自我辩护的文章中,里蒙-凯南坚持认为歧义在于相互排斥的命题之共存。为了说明这一观点,她引用了米勒在《地毯中的图案》一文中

[①] J. Hillis Miller, "The Figure in the Carpet," *Poetics Toady* 1 (1980), pp. 107—118.
[②] Ibid., p. 112.
[③] Shlomith Rimmon-Kenan, "Deconstructive Reflections on Deconstruction: In Reply to Hillis Miller," *Poetics Today* 2 (1980—1981), pp. 185—188; J. Hillis Miller, "A Guest in the House: Reply to Shlomith Rimmon-Kenan's Reply," *Poetics Today* 2 (1980—1981), pp. 189—191.

的几个分析片段:

(1) 地毯中的图案一方面清晰可辨：它作为维拉克作品的总体模式，应当明显地摆在批评家面前。另一方面，它又必然被遮蔽，因为任何可视之物都不是其自身，而是一个永远不在场的"它"之符号、签名或者痕迹。（第114页）

(2) 所有这些比喻都再次强调或再度重申了传统上有关创造性逻各斯的形而上学悖论，以及它总是在场的颠覆性的立体图，即不存在一个概念的"概念"，表面背后的图案是在表层有形成分的运作下产生的幻影。（第114页）

(3) 在内部，在外部，清晰可辨，又隐而不见，"它"不在场，空空如也，是一个圈套，一个空洞。（第115页）

(4) 据推测，康维克把这个秘密告诉了妻子格温多琳（他这么做了吗？）她也许向第二任丈夫，那位品行不好的德雷顿·狄恩透露了这一秘密，但或许并没有透露。狄恩说他不知道这个秘密，他的话看起来似乎诚实可信。（第116页）

以这些引语为证，里蒙-凯南指出米勒对于文本之晦涩难解的探讨往往是将之简化为相互排斥的因素之间的冲突，这说明歧义性文本让读者无法逃避对其互不相容的命题的探讨。然而，米勒却认为这些相互冲突的阐释并非只是相互排斥，它们在晦涩难解的有规律的节奏中相互产生。① 里蒙从两个角度对米勒的"晦涩难解"这一概念进行了探讨。首先，如前所引，米勒认为并非部分（文学）文本，而是所有文本都晦涩难解。里蒙认为米勒的一概而论掩盖了不同种类的文本之间的区别。但里蒙的关注重点却不在于此，而是在于"歧义"与"晦涩难解"之间的关系。她认为米勒的解构并没有达到用后者取代前者的目的，而是产生了两者之间的不断转换，一方不可避免地走向另一方。② 米勒将"晦涩难解"界定为"文本中两种或两种以上互不相容、互为矛盾的意思，它们互为隐含、互为交织，但绝对无法视为或称为一个统一的整体"。③ 但里蒙认为米勒对《地毯中的图案》之"晦涩难解"的探讨恰恰产生了那个"统一的整体"。她引用了米勒文中的一段：

---

① Miller, "The Figure in the Carpet," in *Poetics Today* 1, p. 114.
② Rimmon-Kenan, "Deconstructive Reflections on Deconstruction," in *Poetics Today* 2, p. 187.
③ Miller, "The Figure in the Carpet," in *Poetics Today* 1, p. 113.

晦涩难解源于文本自身所产生的获得逻各斯的愿望，但在语言内在的晦涩难解的扭转力的作用下，文本又不让这一愿望得以实现。文本自身让读者相信自己应该能够表达出文本的意思，同时又使之无法成为现实。我要说的是，这就是《地毯中的图案》所要表达的。然而，倘若声称可以用寥寥数语说出该作品"所要表达的"，那就是没有抵挡住诱惑，就是吞下了钓饵。①

　　里蒙对此评论道：尽管米勒的最后一句话有所保留，但在他的分析中，晦涩难解不再是意义的无法言传，而是将意义的无法言传作为詹姆斯作品的意义表达了出来。"这一将晦涩难解具体化，使其成为一种'定论'的做法使晦涩难解比它想取代的歧义更为清晰易解，构成一种自我矛盾。歧义是在互为排斥的可能性之间摇摆不定，而晦涩难解却莫名其妙地变成了唯一的可能性。能从这样的封闭性中逃脱吗？"② 里蒙接下去引用了米勒在《作为寄主的批评家》里的一个结论："不妨这么界定：批评家永远无法明确无疑地表明作者的作品究竟是否'可以确定'，究竟是否能够加以确切的阐释。"③ 里蒙指出，这样的观点尽管看上去似乎是开放性而非封闭性的，但它实质上是将晦涩难解重新置于一个二元对立之中。里蒙还引用了巴巴拉·约翰逊（Barbara Johnson）大同小异的结论："如果我们可以把握可确定因素与不可确定因素之间的区别，那么后者就会在前者之中得到理解。不可确定的恰恰就是究竟一个东西是否可以确定。"④ 里蒙从这些结论中得出了自己的结论："既然不可确定的就是究竟一个东西是否可以确定，那么我们就会面对两个无法择一的可能性，即'甲'——它是可以确定的；'非甲'——它是不可确定的。这一矛盾不就是我所说的歧义的'基本公式'——'甲和非甲'吗？……歧义和不确定性不断改换位置。当对于歧义的明确表述（譬如我本人的表述）看上去太'确定了'，就需要借助于不确定性（譬如米勒的表述）来摆脱约束和封闭性。然而，不确定性本身很快就僵化为一种意义（譬如米勒1980年那篇文章中的论述）。这样一来，出现的就是确定性和不确定性之间的难以确定（正如米勒1979

---

① Rimmon-Kenan, "Deconstructive Reflections on Deconstruction," in *Poetics Today* 2, p. 187.
② Miller, "The Figure in the Carpet," in *Poetics Today* 1, p. 113.
③ Miller, "The Critic as Host," *Deconstruction and Criticism* (eds.) Harold Broom et. al, New York: Seabury, New York: 1979, p. 248.
④ Barbara Johnson, "The Frame of Reference: Poe, Lacan, Derrida," *Yale French Studies*, vol. 55/56, p. 504.

年那篇文章所言)。可是,这样就形成了(我所界定的)歧义所包含的互为排斥的阐释之间的逻辑上的僵局,如此等等,永无穷尽地回退。"

紧接着里蒙-凯南的这篇文章,《今日诗学》登载了米勒的回应。米勒认为里蒙与自己的主要区别在于她致力于用理性和系统化来征服解读,而自己则旨在"表达"这种征服的努力遭到失败的"经验"。他具体指出了自己的批评方法与里蒙的批评方法在以下三个方面的差异。

首先,两人之间的不同是结构主义批评与解构主义批评之间的不同。这两种批评话语在"语气"或"风格"上具有至关重要的差异。里蒙在分析詹姆斯作品时采用的结构主义方法充满理性,较为抽象,喜欢用图表来说明问题。采用结构主义方法的批评家组成一个国际性的学术圈,具有同样的目标、规约和程序,采用同样的分析术语。这是一种技术性、科学性的集体事业,詹姆斯的作品是众多供其理性分析的对象之一。解构主义的目标与此迥然相异。其目的之一就是要表明这种旨在科学征服文本的集体工程具有内在的矛盾和困境,是行不通的。在米勒看来,解构主义的努力也注定要失败,因为"解构主义认为所有分析话语都遭到入侵或污染,最终会被它想征服的非逻辑性所征服。"① 米勒坦言:"正如里蒙-凯南所说的,我的表述,像所有这类表述一样,无疑过于确定,过于精明谨慎,因此落入了'歧义'或'二元对立'的套套。正是如此。这就是我想说明的观点。我自己的话语必然构成我试图识别的失败的一个例证。"②

也就是说,米勒的解构主义批评与里蒙的结构主义批评的分歧不在于分析的方法和分析的内容,而在于分析的目的和对于分析结果的看法。在分析盖斯凯尔夫人的《克兰福德镇》时,米勒评论道:"一方面,倘若读者以詹金斯教区长及其子女的故事为依据来看问题,那么,《克兰福德镇》便是一个男性权威遭到失败的故事……另一方面,《克兰福德镇》所表达的男性权威的失败这一主题逐渐转向了其对立面。作品解决了如何让男人及时回归镇上这一问题。从这一角度来看,这部小说的主题就是女人离不开男人,是女性权威的失败。文本对这两种解读都敞开了大门。《克兰福德镇》旨在表达的并非两者之一,而是两者无法调和的共同存在。"③ 解构主义批评致力于用新的阐释来颠覆传统的阐释或者给出互为矛盾、不可调和的阐释。这有利于激活批评思维,揭示文本的复杂内涵。但不难看出,

---

① Miller, "A Guest in the House," in *Poetics Today* 2, p. 190.
② Ibid., p. 189.
③ Miller, *Reading Narrative*, p. 222.

米勒的阐释结果完全符合里蒙对于"歧义"的界定。然而米勒认为这只是说明了自己阐释的失败。正如米勒所言,"所有"解构主义的分析结论都"必然"遭到失败。

所谓分析失败,就是与理论相背离。根据解构主义的理论,任何符号都具有永无穷尽的不确定性,但在为传递信息而进行的日常交流中,实际情况却并非如此。我们认为,这种理论与实践的脱节主要来自以下两个原因。首先,德里达在阐释索绪尔的符号理论时,进行了"釜底抽薪"。学界普遍认为,索绪尔的语言符号理论为德里达的解构主义理论提供了支持。但这种支持实际上是一种假象。的确,索绪尔在《普通语言学教程》中强调符号之所以能成为符号并不是因为其本身的特性,而是因为符号之间的差异,语言是一个由差异构成的自成一体的系统。但在同一本书中,我们也能看到索绪尔对能指与所指之关系的强调:"在语言这一符号系统里,唯一本质性的东西是意义与音象(sound image)的结合。"① 索绪尔的这两种观点并不矛盾。在语言符号系统中,一个能指与其所指之间的关系是约定俗成,任意武断的。能指之间的区分在于相互之间的差异。英文词"sun"(/sʌn/)之所以能成为指涉"太阳"这一概念的能指,是因为它不同于其他的能指。但我们必须清醒地认识到,差异本身并不能产生意义。譬如,"lun"(/lʌn/),"sul"(/sʌl/)和"qun"(/kwʌn/)这几个音象之间存在差异,但这几个音象却无法成为英文中的符号,因为它们不是"意义与音象的结合",这一约定俗成的结合才是符号的本质所在。德里达在阐释索绪尔的符号理论时,仅关注其对能指之间差异关系的强调,完全忽略索氏对能指与所指之关系的强调。众所周知,索绪尔在书中区分了三种任意关系:(1)能指之间的差异;(2)所指之间的差异:不同语言有不同的概念划分法;(3)能指与所指之间约定俗成的结合。第三种关系是连结前两种关系的唯一和必不可缺的纽带。德里达抽掉了第三种关系之后,能指与所指就失去了约定俗成的联系,结果语言成了从能指到能指的能指之间的指涉,成了能指本身的嬉戏。这样一来,任何符号的意义都永远无法确定。为了看清这一问题,我们有必要追根溯源,探讨一下语言的诞生。在《论解构主义》一书中,卡勒沿着德里达的思路,对于语言的"诞生"提出了如下假设:"甚至在设想语言之'诞生',在描述可能产生了第

---

① Ferdinand de Saussure, *Course in General Linguistics*, trans. Wade Baskin, London: Philosophical Library Inc., 1960, p. 15.

一个结构的原初事件时,我们也会发现必须假定有先在的组织和先在的区分……假如一个居于洞穴中的原始人通过发出一种特殊的咕哝声来指涉食物而成功地开创了语言的话,我们必须假定那种咕哝声已经与其他的咕哝声区分开来,并假定已经存在'食物'与'非食物'的区分。"① 卡勒在此强调的是在语言诞生之前就存在着差异系统。那么这一差异系统又是由谁生产出来的呢?显然不是人自己,因为它先于由原始人的咕哝声构成的第一个原初符号而存在。假如是上帝或其他超自然的存在,语言也就不会是由人类约定俗成的了。倘若我们承认语言是由人类自己创造出来的,那么可以假设这样一种情形:原始人通过发出一种特殊的咕哝声来指涉食物而成功地创造了第一个语言符号,在创造第二个符号来指涉另一种概念时,就必须发出另一种声音,以区别于第一个符号。总之,在创造新的符号时,必须使其在形式上(声音或者书写上)有别于已经存在的符号。从这一角度来看,符号在形式上的差异只是相互区别的必要条件。能指与所指之间的关系(某一种咕哝声指食物,某一种咕哝声指他物)② 是约定俗成、任意武断的,但这一关系是符号的实质所在,不同符号在形式上的差异只是相互区别的手段而已。这一点在象形文字和表意文字中可以看得非常清楚。拼音文字是对声音符号的书面表达,其能指与所指的关系是完全任意武断的,但拼音符号与声音符号或象形符号一样,其实质仍然在于能指与所指之间的结合。解构主义抛开这一结合,将语言看成是能指之间的嬉戏,这是脱离实际的理论阐释。在为传递信息而进行的日常交流中,如果有人说"今天的最高气温是摄氏35度"或"他已经读完了10部长篇小说",这些语言符号的所指并不难确定。其实,倘若语言符号只是能指之间的嬉戏,信息交流也就无法进行了。诚然,文学语言往往有各种空白、含混和不确定的成分,但并非所有的东西都晦涩难解。值得强调的是,解构主义的理论有时只能在抽象层次上运作,当这种抽象理论进入分析实践时,可能会遭到文本的抵制,在这种情况下,米勒有时会自觉或不自觉地进行"结构主义"或"形而上学"的分析,而一旦遭遇挑战,就或许不得不承认自己的分析相对于解构主义的理论来说是一种失败。

---

① Jonathan Culler, *On Deconstruction*, Ithaca: Cornell University Press, 1982, p.96.
② 值得强调的是,符号指涉的是概念,不同语言有不同的概念划分法。但这些概念是说同一种语言的人在历史发展过程中划分并通过约定俗成的方式确定的,概念的改变也会通过约定俗成的方式进行,而非由某种超人类的存在在人类诞生之前就划分好了的。

在我们看来，解构主义批评实践遭遇失败的另一个原因在于宏观与微观两个层次的混淆。解构主义的理论往往在宏观层次上展开，考虑的是一个符号在不同时空、不同语境中会具有不同意义，而在具体实践中，任何日常交流或阐释行为都会在某个特定语境、特定时空中进行。这一语境、这一时空、这一上下文会对符号的意义加以限定，使符号相对于这一语境中的交流者或阐释者产生较为确定的意义（往往是一至三种阐释，而非永无穷尽的不确定性）。也就是说，从某一个特定的信息交流行为这一微观的角度来看，符号的意义往往是较为确定的，但若从宏观的角度来统观符号在不同时空的不同语境中的意义，符号就会带有永无穷尽的不确定性。令人感到遗憾的是，解构主义学者往往将宏观层次的理论用于解释微观层次上的具体交流和阐释行为，将宏观层次上的不确定性强加于微观层次，这必然会导致理论与实践的脱节。在分析文学叙事作品时，解构主义批评家只要是根据文本来进行具体阐释而非脱离文本进行抽象理论论述，就很难逃脱里蒙对于"歧义"的定义。里蒙所说的歧义（互不相容的阐释之共存）恰恰构成了"意义的死角"，但这种意义的死角与意义永无穷尽的不确定性相去甚远，因为它本身就是阐释者眼中文本的意义。其实，里蒙对于詹姆斯小说的看法并非结构主义学者的典型看法，因为结构主义批评家往往以文本的结构为依据，致力于找出某一种自认为最合乎情理的阐释。这无疑有僵化之嫌，难以揭示出文本的复杂内涵。里蒙是较为开放的，旨在探讨詹姆斯的小说如何导致了互为冲突的阐释。但这是一种"认识论层面"上的理性阐释，其目的是探讨文本产生的意义（包括歧义或内在矛盾）。实际上，尽管解构主义学者在理论上认为意义永远无法确定，所有的阅读都是误读，但在分析实践中往往充满自信地进行理性分析，或者用自己的阐释颠覆传统的阐释（认为传统的阐释是误读，自己的阐释则是"正读"），或者致力于挖掘出两种或两种以上互不相容的阐释（认为这种意义的死角才是文本所表达的意义）。后者与里蒙的立场基本一致，尽管表述的语气和风格会迥然相异。

　　从宏观的角度来看，里蒙对于歧义的界定也有其局限性。里蒙认为"歧义"是一个逻辑矛盾（"甲"和"非甲"）的相互对立的成员之间的摇摆不定，阐释的不确定性仅限于此。在我们看来，这一界定仅适用于微观层次上的具体阐释行为，没有考虑到不同阐释者和不同阐释语境的作用。身处不同社会历史环境、具有不同生活和文学阅读经验的不同读者会对詹姆斯的小说做出不同的歧义性质的阐释（这种差异往往是非逻辑性的）。

即便是就同一位读者而言,在不同的情况下,由于心情和思想观念等方面的变化,对同一作品也很可能会产生不同反应。总而言之,从不同读者和不同语境的角度来看,詹姆斯小说的歧义不会局限于两三种互不相容的阐释之间的冲突。但从某一特定语境中的一个阐释行为这一微观角度来看,一般只会得出两三种难以调和的阐释(解构主义学者的阐释一般都没有超出这一范畴)。也就是说,从宏观的角度来看,可以说作品具有"永无穷尽的非逻辑的不确定性";但从单一阐释行为这一微观角度来看,阐释结果往往不外乎一个"逻辑组合"("甲"和"非甲"之间的冲突)。若能从宏观和微观这两个不同的角度来考虑问题,米勒和里蒙之间并不难达到一致。

米勒从解构主义的立场出发,竭力挖掘作品意义的复杂性和矛盾性,阐释结果富有新意和洞见,不时具有振聋发聩的作用。但令人遗憾的是,米勒尊重的不是实践中的阐释结果,而是预先确定的理论框架。当阐释结果与理论框架不相吻合时,米勒不是通过实践来修正理论,而是以"失败"来给阐释下定论。既然"所有"解构主义的分析结论都"必然"遭到失败——与其理论相背离,为何不根据实践来对理论进行修正呢?首先,我们需要分清宏观与微观这两个层次,意识到不能将宏观层次的理论往微观层次上硬套,而应该建立符合微观层次上具体阐释行为的理论。此外,我们还应避免理论上的故弄玄虚。根据解构主义的理论,解读文本时出现的"相互冲突的阐释并非只是相互排斥,它们在晦涩难解的有规律的节奏中相互产生",但在实践中,情况却并非如此。米勒在阐释《克兰福德镇》的主题时得出的两种互为冲突的结果是根据文中不同的事实得出的结论,而非这两种阐释相互产生了对方。前文引用了(里蒙文中所引的)米勒《地毯中的图案》一文中的四个分析片段,其中前三个都是抽象的理论论述或者推导(请注意第一片段中的"应当"和"必然"等词语),第四个片段则是对文本的具体分析。不难看出,一涉及具体分析,就只能说阐释由文本中的事实产生,而非相互产生。可以说,这种"相互产生"往往只是理论层次上的空谈。本章第四节还引用了米勒分析《克兰福德镇》中[自由]间接引语的一个片段,其中第一个段落紧扣文本进行阐释,明明分析出了清晰可辨的结构,又非在第二个段落推翻不可。第二段问了一连串问题,在未做任何分析的情况下断言说:"对于这些问题无法给出有根有据的回答。"而第一段在紧扣文本进行分析时,对于关键问题已经做出了有根有据的回答。这样的前后矛盾无疑来自于第二段凭空做出了脱离文本实际但符合解构主义抽象理论的结论。本章第四节引用的米勒对于《养老院院长》的分析也说明，倘若只是一味往解构主义的理论立场上靠，就难以避免"叙述者的生存有赖于人物，人物的生存又有赖于叙述者"这种脱离实际的结论。一方面，解构主义的理论确实有助于打破束缚，解放思想。但另一方面，若不顾文本的实际情况，预先断定任何文本都晦涩难解，任何不可调和的阐释都相互产生，任何阐释的努力都会遭遇非逻辑的不可确定性，那么，解构主义批评恐怕就会不仅具有解构性质的语气和风格，而且也会戴上解构理论的"紧箍咒"，被迫将一切阐释实践都往解构理论的轨道上拉，这自然难以避免前后矛盾，牵强附会，凭空下定论。那么，为何这种牵强附会在米勒《解读叙事》的第 13 章中表现得如此明显呢？通常，解构主义批评家聚焦于在文中发现的某些语言成分的修辞复杂性或某些结构成分的内在矛盾性，这很容易掩盖文中其他成分的相对确定性或稳定性。米勒在这本"反叙事学"著作的这一章中探讨的是一种重要的叙述技巧"（自由）间接引语"。这一技巧有其复杂性：同时包含叙述者的声音和人物的声音，但这种结构上的复杂性距解构主义理论所说的"非逻辑的不可确定性"相去甚远。其实，倘若将解构主义的理论普遍用于对文中各种语言成分和结构成分的具体分析，就更容易发现理论和实践的严重脱节。

米勒在回应里蒙的挑战时，谈到的两人之间的另一个分歧涉及文类这一问题。如前所述，里蒙认为歧义是某些文学作品的特征，而米勒则认为歧义在所有文学作品中都存在。米勒认为将歧义的范围加以限定，把歧义作为区分不同作品的工具是一种"科学的"做法。里蒙提到的那些作家都是"现代"作家。她借助于对文类和文学史的规约性看法来阐释詹姆斯的作品。而解构主义对晦涩难解的看法或体验"却倾向于打破这种文类或历史的区分，因为这种体验以某种方式构成所有文学作品的一个特征"。[①] 在此，我们不妨看看埃利斯（John M. Ellis）在《反解构主义》一书中的一段相关论述："有的新批评的解读开始时探讨表层意义与其他层次的意义之间的差异，但最终消除了不同层次之间的紧张因素，达到一种整体连贯性。而有的新批评解读则根据特定文本的情况，能够始终保留不协调感和无法消除的差异。但解构主义却无论什么文本，只是一味强调差异和不协调，将差异和不协调视为普遍的分析结果。这里只有一样东西是新的，即

[①] Miller, "A Guest in the House," in *Poetics Today* 2, p. 190.

预先判断和不容改变。"① 解构主义学者往往将一切都看成语言的循环和游戏，不承认任何范畴和概念划分，确实有走极端之嫌。我们应该避免这样的极端，但同时也应避免封闭性的划分范畴。《克兰福德镇》并非"现代"作品，但对该作品的阐释也具有"歧义"。我们应该以开放的眼光来看待作品，根据阐释实践来看一个作品的意义究竟是否具有歧义。

最后，米勒指出里蒙的观点说明每一种阐释方法都旨在将敌对的方法包容进来，途径就是将敌对的方法界定为自己的阐释程序之特殊或不完整的版本。米勒将里蒙对于歧义的看法视为"不确定性"的一种有缺陷的版本；里蒙则旨在揭示米勒对詹姆斯作品的探讨正好证明了她所说的歧义。米勒指出，里蒙在这篇题为《对解构主义的解构性看法》的文章中，不知不觉地走到了解构主义的立场上，看到结构主义与解构主义在"永无穷尽的回退"中来回震荡，看到"歧义与不确定性不停地变换位置"。其实，"永无穷尽的回退"（infinite regress）、"不停地变换位置"等都是米勒常用的解构主义术语，里蒙显然是在有意借用米勒自己的词语来回应米勒，但这些解构主义的术语确实给里蒙的文章带来了一种不协调感。米勒认为里蒙在文章的后面部分向解构主义话语的转向是一个突出的实例，说明文学批评中的科学理性会不可避免地被其意在征服的"非逻辑性"所入侵，说明文学会颠覆科学的语言，科学最好不要涉足文学领域以保持自身的纯洁。在这里，米勒似乎又走远了一步。里蒙在文章行将结束时，借用了几个解构主义的术语，米勒由此马上得出结论说"文学会颠覆科学的语言"，应该说是以偏概全了。

米勒在这篇文章中持强硬的解构主义立场，但他没有将这篇与里蒙论战的文章收入其反叙事学专著《解读叙事》（1998），而只是收入了以分析詹姆斯作品为主的《地毯中的图案》一文。如果我们将米勒发表于20多年前的文章与其在书中的新近版本相比，会发现一些微妙的变化。文章首次发表时，正值解构主义蓬勃发展的时期；时过境迁，《解读叙事》出版时，解构主义的高峰期早已过去。米勒对解构主义的信念从根本上说没有动摇，但他在新的形势下对解构主义批评显然也进行了一些反思。在将《地毯中的图案》一文收入《解读叙事》一书时，他将对里蒙-凯南的批评从正文挪到了注解中，语气也有所缓和。在正文中涉及里蒙-凯南的只是

---

① John M. Ellis, *Against Deconstruction*, Princeton, N. J.: Princeton University Press, 1989, p. 74.

下面这段文字：

> 正如里蒙-凯南所言,这个故事的意义根本无法确定。故事中的线索和叙事细节同时支撑两种或两种以上互为矛盾的阐释。因此,所有对该故事进行"独白式"阐释的批评家都落入了一个陷阱。该陷阱为故事本身所设,它展示出一个谜,邀请批评家予以明确的解答。此外,批评家本人也负有责任,误以为任何出色的文学作品都应该有一个单一的、逻辑上统一的意思。①

在此,米勒和里蒙站到了一个立场上,将批评的矛头对准了对詹姆斯的作品进行"独白式"阐释的批评家。此外,米勒对作品的范围不时加以了限定,譬如"在一部不允许统一性或整体性存在的作品中",②言下之意显然是有的作品允许统一性或整体性存在。米勒还把文章中"太致力于将任何文学作品(譬如詹姆斯的长、短篇小说)中永无穷尽的不确定性简化为一个逻辑组合"这句话在书中改为了"太致力于将《地毯中的图案》[这一詹姆斯的作品]之意义的不确定性简化为一个逻辑性结构"。③米勒似乎意识到了并非所有作品都像詹姆斯的作品那样意义难以确定。

解构主义为文学批评带来了一种全新的视角和巨大的推动力。它打破了逻各斯中心主义和各种传统框架的束缚,激活了批评思维,拓展了批评视野。然而,解构主义批评"预先判断和不容改变"的特点则容易导致分析中的偏误。另一方面,结构主义叙事学家也是从"预先判断和不容改变"的立场出发,对解构主义叙事理论持一种完全排斥的态度,看不到两者共存的必要性和两者之间的某些互补关系。本章第二节谈到的米勒从超出文本疆界的宏观角度对情节之完整性的解构就与叙事学家以文本为疆界的探讨构成了一种互补关系。米勒在《解读叙事》的开篇处写道:"迄今为止,林林总总的西方文艺批评理论几乎都在《诗学》中都得到某种方式的预示:形式主义、结构主义、读者反应批评、心理分析批评、模仿批评、社会批评、历史批评,甚至修辞性即所谓的解构性批评也莫不如此。弗洛伊德步亚里士多德之后尘,将索福克勒斯的《俄狄浦斯王》解读成了本源之作。在弗洛伊德眼里,索福克勒斯之剧是他认为世人皆有的'俄狄浦斯情结'的样板。列维-斯特劳斯在解读该剧时采用的是典型的结构主义的方法,得出的也是典型的结构主义分析的结论。德里达在《白色神

---

①② Miller, *Reading Narrative*, p. 97.
③ Ibid., p. 241, note 12,

话》中对《诗学》的重新解读，则构成了所谓解构主义的关键文本。"每一种批评方法都有其关注点和盲点，都有其长处和局限性，不同批评角度相互对照、相互补充，从不同的角度切入同一文本有助于揭示文本复杂的内涵。文学批评的进步呼唤开放和宽容。近些年来，不少解构主义和结构主义批评家都走出了排斥文化批评的封闭圈子，在著述中吸收了一些政治文化批评的因素，但解构主义批评和叙事学批评之间的敌对倾向依然较为强烈。两者在哲学立场上确实难以调和，但在批评实践中，两种批评方法的有机结合有利于避免走极端，有利于全面揭示文本的内涵。米勒的"反叙事学"有意吸取了叙事学的一些批评术语和概念，这给他的解构分析提供了很好的技术分析工具；与此同时，米勒的"反叙事学"也在很多方面，尤其是在宏观层次，为叙事学提供了颇有价值的参照和借鉴。

第十四章　经典概念的重新审视

20世纪90年代以来，越来越多的学者对经典叙事学的概念加以了重新审视。叙事学家们不仅在论著中展开讨论，而且利用国际互联网这种更为直接的方式展开对话。因篇幅所限，本章聚焦于两个最基本和最重要的概念，一为"故事与话语"的区分，二为"隐含作者"。前者构成"叙事学不可或缺的前提"①，后者涉及叙事文本的创造者；前者为出版物中的书面探讨，后者则为互联网上的探讨。这些探讨有的不无道理，有的不乏偏误，本章对这些探讨的再探讨旨在澄清有关混乱，以便更好地把握叙事作品的本质，② 更好地把握作者、叙述者、文本与读者之间的关系。

第一节　再看 "故事与话语" 之分

"故事"与"话语"的区分是著名法国叙事学家托多罗夫于1966年率先提出来的。叙事作品的意义在很大程度上源于这两个层次之间的相互作

---

① Jonathan Culler, *The Pursuit of Signs: Semiotics, Literature, Deconstruction*, Ithaca: Cornell University Press, 1981, p. 171.

② "解构主义"自我标榜为"反本质主义"。但在我们看来，若要坚持"反本质主义"的立场，就难以进行理论探讨。解构主义学者一方面否认界定事物本质的可能性，另一方面却对"互文性"、"元书写"（arch-writing）、符号的"可重复性"（iterability）、"逻各斯中心主义"等等进行了明确的界定。各种学派、各种潮流、各种概念的名称都是对本质的界定。离开这些林林总总的名称，理论探讨恐怕寸步难行。

用。三十多年来,学者们对这一"叙事学不可或缺的前提"广为阐发和运用,① 但20世纪80年代以来,受解构思潮和文化研究的影响,出现了来自方方面面的解构这一区分的努力。本节将首先剖析四位北美叙事理论家从不同角度对这一区分的解构,然后将与读者交流笔者自己在美国的《叙事》杂志上对这一区分提出的"非解构性"挑战。②

一、对解构性挑战的反"解构"

1. 卡勒的解构之"解构"

美国著名文论家乔纳森·卡勒在1981年面世的《符号的追寻》一书中,以"叙事分析中的故事与话语"为题,辟专章对故事与话语的区分进行了解构。卡勒的这一解构引起了很大反响。不少叙事学家对卡勒的解构表示了赞同。米克·巴尔在《叙事学》的第二版(1997)的前言中说卡勒的探讨"有效地颠覆了结构主义叙事学的一个基本原则:故事与话语之分"。③ 巴尔对卡勒的附和构成了一种自我矛盾:她在书中的探讨是以卡勒所旨在颠覆的故事与话语之分为根基的,这也是其他叙事学著作,尤其是经典叙事学著作的一个共同特点。④ 卡勒的区分也遇到了一些叙事学家的挑战,但除了西摩·查特曼1988年在美国《文体》杂志上发表的一篇论文,⑤ 这些挑战一般都打偏了靶子,而查特曼的那篇论文也未产生什么影响。鉴于这一情况,笔者换了一个更有说服力的角度,于2002年在美国《叙事》杂志上再次对卡勒等人的解构进行了反解构。⑥ 读到该文的美国学者戴维·赫尔曼、玛丽-劳雷·瑞安和德国学者曼弗雷德·扬(Manfred Jahn)邀请笔者为他们主编的国际上第一本《叙事理论百科全书》(伦敦和纽约的Routledge出版社,2005)撰写"故事与话语之分"这一长篇词条。那

---

① 诚然,有的叙事学家采用的是三分法,如热奈特在 *Narrative Discourse* 中区分的"故事""话语""叙述行为";里蒙-凯南在 *Narrative Fiction* 中区分的"故事""文本""叙述行为";巴尔在 *Narratology* 中区分的"素材""故事""文本"等。但这些三分法实际上换汤不换药,并造成了不少混乱(申丹《叙述学与小说文体学研究》第一章和 Dan Shen, "Narrative, Reality, and Narrator as Construct: Reflections on Genette's 'Narrating'")。

②⑥ Dan Shen, "Defense and Challenge: Reflections on the Relation Between Story and Discourse," *Narrative* 10 (2002), pp. 222—243.

③ Mieke Bal, *Narratology*, Toronto: University of Toronto Press, 2nd edition, 1997, p. 12. 巴尔在此处提到的是卡勒那一章的前身——1979年卡勒在以色列召开的国际叙事学研讨会上宣读的论文。

④ 美国著名叙事学家 Seymour Chatman 1978年出版的经典著作之书名就是《故事与话语》(*Story and Discourse*)。

⑤ Seymour Chatman, "On Deconstructing Narratology," *Style* 22 (1988), pp. 9—17.

篇论文和这一词条的目的之一就是说明"故事"与"话语"一般来说确实可以区分,卡勒等人的解构实际上并非"有效",而是无效。

卡勒不是通过抽象论证而是通过具体实例来说明自己的观点。他的基本观点是:"叙事学假定事件先于报道或表达它们的话语而存在,由此建立起一种等级体系,但叙事作品在运作时经常颠覆这一体系。这些作品不是将事件表达为已知的事实,而是表达为话语力量或要求的产物。"① 卡勒举的第一个实例是《俄狄浦斯王》。通常认为这一古希腊悲剧叙述了俄狄浦斯弑父娶母的故事。但卡勒提出可以从一个相反的角度来看该剧,即并不存在俄狄浦斯弑父的事实,而是"话语层次上意义的交汇"使我们假定俄狄浦斯杀害了自己的父亲拉伊俄斯。卡勒提出的论据是:俄狄浦斯独自杀害了一位老人,但拉伊俄斯一位幸存的随从却说杀害拉伊俄斯的凶手不是一个人,而是一伙人。当俄狄浦斯见到这唯一的证人时,并没有追问凶手到底是一个人还是一伙人,只是盘问有关自己和拉伊俄斯父子关系的事情。卡勒由此得出结论说:俄狄浦斯自己和所有读者都确信俄氏是凶手,但这种确信却并非来自对事实的揭示,而是由于话语层次上意义的交汇,让人武断地进行凭空推导。有趣的是,卡勒自己声明:"当然,我并不是说俄狄浦斯真的是无辜的,真的是受了2400年的冤枉。"② 从"当然""真的"等词语可以看出,在卡勒心目中,那位证人说凶手究竟是"一伙人"还是"一个人"对事实并非真的有影响。卡勒这么写道:

> 有神谕说拉伊俄斯会被儿子杀害;俄狄浦斯承认在一个可能相关的时间和地点杀害了一位老人;因此当牧羊人揭示出俄狄浦斯实际上是拉伊俄斯之子时,俄狄浦斯就武断地下了一个结论(读者也全跟着他的思路走),即自己就是杀害拉伊俄斯的凶手。他的结论并非来自涉及以往行为的新的证据,而是来自意义的力量,来自神谕与叙事连贯性要求的交互作用。话语力量的交汇要求他必须成为杀害拉伊俄斯的凶手,他也就服从了这种意义的力量。……假如俄狄浦斯抗拒意义的逻辑,争辩说"尽管他是我父亲,但这并不意味着我杀了他",要求得到有关那一事件的更多的证据,那么俄狄浦斯就不会获得那必不可缺的悲剧境界。③

---

① Culler, *The Pursuit of Signs*, p. 172.
② Ibid., p. 174.
③ Ibid., pp. 173—175.

在进行这番论述时，卡勒似乎忘却了这一悲剧是索福克勒斯的创作物。的确，索福克勒斯没有让证人说明杀死拉伊俄斯的实际上是一个人，但这只是因为在古希腊的那一语境中，神谕和其他证据已足以说明俄狄浦斯就是凶手。假若俄狄浦斯"要求得到有关那一事件的更多的证据"，索福克勒斯完全可以，也无疑会让证人更正自己的言辞，说明凶手实际上为一人——如果他意在创作一部悲剧。这样，俄狄浦斯的悲剧境界就不会受到任何影响。在探讨故事与话语的区分时，我们必须牢记作品中的故事并非真实事件，而是作者虚构出来的，它同时具有虚构性、模仿性和主题性（详见下文）。作者在创作故事时，既可遵循叙事连贯性的要求，也完全可以为了某种目的而背离这种要求。话语只能表达作者创作的事件，而并不能自身产生事件。

西方批评家在反驳卡勒的观点时，倾向于从因果关系出发来考虑问题，但这很难切中要害。莫尼卡·弗卢德尼克在1996年出版的《建构自然叙事学》一书中说："俄狄浦斯一心追踪自己的往事，发现了一些巧合；但他所发现的东西一直存在于故事层次——如果他没有杀害拉伊俄斯，他就不会现在发现这一事件……"① 与此相类似，卡法莱诺斯在1997年发表在《当代诗学》上的一篇文章中说："……［话语层次上］'意义的交汇'暗指俄狄浦斯杀害了拉伊俄斯，然而这种意义的交汇不能使这一行为发生，只能使这一行为显得重要。一个效果并不能引起一个先前的事件。"② 这两位叙事理论家都将俄狄浦斯弑父视为毋庸置疑的原因，抓住因果关系来看问题，但这样做并不能驳倒卡勒，因为卡勒认为俄狄浦斯不是发现了一个事实，而是在话语力量的作用下，凭空做出了一种推断。两位学者在反驳卡勒时，都绕开了这一关键问题，以确实发生了这一事件为前提来展开论证，可以说是跑了题。

卡勒给出的第二个实例是乔治·艾略特的《丹尼尔·狄隆达》。狄隆达是一个英国贵族家庭的养子，很有天赋，性格敏感，但这位年轻人决定不了该从事什么职业。他碰巧救了一位企图自杀的穷苦的犹太姑娘，后来又跟这位犹太姑娘的哥哥学习希伯来语。他对犹太文化产生了浓厚的兴趣，爱上了那位犹太姑娘，也被犹太朋友视为知己。这时，他母亲向他揭示了他的身世：他是一个犹太人。小说强调这一往事的因果力量：狄隆达的性

---

① Monika Fludernik, *Towards a "Natural" Narratology*, pp. 320—321.
② Emma Kafalenos, "Functions after Propp: Words to Talk about How We Read Narrative," *Poetics Today* 18 (1997), p. 471.

格以及与犹太文化的关联源于他的犹太血统。卡勒引用了辛西娅·蔡斯（Cynthia Chase）的下面这段话来证实自己的观点：

> 情节中的一系列事件作为一个整体让我们从一个不同的角度来看待狄隆达被揭示出来的身世。对狄隆达的情况的叙述使读者越来越明显地感到主人公命运的发展——即故事的发展——明确要求揭示出他属于犹太血统。如果狄隆达的成长小说要继续向前发展，他的性格必须定型，而这必须通过他认识到自己的命运来实现。据叙述者所述，在这以前，主要由于不了解自己的身世，狄隆达对自己的命运认识不清……①

有趣的是，蔡斯的分析非但不能支撑卡勒的观点，反而与之相抵牾。她的这段话可以证实：与真实事件不同，虚构叙事自身是一种主题性质的建构。正如蔡斯所言，要求揭示狄隆达之犹太血统的是他的"命运的发展"、"故事的发展"，是"情节中的一系列事件"，而非卡勒所说的"话语层次上意义的交汇"。诚然，在话语层次上采用的延迟揭示这一身世的技巧产生了很强的戏剧性效果，但狄隆达的犹太血统跟"他目前的性格以及他目前与犹太种族的联系"之间的因果关系却存在于故事自身的主题结构之中。在此，我们应该清醒地意识到作者乔治·艾略特是这一系列事件的创造者。假如她想偏离叙事连贯性之原则的话，她完全可以赋予狄隆达一个非犹太血统。诚然，倘若艾略特这么做了，那么当小说揭示出狄隆达属于非犹太血统时，读者定会感到出乎意料，并不得不修正自己的阐释框架，还会尽力挖掘作者为何这么做的原因。假若找不到合乎情理的原因，则会认为故事不连贯，不合理，创作得不成功。但这只是故事的创作（和与之相应的阐释）这一层面上的问题，与话语层次无关。不难看出，卡勒所说的"叙事连贯性的要求"实际上属于故事而非话语这一层次。卡勒之所以误认为这是话语层次的问题，显然是因为他忽略了故事是作者的艺术创造物，是一个具有主题意义的结构，而非真实事件。

值得一提的是，卡勒在解构性地颠覆故事与话语的所谓等级关系时，并不想摈弃结构主义的视角。他认为结构主义的视角（话语表达独立存在的事件）和他的解构主义视角（事件是话语力量的产物）均不可或缺，但又绝对不可调和。在卡勒看来，倘若我们仅仅采纳结构主义的视角，那么

---

① Culler, *The Pursuit of Signs*, pp. 176—177.

我们就无法揭示"话语决定故事所产生的效果"（而如前所述，这实际上是故事层次上叙事连贯性的要求对故事的创作所产生的影响）。另一方面，倘若我们仅仅采用解构主义的视角，那么我们也不能很好地解释叙事的力量：哪怕极度背离常规的小说，其效果也以一种假定为基础，即作品中令人困惑的一系列语句是对事件的表达（也许我们难以说出这些事件究竟是什么）。这些先于话语或独立于话语而存在的事件，一般具有话语尚未报道出来的特征，也就是说，话语会对事件信息进行选择甚至压制。若没有这种假定，作品就会失去其错综复杂、引人入胜的力量。卡勒认为这两种视角处于不可调和的对立之中，而由于这种对立，也就不可能存在连贯一致、不自相矛盾的叙事学理论。①

然而，这两种叙事逻辑并非不可调和。为了澄清这一问题，我们不妨借用詹姆斯·费伦在分析叙事作品中的人物时采用的一个理论模式。如第十章第三节所述，费伦认为虚构人物由三种成分组成：虚构性成分、模仿性成分和主题性成分。同样，故事事件也由这三种成分组成。首先，与真实事件不同，故事事件是由作者虚构出来的。与此同时，故事事件又以不同的方式具有模仿性。我们之所以说"以不同的方式"，是因为在不同的文类中，故事的模仿性会以不同的形式表现出来。譬如，在阐释卡夫卡的《变形记》时，我们会将故事主人公变为大甲虫看成虚构世界中的一个真实事件，尽管这种事情在现实生活中不可能发生。② 现代派文学的叙事规约允许荒诞世界的存在，因此我们将主人公的"变形"视为故事事件本身，而非叙述话语这一层次的作用。正是由于故事具有模仿性，无论阐释何种叙事作品，我们总是以真实事件的因果关系和时间进程为依据，来推导作品中故事事件**本来的**发展顺序。也正是因为故事具有模仿性，我们将虚构事件视为非文本的存在，视为独立于话语表达形式的存在。此外，小说家创作故事的目的是表达特定主题。由于故事的主题性，倘若索福克勒斯意在创作一部悲剧，他就必定会将俄狄浦斯写成弑父的凶手——无论话语层次以何顺序或以何方式来展示这一事件。同样，由于故事的主题性，乔治·艾略特赋予了狄隆达犹太血统，从而使故事得以连贯地向前发展。

---

① Culler, *The Pursuit of Signs*, pp. 186—187.
② 就对荒诞世界的文学创作而言，我们可以回溯至原始时期，当时人类相信超自然的存在，创造了各种神话来对之进行"模仿"。在现代社会，尽管人们不再相信超自然的存在，但很多作者为了表达特定的主题意义，依然借助于文学想象传统和现代虚构规约来创造出荒诞的故事世界，读者在阅读时也将之视为虚构性的"真实"世界。参见玛丽-劳雷·瑞安在 *Possible Worlds* 一书中就现实世界和虚构世界之本体差异所进行的论述。

也正是因为故事具有主题性，我们可以探讨作品中的故事事件是否恰当有效地表达了作品的宏旨。

有趣的是，在论证所谓"话语"的作用时，卡勒于不觉之中突出了故事的主题性。这是叙事诗学未予关注的一个范畴。当叙事学家探讨故事的结构时，一般仅关注具有普遍意义的叙事语法，忽略故事事件在具体语境中的主题功能。当叙事学家探讨话语这一层次时，则往往将故事事件视为既定存在，聚焦于表达故事事件的方式。叙事学家在建构叙事诗学时对故事主题性的忽略很可能是导致卡勒做出解构性努力的原因之一。诚然，叙事诗学有别于文学批评，它有自己的关注对象和研究原则。

令人遗憾的是，卡勒虽然关注故事事件与主题意义的关系，但并未意识到这实际上是（作者为了特定目的而创造出来的）虚构事件本身的主题性，而是将之归结于话语层次的作用。不难看出，我们一旦意识到故事本身同时具有虚构性、模仿性和主题性，卡勒认为不可调和的两种视角马上就能达到和谐统一：由于故事具有模仿性，我们将虚构的故事事件视为先于话语表达或独立于话语表达的存在。而由于故事的主题性，作者往往致力于创造一个能较好地表达特定意义的故事，因此故事事件看上去是为特定主题目的服务的。毋庸置疑，有了这种和谐统一，卡勒的解构也就显得多余了。

2. 奥尼尔的解构之"解构"

在 1994 年由加拿大多伦多大学出版社出版的《话语的虚构》一书中，帕特里克·奥尼尔（Patrick O'Neill）也辟专章（第二章）对故事与话语之分进行了解构。奥尼尔对故事的基本看法是："对于外在的观察者（譬如读者）来说，故事世界不仅不可触及，而且总是具有潜在的荒诞性，最终也是难以描述的。而对于（内部的）行动者或参与者来说，故事世界完全是临时性的，根本不稳定的，也是根本无法逃离的。"① 让我们首先聚焦于故事与外在观察者的关系，逐个考察一下奥尼尔提出的三个特征。奥尼尔之所以认为读者无法接触故事是因为"只有通过产生故事的话语，我们才能接触到它"，因此故事根本不可能构成"首要层次"。的确，作为读者，我们只能从话语推导出故事，但如果我们从作者的创作或"真实的叙述过程"② 这一角度来看问题，我们就可以看到故事独立于话语的存在。且以

---

① Patrick O'Neill, *Fictions of Discourse: Reading Narrative Theory*, Toronto: University of Toronto Press, 1994, p. 34.

② Dan Shen, "Narrative, Reality, and Narrator as Construct," *Narrative* 9 (2001), pp. 124—126.

《俄狄浦斯王》为例,我们可以假定索福克勒斯在写作之前就在民间传说的基础上,构思了故事的基本事件——襁褓中的俄狄浦斯被扔进喀泰戎山——被牧羊人所救——在三岔路口杀害了父亲拉伊俄斯——解开斯芬克斯的谜语——与拉伊俄斯的遗孀(自己的母亲)成婚,如此等等。然后在写作过程中,再对这些事件进行艺术加工,包括采用倒叙和延迟揭示的手法来加强悲剧效果。诚然,在写作时,作者往往会对先前的构思进行增删和改动,但无论是构思于写作之前还是写作之中,写作总是在表达脑海中构思出来的故事事实。也就是说,故事在作者的想象世界里,有其先前(或许是十分短暂的)存在。奥尼尔或许不会认同这一点,但他却于无意之中承认了故事以模仿性为基础的先前存在和首要地位:"一个叙事不仅产生一个严格限定的故事,同时也产生一个在很大程度上没有限定的故事世界。这个世界从原则上说是无限的,包含不可穷尽的虚拟事件和存在体[即人物和背景]。叙事仅仅实现了讲述出来的故事本身所包含的事件和存在体。"① 既然说讲述出来的故事仅仅"实现了"故事世界中的一部分事件和存在体,也就承认了故事世界的先前存在和首要存在,这种存在的根基就是故事的模仿性。奥尼尔甚至赞同有的传统批评家对故事挖根究底的做法,譬如推导哈姆雷特的父亲对他有何影响,麦克白夫人有几个孩子等等。的确,由于故事具有模仿性,我们可以推导话语尚未表达的一些故事特征,但这样的推导必须以文本线索为基础,否则就是取代作者来创造故事事件。

至于故事具有荒诞性这一点,奥尼尔列举了作品中各种荒诞的事件,得出结论说:"由于我们只能通过话语才能接触到故事事件,因此故事世界总是潜在地超越现实主义的范畴,总是潜在地走向非现实,走向荒诞,让人完全出乎意料。"然而,正如奥尼尔所言,我们也同样"只能通过话语才能接触到历史事实",② 可历史中的事件却不能过于"超越现实主义的范畴"。毋庸置疑,我们不应把一些小说中包含的离奇事件(譬如人变甲虫,兔子说话等等)归结于读者只能通过话语来接触事件,而应将之归结于小说的虚构性或人造性。由于故事是虚构的,因此可以包含生活中不可能发生的事。但这些虚构成分并不影响(虚构)故事与话语的区分。

至于说故事"难以描述"这一点,奥尼尔举出了两个实例,旨在说明

---

① O'Neill, *Fictions of Discourse*, p. 40.
② Ibid., pp. 35—36.

故事世界"逃避和超越描述"。第一个实例为概述。在读到"王子杀死了龙，救出了公主"这一概述时，我们不清楚具体细节。"王子是小心翼翼地从后面爬到了龙的身上，用一把坚实的利剑一下就把它消灭了吗？抑或是，他是勇敢地冲了上去，用一把匕首刺了好几下才把它杀死呢？这场战斗是持续了好几小时，甚至好几天，那位精疲力竭的王子才想方设法最终战胜了那个怪物吗？如此等等。"① 我们知道，概述是作者有意采用的一种叙述手法。作者采用这一手法并非因为无法进行更为具体的描述，而是因为没有必要给出更多的细节。有趣的是，奥尼尔在分析中明确区分了实际上发生了什么（以故事的模仿性为基础）和话语层次上的概略表达，这无疑有利于证实而非颠覆故事与话语之分。另一个实例涉及对一个行为的具体描述："吉姆向门口走去。"奥尼尔说这句话"包含'吉姆决定朝门口走'，'吉姆将身子的重心移至左脚'，'吉姆将右脚向前迈'，'吉姆将右脚放到了地上'，'吉姆将重心移至右脚'，如此等等，更不用说那无数更为细小的动作了。"② 在此，我们首先应当意识到，作者在写作时通常遵循创作规约。"吉姆向门口走去"是一种规约性表达，而奥尼尔进行的细节描述则很像电影中的慢镜头，有违常规表达法。实际上，奥尼尔所描述的细节"'吉姆决定朝门口走'，'吉姆将身子的重心移至左脚'，'吉姆将右脚向前迈'，'吉姆将右脚放到了地上'"等等，完全可以从"吉姆向门口走去"这句话推导出来。作者若没有给出这些细节，并不是因为无法进行这样的描写，而只是因为没有必要，或不愿违背规约表达法。不难看出，奥尼尔的论证不仅没有说明故事世界"难以描述"，反而证实了作者在描写上的主动权和选择权。当然，作者在进行创作选择时，需要考虑作品的模仿功能和主题目的。

现在，让我们将注意力转向故事内部的行动者与故事世界的关系。奥尼尔说：

> 故事世界从根本上说是不稳定的。正如米克·巴尔所指出的（1985：149），故事的叙述者只需用一个词语就可改变整个故事的构成："约翰终于逃出了那头发怒的熊的掌心"和"约翰最终**未能**逃出那头发怒的熊的掌心"，这（至少对于一个人物来说）具有至关重要的差别。最后一点，故事中的行动者从理论上说无法逃出他们居住的

---

① O'Neill, *Fictions of Discourse*, pp. 38—39.
② Ibid., p. 39.

世界，像《李尔王》中苍蝇与顽童的关系一样，他们绝对无法反抗话语做出的武断的叙事决定——那些居住在话语中的叙述之神为了开心而将他们弄死。①

毋庸置疑，"约翰终于逃出了那头发怒的熊的掌心"和"约翰最终未能逃出那头发怒的熊的掌心"之间的差别并非（涉及某一个故事之非稳定性的）话语层次上的差别，而是两个互不相同但均十分稳定的故事之间的差别。奥尼尔的这段话突出体现了虚构故事的人造性。但我们不应忘记，小说家虽然能以任何方式来创作故事，但通常会考虑叙事规约和作品的宏旨。重要的是，一部小说一经发表，作者就无法改变那一文本中的故事。在探讨故事与话语之分时，涉及的肯定是业已发表的作品，而非正在创作过程中的草稿。从这一角度看，故事绝对不是"临时性的"和"不稳定的"。此外，我们还应牢记虚构叙述者本身也是小说家的创造物，只能按小说家的意愿行事。至于奥尼尔所说的人物无法逃离故事世界这一点，他似乎忘却了人物并非真人，而是作者的创造物。在此，奥尼尔显然混淆了虚构故事的模仿性与现实世界的真实性之间的界限。

在对故事与话语的关系进行了上面这番总论之后，奥尼尔接下去具体探讨了叙事作品中的时间、空间、人物以及这些因素之间的交互作用。奥尼尔的探讨与热奈特（1980）、里蒙-凯南（1983）、巴尔（1985）和查特曼（1978）等经典叙事学的论述大同小异，尤其在探讨"时间"和"空间"时，与热奈特等人的探讨如出一辙，只是实例有所不同。但在论及人物时，他在借用里蒙-凯南的模式的基础上，还在两个方面向前迈了一步。一方面他探讨了读者对人物的重新建构过程，强调了语境和阐释框架的作用，但并未对故事与话语之分进行解构。另一方面，在探讨直接表明人物的性质或角色的"说明性的名字"（譬如"道德先生"）时，他评论道："这突出表明话语优先于故事：最重要的是想表达的叙事要旨，而不是塑造人物的过程。"② 我们认为，奥尼尔的评论忽略了故事的主题性，而且混淆了故事与话语的界限。③ 其实，"说明性的名字"只是与故事本身的主题性相关。作者给人物安上这么一个名字，目的在于让人物更好地在故事的

---

① O'Neill, *Fictions of Discourse*, p. 41.
② Ibid., p. 52.
③ 奥尼尔在此对故事和话语的混淆与米克·巴尔有关——巴尔将"行动者"和"人物"分别置于两个不同的层次，造成了混乱，对此笔者已另文详述（详见 Dan Shen, "Narrative, Reality, and Narrator as Construct," in *Narrative* 9, p. 128）。

主题结构中起作用。应该说,"说明性的名字"显示的是故事本身的主题性优先于其本身的模仿性,而非"话语优先于故事"。

最后,奥尼尔给出了一个实例作为总结,这是奎纽(Raymond Queneau)的《文体练习》一书对文体的一种演示,即用 99 种不同风格来讲述同一个故事,从而出现了 99 个不同版本。奥尼尔做了这么一番评论:

> 每一个微观话语(即每一个版本)讲述的故事都是恒定不变的,这是关于一位性情暴躁,注重时髦,每天赶车上班的年轻人的故事。但整个大文本[即 99 个版本作为一个整体]中的故事,则是有关叙述者的精彩表现的故事。换句话说,话语**就**是故事。虽然表面上看是对故事进行了至少 99 次表达——谁又能要求更多次数呢?——实际上话语(芝诺①的影子)已设法将故事完全排除在外,话语在读者的注意力中成功地完全篡夺了故事的位置。

在阅读奎纽的这本以"文体练习"为题的著作时,读者会聚焦于刻意对文体展开的一种实验。② 那"99 个不同版本"中的故事只是进行这一实验的恒定不变的基础。在阅读任何一个版本时,读者只会关注这一版本如何采用了不同于其他版本的文体来表达那一"固定的""不变的"故事。然而,读者对不同文体的集中关注并不会将"话语"变成"故事",因为构成故事的不是阅读兴趣,而是所叙述的事件和人物、背景等。奥尼尔在声称话语就是故事时,实际上是将阅读兴趣作为界定故事的唯一标准,这

---

① 奥尼尔将芝诺的三个著名悖论用作了自己的哲学基础:阿基里斯悖论、二分法悖论和飞矢悖论。简而言之,第一个悖论是说:设想奥林匹克赛跑冠军阿基里斯和乌龟赛跑,乌龟先爬一段路程,当阿基里斯跑完这段路时,乌龟又向前爬一段……这样阿基里斯就永远也赶不上乌龟。后两个悖论则以不同的方式论证世界上没有真正的"动",而只有静止不动。就飞矢悖论而言,奥尔尼写道:"在芝诺看来,任何占据了其自身位置的东西都是静止不动的。在飞矢所谓的飞行过程中,在任何一个时间点上飞矢占据的都是其自身的位置,因此它在任何一个时间点上都是静止不动的。既然在所有的时间点上都是如此,那么飞矢虽然看上去一直在飞,而实际上根本没有移动,是完全静止不动的。"(p.6) 其实,"阿基里斯永远追不上乌龟、不存在物体运动、飞矢未飞",这些在芝诺眼中都是真正发生了的事,尽管在奥尼尔的眼中和在我们的眼中并非如此。换句话说,芝诺的三个悖论是在其"文本的现实世界"(Ryan, p.24)中的三个故事,这是一个具有不同运动定律的世界。奥尼尔对芝诺的故事实际上持否定态度(p.6)。假如奥尼尔意识到了芝诺的哲学并非是用话语来令人惊奇地颠覆故事,而只不过是产生了在一个不同的"文本的现实世界"中的三个故事,我们相信他绝不会将所谓"芝诺的原则"当成自己的论据。

② 值得一提的是,在阅读奎纽的《文体练习》时,读者的阐释框架会与平时的大不相同。通常在读具有模仿功能的叙事作品时,"叙述读者"(Phelan, *Narrative*, p.218)会沉浸在"真实的"故事世界之中,阅读效果在很大程度上来自于这种"真实的"幻觉。与此相对照,在阅读奎纽以"文体练习"为题的著作时,读者心里明白书中的故事只不过是进行文体试验的一个基础,因此很可能不会出现模仿幻觉。

显然站不住脚。有趣的是，奥尼尔的探讨实际上为故事与话语之分提供了强有力的支持，因为他确认一个故事可以用不同的方式来表达。此外，无论话语如何变化，故事总是恒定不变。

3. 肖的解构之"解构"

上面两位学者对故事与话语之分的解构均扣住作品自身展开，哈里·肖（Harry E. Shaw）在《叙事》杂志1995年第3期上发表的一篇论文则着眼于文本与社会历史语境的关联。肖的挑战是对查特曼捍卫这一区分的努力的直接回应。在1990年出版的《叙事术语评论》一书中，查特曼明确提出："若要保持故事与话语这一不可或缺的区分，就不能用一个术语——无论是'视点'还是'视角'，或是任何其他词语——来统一描述叙述者与人物互为分离的行为……只有人物居住在虚构的故事世界里，因此只有人物可以'看到'。也就是说，只有人物具有故事里的意识，可以从故事里的位置来观察和思考事物"，而故事外的叙述者处于话语空间之中，只能讲述人物的所见所闻。① 正如肖所指出的，查特曼在论述中有意无意地将叙述者非人化。"假如叙述者不是一个人，也不像是一个人，那就更容易将叙事功能严格地与人物功能区分开来……反之，若将叙述者人格化（或换个角度说，拒绝将叙述者非人化）……那么故事空间与话语空间的界限就很可能会消失。"② 肖举了大量19世纪现实主义小说中的实例，来说明故事外的第三人称叙述者可以十分人格化，具有丰富的想象力和运用语言的能力，发表议论时感情充沛。这些叙述者无所不知，无所不见，还不时地直接向读者发话，力求感染读者。仅举一例：

> 母亲，假如您的哈里或者您的威利明天一早就会被一个残忍的奴隶贩子从您怀里夺走——假如您见到了这个奴隶贩子，还听说卖身契已经签署和交付，您只剩下从夜里12点到早晨这么一点点时间来逃跑——那么您又会走得多快呢？

这是引自斯托的《汤姆叔叔的小屋》中的一段。在肖看来，这样直接向读者发话不仅打破了故事空间与话语空间的界限，而且也打破了读者的现实世界与小说的虚构世界之间的界限，以及叙述者与人物之间的界限。

肖特别强调在19世纪现实主义小说中，不少进入了故事空间的叙述者

---

① Seymour Chatman, *Coming to Terms*, pp. 119—23; 139—160.

② Harry E. Shaw, "Loose Narrators: Display, Engagement, and the Search for a Place in History in Realist Fiction," *Narrative* 3 (1995), p. 97.

是历史化的叙述者，与社会历史语境密切相连，体现出特定历史时期的眼光和世界观。他们揭示出历史在小说中的位置和小说在历史中的位置，并迫使读者关注自己在历史中的位置。肖评论道：

> 若现实主义小说的现实性来自于对社会进行历史性的描述，那么它就应该把所有主观意识（包括叙述的意识）全都展示为像所描述的人物一样受制于历史的局限。因此，查特曼所坚持的对故事空间和话语空间的绝对区分，就不仅仅是一个逻辑上和界定上的问题，而且也是对现实主义小说家提出的问题。假如对这两个空间的绝对区分可以站住脚，假如这一区分使叙述者得以摆脱故事空间的历史限制，那么仍然可以创作出艺术性的消遣作品。但**以其有限的叙述可能性**，则难以创作出历史主义所说的那种反映时代情形的作品。这样看来，现实主义的小说要求有一个**历史化的叙述者**。①

肖区分了两种历史化的叙述者。一种的声音和心灵都具有历史意识，但只在话语空间运作，不影响故事与话语的区分。另一种情况是，作者发现这样做还不够，还需要利用故事空间的感染力来戏剧性地表达叙述者的历史本质。既然现实主义小说描写历史中的人物，那么"如果能使叙述者的空间看上去与人物的空间合为一体（can be made to seem to merge），叙述者看上去也就像是在历史中活动了"。② 一方面，肖断言这种历史化的叙述者消除了故事与话语之分，但另一方面，他又于不觉之中承认了这一区分依然存在：叙述者的空间只是"看上去"（*而*非真正的）与人物的空间合为一体。实际上，肖在论述中反复提到，这些叙述者只是作为一个"名誉人物"或"隐身人物"而"比喻性地"进入故事空间。这一比喻性质可以在肖提出的下面这一问题中看得很清楚："批评家为何会这样来描述叙述者，仿佛叙述者是人，可以真的进入故事空间？"③ 肖还说最好将这样的叙述者描述为"**模仿**一个碰巧在场的人的**角色**"。④ 在我们看来，这根本不影响故事与话语的区分。第三人称叙述者无论多么全知全能，无论多么感情充沛，无论多么富有历史色彩，都只能讲述故事，发表议论，而不能真正参与故事事件（除非变成人物或第一人称叙述者）。同样，他们只能

---

① Shaw, "Loose Narrators," in *Narrative* 3, p. 104，黑体标示原文中的斜体。
② Ibid., p. 104.
③ Ibid., p. 98.
④ Ibid., p. 99.

对故事外的读者发话，而无法与故事内的人物直接交流。也就是说，这些人格化、历史化的叙述者仍然处于话语空间之中，并没有真正进入故事空间。

4. 理查森的解构之"解构"

在2001年美国《叙事》杂志第2期上，布赖恩·理查森发表了一篇论文，集中探讨"消解叙述"（denarration）。所谓"消解叙述"就是先报道一些信息，然后又对之加以否定。这种现象在晚期现代和后现代小说中较为常见。理查森认为消解叙述在有的作品中颠覆了故事与话语的区分，塞缪尔·贝克特的《莫洛伊》就是如此。在这一作品中，叙述者先说自己坐在岩石上，看到人物甲和人物丙慢慢朝对方走去。他很肯定这发生在农村，那条路旁边"没有围篱和沟渠"，"母牛在广阔的田野里吃草"。但后来他却说："或许我将不同的场合混到一起了，还有不同的时间……或许人物甲是某一天在某一个地方，而人物丙是在另一个场合，那块岩石和我本人则是在又一个场合。至于母牛、天空、海洋、山脉等其他因素，也是如此。"理查森对此评论道：

> 因果和时间关系变得含糊不清；只剩下那些因素自身。它们相互之间缺乏关联，看上去，能够以任何方式形成别的组合。当然，当因果和时间关系这么轻而易举地被否定之后，那些因素本身的事实性也就大受影响。可以肯定那确实是一头母牛，而不是一只羊，一只鸟，或是一个男孩吗？……①

虽然从表面上看，我们已难以区分叙述话语与故事事实，但实际上这一区分依然在发挥关键性作用。正是由于这一区分，理查森才会发问："可以肯定那确实是一头母牛，而不是一只羊，一只鸟，或是一个男孩吗？"也就是说，读者相信在极不稳定的叙述后面，依然存在稳定的故事事实。如果说这里的"消解叙述"仅囿于局部的话，有的地方的消解叙述涉及的范围则更广，譬如，叙述者说："当我说'我曾说'等等时，我的意思是我模模糊糊地知道事情是这样，但并不清楚究竟是怎么回事。"理查森断言，这样的消解叙述在整部作品中颠覆了故事与话语的区分，"因

---

① Brian Richardson, "Denarration in Fiction: Erasing the Story in Beckett and Others," *Narrative* 9 (2001), pp. 168—169.

为到头来，我们只能肯定叙述者告诉我们的与'真正发生了的事相去甚远'"。① 然而，在笔者看来，这样的宏观消解叙述依然没有颠覆故事与话语之分。正是由于这一区分，我们才会区别"真正发生了的事"（故事）与"叙述者告诉我们的"（话语）。理查森这里的偏误源于叙事学界对故事的片面定义。理查森这样写道：

> 被消解了的事件向叙事理论提出了另一个引人入胜的问题，具体来说，就是在《莫洛伊》这样的文本中，如何将故事与话语区分开来？若如里蒙-凯南所言："'故事'指的是从文本中推导出来，按照时间顺序重新建构的所述事件"的话，那么当话语在进程中否认、否定和抹去先前叙述的事件时，我们又怎么能重新建构故事呢？……通常对故事与话语的区分在这里崩溃了，我们面对的只是话语，而没有一个可推导出来的故事。作品的话语是确定的，但其故事却根本无法确定。②

叙事学界对故事一般与里蒙-凯南看法相同，但我们认为这一看法相当片面，因为仅考虑了叙事交流的接收者（读者），而忽略了叙事交流的信息发送者（作者）。同时，这一看法聚焦于故事的虚构性，而在很大程度上忽略了故事的模仿性。作为故事创造者的作者无疑知道"真正发生了的事"。此外，如前所述，由于故事具有模仿性，因此存在独立于文本的故事世界，这个世界里的事实可以被话语在不同程度上扭曲或者遮蔽，但读者在阅读时会尽力透过扭曲性或遮蔽性的话语，来推导建构较为合情合理的故事。无论这一过程多么困难，只要故事仍有一定的模仿性，读者就不会放弃这种努力。我们可以采用一个简单的标准来判断"话语与故事之分"是否仍在起作用，即阅读时是否仍在推导"真正发生了的事"，是否仍在思考"话语在何种程度上扭曲了故事？"只要不停止这样的追问，话语与故事之分就依然存在。

在晚期现代和后现代小说中，尤其是第一人称叙述中，消解叙述屡见不鲜，同时还存在各种形式的"不可靠叙述"。作者之所以让这些叙述者进行或自相矛盾，或逻辑混乱，或片面错误的描述，往往是为了塑造叙述者的主观意识，展示其独特的叙述方法，或显示语言在话语层次上的破坏

---

① Brian Richardson, "Denarration in Fiction: Erasing the Story in Beckett and Others," *Narrative* 9 (2001), p. 170.
② Ibid., p. 173.

力量。值得注意的是，消解叙述与通常所说的不可靠叙述有一个重要的不同点：后者往往是叙述者无意之中造成的，其原因往往在于叙述者记性不好、智力低下、精神错乱、看问题带有意识形态偏见、信息渠道狭窄或信息本身有误，如此等等。这样的不可靠叙述一般不会影响故事与话语之分。我们之所以说这些叙述者"不可靠"，正是因为我们发现他们的叙述与我们推导出来的故事事实不符——这是本来可以被可靠的叙述者表达的故事事实。

与此相对照，消解叙述往往是叙述者有意而为之，有意在玩一种叙述游戏。我们认为，消解叙述究竟是否影响故事与话语之分取决于这一游戏究竟是作者让叙述者自己玩的，还是作者和叙述者共同玩的，这一判断会直接影响到作品的模仿性。倘若属于前一种情况，在作者和叙述者之间就会有距离，读者就会相信存在为作者所知的稳定的故事事实，只是因为叙述者自己撒谎，前后矛盾，才给建构事实带来了困难。这种情况往往不会影响读者对"真正发生了什么？"的追问，无论答案多么难以找寻。但倘若作者创造作品（或作品的某些部分）只是为了玩一种由消解叙述构成的叙述游戏，那么在作者和叙述者之间就不会有距离。而既然作品仅仅构成作者的叙述游戏或者文字游戏，模仿性也就不复存在，读者也不会再追问"真正发生了什么？"故事与话语之分自然也就不再相关。值得注意的是，不仅有的后现代小说以其纯粹的叙述游戏而消解了故事与话语之分，在传统现实主义小说中，故事与话语也并非总是可以区分。在这一文类中，也存在故事与话语的各种局部重合，这正是下一节旨在探讨的内容。

二、非解构性的挑战

如前所述，笔者在美国的《叙事》杂志上对故事与话语的区分提出了"非解构性"的挑战。① 笔者之所以将自己的挑战称为"非解构性的"，是因为并不想颠覆故事与话语之分，而只是想探讨故事与话语在有些范畴会如何发生重合。笔者认为，就叙述话语的五个范畴（顺序、时距、频率、语式、语态）而言，这一区分在前三个范畴是较为清晰的。我们知道，虚构世界中的故事顺序、时距、频率不仅与作者和读者的生活经验相关，而且与文学规约不无联系。正如在卡夫卡的作品中人可变为大甲虫一样，虚构故事中的时间可以偏离现实中的时间。在《时间的杂乱无章：叙事模式

---

① Dan Shen, "Deffense and Challenge: Reflections on the Relation Between Story and Discourse," *Narrative* 10, (2002), pp. 222—243.

与戏剧时间》一文中,理查森说:"结构主义模式的前提是故事事件的顺序与文本表达顺序之间的区分……然而,我所探讨的好几部戏剧却抵制甚至排除了这一理论区分。在《仲夏夜之梦》里,出现了一个极为大胆地对故事时间的偏离。在该剧中,莎士比亚创造了两个自身连贯但互为冲突的时间结构。"① 在莎士比亚的那部剧中,城市里的女王和公爵等人过了四天;与此同时,在离城几英里远的一个树林里,情侣们和众仙子等则只过了一个晚上。然而,这并没有真正对故事与话语之分造成威胁,因为我们可以将这两种时间结构的冲突视为莎士比亚之"文本现实世界"②里面的故事"事实"。这是一个具有魔法的世界,是一个人类和神仙共存的世界。在认识到这种奇怪的时间结构是文中的"事实"之后,我们就可以接下去探讨叙述话语是如何表达这种时间结构的了。③ 在同一篇论文中,理查森还发表了这样的评论:"最后,我们想知道结构主义者究竟会如何看待取自尤内斯库《秃头歌女》的下面这段舞台指示:'钟敲了七下。寂静。钟敲了三下。寂静。钟没有敲。'叙事诗学应该探讨和解释这样的文学时间因素,而不应该回避不谈。"④ 值得强调的是,要解释这样的文学现象,我们必须看清小说和戏剧的本质差别。在戏剧舞台上,"钟敲了七下。寂静。钟敲了三下。寂静。"会被表演出来,⑤ 亲耳听到表演的观众会将之视为虚构事实,视为那一荒诞世界中的"真实存在"。在剧院里直接观看表演的观众比较容易判断"究竟发生了什么"。⑥ 无论舞台上发生的事情如何偏离

---

① Brian Richardson, "'Time is out of Joint': Narrative Models and the Temporality of the Drama," *Poetics Today* 8 (1987), p. 229.
② Marie-Laure Ryan, *Possible Worlds, Artificial Intelligence, and Narrative Theory*, Bloomington & Indianapolis: Indiana University Press, 1991, pp. 24—25.
③ Dan Shen "What Do Temporal Antinomies Do to the Story-Discourse Distinction?" *Narrative* 11 (2003), pp. 237—241.
④ Richardson, "'Time is out of Joint'," in *Poetics Today* 8, p. 306.
⑤ 就剧院里的观众而言,"钟没有敲"这一句与前面那句"寂静"是无法区分的。这句话似乎是特意为剧本的读者写的(参见笔者与人合作的论文 Feng and Shen, 2001)。
⑥ 戏剧有其自身独特的规约。在《仲夏夜之梦》里,有一个场景是由持续进行的对话组成的,台上的对话只进行了20分钟,但演员却说已过了三个小时。理查森认为这种实际对话时间和演员所说的对话时间之间的"戏剧冲突"是对故事和话语之分的挑战。("Time," pp. 299—300)但这里的故事时间(3个小时)和话语[表演]时间(20分钟)之间确实有清晰的界限。正如理查森所言,"批评界经常就热奈特的'时距'展开模糊不清的争论,而这一问题,即阅读文本所需要的时间[或表达事件所需要的时间]在戏剧舞台上可以变得相当清晰。在舞台演出时,观看的时间[或表演的时间]可以用马表来精确计算(也确实常常这么做)。"("Time," p. 300) 然而,在笔者看来,这样的戏剧场景确实挑战了热奈特对于"场景"的界定:表达时间=故事时间 (*Narrative Discourse*, p. 95)。哪怕根据古典戏剧的"三一律",大约两个小时的演出时间(表达时间)也可以与24小时的行动时间(故事时间)相对应。

现实生活，只要是观众亲眼所见或亲耳所闻，那就必定会成为"真正发生的事"。与此相对照，在小说中，读到"钟敲了七下。寂静。钟敲了三下。寂静。钟没有敲。"这样的文字时，读者则很可能会将之视为理查森所界定的"消解叙述"。如前所述，"消解叙述"究竟是否会模糊故事与话语之间的界限，取决于作品究竟是否依然具有隐而不见的模仿性——这包括对荒诞性的"文本指涉世界"①之模仿。

当作品具有模仿性时，我们一般可以区分故事的顺序/时距/频率和话语的顺序/时距/频率。诚然，两者之间可互为对照，产生多种冲突，但话语时间一般不会改变故事时间，因此两者之间的界限通常是清晰可辨的。众所周知，话语层的选择不同于故事层的选择。对"约翰亲吻了玛丽"和"约翰杀死了玛丽"的选择是对故事事实的选择，而对"约翰亲吻了玛丽"和"玛丽被约翰亲吻了"的选择则是对话语表达的选择，后一种选择在此未改变所叙述的事件。倘若话语层次上的选择导致了故事事实的改变，或一个因素同时既属于故事层又属于话语层，那么故事与话语之间的界限就会变得模糊不清。这样的情形倾向于在"语式"和"语态"这两个范畴出现，尤其是在以下几个方面：（1）人物话语的叙述化；（2）当人物感知被用作叙述视角时；（3）同故事叙述中的叙述者功能与人物功能相重合时。

1. 人物话语的叙述化

与叙事时间相对照，人物话语的表达涉及两个声音和两个主体（人物的和叙述者的），同时也涉及两个具有不同"发话者—受话者"之关系的交流语境。如果叙述者选择了"人物话语的叙述化"这样间接的表达方式，人物的话语或想法就会被叙述者的言辞所覆盖。由于叙述者的话语或意识在这一表达方式中遮蔽了人物的话语或意识，就很可能发生对后者的各种歪曲，譬如下面这一简例：

(1) "There are some happy creeturs," Mrs Gamp observed, "as time runs back'ards with, and you are one, Mrs Mould..."（"有那么些幸运的人儿，"甘朴太太说，"连时光都跟着他们往回溜，您就是这么个人，莫尔德太太……"——引自狄更斯的《马丁·米述尔维特》）。

(2) Mrs Gamp complimented Mrs Mould on her youthful appearance.（甘朴太太对莫尔德太太年轻的外貌加以了恭维）。

---

① Ryan, *Possible Worlds*, *Artificial Intelligence*, *and Narrative Theory*, pp. 24—25.

第二句来自诺曼·佩奇的著作，他将狄更斯的直接引语转换成了"被遮蔽的引语"，① 即热奈特所说的"叙述化的人物话语"。② 毋庸置疑，这一转换使叙述者不觉之中确认了"莫尔德太太年轻的外貌"——这是出现在叙述层的词语。这种情况在自由间接引语，甚至间接引语（甘朴太太说……）中都不会发生。问题是，倘若莫尔德太太看上去不再年轻，那么这一叙述化就会歪曲事实：因为在转述人物话语时，叙述者将"莫尔德太太年轻的外貌"作为事实加以了叙述（只要叙述者是可靠的，读者就会相信这一并不存在的"事实"）。③ 如果表达形式的改变本身导致了虚构现实的变化，那么故事与话语之间的界限自然会变得模糊不清。

为了看清这一问题，我们不妨考察一下简·奥斯丁的《傲慢与偏见》第一卷第 23 章中的一例"人物话语的叙述化"：

> 在威廉爵士尚未告辞之前，贝内特太太恼怒之极，气得说不出太多的话。可他一走，她的情绪马上就发泄了出来。第一，她坚持不相信整个这回事；第二，她十分确信柯林斯先生上了当；第三，她相信他们在一起永远也不会幸福；第四，这个婚约也许会解除。然而，她从整件事简明扼要地推导出了两个结论：一是伊丽莎白是引起整个闹剧的真正原因；二是她自己被所有的人野蛮地利用了。主要就这两点她接下来整天地说个（dwelt）没完。

因为家产的关系，贝内特太太一心想要远房侄子柯林斯先生娶女儿伊丽莎白为妻，但伊丽莎白却断然拒绝了柯林斯的求婚。柯林斯转而与夏洛特订了婚，贝内特太太则完全被蒙在鼓里。因此，当威廉爵士登门通报女儿与柯林斯订婚的消息时，就出现了上面这一幕。从"恼怒之极""太多""她的情绪马上就发泄了出来"等词语，加上我们对贝内特太太的了解，我们可以想象她如何谩骂和抱怨了一通。但她的口头话语却被叙述者总结概述，以"思维过程"的方式展示了出来："她坚持不相信……她十分确信……她相信。"此外，通常用于表达逻辑推理的"从……推导出了两个

---

① Norman Page, *Speech in the English Novel*, London：Macmillan, 2nd edition 1988, p. 35.
② Genette, *Narrative Discourse*, p. 171.
③ 正如笔者另文所述（Shen, "Distorting," pp. 234—235），有的语言形式构成了陷阱，使叙述者无意之中将不实之词作为事实叙述了出来，譬如"vi. + prep. + n."（"He swore at her rudeness"［他对她的粗鲁加以了咒骂］；"He complained about the dampness in the room"［他对房间的潮湿进行了抱怨］。倘若"她"并不粗鲁，房间也并不潮湿，读者也无法从其他途径了解真相，叙述化的表达就会无意之中歪曲事实）。

结论"也加深了"内心想法"这一印象。叙述者还用了"dwell on"一词来描述贝内特太太的言语行为,而该词也可表达"老是想着"这一内心活动。作者这样做的目的是制造反讽效果。这一效果首先来自于"第一""第二""第三"等顺序词所带来的表面上的逻辑性与实际上的逻辑混乱("她坚持不相信整个这回事"然而她却"十分确信柯林斯先生上了当")之间形成的强烈反差。这些顺序词无疑是叙述者在总结概述时添加的。从表面上看,叙述者是想将贝内特太太的话组织得更有条理,而实际上,这些顺序词通过对照反差只是讽刺性地突出了贝内特太太话语的自相矛盾之处。我们知道,口头话语只能按前后顺序逐字表达出来,而不同的想法却可同时并存于头脑中;"第一""第二""第三"等顺序词通常指涉的也是同时存在的理由等因素。这些都使人觉得贝内特太太并不是在随着时间的推移改变她的想法(这属于较为正常的情况),而是在"坚持不相信"柯林斯与夏洛特订了婚的同时又"十分确信"柯与夏订了婚,这无疑令人感到十分荒唐可笑。①

    在探讨故事与话语的关系时,我们需要分别考虑作者与读者的位置。由于故事具有模仿性,作者理应知道自己创造出来的贝内特太太所说的全部言词。就读者而言,一般会根据语境推断叙述对象并非贝内特太太的内心想法,而是她口头的谩骂抱怨,甚或还会怀疑"她坚持不相信整个这回事"是一块遮羞布,替代了一些较为粗鲁的话语,譬如"这都是胡说八道!"重要的是,因为作者未在其他地方描述贝内特太太所说的话,因此读者无从了解她究竟说了些什么。既然叙事者是可靠的,读者就只能相信叙述者的总结概述。至于从语境中推断出来的表达方式与虚构现实之间的距离,读者一般会将之看成小说家为了取得特定的主题效果而有意采用的话语策略。

    从上文所揭示的情况来看,有一个现象不难理解:尽管20世纪60年代以来人物话语的表达方式吸引了众多学者的注意力,但依然无人探讨"人物话语的叙述化"这一表达方式如何歪曲了人物的原话。我们必须弄清楚一点:本文所说的"歪曲"超出了"减弱模仿性"这一范围。众所周知,表达方式越间接,模仿性就越弱。众多的语言学家、文体学家和叙事理论家探讨了不同话语表达方式所具有的不同程度的模仿性,也探讨了这

---

① See Dan Shen, "On the Aesthetic Function of Intentional 'Illogicality' in English-Chinese Translation of Fiction," *Style* 22 (1988), pp. 628—645.

些表达方式在语义和语用方面的不同涵义。有的批评家揭示了直接引语与（自由）间接引语之间互相转换的困难,[①] 但这只是无法恢复人物原话而已，并不涉及扭曲人物原话这一问题。有的批评家甚至注意到了"直接引语谬误"，即叙述者出于特定目的在直接引语中插入人物并未说过的言辞，或者歪曲人物的原话。[②] 然而，造成这种歪曲的并非对直接引语这一表达方式的采用，而是由于叙述者给出了虚假的信息。我们想要揭示的是：采用"人物话语的叙述化"这一表达方式本身会如何歪曲人物的话语。这一点尚未引起批评界的关注，但这并不奇怪。正如上文所分析的取自《傲慢与偏见》的那一片段所示，因为叙事作品的虚构本质，若叙述者将人物的话语叙述化，读者往往难以知晓叙述者在采用这一表达方式时，在何种程度上扭曲了人物的言辞。读者所能确定的只是叙述者在表达人物话语时，将什么内容作为事实加以了叙述。

然而，在文学翻译中，通过与原文中的直接引语相对照，我们却可以看到"人物话语的叙述化"这一表达方式如何歪曲了人物的原话。译者常常采用"人物话语的叙述化"这一表达方式来处理原文中的直接引语或自由直接引语，以为这样做只是改变了表达方式，并未改变原文的内容。但若仔细比较原文中的人物原话和译文中的叙述化表达，我们也许可以看到表达方式的改变如何导致了虚构现实的各种变化。请看取自曹雪芹的《红楼梦》第 32 回的一个片段：

> 黛玉听了这话，不觉又喜又惊，又悲又叹。所喜者：果然自己眼力不错，素日认他是个知己，果然是个知己。所惊者：他在人前一片私心称扬于我，其亲热厚密竟不避嫌疑。所叹者：你既为我的知己，自然我也可为你的知己，既你我为知己，又何必有"金玉"之论呢？既有"金玉"之论，也该你我有之，又何必来一宝钗？……

下面是英译文：

> This surprised and delighted Tai-yu but also distressed and grieved her. She was delighted to know she had not misjudged him, for he had now proved just as understanding as she has always thought. Surprised that he had been so indiscreet as to acknowledge his preference for her open-

---

[①] Ann Banfield, *Unspeakable Sentences*, Boston: Routledge and Kegan Paul, 1982.

[②] Meir Sternberg, "Point of View and the Indirections of Direct Speech," *Language and Style* 15 (1982), pp. 67—117; Monika Fludernik, *Towards a 'Natural' Narratology*. London: Routledge, 1996.

ly. Distressed because their mutual understanding ought to preclude all talk about gold matching jade, or she instead of Pao-chai should have the gold locket to match his jade amulet... (Trans. Hsien-yi Yang and Gladys Yang)① ［这让黛玉又喜又惊，且也又悲又叹。她感到欣喜的是自己未看错人，因为他确实如她所想的那样理解她。她之所以感到惊奇，是因为他如此不加克制，以至于在众人面前公开表达对她的偏爱。她之所以会悲叹，是因为他们之间的相互理解应该可以排除"金玉"之论，或者说她自己而不是宝钗应该有"金"来与他的"玉"相匹配……］

黛玉和宝玉气质相投，超凡脱俗，对封建仕途不感兴趣。在这一片段之前，黛玉听到湘云在试图说服宝玉追求仕途，但宝玉则回答说："林妹妹不说这些混账话，要说这话，我也和他生分了。"宝玉的话立刻激起了黛玉心中复杂的情感反应。原文中的"所喜者""所惊者""所叹者"为叙述者的评论，冒号后面出现的则是用自由直接引语表达的黛玉的内心想法。也就是说，有三个平行的由叙述评论向人物内心想法的突然转换。译文则从头到尾都采用了叙述者的话语来表达这三个平行的突然转换。从表面上看，这只是改变了表达方式，而实际上这导致了故事事实的多种变化。

在《红楼梦》这样的古典小说中，故事外的叙述者较为客观可靠，而故事内的人物则主观性较强。译文将黛玉的内心想法纳入客观叙述层之后，无意中将黛玉的想法在一定程度上事实化了（这些想法在译文中以导致她情感反应的外在原因之面貌出现）。这样一来，叙述的焦点就从内心透视转为外部描述，黛玉也就从想法的产生者变成了事实的接受者。值得注意的是，在原文中，黛玉的想法与"喜""惊""叹"等情感活动密不可分，想法的开始标志着情感活动的开始；黛玉的复杂心情主要是通过她的想法本身来体现的。在译文中，由于原文中的内心想法以外在事实的面目出现，因此成为先于情感活动而存在的因素，仅仅构成造成情感活动的外在原因，不再与内心情感活动合为一体。不难看出，与原文中的内心想法相比，译文中的外在"原因"在表达黛玉的情感方面起的作用较为间接，且较为弱小。此外，将黛玉的内心想法纳入叙述层也不利于反映黛玉特有的性格特征。原文中，黛玉对宝玉评价道："他在人前一片私心称扬于我，其亲热厚密竟不避嫌疑。"实际上，宝玉的话并无过于亲密之处，

---

① Yang, Hsien-yi and Gladys Yang (trans.), *A Dream of Red Mansions*, by Cao Xueqin, Beijing: Foreign Languages Press, 1978, pp. 469—470.

黛玉将之视为"亲热厚密竟不避嫌疑"主要有两方面的原因：一是她极其循规蹈矩，对于言行得体极度重视；二是她性格的极度敏感和对宝玉的一片痴情。这一不可靠的人物评论微妙地体现了黛玉特有的性格特征。在译文中，"他如此不加克制，以至于在众人面前公开表达对她的偏爱"成了由叙述者叙述出来的"事实"，基本上失去了反映黛玉性格特征的作用。

不难看出，在原文中，"他"和"你"这两个人称代词所指为宝玉一人。开始时，黛玉以第三人称"他"指称宝玉。随着内心活动的发展，黛玉改用第二人称"你"指称宝玉，情不自禁地直接向不在场的宝玉倾吐衷肠，这显然缩短了两人之间的距离。黛玉接下去说："既有'金玉'之论，也该你我有之"，至此两人已被视为一体。这个从第三人称到第二人称的动态变化发生在一个静态的语境之中，对于反映黛玉的性格有一定的作用。黛玉十分敏感多疑，对于宝玉的感情总是没有把握，因此在得知"他"的理解和"偏爱"时，不禁感到又喜又惊。可多情的黛玉对宝玉已爱之至深，因此情不自禁地以"你"代"他"，合"你我"为一体。在静态小语境中出现的这一动态代词变化，在某种意义上也可以说象征着黛玉和宝玉之间的感情发展过程和逐渐走向共同抗争的过程，对表达小说的主题意义有一定的作用。从理论上说，无论是在叙述层还是在人物话语层，均可以采用各种人称。但倘若人物话语通过叙述者表达出来，第一、二人称就必然会转换成第三人称。因此，译文在将黛玉的想法叙述化之后，就无可避免地失去了再现原文中人称转换的机会，无法再现原文中通过人称变化所取得的主题效果。

译文在表达方式上的变化的另一令人遗憾的后果是在情态表达形式上受到了限制。译文在将黛玉的想法纳入叙述层之后，无法再现原文中由陈述句向疑问句的转换，这跟以上论及的其他因素交互作用，在很大程度上影响了对人物的主体意识和感情色彩的再现。原文中黛玉的推理、发问体现了她的疑惑不安。译文中直截了当的叙述定论"他们之间的相互理解"则大大减弱了这种疑惑不安的心情。原文中的推理发问呈一种向高潮发展的走向，译文的平铺直叙相比之下显得过于平淡。不难看出，译文采用的叙述化表达难以起到同样的反映人物心情和塑造人物性格的作用。

如上所述，由于人物话语的表达涉及两个声音和两个主体（人物的和叙述者的），同时也涉及两个不同的交流语境，如果选择了"人物话语的叙述化"这样间接的表达方式，叙述者就会对人物话语或想法进行编辑加工，改用自己的词语加以表达。这种表达会受到多种限制，叙述出来的

（由人物想法转换而成的）"事实"也很可能会起到不同的作用。尤其值得重视的是，由于人物的主观想法在叙述者的表述中往往以"客观事实"的面貌出现，这种表达方式的转换很可能会导致对虚构现实的歪曲，从而模糊故事与话语之间的界限。

2."人物视角"

笔者所说的"人物视角"指的是叙述者采用人物的感知来观察过滤故事事件。① 为了看清这一问题，让我们先考察一下热奈特对于视角的两种不同界定：

(1) 是哪位人物的视点决定了叙述视角？②

(2) 在我看来，不存在聚焦或被聚焦的人物：被聚焦的只能是故事本身；如果有聚焦者，那也只能是对故事聚焦的人，即叙述者。③

从表面上看，这两种定义互为矛盾，第一种认为视角取决于故事中的人物，第二种则认为只有叙述者才能对故事聚焦。但若透过现象看本质，就能发现逻辑上的一致性：叙述者（作为作者之代理）是叙述视角的控制者，他既可以自己对故事聚焦，也可以通过人物的感知来聚焦。我们在采用"人物视角"这一术语时，应该将之理解为"叙述者用于展示故事世界的人物感知"。人物视角可以在叙事作品中短暂出现，在传统的全知叙述中尤为如此。请看哈代的《德伯家的苔丝》第五章中的一段：

苔丝仍然站在那里犹豫不决，宛如准备跳入水中的游泳者，不知是该退却还是该坚持完成使命。这时，有个人影从帐篷黑黑的三角形门洞里走了出来。这是位高个子的年轻人，正抽着烟。他皮肤黝黑，嘴唇很厚，看上去虽红润光滑，形状却相当丑陋。嘴唇上方有梳理齐整、顶端卷曲的黑色八字胡，他的年龄顶多二十三四岁。尽管这位先生的外表带有一点粗野的味道，但在他的脸上和他那毫无顾忌、滴溜溜乱转的眼睛里却有着一种奇特的力量。"嘿，我的美人，我能为你做点什么吗？"他说着，朝这边走来。看到她满脸困惑地站着不动，他说："别担心。我是德伯维尔先生。你是来找我还是找我母亲的？"

---

① 申丹《视角》，《外国文学》2004 年第 3 期；Dan Shen, "Mind-Style," *Routledge Encyclopedia of Narrative Theory*, (eds.) David Herman et. al, London & New York: Routledge, 2005, pp. 311—312.

② Genette, *Narrative Discourse*, p. 186.

③ Gerard Genette, *Narrative Discourse Revisited*, (trans.) Jane E. Lewin, Ithaca: Cornell University Press, 1988, p. 73.

诺曼·弗里德曼（Norman Friedman）在《小说中的视角》一文中提出，全知叙述者在这里采用的仍然是自己的视角而非苔丝的视角。若想转用苔丝的视角就必须明确说出：

> 她看到一个人影从帐篷黑黑的三角形门洞里走了出来……她注意到他皮肤黝黑，嘴唇很厚……她觉察到在他的脸上和他那毫无顾忌、滴溜溜乱转的眼睛里却有着一种奇特的力量……①

我们不妨比较一下弗里德曼的版本和下面这一版本：

> 苔丝看到德伯维尔夫人的儿子从帐篷黑黑的三角形门洞里走了出来，但苔丝不知道他是谁。她注意到他皮肤黝黑，嘴唇很厚……她觉察到在他的脸上和他那毫无顾忌、滴溜溜乱转的眼睛里却有着一种奇特的力量……

在这里，尽管有"苔丝看到""她注意到"等词语，但叙述视角却不是苔丝的，而依然是全知叙述者的，因为只有后者才知道走出来的是德伯维尔夫人的儿子。不难看出，全知叙述者是在向读者描述他所观察到的苔丝的感知过程。也就是说，苔丝的感知在这里仅仅是叙述者的观察对象而已。与此相对照，在哈代的原文中，尽管没有"她看到""她注意到"等词语，实际上叙述视角已经发生了转换。我们之所以开始时不知道走出来的为何人（"一个人影""高个子的年轻人""这位先生"），就是因为全知视角临时换成了苔丝的有限视角。全知叙述者不再间接地向读者描述他所观察到的苔丝的感知过程，而是让读者直接通过苔丝的眼睛来观察德伯维尔夫人的儿子："这时，有个人影从帐篷黑黑的三角形门洞中走了出来。这是位高个子的年轻人……"这个向人物有限视角的转换可以产生短暂的悬念，读者只能跟苔丝一起去发现走出来的究竟是谁，从而增强了作品的戏剧性。笔者想用这一实例说明：虽然苔丝的感知与其言行一样，都属于故事这一层次，但在这一时刻，苔丝的感知却替代叙述者的感知，成为观察故事的叙述工具，因此又属于话语这一层次。由于"人物视角"同时属于故事层和话语层，故事与话语在这里自然也就难以区分。

如果有人认为在探讨故事与话语之分时，不值得考虑这种短暂出现的"人物视角"的话，那么在涉及采用"第三人称意识中心"的作品时，我

---

① Friedman, Norman, "Point of View in Fiction: The Development of a Critical Concept," *The Theory of the Novel*, (ed.) Philip Stevick, London: The Free Press, 1967, pp. 123—124.

们则不得不认真考虑这一问题。这种作品往往自始至终都采用人物视角。也就是说，人物的感知很可能一直都既属于故事层（如同人物的言行），又属于话语层（如同其他叙述技巧），从而导致故事与话语在这一范畴的难以区分。其实，在"第三人称意识中心"这种由故事外的叙述者表达的作品中，正是因为人物的感知替代话语层上叙述者的感知来观察事件，第三人称叙述话语才会展现出对于故事世界的主观印象。

迄今为止，"人物视角"的双重性质尚未引起学界的关注。有的叙事理论家将叙述视角视为话语层次的一种功能，一种"表达方法"，[1]"叙述控制的首要手段"，[2]或一种"文本因素"[3]。与此相对照，查特曼和普林斯等学者为了坚持故事与话语的区分，将视角完全囿于故事这一层次。[4]其实，将视角囿于"故事"范畴，这本身就是一种概念混乱。查特曼自己下的定义是："故事"是被叙述的内容，"话语是表达故事的方式"。[5]叙述视角为"表达故事的方式"之一，在这个意义上，它属于话语范畴，而不是故事范畴。里蒙-凯南在《叙事虚构作品》一书中，作为"视角"这一章的结语，提出了罗恩（Moshe Ron）的假设：假如聚焦者是人物，那么他的感知行为就是故事的一部分；假如聚焦者是叙述者，那么视角就是叙述者手中的多种修辞策略之一。里蒙-凯南认为这一尚未证实的假设有可能会修正视角理论。[6]笔者认为，罗恩的这种截然两分，虽然看上去既平衡又全面，实际上只会造成新的混乱。如前所述，人物感知在充当叙述视角时，也就成了叙述者手中的修辞策略之一，因此既属于故事层，又属于话语层。这种双重属性才是人物视角的本质所在。既然"人物视角"具有这种双重性，故事与话语在这一范畴也就自然难以区分。

3. 同故事叙述中"我"的叙述者功能与人物功能的重合

如前所述，在异故事叙述（即叙述者处于故事之外的第三人称叙述）中，叙述者与人物之间的界限是清晰可辨的，因为这种叙述者不能真正像

---

[1] Percy Lubbock, *The Craft of Fiction*, New York: Viking Press, 1957, p. 251.

[2] Mieke Bal, *Narratology: Introduction to the Theory of Narrative*, p. 50.

[3] Rimmon-Kenan, *Narrative Fiction*, 2nd edition, p. 86.

[4] Chatman, *Coming to Terms*, pp. 119—123；139—160; Gerald Prince, "A Point of View on Point of View or Refocusing Focalization," in *New Perspectives on Narrative Perspective* (eds.) Willie van Peer and Seymour Chatman, Albany: State University of New York Press, 2001, pp. 43—50; Uri Margolin, "Cognitive Science, the Thinking Mind, and Literary Narrative," in *Narrative Theory and the Cognitive Sciences*, (ed.) David Herman, Stanford: CSLI, 2003, pp. 281—282.

[5] Chatman, *Story and Discourse*, p. 9.

[6] Rimmon-Kenan, *Narrative Fiction*, 2nd edition, p. 86.

人物那样进入故事世界。与此相对照,在同故事叙述(即第一人称叙述)中,当"我"的叙述者功能(这属于话语层)与人物功能(这属于故事层)相重合时,故事与话语之间的界限就会变得模糊不清。由于叙述者在表达自己的故事,故有时难以区分作为叙述者的"我"之眼光(话语层)和作为人物的"我"之眼光(故事层)。此外,由于叙述者在讲自己的故事,其眼光可能会直接作用于故事。在有的作品中,叙述开始时故事并没有结束,故事和话语就会更加难以区分。在海明威的《我的老爸》这篇由乔(Joe)叙述的作品中,作为叙述者的乔与作为人物的乔几乎同样天真。如题目所示,乔叙述的是当骑师的父亲,但父子之间的关系一直是叙事兴趣的焦点。作为叙述者的乔如何看待父亲显然会直接作用于父子之间的关系。① 在故事的结尾处,乔的父亲在一次赛马事故中丧生,这时乔听到了两位赛马赌徒对父亲充满怨恨的评价,这番评价打碎了父亲在乔心中的高大形象。有人试图安慰乔,说他的父亲"是个大好人"。叙述至此,文中突然出现了两个采用现在时的句子:"可我说不上来。好像他们一开始,就让人一无所有"(But I don't know. Seems like when they get started they don't leave a guy nothing)。这两个采用现在时的句子似乎同时表达了作为人物的乔当时对其他人物话语的反应(自由直接引语)和作为叙述者的乔现在对这一往事的看法(叙述评论),前者属于故事层,后者则属于话语层。两种阐释的模棱两可无疑模糊了故事与话语之分。

在"自我叙述"(即"我"为故事主人公的叙述)中,如果叙述开始时,故事尚未最终结束,"我"依然作为主人公在故事中起作用,那么"我"就会同时充当(属于话语层的)叙述者角色和(属于故事层的)人物角色。纳博科夫(Vladimir Nabokov)的《洛莉塔》就是一个很好的实例。在这部回顾性的第一人称小说里,很难区分以往的故事("我"作为正在经历往事的主人公)和目前的话语("我"仅仅充当叙述者),因为亨伯特开始叙述时,故事并没有结束。叙述时的亨伯特被囚于狱中,对将要到来的审讯做出各种反应,这些都是整个故事的一部分。目前的亨伯特只不过是更年长的主人公,他不得不对自己过去的行为负责,但与此同时,他又是讲述自己故事的叙述者。

然而,这两个角色——叙述者和主人公——并非总是保持平衡。亨伯特的叙述对象可以分为三类:(1)过去他跟洛莉塔和其他人物在一起时所

---

① Phelan, *Narrative as Rhetoric*, pp. 92—104.

发生的事；（2）他目前的情形，包括他的狱中生活和对于审讯的各种想法；（3）他叙述故事的方式，包括对往事的看法和情感反应。就第一类而言，如果亨伯特在叙述时不插入自己目前的思维和情感活动，我们就会聚焦于过去发生的事（或者说聚焦于如何从亨伯特不可信赖的叙述中重新建构出以往的故事事实）。这样一来，亨伯特目前作为人物的角色就会退居二线或者隐而不见，而他作为叙述者的角色就会占据前台。在这种情况下，故事与话语之间的界限就会比较清晰。就第二类而言，亨伯特目前的人物角色则会显得比较突出。但既然狱中的亨伯特不仅是主人公，而且也是叙述者，因此故事与话语之间的界限恐怕依然难以分辨，尤其是当这一类与第一类或第三类共同出现在同一片段中时。请看《洛莉塔》第一部分第 10 章中的一段：

> （1）在这两个事件之间，只是一连串的探索和犯错误，没有真正的欢乐。这两个事件的共同特点使它们合为一体。（2）然而，我并不抱幻想，我的法官会将我的话都看成一个有恋女童癖的疯男人虚假做作的表演。其实，这个我一点也不在乎。(1) 我知道的只是当黑兹家的女人和我下了台阶进入令人屏息神往的花园之后，我的双膝犹如在微波中蹚水，我的双唇也犹如细沙，而且——"那是我的洛 [莉塔]"，她说："这些是我的百合花。""是的，是的"，我说："他们很美，很美，很美。"

在上面这段中，看到属于第一类的文字时，我们会关注过去发生了什么（在该段的后半部分尤其如此）。文中有时会出现大段的对往事的追忆，目前的亨伯特在这些追忆中，主要是以叙述者的身份出现，读者聚焦于他讲述的往事和他对往事的评价。与此相对照，在读到属于第二类的文字时，读者关注的是亨伯特面对将要来临的审讯之所思所为，因此亨伯特的人物角色就会凸显出来。然而，第二类文字也是由亨伯特叙述出来的，加之前后都是凸显亨伯特叙述者角色的第一类文字，读者也同样会关注亨伯特之叙述者角色。这是作为"主人公—叙述者"的亨伯特在思考将要来临的审讯。这两种角色的共同作用无疑会导致故事与话语的难以区分。

至于上文提到的第三类，即亨伯特叙述故事的各种方式，包括叙述时的文字游戏、自我辩护、自我忏悔、自我谴责，自我审视，如此等等，都是亨伯特这一人物的思维活动。我们不妨看看第一部分第 4 章中的一段：

> 我一遍又一遍地回忆着这些令人心碎的往事，反复问自己，我的

> 生活是在那个闪闪发光的遥远的夏季开始破裂的吗？或者说，我对那个女孩过度的欲望只不过是我固有的奇怪癖好的第一个证据呢？

这些思维活动发生在亨伯特的叙述过程之中，故属于话语这一层次。但与此同时，这些思维活动又是作为主人公的亨伯特之心理活动的一部分，因此也属于故事这一层次。作品中指涉亨伯特之写作的元小说成分也具有这种双重属性："56 天前，当我开始写《洛莉塔》时，先是在精神病房的观察室里写，后来是在这个气温不低但犹如坟墓的牢房里写……"（第二部分第 36 章）。这种元小说性质的文字不仅提供了有关亨伯特这位叙述者的信息（话语层），[①] 而且也告诉读者作为主人公的亨伯特在治疗和关押期间做了什么（故事层）。在《洛莉塔》这部小说中，对往事的叙述构成了文本的主体，因此，故事与话语之间的界限总的来说较为清晰。然而，小说中也不时出现一些片段，其中同样的文字既跟作为叙述者的亨伯特相关，又跟作为人物的亨伯特相关。也就是说，这些文字在局部消解了故事与话语之分。

自从托多罗夫于 1966 年率先提出故事与话语之分这一叙事学研究"不可或缺的前提"以来，这一区分吸引了众多西方学者的注意力，20 世纪 80 年代以来更是导致了各种解构的努力。故事与话语之分之所以会成为一个如此热门的话题，主要是因为它的本质和它所涉及的方方面面依然模糊不清。在西方学者的讨论中，我们可以看到两种倾向，一种为绝对捍卫，另一种为各种形式的颠覆。但无论是属于哪种倾向，这些讨论一般都出现了偏误，偏误之源就在于没有把握问题的症结。我们应该清醒地认识到虚构故事本身同时具有虚构性、模仿性和主题性；认识到故事与话语之分以模仿性为根基；同时认识到在具有模仿性的作品中，故事与话语之间仍可存在各种形式的局部重合。本节旨在帮助阐明故事与话语之分的本质特征和相关问题，并从新的角度更好地把握虚构叙事的实质性内涵，更全面地把握作者、叙述者、故事与读者之间的关系。

---

① 笔者曾以《项狄传》为例，对元小说写作的本质进行了更为充分的探讨（Dan Shen, "Narrative, Reality, and Narrator as Construct," p. 124）。参见 Dan Shen, "Narrating," *Routledge Encyclopedia of Narrative Theory*, (eds.) David Herman et. al. London & New York: Routledge, 2005, pp. 338—339.

第二节 有关"隐含作者"的网上对话

如第十章第一节所述,在1961年出版的《小说修辞学》一书中,美国芝加哥学派著名学者韦恩·布思提出了"隐含作者"这一概念。该概念出台后,被叙事理论界广为采纳接受。该概念的出台,与20世纪50—60年代重文本、轻社会历史语境的学术氛围密切相关。20世纪80年代以来,随着西方政治批评、文化研究的日渐强盛,"隐含作者"这一概念受到了很大冲击。2000年春夏之交,在 NARRATIVE@ctrvax.Vanderbilt.Edu 上,以北美学者为主体的叙事理论家们就这一概念展开了激烈的网上对话。

一、对话的导火线

2000年4月,在美国亚特兰大召开的叙事文学研究协会的年会上,西摩·查特曼向在场的代表提出了一个问题:"有多少人仍然相信'隐含作者'这一概念?相信的请举手。"除了几位代表之外,其他人全都举起了手。作为"隐含作者"这一概念的拥护者和阐释者,查特曼显得非常高兴。他在1978年出版的《故事与话语》一书中,采用了下面这一图示来说明"隐含作者"在叙事交流模式中的作用:①

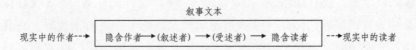

在这一图表中,隐含作者是信息的发出者,现实中的作者与读者均被排斥在交流情景之外,尽管用查特曼的话来说,他们"在最终的实际意义上仍是不可缺少的"。在1990年出版的《叙事术语评论》一书中,查特曼又用了相当长的篇幅来论述"隐含作者"这一概念,但较多地考虑了读者在建构隐含作者时所起的作用,指出既然"隐含作者"指称读者从作品中推导出来的作者形象,因此在一定程度上有赖于读者的阐释,处于不同社会历史语境中的读者很可能会建构出不同的隐含作者。② 查特曼几年前在欧洲参加学术会议时,因为坚持"隐含作者"这一概念而遭到了一些与会

---

① Chatman, *Story and Discourse*, p.151.
② Chatman, *Coming to Terms*, pp.74—89.

代表的强烈反对。而在美国的这个会议上，却得到了绝大多数学者的拥护，自然备感欣慰。

2000 年 6 月 2 日，布赖恩·理查森在国际互联网上就这件事发表了感想。他说："开完叙事文学研讨会之后，我一直在思考隐含作者这一问题。查特曼在《故事与话语》一书中，指出我们可以采用'隐含作者'这一概念来讨论好莱坞的一部电影，而电影脚本实际上是由一个创作组完成的。同样，我们认为《诺斯特罗莫》仅有一个隐含作者，实际上康拉德生病时，为了在出版商规定的日期之前完成书稿，福特（Ford Madox Ford）帮他写了好几页。既然由一个以上历史上的真实作者完成的作品能够（或更确切地说，意在）视为单一作者的产品，那么我们要问：是否单一的叙事作品也会有两个（或者更多的）隐含作者呢？有的合作完成的作品读起来很像出自不同人之手（实际上也是这么回事）。《佩里克利斯》就是一个经典例证，其前面几幕好像是文艺复兴时期一个叫迈克尔·德雷顿（Michael Drayton）的雇佣文人写的，而后面几幕则毫无疑问出自莎士比亚之手。还有一种情况就是作者去世之后，另一位作者为其撰写续集（我相信中国古典小说《红楼梦》就是这种情况）。……最后，在由一位历史上的作者完成的作品中，是否会有两个隐含作者呢？这从理论上说是可能的，或许还有一些实际例证。研究亨利·詹姆斯的人也许会提到：年长的亨利·詹姆斯对年轻的亨利·詹姆斯写下的比较清晰和直接的文字进行了部分改写之后，方收入其全集。还有像塔索（Torquato Tasso）这样的作者，① （我好像记得）他改变了宗教信仰并（令人遗憾地）对他的杰作进行了改写。在其作品中，改变信仰之前和之后的不同声音是否会潜在地构成一个双重的隐含作者呢？"

也许出乎布赖恩·理查森自己的预料，他的这番话犹如一根导火线，在网上引起了几乎持续两周（2000 年 6 月 2 日至 14 日）的长时间讨论，中心论点在于究竟是否需要隐含作者这一概念，并由此引发了涉及隐含作者的其他一些问题。叙事学家们各抒己见，激烈对话。

二、究竟是否需要隐含作者这一概念？

玛丽-劳雷·瑞安认为不需要隐含作者这一概念，建议采用奥康（Ock-

---

① 塔索（1544—1595），意大利诗人。

ham）的剃刀①将其去掉。她举了洛特雷阿蒙（Comte de Lautreamont）的《诗集》作为实例②："该作品蕴涵健康的生活哲学，与《玛尔佗罗之歌》中有违常理的哲学思想直接对立。因此，可以认为《诗集》的隐含作者赞同一种资产阶级的健康哲学，而反对真实作者可能具有的信念。这样一来，《诗集》就成了文学性的谎言。但绝大多数文学批评家却要说，这是隐含作者的反讽，他与叙述者持不同的看法。根据经典叙事学的模式，有一个真实作者（迪卡塞［I. Ducasse］，这是作者的本名），作品出自他之手；一个反讽性的隐含作者（洛特雷阿蒙），具有愤世嫉俗的眼光；还有一个提倡健康的生活方式的叙述者（我称他为文本隐含的发言人，他相信文本所说的话）。但为何要有一个隐含作者呢？假如我们动用奥康的剃刀，就只会剩下两个实体：叙述者和作者。我们可以从文本中直接或间接地推导出作者的特性、信念、意图和潜意识的愿望。这些推导出来的特征不一定会构成一个永恒的形象，而只是该文本的作者之形象。照这样来看，真实作者与隐含作者之间的区别归根结底是客观特征和文本假定的特征之间的区别，或者说是传记事实与内心世界和艺术意图之间的区别。隐含作者就是一个假定的真实作者（a hypothesized real author）。总而言之，我建议在文学理论中去掉隐含作者。"

詹姆斯·费伦对玛丽-劳雷·瑞安的话进行了回应。费伦与布思关系密切，是隐含作者这一概念的拥护者。他认为瑞安对于"假定的真实作者"的描述与通常对于"隐含作者"的理解十分一致，并无本质上的分歧。费伦不无诙谐地提出，可以把有血有肉的真实作者比作土豆，把从文本中推导出来的隐含作者比作"薯条"或者"烤土豆"。

另一位拥护"隐含作者"这一概念的美国叙事理论家艾莉森·凯斯（Alison Case）则发表了下面这番感想："不妨说，隐含作者只是对有血有肉的作者的一种限定——'在读这个作品时所假定的作者'，而不是通过阅读其所有作品加上几本好的传记，或者通过个人接触所了解到的更为复杂多面，甚至自我矛盾的人物。比方说，一个令人厌恶的不可靠的叙述者对某个社会机构进行了令人恶心的赞扬，作者旨在通过这种方式来对该机

---

① 奥康的剃刀（Ockham's Razor）：英国14世纪唯名论哲学家威廉·奥康有一句名言："如无必要，勿增实体。"他是作为一种理论提出来的，即"思维经济原则"：不要提出什么存在的实体，免得还要费心去加以解释。这就是奥康的用"经济思维"这把"剃刀"把实体及其阐释都剃掉的理论。——引自《剑桥百科全书》

② 洛特雷阿蒙（1846—1870），法国诗人，本名迪卡塞，1868年出版了一组散文诗《玛尔佗罗之歌》，1870年出版《诗集》。

构加以尖锐的批判。那么，我们可以说，叙述者喜欢这一机构，而真实作者却痛恨它。但倘若在阅读同时代的信件和刊物时，发现有血有肉的作者对整个机构的看法并非固定不变。他在其他地方私下里谈到了该机构的一些优点，但那部作品对此却丝毫没有涉及，这是因为作者不愿写一部平淡乏味的作品，担心这样的作品难以吸引读者，或者不符合自己公开的作者形象，甚或是他对这一问题的看法具有深刻的自我矛盾。我们无法判断作品中隐含的观点是否比他私下里表达的相矛盾的观点更为真诚。但有一点是肯定的：作品中隐含的作者声音坚决反对这个机构。我在讲授这样一部作品时，也许会认为值得引导学生了解这一点：作者私下表达的观点远比作品表达的要复杂。**但我希望我的学生仍然认为作品中作者的声音——即为了一定的修辞目的，让叙述者显得不可靠的那个声音——对于那个机构持强烈的批判立场。**在这种情况下，有别于'真实作者'的'隐含作者'这一概念就能派上用场了。"（黑体为笔者所加）

针对艾莉森·凯斯这番话中用黑体标示的部分，反对"隐含作者"这一概念的莫尼卡·弗卢德尼克说："问题就在这里！作品中仅仅存在叙述者的声音（就话语的语言信号而言）。当我们对叙述者的观点感到反感时，我们会凭直觉判断作者一定对叙述者的看法持否定态度，一定有意让我们对叙述者的观点感到不能苟同。正是这样，在叙述者话语的后面，我们也许可以瞥见通过那个站不住的被称为隐含作者的'人'表达出来的真实作者的观点。作品的意义和要旨就在于让读者得出这么一个结论：应该从叙述者话语的字里行间推导出一个关于这些事件的不同版本或者不同评价。"弗卢德尼克提到了安布罗斯·比尔斯（Ambrose Bierce）[①]的作品《狗油》，其叙述者是在基督教家庭中长大的男孩，他赞扬（至少认同）父母的工作和世界观。他父母获取狗油的来源起先是流浪的狗，然后是捕捉的狗，接着是他们杀害的婴孩，最后是他们强行抢走的婴孩。弗卢德尼克与她的同事在讨论《狗油》这一作品时，对叙述者轻松快活的话语进行了解构，指出这是用高尚体面来伪装犯罪性。整个作品的要旨在于让读者意识到，叙述者并非如其话语所示，是一个道德观念很强的中产阶级好孩子，而是犯罪阶层的一员，没有任何道德顾忌。弗卢德尼克说："作品中唯一的声音来自于叙述者。假如我们说听到了作品背后的隐含作者，甚至作者的声音，我们想说的只是：由于自己深信叙述者的世界观与作者想告诉我们的

[①] A. 比尔斯（1842—1914），美国新闻记者、作家，写过许多以死亡为题材的讽刺小说。

一切相矛盾,因此我们就建构出一个假定的隐含作者,假定其话语构成作品的背景。"弗卢德尼克赞同另一位德国叙事学家阿格萨·纽宁(Agsar Nuenning)及其夫人维拉·纽宁的观点。① 前者近几年来一直在解构"隐含作者"这一概念。他采用了以下两种实体来取代隐含作者:(1)整个作品的意思,(2)读者直观地感到存在于作品之后的正常规范(norm)。这是为读者所接受,而被叙述者所违反的准则,但不同社会历史时期的读者会建构出不同的正常规范。以英国小说家戈尔德斯密斯(Oliver Goldsmith)的《威克菲尔德的牧师》为例,18世纪的读者将之视为感伤小说的杰作,并没有认为其叙述者不可靠。然而,在60年代,有的批评家将叙述者普里木罗斯先生视为一个虚伪的笨蛋,认为他的道德观念很成问题,他的叙述不可信赖。维拉·纽宁认为这种新的阐释源于这些当代读者对感伤主义世界观的极度怀疑。

玛丽-劳雷·瑞安针对艾莉森·凯斯上面那番话中假设的例证说:"如果有人能拿出一个作品,其真实作者想的是甲,隐含作者想的是乙,叙述者想的是丙,而且没有办法把前面两者合而为一,那么我就会认为小说中的三层模式(作者—隐含作者—叙述者)是有用的。"

布赖恩·理查森对此回应道:"福克纳(William Faulkner)的《喧嚣与骚动》中的隐含作者显然有别于书中三个独白性质的叙述者,也有别于最后'迪尔西'那一部分的叙述者。我相信,就种族歧视而言,这位隐含作者要比历史上的福克纳更为进步,更加有平等的思想。后者对黑人持较为明显的恩赐态度,也较为保守(正如在对待黑人的公民权这一问题上,他的那句声名狼藉的'慢慢来'所表明的立场)。同样,乔伊斯的《尤利西斯》中各式各样的叙述者无法跟隐含作者画等号。与历史上的乔伊斯相比,这位隐含作者更为同情女性,也更希望让读者听到她们的声音。"稍后他又说:"最后,还有[托马斯·曼的]《在威尼斯之死》这一饶有趣味的例子。该作品的叙述者对阿申巴赫的同性恋愿望相当反感,但隐含作者要宽容得多,尽管他本人绝对是异性恋者。然而,历史上的托马斯·曼(Thomas Mann)曾经搞过同性恋,这是他一生中最为刻骨铭心的经历之一。"

瑞安的回答是:"像隐含作者一样,'历史上的福克纳'也照样是假定的结构物。此外,难道这种提法没有将他物化,仿佛他是铁板一块,只有

---

① 阿格萨·纽宁的论著一般用德文发表,但他在 Anglistik 1997 年第 8 期上发表了一篇直接相关的英文论文 "Deconstructing and Reconceptualizing the Implied Author"。

固定的看法？我肯定福克纳在一生中改变过看法，很可能还同时持互为矛盾的观点。在我看来，布赖恩所说的《喧嚣与骚动》的隐含作者就是读者在《喧嚣与骚动》中看到的福克纳。再者，我们并不是非要有隐含作者，才能讨论读者对于作者的不同看法。毕竟对于比尔·克林顿也有不同的看法；但并不需要说'隐含的比尔·克林顿'，只不过是存在'我的克林顿'和'你的克林顿'而已。"不难看出，瑞安的最后两句话跑了题。大家讨论的并不是读者对同一作者的不同看法，而是从文本中推导出来的作者形象与真实作者的不同。

赞成隐含作者这一概念的戴维·里克特（David H. Richter）认为保留"隐含作者"这一概念有利于"区分作品私下对于作者具有的意义和作者期望作品在公众眼里具有的意义。例如，可以说《我的前一位公爵夫人》源于布朗宁对于家庭专制的亲身感受——伊丽莎白·巴蕾特（Elizabeth Barrett）① 与其父之间不健康的关系。倘若情况如此，我们希望区分布朗宁（作为作者）所了解的和这篇作品作为诗歌（隐含作者）所了解的，后者知道菲拉拉公爵和他先前的夫人，但不了解巴蕾特一家"。

三、多个真实作者与一个隐含作者（或一个真实作者与多个隐含作者）

在叙事学家们围绕是否需要"隐含作者"这一概念争得不可开交时，身为导火线的布赖恩·理查森发出了一个电子邮件，为他最初提出的问题寻求答案。同时，他又提出了一个新的问题："假如大家公认在一部叙事作品中存在多个隐含作者，那么'隐含作者'这一概念究竟是变得更为有用，还是更为无用？"

费伦对此马上回应："我赞同着眼于'是否有用'，这使我们得以撇开本体论上的问题（究竟是否有隐含作者这一实体？）而集中关注这一概念在我们试图阐释某些现象时是否能起作用。"费伦认为隐含作者这一概念对于理查森提到的那些现象颇为有用：假如一位作者未能完成作品，另一位作者替其完成了，后者的工作旨在为整部作品创造出一个单一连贯的隐含作者。费伦深信，第二位作者是否成功地做到了这一点，是评论家们评价作品的一个主要依据。至于另一种情况，即同一个历史上的作者改写了其作品的某些部分，输入了与其他部分不同的思想观点甚至写作技巧，费伦认为"隐含作者"在此也有用武之地：虽然仅有一个有血有肉的作者，

---

① Elizabeth Barrett (1806—1861)，布朗宁之妻，英国女诗人。

作品中却有多个隐含作者，或者说，有一个不够连贯的隐含作者。

戴维·里克特将注意力转向了《圣经》，指出像《士师记》（《旧约全书》的一卷）这样的文本材料来源复杂，有古典诗歌、民间传说、神话和编年史，这些材料又由处于不同历史时期和持不同政治观点的人编纂和改编。里克特认为可以将之视为具有一个不连贯的隐含作者的"无人占有的文本"。

费伦认为，由于《圣经》的背后存在很多有血有肉的人和不同的历史时期，对于"隐含作者"这一概念确实提出了挑战。但在读《圣经》的各书时，我们不妨一方面考虑其编纂者和编纂过程，另一方面考虑从文本中推导出来的隐含的作者意识。只要足够灵活，"隐含作者"这一概念在这样的作品中依然能够派上用场。诚然，这一概念并非对所有文化中的所有文本都适用。

理克·利文斯通（Rick Livingston）则将注意力转向了荷马史诗。他直接向瑞安提出了一个问题："你是否想说'真实的荷马'？"

瑞安的回答是："有人提出，对于摈弃了隐含作者的人来说，荷马出了个难题，但我认为情况恰恰相反。如果作品有可能是不同的抄写者记录下来的来源丰富的口头文本，那么，又为何要说存在一个对整个作品负责的统一意识，即一个上帝般的作者，由他将旨在产生的各种效果组合为一个和谐的整体呢？倘若作品成分异质，声音多重，自我矛盾，那就让它那样存在。"

利文斯通回应道："在我看来，'荷马'指一种特定的文化传统或者一个文本场地，历史上有关原作者的各种看法都曾作用于它（新古典主义者说'甚至荷马都打盹'——有的地方枯燥乏味，而浪漫派学者却将荷马史诗的文本视为民族精神的自然表达）。由于缺乏证据，我觉得难以指称'真实的'荷马，这比说'真实的'海明威要难，因为海明威的著作权受法律保护。"

针对瑞安对荷马史诗的"统一意识"提出的质疑，唐·拉森（Don Larsson）指出，长期以来，无论批评家对作品持什么立场，一直就是这样来看待荷马史诗的。拉森认为可以将《伊利亚特》和《奥德赛》视为由各种材料组合而成的装配艺术品，而不是具有统一意识的作品，但强调不应忘记，自柏拉图以来，批评界一直将这样的文本视为统一的整体。

四、是否可以扩大隐含作者这一概念

玛丽 劳雷·瑞安向维护隐含作者的学者发问："是否必须完全依据所

读文本来建构隐含作者？是否可以参考作者的传记信息以及从其他文本中推导出来的作者形象？在我看来，若要排斥我们已知的关于作者的信息——例如，托妮·莫里森身为女性和美国黑人——是极不自然和极不可取的，恐怕也是不可能的。……但倘若我们考虑传记信息和其他文本，隐含作者就不是一个独立自足的实体。"

费伦回答说："在《批评理解》一书的最后一章，[①] 韦恩·布思区分了隐含作者和事业上的作者（career author），这一区分也许对我们的讨论有所帮助。隐含作者是在每一个文本中塑造出来的作者的'第二自我'……事业上的作者是所有隐含作者的集合体。因此，当我们读亨利·詹姆斯、弗吉尼亚·伍尔芙或者托妮·莫里森的第一部作品时，我们旨在发现作品背后的那个隐含作者。当我们读了他们的很多作品之后，会形成对于事业上作者的看法。在读下一部作品时，业已形成的看法就会影响（但不会决定）我们对于该作品隐含作者的建构。对于已读作品中某些技巧的看法，也会影响我们对于新读作品中同样技巧的判断。……我认为，隐含作者并非一个独立自足的概念。只有在过分强调系统齐整时，才会认为它应该是。对于作者的种族和性别的了解（这在文本中或许没有明显标记），会影响读者对于隐含作者的建构，诚然，作者之自我（authorial self）的这些方面在不同的叙事作品中具有不同程度的重要性。我想，那个有点滑稽的土豆比喻在此依然适用：正如一个土豆能够做成不同的菜，作者在写不同的作品时，也可以用不同的方式来塑造自己。这个比喻也可表明作者在塑造自己时所享受的自由和所受的限制。土豆上坏了的部分可以在烹调前切除，同样，作者也可以避免将自己的某些缺陷带入作品。正如厨师受到土豆这种原材料的限制（它不是西红柿），作者在塑造隐含作者时也会受到其自身的局限。譬如，作者无法塑造出一个比自己更聪明或者更有艺术天赋的隐含作者。"

费伦最后的这句评论引发了叙事学家激烈的争论。因篇幅所限，且略去不提。

五、不是择一，而是兼收

我们从叙事学家的网上对话可以看到，"隐含作者"这一概念颇为有用。它所指明确，限定于以一部作品为根据所推导建构出来的作者形象，

---

① Wayne C. Booth, *Critical Understanding: The Powers and Limits of Pluralism*, 1979.

出于同一作者之手的不同作品一般会有不同的隐含作者。与此相对照，对于历史上真实作者的了解则有赖于传记、自传、信件、文件、新闻媒体等各种史料。我们知道，福楼拜用了约五年时间来写《包法利夫人》，在这五年里（以及在他有生之年）发生在他身上（以及发生在社会上但影响了他）的事情，对于"真实作者"这一概念都是相关的，但"隐含作者"只是与《包法利夫人》这一作品有关。诚然，我们在读《包法利夫人》时，对于作者的种族、性别（或许还有其他作品）已经有所了解，这会影响我们对该作品隐含作者的建构。在我们看来，"隐含作者"的用处之大小在一定程度上取决于其与真实作者的距离之大小。从这一角度来看，集体创作的作品更需要"隐含作者"这一概念。参加创作的人员往往需要牺牲压抑很多个人兴趣和倾向来服从总体设计的要求，这样创作出来的作品所隐含的作者一般会与真实作者有较大的不同。

20世纪80年代以来，西方文化研究和政治批评发展迅猛，文本的外部研究，尤其是对作者创作时的历史语境的研究成为一种主潮。尽管"隐含作者"有其用处，但想用"真实作者"来取代"隐含作者"也就在意料之中了。从这次网上对话可以看出，摒弃"隐含作者"这一概念的学者一般有两种做法，一是提出另一种概念来加以替代，如瑞安的"假定的真实作者"，其所指与"隐含作者"一致，但在概念上还不如"隐含作者"清晰明了。另一种做法就是采用另外的实体来替代。前文提到，阿格萨·纽宁采用了以下两种实体来取代隐含作者：（1）整部作品的意思，（2）读者直观地感到存在于作品之后的常规。在笔者看来，第二种因素是读者在建构整部作品的意思时所采用的标准或者参照物，而"隐含作者"无疑是"整部作品的意思"之主体，前者表达后者，两者之间不存在替代关系。可以说，这些学者解构"隐含作者"的努力并不成功。

就拥护"隐含作者"这一概念的学者而言，有一点特别值得注意，就是他们往往排斥真实作者。从1961年出版的《小说修辞学》到2004年写就的《隐含作者的复活》，布思一直在强调隐含作者如何不同于真实作者，因此阅读作品时，应该关注的是隐含作者。正如前文中给出的查特曼的那个图所示，"隐含作者"这一概念出台后，几乎完全取代了真实作者。西方批评界传统上一味重视真实作者，强调史料的考证和意图的挖掘，后又一味关注隐含作者，忽略作者的生平和创作时的社会语境。如前所引，在这次网上对话中，里克特谈到了《我的前一位公爵夫人》源于布朗宁对于家庭专制的亲身感受——妻子与岳父之间不健康的关系。但他明确提出，这样的信息仅仅对了解作品的起源有用，与对作品的理解无关。费伦对这一观点也明确表示赞同。但笔者对此难以苟同。在笔者看来，了解这样的信息有助于深化和丰富对作品的理解。"隐含作者"是作者的"第二自我"，与现实中的作者有着千丝万缕的联系，但两者往往有所区别。对两者之间的差异和相关之处的研究对于深入了解作品是大有裨益的，因此在阐释作品时，对两者都应加以考虑。我们认为，有必要将查特曼的那个图中的虚线改为实线，并且去掉那个限定范围的框框：

叙事文本

现实中的作者 → 隐含作者 → （叙述者）→（受述者）→ 隐含读者 → 现实中的读者

查特曼本人尽管忽略现实中的作者，但已经考虑了现实中的读者，认为处于不同社会历史时期的读者很可能会推导建构出不同的隐含作者。在这次的网上讨论中，对于真实读者的关注也得到了体现。但长期以来形式批评和政治文化批评的排他性均较为根深蒂固，我们还需要为隐含作者和真实作者的兼收呼吁，为内在批评和外在批评的结合呐喊。①

就国内来说，情况有所不同：一般倾向于仅谈真实作者，并以传记、史料等为依据，建构出一个较为统一的作者形象。故有时在阐释某部具体作品时，容易忽略该作品中作者的特定立场。在一次考试中，有位学习相当不错的学生在阐释一段作品时，不顾文本中表现出来的作者的特定立场，完全依据自己对作者通常所持立场的了解来答题，结果答偏了。这种只看"真实作者"的做法在国内有一定的代表性。我们有必要强调，作者在某一作品中表现出来的立场观点与其通常表现出来的很可能会有所不同，不同作品中的作者形象也往往有所不同，同一作品中的作者立场也可能前后不一致，如此等等。正是由于这些差异的存在，"真实作者"和"隐含作者"这两个概念难以互为涵盖或互为取代。在阐释作品时，可以说是缺一不可。

进入新世纪以来，网上对话成了西方叙事理论研究者们越来越喜爱的学术交流手段。在 NARRATIVE@ ctrvax. Vanderbilt. Edu 上，只要一位学者发表一点看法，提出一个问题，一般马上会得到多位学者的回应，而且往

---

① 笔者（Dan Shen）在 "Narrative, Reality, and Narrator as Construct"（2001）一文中强调了这一点。詹姆斯·费伦在 "The Implied Author and the Location of Unreliablility"（由 Cornell University Press 2005 年出版的 *Living to Tell about It* 第一章第二节）里也强调了这一点。

往一个话题会引向另一个话题，不断激活思维，拓宽视野，使讨论持续向前发展。在讨论中出现的偏误，也能在众多眼睛的监督下，及时得到纠正。网上对话是信息时代特有的交流手段，在一定意义上代表了学术研究方法的重要转变。从传统研究在故纸堆里爬梳到后现代时期的网上无纸笔作业，这本身就是一个很形象的叙事进程。本书从18世纪的英国开始，终于21世纪的北美，从最初的点评到系统的后经典学说，走过了两个多世纪的叙事理论的发展历程。然而，正如本书反复强调的经典与后经典叙事学的关系一样，我们不能用单一的进化眼光来看叙事理论的发展。后来的理论与先前的理论并非一种简单的替代关系，而是构成多层次、多角度的对话和互补关系。就当代来说，重要的是全面研究经典和后经典的理论，国内以往的研究聚焦于经典理论，忽略了后经典理论，本篇旨在填补这一空白，从而帮助勾勒出一个更为全面的叙事理论的发展图。

引用文献

Abrams, M. H. (gen. ed.) *The Norton Anthology of English Literature*, fifth edition. New York: Norton, 1986, vol. 1.

Aldridge, John W. (ed.) *Critiques and Essays on Modern Fiction*, 1920—1951. New York: Roland, 1952.

Allen, Walter. *The English Novel: A Short Critical History*. New York: E. p. Dutton & Co., Inc. 1954.

Allott, Miriam (ed.). *Novelists on the Novel*. London: Routledge & Kegan Paul, 1959.

Alter, Robert. *Fielding and the Nature of the Novel*. Cambridge: Harvard University Press, 1968.

Anonymous Review, "Great Expectations." *The Atlantic Monthly* VIII (Sept. 1861): 380—382. In *Assessing "Great Expectations"*, (ed.) Richard Lettis & William E. Morris. San Francisco: Ghandler, 1960, 2—6.

Aristotle. *The Poetics*, (tr.) W. Hamilton Fyfe. Cambridge, Mass.: Harvard University Press, 1927.

Asthana, Rama Kant. *Henry James: A Study in the Aesthetics of the Novel*. Atlantic Highlands, N. J.: Humanities Press, 1980.

Bartolomeo, Joseph F. *A New Species of Criticism*. Newark: University of Delaware Press, 1994.

Bal, Mieke. "Sexuality, Semiosis and Binarism: A Narratological Comment on Bergen and Arthur." *Arethusa* 16 (1983): 117—135.

——. 1985. *Narratology*, (tr.) Christine van Boheemen. Toronto: University of Toronto Press, 2nd edition 1997.

Banfield, Ann. *Unspeakable Sentences*. Boston: Routledge and Kegan Paul, 1982.

Bakhtin, Mikhail. *Dialogic Imagination: Four Essays*, (tr.) Caryl Emerson and Michael

Holquist. Austin: University of Texas Press, 1981.

Barthes, Roland. *Image-Music-Text: Essays Selected and Translated by Stephen Heath*. London: Fontana, 1977.

Baym, Nina, et al. (ed.). *The Norton Anthology of American Literature* (3rd edition, shorter). New York: Norton, 1989.

Beach, Joseph Warren. *The Method of Henry James*. 1918. Philadelphia: Albert Saifer, 1954.

Bell, Michael Davitt. "Arts of Deception: Hawthorne, 'Romance,' and *The Scarlet Letter*." *New Essays on "The Scarlet Letter"*, (ed.) Michael J. Colccurcio. Cambridge: Cambridge University Press, 1985, 29—56.

Bennett, Joan. *Virginia Woolf: Her Art as a Novelist*. Cambridge: Cambridge University Press, 1973.

Bentley, Phyllis. *Some Observations on the Art of Narrative*. New York: Macmillan, 1947.

Bjornson, Richard. "Cognitive Mapping and the Understanding of Literature." *SubStance* 30 (1981): 51—62.

Blackmur, R. P. "The Craft of Herman Melville: A Putative Statement." *Twentieth Century Views: Melville: A Collection of Critical Essays*, (ed.) Richard Chase, 75—90.

——. *The Art of the Novel: Critical Prefaces by Henry James*. New York: Scribner, 1934.

Blair, Sara. *Henry James and the Writing of Race and Nation*. Cambridge: Harvard University Press, 1991.

Bloom, Harold. *A Map of Misreading*. Oxford: Oxford University Press, 1980.

Booth, Wayne C. *The Rhetoric of Fiction*. 1961. Harmondsworth: Penguin Books, 2nd edition, 1983.

——. *A Rhetoric of Irony*. Chicago: University of California Press, 1974.

——. *Critical Understanding: The Powers and Limits of Pluralism*. Chicago: The University of Chicago Press, 1979.

——. "Introduction," *Problems of Dostoevsky's Poetics* by Mikhail Bakhtin, (ed. & tr.) Caryl Emerson. Minneapolis: University of Minnesota Press, 1984, xiii—xxvii.

——. "Resurrection of the Implied Author: Why Bother?" *A Companion to Narrative Theory*, (eds.) James Phelan and Peter Rabinowitz. Oxford: Blackwell, 2005, 75—78.

Bortolussi, Marisa and Peter Dixon. *Psychonarratology*. Cambridge: Cambridge University Press, 2003.

Boswell, James. *Life of Samuel Johnson* (abridged ed.). Garden City, N.Y.: Doubleday, 1948.

Brewer, Maria Minich. "A Loosening of Tongues: From Narrative Economy to Women Writing." *Modern Language Notes* 99 (1984): 1141—1161.

Brodhead, Richard. *The School of Hawthorne*. New York: Oxford University Press, 1986.

Brook, Peter. *The Melodramatic Imagination: Balzac, Henry James, Melodrama, and the Mode of Excess*. New Haven: Yale University Press, 1976.

Brooks, Cleanth and Robert Penn Warren. *Understanding Fiction*. 1943. Englewood Cliffs, N. J. : Prentice Hall, 1979.

Brown, Herbert R. "The Great American Novel." *American Literature*, VII (March, 1935), Syracuse: Syracuse University Press, 1957, 1—14.

Burke, Kenneth. *A Rhetoric of Motives*. Berkeley: University of California Press, reprinted 1969.

Burney, Fanny. *Evelina*. New York: Oxford University Press, 1987.

Butcher, S. H. *Aristotle's Theory of Poetry and Fine Art, with a Critical Text and Translation of the Poetics*. New York: Dover, 1951.

Byrd, Max. "Two or Three Things I Know about Setting." *Eighteenth-Century Fiction* XII (2000): 185—191.

Chase, Richard. *The American Novel and Its Tradition*. Garden City, N. Y. : Doubleday, 1957.

——. "Introduction." *Twentieth Century Views: Melville: A Collection of Critical Essays*, (ed.) Richard Chase. Englewood Cliffs, N. J. : Prentice-Hall, Inc. 1962, 1—10.

Chapman, R. W. (ed.) *Jane Austen: Selected Letters 1796—1817* with an Introduction by Marilyn Butler. Oxford: Oxford University Press, 1985.

Chatman, Seymour. *Story and Discourse: Narrative Structure in Fiction and Film*. Ithaca: Cornell University Press, 1978.

——. "On Deconstructing Narratology." *Style* 22 (1988): 9—17.

——. "The 'Rhetoric' of 'Fiction'." *Reading Narrative*, (ed.) James Phelan. Columbus: Ohio State University Press, 1989, 40—56.

——. *Coming to Terms: The Rhetoric of Narrative in Fiction and Film*. Ithaca: Cornell University Press, 1990.

Colccurcio, Michael J. (ed.) . *New Essays on "The Scarlet Letter."* Cambridge: Cambridge University Press, 1985.

Conrad, Joseph. *A Personal Record*. New York: Harper, 1912.

Culler, Jonathan. *Structuralist Poetics*. London: Routledge & Kegan Paul, 1975.

——. *The Pursuit of Signs: Semiotics, Literature, Deconstruction*. Ithaca: Cornell University Press, 1981.

——. *On Deconstruction*. Ithaca: Cornell University Press, 1982.

——. *The Uses of Uncertainty*. Ithaca and London: Cornell University Press, 1985.

Currie, Mark. *Postmodern Narrative Theory*. New York: St. Martin's Press, 1998.

Daiches, David. *Stevenson and the Art of Fiction* (a France Bergen memorial lecture delivered in the Yale University Library, 18 May) . New York: privately printed, 1951.

——. "Scott's *Redgauntlet*." *Walter Scott: Modern Judgments*, (ed.) D. D. Devlin. London: Aurora, 1969, 148—161.

Diengott, Nilli. "Narratology and Feminism." *Style* 22 (1988): 42—51.

Donoghue, Frank. *The Fame Machine: Book Reviewing and Eighteenth Century Literary Careers.* Stanford: Stanford University Press, 1996.

Donovan, Josephine. "Feminist Style Criticism." *Images of Women in Fiction*, (ed.) Susan Koppelman Cornillon. Bowling Green: Bowling Green State University Press, 1981, 339—352.

Edel, Leon & Gordon N. Ray, (eds.) *Henry James and H. G. Wells.* London: Rupert Hart-Davis, 1958.

——. "Forword," *Henry James and H. G. Wells*, (eds.) Leon Edel & Gordon N. Ray. London: Rupert Hart-Davis, 1958.

Edgar, Pelham. *The Art of the Novel: From 1700 to the Present Time.* New York: Macmillan, 1933.

Edith, Wharton. *A Backward Glance*, New York: Appleton-Century, 1934.

Eliot, George. "How I Came to Write Fiction." *A George Eliot Miscellany: A Supplement to Her Novels*, (ed.) F. B. Pinion. London: Macmillan Press Ltd., 1982.

Elliot, Robert et al. (ed.). *The Columbia History of the Literature of the United States.* New York: Columbia University Press, 1987.

Eliot, T. S. "Tradition and the Individual Talent." *Contemporary Literary Criticism*, (ed.) Robert Con Davis. New York: Longman, 1986, 26—32.

Ellis, John M. *Against Deconstruction.* Princeton, N. J.: Princeton University Press, 1989.

Feng, Zongxin and Dan Shen. "The Play off the Stage: The Writer-Reader Relationship in Drama." *Language and Literature* 10 (2001): 79—93.

Fish, Stanley. "How to Do Things with Austin and Searle: Speech Act Theory and Literary Criticism." *Modern Language Notes* 91 (1977): 983—1025.

——. *Is There a Text in This Class?* Cambridge, Mass.: Harvard University Press, 1980.

Fisher, Benjamin Franklin. "Poe and the Gothic Tradition." *The Cambridge Companion to Edgar Allen Poe*, (ed.) Kevin J. Hayes. Cambridge: Cambridge University Press, 2002, 72—112.

Fludernik, Monika. *The Fictions of Language and the Languages of Fiction.* London: Routledge, 1993.

——. *Towards a "Natural" Narratology.* London: Routledge, 1996.

——. "Natural Narratology and Cognitive Parameters." *Narrative Theory and the Cognitive Sciences*, (ed.) David Herman. Stanford: CSLI, 2003, 243—267.

Ford, Ford Madox. *Joseph Conrad: A Personal Remembrance.* London: Duckworth, 1924.

Forster, E. M. *Abinger Harvest.* London, Edward Arnold, 1936.

——. *Aspects of the Novel.* Hodder & Stoughton, 1974.

——. *Virginia Woolf*. Cambridge, 1942.

Friedman, Norman. "Point of View in Fiction: The Development of a Critical Concept." *PMLA* 70 (1955): 1160—1184. Reprinted in *The Theory of the Novel*, (ed.) Philip Stevick, 108—137. London: The Free Press, 1967.

Genette, Gerard. *Narrative Discourse: An Essay in Method*, (tr.) Jane E. Lewin. Ithaca: Cornell University Press, 1980.

——. *Narrative Discourse Revisited*, (tr.) Jane E. Lewin. Ithaca: Cornell University Press, 1988.

Giles, Paul. "'Bewildering Intertanglement': Melville's Engagement with British Culture." *The Cambridge Companion to Herman Melville*, (ed.) Robert S. Levine. Cambridge: Cambridge University Press, 1998, 224—249.

Grabo, Carl H. *The Technique of the Novel*. New York: Scribner, 1928.

Grice, Paul. *Studies in the Way of Words*. Cambridge, Mass.: Harvard University Press, 1989.

Grundy, Isobel. "Jane Austen and Literary Traditions." *The Cambridge Companion to Jane Austen*, (eds.) Edward Copeland and Juliet McMaster. Cambridge: Cambridge University Press and Shanghai Foreign Language Education Press, 2001, 189—210.

Gunn, Daniel p. "Free Indirect Discourse and Narrative Authority in *Emma*." *Narrative* 12 (2004): 35—54.

Habegger, Alfred. *Henry James and the "Woman Business."* Cambridge University Press, 1989.

Hale, Dorothy J. "Henry James and the Invention of Novel Theory." *The Cambridge Companion to Henry James*, (ed.) Jonathan Freedman. Cambridge: Cambridge University Press, 1998, 79—101.

——. *Social Formalism: The Novel in Theory from Henry James to the Present*. California: Stanford University Press, 1998.

Halliday, M. A. K. *An Introduction to Functional Grammar*. London: Edward Arnold, 1985.

Hamilton, Clayton. *Materials and Methods of Fiction*. New York: Baker and Taylor, 1908.

Hazell, Stephen (ed.). *The English Novel: Developments in Criticism since Henry James*. Macmillan, 1986.

Hawthorne, Nathaniel. *The Portable Hawthorne*, (ed.) Malcolm Cowley. New York: The Viking Press, 1948. preface, letters, English Notebooks.

Hayden, John O. (ed.) *Walter Scott: The Critical Heritage*. London: Routledge, (1970) 1995.

Henderson, Philip (ed.). *Shorter Novels of the Seventeenth Century*. London: Dent, 1930.

Herman, David. *Story Logic*. Lincoln: University of Nebraska Press, 2002.

——. "Histories of Narrative Theory (I): A Genealogy of Early Developments in the Field." *A Companion to Narrative Theory*, (eds.) James Phelan and Peter Rabinowitz. Oxford: Blackwell, 2005: 19—35.

——. (ed.). *Narratologies*. Columbus: Ohio State University Press, 1999.

——. (ed.). *Narrative Theory and the Cognitive Sciences.* Stanford: CSLI, 2003.

Herman, David et al. (eds.) *The Routledge Encyclopedia of Narrative Theory.* London & New York: Routledge, forthcoming.

Hill, Christopher. "Clarissa Harlowe and Her Times." *Samuel Richardson: A Collection of Critical Essays,* (ed.) John Carroll. Englewood Cliffs, N. J.: Prentice-Hall, Inc., 1969.

Hoffman, Daniel G. and Samuel Hynes (ed.). *English Literary Criticism: Romantic and Victorian.* New York: Appleton_ Century-Crofts, 1963.

Homans, Margaret. "Feminist Fictions and Feminist Theories of Narrative." *Narrative* 2 (1994): 3—16.

Howells, W. D. "Criticism and Fiction," *The Great Critics: An Anthology of Literary Criticism,* (ed.) James Harry Smith & Edd Winfield Parks. New York: W. W. Norton & Company, 1967, 904—905.

Hughes, Herbert L. *Theory and Practice in Henry James.* Ann Arbor, Mich: Edwards Brothers, 1926.

Ingram, Allen (ed.). *Joseph Conrad: Selected Literary Criticism and The Shadow-Line.* Methuen & Co. Ltd. New York, 1986.

James, Henry. "Gustave Flaubert." *Henry James: Selected Literary Criticism,* (ed.) Morris Shapira, Westport Connecticut: Greenwood Press, 1978, 138—154.

——. "Ivan Turgenieff." *Theory of Fiction: Henry James,* (ed.) James E. Miller, Jr. Lincoln and London: University of Nebraska Press, 1972, 123—124.

——. "The Art of Fiction." *The Great Critics: An Anthology of Literary Criticism.* (eds.) James Harry Smith & Edd Winfield Parks. New York: Norton, 1967, 651—670.

——. "The Lesson of Balzac." *Theory of Fiction: Henry James,* (ed.) James E. Miller, Jr. Lincoln and London: University of Nebraska Press, 1972, 120—122.

——. "Anthony Trollope," *Theory of Fiction: Henry James,* (ed.) James E. Miller, Jr. Lincoln and London: University of Nebraska, 1972, 175—176.

——. "London Notes," *Theory of Fiction: Henry James,* (ed.) James E. Miller, Jr. Lincoln and London: University of Nebraska, 1972.

——. "Tennyson's Drama." *Theory of Fiction: Henry James,* (ed.) James E. Miller, Jr. Lincoln and London: University of Nebraska, 1972, 97—89.

——. "The Younger Generation," *Henry James and H. G. Wells,* (ed.) Leon Edel & Gordon N. Ray. London: Rupert Hart-Davis, 1958, 178—215.

——. *Hawthorne.* 1879. Willits, CA: British American Books, (ND).

Jameson, Fredric. *Marxism and Form.* Princeton: Princeton University Press, 1971.

Johnson, Manly. *Virginia Woolf.* New York, 1973.

Johnson, Samuel. *Selected Poetry and Prose,* (ed.) Frank Brady and W. K. Wimsatt. Berkeley:

University of California Press, 1977.

Jahn, Manfred. "'Speak, Friend, and Enter': Garden Paths, Artificial Intelligence, and Cognitive Narratology." *Narratologies*, (ed.) David Herman, 167—194.

Kafalenos, Emma. "Functions after Propp: Words to Talk about How We Read Narrative." *Poetics Today* 18 (1997): 469—494.

——. "Not (Yet) Knowing: Epistemological Effects of Deferred and Suppressed Information in Narrative." *Narratologies*, (ed.) David Herman, 33—65.

Kauffman, Linda S. *Discourse of Desire: Gender, Genre, and Epistolary Fictions*. Ithaca: Cornell University Press, 1986.

Kearns, Michael. *Rhetorical Narratology*. Lincoln and London: University of Nebraska Press, 1999.

Kjungquist, Kent p. "The Poet as Critic." *The Cambridge Companion to Edgar Allen Poe*, (ed.) Kevin J. Hayes, 7—20.

Labov, William, and Joshua Waletzky, "Narrative Analysis: Oral Versions of Personal Experience." *Essays on the Verbal and Visual Arts*, (ed.) June Helm, Seattle: University of Washington Press, 1967, 12—44.

Lanser, Susan S. *The Narrative Act: Point of View in Prose Fiction*. Princeton: Princeton University Press, 1981.

——. "Shifting the Paradigm: Feminism and Narratology." *Style* 22 (1988): 52—60.

——. "Toward a Feminist Narratology." *Style* 20 (1986): 341—363. Reprinted in *Feminisms*, (eds.) Robyn R. Warhol and Diane Price Herndl. New Jersay: Rutgers University Press, 1991, 610—629.

——. *Fictions of Authority: Women Writers and Narrative Voice*. Ithaca: Cornell University Press, 1992.

——. "Sexing the Narrative: Propriety, Desire, and the Engendering of Narratology." *Narrative* 3 (1995): 85—94.

Lauber, John. "Scott on the Art of Fiction." *Studies in English Literature* 3 (1963): 543—554.

Leavis, F. R. *The Great Tradition*. New York: New York University Press, 1960.

Levenson, Michael H. *A Genealogy of Modernism*. Cambridge: Cambridge University Press, 1984.

Leon, Howard & Hershel Parker. "Historical Note." *Pierre, or The Ambiguities*, (eds.) Harrison Hayford et al. 365—410.

Leitch, Thomas M. *What Stories Are*. University Park: The Pennsylvania State University Press, 1986.

Levin, Harry. *The Power of Blackness: Hawthorne, Poe, Melville*. New York: Alfred A. Knopt, 1958.

Lewes, George Henry. *The Principles of Success in Literature*. London: The Walter Scott Publishing Co., Ltd. (N. D.).

——. "Dickens in Relation to Criticism." *The Dickens Critics*, (ed.) Georg H. Ford and Lauriat Lane, Jr. Ithaca: Cornell University Press, 1961, 54—74.

Locke, John. *An Essay Concerning Human Understanding*. Oxford: Clarendon Press, 1975.

Lodge, David. *Language of Fiction*. New York: Columbia University Press, 1966.

Lubbock, Percy. *The Craft of Fiction*. London: Jonathan Cape, 1928. (another version, New York: Viking Press, 1957).

——. *Portrait of Edith Wharton*. London: Jonathan Cape, 1947.

Macshane, Frank (ed.). *The Critical Heritage: Ford Madox Ford*. Routledge, 1972.

Margolin, Uri. "Cognitive Science, the Thinking Mind, and Literary Narrative." *Narrative Theory and the Cognitive Sciences*, (ed.) David Herman. Stanford: CSLI, 2003, 243—267.

Martin, Wallace. *Recent Theories of Narrative*. Ithaca: Cornell University Press, 1986.

Matthiessen, F. O. *American Renaissance*. Oxford: Oxford University Press, 1968.

——. *Henry James: The Major Phase*. New York: Oxford University Press, 1944.

McBurney, W. H. (ed.). *Four Before Richardson: Selected English Novels*, 1720—1727. Lincoln: University of Nebraska Press, 1963.

McKeon, Michael. *The Origins of the English Novel 1600—1740*. Baltimore: Johns Hopkins University Press, 1987.

Melville, Herman. *Pierre, or The Ambiguities*, (ed.) Harrison Hayford et al. Evaston & Chicago: Northwestern University Press & The Newberry Library, 1971.

——. *The Portable Melville*, (ed.) Jay Leyda. New York: The Viking Press, 1952.

Mezei, Kathy. "Who is Speaking Here? Free Indirect Discourse, Gender, and Authority in *Emma*, *Howards End*, and *Mrs. Dallowy*." *Ambiguous Discourse*, (ed.) Kathy Mezei, 66—92.

——. (ed.) *Ambiguous Discourse: Feminist Narratology and British Women Writers*. Chapel Hill: The University of North Carolina Press, 1996.

Michie, Allen. *Richardson and Fielding: The Dynamics of a Critical Rivalry*. Lewisburg: Bucknell University Press, 1999.

Milder, Robert. "*Moby-Dick*: The Rationale of Narrative Form." *Approaches to Teaching Melville's Moby-Dick*, (ed.) Martin Bickman. New York: MLA, 1985, 35—49.

Millgate, Jane. *Walter Scott: The Making of the Novelist*. Edinburgh: Edinburgh University Press, 1984.

Miller, James E. (ed.) *Theory of Fiction: Henry James*. Lincoln: University of Nebraska Press, 1972.

Miller, J. Hillis. "The Critic as Host." *Deconstruction and Criticism*, (eds.) Harold Broom et al. New York: Seabury, 1979, 217—253.

——. *The Form of Victorian Fiction*. (University of Notre Dame Press, 1968). Ohio: Case Western Reserve University Arete Press, 1979.

——. "The Figure in the Carpet." *Poetics Toady* 1 (1980): 107—118.

——. "A Guest in the House: Reply to Shlomith Rimmon-Kenan's Reply." *Poetics Today* 2 (1980—1981): 189—191.

——. *Fiction and Repetition*. Cambridge: Harvard University Press, 1982.

——. *Illustration*. Cambridge, M. A.: Harvard University Press, 1992.

——. *Ariadne's Thread: Story Lines*. New Haven: Yale University Press, 1992.

——. *Reading Narrative*. Norman: University of Oklahoma Press, 1998.

——. *Others*. Princeton, N. J.: Princeton University Press, 2001.

Mitzener, Arthur. "The Novel of Manners in America." *Kenyon Review* 12 (1950): 1—19.

Muir, Edwin. *The Structure of the Novel*. London: Hogarth, 1938.

Norris, Frank. *The Responsibilities of the Novelist and Other Literary Essays*. New York: Doubleday, Page & Company, 1903.

Onega, Susana and J. A. G. Landa. *Narratology*. London: Longman, 1996.

O'Neill, Patrick. *Fictions of Discourse: Reading Narrative Theory*. Toronto: University Of Toronto Press, 1994.

Page, Norman. 1973. *Speech in the English Novel*. London: Macmillan, 2nd edition 1988.

Parker, Jo Alison. *The Author's Inheritance: Henry Fielding, Jane Austen and the Establishment of the Novel*. Dekalb : Northern Illinois University Press, 1998.

Petrey, Sandy. *Speech Acts and Literary Theory*. London: Routledge, 1990.

Phelan, James. *Worlds from Words*. Chicago: University of Chicago Press, 1981.

——. *Reading People, Reading Plots*. Chicago: University of Chicago Press, 1989.

——. *Beyond the Tenure Track*. Columbus: Ohio State University Press, 1991.

——. *Narrative as Rhetoric*. Columbus: Ohio State University Press, 1996.

——. "Why Narrators Can Be Focalizers." *New Perspectives on Narrative Perspective* (eds.) Willie van Peer and Seymour Chatman. Albany: SUNY Press, 2001, 51—64.

——. *Living to Tell about It*. Ithaca: Cornell University Press, 2005.

Phelan, James & Peter Rabinowitz (eds.). *A Companion to Narrative Theory*. Oxford: Blackwell, 2005

Pizer, Donald (ed.) *The Literary Criticism of Frank Norris*. New York: Russell & Russell, 1976.

Poe, Edgar Allen. "The Philosophy of Composition." *The Norton Anthology of American Literature*, 662—670.

Pratt, Mary Louise. *Towards a Speech Act Theory of Literary Discourse*. Bloomington: Indiana

University Press, 1977.

Prince, Gerald. *Narratology: The Form and Functioning of Narrative*. Berlin, New York: Mouton, 1982.

——. "Introduction to the Study of the Narratee," *Reader-Response Criticism*, (ed.) Jane Tompkins. Baltimore: The Johns Hopkins University Press, 1973, 173—196.

——. "Narratology." *The John Hopkins Guide to Literary Thoery and Criticism*, (eds.) Michael Groden and Martin Kreiswirth. Baltimore: The Johns Hopkins University Press, 1994, 524—527.

——. "On Narratology: Criteria, Corpus, Context." *Narrative* 3 (1995): 73—84.

——. "A Point of View on Point of View or Refocusing Focalization." *New Perspectives on Narrative Perspective*, (eds.) Willie van Peer and Seymour Chatman. Albany: State University of New York Press, 2001, 43—50.

Propp, Vladimir. *Morphology of the Folktale*, (tr.) Laurence Scott. Austin: University of Texas Press, 2nd edition 1968.

Queneau, Raymond. *Exercises in Style*, (tr.) Barbara Wright. London: Gaberbocchus, 1958.

Rabinowitz, Peter. "Truth in Fiction: A Reexamination of Audiences." *Critical Inquiry* 4 (1977): 121—141.

——. *Before Reading*. Ithaca: Cornell University Press, 1987.

Rader, Ralph W. "Defoe, Richardson, Joyce, and the Concept of Form in the Novel." *Autobiography, Biography, and the Novel*, by William Matthews and Ralph W. Rader. Los Angeles: William Andrews Clark Memorial Library, 1973.

Roberts, Morris. *Henry James's Criticism*. Cambridge, Mass.: Harvard University Press, 1929.

Robertson, Fiona. *Legitimating Histories: Scott, Gothic, and the Authorization of Fiction*. Oxford: Oxford University Press, 1994.

Robinson, Sally. *Gender and Self—Representation in Contemporary Women's Fiction*. Albany: State University of New York Press, 1991.

Richards, I. A. *Practical Criticism: a Study of Literary Judgement*. New York: Harcourt, Brace and Company, 1929.

Richardson, Brian. "Time is out of Joint': Narrative Models and the Temporality of the Drama." *Poetics Today* 8 (1987): 299—309.

——. "Recent Concepts of Narrative and the Narratives of Narrative Theory." *Style* 34 (2000): 168—175.

——. "Denarration in Fiction: Erasing the Story in Beckett and Others." *Narrative* 9 (2001): 168—175.

——. "Beyond Story and Discourse: Narrative Time in Postmodern and Nonmimetic Fiction." *Narrative Dynamics*, (ed.) Brian Richardson. Columbus: Ohio State University Press,

2002, 47—64.

Richardson, Samuel. *Clarissa, or, The History of a Young Lady*, (ed.) Angus Ross. New York: Penguin Book, 1985.

——. *Pamela, or, Virtue Rewarded* in *Pamela by Richardson and Shamela by Fielding*, (ed.) John M. Blitt. New York: Penguin Books, 1980.

——. *Sir Charles Grandison*, (ed.) Jocelyn Harris. New York: Oxford University Press, 1986.

Richter, David H. (ed.) *Narrative/Theory*. New York: Longman, 1996.

Rimmon-Kenan, Shlomith. "Deconstructive Reflections on Deconstruction: In reply to Hillis Miller." *Poetics Today* 2 (1980—81): 185—188.

——. 1983. *Narrative Fiction: Contemporary Poetics*. London and New York: Routledge, 2nd edition 2002.

Rowe, John Carlos. *The Theoretical Dimensions of Henry James*. Wisconsin: The University of Wisconsin Press, 1984.

Ryan, Marie-Laure. *Possible Worlds, Artificial Intelligence, and Narrative Theory*. Bloomington: Indiana University Press, 1991.

——. "Allegories of Immersion: Virtual Narration in Postmodern Fiction." *Style* 29 (1995): 262—87.

——. "Cognitive Maps and the Construction of Narrative Space." *Narrative Theory and the Cognitive Sciences*, (ed.) David Herman, 214—242.

Saintsbury, George. "Introduction" to *Lives of the Novelists*. London: J. M. Dent & Sons, (ND).

Saussure, Ferdinand de. *Course in General Linguistics*, (tr.) Wade Baskin. London: Philosophical Library Inc., 1960.

Scholes, Robert and Robert Kellogg. *The Nature of Narrative*. New York: Oxford University Press, 1968.

Schorer, Mark. "Foreword." *Critiques and Essays on Modern Fiction, 1920—1951*, (ed.) Aldridge, New York: Roland, 1952. xi—xx.

Scott, Walter. *Lives of the Novelists*. London: J. M. Dent & Sons, (ND).

——. *Redgauntlet*, (ed.) Kathryn Sutherland. Oxford: Oxford University Press, 1985.

Searle, John R. *Expression and Meaning*. Camridge: Cambridge University Press, 1979.

Seltzer, Mark. *Henry James and the Art of Power*. Ithaca, N.Y.: Cornell University Press, 1985.

Sharma, K. K. *Modern Fictional Theorists*. Delhi: Bharat Prakashan, 1981.

Shaw, Harry E. "Loose Narrators: Display, Engagement, and the Search for a Place in History in Realist Fiction." *Narrative* 3 (1995): 95—116.

——. *Narrating Reality: Austen, Scott, Eliot*. Ithaca: Cornell University Press, 1999.

Shen, Dan (申丹). "Stylistics, Objectivity, and Convention." *Poetics* 17 (1988): 221—238.

——. "On the Aesthetic Function of Intentional 'Illogicality' in English-Chinese Translation of Fiction." *Style* 22 (1988): 628—645.

——. "The Distorting Medium: Discourse in the Realistic Novel." *The Journal of Narrative Technique* 21 (1991): 231—249.

——. "Narrative, Reality, and Narrator as Construct: Reflections on Genette's Narrating." *Narrative* 9 (2001): 123—129.

——. "Breaking Conventional Barriers: Transgressions of Modes of Focalization." *New Perspectives on Narrative Perspective*, (eds.) Willie van Peer and Seymour Chatman. New York: SUNY, 2001, 159—172.

——. "Defense and Challenge: Reflections on the Relation Between Story and Discourse." *Narrative* 10 (2002): 222—243.

——. "The Future of Literary Theories: Exclusion, Complementarity, Pluralism." *ARIEL* 33 (2002): 159—180.

——. "Difference Behind Similarity: Focalization in Third-Person Center of Consciousness and First-Person Retrospective Narration." *In Acts of Narrative*, (eds.) Carol Jacobs and Henry Sussman. Stanford University Press, 2003, 81—92.

——. "What Do Temporal Antinomies Do to the Story-Discourse Distinction?: A Reply to Brian Richardson's Response." *Narrative* 11 (2003): 237—241.

——. "What Narratology and Stylistics Can Do for Each Other." *A Companion to Narrative Theory*, (eds.) James Phelan and Peter Rabinowitz. Oxford: Blackwell, 2005: 136—149.

——. "Broadening the Horizon: On J. Hillis Miller's Ananarratology." *Provocations to Reading*, (eds.) Barbara Cohen and Dragan Kujundzic. New York: Fordham University Press, 2005, 14—29.

——. "Story-Discourse Distinction." *Routledge Encyclopedia of Narrative Theory*, (eds.) David Herman et al. London & New York: Routledge, 2005, 566—567.

——. "Mind-Style." *Routledge Encyclopedia of Narrative Theory*, (eds.) David Herman et al., 311—12.

——. "Narrating." *Routledge Encyclopedia of Narrative Theory*, 338—339.

Sherard, Tracey Lynn. *Gender and Narrative Theory in the Twentieth-Century Novel*, unpublished Ph. D. dissertation. Washington State University, 1998.

Shires, Linda M. "The Aesthetics of the Victorian Novel: Form, Subjectivity, Ideology." *The Cambridge Companion to the Victorian Novel*, (ed.) Deirdre David. Cambridge University Press, 2001, 61—76.

Smollett, Tobias. *The Adventures of Ferdinand Count of Fathom*. London: Hutchinson, (ND).

Sprague, Claire (ed.). *A Collection of Critical Essays*. New Jersey, 1971.

Sperber, Dan and Dierdre Wilson. "Loose Talk." *Proceedings of the Aristotelian Society* 86 (1985—1986): 153—171. Reprinted in *Pragmatics: A Reader*, (ed.) Steven Davis. Oxford: Oxford University Press, 1991, 540—549.

——. *Relevance: Communication and Cognition*. Cambridge, Mass.: Harvard Univ. Press, 2nd edition 1995.

Stanzel, F. K. *A Theory of Narrative*. Cambridge: Cambridge University Press, 1984.

Sternberg, Meir. "Point of View and the Indirections of Direct Speech." *Language and Style* 15 (1982): 67—117.

——. "Proteus in Quotation-Land: Mimesis and the Forms of Reported Discourse." *Poetics Today* 3 (1982): 107—156.

Sterne, Laurence. *Tristram Shandy*. New York: The Modern Library, (ND).

Stevenson, R. L. "A Gossip on Romance." *Longman's Magazine* 1 (1882): 69—79. Reprinted in *R. L. Stevenson on Fiction*, (ed.) Glenda Norquay. Edinburgh: Edinburgh University Press, 1999, 52—64.

——. "A Humble Remonstrance." *R. L. Stevenson on Fiction*, (ed.) Glenda Norquay. Edinburgh: Edinburgh University Press, 1999, 81—91.

——. "On Some Technical Elements of Style in Literature." *R. L. Stevenson on Fiction*, (ed.) Glenda Norquay. Edinburgh: Edinburgh University Press, 1999, 93—109.

——. "Some Gentlemen in Fiction." *Scribner's Magazine* 3 (1888): 764—768.

——. "Style in Literature: Its Technical Elements." *The Contemporary Review* 47 (1885): 548—561.

——. "The Morality of the Profession of Letters." *Fortnightly Review*, 157 (1881): 513—520.

Sugiyama, Yoku. *Rainbow and Granite: A Study of Virginia Woolf*. Tokyo, 1973.

Tate, Allen. "Techniques of Fiction." In *Critiques and Essays on Modern Fiction*, (ed.) John W. Aldridge. New York: Roland, 1952, 31—42.

Thornbury, Ethel Margaret. *Henry Fielding's Theory of the Prose Epic*. Madison: University of Wisconsin Press, 1933.

Tillotson, Kathleen. *Novels of the Eighteen-Forties*. Oxford: Oxford University Press, 1954.

Tracy, Laura. "*Catching the Drift*": *Authority, Gender, and Narrative Strategy in Fiction*. New Brunswick and London: Rutgers University Press, 1988.

Van Ghent, Dorothy. *The English Novel: Form and Function*. New York: Harper & Row, 1953.

Veeder, William. *Henry James-The Lessons of the Master: Popular Fiction and Personal Style in the Nineteenth Century*. Chicago: University of Chicago Press, 1975.

Vita-Finzi, Penelope. *Edith Wharton and the Art of Fiction*. Rutherford, N. J.: Fairleigh

Dickinson University Press, 1970.

Wagenknecht, Edward. *Sir Walter Scott*. New York: Continuum, 1991.

Ward, J. A. *The Search for Form: Studies in the Structure of James's Fiction*. Chapel Hill: University of North Carolina Press, 1967.

Warhol, Robyn R. "Toward a Theory of the Engaging Narrator: Earnest Interventions in Gaskell, Stowe, and Eliot." *PMLA* 101 (1986): 811—818.

——. *Gendered Interventions: Narrative Discourse in the Victorian Novel*. New Brunswick and London: Rutgers University Press, 1989.

——. "The Look, the Body, and the Heroine of *Persuasion*: A Feminist-Narratological View of Jane Austen." *Ambiguous Discourse: Feminist Narratology and British Women Writers*, (ed.) Kathy Mezei, 21—39.

——. "Neonarrative; or, How to Render the Unnarratable in Realist Fiction and Contemporary film." *A Companion to Narrative Theory* (eds.) James Phelan and Peter Rabinowitz. Oxford: Blackwell, 2005, 220—231.

Wegener, Frederick (ed.). *Edith Wharton: The Uncollected Critical Writings*. Chechister : Princeton University Press, 1996.

Weisbuch, Robert. "Dickens, Melville, and a Tale of Two Countries." *Cambridge Companion to the Victorian Novel*, (ed.) Deirdre David. Cambridge: Cambridge University Press, 2001, 234—254.

Welsh, Alexander. *The Hero of the Waverley Novels with New Essays on Scott*. Princeton, NJ: Princeton University Press, 1991.

Wharton, Edith. "Permanent Values in Fiction." In *Edith Wharton: The Uncollected Critical Writings*, (ed.) Frederick Wegener. Chechister : Princeton University Press, 1996, 175—179.

——. *A Backward Glance*. New York: Appleton-Century, 1934.

——. *The Letters of Edith Wharton*, (eds.) R. W. B. Lewis and Nancy Lewis. New York: Macmillan, 1988.

——. *The Writing of Fiction*. New York: Scribner's, 1925.

Wiesenfarth, Joseph. *Henry James and the Dramatic Analogy: A Study of the Major Novels*. New York: Fordham University Press, 1963.

Williams, Carolyn. "Closing the Book: The Intertextual End of *Jane Eyre*." *Victorian Connections*, (ed.) Jerome J. McGann. Charlottesville: University Press of Virginia, 1989, 60—87.

Williams, Ioan (ed.). *Sir Walter Scott on Novelists and Fiction*. New York: Barnes & Noble, Inc. 1968.

——. *The Literary and Social Criticism of Henry Fielding*. London: Routledge & Kegan Paul, 1970.

Wimsatt, W. K. and Monroe C. Beardsley. *The Verbal Icon*: *Studies in the Meaning of Poetry*. Lexington, Kentucky: University of Kentucky Press, 1954.

Woolf, Leonard (ed.). *A Writer's Diary*. London: The Hogarth Press, 1956.

Woolf, Virginia. *A Room of One's Own*. Triad/Panther Books, 1977.

——. *Contemporary Writes*. London: The Hogarth Press, 1965.

——. *Granite and Rainbow*. London: The Hogarth Press, 1958.

——. *Orlando*: *A Biography*. London: Trial/Panther Books, 1977.

——. *The Captain's Death Bed and Other Essays*. London: The Hogarth Press, 1950.

——. *The Common Reader*. First Series. London: The Hogarth Press, 1962. Second Series. London: The Hogarth Press, 1953.

——. *The Death of the Moth and Other Essays*. Penguin Books, 1965.

——. *The Moment and Other Essays*. The Hogarth Press, 1952,

Wright, Andrew (ed.). *The Castle of Otranto*, *The Mysteries of Udolpho*, *Northanger Abbey*. San Francisco: Rinehart Press, 1963.

Yang, Hsien-yi, and Gladys Yang (tr.). *A Dream of Red Mansions*, by Cao Xueqin. Beijing: Foreign Languages, 1978.

Zola, Emile. "The Experimental Novel." *The Great Critics*: *An Anthology of Literary Criticism*, (ed.) James Harry Smith & Edd Winfield Parks. New York: Norton, 1967, 905—912.

乔治·艾略特《米德尔马契》,项星耀译,北京:人民文学出版社 1987 年版。

——《亚当·比德》,张毕来译,贵阳:贵州人民出版社 1987 年版。

简·奥斯丁《傲慢与偏见》,孙致礼译,南京:译林出版社 2000 年版。

——《诺桑觉寺》,孙致礼、唐慧心译,长沙:湖南人民出版社 1986 年版。

夏洛特·勃朗特《简·爱》,吴均燮译,北京:人民文学出版社 1990 年版。

陈冠商《美国的浪漫主义作家霍桑》,载《霍桑短篇小说集》,陈冠商编选,济南:山东人民出版社 1980 年版。

陈平原《小说史:理论与实践》,北京:北京大学出版社 2003 年版。

程锡麟、王晓路《当代美国小说理论》,北京:外语教学与研究出版社 2001 年版。

丹尼尔·笛福《鲁滨孙漂流记》,徐霞村译,北京:人民文学出版社 1959 年版(1997 年重印)。

狄更斯《匹克威克外传》,蒋天佐译,上海:上海译文出版社 1979 年版。

董衡巽《美国现代小说风格》,北京:中国社会科学出版社 1997 年版。

董衡巽主编《美国文学简史》(修订版),北京:人民文学出版社 2003 年版。

亨利·菲尔丁《约瑟夫·安德鲁斯的经历》,王仲年译,上海:上海文艺出版社 1962 年版。

——《弃儿汤姆·琼斯史》，张谷若译，上海：上海译文出版社1993年版。

詹姆斯·费伦《作为修辞的叙事》，陈永国译，北京：北京大学出版社2002年版。

戴维·赫尔曼（主编）《新叙事学》，马海良译，北京大学出版社2002年版。

侯维瑞《现代英国小说史》，上海：上海外语教学出版社1985年版。

黄梅《推敲"自我"：小说在18世纪的英国》，北京：三联书店2003年版。

——《现代主义浪潮下》，北京：中国社会科学出版社1995年版。

霍桑《红字》，侍桁译，上海：上海文艺出版社1959年版。

——《红字》，姚乃强译，南京：译林出版社1996年版。

——《七角楼》，贾文浩、贾文渊译，南京：译林出版社2001年版。

盖斯凯尔夫人《克兰福镇》，刘凯芳、吴宣豪译，上海：上海译文出版社1984年版。

苏珊·S. 兰瑟《虚构的权威》，黄必康译，北京：北京大学出版社2002年版。

F. R. 利维斯《伟大的传统》，袁伟译，北京：三联书店2002年版。

乔·亨·刘易斯《关于奥斯丁》（片断），罗少丹《奥斯丁研究》，朱虹编选，北京：中国文联出版公司1985年版。

《简·奥斯丁的小说》，戍逸伦译，北京：中国文联出版社1985年版，第39—49页。

鲁迅《答北斗杂志社问》，载《二心集》，北京：人民文学出版社1973年版。

罗经国《狄更斯的创作》，沈阳：辽宁大学出版社2001年版。

赫尔曼·麦尔维尔《白鲸》，曹庸译，上海：上海译文出版社1982年版。

J. 希利斯·米勒《解读叙事》，申丹译，北京：北京大学出版社2002年版。

安·莫洛亚《狄更斯评传》，王人力译，上海：上海译文出版社1986年版。

瞿世镜《论小说与小说家》，上海：上海译文出版社1986年版。

热拉尔·热奈特《叙事话语，新叙事话语》，王文融译，北京：中国社会科学出版社1990年版。

《热奈特论文集》，史忠义译，天津：百花文艺出版社2001年版。

萨克雷《亨利·艾斯芒德的历史》，陈逵、王培德译，北京：人民文学出版社1997年版。

——《名利场》，杨必译，北京：人民文学出版社1957年版。

安德鲁·桑德斯《牛津简明英国文学史》，谷启楠、韩加明、高万隆译，北京：人民文学出版社2000年版。

罗伯特·斯比勒《美国文学的循环》，汤潮译，北京：北京师范大学出版社1993年版。

塞万提斯《堂吉诃德》，杨绛译，人民文学出版社1987年版。

申丹《试论西方当代文学理论的排他性和互补性》，《北京大学学报》2000年第4期。

——《叙述学与小说文体学研究》，北京：北京大学出版社，第二版2001年，第三版2004年。

——《视角》，《外国文学》2004年第3期。

盛宁《20世纪美国文论》，北京：北京大学出版社1994年版。

托比亚斯·斯摩莱特《蓝登传》,杨周翰译,上海:上海译文出版社1980年版。

特罗洛普《巴彻斯特大教堂》,主万译,上海:上海译文出版社1987年版。

——《论小说和小说的写作艺术》(《自传》第十二章),汪培基译,载《英国作家论文学》,王春元、钱中文主编,北京:三联书店1985年版,第173—183页。

伊恩·瓦特《小说的兴起》,高原、董红均译,北京:三联书店1992年版。

王春元、钱中文主编《英国作家论文学》,北京,三联书店1985年版。

王佐良"编者序",《美国短篇小说选》,王佐良编选,北京:中国青年出版社1981年版。

吴景荣、刘意青主编《英国十八世纪文学史》,北京:外语教学与研究出版社2000年版。

薛鸿时《浪漫的现实主义——狄更斯评传》,北京:社会科学文献出版社1996年版。

亚里士多德《诗学》,罗念生译,北京:人民文学出版社,2000年(另一译本:陈中梅译,北京:商务印书馆2002年版)。

殷企平、高奋、童燕萍《英国小说批评史》,上海:上海外语教育出版社2001年版。

詹姆斯《亨利·詹姆斯文论选:小说的艺术》,朱雯等译,上海:上海译文出版社2001年版。

——《〈我们共同的朋友〉》,保林、崇杰译,载王春元、钱中文主编《英国作家论文学》,308—314页。

赵炎秋《狄更斯长篇小说研究》,北京:社会科学文献出版社1996年版。

朱虹《英国小说的黄金时期》,北京:中国社会科学出版社1997年版。

——《浅谈英国短篇小说的发展》,载《英国短篇小说选》,朱虹编选,北京:人民文学出版社1980年版。

朱虹编选《奥斯丁研究》,北京:中国文联出版公司1985年版。

人 名 索 引

以汉语拼音排序

A

阿尔德里奇（John W. Aldridge）129

埃利斯（John M. Ellis）366

埃奇沃斯（Maria Edgeworth）51，52

艾狄生（Joseph Addison）61

艾尔特（Robert Alter）26

艾略特（T. S. Eliot）105，141

艾略特（George Eliot）9，58，66，67，73，74，76，114，124，134，149，152，154，171，190，290，373—375

艾洛特（Miriam Allott）59

爱德尔（Leon Edel）159，160

爱德加（Pelham Edgar）105

奥布赖恩（Edna O'Brien）324

奥尼尔（Patrick O'Neill）226，376—381

奥尼伽（Susana Onega）215

奥斯丁（Jane Austen）9，10，38，39，42，43，49—58，73—77，80，87，149，151，154，171，183，190，205，290，299，310，312—314，388

B

巴包德（Anna Barbauld）18，59

巴尔（Mieke Bal）213，286，370，371，378，379

巴尔扎克（Honoré de Balzac）127，134，148—150，221，331

巴赫金（Mikhail Bakhtin）92，238，239，249，261，276，279，350

巴兰坦（John Ballantyne）40

巴蕾特（Elizabeth Barrett）404

巴特（Roland Barthes）232

巴特勒（Marilyn Butler）55

巴托罗密欧（Joseph F. Bartolomeo）9

拜伦（George Gordon Byron）90，195

班菲尔德（Ann Banfield）390

鲍德温（James Baldwin）295

贝多芬（L. Van Beethoven）175

贝恩（Aphra Behn）10，12—15，37

贝尔（Michael Davitt Bell）84

贝克（Evelyn Torton Beck）147

贝克特（Samuel Beckett）383

贝娄（Saul Bellow）233

贝赞特（Walter Besant）99，112，114，139，140，142，144—146，155

本内特（Arnold Bennett）160，171，203

本特里（Phyllis Bentley）129

比尔斯（Ambrose Bierce）402

比尔兹利（Monroe C. Beardsley）232，248

比奇（Beach）106

波德（Robert Montgomery Bird）81

伯顿（Robert Burton）90

伯尔德（Max Byrd）16

伯克（Kenneth Burke）336

伯内特（Frederick Debell Burnet）90

伯尼（Fanny Burney）10，37，38，51，52

柏拉图（Plato）111，144，196，210，405

勃朗特（Emily Brontë）47

勃朗特（Charlotte Brontë）59，60，72，73

勃特勒（Samuel Butler）149

博斯韦尔（James Boswell）21

博托卢西（Marisa Bortolussi）328—330

布恩（George Boon）160

布莱（Georges Poulet）336

布莱克穆尔（R. P. Blackmur）91，92，99，104，105，124

布朗（Thomas Browne）90

布朗（J. R. Browne）90

布朗宁（Robert Browning）251，252，254，278，350，404，407

布鲁尔（Maria Minich Brewer）285

布鲁克斯（Cleanth Brooks）105

布鲁姆（Harold Bloom）130

布思（Wayne Booth）29，35，129，210，231—240，243，245，247—250，258，259，277，281，298，399，401，406，407

C

蔡斯（Cynthia Chase）374

蔡斯（Richard Chase）79，81，84，85，91

曹雪芹45，390

查特曼（Seymour Chatman）182，210，231，236，239—249，265，274，299，371，379，381，382，395，399，400，407，408

陈冠商83

程锡麟210

D

戴威斯（Mary Davys）17

戴希斯（David Daiches）41，138，139，146

德昆西（Thomas de Quincey）90

德雷顿（Michael Drayton）400

德里达（Jacques Derrida）10，215，335，336，362，368

德曼（Paul de Man）215，335，336

狄德罗（Denis Diderot）298

狄恩格特（Nilli Diengott）286

狄更斯（Charles Dickens）9，31，43，58，61，65，66，70—76，78—80，83，87，114，151，152，162，171，181，183，205，318，352，387，388

狄克逊（Peter Dixon）328—330

迪卡塞（I. Ducasse）401

笛福（Daniel Defoe）10，12，15—18，21，23，25，28，30，31，33，37，61，69，85，171

蒂洛森（Kathleen Tillotson）58，68，71，72，107

董衡巽83，149

多诺霍（Frank Donoghue）37

多诺万（Josephine Donovan）290

F

菲尔丁（Henry Fielding）2，9，10，12，14，17—19，21—33，35—38，40—47，52，53，58，59，61，64—68，71，75，89，91，110，134，149，181，182

菲尔丁（Sarah Fielding）30

费伦（James Phelan）13，210，228，231，233，237，239，249—264，274，276—279，281，283，375，401，404—406，408

费什（Stanley Fish）247，263

弗里德曼（Norman Friedman）394

弗卢德尼克（Monika Fludernik）271—273，279，317—323，332，373，402，403

弗洛伊德（Sigmaud Feud）368

福尔斯（John Fowles）255，259，260

福克纳（William Faulkner）85，170，403，404

福楼拜（Gustave Flaubert）99，101，102，104，117，118，124，132，133，135，136，138，149，151，152，156，174，194，195，312，329，407

福斯特（E. M. Forster）77，99，101，102，113，135，147，150，154，164—181，183—185，187，199，200，206，313，314

福特（F. M. Ford）105，154，170，400

G

盖斯凯尔（Elizabeth Gaskell）60，346，352，353，361

甘特（Dorothy van Ghent）26，35

高尔斯华绥（John Galsworthy）171，203

高奋 11，15，21

戈德曼（Lucien Goldmann）285

戈尔德斯密斯（Oliver Goldsmith）403

戈尔丁（William Golding）251

格拉伯（Carl H. Grabo）99，105

格赖斯（H. p. Grice）274，276

格兰迪（Isobel Grundy）53

格雷马斯（A. J. Greimas）221

H

哈代（Thomas Hardy）47，59，71，149，150，183，184，349，393，394

哈弥尔顿（Clayton Hamilton）105

哈特曼（Geoffrey H. Hartman）336

海明威（Ernest Hemingway）85，220，223，224，260，319，330，331，396，405

韩礼德（M. A. K. Halliday）219

豪威尔斯（W. D. Howells）11，79，95，109，149，190，196

贺拉斯（Horace）35，61

赫尔曼（David Herman）211，216，217，220，222—225，324，325，328，330，331，333，371

黑尔（Dorothy J. Hale）99，101，105，129

亨德森（Philip Henderson）14

亨德森（Ellen Henderson）308

侯维瑞 147

黄梅 13，19，52，142

霍格斯（William Hogarth）27，61

霍曼斯（Margaret Homans）308

霍桑（Nathaniel Hawthorne）9，11，79—89，93，94，110，114，195

J

吉尔菲兰（George Gilfillan）140

吉尔斯（Paul Giles）91

K

卡恩斯（Michael Kearns）210，218，231，264—271，274—283

卡法莱诺斯（Emma Kafalenos）220—224，228，331，332，373

卡夫卡（Franz Kafka）217，253，256，375，385

卡莱尔（Thomas Carlyle）90

卡勒（Jonathan Culler）138，226，272，279，322，362，363，371—376

卡洛尔（David Carroll）100

卡维尔（Baron Cuvier）90

凯斯（Alison Case）401—403

康格里夫（William Congreve）10，12，14，15，84，110

康拉德（Joseph Conrad）76，81，101，104，128，154—160，170，400

考夫曼（Linda S. Kauffman）59，60

柯里（Mark Currie）214，215

克拉克（Clark）158

克莱恩（R. S. Crane）230，231

克兰（Stephen Crane）154

克林顿（Bill Clinton）404

库柏（James Fenimore Cooper）80，81，195

奎纽（Raymond Queneau）380

L

拉比诺维茨（Peter Rabinowitz）222，223，258，259，269，276—278，305，317

拉伯雷（Francois Rabelais）90

拉博夫（William Labov）322

拉德克利夫（Ann Radcliffe）46—48，81

拉森（Don Larsson）405

莱文（George Levine）170

莱文森（Michael Levenson）157

莱辛（Doris Lessing）294

兰达（J. A. G. Landa）215

兰塞姆（Ransom）198

兰瑟（Susan S. Lanser）13，16，54，67，147，270，276，279，285—288，292，296—309，312，313，345

朗费罗（Henry Wadsworth Longfellow）195

劳伯（John Lauber）45

劳伦斯（David Herbert Lawrence）149，171，245，246

雷（Gordon N. Ray）64

雷德（Ralph Rader）22

里夫（Clara Reeve）46

里柯博尼（Marie-Jeanne Riccoboni）307，345

里克特（David H. Richter）230，404，405，407

里蒙—凯南（Shlomith Rimmon-Kenan）213，226，335，357—359，361，367，368，370，379，384，395

理查森（Brian Richardson）1，149，215，224，383，384，386，387，400，403，404

理查逊（Samuel Richardson）9，10，12，14，17—23，25，28，30—33，37，38，40—43，46，47，52，53，58，59，61，69，71，72，75，85

理查兹（I. A. Richards）232

利奇（Thomas M Leitch）271

利维斯（F. R. Leavis）20，76，78，154

利文斯通（Rick Livingston）405

刘易斯（G. H. Lewes）11，50，54，55，58，74—77

刘意青 21

卢伯克（Percy Lubbock）50，99—102，106，119，123，128—138，142，145—147，149，150，156，162，164，165，167，172—174，176，178，179，181，185，187，188，195，199，200，210

卢梭（J. J. Rousseau）37

鲁滨逊（Sally Robinson）294，296

罗伯—格里耶（Alain Robbe-Grillet）273，278，320

罗伯茨（Morris Roberts）105

罗伯特森（Fiona Robertson）46，47

罗恩（Moshe Ron）395

罗经国 65

罗萨德（Peter Ronsard）350

洛克（John Locke）34

洛克哈特（John Gibson Lockhart）87

洛奇（David Lodge）220，223，224，234，331

洛特雷阿蒙（Comte de Lautreamont）401

M

马丁（Wallace Martin）218，240

马尔德（Robert Milder）92

马尔克斯（Garcia Marquez）326，327

马里奥（Pierre Marivaux）37

麦基恩（Michael McKeon）9，30

麦基洛普（Alan D. McKillop）52

麦克伯尼（W. H. Mcburney）16

麦西森（F. O. Matthiessen）106

曼（Thomas Mann）403

梅尔维尔（Herman Melville）9，11，79—82，85，87—95

梅齐（Kathy Mezei）287，296，300，312—315

梅瑞迪斯（George Meredith）149

门肯（H. L. Menken）197

弥尔顿（John Milton）90，140，248

米茨纳（Arthur Mitzener）104

米尔盖特（Jane Millgate）43

米基（Allen Michie）41

米勒（J. Hillis Miller）211，215，335

米勒（James E. Miller）105

米勒（J. Hillis Miller）35，36，61，63，64，211，215，335—363，365—369

缪尔（Edwin Muir）99，102，105，107，147，173，174，176，178—189

莫泊桑（Gug de Maupassant）117，134，159

莫里森（Toni Morrison）305，307，406

莫洛亚（Andre Maurois）31

莫什（Harold F. Mosher）104

默里（John Murray）88

N

纳博科夫（Vladimir Nabokov）396

内尔斯（William Nelles）104

纽宁（Agsar Nuenning）403，407

纽宁（Villa Nuenning）403

诺里斯（Frank Norris）85，102，103，178，189—198

P

帕克（Jo Alyson Parker）29

庞德（Ezra Pound）105

佩奇（Norman Page）388

皮泽（Donald Pizer）189

坡（Edgar Allan Poe）9，11，47，79—84，87，89，90，94，195，228

蒲柏（Alexander Pope）25，61

普拉特（Mary Louise Pratt）266，275

普林斯（Gerald Prince）1，210，228，236，239，240，285，300，338，395

普鲁斯特（Marcel Proust）20，170，176，179，203，205

普洛普（Vladimir Propp）221，331，332，340

Q

乔伊斯（James Joyce）36，149，170，171，182，203，318，403

切斯特顿（Chesterton）160

瞿世镜171，199，202

R

热奈特（Genette）1，23，24，26，137，210，218，219，235，236，240，280，281，329，330，337，338，340，371，379，386，388，393

瑞安（Marie-Laure Ryan）217，224—226，270，277，325—328，334，371，375，400，401，403—405，407

S

萨克雷（William Makepeace Thackeray）9，28，45，58，61—65，67，68，73，75，86，87，123，134，135，149，150，

152, 180, 182, 183, 194

萨克斯（Sheldon Sacks）249, 250

塞恩斯伯里（George Saintsbury）46

塞尔（John R. Searle）267

塞林格（Jerome David Salinger）233

塞万提斯（Miguel de Cervantes Saavedra）24

桑德斯（Andrew Sanders）16

申丹 2, 35, 36, 62, 68, 166, 209, 210, 225, 228, 230, 235, 244, 247, 251, 257, 263, 281, 293, 298, 304, 312, 315, 320, 321, 336, 338, 347, 352, 370, 371, 376, 379, 385, 386, 389, 393, 398, 408

盛宁 81, 82, 196, 197

司各特（Walter Scott）9, 10, 14, 36, 39—51, 54, 55, 58, 80—83, 151, 152, 181, 195

斯比勒（Robert Spiller）82, 86

斯波伯（Dan Sperber）275

斯丹达尔（Standhal）26, 149, 152

斯蒂尔（Richard Steele）61

斯蒂文森（R. L. Stevenson）11, 101, 128, 138—146, 155

斯科尔斯比（William Scoresby）90

斯摩莱特（Tobias George Smollett）10, 14, 31—33, 35, 37, 44—47, 65, 72, 149, 180

斯坦泽尔（F. K. Stanzel）320

斯特恩（Laurence Sterne）10, 31, 33, 34, 36, 45, 46, 68, 89, 90, 149, 181, 182, 258

斯特雷奇（Lytton Strachey）199

斯托（Harrier Beecher Stowe）295, 381

斯万（Michael Swan）159

斯威夫特（Jonathan Swift）61, 253

索恩伯里（Ethel Margaret Thornbury）23

索福克勒斯（Sophocles）342, 348, 351, 368, 373, 375, 377

索绪尔（Ferdinand de Saussure）362

T

塔索（Torquato Tasso）400

泰特（Allen Tate）129, 198

特蕾西（Laura Tracy）309

特罗洛普（Anthony Trollope）58, 59, 68—71, 73, 88, 108, 109, 113, 117, 119, 149—151, 170, 190, 200, 348, 352

屠格涅夫（Ivan Turgeneve）114

吐温（Mark Twain）11, 79, 85, 95, 149, 196, 243, 245

托多罗夫（Svetoslav Todorov）141, 173, 221, 370, 398

托尔斯泰（Lev Tolstoy）20, 132, 134, 149—151, 187, 193, 205

陀思妥耶夫斯基（Feodor Mikhailovich Dostoyevsky）134, 171

W

瓦格南克纳（Edward Wagenknecht）40

瓦特（Ian Watt）9, 18, 23, 27, 29, 30

王晓路 210

王仲年 23

王佐良 87

威尔斯（H. G. Wells）101, 128, 147, 154, 159—163, 171, 203

威尔逊（Deirdre Wilson）275

威廉斯（Carolyn Williams）73

威廉斯（Ioan Williams）39

威森法斯（Wiesenfarth）105

威斯布什（Robert Weisbuch）79

韦德（William Veeder）105

韦尔什（Alexander Welsh）40

韦姆萨特（W. K. Wimsatt）232, 248

沃波尔（Horace Walpole）36, 37, 46—48, 80, 160

沃德（J. A. Ward）105

沃顿（Edith Wharton）101, 102, 128, 147—153

沃霍尔（Robyn R. Warhol）286—291, 295, 296, 298, 301, 308, 310, 311

沃霍尔（Robyn R. Warhol）68

沃勒茨基（Joshua Waletzky）322

沃伦（Robert Penn Warren）105, 110

吴尔夫（Virginia Woolf）100, 102, 170, 171, 178, 182, 198—206, 244, 245, 290, 298, 299, 313, 314, 317, 320, 344

吴景荣 21

X

希尔（Christopher Hill）20

夏多布里昂（Chateaubriand）140

夏尔斯（Linda M. Shires）64

萧伯纳（Bernard Shaw）160

肖（Harry E. Shaw）44, 67, 381, 382

肖邦（Kate Chopin）290

肖勒（Mark Schorer）104

谢拉德（Tracey Lynn Sherard）308

休斯（Herbert L. Hughes）105

薛鸿时 78

Y

亚里士多德（Aristotle）1, 23, 35, 104, 111—113, 123, 141, 142, 144, 165, 167, 168, 170, 196, 199, 210, 231, 232, 246, 338—340, 343, 346, 347, 368

燕卜荪（William Empson）336

扬（Manfred Jahn）371

杨绛 24

杨宪益（Hsien-yi Yang）391

伊格尔顿（Terry Eagleton）189, 285

伊瑟尔（Wolfgang Iser）68

易卜生（Henrik Ibsen）120

殷企平 11, 15, 45, 50, 73, 199, 202

尤内斯库（E. Ionesco）386

约翰逊（Samuel Johnson）14, 21, 32, 37, 39, 40

约翰逊（Barbara Johnson）360

Z

詹姆森（Frederic Jameson）237, 285

詹姆斯（Henry James）2, 4, 9, 11, 21, 29, 45, 50, 68, 69, 73—76, 85, 87, 88, 91, 95, 99—102, 104—131, 133, 135—140, 142—149, 151—165, 167—174, 176—179, 181, 187, 192—196, 199, 200, 203—206, 210, 221, 234, 320, 331, 357, 358, 360, 361, 364—368, 400, 406

张谷若 25, 28

赵炎秋 65

朱虹 49, 50, 52, 54—57, 73, 74, 87

左拉（Emile Zola）151, 191, 192